I0770354

EDGAR ALLAN POE

EL ESCARABAJO DE ORO, EL POZO Y EL PÉNDULO Y OTROS CUENTOS DE MISTERIO

EL ESCARABAJO DE ORO, EL POZO Y EL PÉNDULO Y OTROS CUENTOS DE MISTERIO
Edgar Allan Poe
©Astria Ediciones
Diseño de portada: Andrea Rodríguez—Lilyana Galvez
Supervisión Editorial: Óscar Flores Lopez
Administración: Tesla Rodas y Jéssica Cordero
Levantamiento de texto: Zona Creativa
Director Ejecutivo: José Azcona Bocock

Primera edición
Tegucigalpa, Honduras—Mayo de 2024

ÍNDICE

LAS SEGUNDAS PARTES NUNCA FUERON BUENAS

Eso dicen: que las segundas partes nunca fueron buenas, pues jamás superan a las primeras. En Edgar Allan Poe, eso no se ajusta a la realidad.

En Astria ya publicamos el Tomo I del maestro oscuro con algunos de sus cuentos más tenebrosos, como El cuervo, Los crímenes de la Calle Morgue, El Diablo en el campanario, El corazón delator y El gato negro, entre otros.

Hoy, entregamos el Tomo II, con relatos como El escarabajo de oro, El pozo y el péndulo y Nunca apuestes tu cabeza al Diablo que no se quedan atrás en calidad.

Es que todo lo que Poe toca lo convierte en misterio, en extraños presentimientos, en apariciones, en finales inesperados.

Hay, como siempre ocurre con Poe, personajes extraños, aventuras enigmáticas… y un escarabajo de oro.

Ah, y cuentos con finales espeluznantes…

"La muerte de una mujer hermosa es, sin duda, el tema más poético del mundo", decía Poe.

¿Y qué les parecen estas otras? "La ciencia no nos ha demostrado aún si la locura es o no lo más sublime de la inteligencia", "El demonio del mal es uno de los instintos primeros del corazón humano" y "A la muerte se le toma de frente con valor y después se le invita a una copa".

Sí, basta ya de palabras de introducciones. Sé lo que desean hacer: leer la segunda parte de los cuentos de Poe publicados por Astria. Muy bien.

Pero… Después no respondemos si tienen problemas para conciliar el sueño o si ya estando dormidos son visitados por las más terribles pesadillas.

¡Con ustedes, el maestro del terror, Edgar Allan Poe!

WILLIAM WILSON

«¿Qué decir de ella?
¿Qué decir de la torva CONCIENCIA,
de ese espectro en mi camino?»

CHAMBERLAYNE, Pharronida

Permitidme que, por el momento, me llame a mí mismo William Wilson. Esta blanca página no debe ser manchada con mi verdadero nombre. Demasiado ha sido ya objeto del escarnio, del horror, del odio de mi estirpe. Los vientos, indignados, ¿no han esparcido en las regiones más lejanas del globo su incomparable infamia? ¡Oh proscrito, oh tú, el más abandonado de los proscritos! ¿No estás muerto para la tierra? ¿No estás muerto para sus honras, sus flores, sus doradas ambiciones? Entre tus esperanzas y el cielo, ¿no aparece suspendida para siempre una densa, lúgubre, ilimitada nube?

No quisiera, aunque me fuese posible, registrar hoy la crónica de estos últimos años de inexpresable desdicha e imperdonable crimen. Esa época —estos años recientes— ha llegado bruscamente al colmo de la depravación, pero ahora sólo me interesa señalar el origen de esta última. Por lo regular, los hombres van cayendo gradualmente en la bajeza. En mi caso, la virtud se desprendió bruscamente de mí como si fuera un manto. De una perversidad relativamente trivial, pasé con pasos de gigante a enormidades más grandes que las de un Heliogábalo. Permitidme que os relate la ocasión, el acontecimiento que hizo posible esto. La muerte se acerca, y la sombra que la precede proyecta un influjo calmante sobre mi espíritu. Mientras atravieso el oscuro valle, anhelo la simpatía —casi iba a escribir la piedad— de mis semejantes. Me gustaría que creyeran que, en cierta medida, fui esclavo de circunstancias que excedían el dominio humano. Me gustaría que buscaran a favor mío, en los detalles que voy a dar, un pequeño oasis de fatalidad en ese desierto del error. Me gustaría que reconocieran —como no han de dejar de hacerlo— que si alguna vez existieron tentaciones parecidas, jamás un hombre fue tentado así, y jamás cayó así. ¿Será por eso que nunca ha sufrido en esta forma? Verdaderamente, ¿no habré vivido en un sueño? ¿No muero víctima del horror y el misterio de la más extraña de las visiones sublunares?

Desciendo de una raza cuyo temperamento imaginativo y fácilmente excitable la destacó en todo tiempo; desde la más tierna infancia di pruebas de haber heredado plenamente el carácter de la familia. A medida que avanzaba en años, esa modalidad se desarrolló aún más, llegando a ser por muchas razones causa de grave ansiedad para mis amigos y de perjuicios para mí. Crecí gobernándome por mi cuenta, entregado a los caprichos más extravagantes y víctima de las pasiones más incontrolables. Débiles, asaltados por defectos constitucionales análogos a los míos, poco pudieron hacer mis padres para contener las malas tendencias que me distinguían. Algunos menguados esfuerzos de su parte, mal dirigidos, terminaron en rotundos fracasos y, naturalmente, fueron triunfos para mí. Desde entonces mi voz fue ley en nuestra casa; a una edad en la que pocos niños han abandonado los andadores, quedé dueño de mi voluntad y me convertí de hecho en el amo de todas mis acciones.

Mis primeros recuerdos de la vida escolar se remontan a una vasta casa isabelina llena de recovecos, en un neblinoso pueblo de Inglaterra, donde se alzaban innumerables árboles gigantescos y nudosos, y donde todas las casas eran antiquísimas. Aquel venerable pueblo era como un lugar de ensueño, propio para la paz del espíritu. Ahora mismo, en mi fantasía, siento la refrescante atmósfera de sus avenidas en sombra, aspiro la fragancia de sus mil arbustos, y me estremezco nuevamente, con indefinible delicia, al oír la profunda y hueca voz de la campana de la iglesia quebrando hora tras hora con su hosco y repentino tañido el silencio de la fusca atmósfera, en la que el calado campanario gótico se sumía y reposaba.

Demorarme en los menudos recuerdos de la escuela y sus episodios me proporciona quizá el mayor placer que me es dado alcanzar en estos días. Anegado como estoy por la desgracia —¡ay, demasiado real!—, se me perdonará que busque alivio, aunque sea tan leve como efímero, en la complacencia de unos pocos detalles divagantes. Triviales y hasta ridículos, esos detalles asumen en mi imaginación una relativa importancia, pues se vinculan a un período y a un lugar en los cuales reconozco la presencia de los primeros ambiguos avisos del destino que más tarde habría de envolverme en sus sombras. Dejadme, entonces, recordar.

Como he dicho, la casa era antigua y de trazado irregular. Alzábase en un vasto terreno, y un elevado y sólido muro de ladrillos, coronado por una capa de mortero y vidrios rotos, circundaba la propiedad. Esta muralla, semejante a la de una prisión, constituía el límite de nuestro dominio; más allá de él nuestras miradas sólo pasaban tres veces por semana: la primera, los sábados por la tarde, cuando se nos permitía realizar breves paseos en grupo, acompañados por dos preceptores, a través de los campos vecinos; y las otras dos los domingos, cuando concurríamos en la misma forma a los oficios matinales y vespertinos de la única iglesia del pueblo. El director de la escuela era también el pastor. ¡Con qué asombro y perplejidad lo contemplaba yo desde nuestros alejados bancos, cuando ascendía al pulpito con lento y solemne paso! Este hombre reverente, de rostro sereno y benigno, de vestiduras satinadas que ondulaban clericalmente, de peluca cuidadosamente empolvada, tan rígida y enorme... ¿podía ser el mismo que, poco antes, agrio el rostro, manchadas de rapé las ropas, administraba férula en mano las draconianas leyes de la escuela? ¡Oh inmensa paradoja, demasiado monstruosa para tener solución!

En un ángulo de la espesa pared rechinaba una puerta aún más espesa. Estaba remachada y asegurada con pasadores de hierro, y coronada de picas de hierro. ¡Qué sensaciones de profundo temor inspiraba! Jamás se abría, salvo para las tres salidas y retornos mencionados; por eso, en cada crujido de sus fortísimos goznes, encontrábamos la plenitud del misterio... un mundo de cosas para hacer solemnes observaciones, o para meditar profundamente.

El dilatado muro tenía una forma irregular, con muchos espaciosos recesos. Tres o cuatro de los más grandes constituían el campo de juegos. Su piso estaba nivelado y cubierto de fina grava. Me acuerdo de que no tenía árboles, ni bancos, ni nada parecido. Quedaba, claro está, en la parte posterior de la casa. En el frente había un pequeño cantero, donde crecían el boj y otros arbustos; pero a través de esta sagrada división sólo pasábamos en raras ocasiones, tales como el día del ingreso a la escuela o el de la partida, o quizá cuando nuestros padres o un amigo venían a buscarnos y partíamos alegremente a casa para pasar las vacaciones de Navidad o de verano.

¡Aquella casa! ¡Qué extraño era aquel viejo edificio! ¡Y para mí, qué palacio de encantamiento! Sus vueltas y revueltas no tenían fin, ni tampoco sus incomprensibles subdivisiones. En un momento dado era difícil saber con certeza en cuál de los dos pisos se

estaba. Entre un cuarto y otro había siempre tres o cuatro escalones que subían o bajaban. Las alas laterales, además, eran innumerables —inconcebibles—, y volvían sobre sí mismas de tal manera que nuestras ideas más precisas con respecto a aquella casa no diferían mucho de las que abrigábamos sobre el infinito. Durante mis cinco años de residencia jamás pude establecer con precisión en qué remoto lugar hallábanse situados los pequeños dormitorios que correspondían a los dieciocho o veinte colegiales que seguíamos los cursos.

El aula era la habitación más grande de la casa y —no puedo dejar de pensarlo— del mundo entero. Era muy larga, angosta y lúgubremente baja, con ventanas de arco gótico y techo de roble. En un ángulo remoto, que nos inspiraba espanto, había una división cuadrada de unos ocho o diez pies, donde se hallaba el sanctum destinado a las oraciones de nuestro director, el reverendo doctor Bransby. Era una sólida estructura, de maciza puerta; antes de abrirla en ausencia del «dómine» hubiéramos preferido perecer voluntariamente por la peine forte et dure. En otros ángulos había dos recintos similares mucho menos reverenciados por cierto, pero que no dejaban de inspirarnos temor. Uno de ellos contenía la cátedra del preceptor «clásico», y el otro la correspondiente a «inglés y matemáticas». Dispersos en el salón, cruzándose y recruzándose en interminable irregularidad, veíanse innumerables bancos y pupitres, negros y viejos, carcomidos por el tiempo, cubiertos de libros harto hojeados, y tan llenos de cicatrices de iniciales, nombres completos, figuras grotescas y otros múltiples esfuerzos del cortaplumas, que habían llegado a perder lo poco que podía quedarles de su forma original en lejanos días. Un gran balde de agua aparecía en un extremo del salón, y en el otro había un reloj de formidables dimensiones.

Encerrado por las macizas paredes de tan venerable academia, pasé sin tedio ni disgusto los años del tercer lustro de mi vida. El fecundo cerebro de un niño no necesita de los sucesos del mundo exterior para ocuparlo o divertirlo; y la monotonía aparentemente lúgubre de la escuela estaba llena de excitaciones más intensas que las que mi juventud extrajo de la lujuria, o mi virilidad del crimen. Sin embargo debo creer que el comienzo de mi desarrollo mental salió ya de lo común y tuvo incluso mucho de exagerado. En general, los hombres de edad madura no guardan un recuerdo definido de los acontecimientos de la infancia. Todo es como una sombra gris, una remembranza débil e irregular, una evocación indistinta de pequeños placeres y fantasmagóricos dolores. Pero en mi caso no ocurre así. En la infancia debo de haber sentido con todas las energías de un hombre lo que ahora hallo estampado en mi memoria con imágenes tan vívidas, tan profundas y tan duraderas como los exergos de las medallas cartaginesas.

Y sin embargo, desde un punto de vista mundano, ¡qué poco había allí para recordar! Despertarse por la mañana, volver a la cama por la noche; los estudios, las recitaciones, las vacaciones periódicas, los paseos; el campo de juegos, con sus querellas, sus pasatiempos, sus intrigas... Todo eso, por obra de un hechizo mental totalmente olvidado más tarde, llegaba a contener un mundo de sensaciones, de apasionantes incidentes, un universo de variada emoción, lleno de las más apasionadas e incitantes excitaciones. Oh, le bon temps, que ce siècle defer!

El ardor, el entusiasmo y lo imperioso de mi naturaleza no tardaron en destacarme entre mis condiscípulos, y por una suave pero natural gradación fui ganando ascendencia sobre todos los que no me superaban demasiado en edad; sobre todos..., con una sola excepción. Se trataba de un alumno que, sin ser pariente mío, tenía mi mismo nombre y apellido; circunstancia poco notable, ya que, a pesar de mi ascendencia noble, mi apellido era uno de esos que, desde tiempos inmemoriales, parecen ser propiedad común de la multitud. En este

relato me he designado a mí mismo como William Wilson —nombre ficticio, pero no muy distinto del verdadero—. Sólo mi tocayo, entre los que formaban, según la fraseología escolar, «nuestro grupo», osaba competir conmigo en los estudios, en los deportes y querellas del recreo, rehusando creer ciegamente mis afirmaciones y someterse a mi voluntad; en una palabra, pretendía oponerse a mi arbitrario dominio en todos los sentidos. Y si existe en la tierra un supremo e ilimitado despotismo, ése es el que ejerce un muchacho extraordinario sobre los espíritus de sus compañeros menos dotados.

La rebelión de Wilson constituía para mí una fuente de continuo embarazo; máxime cuando, a pesar de las bravatas que lanzaba en público acerca de él y de sus pretensiones, sentía que en el fondo le tenía miedo, y no podía dejar de pensar en la igualdad que tan fácilmente mantenía con respecto a mí, y que era prueba de su verdadera superioridad, ya que no ser superado me costaba una lucha perpetua. Empero, esta superioridad —incluso esta igualdad— sólo yo la reconocía; nuestros camaradas, por una inexplicable ceguera, no parecían sospecharla siquiera. La verdad es que su competencia, su oposición y, sobre todo, su impertinente y obstinada interferencia en mis propósitos eran tan hirientes como poco visibles. Wilson parecía tan exento de la ambición que espolea como de la apasionada energía que me permitía brillar. Se hubiera dicho que en su rivalidad había sólo el caprichoso deseo de contradecirme, asombrarme y mortificarme; aunque a veces yo no dejaba de observar —con una mezcla de asombro, humillación y resentimiento— que mi rival mezclaba en sus ofensas, sus insultos o sus oposiciones cierta inapropiada e intempestiva afectuosidad. Sólo alcanzaba a explicarme semejante conducta como el producto de una consumada suficiencia, que adoptaba el tono vulgar del patronazgo y la protección.

Quizá fuera este último rasgo en la conducta de Wilson, conjuntamente con la identidad de nuestros nombres y la mera coincidencia de haber ingresado en la escuela el mismo día, lo que dio origen a la convicción de que éramos hermanos, cosa que creían todos los alumnos de las clases superiores. Estos últimos no suelen informarse en detalle de las cuestiones concernientes a los alumnos menores. Ya he dicho, o debí decir, que Wilson no estaba emparentado ni en el grado más remoto con mi familia. Pero la verdad es que, de haber sido hermanos, hubiésemos sido gemelos, ya que después de salir de la academia del doctor Bransby supe por casualidad que mi tocayo había nacido el 19 de enero de 1813, y la coincidencia es bien notable, pues se trata precisamente del día de mi nacimiento.

Podrá parecer extraño que, a pesar de la continua inquietud que me ocasionaba la rivalidad de Wilson, y su intolerable espíritu de contradicción, me resultara imposible odiarlo. Es cierto que casi diariamente teníamos una querella, al fin de la cual, mientras me cedía públicamente la palma de la victoria, Wilson se las arreglaba de alguna manera para darme a entender que era él quien la había merecido; pero, no obstante eso, mi orgullo y una gran dignidad de su parte nos mantenía en lo que se da en llamar «buenas relaciones», a la vez que diversas coincidencias en nuestros caracteres actuaban para despertar en mí un sentimiento que quizá sólo nuestra posición impedía convertir en amistad. Me es muy difícil definir, e incluso describir, mis verdaderos sentimientos hacia Wilson. Constituían una mezcla heterogénea y abigarrada: algo de petulante animosidad que no llegaba al odio, algo de estima, aún más de respeto, mucho miedo y un mundo de inquieta curiosidad. Casi resulta superfluo agregar, para el moralista, que Wilson y yo éramos compañeros inseparables.

No hay duda que lo anómalo de esta relación encaminaba todos mis ataques (que eran muchos, francos o encubiertos) por las vías de la burla o de la broma pesada —que lastiman bajo la apariencia de una diversión— en vez de convertirlos en franca y abierta hostilidad. Pero mis esfuerzos en ese sentido no siempre resultaban fructuosos, por más hábilmente que maquinara mis planes, ya que mi tocayo tenía en su carácter mucho de esa modesta y tranquila austeridad que, mientras goza de lo afilado de sus propias bromas, no ofrece ningún talón de Aquiles y rechaza toda tentativa de que alguien ría a costa suya. Sólo pude encontrarle un punto vulnerable que, proveniente de una peculiaridad de su persona y originado acaso en una enfermedad constitucional, hubiera sido relegado por cualquier otro antagonista menos exasperado que yo. Mi rival tenía un defecto en los órganos vocales que le impedía alzar la voz más allá de un susurro apenas perceptible. Y yo no dejaba de aprovechar las míseras ventajas que aquel defecto me acordaba.

Las represalias de Wilson eran muy variadas, pero una de las formas de su malicia me perturbaba más allá de lo natural. Jamás podré saber cómo su sagacidad llegó a descubrir que una cosa tan insignificante me ofendía; el hecho es que, una vez descubierta, no dejo de insistir en ella. Siempre había yo experimentado aversión hacia mi poco elegante apellido y mi nombre tan común, que era casi plebeyo. Aquellos nombres eran veneno en mi oído, y cuando, el día de mi llegada, un segundo William Wilson ingresó en la academia, lo detesté por llevar ese nombre, y me sentí doblemente disgustado por el hecho de ostentarlo un desconocido que sería causa de una constante repetición, que estaría todo el tiempo en mi presencia y cuyas actividades en la vida ordinaria de la escuela serían con frecuencia confundidas con las mías, por culpa de aquella odiosa coincidencia.

Este sentimiento de ultraje así engendrado se fue acentuando con cada circunstancia que revelaba una semejanza, moral o física, entre mi rival y yo. En aquel tiempo no había descubierto el curioso hecho de que éramos de la misma edad, pero comprobé que teníamos la misma estatura, y que incluso nos parecíamos mucho en las facciones y el aspecto físico. También me amargaba que los alumnos de los cursos superiores estuvieran convencidos de que existía un parentesco entre ambos. En una palabra, nada podía perturbarme más (aunque lo disimulaba cuidadosamente) que cualquier alusión a una semejanza intelectual, personal o familiar entre Wilson y yo. Por cierto, nada me permitía suponer (salvo en lo referente a un parentesco) que estas similaridades fueran comentadas o tan sólo observadas por nuestros condiscípulos. Que él las observaba en todos sus aspectos, y con tanta claridad como yo, me resultaba evidente; pero sólo a su extraordinaria penetración cabía atribuir el descubrimiento de que esas circunstancias le brindaran un campo tan vasto de ataque.

Su réplica, que consistía en perfeccionar una imitación de mi persona, se cumplía tanto en palabras como en acciones, y Wilson desempeñaba admirablemente su papel. Copiar mi modo de vestir no le era difícil; mis actitudes y mi modo de moverme pasaron a ser suyos sin esfuerzo, y a pesar de su defecto constitucional, ni siquiera mi voz escapó a su imitación. Nunca trataba, claro está, de imitar mis acentos más fuertes, pero la tonalidad general de mi voz se repetía exactamente en la suya, y su extraño susurro llegó a convertirse en el eco mismo de la mía.

No me aventuraré a describir hasta qué punto este minucioso retrato (pues no cabía considerarlo una caricatura) llegó a exasperarme. Me quedaba el consuelo de ser el único que reparaba en esa imitación y no tener que soportar más que las sonrisas de complicidad y de misterioso sarcasmo de mi tocayo. Satisfecho de haber provocado en mí el penoso efecto que buscaba, parecía divertirse en secreto del aguijón que me había clavado, desdeñando sistemáticamente el aplauso general que sus astutas maniobras hubieran obtenido fácilmente. Durante muchos meses constituyó un enigma indescifrable para mí el que mis compañeros no advirtieran sus intenciones, comprobaran su cumplimiento y

participaran de su mofa. Quizá la gradación de su copia no la hizo tan perceptible; o quizá debía mi seguridad a la maestría de aquel copista que, desdeñando lo literal (que es todo lo que los pobres de entendimiento ven en una pintura) sólo ofrecía el espíritu del original para que yo pudiera contemplarlo y atormentarme.

He aludido más de una vez al desagradable aire protector que asumía Wilson conmigo, y de sus frecuentes interferencias en los caminos de mi voluntad. Esta interferencia solía adoptar la desagradable forma de un consejo, antes insinuado que ofrecido abiertamente. Yo lo recibía con una repugnancia que los años fueron acentuando. Y, sin embargo, en este día ya tan lejano de aquéllos, séame dado declarar con toda justicia que no recuerdo ocasión alguna en que las sugestiones de mi rival me incitaran a los errores tan frecuentes en esa edad inexperta e inmadura; por lo menos su sentido moral, si no su talento y su sensatez, era mucho más agudo que el mío; y yo habría llegado a ser un hombre mejor y más feliz si hubiera rechazado con menos frecuencia aquellos consejos encerrados en susurros, y que en aquel entonces odiaba y despreciaba amargamente.

Así las cosas, acabé por impacientarme al máximo frente a esa desagradable vigilancia, y lo que consideraba intolerable arrogancia de su parte me fue ofendiendo más y más. He dicho ya que en los primeros años de nuestra vinculación de condiscípulos mis sentimientos hacia Wilson podrían haber derivado fácilmente a la amistad; pero en los últimos meses de mi residencia en la academia, si bien la impertinencia de su comportamiento había disminuido mucho, mis sentimientos se inclinaron, en proporción análoga, al más profundo odio. En cierta ocasión creo que Wilson lo advirtió, y desde entonces me evitó o fingió evitarme.

En esa misma época, si recuerdo bien, tuvimos un violento altercado, durante el cual Wilson perdió la calma en mayor medida que otras veces, actuando y hablando con una franqueza bastante insólita en su carácter. Descubrí en ese momento (o me pareció descubrir) en su acento, en su aire y en su apariencia general algo que empezó por sorprenderme, para llegar a interesarme luego profundamente, ya que traía a mi recuerdo borrosas visiones de la primera infancia; vehementes, confusos y tumultuosos recuerdos de un tiempo en el que la memoria aún no había nacido. Sólo puedo describir la sensación que me oprimía diciendo que me costó rechazar la certidumbre de que había estado vinculado con aquel ser en una época muy lejana, en un momento de un pasado infinitamente remoto. La ilusión, sin embargo, desvanecióse con la misma rapidez con que había surgido, y si la menciono es para precisar el día en que hablé por última vez en el colegio con mi extraño tocayo.

La enorme y vieja casa, con sus incontables subdivisiones, tenía varias grandes habitaciones contiguas, donde dormía la mayor parte de los estudiantes. Como era natural en un edificio tan torpemente concebido, había además cantidad de recintos menores que constituían las sobras de la estructura y que el ingenio económico del doctor Bransby había habilitado como dormitorios, aunque dado su tamaño sólo podían contener a un ocupante. Wilson poseía uno de esos pequeños cuartos.

Una noche, hacia el final de mi quinto año de estudios en la escuela, e inmediatamente después del altercado a que he aludido, me levanté cuando todos se hubieron dormido y, tomando una lámpara, me aventuré por infinitos pasadizos angostos en dirección al dormitorio de mi rival. Durante largo tiempo había estado planeando una de esas perversas bromas pesadas con las cuales fracasara hasta entonces. Me sentía dispuesto a llevarla de inmediato a la práctica, para que mi rival pudiera darse buena cuenta de toda mi malicia. Cuando llegué ante su dormitorio, dejé la lámpara en el suelo, cubriéndola con una pantalla,

y entré silenciosamente. Luego de avanzar unos pasos, oí su sereno respirar. Seguro de que estaba durmiendo, volví a tomar la lámpara y me aproximé al lecho. Estaba éste rodeado de espesas cortinas, que en cumplimiento de mi plan aparté lenta y silenciosamente, hasta que los brillantes rayos cayeron sobre el durmiente, mientras mis ojos se fijaban en el mismo instante en su rostro. Lo miré, y sentí que mi cuerpo se helaba, que un embotamiento me envolvía. Palpitaba mi corazón, temblábanme las rodillas, mientras mi espíritu se sentía presa de un horror sin sentido pero intolerable. Jadeando, bajé la lámpara hasta aproximarla aún más a aquella cara. ¿Eran ésos... ésos, los rasgos de

William Wilson? Bien veía que eran los suyos, pero me estremecía como víctima de la calentura al imaginar que no lo eran. Pero, entonces, ¿qué había en ellos para confundirme de esa manera? Lo miré, mientras mi cerebro giraba en multitud de incoherentes pensamientos. No era ése su aspecto... no, así no era él en las activas horas de vigilia. ¡El mismo nombre! ¡La misma figura! ¡El mismo día de ingreso a la academia! ¡Y su obstinada e incomprensible imitación de mi actitud, de mi voz, de mis costumbres, de mi aspecto! ¿Entraba verdaderamente dentro de los límites de la posibilidad humana que esto que ahora veía fuese meramente el resultado de su continua imitación sarcástica? Espantado y temblando cada vez más, apagué la lámpara, salí en silencio del dormitorio y escapé sin perder un momento de la vieja academia, a la que no habría de volver jamás.

Luego de un lapso de algunos meses que pasé en casa sumido en una total holgazanería, entré en el colegio de Eton. El breve intervalo había bastado para apagar mi recuerdo de los acontecimientos en la escuela del doctor Bransby, o por lo menos para cambiar la naturaleza de los sentimientos que aquellos sucesos me inspiraban. La verdad y la tragedia de aquel drama no existían ya. Ahora me era posible dudar del testimonio de mis sentidos; cada vez que recordaba el episodio me asombraba de los extremos a que puede llegar la credulidad humana, y sonreía al pensar en la extraordinaria imaginación que hereditariamente poseía. Este escepticismo estaba lejos de disminuir con el género de vida que empecé a llevar en Eton. El vórtice de irreflexiva locura en que inmediata y temerariamente me sumergí barrió con todo y no dejó más que la espuma de mis pasadas horas, devorando las impresiones sólidas o serias y dejando en el recuerdo tan sólo las trivialidades de mi existencia anterior.

No quiero, sin embargo, trazar aquí el derrotero de mi miserable libertinaje, que desafiaba las leyes y eludía la vigilancia del colegio. Tres años de locura se sucedieron sin ningún beneficio, arraigando en mí los vicios y aumentando, de un modo insólito, mi desarrollo corporal. Un día, después de una semana de estúpida disipación, invité a algunos de los estudiantes más disolutos a una orgía secreta en mis habitaciones. Nos reunimos estando ya la noche avanzada, pues nuestro libertinaje habría de prolongarse hasta la mañana. Corría libremente el vino y no faltaban otras seducciones todavía más peligrosas, al punto que la gris alborada apuntaba ya en el oriente cuando nuestras deliberantes extravagancias llegaban a su ápice. Excitado hasta la locura por las cartas y la embriaguez me disponía a proponer un brindis especialmente blasfematorio, cuando la puerta de mi aposento se entreabrió con violencia, a tiempo que resonaba ansiosamente la voz de uno de los criados. Insistía en que una persona me reclamaba con toda urgencia en el vestíbulo.

Profundamente excitado por el vino, la inesperada interrupción me alegró en vez de sorprenderme. Salí tambaleándome y en pocos pasos llegué al vestíbulo. No había luz en aquel estrecho lugar, y sólo la pálida claridad del alba alcanzaba a abrirse paso por la ventana semicircular. Al poner el pie en el umbral distinguí la figura de un joven de mi edad, vestido con una bata de casimir blanco, cortada conforme a la nueva moda e igual a la

que llevaba yo puesta. La débil luz me permitió distinguir todo eso, pero no las facciones del visitante. Al verme, vino precipitadamente a mi encuentro y, tomándome del brazo con un gesto de petulante impaciencia, murmuró en mi oído estas palabras:

—¡William Wilson!

Mi embriaguez se disipó instantáneamente.

Había algo en los modales del desconocido y en el temblor nervioso de su dedo levantado, suspenso entre la luz y mis ojos, que me colmó de indescriptible asombro; pero no fue esto lo que me conmovió con más violencia, sino la solemne admonición que contenían aquellas sibilantes palabras dichas en voz baja, y, por sobre todo, el carácter, el sonido, el tono de esas pocas, sencillas y familiares sílabas que había susurrado, y que me llegaban con mil turbulentos recuerdos de días pasados, golpeando mi alma con el choque de una batería galvánica. Antes de que pudiera recobrar el uso de mis sentidos, el visitante había desaparecido.

Aunque este episodio no dejó de afectar vivamente mi desordenada imaginación, bien pronto se disipó su efecto. Durante algunas semanas me ocupé en hacer toda clase de averiguaciones, o me envolví en una nube de morbosas conjeturas. No intenté negarme a mí mismo la identidad del singular personaje que se inmiscuía de tal manera en mis asuntos o me exacerbaba con sus insinuados consejos. ¿Quién era, qué era ese Wilson? ¿De dónde venía? ¿Qué propósitos abrigaba? Me fue imposible hallar respuesta a estas preguntas; sólo alcancé a averiguar que un súbito accidente acontecido en su familia lo había llevado a marcharse de la academia del doctor Bransby la misma tarde del día en que emprendí la fuga. Pero bastó poco tiempo para que dejara de pensar en todo esto, ya que mi atención estaba completamente absorbida por los proyectos de mi ingreso en Oxford. No tardé en trasladarme allá, y la irreflexiva vanidad de mis padres me proporcionó una pensión anual que me permitiría abandonarme al lujo que tanto ansiaba mi corazón y rivalizar en despilfarro con los más altivos herederos de los más ricos condados de Gran Bretaña.

Estimulado por estas posibilidades de fomentar mis vicios, mi temperamento se manifestó con redoblado ardor, y mancillé las más elementales reglas de decencia con la loca embriaguez de mis licencias. Sería absurdo detenerme en el detalle de mis extravagancias. Baste decir que excedí todos los límites y que, dando nombre a multitud de nuevas locuras, agregué un copioso apéndice al largo catálogo de vicios usuales en aquella Universidad, la más disoluta de Europa.

Apenas podrá creerse, sin embargo, que por más que hubiera mancillado mi condición de gentilhombre, habría de llegar a familiarizarme con las innobles artes del jugador profesional, y que, convertido en adepto de tan despreciable ciencia, la practicaría como un medio para aumentar todavía más mis enormes rentas a expensas de mis camaradas de carácter más débil. No obstante, ésa es la verdad. Lo monstruoso de esta transgresión de todos los sentimientos caballerescos y honorables resultaba la principal, ya que no la única razón de la impunidad con que podía practicarla. ¿Quién, entre mis más depravados camaradas, no hubiera dudado del testimonio de sus sentidos antes de sospechar culpable de semejantes actos al alegre, al franco, al generoso William Wilson, el más noble y liberal compañero de Oxford, cuyas locuras, al decir de sus parásitos, no eran más que locuras de la juventud y la fantasía, cuyos errores sólo eran caprichos inimitables, cuyos vicios más negros no pasaban de ligeras y atrevidas extravagancias?

Llevaba ya dos años entregado con todo éxito a estas actividades cuando llegó a la Universidad un joven noble, un parvenu llamado Glendinning, a quien los rumores daban por más rico que Herodes Ático, sin que sus riquezas le hubieran costado más que a éste.

Pronto me di cuenta de que era un simple, y, naturalmente, lo consideré sujeto adecuado para ejercer sobre él mis habilidades. Logré hacerlo jugar conmigo varias veces y, procediendo como todos los tahúres, le permití ganar considerables sumas a fin de envolverlo más efectivamente en mis redes. Por fin, maduros mis planes, me encontré con él (decidido a que esta partida fuera decisiva) en las habitaciones de un camarada llamado Preston, que nos conocía íntimamente a ambos, aunque no abrigaba la más remota sospecha de mis intenciones. Para dar a todo esto un mejor color, me había arreglado para que fuéramos ocho o diez invitados, y me ingenié cuidadosamente a fin de que la invitación a jugar surgiera como por casualidad y que la misma víctima la propusiera. Para abreviar tema tan vil, no omití ninguna de las bajas finezas propias de estos lances, que se repiten de tal manera en todas las ocasiones similares que cabe maravillarse de que todavía existan personas tan tontas como para caer en la trampa.

Era ya muy entrada la noche cuando efectué por fin la maniobra que me dejó frente a Glendinning como único antagonista. El juego era mi favorito, el écarté. Interesados por el desarrollo de la partida, los invitados habían abandonado las cartas y se congregaban a nuestro alrededor. El parvenu, a quien había inducido con anterioridad a beber abundantemente, cortaba las cartas, barajaba o jugaba con una nerviosidad que su embriaguez sólo podía explicar en parte. Muy pronto se convirtió en deudor de una importante suma, y entonces, luego de beber un gran trago de oporto, hizo lo que yo esperaba fríamente: me propuso doblar las apuestas, que eran ya extravagantemente elevadas. Fingí resistirme, y sólo después que mis reiteradas negativas hubieron provocado en él algunas réplicas coléricas, que dieron a mi aquiescencia un carácter destemplado, acepté la propuesta. Como es natural, el resultado demostró hasta qué punto la presa había caído en mis redes; en menos de una hora su deuda se había cuadruplicado.

Desde hacía un momento, el rostro de Glendinning perdía la rubicundez que el vino le había prestado y me asombró advertir que se cubría de una palidez casi mortal. Si digo que me asombró se debe a que mis averiguaciones anteriores presentaban a mi adversario como inmensamente rico, y, aunque las sumas perdidas eran muy grandes, no podían preocuparlo seriamente y mucho menos perturbarlo en la forma en que lo estaba viendo. La primera idea que se me ocurrió fue que se trataba de los efectos de la bebida; buscando mantener mi reputación a ojos de los testigos presentes —y no por razones altruistas— me disponía a exigir perentoriamente la suspensión de la partida, cuando algunas frases que escuché a mi alrededor, así como una exclamación desesperada que profirió Glendinning, me dieron a entender que acababa de arruinarlo por completo, en circunstancias que lo llevaban a merecer la piedad de todos, y que deberían haberlo protegido hasta de las tentativas de un demonio.

Difícil es decir ahora cuál hubiera sido mi conducta en ese momento. La lamentable condición de mi adversario creaba una atmósfera de penoso embarazo. Hubo un profundo silencio, durante el cual sentí que me ardían las mejillas bajo las miradas de desprecio o de reproche que me lanzaban los menos pervertidos. Confieso incluso que, al producirse una súbita y extraordinaria interrupción, mi pecho se alivió por un breve instante de la intolerable ansiedad que lo oprimía. Las grandes y pesadas puertas de la estancia se abrieron de golpe y de par en par, con un ímpetu tan vigoroso y arrollador que bastó para apagar todas las bujías. La muriente luz nos permitió, sin embargo, ver entrar a un desconocido, un hombre de mi talla, completamente embozado en una capa. La oscuridad era ahora total, y solamente podíamos sentir que aquel hombre estaba entre nosotros. Antes de que nadie pudiera recobrarse del profundo asombro que semejante conducta le había producido, oímos la voz del intruso.

—Señores —dijo, con una voz tan baja como clara, con un inolvidable susurro que me estremeció hasta la médula de los huesos—. Señores, no me excusaré por mi conducta, ya que al obrar así no hago más que cumplir con un deber. Sin duda ignoran ustedes quién es la persona que acaba de ganar una gran suma de dinero a Lord Glendinning. He de proponerles, por tanto, una manera tan expeditiva como concluyente de cerciorarse al respecto: bastará con que examinen el forro de su puño izquierdo y los pequeños paquetes que encontrarán en los bolsillos de su bata bordada.

Mientras hablaba, el silencio era tan profundo que se hubiera oído caer una aguja en el suelo. Dichas esas palabras, partió tan bruscamente como había entrado. ¿Puedo describir... describiré mis sensaciones? ¿Debo decir que sentí todos los horrores del condenado? Poco tiempo me quedó para reflexionar. Varias manos me sujetaron rudamente, mientras se traían nuevas luces. Inmediatamente me registraron. En el forro de mi manga encontraron todas las figuras esenciales en el écarté y, en los bolsillos de mi bata, varios mazos de barajas idénticos a los que empleábamos en nuestras partidas, salvo que las mías eran lo que técnicamente se denomina arrondées; vale decir que las cartas ganadoras tienen las extremidades ligeramente convexas, mientras las cartas de menor valor son levemente convexas a los lados. En esa forma, el incauto que corta, como es normal, a lo largo del mazo, proporcionará invariablemente una carta ganadora a su antagonista, mientras el tahúr, que cortará también tomando el mazo por sus lados mayores, descubrirá una carta inferior.

Todo estallido de indignación ante semejante descubrimiento me hubiera afectado menos que el silencioso desprecio y la sarcástica compostura con que fue recibido.

—Señor Wilson —dijo nuestro anfitrión, inclinándose para levantar del suelo una lujosa capa de preciosas pieles—, esto es de su pertenencia. (Hacía frío y, al salir de mis habitaciones, me había echado la capa sobre mi bata, retirándola luego al llegar a la sala de juego.) Supongo que no vale la pena buscar aquí —agregó, mientras observaba los pliegues del abrigo con amarga sonrisa— otras pruebas de su habilidad. Ya hemos tenido bastantes. Descuento que reconocerá la necesidad de abandonar Oxford, y, de todas maneras, de salir inmediatamente de mi habitación.

Humillado, envilecido hasta el máximo como lo estaba en ese momento, es probable que hubiera respondido a tan amargo lenguaje con un arrebato de violencia, de no hallarse mi atención completamente concentrada en un hecho por completo extraordinario. La capa que me había puesto para acudir a la reunión era de pieles sumamente raras, a un punto tal que no hablaré de su precio. Su corte, además, nacía de mi invención personal, pues en cuestiones tan frívolas era de un refinamiento absurdo. Por eso, cuando Preston me alcanzó la que acababa de levantar del suelo cerca de la puerta del aposento, vi con asombro lindante en el terror que yo tenía mi propia capa colgada del brazo —donde la había dejado inconscientemente—, y que la que me ofrecía era absolutamente igual en todos y cada uno de sus detalles. El extraño personaje que me había desenmascarado estaba envuelto en una capa al entrar, y aparte de mí ningún otro invitado llevaba capa esa noche. Con lo que me quedaba de presencia de ánimo, tomé la que me ofrecía Preston y la puse sobre la mía sin que nadie se diera cuenta. Salí así de las habitaciones, desafiante el rostro, y a la mañana siguiente, antes del alba, empecé un presuroso viaje al continente, perdido en un abismo de espanto y de vergüenza.

Huía en vano. Mi aciago destino me persiguió, exultante, mostrándome que su misterioso dominio no había hecho más que empezar. Apenas hube llegado a París, tuve nuevas pruebas del odioso interés que Wilson mostraba en mis asuntos. Corrieron los años, sin que pudiera hallar alivio. ¡El miserable...! ¡Con qué inoportuna, con qué espectral solicitud se interpuso en Roma entre mí y mis ambiciones! También en Viena... en Berlín... en Moscú. A decir verdad, ¿dónde no tenía yo amargas razones para maldecirlo de todo corazón? Huí, al fin, de aquella inescrutable tiranía, aterrado como si se tratara de la peste; huí hasta los confines mismos de la tierra. Y en vano.

Una y otra vez, en la más secreta intimidad de mi espíritu, me formulé las preguntas: «¿Quién es? ¿De dónde viene? ¿Qué quiere?» Pero las respuestas no llegaban. Minuciosamente estudié las formas, los métodos, los rasgos dominantes de aquella impertinente vigilancia, pero incluso ahí encontré muy poco para fundar una conjetura cualquiera. Cabía advertir, sin embargo, que en las múltiples instancias en que se había cruzado en mi camino en los últimos tiempos, sólo lo había hecho para frustrar planes o malograr actos que, de cumplirse, hubieran culminado en una gran maldad. ¡Pobre justificación, sin embargo, para una autoridad asumida tan imperiosamente! ¡Pobre compensación para los derechos de un libre albedrío tan insultantemente estorbado!

Me había visto obligado a notar asimismo que, en ese largo período (durante el cual continuó con su capricho de mostrarse vestido exactamente como yo, lográndolo con milagrosa habilidad), mi atormentador consiguió que no pudiera ver jamás su rostro las muchas veces que se interpuso en el camino de mi voluntad. Cualquiera que fuese Wilson, esto, por lo menos, era el colmo de la afectación y la insensatez. ¿Cómo podía haber supuesto por un instante que en mi amonestador de Eton, en el desenmascarador de Oxford, en aquel que malogró mi ambición en Roma, mi venganza en París, mi apasionado amor en Nápoles, o lo que falsamente llamaba mi avaricia en Egipto, que en él, mi archienemigo y genio maligno, dejaría yo de reconocer al William Wilson de mis días escolares, al tocayo, al compañero, al rival, al odiado y temido rival de la escuela del doctor Bransby? ¡Imposible! Pero apresurémonos a llegar a la última escena del drama.

Hasta aquel momento yo me había sometido por completo a su imperiosa dominación. El sentimiento de reverencia con que habitualmente contemplaba el elevado carácter, el majestuoso saber y la ubicuidad y omnipotencia aparentes de Wilson, sumado al terror que ciertos rasgos de su naturaleza y su arrogancia me inspiraban, habían llegado a convencerme de mi total debilidad y desamparo, sugiriéndome una implícita, aunque amargamente resistida sumisión a su arbitraria voluntad. Pero en los últimos tiempos acabé entregándome por completo a la bebida, y su terrible influencia sobre mi temperamento hereditario me hizo impacientarme más y más frente a aquella vigilancia. Empecé a murmurar, a vacilar, a resistir. ¿Y era sólo la imaginación la que me inducía a creer que a medida que mi firmeza aumentaba, la de mi atormentador sufría una disminución proporcional? Sea como fuere, una ardiente esperanza empezó a aguijonearme y fomentó en mis más secretos pensamientos la firme y desesperada resolución de no tolerar por más tiempo aquella esclavitud.

Era en Roma, durante el carnaval del 18..., en un baile de máscaras que ofrecía en su palazzo el duque napolitano Di Broglio. Me había dejado arrastrar más que de costumbre por los excesos de la bebida, y la sofocante atmósfera de los atestados salones me irritaba sobremanera. Luchaba además por abrirme paso entre los invitados, cada vez más malhumorado, pues deseaba ansiosamente encontrar (no diré por qué indigna razón) a la alegre y bellísima esposa del anciano y caduco Di Broglio. Con una confianza por completo desprovista de escrúpulos, me había hecho saber ella cuál sería su disfraz de aquella noche y, al percibirla a la distancia, me esforzaba por llegar a su lado. Pero en ese momento sentí que una mano se posaba ligeramente en mi hombro, y otra vez escuché al oído aquel profundo, inolvidable, maldito susurro.

Arrebatado por un incontenible frenesí de rabia, me volví violentamente hacia el que acababa de interrumpirme y lo aferré por el cuello. Tal como lo había imaginado, su disfraz era exactamente igual al mío: capa española de terciopelo azul y cinturón rojo, del cual pendía una espada. Una máscara de seda negra ocultaba por completo su rostro.

—¡Miserable! —grité con voz enronquecida por la rabia, mientras cada sílaba que pronunciaba parecía atizar mi furia—. ¡Miserable impostor! ¡Maldito villano! ¡No me perseguirás... no, no me perseguirás hasta la muerte! ¡Sígueme, o te atravieso de lado a lado aquí mismo!

Y me lancé fuera de la sala de baile, en dirección a una pequeña antecámara contigua, arrastrándolo conmigo.

Cuando estuvimos allí, lo rechacé con violencia. Trastrabilló, mientras yo cerraba la puerta con un juramento y le ordenaba ponerse en guardia. Vaciló apenas un instante; luego, con un ligero suspiro, desenvainó la espada sin decir palabra y se aprestó a defenderse.

El duelo fue breve. Yo me hallaba en un frenesí de excitación y sentía en mi brazo la energía y la fuerza de toda una multitud. En pocos segundos lo fui llevando arrolladoramente hasta acorralarlo contra una pared, y allí, teniéndolo a mi merced, le hundí varias veces la espada en el pecho con brutal ferocidad.

En aquel momento alguien movió el pestillo de la puerta. Me apresuré a evitar una intrusión, volviendo inmediatamente hacia mi moribundo antagonista. ¿Pero qué lenguaje humano puede pintar esa estupefacción, ese horror que se posesionaron de mí frente al espectáculo que me esperaba? El breve instante en que había apartado mis ojos parecía haber bastado para producir un cambio material en la disposición de aquel ángulo del aposento. Donde antes no había nada, alzábase ahora un gran espejo (o por lo menos me pareció así en mi confusión). Y cuando avanzaba hacia él, en el colmo del espanto, mi propia imagen, pero cubierta de sangre y pálido el rostro, vino a mi encuentro tambaleándose.

Tal me había parecido, lo repito, pero me equivocaba. Era mi antagonista, era Wilson, quien se erguía ante mí agonizante. Su máscara y su capa yacían en el suelo, donde las había arrojado. No había una sola hebra en sus ropas, ni una línea en las definidas y singulares facciones de su rostro, que no fueran las mías, que no coincidieran en la más absoluta identidad.

Era Wilson. Pero ya no hablaba con un susurro, y hubiera podido creer que era yo mismo el que hablaba cuando dijo:

—Has vencido, y me entrego. Pero también tú estás muerto desde ahora... muerto para el mundo, para el cielo y para la esperanza. ¡En mí existías... y al matarme, ve en esta imagen, que es la tuya, cómo te has asesinado a ti mismo!

UN DESCENSO AL MAELSTRÖM

Los caminos de Dios en la naturaleza y en la providencia no son como nuestros caminos; y nuestras obras no pueden compararse en modo alguno con la vastedad, la profundidad y la inescrutabilidad de Sus obras, que contienen en sí mismas una profundidad mayor que la del pozo de Demócrito.

(JOSEPH GLANVILL)

Habíamos alcanzado la cumbre del despeñadero más elevado. Durante algunos minutos, el anciano pareció demasiado fatigado para hablar.

—Hasta no hace mucho tiempo —dijo, por fin— podría haberlo guiado en este ascenso tan bien como el más joven de mis hijos. Pero, hace unos tres años, me ocurrió algo que jamás le ha ocurrido a otro mortal... o, por lo menos, a alguien que haya alcanzado a sobrevivir para contarlo; y las seis horas de terror mortal que soporté me han destrozado el cuerpo y el alma. Usted ha de creerme muy viejo, pero no lo soy. Bastó algo menos de un día para que estos cabellos, negros como el azabache, se volvieran blancos; debilitáronse mis miembros, y tan frágiles quedaron mis nervios, que tiemblo al menor esfuerzo y me asusto de una sombra. ¿Creerá usted que apenas puedo mirar desde este pequeño acantilado sin sentir vértigo?

El «pequeño acantilado», a cuyo borde se había tendido a descansar con tanta negligencia que la parte más pesada de su cuerpo sobresalía del mismo, mientras se cuidaba de una caída apoyando el codo en la resbalosa arista del borde; el «pequeño acantilado», digo, alzábase formando un precipicio de negra roca reluciente, de mil quinientos o mil seiscientos pies, sobre la multitud de despeñaderos situados más abajo. Nada hubiera podido inducirme a tomar posición a menos de seis yardas de aquel borde. A decir verdad, tanto me impresionó la peligrosa postura de mi compañero que caí en tierra cuan largo era, me aferré a los arbustos que me rodeaban y no me atreví siquiera a mirar hacia el cielo, mientras luchaba por rechazar la idea de que la furia de los vientos amenazaba sacudir los cimientos de aquella montaña. Pasó largo rato antes de que pudiera reunir coraje suficiente para sentarme y mirar a la distancia.

—Debe usted curarse de esas fantasías —dijo el guía—, ya que lo he traído para que tenga desde aquí la mejor vista del lugar donde ocurrió el episodio que mencioné antes... y para contarle toda la historia con su escenario presente.

«Nos hallamos —agregó, con la manera minuciosa que lo distinguía—, nos hallamos muy cerca de la costa de Noruega, a los sesenta y ocho grados de latitud, en la gran provincia de Nordland, y en el distrito de Lodofen. La montaña cuya cima acabamos de escalar es Helseggen, la Nebulosa. Enderécese usted un poco... sujetándose a las matas si se siente mareado... ¡Así! Mire ahora, más allá de la cintura de vapor que hay debajo de nosotros, hacia el mar.»

Miré, lleno de vértigo, y descubrí una vasta extensión oceánica, cuyas aguas tenían un color tan parecido a la tinta que me recordaron la descripción que hace el geógrafo nubio del Mare Tenebrarum. Ninguna imaginación humana podría concebir panorama más lamentablemente desolado. A derecha e izquierda, y hasta donde podía alcanzar la mirada, se tendían, como murallas del mundo cadenas de acantilados horriblemente negros y colgantes, cuyo lúgubre aspecto veíase reforzado por la resaca, que rompía contra ellos su blanca y lívida cresta, aullando y rugiendo eternamente. Opuesta al promontorio sobre cuya cima nos hallábamos, y a unas cinco o seis millas dentro del mar, advertíase una pequeña isla de aspecto desértico; quizá sea más adecuado decir que su posición se adivinaba gracias a las salvajes rompientes que la envolvían. Unas dos millas más cerca alzábase otra isla más pequeña, horriblemente escarpada y estéril, rodeada en varias partes por amontonamientos de oscuras rocas.

En el espacio comprendido entre la mayor de las islas y la costa, el océano presentaba un aspecto completamente fuera de lo común. En aquel momento soplaba un viento tan fuerte en dirección a tierra, que un bergantín que navegaba mar afuera se mantenía a la capa con dos rizos en la vela mayor, mientras la quilla se hundía a cada momento hasta perderse de vista; no obstante, el espacio a que he aludido no mostraba nada que semejara un oleaje embravecido, sino tan sólo un breve, rápido y furioso embate del agua en todas direcciones, tanto frente al viento como hacia otros lados. Tampoco se advertía espuma, salvo en la proximidad inmediata de las rocas.

—La isla más alejada —continuó el anciano— es la que los noruegos llaman Vurrgh. La que se halla a mitad de camino es Moskoe. A una milla al norte verá la de Ambaaren. Más allá se encuentran Islesen, Hotholm, Keildhelm, Suarven y Buckholm. Aún más allá —entre Moskoe y Vurrgh— están Otterholm, Flimen, Sandflesen y Stockholm. Tales son los verdaderos nombres de estos sitios; pero... ¿qué necesidad había de darles nombres? No lo sé, y supongo que usted tampoco... ¿Oye alguna cosa? ¿Nota algún cambio en el agua?

Llevábamos ya unos diez minutos en lo alto del Helseggen, al cual habíamos ascendido viniendo desde el interior de Lofoden, de modo que no habíamos visto ni una sola vez el mar hasta que se presentó de golpe al arribar a la cima. Mientras el anciano me hablaba, percibí un sonido potente y que crecía por momentos, algo como el mugir de un enorme rebaño de búfalos en una pradera americana; y en el mismo momento reparé en que el estado del océano a nuestros pies, que correspondía a lo que los marinos llaman picado, se estaba transformando rápidamente en una corriente orientada hacia el este. Mientras la seguía mirando, aquella corriente adquirió una velocidad monstruosa. A cada instante su rapidez y su desatada impetuosidad iban en aumento. Cinco minutos después, todo el mar hasta Vurrgh hervía de cólera incontrolable, pero donde esa rabia alcanzaba su ápice era entre Moskoe y la costa. Allí, la vasta superficie del agua se abría y trazaba en mil canales antagónicos, reventaba bruscamente en una convulsión frenética —encrespándose, hirviendo, silbando— y giraba en gigantescos e innumerables vórtices, y todo aquello se atorbellinaba y corría hacia el este con una rapidez que el agua no adquiere en ninguna otra parte, como no sea el caer en un precipicio.

En pocos minutos más, una nueva y radical alteración apareció en escena. La superficie del agua se fue nivelando un tanto y los remolinos desaparecieron uno tras otro, mientras prodigiosas fajas de espuma surgían allí donde antes no había nada. A la larga, y luego de dispersarse a una gran distancia, aquellas fajas se combinaron unas con otras y adquirieron el movimiento giratorio de los desaparecidos remolinos, como si constituyeran el germen de otro más vasto. De pronto, instantáneamente, todo asumió una realidad clara y definida, formando un círculo cuyo diámetro pasaba de una milla. El borde del remolino estaba representado por una ancha faja de resplandeciente espuma; pero ni la menor partícula de ésta resbalaba al interior del espantoso embudo, cuyo tubo, hasta donde la mirada alcanzaba a medirlo, era una pulida, brillante y tenebrosa pared de agua, inclinada en un ángulo de cuarenta y cinco grados con relación al horizonte, y que giraba y giraba vertiginosamente, con un movimiento oscilante y tumultuoso, produciendo un fragor horrible, entre rugido y clamoreo, que ni siquiera la enorme catarata del Niágara lanza al espacio en su tremenda caída.

La montaña temblaba desde sus cimientos y oscilaban las rocas. Me dejé caer boca abajo, aferrándome a los ralos matorrales en el paroxismo de mi agitación nerviosa. Por fin, pude decir a mi compañero:

—¡Esto no puede ser más que el enorme remolino del Maelström!

—Así suelen llamarlo —repuso el viejo—. Nosotros los noruegos le llamamos el Moskoe—ström, a causa de la isla Moskoe.

Las descripciones ordinarias de aquel vórtice no me habían preparado en absoluto para lo que acababa de ver. La de Jonas Ramus, quizá la más detallada, no puede dar la menor noción de la magnificencia o el horror de aquella escena, ni tampoco la perturbadora sensación de novedad que confunde al espectador. No sé bien en qué punto de vista estuvo situado el escritor aludido, ni en qué momento; pero no pudo ser en la cima del Helseggen, ni durante una tormenta. He aquí algunos pasajes de su descripción que merecen, sin embargo, citarse por los detalles que contienen, aunque resulten sumamente débiles para comunicar una impresión de aquel espectáculo:

«Entre Lofoden y Moskoe —dice—, la profundidad del agua varía entre treinta y seis y cuarenta brazas; pero del otro lado, en dirección a Ver (Vurrgh), la profundidad disminuye al punto de no permitir el paso de un navío sin el riesgo de que encalle en las rocas, cosa posible aun en plena bonanza. Durante la pleamar, las corrientes se mueven entre Lofoden y Moskoe con turbulenta rapidez, al punto de que el rugido de su impetuoso reflujo hacia el mar apenas podría ser igualado por el de las más sonoras y espantosas cataratas. El sonido se escucha a muchas leguas, y los vórtices o abismos son de tal tamaño y profundidad que si un navío es atraído por ellos se ve tragado irremisiblemente y arrastrado a la profundidad donde se hace pedazos contra las rocas; cuando el agua se sosiega, los pedazos del buque asoman a la superficie. Pero los intervalos de tranquilidad se producen solamente en los momentos del cambio de la marea y con buen tiempo; apenas duran un cuarto de hora antes de que recomience gradualmente su violencia. Cuando la corriente es más turbulenta y una tempestad acrecienta su furia resulta peligroso acercarse a menos de una milla noruega. Botes, yates y navíos han sido tragados por no tomar esa precaución contra su fuerza atractiva. Ocurre asimismo con frecuencia que las ballenas se aproximan demasiado a la corriente y son dominadas por su violencia; imposible resulta entonces describir sus clamores y mugidos mientras luchan inútilmente por escapar. Cierta vez, un oso que trataba de nadar de Lofoden a Moskoe fue atrapado por la corriente y arrastrado a la profundidad, mientras rugía tan terriblemente que se le escuchaba desde la costa. Grandes cantidades de troncos de abetos y pinos, absorbidos por la corriente, vuelven a la superficie rotos y retorcidos a un punto tal que no pasan de ser un montón de astillas. Esto muestra claramente que el fondo consiste en rocas aguzadas contra las cuales son arrastrados y frotados los troncos. Dicha corriente se regula por el flujo y reflujo marino, que se suceden constantemente cada seis horas. En el año 1645, en la mañana del domingo de sexagésima, la furia de la corriente fue tan espantosa que las piedras de las casas de la costa se desplomaban.»

Por lo que se refiere a la profundidad del agua, no me explico cómo pudo ser verificada en la vecindad inmediata del vórtice. Las «cuarenta brazas» tienen que referirse indudablemente, a las porciones del canal linderas con la costa, sea de Moskoe o de Lofoden. La profundidad en el centro del Moskoe—ström debe ser inconmensurablemente grande, y la mejor prueba de ello la da la más ligera mirada que se proyecte al abismo del remolino desde la cima del Helseggen. Mientras encaramado en esta cumbre contemplaba el rugiente Flegetón allá abajo, no pude impedirme sonreír de la simplicidad con que el honrado Jonas Ramus consigna —como algo difícil de creer— las anécdotas sobre ballenas y osos, cuando resulta evidente que los más grandes buques actuales, sometidos a la influencia de aquella mortal atracción, serían el equivalente de una pluma frente al huracán y desaparecerían instantáneamente.

Las tentativas de explicar el fenómeno —que, en parte, según recuerdo, me habían parecido suficientemente plausibles a la lectura— presentaban ahora un carácter muy distinto e insatisfactorio. La idea predominante consistía en que el vórtice, al igual que otros tres más pequeños situados entre las islas Feroe, «no tiene otra causa que la colisión de las olas, que se alzan y rompen, en el flujo y reflujo, contra un arrecife de rocas y bancos de arena, el cual encierra las aguas al punto que éstas se precipitan como una catarata; así, cuanto más alta sea la marea, más profunda será la caída, y el resultado es un remolino o vórtice, cuyo prodigioso poder de succión es suficientemente conocido por experimentos hechos en menor escala». Tales son los términos con que se expresa la Encyclopaedia Britannica. Kircher y otros imaginan que en el centro del canal del Maelström hay un abismo que penetra en el globo terrestre y que vuelve a salir en alguna región remota (una de las hipótesis nombra concretamente el golfo de Botnia). Esta opinión, bastante gratuita en sí misma, fue la que mi imaginación aceptó con mayor prontitud una vez que hube contemplado la escena. Pero al mencionarla a mi guía me sorprendió oírle decir que, si bien casi todos los noruegos compartían ese punto de vista, él no lo aceptaba. En cuanto a la hipótesis precedente, confesó su incapacidad para comprenderla, y yo le di la razón, pues, aunque sobre el papel pareciera concluyente, resultaba por completo ininteligible e incluso absurda frente al tronar de aquel abismo.

—Ya ha podido ver muy bien el remolino —dijo el anciano—, y si nos colocamos ahora detrás de esa roca al socaire, para que no nos moleste el ruido del agua, le contaré un relato que lo convencerá de que conozco alguna cosa sobre el Moskoe—ström.

Me ubiqué como lo deseaba y comenzó:

—Mis dos hermanos y yo éramos dueños de un queche aparejado como una goleta, de unas setenta toneladas, con el cual pescábamos entre las islas situadas más allá de Moskoe y casi hasta Vurrgh. Aprovechando las oportunidades, siempre hay buena pesca en el mar durante las mareas bravas, si se tiene el coraje de enfrentarlas; de todos los habitantes de la costa de Lofoden, nosotros tres éramos los únicos que navegábamos regularmente en la región de las islas. Las zonas usuales de pesca se hallan mucho más al sur. Allí se puede pescar a cualquier hora, sin demasiado riesgo, y por eso son lugares preferidos. Pero los sitios escogidos que pueden encontrarse aquí, entre las rocas, no sólo ofrecen la variedad más grande, sino una abundancia mucho mayor, de modo que con frecuencia pescábamos en un solo día lo que otros más tímidos conseguían apenas en una semana. La verdad es que hacíamos de esto un lance temerario, cambiando el exceso de trabajo por el riesgo de la vida, y sustituyendo capital por coraje.

»Fondeábamos el queche en una caleta, a unas cinco millas al norte de esta costa, y cuando el tiempo estaba bueno, acostumbrábamos aprovechar los quince minutos de tranquilidad de las aguas para atravesar el canal principal de Moskoe—ström mucho más arriba del remolino y anclar luego en cualquier parte cerca de Otterham o Sandflesen, donde las mareas no son tan violentas. Nos quedábamos allí hasta que faltaba poco para un nuevo intervalo de calma, en que poníamos proa en dirección a nuestro puerto. Jamás iniciábamos una expedición de este género sin tener un buen viento de lado tanto para la ida como para el retorno —un viento del que estuviéramos seguros que no nos abandonaría a la vuelta—, y era raro que nuestros cálculos erraran. Dos veces, en seis años, nos vimos precisados a pasar la noche al ancla a causa de una calma chicha, lo cual es cosa muy rara en estos parajes; y una vez tuvimos que quedarnos cerca de una semana donde estábamos, muriéndonos de inanición, por culpa de una borrasca que se desató poco después de nuestro arribo, y que embraveció el canal en tal forma que era imposible pensar en cruzarlo. En esta ocasión hubiéramos podido ser llevados mar afuera a pesar de nuestros esfuerzos (pues los remolinos nos hacían girar tan violentamente que, al final, largamos el ancla y la dejamos que arrastrara), si no hubiera sido que terminamos entrando en una de esas innumerables corrientes antagónicas que hoy están allí y mañana desaparecen, la cual nos arrastró hasta el refugio de Flimen, donde, por suerte, pudimos detenernos.

No podría contarle ni la vigésima parte de las dificultades que encontrábamos en nuestro campo de pesca —que es mal sitio para navegar aun con buen tiempo—, pero siempre nos arreglamos para burlar el desafío del Moskoe—ström sin accidentes, aunque muchas veces tuve el corazón en la boca cuando nos atrasábamos o nos adelantábamos en un minuto al momento de calma. En ocasiones, el viento no era tan fuerte como habíamos pensado al zarpar y el queche recorría una distancia menor de lo que deseábamos, sin que pudiéramos gobernarlo a causa de la correntada. Mi hermano mayor tenía un hijo de dieciocho años y yo dos robustos mozalbetes. Todos ellos nos hubieran sido de gran ayuda en esas ocasiones, ya fuera apoyando la marcha con los remos, o pescando; pero, aunque estábamos personalmente dispuestos a correr el riesgo, no nos sentíamos con ánimo de exponer a los jóvenes, pues verdaderamente había un peligro horrible, ésa es la pura verdad.

Pronto se cumplirán tres años desde que ocurrió lo que voy a contarle. Era el 10 de julio de 18..., día que las gentes de esta región no olvidarán jamás, porque en él se levantó uno de los huracanes más terribles que hayan caído jamás del cielo. Y, sin embargo, durante toda la mañana, y hasta bien entrada la tarde, había soplado una suave brisa del sudoeste, mientras brillaba el sol, y los más avezados marinos no hubieran podido prever lo que iba a pasar.

Los tres —mis dos hermanos y yo— cruzamos hacia las islas a las dos de la tarde y no tardamos en llenar el queche con una excelente pesca que, como pudimos observar, era más abundante ese día que en ninguna ocasión anterior. A las siete —por mi reloj— levamos anclas y zarpamos, a fin de atravesar lo peor del Ström en el momento de la calma, que según sabíamos iba a producirse a las ocho.

Partimos con una buena brisa de estribor y al principio navegamos velozmente y sin pensar en el peligro, pues no teníamos el menor motivo para sospechar que existiera. Pero, de pronto, sentimos que se nos oponía un viento procedente de Helseggen. Esto era muy insólito; jamás nos había ocurrido antes, y yo empecé a sentirme intranquilo, sin saber exactamente por qué. Enfilamos la barca contra el viento, pero los remansos no nos dejaban avanzar, e iba a proponer que volviéramos al punto donde habíamos estado anclados cuando, al mirar hacia popa vimos que todo el horizonte estaba cubierto por una extraña nube del color del cobre que se levantaba con la más asombrosa rapidez.

Entretanto, la brisa que nos había impulsado acababa de amainar por completo y estábamos en una calma total, derivando hacia todos los rumbos. Pero esto no duró bastante como para darnos tiempo a reflexionar. En menos de un minuto nos cayó encima la tormenta, y en menos de dos el cielo quedó cubierto por completo; con esto, y con la espuma de las olas que nos envolvía, todo se puso tan oscuro que no podíamos vernos unos a otros en la cubierta.

Sería una locura tratar de describir el huracán que siguió. Los más viejos marinos de Noruega jamás conocieron nada parecido. Habíamos soltado todo el trapo antes de que el viento nos alcanzara; pero, a su primer embate, los dos mástiles volaron por la borda como si los hubiesen aserrado..., y uno de los palos se llevó consigo a mi hermano mayor, que se había atado para mayor seguridad.

Nuestra embarcación se convirtió en la más liviana pluma que jamás flotó en el agua. El queche tenía un puente totalmente cerrado, con sólo una pequeña escotilla cerca de proa, que acostumbrábamos cerrar y asegurar cuando íbamos a cruzar el Ström, por precaución contra el mar picado. De no haber sido por esta circunstancia, hubiéramos zozobrado instantáneamente, pues durante un momento quedamos sumergidos por completo. Cómo escapó a la muerte mi hermano mayor no puedo decirlo, pues jamás se me presentó la oportunidad de averiguarlo. Por mi parte, tan pronto hube soltado el trinquete, me tiré boca abajo en el puente, con los pies contra la estrecha borda de proa y las manos aferrando una armella próxima al pie del palo mayor. El instinto me indujo a obrar así, y fue, indudablemente, lo mejor que podía haber hecho; la verdad es que estaba demasiado aturdido para pensar.

Durante algunos momentos, como he dicho, quedamos completamente inundados, mientras yo contenía la respiración y me aferraba a la armella. Cuando no pude resistir más, me enderecé sobre las rodillas, sosteniéndome siempre con las manos, y pude así asomar la cabeza. Pronto nuestra pequeña embarcación dio una sacudida, como hace un perro al salir del agua, y con eso se libró en cierta medida de las olas que la tapaban. Por entonces estaba tratando yo de sobreponerme al aturdimiento que me dominaba, recobrar los sentidos para decidir lo que tenía que hacer, cuando sentí que alguien me aferraba del brazo. Era mi hermano mayor, y mi corazón saltó de júbilo, pues estaba seguro de que el mar lo había arrebatado. Mas esa alegría no tardó en transformarse en horror, pues mi hermano acercó la boca a mi oreja, mientras gritaba: ¡Moskoe—ström!

Nadie puede imaginar mis sentimientos en aquel instante. Me estremecí de la cabeza a los pies, como si sufriera un violento ataque de calentura. Demasiado bien sabía lo que mi hermano me estaba diciendo con esa simple palabra y lo que quería darme a entender: Con el viento que nos arrastraba, nuestra proa apuntaba hacia el remolino del Ström... ¡y nada podía salvarnos!

Se imaginará usted que, al cruzar el canal del Ström, lo hacíamos siempre mucho más arriba del remolino, incluso con tiempo bonancible, y debíamos esperar y observar cuidadosamente el momento de calma. Pero ahora estábamos navegando directamente hacia el vórtice, envueltos en el más terrible huracán. "Probablemente —pensé— llegaremos allí en un momento de la calma... y eso nos da una esperanza." Pero, un segundo después, me maldije por ser tan loco como para pensar en esperanza alguna. Sabía muy bien que estábamos condenados y que lo estaríamos igual aunque nos halláramos en un navío cien veces más grande.

A esta altura la primera furia de la tempestad se había agotado, o quizá no la sentíamos tanto por estar corriendo delante de ella. Pero el mar, que el viento había mantenido aplacado y espumoso al comienzo, se alzaba ahora en gigantescas montañas. Un extraño cambio se había producido en el cielo. Alrededor de nosotros, y en todas direcciones, seguía tan negro como la pez, pero en lo alto, casi encima de donde estábamos, se abrió repentinamente un círculo de cielo despejado —tan despejado como jamás he vuelto a ver—, brillantemente azul, y a través del cual resplandecía la luna llena con un brillo que no le había conocido antes. Iluminaba con sus rayos todo lo que nos rodeaba, con la más grande claridad; pero... ¡Dios mío, qué escena nos mostraba!

Hice una o dos tentativas para hacerme oír de mi hermano, pero, por razones que no pude comprender, el estruendo había aumentado de manera tal que no alcancé a hacerle entender una sola palabra, pese a que gritaba con todas mis fuerzas en su oreja. Pronto sacudió la cabeza, mortalmente pálido, y levantó un dedo como para decirme: "¡Escucha!"

Al principio no me di cuenta de lo que quería significar, pero un horrible pensamiento cruzó por mi mente. Extraje mi reloj de la faltriquera. Estaba detenido. Contemplé el cuadrante a la luz de la luna y me eché a llorar, mientras lanzaba el reloj al océano. ¡Se había detenido a las siete! ¡Ya había pasado el momento de calma y el remolino del ström estaba en plena furia!

Cuando un barco es de buena construcción, está bien equipado y no lleva mucha carga, al correr con el viento durante una borrasca las olas dan la impresión de resbalar por debajo del casco, lo cual siempre resulta extraño para un hombre de tierra firme; a eso se le llama cabalgar en lenguaje marino.

Hasta ese momento habíamos cabalgado sin dificultad sobre las olas; pero de pronto una gigantesca masa de agua nos alcanzó por la bovedilla y nos alzó con ella... arriba... más arriba... como si ascendiéramos al cielo. Jamás hubiera creído que una ola podía alcanzar semejante altura. Y entonces empezamos a caer, con una carrera, un deslizamiento y una zambullida que me produjeron náuseas y mareo, como si estuviera desplomándome en sueños desde lo alto de una montaña. Pero en el momento en que alcanzamos la cresta, pude lanzar una ojeada alrededor... y lo que vi fue más que suficiente. En un instante comprobé nuestra exacta posición. El vórtice de Moskoe—ström se hallaba a un cuarto de milla adelante; pero ese vórtice se parecía tanto al de todos los días como el que está viendo usted a un remolino en una charca. Si no hubiera sabido dónde estábamos y lo que teníamos que esperar, no hubiese reconocido en absoluto aquel sitio. Tal como lo vi, me obligó a cerrar involuntariamente los ojos de espanto. Mis párpados se apretaron como en un espasmo.

Apenas habrían pasado otros dos minutos, cuando sentimos que las olas decrecían y nos vimos envueltos por la espuma. La embarcación dio una brusca media vuelta a babor y se precipitó en su nueva dirección como una centella. Al mismo tiempo, el rugido del agua quedó completamente apagado por algo así como un estridente alarido... un sonido que podría usted imaginar formado por miles de barcos de vapor que dejaran escapar al mismo tiempo la presión de sus calderas. Nos hallábamos ahora en el cinturón de la resaca que rodea siempre el remolino, y pensé que un segundo más tarde nos precipitaríamos al abismo, cuyo interior veíamos borrosamente a causa de la asombrosa velocidad con la cual nos movíamos. El queche no daba la impresión de flotar en el agua, sino de flotar como una burbuja sobre la superficie de la resaca. Su banda de estribor daba al remolino, y por babor surgía la inmensidad oceánica de la que acabábamos de salir, y que se alzaba como una enorme pared oscilando entre nosotros y el horizonte.

Puede parecer extraño, pero ahora, cuando estábamos sumidos en las fauces del abismo, me sentí más tranquilo que cuando veníamos acercándonos a él. Decidido a no abrigar ya ninguna esperanza, me libré de una buena parte del terror que al principio me había privado de mis fuerzas. Creo que fue la desesperación lo que templó mis nervios.

Tal vez piense usted que me jacto, pero lo que le digo es la verdad: Empecé a reflexionar sobre lo magnífico que era morir de esa manera y lo insensato de preocuparme por algo tan insignificante como mi propia vida frente a una manifestación tan maravillosa del poder de Dios. Creo que enrojecí de vergüenza cuando la idea cruzó por mi mente. Y al cabo de un momento se apoderó de mí la más viva curiosidad acerca del remolino. Sentí el deseo de explorar sus profundidades, aun al precio del sacrificio que iba a costarme, y la pena más grande que sentí fue que nunca podría contar a mis viejos camaradas de la costa todos los misterios que vería. No hay duda que eran éstas extrañas fantasías en un hombre colocado en semejante situación, y con frecuencia he pensado que la rotación del barco alrededor del vórtice pudo trastornarme un tanto la cabeza.

Otra circunstancia contribuyó a devolverme la calma, y fue la cesación del viento, que ya no podía llegar hasta nosotros en el lugar donde estábamos, puesto que, como usted mismo ha visto, el cinturón de resaca está sensiblemente más bajo que el nivel general del océano, al que veíamos descollar sobre nosotros como un alto borde montañoso y negro. Si nunca le ha tocado pasar una borrasca en plena mar, no puede hacerse una idea de la confusión mental que produce la combinación del viento y la espuma de las olas. Ambos ciegan, ensordecen y ahogan, suprimiendo toda posibilidad de acción o de reflexión. Pero ahora nos veíamos en gran medida libres de aquellas molestias... así como los criminales condenados a muerte se ven favorecidos con ciertas liberalidades que se les negaban antes de que se pronunciara la sentencia.

Imposible es decir cuántas veces dimos la vuelta al circuito. Corrimos y corrimos, una hora quizá, volando más que flotando, y entrando cada vez más hacia el centro de la resaca, lo que nos acercaba progresivamente a su horrible borde interior. Durante todo este tiempo no había soltado la armella que me sostenía. Mi hermano estaba en la popa, sujetándose a un pequeño barril vacío, sólidamente atado bajo el compartimiento de la bovedilla, y que era la única cosa a bordo que la borrasca no había precipitado al mar. Cuando ya nos acercábamos al borde del pozo, soltó su asidero y se precipitó hacia la armella de la cual, en la agonía de su terror, trató de desprender mis manos, ya que no era bastante grande para proporcionar a ambos un sostén seguro. Jamás he sentido pena más grande que cuando lo vi hacer eso, aunque comprendí que su proceder era el de un insano, a quien el terror ha vuelto loco furioso. De todos modos, no hice ningún esfuerzo para oponerme. Sabía que ya no importaba quién de los dos se aferrara de la armella, de modo que se la cedí y pasé a popa, donde estaba el barril. No me costó mucho hacerlo, porque el queche corría en círculo con bastante estabilidad, sólo balanceándose bajo las inmensas oscilaciones y conmociones del remolino. Apenas me había afirmado en mi nueva posición, cuando dimos un brusco bandazo a estribor y nos precipitamos de proa en el abismo. Murmuré presurosamente una plegaria a Dios y pensé que todo había terminado.

Mientras sentía la náusea del vertiginoso descenso, instintivamente me aferré con más fuerza al barril y cerré los ojos. Durante algunos segundos no me atreví a abrirlos, esperando mi aniquilación inmediata y me maravillé de no estar sufriendo ya las agonías de la lucha final con el agua. Pero el tiempo seguía pasando. Y yo estaba vivo. La sensación de caída había cesado y el movimiento de la embarcación se parecía al de antes, cuando estábamos en el cinturón de espuma, salvo que ahora se hallaba más inclinada. Junté coraje y otra vez miré lo que me rodeaba.

Nunca olvidaré la sensación de pavor, espanto y admiración que sentí al contemplar aquella escena. El queche parecía estar colgando, como por arte de magia, a mitad de camino en el interior de un embudo de vasta circunferencia y prodigiosa profundidad, cuyas paredes, perfectamente lisas, hubieran podido creerse de ébano, a no ser por la asombrosa velocidad con que giraban, y el lívido resplandor que despedían bajo los rayos de la luna, que, en el centro de aquella abertura circular entre las nubes a que he aludido antes, se derramaban en un diluvio gloriosamente áureo a lo largo de las negras paredes y se perdían en las remotas profundidades del abismo.

Al principio me sentí demasiado confundido para poder observar nada con precisión. Todo lo que alcanzaba era ese estallido general de espantosa grandeza. Pero, al recobrarme un tanto, mis ojos miraron instintivamente hacia abajo. Tenía una vista completa en esa dirección dada la forma en que el queche colgaba de la superficie inclinada del vórtice. Su quilla estaba perfectamente nivelada, vale decir que el puente se hallaba en un plano paralelo al del agua, pero esta última se tendía formando un ángulo de más de cuarenta y cinco grados, de modo que parecía como si estuviésemos ladeados. No pude dejar de observar, sin embargo, que, a pesar de esta situación, no me era mucho más difícil mantenerme aferrado a mi puesto que si el barco hubiese estado a nivel; presumo que se debía a la velocidad con que girábamos.

Los rayos de la luna parecían querer alcanzar el fondo mismo del profundo abismo, pero aun así no pude ver nada con suficiente claridad a causa de la espesa niebla que lo envolvía todo y sobre la cual se cernía un magnífico arco iris semejante al angosto y bamboleante puente que, según los musulmanes, es el solo paso entre el Tiempo y la Eternidad. Aquella niebla, o rocío, se producía sin duda por el choque de las enormes paredes del embudo cuando se encontraba en el fondo; pero no trataré de describir el aullido que brotaba del abismo para subir hasta el cielo.

Nuestro primer deslizamiento en el pozo, a partir del cinturón de espumas de la parte superior, nos había hecho descender a gran distancia por la pendiente; sin embargo, la continuación del descenso no guardaba relación con el anterior. Una y otra vez dimos la vuelta, no con un movimiento uniforme sino entre vertiginosos balanceos y sacudidas, que nos lanzaban a veces a unos cuantos centenares de yardas, mientras otras nos hacían completar casi el circuito del remolino. A cada vuelta, y aunque lento, nuestro descenso resultaba perceptible.

Mirando en torno la inmensa extensión de ébano líquido sobre la cual éramos así llevados, advertí que nuestra embarcación no era el único objeto comprendido en el abrazo del remolino. Tanto por encima como por debajo de nosotros se veían fragmentos de embarcaciones, grandes pedazos de maderamen de construcción y troncos de árboles, así como otras cosas más pequeñas, tales como muebles, cajones rotos, barriles y duelas. He aludido ya a la curiosidad anormal que había reemplazado en mí el terror del comienzo. A medida que me iba acercando a mi horrible destino parecía como si esa curiosidad fuera en aumento. Comencé a observar con extraño interés los numerosos objetos que flotaban cerca de nosotros. Debo de haber estado bajo los efectos del delirio, porque hasta busqué diversión en el hecho de calcular sus respectivas velocidades en el descenso hacia la espuma del fondo. "Ese abeto —me oí decir en un momento dado— será el que ahora se precipite hacia abajo y desaparezca"; y un momento después me quedé decepcionado al ver que los restos de un navío mercante holandés se le adelantaban y caían antes. Al final, después de haber hecho numerosas conjeturas de esta naturaleza, y haber errado todas, ocurrió que el hecho mismo de equivocarme invariablemente me indujo a una nueva reflexión, y entonces me eché a temblar como antes, y una vez más latió pesadamente mi corazón.

No era el espanto el que así me afectaba, sino el nacimiento de una nueva y emocionante esperanza. Surgía en parte de la memoria y, en parte, de las observaciones que acababa de hacer. Recordé la gran cantidad de restos flotantes que aparecían en la costa de Lofoden y que habían sido tragados y devueltos luego por el Moskoe—ström. La gran mayoría de estos restos aparecía destrozada de la manera más extraordinaria; estaban como frotados, desgarrados, al punto que daban la impresión de un montón de astillas y esquirlas. Pero al mismo tiempo recordé que algunos de esos objetos no estaban desfigurados en absoluto. Me era imposible explicar la razón de esa diferencia, salvo que supusiera que los objetos destrozados eran los que habían sido completamente absorbidos, mientras que los otros habían penetrado en el remolino en un período más adelantado de la marea, o bien, por alguna razón, habían descendido tan lentamente luego de ser absorbidos, que no habían alcanzado a tocar el fondo del vórtice antes del cambio del flujo o del reflujo, según fuera el momento. Me pareció posible, en ambos casos, que dichos restos hubieran sido devueltos otra vez al nivel del océano, sin correr el destino de los que habían penetrado antes en el remolino o habían sido tragados más rápidamente.

Al mismo tiempo hice tres observaciones importantes. La primera fue que, por regla general, los objetos de mayor tamaño descendían más rápidamente. La segunda, que entre dos masas de igual tamaño, una esférica y otra de cualquier forma, la mayor velocidad de descenso correspondía a la esfera. La tercera, que entre dos masas de igual tamaño, una de ellas cilíndrica y la otra de cualquier forma, la primera era absorbida con mayor lentitud. Desde que escapé de mi destino he podido hablar muchas veces sobre estos temas con un viejo preceptor del distrito, y gracias a él conozco el uso de las palabras "cilindro" y "esfera". Me explicó —aunque me he olvidado de la explicación— que lo que yo había observado entonces era la consecuencia natural de las formas de los objetos flotantes, y me mostró cómo un cilindro, flotando en un remolino, ofrecía mayor resistencia a su succión y era arrastrado con mucha mayor dificultad que cualquier otro objeto del mismo tamaño, cualquiera fuese su forma.

Había además un detalle sorprendente, que contribuía en gran medida a reformar estas observaciones y me llenaba de deseos de verificarlas: a cada revolución de nuestra barca sobrepasábamos algún objeto, como ser un barril, una verga o un mástil. Ahora bien, muchos de aquellos restos, que al abrir yo por primera vez los ojos para contemplar la maravilla del remolino, se encontraban a nuestro nivel, estaban ahora mucho más arriba y daban la impresión de haberse movido muy poco de su posición inicial.

No vacilé entonces en lo que debía hacer: resolví asegurarme fuertemente al barril del cual me tenía, soltarlo de la bovedilla y precipitarme con él al agua. Llamé la atención de mi hermano mediante signos, mostrándole los barriles flotantes que pasaban cerca de nosotros, e hice todo lo que estaba en mi poder para que comprendiera lo que me disponía a hacer. Me pareció que al fin entendía mis intenciones, pero fuera así o no, sacudió la cabeza con desesperación, negándose a abandonar su asidero en la armella. Me era imposible llegar hasta él y la situación no admitía pérdida de tiempo. Así fue como, lleno de amargura, lo abandoné a su destino, me até al barril mediante las cuerdas que lo habían sujetado a la bovedilla y me lancé con él al mar sin un segundo de vacilación.

El resultado fue exactamente el que esperaba. Puesto que yo mismo le estoy haciendo este relato, por lo cual ya sabe usted que escapé sano y salvo, y además está enterado de cómo me las arreglé para escapar, abreviaré el fin de la historia. Habría transcurrido una hora o cosa así desde que hiciera abandono del queche, cuando lo vi, a gran profundidad, girar terriblemente tres o cuatro veces en rápida sucesión y precipitarse en línea recta en el caos de espuma del abismo, llevándose consigo a mi querido hermano. El barril al cual me había atado descendió apenas algo más de la mitad de la distancia entre el fondo del remolino y el lugar desde donde me había tirado al agua, y entonces empezó a producirse un gran cambio en el aspecto del vórtice. La pendiente de los lados del enorme embudo se fue haciendo menos y menos escarpada. Las revoluciones del vórtice disminuyeron gradualmente su violencia.

Poco a poco fue desapareciendo la espuma y el arco iris, y pareció como si el fondo del abismo empezara a levantarse suavemente. El cielo estaba despejado, no había viento y la luna llena resplandecía en el oeste, cuando me encontré en la superficie del océano, a plena vista de las costas de Lofoden y en el lugar donde había estado el remolino de Moskoeström. Era la hora de la calma, pero el mar se encrespaba todavía en gigantescas olas por efectos del huracán. Fui impulsado violentamente al canal del Ström, y pocos minutos más tarde llegaba a la costa, en la zona de los pescadores. Un bote me recogió, exhausto de fatiga, y, ahora que el peligro había pasado, incapaz de hablar a causa del recuerdo de aquellos horrores. Quienes me subieron a bordo eran mis viejos camaradas y compañeros cotidianos, pero no me reconocieron, como si yo fuese un viajero que retornaba del mundo de los espíritus. Mi cabello, negro como ala de cuervo la víspera, estaba tan blanco como lo ve usted ahora. También se dice que la expresión de mi rostro ha cambiado. Les conté mi historia... y no me creyeron. Se la cuento ahora a usted, sin mayor esperanza de que le dé más crédito del que le concedieron los alegres pescadores de Lofoden.

EL TONEL DE AMONTILLADO

Había yo soportado hasta donde me era posible las mil ofensas de que Fortunato me hacía objeto, pero cuando se atrevió a insultarme juré que me vengaría. Vosotros, sin embargo, que conocéis harto bien mi alma, no pensaréis que proferí amenaza alguna. Me vengaría a la larga; esto quedaba definitivamente decidido, pero, por lo mismo que era definitivo, excluía toda idea de riesgo. No sólo debía castigar, sino castigar con impunidad. No se repara un agravio cuando el castigo alcanza al reparador, y tampoco es reparado si el vengador no es capaz de mostrarse como tal a quien lo ha ofendido.

Téngase en cuenta que ni mediante hechos ni palabras había yo dado motivo a Fortunato para dudar de mi buena disposición. Tal como me lo había propuesto, seguí sonriente ante él, sin que se diera cuenta de que mi sonrisa procedía, ahora, de la idea de su inmolación.

Un punto débil tenía este Fortunato, aunque en otros sentidos era hombre de respetar y aun de temer. Enorgullecíase de ser un connaisseur en materia de vinos. Pocos italianos poseen la capacidad del verdadero virtuoso. En su mayor parte, el entusiasmo que fingen se adapta al momento y a la oportunidad, a fin de engañar a los millonarios ingleses y austriacos. En pintura y en alhajas Fortunato era un impostor, como todos sus compatriotas; pero en lo referente a vinos añejos procedía con sinceridad. No era yo diferente de él en este sentido; experto en vendimias italianas, compraba con largueza todos los vinos que podía.

Anochecía ya, una tarde en que la semana de carnaval llegaba a su locura más extrema, cuando encontré a mi amigo. Acercóseme con excesiva cordialidad, pues había estado bebiendo en demasía. Disfrazado de bufón, llevaba un ajustado traje a rayas y lucía en la cabeza el cónico gorro de cascabeles. Me sentí tan contento al verle, que me pareció que no terminaría nunca de estrechar su mano.

—Mi querido Fortunato —le dije—, ¡qué suerte haberte encontrado! ¡Qué buen semblante tienes! Figúrate que acabo de recibir un barril de vino que pasa por amontillado, pero tengo mis dudas.

—¿Cómo?,—exclamó Fortunato—. ¿Amontillado? ¿Un barril? ¡Imposible! ¡Y a mitad de carnaval...!

—Tengo mis dudas —insistí—, pero he sido lo bastante tonto como para pagar su precio sin consultarte antes. No pude dar contigo y tenía miedo de echar a perder un buen negocio.

—¡Amontillado!

—Tengo mis dudas.

—¡Amontillado!

—Y quiero salir de ellas.

—¡Amontillado!

—Como estás ocupado, me voy a buscar a Lucresi. Si hay alguien con sentido crítico, es él. Me dirá que...

—Lucresi es incapaz de distinguir entre amontillado y jerez.

—Y sin embargo no faltan tontos que afirman que su gusto es comparable al tuyo.

—¡Ven! ¡Vamos!

—¿Adónde?

—A tu bodega.

—No, amigo mío. No quiero aprovecharme de tu bondad. Noto que estás ocupado, y Lucresi...

—No tengo nada que hacer; vamos.

—No, amigo mío. No se trata de tus ocupaciones, pero veo que tienes un fuerte catarro.

Las criptas son terriblemente húmedas y están cubiertas de salitre.

—Vamos lo mismo. Este catarro no es nada. ¡Amontillado! Te has dejado engañar. En cuanto a Lucresi, es incapaz de distinguir entre jerez y amontillado.

Mientras decía esto, Fortunato me tomó del brazo. Yo me puse un antifaz de seda negra y, ciñéndome una roquelaure, dejé que me llevara apresuradamente a mi palazzo.

No encontramos sirvientes en mi morada; habíanse escapado para festejar alegremente el carnaval. Como les había dicho que no volvería hasta la mañana siguiente, dándoles órdenes expresas de no moverse de casa, estaba bien seguro de que todos ellos se habían marchado de inmediato apenas les hube vuelto la espalda.

Saqué dos antorchas de sus anillas y, entregando una a Fortunato, le conduje a través de múltiples habitaciones hasta la arcada que daba acceso a las criptas. Descendimos una larga escalera de caracol, mientras yo recomendaba a mi amigo que bajara con precaución. Llegamos por fin al fondo y pisamos juntos el húmedo suelo de las catacumbas de los Montresors.

Mi amigo caminaba tambaleándose, y al moverse tintinearon los cascabeles de su gorro.

—El tonel —dijo,

—Está más delante —contesté—, pero observa las blancas telarañas que brillan en las paredes de estas cavernas.

Se volvió hacía mí y me miró en los ojos con veladas pupilas, que destilaban el flujo de su embriaguez.

—¿Salitre? —preguntó, después de un momento.

—Salitre —repuse—. ¿Desde cuándo tienes esa tos?

El violento acceso impidió a mi pobre amigo contestarme durante varios minutos.

—No es nada —dijo por fin.

—Vamos —declaré con decisión—. Volvámonos; tu salud es preciosa. Eres rico, respetado, admirado, querido; eres feliz como en un tiempo lo fui yo. Tu desaparición sería lamentada, cosa que no ocurriría en mi caso. Volvamos, pues, de lo contrario, te enfermarás y no quiero tener esa responsabilidad. Además está Lucresi, que...

—¡Basta! —dijo Fortunato—. Esta tos no es nada y no me matará. No voy a morir de un acceso de tos.

—Ciertamente que no —repuse—. No quería alarmarte innecesariamente. Un trago de este Medoc nos protegerá de la humedad.

Rompí el cuello de una botella que había extraído de una larga hilera de la misma clase colocada en el suelo.

—Bebe —agregué, presentándole el vino.

Mirándome de soslayo, alzó la botella hasta sus labios. Detúvose y me hizo un gesto familiar, mientras tintineaban sus cascabeles.

—Brindo —dijo— por los enterrados que reposan en torno de nosotros.

—Y yo brindo por que tengas una larga vida.

Otra vez me tomó del brazo y seguimos adelante.

—Estas criptas son enormes —observó Fortunato.

—Los Montresors —repliqué— fueron una distinguida y numerosa familia.

—He olvidado vuestras armas.

—Un gran pie humano de oro en campo de azur; el pie aplasta una serpiente rampante, cuyas garras se hunden en el talón.

—¿Y el lema?

—Nemo me impune lacessit.

—¡Muy bien! —dijo Fortunato.

Chispeaba el vino en sus ojos y tintineaban los cascabeles. El Medoc había estimulado también mi fantasía. Dejamos atrás largos muros formados por esqueletos apilados, entre los cuales aparecían también toneles y pipas, hasta llegar a la parte más recóndita de las catacumbas. Me detuve otra vez, atreviéndome ahora a tomar del brazo a Fortunato por encima del codo.

—¡Mira cómo el salitre va en aumento! —dije—. Abunda como el moho en las criptas. Estamos debajo del lecho del río. Las gotas de humedad caen entre los huesos... Ven, volvámonos antes de que sea demasiado tarde. La tos...

—No es nada —dijo Fortunato—. Sigamos adelante, pero bebamos antes otro trago de Medoc.

Rompí el cuello de un frasco de De Grâve y se lo alcancé. Vacíolo de un trago y sus ojos se llenaron de una luz salvaje. Riéndose, lanzó la botella hacia arriba, gesticulando en una forma que no entendí.

Lo miré, sorprendido. Repitió el movimiento, un movimiento grotesco.

—¿No comprendes?

—No —repuse.

—Entonces no eres de la hermandad.

—¿Cómo?

—No eres un masón.

—¡Oh, sí! —exclamé—. ¡Sí lo soy!

—¿Tú, un masón? ¡Imposible!

—Un masón —insistí.

—Haz un signo —dijo él—. Un signo.

—Mira —repuse, extrayendo de entre los pliegues de mi roquelaure una pala de albañil.

—Te estás burlando —exclamó Fortunato, retrocediendo algunos pasos—. Pero vamos a ver ese amontillado.

—Puesto que lo quieres —dije, guardando el utensilio y ofreciendo otra vez mi brazo a Fortunato, que se apoyó pesadamente. Continuamos nuestro camino en busca del amontillado. Pasamos bajo una hilera de arcos muy bajos, descendimos, seguimos adelante y, luego de bajar otra vez, llegamos a una profunda cripta, donde el aire estaba tan viciado que nuestras antorchas dejaron de llamear y apenas alumbraban.

En el extremo más alejado de la cripta se veía otra menos espaciosa. Contra sus paredes se habían apilado restos humanos que subían hasta la bóveda, como puede verse en las grandes catacumbas de París. Tres lados de esa cripta interior aparecían ornamentados de esta manera. En el cuarto, los huesos se habían desplomado y yacían dispersos en el suelo, formando en una parte un amontonamiento bastante grande. Dentro del muro así expuesto por la caída de los huesos, vimos otra cripta o nicho interior, cuya profundidad sería de unos cuatro pies, mientras su ancho era de tres y su alto de seis o siete. Parecía haber sido construida sin ningún propósito especial, ya que sólo constituía el intervalo entre dos de los colosales soportes del techo de las catacumbas, y formaba su parte posterior la pared, de sólido granito, que las limitaba.

Fue inútil que Fortunato, alzando su mortecina antorcha, tratara de ver en lo hondo del nicho. La débil luz no permitía adivinar dónde terminaba.

—Continúa —dije—. Allí está el amontillado. En cuanto a Lucresi...

—Es un ignorante —interrumpió mi amigo, mientras avanzaba tambaleándose y yo le seguía pegado a sus talones. En un instante llegó al fondo del nicho y, al ver que la roca interrumpía su marcha, se detuvo como atontado. Un segundo más tarde quedaba encadenado al granito. Había en la roca dos argollas de hierro, separadas horizontalmente por unos dos pies. De una de ellas colgaba una cadena corta; de la otra, un candado. Pasándole la cadena alrededor de la cintura, me bastaron apenas unos segundos para aherrojarlo. Demasiado estupefacto estaba para resistirse. Extraje la llave y salí del nicho.

—Pasa tu mano por la pared —dije— y sentirás el salitre. Te aseguro que hay mucha humedad. Una vez más, te imploro que volvamos. ¿No quieres? Pues entonces, tendré que dejarte. Pero antes he de ofrecerte todos mis servicios.

—¡El amontillado! —exclamó mi amigo, que no había vuelto aún de su estupefacción.

—Es cierto —repliqué—. El amontillado. Mientras decía esas palabras, fui hasta el montón de huesos de que ya he hablado.

Echándolos a un lado, puse en descubierto una cantidad de bloques de piedra y de mortero. Con estos materiales y con ayuda de mi pala de albañil comencé vigorosamente a cerrar la entrada del nicho.

Apenas había colocado la primera hilera de mampostería, advertí que la embriaguez de Fortunato se había disipado en buena parte. La primera indicación nació de un quejido profundo que venía de lo hondo del nicho. No era el grito de un borracho. Siguió un largo y obstinado silencio. Puse la segunda hilera, la tercera y la cuarta; entonces oí la furiosa vibración de la cadena. El ruido duró varios minutos, durante los cuales, y para poder escucharlo con más comodidad, interrumpí mi labor y me senté sobre los huesos. Cuando, por fin, cesó el resonar de la cadena, tomé de nuevo mi pala y terminé sin interrupción la quinta, la sexta y la séptima hilera. La pared me llegaba ahora hasta el pecho. Detúveme nuevamente y, alzando la antorcha sobre la mampostería, proyecté sus débiles rayos sobre la figura allí encerrada.

Una sucesión de agudos y penetrantes alaridos, brotando súbitamente de la garganta de aquella forma encadenada, me hicieron retroceder con violencia. Vacilé un instante y temblé. Desenvainando mi espada, me puse a tantear con ella el interior del nicho, pero me bastó una rápida reflexión para tranquilizarme. Apoyé la mano sobre la sólida muralla de la catacumba y me sentí satisfecho. Volví a acercarme al nicho y contesté con mis alaridos a aquel que clamaba. Fui su eco, lo ayudé, lo sobrepujé en volumen y en fuerza. Sí, así lo hice, y sus gritos acabaron por cesar.

Ya era medianoche y mi tarea llegaba a su término. Había completado la octava, la novena y la décima hilera. Terminé una parte de la undécima y última; sólo quedaba por colocar y fijar una sola piedra. Luché con su peso y la coloqué parcialmente en posición. Pero entonces brotó desde el nicho una risa apagada que hizo erizar mis cabellos. La sucedió una voz lamentable, en la que me costó reconocer la del noble Fortunato.

—¡Ja, ja... ja, ja! ¡Una excelente broma, por cierto... una excelente broma...! ¡Cómo vamos a reírnos en el palazzo... ja, ja... mientras bebamos... ja, ja!

—¡El amontillado! —dije.

—¡Ja, ja...! ¡Sí... el amontillado...! Pero... ¿no se está haciendo tarde? ¿No nos estarán esperando en el palazzo... mi esposa y los demás? ¡Vámonos!

—Sí—dije—. Vámonos.

—¡Por el amor de Dios, Montresor!

—Sí   —dije—.   Por   el   amor   de   Dios.
Esperé en vano la respuesta a mis palabras. Me impacienté y llamé en voz alta:

—¡Fortunato!

Silencio. Llamé otra vez.

—¡Fortunato!

No hubo respuesta. Pasé una antorcha por la abertura y la dejé caer dentro. Sólo me fue devuelto un tintinear de cascabeles. Sentí que una náusea me envolvía; su causa era la humedad de las catacumbas. Me apresuré a terminar mi trabajo. Puse la última piedra en su sitio y la fijé con el mortero. Contra la nueva mampostería volví a alzar la antigua pila de huesos. Durante medio siglo, ningún mortal los ha perturbado. ¡Requiescat in pace!

EL HOMBRE DE LA MULTITUD

Ce grand malheur de ne pouvoir être seul.
(LA BRUYÈRE)

Bien se ha dicho de cierto libro alemán que *er lässt sich nicht lesen* —no se deja leer—. Hay ciertos secretos que no se dejan expresar. Hay hombres que mueren de noche en sus lechos, estrechando convulsivamente las manos de espectrales confesores, mirándolos lastimosamente en los ojos; mueren con el corazón desesperado y apretada la garganta a causa de esos misterios que no permiten que se los revele. Una y otra vez, ¡ay!, la conciencia del hombre soporta una carga tan pesada de horror que sólo puede arrojarla a la tumba. Y así la esencia de todo crimen queda inexpresada. No hace mucho tiempo, en un atardecer de otoño, hallábame sentado junto a la gran ventana que sirve de mirador al café D..., en Londres. Después de varios meses de enfermedad, me sentía convaleciente y con el retorno de mis fuerzas, notaba esa agradable disposición que es el reverso exacto del *ennui*; disposición llena de apetencia, en la que se desvanecen los vapores de la visión interior — ἀχλὺς ἥ πριν ἐπήεν— y el intelecto electrizado sobrepasa su nivel cotidiano, así como la vívida aunque ingenua razón de Leibniz sobrepasa la alocada y endeble retórica de Gorgias. El solo hecho de respirar era un goce, e incluso de muchas fuentes legítimas del dolor extraía yo un placer. Sentía un interés sereno, pero inquisitivo, hacia todo lo que me rodeaba. Con un cigarro en los labios y un periódico en las rodillas, me había entretenido gran parte de la tarde, ya leyendo los anuncios, ya contemplando la variada concurrencia del salón, cuando no mirando hacia la calle a través de los cristales velados por el humo.

Dicha calle es una de las principales avenidas de la ciudad, y durante todo el día había transitado por ella una densa multitud. Al acercarse la noche, la afluencia aumentó, y cuando se encendieron las lámparas pudo verse una doble y continua corriente de transeúntes pasando presurosos ante la puerta. Nunca me había hallado a esa hora en el café, y el tumultuoso mar de cabezas humanas me llenó de una emoción deliciosamente nueva. Terminé por despreocuparme de lo que ocurría adentro y me absorbí en la contemplación de la escena exterior.

Al principio, mis observaciones tomaron un giro abstracto y general. Miraba a los viandantes en masa y pensaba en ellos desde el punto de vista de su relación colectiva. Pronto, sin embargo, pasé a los detalles, examinando con minucioso interés las innumerables variedades de figuras, vestimentas, apariencias, actitudes, rostros y expresiones.

La gran mayoría de los que iban pasando tenían un aire tan serio como satisfecho, y sólo parecían pensar en la manera de abrirse paso en el apiñamiento. Fruncían las cejas y giraban vivamente los ojos; cuando otros transeúntes los empujaban, no daban ninguna señal de impaciencia, sino que se alisaban la ropa y continuaban presurosos. Otros, también en gran número, se movían incansables, rojos los rostros, hablando y gesticulando consigo mismos como si la densidad de la masa que los rodeaba los hiciera sentirse solos. Cuando hallaban un obstáculo a su paso cesaban bruscamente de mascullar pero redoblaban sus gesticulaciones, esperando con sonrisa forzada y ausente que los demás les abrieran camino. Cuando los empujaban, se deshacían en saludos hacia los responsables, y parecían llenos de confusión. Pero, fuera de lo que he señalado, no se advertía nada distintivo en esas dos clases tan numerosas. Sus ropas pertenecían a la categoría tan agudamente denominada decente. Se trataba fuera de duda de gentileshombres, comerciantes, abogados, traficantes y agiotistas; de los eupátridas y la gente ordinaria de la sociedad; de hombres dueños de su tiempo, y hombres activamente ocupados en sus asuntos personales, que dirigían negocios bajo su responsabilidad. Ninguno de ellos llamó mayormente mi atención.

El grupo de los amanuenses era muy evidente, y en él discerní dos notables divisiones. Estaban los empleados menores de las casas ostentosas, jóvenes de ajustadas chaquetas, zapatos relucientes, cabellos con pomada y bocas desdeñosas. Dejando de lado una cierta apostura que, a falta de mejor palabra, cabría denominar oficinesca, el aire de dichas personas me parecía el exacto facsímil de lo que un año o año y medio antes había constituido la perfección del bon ton. Afectaban las maneras ya desechadas por la clase media —y esto, creo, da la mejor definición posible de su clase.

La división formada por los empleados superiores de las firmas sólidas, los «viejos tranquilos», era inconfundible. Se los reconocía por sus chaquetas y pantalones negros o castaños, cortados con vistas a la comodidad; las corbatas y chalecos, blancos; los zapatos, anchos y sólidos, y las polainas o los calcetines, espesos y abrigados. Todos ellos mostraban señales de calvicie, y la oreja derecha, habituada a sostener desde hacía mucho un lapicero, aparecía extrañamente separada. Noté que siempre se quitaban o ponían el sombrero con ambas manos y que llevaban relojes con cortas cadenas de oro de maciza y antigua forma.

Era la suya la afectación de respetabilidad, si es que puede existir una afectación tan honorable.

Había aquí y allá numerosos individuos de brillante apariencia, que fácilmente reconocí como pertenecientes a esa especie de carteristas elegantes que infesta todas las grandes ciudades. Miré a dicho personaje con suma detención y me resultó difícil concebir cómo los caballeros podían confundirlos con sus semejantes. Lo exagerado del puño de sus camisas y su aire de excesiva franqueza los traicionaba inmediatamente.

Los jugadores profesionales —y había no pocos— eran aún más fácilmente reconocibles. Vestían toda clase de trajes, desde el pequeño tahúr de feria, con su chaleco de terciopelo, corbatín de fantasía, cadena dorada y botones de filigrana, hasta el pillo, vestido con escrupulosa y clerical sencillez, que en modo alguno se presta a despertar sospechas. Sin embargo, todos ellos se distinguían por el color terroso y atezado de la piel, la mirada vaga y perdida y los labios pálidos y apretados. Había, además, otros dos rasgos que me permitían identificarlos siempre; un tono reservadamente bajo al conversar, y la extensión más que ordinaria del pulgar, que se abría en ángulo recto con los dedos. Junto a estos tahúres observé muchas veces a hombres vestidos de manera algo diferente, sin dejar de ser pájaros del mismo plumaje. Cabría definirlos como caballeros que viven de su ingenio. Parecen precipitarse sobre el público en dos batallones: el de los dandys y el de los militares. En el primer grupo, los rasgos característicos son los cabellos largos y las sonrisas; en el segundo, los levitones y el aire cejijunto.

Bajando por la escala de lo que da en llamarse superioridad social, encontré temas de especulación más sombríos y profundos. Vi buhoneros judíos, con ojos de halcón brillando en rostros cuyas restantes facciones sólo expresaban abyecta humildad; empedernidos mendigos callejeros profesionales, rechazando con violencia a otros mendigos de mejor estampa, a quienes sólo la desesperación había arrojado a la calle a pedir limosna; débiles y espectrales inválidos, sobre los cuales la muerte apoyaba una firme mano y que avanzaban vacilantes entre la muchedumbre, mirando cada rostro con aire de imploración, como si buscaran un consuelo casual o alguna perdida esperanza; modestas jóvenes que volvían tarde de su penosa labor y se encaminaban a sus fríos hogares, retrayéndose más afligidas que indignadas ante las ojeadas de los rufianes, cuyo contacto directo no les era posible evitar; rameras de toda clase y edad, con la inequívoca belleza en la plenitud de su feminidad, que llevaba a pensar en la estatua de Luciano, por fuera de mármol de Paros y por dentro llena de basura; la horrible leprosa harapienta, en el último grado de la ruina; el vejestorio lleno de arrugas, joyas y cosméticos, que hace un último esfuerzo para salvar la juventud; la niña de formas apenas núbiles, pero a quien una larga costumbre inclina a las horribles coqueterías de su profesión, mientras arde en el devorador deseo de igualarse con sus mayores en el vicio; innumerables e indescriptibles borrachos, algunos harapientos y remendados, tambaleándose, incapaces de articular palabra, amoratado el rostro y opacos los ojos; otros con ropas enteras aunque sucias, el aire provocador pero vacilante, gruesos labios sensuales y rostros rubicundos y abiertos; otros vestidos con trajes que alguna vez fueron buenos y que todavía están cepillados cuidadosamente, hombres que caminan con paso más firme y más vivo que el natural, pero cuyos rostros se ven espantosamente pálidos, los ojos inyectados en sangre, y que mientras avanzan a través de la multitud se toman con dedos temblorosos todos los objetos a su alcance; y, junto a ellos, pasteleros, mozos de cordel, acarreadores de carbón, deshollinadores, organilleros, exhibidores de monos amaestrados, cantores callejeros, los que venden mientras los otros cantan, artesanos desastrados, obreros de todas clases, vencidos por la fatiga, y todo ese conjunto estaba lleno de una ruidosa y desordenada vivacidad, que resonaba discordante en los oídos y creaba en los ojos una sensación dolorosa.

A medida que la noche se hacía más profunda, también era más profundo mi interés por la escena; no sólo el aspecto general de la multitud cambiaba materialmente (pues sus rasgos más agradables desaparecían a medida que el sector ordenado de la población se retiraba y los más ásperos se reforzaban con el surgir de todas las especies de infamia arrancadas a sus guaridas por lo avanzado de la hora), sino que los resplandores del gas, débiles al comienzo de la lucha contra el día, ganaban por fin ascendiente y esparcían en derredor una luz agitada y deslumbrante. Todo era negro y, sin embargo, espléndido, como el ébano con el cual fue comparado el estilo de Tertuliano.

Los extraños efectos de la luz me obligaron a examinar individualmente las caras de la gente y, aunque la rapidez con que aquel mundo pasaba delante de la ventana me impedía lanzar más de una ojeada a cada rostro, me pareció que, en mi singular disposición de ánimo, era capaz de leer la historia de muchos años en el breve intervalo de una mirada.

Pegada la frente a los cristales, ocupábame en observar la multitud, cuando de pronto se me hizo visible un rostro (el de un anciano decrépito de unos sesenta y cinco o setenta años) que detuvo y absorbió al punto toda mi atención, a causa de la absoluta singularidad de su expresión. Jamás había visto nada que se pareciese remotamente a esa expresión. Me acuerdo de que, al contemplarla, mi primer pensamiento fue que, si Retzch la hubiera visto, la hubiera preferido a sus propias encarnaciones pictóricas del demonio. Mientras procuraba, en el breve instante de mi observación, analizar el sentido de lo que había experimentado, crecieron confusa y paradójicamente en mi cerebro las ideas de enorme capacidad mental, cautela, penuria, avaricia, frialdad, malicia, sed de sangre, triunfo, alborozo, terror excesivo, y de intensa, suprema desesperación. «¡Qué extraordinaria historia está escrita en ese pecho!», me dije. Nacía en mí un ardiente deseo de no perder de vista a aquel hombre, de saber más sobre él. Poniéndome rápidamente el abrigo y tomando sombrero y bastón, salí a la calle y me abrí paso entre la multitud en la dirección que le había visto tomar, pues ya había desaparecido. Después de algunas dificultades terminé por verlo otra vez; acercándome, lo seguí de cerca, aunque cautelosamente, a fin de no llamar su atención. Tenía ahora una buena oportunidad para examinarlo. Era de escasa estatura, flaco y aparentemente muy débil. Vestía ropas tan sucias como harapientas; pero, cuando la luz de un farol lo alumbraba de lleno, pude advertir que su camisa, aunque sucia, era de excelente tela, y, si mis ojos no se engañaban, a través de un desgarrón del abrigo de segunda mano que lo envolvía apretadamente alcancé a ver el resplandor de un diamante y de un puñal. Estas observaciones enardecieron mi curiosidad y resolví seguir al desconocido a dondequiera que fuese.

Era ya noche cerrada y la espesa niebla húmeda que envolvía la ciudad no tardó en convertirse en copiosa lluvia. El cambio de tiempo produjo un extraño efecto en la multitud, que volvió a agitarse y se cobijó bajo un mundo de paraguas. La ondulación, los empujones y el rumor se hicieron diez veces más intensos. Por mi parte la lluvia no me importaba mucho; en mi organismo se escondía una antigua fiebre para la cual la humedad era un placer peligrosamente voluptuoso. Me puse un pañuelo sobre la boca y seguí andando. Durante media hora el viejo se abrió camino dificultosamente a lo largo de la gran avenida, y yo seguía pegado a él por miedo a perderlo de vista. Como jamás se volvía, no me vio. Entramos al fin en una calle transversal que, aunque muy concurrida, no lo estaba tanto como la que acabábamos de abandonar. Inmediatamente advertí un cambio en su actitud. Caminaba más despacio, de manera menos decidida que antes, y parecía vacilar. Cruzó repetidas veces a un lado y otro de la calle, sin propósito aparente; la multitud era todavía tan densa que me veía obligado a seguirlo de cerca.

La calle era angosta y larga y la caminata duró casi una hora, durante la cual los viandantes fueron disminuyendo hasta reducirse al número que habitualmente puede verse a mediodía en Broadway, cerca del parque (pues tanta es la diferencia entre una muchedumbre londinense y la de la ciudad norteamericana más populosa).

Un nuevo cambio de dirección nos llevó a una plaza brillantemente iluminada y rebosante de vida. El desconocido recobró al punto su actitud primitiva. Dejó caer el mentón sobre el pecho, mientras sus ojos giraban extrañamente bajo el entrecejo fruncido, mirando en todas direcciones hacia los que le rodeaban. Se abría camino con firmeza y perseverancia. Me sorprendió, sin embargo, advertir que, luego de completar la vuelta a la plaza, volvía sobre sus pasos. Y mucho más me asombró verlo repetir varias veces el mismo camino, en una de cuyas ocasiones estuvo a punto de descubrirme cuando se volvió bruscamente.

Otra hora transcurrió en esta forma, al fin de la cual los transeúntes habían disminuido sensiblemente. Seguía lloviendo con fuerza, hacía fresco y la gente se retiraba a sus casas. Con un gesto de impaciencia el errabundo entró en una calle lateral comparativamente desierta. Durante cerca de un cuarto de milla anduvo por ella con una agilidad que jamás hubiera soñado en una persona de tanta edad, y me obligó a gastar mis fuerzas para poder seguirlo. En pocos minutos llegamos a una feria muy grande y concurrida, cuya disposición parecía ser familiar al desconocido. Inmediatamente recobró su actitud anterior, mientras se abría paso a un lado y otro, sin propósito alguno, mezclado con la muchedumbre de compradores y vendedores.

Durante la hora y media aproximadamente que pasamos en el lugar debí obrar con suma cautela para mantenerme cerca sin ser descubierto. Afortunadamente llevaba chanclos que me permitían andar sin hacer el menor ruido. En ningún momento notó el viejo que lo espiaba. Entró de tienda en tienda, sin informarse de nada, sin decir palabra y mirando las mercancías con ojos ausentes y extraviados. A esta altura me sentía lleno de asombro ante su conducta, y estaba resuelto a no perderle pisada hasta satisfacer mi curiosidad. Un reloj dio sonoramente las once, y los concurrentes empezaron a abandonar la feria. Al cerrar un postigo, uno de los tenderos empujó al viejo, e instantáneamente vi que corría por su cuerpo un estremecimiento. Lanzóse a la calle, mirando ansiosamente en todas direcciones, y corrió con increíble velocidad por varias callejuelas sinuosas y abandonadas, hasta volver a salir a la gran avenida de donde habíamos partido, la calle del hotel D... Pero el aspecto del lugar había cambiado. Las luces de gas brillaban todavía, mas la lluvia redoblaba su fuerza y sólo alcanzaban a verse contadas personas. El desconocido palideció.

Con aire apesadumbrado anduvo algunos pasos por la avenida antes tan populosa, y luego, con un profundo suspiro, giró en dirección al río y, sumergiéndose en una complicada serie de atajos y callejas, llegó finalmente ante uno de los más grandes teatros de la ciudad. Ya cerraban sus puertas y la multitud salía a la calle. Vi que el viejo jadeaba como si buscara aire fresco en el momento en que se lanzaba a la multitud, pero me pareció que el intenso tormento que antes mostraba su rostro se había calmado un tanto. Otra vez cayó su cabeza sobre el pecho; estaba tal como lo había visto al comienzo. Noté que seguía el camino que tomaba el grueso del público, pero me era imposible comprender lo misterioso de sus acciones.

Mientras andábamos los grupos se hicieron menos compactos y la inquietud y vacilación del viejo volvieron a manifestarse. Durante un rato siguió de cerca a una ruidosa banda formada por diez o doce personas; pero poco a poco sus integrantes se fueron separando, hasta que sólo tres de ellos quedaron juntos en una calleja angosta y sombría, casi desierta. El desconocido se detuvo y por un momento pareció perdido en sus pensamientos; luego, lleno de agitación, siguió rápidamente una ruta que nos llevó a los límites de la ciudad y a zonas muy diferentes de las que habíamos atravesado hasta entonces. Era el barrio más ruidoso de Londres, donde cada cosa ostentaba los peores estigmas de la pobreza y del crimen. A la débil luz de uno de los escasos faroles se veían altos, antiguos y carcomidos edificios de madera, peligrosamente inclinados de manera tan rara y caprichosa que apenas sí podía discernirse entre ellos algo así como un pasaje. Las piedras del pavimento estaban sembradas al azar, arrancadas de sus lechos por la cizaña.

La más horrible inmundicia se acumulaba en las cunetas. Toda la atmósfera estaba bañada en desolación. Sin embargo, a medida que avanzábamos los sonidos de la vida humana crecían gradualmente y al final nos encontramos entre grupos del más vil populacho de Londres, que se paseaban tambaleantes de un lado a otro. Otra vez pareció reanimarse el viejo, como una lámpara cuyo aceite está a punto de extinguirse. Otra vez echó a andar con elásticos pasos. Doblamos bruscamente en una esquina, nos envolvió una luz brillante y nos vimos frente a uno de los enormes templos suburbanos de la Intemperancia, uno de los palacios del demonio Ginebra.

Faltaba ya poco para el amanecer, pero gran cantidad de miserables borrachos entraban y salían todavía por la ostentosa puerta. Con un sofocado grito de alegría el viejo se abrió paso hasta el interior, adoptó al punto su actitud primitiva y anduvo de un lado a otro entre la multitud, sin motivo aparente. No llevaba mucho tiempo así, cuando un súbito movimiento general hacia la puerta reveló que la casa estaba a punto de ser cerrada. Algo aún más intenso que la desesperación se pintó entonces en las facciones del extraño ser a quien venía observando con tanta pertinacia. No vaciló, sin embargo, en su carrera, sino que con una energía de maniaco volvió sobre sus pasos hasta el corazón de la enorme Londres. Corrió rápidamente y durante largo tiempo, mientras yo lo seguía, en el colmo del asombro, resuelto a no abandonar algo que me interesaba más que cualquier otra cosa. Salió el sol mientras seguíamos andando y, cuando llegamos de nuevo a ese punto donde se concentra la actividad comercial de la populosa ciudad, a la calle del hotel D..., la vimos casi tan llena de gente y de actividad como la tarde anterior. Y aquí, largamente, entre la confusión que crecía por momentos, me obstiné en mi persecución del extranjero. Pero, como siempre, andando de un lado a otro, y durante todo el día no se alejó del torbellino de aquella calle. Y cuando llegaron las sombras de la segunda noche, y yo me sentía cansado a morir, enfrenté al errabundo y me detuve, mirándolo fijamente en la cara. Sin reparar en mí, reanudó su solemne paseo, mientras yo, cesando de perseguirlo, me quedaba sumido en su contemplación.

—Este viejo —dije por fin—representa el arquetipo y el genio del profundo crimen. Se niega a estar solo. Es el hombre de la multitud. Sería vano seguirlo, pues nada más aprenderé sobre él y sus acciones. El peor corazón del mundo es un libro más repelente que el Hortulus Animae[1], y quizá sea una de las grandes mercedes de Dios el que er lässt sich nicht lesen.

---

[1] El Hortulus Animae cum Oratiunculis Aliquibis Superadditis, de Grünninger.

EL MISTERIO DE MARIE ROGÊT[2]

(Continuación de «Los crímenes de la calle Morgue)

Es giebt eine Reihe idealischer Begebenheiten, die der Wirklichkeit parallel läuft. Selten fallen sie zusammen. Menschen und Zufälle modificiren gewöhnlich die idealische Begebenheit, so dass sie unvollkommen ercheint, und ihre Folgen gleichfalls unvollkommen sind. So bei der Reformation; statt des Protestantismus kam das Lutherthum hervor.

(Hay series ideales de acaecimientos que corren paralelos a los reales. Rara vez coinciden; por lo general, los hombres y las circunstancias modifican la serie ideal perfecta, y sus consecuencias son por lo tanto igualmente imperfectas. Tal ocurrió con la Reforma: en vez del protestantismo tuvimos el luteranismo.)

(NOVALIS, Moral Ansichten)

Aun entre los pensadores más sosegados, pocos hay que alguna vez no se hayan sorprendido al comprobar que creían a medias en lo

---

[2] En ocasión de la publicación original de *Marie Rogêt,* las notas que ahora se agregan al pie fueron consideradas innecesarias; pero los varios años transcurridos desde la tragedia en la cual se funda este relato obligan a incorporarlas, así como a decir en pocas palabras el propósito general del presente escrito. Una joven llamada *Mary Cecilia Rogers* fue asesinada en las cercanías de Nueva York y, aunque su muerte produjo intensa y duradera conmoción, el misterio que la rodeaba seguía sin resolverse cuando este relato fue escrito y publicado (noviembre de 1842). Fingiendo narrar el destino de *una grisette* parisiense, el autor siguió con todo detalle los hechos esenciales (parafraseando los menos importantes) del verdadero asesinato de Mary Rogers. Así, todos los argumentos de la ficción se aplican a la verdad, pues su objeto era la investigación de esa verdad.

El misterio de Marie Rogêt fue escrito lejos de la escena del asesinato y sin otros medios de investigación que los datos de los periódicos. EL autor careció, por tanto, de muchos elementos que habría obtenido de hallarse en el lugar y haber podido recorrer las vecindades. De todos modos no está de más recordar que la confesión de *dos personas* (una de ellas la madame Deluc del relato), efectuadas en distintos momentos y muy posteriores a la publicación, confirmaron plenamente no sólo la conclusión general, sino *todos* los detalles hipotéticos principales por los cuales dicha conclusión había sido alcanzada.

sobrenatural —de manera vaga pero sobrecogedora—, basándose para ello en coincidencias de naturaleza tan asombrosa que, en cuanto meras coincidencias, el intelecto no ha alcanzado a aprehender. Tales sentimientos (ya que las creencias a medias de que hablo no logran la plena fuerza del pensamiento) nunca se borran del todo hasta que se los explica por la doctrina de las posibilidades. Ahora bien, este cálculo es puramente matemático en esencia, y así nos encontramos con la anomalía de que la ciencia más rígida y exacta se aplica a las sombras y vaguedades de la especulación más intangible.

Los extraordinarios detalles que me toca dar a conocer constituyen, por lo que se refiere al tiempo, la rama principal de una serie de coincidencias apenas comprensibles, cuya rama secundaria o final reconocerán todos los lectores en el reciente asesinato de Mary Cecilia Rogers, en Nueva York.

Cuando en un relato titulado «Los crímenes de la calle Morgue», publicado hace un año, traté de poner de manifiesto algunas notables características de la mentalidad de mi amigo, el chevalier C. Auguste Dupin, no se me ocurrió que volvería jamás a ocuparme del tema. Era mi intención describir esas características, y su objeto fue plenamente logrado dentro de la terrible serie de circunstancias que pusieron de manifiesto el modo de ser de Dupin. Podría haber aducido otros ejemplos, pero no hubieran resultado más probatorios. Los recientes sucesos, sin embargo, con su sorprendente desarrollo, me obligan a proporcionar nuevos detalles que tendrán la apariencia de una confesión forzada. Pero, luego de lo que he oído en estos últimos tiempos, sería verdaderamente extraño que guardara silencio sobre lo que vi y oí hace mucho.

Una vez resuelta la tragedia de la muerte de madame L'Espanaye y su hija, Dupin se despreocupó inmediatamente del asunto y recayó en sus viejos hábitos de melancólica ensoñación. Por mi parte, inclinado como soy a la abstracción, no dejé de acompañarlo en su humor; seguíamos ocupando las mismas habitaciones en el Faubourg Saint— Germain, y abandonamos toda preocupación por el futuro para sumergirnos plácidamente en el presente, reduciendo a sueños el mortecino mundo que nos rodeaba.

Estos sueños, sin embargo, solían interrumpirse. Fácilmente se imaginará que el papel desempeñado por mi amigo en el drama de la rue Morgue no había dejado de impresionar a la policía parisiense. El nombre de Dupin se había vuelto familiar a todos sus miembros. La sencilla naturaleza de aquellas inducciones por la cuales había desenredado el misterio no fue nunca explicado por Dupin a nadie, fuera de mí —ni siquiera al prefecto—, por lo cual no sorprenderá que su intervención se considerara poco menos que milagrosa, o que las aptitudes analíticas del chevalier le valieran fama de intuitivo. Su franqueza lo hubiera llevado a desengañar a todos los que creyeran esto último, pero su humor indolente lo alejaba de la reiteración de un tópico que había dejado de interesarle hacía mucho. Fue así como Dupin se convirtió en el blanco de las miradas de la policía, y en no pocos casos la prefectura trató de contratar sus servicios. Uno de los ejemplos más notables lo proporcionó el asesinato de una joven llamada Marie Rogêt.

El hecho ocurrió unos dos años después de las atrocidades de la rue Morgue. Marie, cuyo nombre y apellido llamarán inmediatamente la atención por su parecido con los de la infortunada vendedora de cigarros de Nueva York, era hija única de la viuda Estelle Rogêt. Su padre había muerto cuando Marie era muy pequeña, y desde entonces hasta unos dieciocho meses antes del asesinato que nos ocupa, madre e hija habían vivido juntas en la rue Pavee Saint André[3], donde la señora Rogêt, ayudada por la joven, dirigía una pensión. Las cosas siguieron así hasta que Marie cumplió veintidós años, y su gran belleza atrajo la atención de un perfumista que ocupaba uno de los negocios en la galería del Palais Royal, cuya clientela principal la constituían los peligrosos aventureros que infestaban la vecindad. Monsieur Le Blanc[4] no ignoraba las ventajas de que la bella Marie atendiera la perfumería, y su generosa propuesta fue prontamente aceptada por la joven, aunque su madre no dejó de mostrar alguna vacilación.

Las previsiones del comerciante se cumplieron, y sus salones no tardaron en hacerse famosos gracias a los encantos de la vivaz grisette. Un año llevaba ésta en su empleo, cuando sus admiradores quedaron confundidos por su brusca desaparición. Monsieur Le Blanc no se explicaba su ausencia, y madame Rogêt estaba llena de ansiedad y terror. Los periódicos se ocuparon inmediatamente del asunto y la policía empezaba a efectuar investigaciones cuando, una semana después de su desaparición, Marie se presentó otra vez en la perfumería y reanudó sus tareas, dando la impresión de hallarse perfectamente bien, aunque su expresión reflejaba cierta tristeza. Como es natural, toda indagación fue inmediatamente suspendida, salvo las de carácter privado. Monsieur Le Blanc se mostró imperturbable y no dijo una palabra. A todas las

---

[3]Nassau Street
[4] Anderson

preguntas formuladas, tanto Marie como su madre respondieron que la primera había pasado la semana con parientes que vivían en el campo. La cosa acabó ahí y fue bien pronto olvidada, sobre todo porque la joven, deseosa de evitar las impertinencias de la curiosidad, no tardó en despedirse definitivamente del perfumista y buscó refugio en casa de su madre, en la rue Pavee Saint André.

Habrían pasado cinco meses de su retorno al hogar, cuando alarmó a sus amigos una segunda y no menos brusca desaparición. Pasaron tres días sin que se tuviera noticia alguna. Al cuarto día, el cadáver apareció flotando en el Sena[5], cerca de la orilla opuesta al barrio de la rue Saint André, en un punto no muy alejado de la aislada vecindad de la Barrière du Roule[6].

La atrocidad del crimen (pues desde un principio fue evidente que se trataba de un crimen), la juventud y hermosura de la víctima y, sobre todo, su pasada notoriedad, conspiraron para producir una intensa conmoción en los espíritus de los sensibles parisienses. No recuerdo ningún caso similar que haya provocado efecto tan general y profundo. Durante varias semanas la discusión del absorbente tema hizo incluso olvidar los temas políticos del momento. El prefecto desplegó una insólita actividad y, como es natural, los recursos de la policía de París fueron empleados en su totalidad.

Al descubrirse el cadáver, nadie supuso que el asesino evadiría por mucho tiempo la investigación inmediatamente iniciada. Sólo al cumplirse la primera semana se estimó necesario ofrecer una recompensa, y aun así quedó limitada a la suma de mil francos. Entretanto la indagación procedía con vigor, ya que no siempre con tino, y numerosas personas fueron interrogadas en vano, mientras la excitación popular iba en aumento al advertir que no se daba con la menor clave que develara el misterio. Al cumplirse el décimo día se creyó conveniente doblar la suma ofrecida. Transcurrió la segunda semana sin llegar a ningún descubrimiento, y como la animosidad siempre existente en París contra la policía se manifestara en una serie de graves disturbios, el prefecto asumió personalmente la responsabilidad de ofrecer la suma de veinte mil francos «por la denuncia del asesino» o, en caso de que se tratara de más de uno, «por la denuncia de cualquiera de los asesinos». En la proclamación de esta recompensa se prometía completo perdón a cualquier cómplice que se presentara a

---

[5] El Hudson
[6] Weehauken

declarar contra el autor del hecho; al pie del cartel se agregó un segundo, por el cual un comité de ciudadanos ofrecía otros diez mil francos de recompensa. La suma total alcanzaba, pues, a treinta mil francos, lo cual debe considerarse extraordinario teniendo en cuenta la humilde condición de la víctima y la gran frecuencia con que en las grandes ciudades acontecen atrocidades de este género.

Nadie dudó entonces de que el misterioso asesinato sería inmediatamente esclarecido. Pero, aunque se efectuaron uno o dos arrestos que prometían buenos resultados, nada pudo aclararse que comprometiera a las personas en cuestión, las cuales recobraron la libertad. Por más raro que parezca, habían transcurrido tres semanas desde el descubrimiento del cuerpo sin que surgiera la menor luz reveladora, antes de que el rumor de los acontecimientos que tanto agitaban la opinión pública llegara a oídos de Dupin y de mí. Sumidos en investigaciones que reclamaban toda nuestra atención, hacía más de un mes que ninguno de los dos salía a la calle, recibía visitas o leía los diarios, aparte de una ojeada a los editoriales políticos. La primera noticia del asesinato nos fue traída por G... en persona. Se presentó en la tarde del 13 de julio de 18... y permaneció con nosotros hasta muy entrada la noche. Se sentía picado ante el fracaso de todos sus esfuerzos por atrapar a los asesinos. Su reputación —según declaró con un aire típicamente parisiense— estaba comprometida. Incluso su honor se veía mancillado. Los ojos de la sociedad estaban clavados en él y no había sacrificio que no estuviese dispuesto a realizar para que el misterio quedara aclarado. Terminó su curiosa perorata con un cumplido sobre lo que denominaba el tacto de Dupin, y le hizo una proposición tan directa como generosa, cuya naturaleza precisa no estoy en condiciones de declarar, pero que no tiene relación directa con el tema fundamental de mi relato.

Mi amigo rechazó el cumplido lo mejor que pudo, pero aceptó inmediatamente la proposición, aunque sus ventajas eran momentáneas. Arreglado este punto, el prefecto procedió a ofrecernos sus explicaciones del asunto, mezcladas con largos comentarios sobre los testimonios recogidos (que no conocíamos aún). Habló largo tiempo, indudablemente con mucha sapiencia, mientras yo insinuaba una que otra sugestión y la noche avanzaba con interminable lentitud. Dupin, cómodamente instalado en su sillón habitual, era la encarnación misma de la atención respetuosa. No se quitó en ningún momento los anteojos, y una ojeada ocasional que lancé por detrás de los cristales verdes bastó para convencerme de que dormía tan profunda como silenciosamente, a lo largo de las siete u ocho pesadísimas horas que precedieron la partida del prefecto.

A la mañana siguiente me procuré en la prefectura un informe completo de todos los testimonios obtenidos y, en las oficinas de los diarios, un ejemplar de cada edición en la cual se hubieran publicado noticias importantes sobre el triste caso. Libres de todo lo que cabía rechazar de plano, el total de las informaciones era el siguiente:

Marie Rogêt abandonó la casa de su madre en la rue Pavee Saint André hacia las nueve de la mañana del domingo 22 de junio de 18... Al salir informó a un señor Jacques St. Eustache[7] —y solamente a él— que tenía intención de pasar el día en casa de una tía que habitaba en la rue des Drômes. Esta calle, angosta y breve pero muy populosa, no está lejos de la orilla del río y queda a unas dos millas —siguiendo la línea más directa posible— de la pensión de madame Rogêt. St. Eustache era el novio oficial de Marie, y vivía en la pensión donde asimismo almorzaba y cenaba. Quedó convenido que iría a buscar a su prometida al anochecer, para acompañarla de regreso. Aquella tarde, empero, se puso a llover copiosamente y, al suponer que Marie se quedaría en casa de su tía (como lo había hecho en circunstancias similares), su novio no creyó necesario mantener su promesa. A medida que avanzaba la noche, oyóse decir a madame Rogêt (que era una anciana achacosa, de setenta años) «que no volvería a ver nunca más a Marie»; pero en el momento nadie tomó en cuenta su observación.

El lunes se supo con certeza que la muchacha no había estado en la rue des Drômes, y cuando transcurrió el día sin noticias de ella se inició una tardía búsqueda en distintos puntos de la ciudad y alrededores. Pero sólo al cuarto día de la desaparición se tuvieron las primeras noticias concretas. Ese día (miércoles, 25 de junio), un señor Beauvais[8], que en unión de un amigo había estado haciendo indagaciones sobre Marie cerca de la Barrière du Roule, en la orilla del Sena opuesta a la rue Pavee Saint André, fue informado de que unos pescadores acababan de extraer y llevar a la orilla un cadáver que había aparecido flotando en el río. En presencia del cuerpo, y luego de alguna vacilación, Beauvais lo identificó como el de la muchacha de la perfumería. Su amigo la reconoció antes que él.

El rostro estaba cubierto de sangre coagulada, parte de la cual salía de la boca. No se advertía ninguna espuma, como ocurre con los

---

[7] Payne

[8] Crommelin

ahogados. Los tejidos celulares no estaban decolorados. Alrededor de la garganta se advertían magulladuras y huellas de dedos. Los brazos estaban doblados sobre el pecho y rígidos. La mano derecha aparecía cerrada; la izquierda, abierta en parte. En la muñeca izquierda había dos excoriaciones circulares, aparentemente causadas por cuerdas o por una cuerda pasada dos veces. Parte de la muñeca derecha aparecía también muy excoriada, lo mismo que toda la espalda y en especial los omoplatos. Al traer el cuerpo a la orilla los pescadores lo habían atado con una soga, pero ninguna de las excoriaciones había sido producida por ésta. El cuello aparecía sumamente hinchado. No se veía ninguna herida, ni contusiones que provinieran de golpes. Alrededor del cuello se encontró un cordón atado con tanta fuerza que no se alcanzaba a distinguirlo, de tal modo estaba incrustado en la carne; había sido asegurado con un nudo situado exactamente debajo de la oreja izquierda. Esto solo hubiera bastado para provocar la muerte. El testimonio médico dejó expresamente establecida la virtud de la difunta, expresando que había sido sometida a una brutal violencia. Al ser encontrado el cuerpo se hallaba en un estado que no impedía su identificación por parte de sus conocidos.

Las ropas de la víctima aparecían llenas de desgarrones y en desorden. Una tira de un pie de ancho había sido arrancada del vestido, desde el ruedo de la falda hasta la cintura, pero no desprendida por completo. Aparecía arrollada tres veces en la cintura y asegurada mediante una especie de ligadura en la espalda. La bata que Marie llevaba debajo del vestido era de fina muselina; una tira de dieciocho pulgadas de ancho había sido arrancada por completo de esta prenda, de manera muy cuidadosa y regular. Dicha tira apareció alrededor del cuello, pero no apretada, aunque había sido asegurada con un nudo firmísimo. Sobre la tira de muselina y el cordón había un lazo procedente de una cofia, que aún colgaba de él. Dicho lazo estaba asegurado con un nudo de marinero, y no con el que emplean las señoras.

Luego de identificado, el cadáver no fue conducido a la morgue, como se acostumbraba, ya que la formalidad parecía superflua, sino enterrado presurosamente no lejos del lugar donde fuera extraído del agua. Gracias a los esfuerzos de Beauvais, el asunto se mantuvo cuidadosamente en secreto y transcurrieron varios días antes de que el interés público despertara. Un semanario, sin embargo[9], se ocupó por fin del tema; exhumóse el cadáver, procediéndose a un nuevo examen del

---

[9] El Mercury de Nueva York.

mismo, pero nada se agregó a lo anteriormente conocido. Mas esta vez se mostraron las ropas a la madre y amigos de Marie, quienes las identificaron como las que vestía la muchacha al abandonar su casa.

La agitación, entre tanto, aumentaba de hora en hora. Numerosas personas fueron arrestadas y puestas nuevamente en libertad. St. Eustache, en especial, provocaba vivas sospechas, pues en un comienzo fue incapaz de explicar satisfactoriamente sus movimientos a lo largo del domingo en que Marie salió de su casa. Más tarde, empero, presentó a monsieur G... testimonios escritos que daban cuenta clara de cada hora del día en cuestión. A medida que transcurría el tiempo sin que se hiciera el menor descubrimiento, empezaron a circular mil rumores contradictorios, y los periodistas se entregaron a la tarea de proponer sugestiones. Entre ellas, la que más llamó la atención fue la de que Marie Rogêt estaba todavía viva, y que el cuerpo hallado en el Sena correspondía a alguna otra desventurada mujer. Creo oportuno someter al lector los pasajes que contienen la sugestión aludida. Son transcripción literal de artículos aparecidos en L'Etoile[10], periódico redactado habitualmente con mucha competencia.

«Mademoiselle Rogêt abandonó la casa de su madre en la mañana del domingo 22 de junio, con el ostensible propósito de visitar a su tía o a algún otro pariente en la rue des Drômes. Desde esa hora, nadie parece haber vuelto a verla. No hay la menor huella ni noticia. Hasta la fecha, por lo menos, no se ha presentado nadie que la haya visto una vez que salió de la casa materna. Ahora bien, aunque carecemos de testimonios de que Marie Rogêt se hallaba aún entre los vivos después de las nueve de la mañana del domingo 22 de junio, hay pruebas de que lo estaba hasta esa hora. El miércoles, a mediodía, un cuerpo de mujer fue descubierto a flote cerca de la orilla de la Barrière du Roule. Aun presumiendo que Marie Rogêt fuera arrojada al río dentro de las tres horas siguientes a la salida de su casa, esto significa un término de tres días, hora más o menos, desde el momento en que abandonó su hogar. Pero sería absurdo suponer que el asesinato (si se trata de un asesinato) pudo ser consumado lo bastante pronto para permitir a los perpetradores arrojar el cuerpo al río antes de medianoche. Quienes cometen tan horribles crímenes prefieren la oscuridad a la luz... Vemos así que, si el cuerpo hallado en el río era el de Marie Rogêt, sólo pudo estar en el agua dos días y medio, o tres como máximo. Las experiencias han demostrado que los cuerpos de

---

[10] *Brother Jonathan*, de Nueva York, dirigido por H. Hastings Weld, Esq.

los ahogados, o de los arrojados al agua inmediatamente después de una muerte violenta, requieren de seis a diez días para que la descomposición esté lo bastante avanzada como para devolverlos a la superficie. Incluso si se dispara un cañonazo sobre el lugar donde hay un cadáver, y éste sube a la superficie antes de una inmersión de cinco o seis días, volverá a hundirse si no se lo amarra. Preguntamos ahora: ¿qué pudo determinar semejante alteración en el curso natural de las cosas? Si el cuerpo, maltratado como estaba, hubiera permanecido en tierra hasta la noche del martes, no habría dejado de aparecer en la costa alguna huella de los asesinos. Asimismo, resulta dudoso que el cuerpo hubiera subido tan pronto a flote, aun lanzado al agua después de dos días de producida la muerte. Y, lo que es más, parece altamente improbable que los miserables capaces de semejante crimen hayan arrojado el cadáver al agua sin atarle algún peso para mantenerlo sumergido, cosa que no ofrecía la menor dificultad.»

El articulista continúa arguyendo que el cuerpo debió de estar en el agua «no solamente tres días, sino, por lo menos, cinco veces ese tiempo», pues aparecía tan descompuesto que Beauvais tuvo gran dificultad para identificarlo. Este último punto, empero, fue plenamente refutado. Continúo traduciendo:

¿En qué se basa, pues, monsieur Beauvais para afirmar que no duda de que el cuerpo es el de Marie Rogêt? Sabemos que procedió a desgarrar la manga del vestido y que afirmó que había advertido en el brazo marcas que probaban su identidad. El público habrá pensado que se trataba de alguna cicatriz o cicatrices. Pero monsieur Beauvais se limitó a frotar el brazo y comprobar que tenía vello, lo cual es el detalle menos concluyente que nos sea dado imaginar y tan poco probatorio como encontrar el brazo dentro de la manga. Monsieur Beauvais no regresó esa noche, pero hizo saber a madame Rogêt, a las siete de la tarde del miércoles, que se continuaba la investigación referente a su hija. Si concedemos que, dada su edad y su aflicción, madame Rogêt no podía identificar personalmente el cuerpo (lo cual es conceder mucho), cabe suponer que bien podía haber alguna otra persona o personas que consideraran necesario hacerse presentes y seguir de cerca la investigación si creían que el cadáver era el de Marie. Pero nadie se presentó. No se dijo ni se oyó una sola palabra sobre el asunto en la rue Pavee Saint André, nada que llegara a conocimiento de los ocupantes de la misma casa. Monsieur St. Eustache, el prometido de Marie, que habitaba en la pensión de su madre, declara que no supo nada del descubrimiento del cuerpo de su novia hasta que, a la mañana siguiente, monsieur Beauvais entró en su habitación y le comunicó la noticia. Se diría que semejante noticia fue recibida con suma frialdad.»

De esta manera, el articulista se esforzaba por crear la impresión de una cierta apatía por parte de los parientes de Marie, contradictoria con la suposición de que dichos parientes creían que el cadáver era el de la joven. Las insinuaciones pueden reducirse a lo siguiente: Marie, con la complicidad de sus amigos, se había ausentado de la ciudad por razones que implicaban un cargo contra su castidad. Al aparecer en el Sena un cuerpo que se parecía algo al de la muchacha, sus parientes habían aprovechado la oportunidad para impresionar al público con el convencimiento de su muerte. Pero L'Etoile volvía a apresurarse. Probóse claramente que la aludida apatía no era tal; que la madre de Marie estaba muy débil y tan afligida que era incapaz de ocuparse de nada; que St. Eustache, lejos de haber recibido fríamente la noticia, hallábase en tal estado de desesperación y se conducía de una manera tan extraviada, que monsieur Beauvais debió pedir a un amigo y pariente que no se separara de su lado y le impidiera presenciar la exhumación del cadáver. L'Etoile afirmaba, además, que el cuerpo había sido nuevamente enterrado a costa del municipio, que la familia había rechazado de plano una ventajosa oferta de sepultura privada, y que en la ceremonia no había estado presente ningún miembro de la familia. Pero todo eso, publicado a fin de reforzar la impresión que el periódico buscaba producir, fue satisfactoriamente refutado. Un número posterior del mismo diario trataba de arrojar sospechas sobre el mismo Beauvais. El redactor manifestaba:

«Se ha producido una novedad en este asunto. Nos informan que, en ocasión de una visita de cierta madame B... a la casa de madame Rogêt, monsieur Beauvais, que se disponía a salir, dijo a la primera nombrada que no tardaría en venir un gendarme, pero que no debía decir una sola palabra hasta su regreso, pues él mismo se ocuparía del asunto. En el estado actual de cosas, monsieur Beauvais parece ser quien tiene todos los hilos en la mano. Es imposible dar el menor paso sin tropezar en seguida con su persona. Por alguna razón este caballero ha decidido que nadie fuera de él se ocupara de las actuaciones, y se las ha compuesto para dejar de lado a los parientes masculinos de la difunta, procediendo en forma harto singular. Parece, además, haberse mostrado muy refractario a que los parientes de la víctima vieran el cadáver.»

Un hecho posterior contribuyó a dar alguna consistencia a las sospechas así arrojadas sobre Beauvais. Días antes de la desaparición de la joven, una persona que acudió a la oficina de aquél, en ausencia de su ocupante, observó que en la cerradura de la puerta había una rosa, y que en una pizarra colgada al lado aparecía el nombre Marie.

Hasta donde podíamos deducirlo por la lectura de los diarios, la impresión general era que la muchacha había sido víctima de una banda de criminales, quienes la habían

arrastrado cerca del río, maltratado y, finalmente, asesinado. Le Commerciel[11] periódico de gran influencia, combatía, sin embargo, vigorosamente esta opinión popular. Cito uno o dos pasajes de sus columnas:

Estamos persuadidos de que, al encaminarse hacia la Barrière du Roule, la indagación ha seguido hasta ahora un camino equivocado. Es imposible que una persona tan popularmente conocida como la joven víctima hubiera podido caminar tres cuadras sin que la viera alguien, y cualquiera que la hubiese visto la recordaría, porque su figura interesaba a todo el mundo. Las calles estaban llenas de gente cuando Marie salió. Imposible que haya llegado a la Barrière du Roule o a la rue des Drômes sin ser reconocida por una docena de testigos. Y, sin embargo, no se ha presentado nadie que la haya visto fuera de la casa de su madre; aparte del testimonio que se refiere a las intenciones expresadas por Marie, no existe prueba alguna de que realmente haya salido de su casa.

El traje de la víctima había sido desgarrado, arrollado a su cintura y atado; el propósito era llevar el cadáver como se lleva un envoltorio. Si el asesinato hubiera sido cometido en la Barrière du Roule no habría habido la menor necesidad de semejante cosa. El hecho de que el cuerpo haya sido encontrado flotando cerca de la Barrière no prueba el lugar donde fue arrojado al agua... Un trozo de una de las enaguas de la infortunada muchacha, de dos pies de largo por uno de ancho, le fue aplicado bajo el mentón y atado detrás de la cabeza, probablemente para ahogar sus gritos. Los individuos que hicieron esto no tenían pañuelo en el bolsillo.

Uno o dos días antes de que el prefecto nos visitara, la policía recibió importantes informaciones que parecieron invalidar los argumentos esenciales de Le Commerciel. Dos niños, hijos de cierta madame Deluc, que vagabundeaban por los bosques próximos a la Barrière du Roule, entraron casualmente en un espeso soto, donde había tres o cuatro grandes piedras que formaban una especie de asiento con respaldo y

---

[11] *Journal of Commerce,* Nueva York.

escabel. Sobre la piedra superior aparecían unas enaguas blancas; en la segunda, una chalina de seda. También encontraron una sombrilla, guantes y un pañuelo de bolsillo. Este último ostentaba el nombre «Marie Rogêt». En las zarzas circundantes aparecieron jirones de vestido. La tierra estaba removida, rotos los arbustos y no cabía duda de que una lucha había tenido lugar. Entre el soto y el río se descubrió que los vallados habían sido derribados y la tierra mostraba señales de que se había arrastrado una pesada carga.

Un semanario, Le Soleil[12], contenía el siguiente comentario del descubrimiento, comentario que era como el eco de la prensa parisiense:

«Con toda evidencia, los objetos hallados llevaban en el lugar tres o cuatro semanas, por lo menos; aparecían estropeados y enmohecidos por la acción de las lluvias; el moho los había pegado entre sí. El pasto había crecido en torno y encima de algunos de ellos. La seda de la sombrilla era muy fuerte, pero sus fibras se habían adherido unas a otras por dentro. La parte superior, de tela doble y plegada, estaba enmohecida por la acción de la intemperie y se rompió al querer abrirla. Los jirones del vestido en las zarzas tenían unas tres pulgadas de ancho por seis de largo. Uno de ellos correspondía al dobladillo del vestido y había sido remendado; otro trozo era parte de la falda, pero no del dobladillo. Daban la impresión de ser pedazos arrancados y se hallaban en la zarza espinosa, a un pie del suelo... No cabe ninguna duda, pues, de que se ha descubierto el escenario de tan espantoso atentado.»

Otros testimonios surgieron a consecuencia del descubrimiento. Madame Deluc declaró ser la dueña de una posada situada sobre el camino, no lejos de la orilla del río, en la parte opuesta a la Barrière du Roule. Esta región es particularmente solitaria y constituye el habitual lugar de esparcimiento de los pájaros de cuenta de París, que cruzan el río en bote. Hacia las tres de la tarde del domingo en cuestión llegó a la posada una muchacha a quien acompañaba un hombre joven y moreno. Ambos permanecieron algún tiempo en la casa. Al partir se encaminaron rumbo a los espesos bosques de la vecindad. Madame Deluc había observado con atención el tocado de la muchacha, pues le recordaba mucho uno que había tenido una parienta suya fallecida. Reparó, sobre todo, en la chalina. Poco después de la partida de la pareja se presentó una pandilla de malandrines, quienes se condujeron escandalosamente, comieron y bebieron sin pagar, siguieron luego la ruta que habían tomado

---

[12] Saturday Evening Post, de Filadelfia, dirigido por C. I. Peterson, Esq.

los dos jóvenes y regresaron a la posada al anochecer, volviendo a cruzar el río como si tuvieran mucha prisa.

Poco después de oscurecer, aquella misma tarde, madame Deluc y su hijo mayor oyeron los gritos de una mujer en la vecindad de la posada. Los gritos eran violentos, pero duraron poco. Madame D. no solamente reconoció la chalina hallada en el soto, sino el vestido que tenía el cadáver. Un conductor de ómnibus, Valence[13], testimonió asimismo haber visto a Marie Rogêt cuando cruzaba en un ferry el Sena, el domingo en cuestión, acompañada por un joven moreno. Valence conocía a la muchacha y estaba seguro de su identidad. Los efectos encontrados en el soto fueron reconocidos sin lugar a dudas por los parientes de la víctima.

Los distintos testimonios e informaciones recogidos por mí a pedido de Dupin contenían tan sólo un punto más, pero, al parecer, de gran importancia. Inmediatamente después del descubrimiento de las ropas que acaban de describirse encontróse el cuerpo de St. Eustache, el prometido de Marie, quien yacía moribundo en la vecindad de la que todos suponían la escena del atentado. Un frasco con la inscripción láudano apareció vacío a su lado. El aliento del agonizante revelaba la presencia del veneno. St. Eustache murió sin decir una palabra. En sus ropas se halló una carta donde brevemente reiteraba su amor por Marie y su intención de suicidarse.

—Apenas necesito decirle —declaró Dupin al finalizar el examen de mis notas— que este caso es mucho más intrincado que el de la rue Morgue, del cual difiere en un importante aspecto. Estamos aquí en presencia de un crimen ordinario, por más atroz que sea. No hay nada particularmente excesivo, outré, en sus características. Observará usted que por esta razón se consideró que el misterio era sencillo, cuando, en realidad, y por la misma razón, debía considerárselo muy difícil. Al principio, por ejemplo, no se creyó necesario ofrecer una recompensa. Los agentes de G... fueron capaces de comprender inmediatamente cómo y por qué podía haberse cometido esa atrocidad. Se representaron imaginariamente un modo —muchos modos— y un móvil —muchos móviles—. Y como no era imposible que cualquiera de tan numerosos modos y móviles pudiera haber sido el verdadero, descontaron que uno de ellos tenía que ser el verdadero. Pero la facilidad con que nacieron tan diversas fantasías y lo plausible de cada una deberían haber indicado las dificultades del caso antes que su facilidad. Ya le he hecho notar que la

---

[13] Adam

razón se abre camino por encima del nivel ordinario, si es que ha de encontrar la verdad, y que la verdadera pregunta en casos como éstos no es tanto: «¿Qué ha ocurrido?», sino: «¿Qué hay en lo ocurrido, que no se parece a nada de lo ocurrido anteriormente?» En las investigaciones en casa de madame L'Espanaye[14], los agentes de G... quedaron confundidos y descorazonados por lo insólito, lo infrecuente del caso que, para un intelecto debidamente ordenado, hubiese significado el más seguro augurio de buen éxito; mientras ese mismo intelecto podría desesperarse ante el carácter ordinario de todas las apariencias en el caso de la muchacha de la perfumería, que para los funcionarios de la prefectura eran signos de un fácil triunfo.

En el caso de madame L'Espanaye y su hija, desde el principio de nuestra investigación no cupo duda alguna de que se había cometido un crimen. La idea de suicidio fue inmediatamente excluida. También aquí, desde el comienzo, podemos eliminar toda suposición en ese sentido. El cuerpo hallado en la Barrière du Roule se hallaba en un estado que elimina toda vacilación sobre punto tan importante. Pero se ha sugerido que el cadáver hallado no es el de Marie Rogêt; y la recompensa ofrecida se refiere a la denuncia del asesino o asesinos de ésta, y lo mismo el acuerdo a que hemos llegado con el prefecto. Bien conocemos a este caballero y no debemos confiar demasiado en él. Si iniciamos nuestras investigaciones a partir del cadáver hallado y seguimos la huella del asesino hasta descubrir que el cadáver pertenece a otra persona, o bien si partimos de la suposición de que Marie está viva y verificamos que, efectivamente, ésa es la verdad, en ambos casos perdemos el precio de nuestras fatigas, ya que tenemos que entendernos con monsieur G... Vale decir que nuestro primer objetivo —si pensamos en nosotros tanto como en la justicia— debe consistir en dejar bien establecido que el cadáver hallado pertenece a la Marie Rogêt desaparecida.

Los argumentos de L'Etoile han tenido gran repercusión entre el público, y el periódico mismo está tan convencido de su importancia que comienza así uno de sus comentarios sobre el tema: "Varios diarios de la mañana, en su edición de hoy, aluden al concluyente artículo de L'Etoile del domingo". Para mí el tal artículo no es nada concluyente y sólo demuestra el celo de su redactor. Debemos tener en cuenta que, en general, nuestros periódicos se proponen fines sensacionalistas y triunfos personales mucho más que servir la causa de la verdad. Este último

---

[14] Véase Los crímenes *de la calle Morgue.*

objetivo solamente es perseguido cuando coincide con los anteriores. El diario que se conforma con la opinión general (por bien fundada que esté) no logra los sufragios de la multitud. La masa popular sólo considera profundo aquello que está en abierta contradicción con las nociones generales. Tanto en el raciocinio como en la literatura, el epigrama obtiene la aprobación inmediata y universal. Y en ambos casos se halla en lo más bajo de la escala de méritos.

Quiero decir que la mezcla de epigrama y melodrama que hay en la idea de que Marie Rogêt está todavía viva vale más para L'Etoile que lo que pueda haber de plausible en esa sugestión, y le ha ganado la favorable acogida del público. Examinemos lo principal de los argumentos del diario, tratando de evitar la incoherencia con la cual han sido expuestos.

El primer propósito del redactor consiste en mostrar, basándose en lo breve del intervalo entre la desaparición de Marie y el hallazgo del cuerpo en el río, que este último no puede ser el de Marie. De inmediato, el redactor trata de reducir dicho intervalo a sus menores proporciones. En la ansiosa persecución de este objetivo, no vacila en abandonarse a meras suposiciones. "Sería absurdo suponer —declara— que el asesinato (si se trata de un asesinato) pudo ser consumado lo bastante pronto para permitir a los perpetradores arrojar el cuerpo al río antes de medianoche." Con toda naturalidad pregunto: ¿por qué? ¿Por qué es absurdo suponer que el crimen podo ser cometido cinco minutos después de que la muchacha salió de casa de su madre? ¿Por qué es absurdo suponer que el crimen fue cometido en cualquier momento de ese día? Ha habido asesinatos a todas horas. Pero si el crimen hubiese tenido lugar en cualquier momento entre las nueve de la mañana del domingo y un cuarto de hora antes de medianoche, siempre habría habido tiempo suficiente «para arrojar el cuerpo al río antes de media noche». La suposición, pues, se reduce a esto: el asesinato no fue cometido el día domingo. Pero si permitimos a L'Etoile suponer eso, bien podemos permitirle todas las libertades. El párrafo que comienza: "Sería absurdo suponer que el asesino, etcétera", debió haber sido concebido por el redactor en la forma siguiente: "Sería absurdo suponer que el asesinato (si se trata de un asesinato) pudo ser consumado lo bastante pronto para permitir a los perpetradores arrojar el cuerpo al río antes de media noche; es absurdo, decimos, suponer tal cosa, y a la vez (como estamos resueltos a suponer) que el cuerpo no fue tirado al río hasta después de medianoche..." Frase bastante inconsistente en sí, pero no tan ridícula como la impresa.

Si mi propósito —continuó Dupin— se limitara meramente a impugnar este pasaje del argumento de L'Etoile, podría dejar la cosa así. Pero no tenemos que habérnoslas con L'Etoile, sino con la verdad. Tal como aparece, la frase en cuestión sólo tiene un sentido, pero resulta importantísimo que vayamos más allá de las meras palabras, en busca de la idea que éstas trataron obviamente de expresar sin conseguirlo. La intención del periodista era hacer notar que en cualquier momento del día o de la noche del domingo en que se hubiera cometido el crimen, resultaba improbable que los asesinos hubieran osado transportar el cuerpo al río antes de medianoche. Y es aquí donde reside la suposición contra la cual me rebelo. Se da por supuesto que el asesinato fue cometido en un lugar y en tales circunstancias que hacían necesario transportar el cadáver. Ahora bien, el asesinato pudo producirse a la orilla del río o en el río mismo; vale decir que el acto de arrojar el cadáver al río pudo ocurrir en cualquier momento del día o de la noche, como la forma de ocultamiento más inmediata y más obvia. Comprenderá que no sugiero nada de esto como probable o como coincidente con mi propia opinión. Hasta ahora, mis intenciones no se refieren a los hechos del caso. Simplemente deseo prevenirlo contra el tono de esa sugestión de L'Etoile, mostrándole desde un comienzo su carácter.

Luego de fijar un límite adecuado a sus nociones preconcebidas y de suponer que, de tratarse del cuerpo de Marie, sólo podría haber permanecido breve tiempo en el agua, el diario continúa diciendo:

"Las experiencias han demostrado que los cuerpos de los ahogados o de los arrojados al agua inmediatamente después de una muerte violenta requieren de seis a diez días para que la descomposición esté lo bastante avanzada como para devolverlos a la superficie. Incluso si se dispara un cañonazo sobre el lugar donde hay un cadáver y éste sube a la superficie antes de una inmersión de cinco o seis días volverá a hundirse si no se lo amarra".

Estas afirmaciones han sido tácitamente aceptadas por todos los diarios de París, con excepción de Le Moniteur[15]. Este último se esfuerza por desvirtuar esa parte del párrafo que se refiere a "los cuerpos de los ahogados", citando cinco o seis casos en los cuales los cadáveres de personas ahogadas reaparecieron a flote tras un lapso menor del que sostiene L'Etoile. Pero Le Moniteur procede de manera muy poco lógica al pretender refutar la totalidad del argumento de L'Etoile mediante

---

[15] *The Commercial Advertiser,* de Nueva York, dirigido por el coronel Stone.

ejemplos particulares que lo contradicen. Aunque hubiera sido posible aducir cincuenta en vez de cinco ejemplos de cuerpos que se hallaron flotando después de dos o tres días, esos cincuenta ejemplos podrían seguir siendo razonablemente considerados como excepciones a la regla de L'Etoile hasta el momento en que pudiera refutarse la regla misma. Admitiendo esta última (como lo hace Le Moniteur, que se limita a señalar sus excepciones), el argumento de L'Etoile conserva toda su fuerza, ya que sólo se refiere a la probabilidad de que el cuerpo haya surgido a la superficie en menos de tres días, y esta probabilidad seguirá manteniéndose a favor de L'Etoile hasta que los ejemplos tan puerilmente aducidos tengan número suficiente para constituir una regla antagónica.

Verá usted de inmediato que toda argumentación opuesta debe concentrarse en la regla en sí, y a tal fin debemos examinar la razón misma de la regla. En general, el cuerpo humano no es ni más liviano ni más pesado que el agua del Sena; vale decir que el peso específico del cuerpo humano en condición natural equivale aproximadamente al del volumen de agua dulce que desplaza. Los cuerpos de gentes gruesas y corpulentas, de huesos pequeños, y en general los de las mujeres, son más livianos que los cuerpos delgados, de huesos grandes, y en general de los masculinos; a su vez el peso especifico del agua de río se ve más o menos influido por el flujo proveniente del mar. Pero, dejando esto a un lado, puede afirmarse que muy pocos cuerpos se hundirían espontáneamente, incluso en agua dulce. Prácticamente todos los que caen en un río pueden mantenerse a flote, siempre que logren equilibrar el peso específico del agua con el suyo; vale decir, que queden casi completamente sumergidos, con el minino posible fuera del agua. La posición adecuada para el que no sabe nadar es la vertical, como si estuviera caminando, con la cabeza completamente echada hacia atrás y sumergida, salvo la boca y la nariz. Colocados en esa forma, descubriremos que nos mantenemos a flote sin dificultad ni esfuerzo. Naturalmente que el peso del cuerpo y el volumen de agua desplazado se equilibran estrechamente, y la menor diferencia determinará la preponderancia de uno de ellos. Un brazo levantado fuera del agua, por ejemplo, y privado así de su sostén, representa un peso adicional suficiente para sumergir por completo la cabeza, mientras que la ayuda del más pequeño trozo de madera nos permitirá sacar la cabeza lo suficiente para mirar en torno. Ahora bien, cuando alguien que no sabe nadar se debate en el agua, levantará invariablemente los brazos, mientras se esfuerza por mantener la cabeza en posición vertical. El resultado de esto es la inmersión de la boca y la nariz, que acarrea, en los esfuerzos por respirar, la entrada del agua en los pulmones. El agua penetra igualmente en el estómago, y el cuerpo pesa más por la diferencia entre el peso del aire que previamente llenaba dichas cavidades y el del líquido que las ocupa ahora. Tal diferencia basta para que el cuerpo se hunda por regla general, aunque es insuficiente en caso de personas de huesos menudos y una cantidad anormal de materia grasa. Estas personas siguen flotando incluso después de haberse ahogado.

Suponiendo que el cuerpo se encuentre en el fondo del río, permanecerá allí hasta que por algún motivo su peso específico vuelva a ser menor que la masa de agua que desplaza. Esto puede deberse a la descomposición o a otras razones. La descomposición produce gases que distienden los tejidos celulares y todas las cavidades, produciendo en el cadáver esa hinchazón tan horrible de ver. Cuando la distensión ha avanzado a punto tal que el volumen del cuerpo aumenta de tamaño sin un aumento correspondiente de masa, su peso específico resulta menor que el del agua desplazada y, por tanto, se remonta a la superficie. Pero la descomposición se ve modificada por innumerables circunstancias y es acelerada o retardada por múltiples causas; vayan como ejemplos el calor o frío de la estación, la densidad mineral o la pureza del agua, la profundidad de ésta, su movimiento o estancamiento, las características del cuerpo, su estado normal o anormal antes de la muerte. Resulta, pues, evidente que no podemos señalar con seguridad un período preciso tras el cual el cadáver saldrá a flote a causa de la descomposición. Bajo ciertas condiciones, este resultado puede ocurrir dentro de una hora; bajo otras, puede no producirse jamás. Existen preparados químicos por los cuales un cuerpo puede ser preservado para siempre de la corrupción; uno de ellos es el bicloruro de mercurio. Pero, aparte de la descomposición, suele producirse en el estómago una cantidad de gas derivada de la fermentación acetosa de materias vegetales, gas que también puede originarse en otras cavidades y provenir de otras causas, en cantidad suficiente para provocar una distensión que hará subir el cuerpo a la superficie. El efecto producido por el disparo de un cañón es el resultante de las simples vibraciones. Éstas desprenderán el cuerpo del barro o el limo en el cual se halle depositado permitiéndole salir a flote una vez que las causas antes citadas lo hayan preparado para ello; también puede vencer la resistencia de algunas partes putrescibles de los tejidos celulares, permitiendo que las cavidades se distiendan bajo la influencia de los gases.

Así, una vez que tenemos ante nosotros todos los datos necesarios sobre este tema, podemos emplearlos para poner fácilmente a prueba las afirmaciones de L'Etoile. "Las experiencias han demostrado —dice éste— que los cuerpos de los ahogados, o de los arrojados al agua inmediatamente después de una muerte violenta, requieren de seis a diez días para que la descomposición esté lo bastante avanzada como para devolverlos a la superficie. Incluso si se dispara un cañonazo sobre el lugar donde hay un cadáver, y éste sube a la superficie antes de una inmersión de cinco o seis días, volverá a hundirse si no se lo amarra."

A la luz de lo que sabemos, la totalidad de este párrafo aparece como un tejido de inconsecuencias e incoherencias. La experiencia no demuestra que los "cuerpos de ahogados" requieran de seis a diez días para que la descomposición avance lo suficiente para devolverlos a la superficie. Tanto la ciencia como la experiencia muestran que el término de su reaparición es y debe ser necesariamente variable. Si, además, un cuerpo ha salido a flote por el disparo de un cañón, no "volverá a hundirse si no se lo amarra" hasta que la descomposición haya avanzado lo bastante para permitir el escape del gas acumulado en el interior. Quiero llamar su atención sobre el distingo que se hace entre "cuerpos de ahogados" y cuerpos "arrojados al agua inmediatamente después de una muerte violenta". Aunque el redactor admite la distinción, los incluye empero en la misma categoría. Ya he demostrado que el cuerpo de un hombre que se ahoga se vuelve específicamente más pesado que la masa de agua que desplaza, y que no se hundiría si no fuera por los movimientos en el curso de los cuales saca los brazos fuera del agua, y su ansiedad por respirar debajo de ésta, con lo cual el espacio que ocupaba el aire en los pulmones se ve reemplazado por agua. Pero estos movimientos y estas respiraciones no ocurren en un cuerpo "arrojado al agua inmediatamente después de una muerte violenta". En este último caso, pues, es regla general que el cuerpo no se hunda, detalle que L'Etoile evidentemente ignora. Cuando la descomposición alcanza un grado avanzado, cuando la carne se ha desprendido en gran parte de los huesos, entonces, pero sólo entonces, perderemos de vista el cadáver.

¿Qué nos queda ahora del argumento por el cual el cuerpo encontrado no puede ser el de Marie Rogêt dado que apareció flotando a tres días apenas de su desaparición? En caso de haberse ahogado, el cuerpo pudo no hundirse nunca, ya que se trataba de una mujer; o, en caso de hundirse, pudo reaparecer al cabo de veinticuatro horas o menos. Sin embargo, nadie supone que Marie se haya ahogado, y, habiendo sido asesinada antes de que la arrojaran al río, su cadáver pudo ser encontrado a flote en cualquier momento.

"Pero —dice L'Etoile— si el cuerpo, maltratado como estaba, hubiera permanecido en tierra hasta la noche del martas, no habría dejado de encontrarse en la costa alguna huella de los asesinos." Aquí resulta difícil darse cuenta al principio de la intención del razonador. Trata de anticiparse a algo que supone puede constituir una objeción a su teoría: vale decir que el cuerpo fue guardado dos días en tierra, entrando en descomposición con mayor rapidez que si hubiera estado sumergido en el agua. Supone que, si ése fuera el caso, el cadáver podría haber surgido a la superficie el día miércoles, y piensa que sólo gracias a esas circunstancias podría haber aparecido. Se apresura, por tanto, a mostrar que no fue guardado en tierra, pues, de ser así, "no habría dejado de encontrarse en la costa alguna huella de los asesinos". Me imagino que usted sonríe ante este sequitur. No alcanza a ver cómo la mera permanencia del cadáver en tierra podría multiplicar las huellas de los asesinos. Tampoco lo veo yo.

"Y, lo que es más —continua nuestro diario—, parece altamente improbable que los miserables capaces de semejante crimen hayan arrojado el cadáver al agua sin atarle algún peso para mantenerlo sumergido, cosa que no ofrecía la menor dificultad." ¡Observe en esta parte la risible confusión de pensamiento! Nadie —ni siquiera L'Etoile— pone en duda el crimen cometido contra el cuerpo encontrado. Las señales de violencia son demasiado evidentes. La finalidad de nuestro razonador consiste solamente en mostrar que este cuerpo no es el de Marie. Quiere probar que Marie no fue asesinada, sin dudar de que el cuerpo hallado lo haya sido. Pero sus observaciones sólo prueban este último punto. He aquí un cadáver al que no han atado ningún peso. Si lo hubieran echado al agua los asesinos, éstos no habrían dejado de hacerlo. Por lo tanto, no lo echaron al agua los asesinos. Si alguna cosa se prueba, es solamente eso. La cuestión de la identidad no se toca ni remotamente, y L'Etoile se ha tomado todo ese trabajo para contradecir lo que admitía un momento antes. "Estamos completamente convencidos —manifiesta— que el cuerpo hallado es el de una mujer asesinada."

No es la única vez que nuestro razonador se contradice sin darse cuenta. Como ya he señalado, su evidente finalidad consiste en reducir lo más posible el intervalo entre la desaparición de Marie y el hallazgo del cadáver. Sin embargo, lo vemos insistir en el hecho de que nadie vio a la muchacha desde el momento en que abandonó la casa de su madre.

"Carecemos de testimonios —declara— de que Marie Rogêt se hallaba aún entre los vivos después de las nueve de la mañana del domingo 22 de junio." Dado que es éste un argumento evidentemente parcial, hubiera sido preferible que lo dejara de lado, ya que si se supiera de alguien que hubiese reconocido a Marie, digamos el lunes o el martes, el intervalo en cuestión se habría reducido mucho y, conforme al razonamiento anterior, las probabilidades de que el cadáver hallado fuera el de la grisette habrían disminuido en mucho. Resulta divertido, pues, observar cómo L'Etoile insiste sobre este punto con pleno convencimiento de que refuerza su argumentación general.

Examine ahora nuevamente la parte del artículo que se refiere a la identificación del cadáver por Beauvais. A propósito del vello del brazo, es evidente que L'Etoile peca por falta de ingenio. Dado que monsieur Beauvais no es ningún tonto, jamás se habría apresurado a identificar el cadáver basándose tan sólo en que tenía vello en el brazo. Todo brazo tiene vello. La generalización en que incurre L'Etoile es una simple deformación de la fraseología del testigo. Este debió referirse a alguna particularidad del vello. Pudo referirse al color, a la cantidad, al largo o a la distribución.

"Sus pies eran pequeños —sigue diciendo el diario—, pero hay miles de pies pequeños. Tampoco constituyen una prueba sus ligas y sus zapatos, ya que unos y otros se venden en lotes. Lo mismo cabe decir de las flores de su sombrero. Monsieur Beauvais insiste en que el broche de las ligas había sido cambiado de lugar para que ajustaran. Esto no significa nada, ya que muchas mujeres prefieren llevar las ligas nuevas a su casa y ajustarlas allí al diámetro de su pierna, en vez de probarlas en la tienda donde las compran." Aquí resulta difícil suponer que el razonador obra de buena fe. Si en su búsqueda del cuerpo de Marie, monsieur Beauvais encontró un cadáver que en sus medidas y apariencias generales correspondía a la joven desaparecida, cabe suponer que, sin tomar en cuenta para nada la cuestión de la vestimenta, debió imaginar que se trataba de ella. Si, además de las medidas y formas generales, descubrió en el brazo un vello cuyo aspecto correspondía al que había observado en vida de Marie, su opinión debió, con toda justicia, acentuarse, y el aumento de seguridad pudo muy bien estar en relación directa con la particularidad o rareza del vello del brazo.

Si los pies de Marie eran pequeños, y también lo eran los del cadáver, el aumento de probabilidades de que éste correspondiera a aquélla no se daría ya en proporción meramente aritmética, sino geométrica o acumulativa. Agreguemos a esto los zapatos, análogos a los que Marie llevaba puestos el día de su desaparición; aunque dichos zapatos "se vendan en lotes", aumenta a tal punto la probabilidad, que casi la vuelven certeza. Lo que en sí mismo no sería una prueba de identidad se convierte, por su posición corroborativa, en la más segura de las pruebas. Agréguese a esto las flores del sombrero, coincidentes con las que llevaba la joven desaparecida, y no pediremos nada más. Y si por una sola flor no exigiríamos otra prueba, ¿qué diremos de dos, o tres, o más? Cada una que se agrega es una prueba múltiple; no una prueba sumada a otra, sino multiplicada por cientos o miles. Descubramos ahora en el cadáver un par de ligas como las que usaba la difunta, y sería casi una locura seguir adelante. Pero, además, ocurre que estas ligas aparecen ajustadas, mediante el corrimiento de su broche, en la misma forma en que Marie había ajustado las suyas poco antes de salir de su casa. Dudar, ahora, es hipocresía o locura. Cuando L'Etoile sostiene que este acortamiento de las ligas es una práctica habitual, lo único que demuestra es su pertinacia en el error. La calidad de elástica de toda liga demuestra por sí misma que la necesidad de acortarla es muy poco frecuente. Lo que está hecho para ajustar por sí mismo sólo rara vez necesitará ayuda para cumplir su cometido. Sólo por accidente, en su más estricto sentido, las ligas de Marie requirieron ser acortadas. Y ellas solas hubieran bastado para asegurar ampliamente su identidad. Pero aquí no se trata de que el cadáver tuviera las ligas de la joven desaparecida, o sus zapatos, o su gorro, o las flores de su gorro, o sus pies, o una marca peculiar en el brazo, o su medida y apariencia generales, sino que el cadáver tenía todo eso junto. Si se pudiera probar que, frente a ello, el redactor de L'Etoile experimentó verdaderamente dudas no haría falta en su caso un mandato de lunático inquirendo. A nuestro hombre le ha parecido muy sagaz hacerse eco de las charlas de los abogados, que, por su parte, se contentan con repetir los rígidos preceptos de los tribunales. Le haré notar aquí que mucho de lo que en un tribunal se rechaza como prueba constituye la mejor de las pruebas para la inteligencia. Ocurre que el tribunal, guiándose por principios generales ya reconocidos y registrados, no gusta de apartarse de ellos en casos particulares. Y esta pertinaz adhesión a los principios, con total omisión de las excepciones en conflicto, es un medio seguro para alcanzar el máximo de verdad alcanzable, en cualquier período prolongado de tiempo. Esta práctica, en masse, es, por tanto, razonable; pero no es menos cierto que engendra cantidad de errores particulares[16].

»Con respecto a las insinuaciones apuntadas contra Beauvais, estará usted pronto a desecharlas de un soplo. Supongo que habrá ya advertido la verdadera naturaleza de este excelente caballero. Es un entrometido, lleno de fantasía romántica y con muy poco ingenio. En una situación verdaderamente excitante como la presente, toda persona como él se conducirá de manera de provocar sospechas por parte de los excesivamente sutiles o de los mal dispuestos. Según surge de las notas reunidas por usted, monsieur Beauvais tuvo algunas entrevistas con el director de L'Etoile, y lo disgustó al aventurar la opinión de que el cadáver, pese a la teoría de aquél, era sin lugar a dudas el de Marie. "Persiste —dice el diario— en afirmar que el cadáver es el de Marie, pero no es capaz de señalar ningún detalle, fuera de los ya comentados, que imponga su creencia a los demás." Sin reiterar el hecho de que mejores pruebas "para imponer su creencia a los demás" no podrían haber sido nunca aducidas, conviene señalar que en un caso de este tipo un hombre puede muy bien estar convencido, sin ser capaz de proporcionar la menor razón de su convencimiento a un tercero. Nada es más vago que las impresiones referentes a la identidad personal. Cada uno reconoce a su vecino, pero pocas veces se está en condiciones de dar una razón que explique ese reconocimiento. El director de L'Etoile no tiene derecho de ofenderse porque la creencia de monsieur Beauvais carezca de razones.

Las sospechosas circunstancias que lo rodean cuadran mucho más con mi hipótesis de entrometimiento romántico que con la sugestión de culpabilidad lanzada por el redactor. Una vez adoptada la interpretación más caritativa, no tendremos dificultad en comprender la rosa en el agujero de la cerradura, el nombre "Marie" en la pizarra, el haber "dejado de lado a los parientes masculinos de la difunta", la resistencia "a que los parientes de la víctima vieran el cadáver", la advertencia hecha a

---

[16] «Toda teoría basada en las cualidades de un objeto no podrá desarrollarse en lo concerniente a sus fines; aquel que ordena tópicos con referencia a sus causas, cesará de valorarlos con relación a sus resultados. Así, la jurisprudencia de todas las naciones muestra que, cuando la ley se convierte en una ciencia y en un sistema, cesa de ser justicia. Los errores en que incurre el derecho usual por su ciega devoción a los principios de clasificación son claramente visibles si se observa con cuánta frecuencia la legislatura se ha visto obligada a intervenir para restablecer la equidad que sus formas habían perdido.» Landor.

madame B... de que no debía decir nada al gendarme hasta que él, monsieur Beauvais, estuviera de regreso y, finalmente, su decisión aparente de que "nadie, fuera de él, se ocuparía de las actuaciones". Me parece incuestionable que Beauvais cortejaba a Marie, que ella coqueteaba con él, y que nuestro hombre estaba ansioso de que lo creyeran dueño de su confianza e íntimamente vinculado con ella. No insistiré sobre este punto. Por lo demás, las pruebas refutan redondamente las afirmaciones de L'Etoile tocantes a la supuesta apatía por parte de la madre y otros parientes, apatía contradictoria con su convencimiento de que el cadáver era el de la muchacha; pasemos adelante, pues, como si la cuestión de la identidad quedara probada a nuestra entera satisfacción.»

—¿Y qué piensa usted —pregunté— de las opiniones de Le Commerciel?

—En esencia, merecen mucha mayor atención que todas las formuladas sobre el asunto. Las deducciones derivadas de las premisas son lógicas y agudas, pero, en dos casos, las premisas se basan en observaciones imperfectas. Le Commerciel insinúa que Marie fue secuestrada por alguna banda de malandrines a poca distancia de la casa de su madre. «Es imposible —señala— que una persona tan popularmente conocida como la joven víctima hubiera podido caminar tres cuadras sin que la viera alguien.» Esta idea nace de un hombre que reside hace mucho en París, donde está empleado, y cuyas andanzas en uno u otro sentido se limitan en su mayoría a la vecindad de las oficinas públicas. Sabe que raras veces se aleja más de doce cuadras de su oficina sin ser reconocido o saludado por alguien. Frente a la amplitud de sus relaciones personales, compara esta notoriedad con la de la joven perfumista, sin advertir mayor diferencia entre ambas, y llega a la conclusión de que, cuando Marie salía de paseo, no tardaba en ser reconocida por diversas personas, como en su caso. Pero esto podría ser cierto si Marie hubiese cumplido itinerarios regulares y metódicos, tan restringidos como los del redactor, y análogos a los suyos. Nuestro razonador va y viene a intervalos regulares dentro de una periferia limitada, llena de personas que lo conocen porque sus intereses coinciden con los suyos, puesto que se ocupan de tareas análogas. Pero cabe suponer que los paseos de Marie carecían de rumbo preciso. En este caso particular lo más probable es que haya tomado por un camino distinto de sus itinerarios acostumbrados. El paralelo que suponemos existía en la mente de Le Commerciel sólo es defendible si se trata de dos personas que atraviesan la ciudad de extremo a extremo. En este caso, si imaginamos que las relaciones personales de cada uno son equivalentes en número, también serán iguales las posibilidades de que cada uno encuentre el mismo número de personas conocidas. Por mi parte, no sólo creo posible, sino muy probable, que Marie haya andado por las diversas calles que unen su casa con la de su tía, sin encontrar a ningún conocido. Al estudiar este aspecto como corresponde, no se debe olvidar nunca la gran desproporción entre las relaciones personales (incluso las del hombre más popular de París) y la población total de la ciudad.

De todos modos, la fuerza que aparentemente pueda tener la sugestión de Le Commerciel disminuye mucho si pensamos en la hora en que Marie abandonó su casa. "Las calles estaban llenas de gente cuando salió", dice Le Commerciel; pero no es así. Eran las nueve de la mañana. Es verdad que durante toda la semana las calles están llenas de gente a las nueve. Pero no el domingo. Ese día, la mayoría de los vecinos están en su casa, preparándose para ir a la iglesia. Ninguna persona observadora habrá dejado de reparar en el aire particularmente desierto de la ciudad, entre las ocho y las diez del domingo. De diez a once, las calles están colmadas, pero nunca en el período antes señalado.

En otro punto me parece que Le Commerciel parte de una observación deficiente. "Un trozo de una de las enaguas de la infortunada muchacha —dice—, de dos pies de largo por uno de ancho, le fue aplicado bajo el mentón y atado detrás de la cabeza, probablemente para ahogar sus gritos. Los individuos que hicieron esto no tenían pañuelo en el bolsillo." Ya veremos si esta idea está bien fundada o no; pero por "individuos que no tenían pañuelo en el bolsillo" el redactor entiende la peor ralea de malhechores. Ahora bien, ocurre que precisamente éstos tienen siempre un pañuelo en el bolsillo, aunque carezcan de camisa. Habrá tenido usted ocasión de observar cuan indispensable se ha vuelto en estos últimos años el pañuelo para el matón más empedernido.

—¿Y qué cabe pensar —pregunté— del artículo de Le Soleil?

—Pues cabe pensar que es una lástima que su redactor no haya nacido loro, en cuyo caso hubiera sido el más ilustre de su raza. Se ha limitado a repetir los distintos puntos de las publicaciones ajenas, escogiéndolos con laudable esfuerzo de uno y otro diario. «Con toda evidencia —manifiesta— los objetos hallados llevaban en el lugar tres o cuatro semanas, por lo menos... No cabe ninguna duda, pues, que se ha descubierto el lugar de tan espantoso atentado.» Los hechos señalados aquí por Le Soleil están sin embargo muy lejos de disipar mis dudas al respecto, y vamos a examinarlos detalladamente más adelante, en relación con otro aspecto del asunto.

Ocupémonos por ahora de cosas distintas. No habrá dejado usted de reparar en la extrema negligencia del examen del cadáver. Cierto que la cuestión de la identidad quedó o debió quedar prontamente terminada, pero había otros aspectos por verificar ¿No fue saqueado el cadáver? ¿No llevaba la difunta joyas al salir de su casa? De ser así, ¿se encontró alguna al examinar el cuerpo? He aquí cuestiones importantes, totalmente descuidadas por la investigación, y quedan otras igualmente importantes que no han merecido la menor atención. Tendremos que asegurarnos mediante indagaciones particulares. El caso de St. Eustache exige ser nuevamente examinado. No abrigo sospechas sobre él, pero es preciso proceder metódicamente. Nos aseguraremos sin lugar a ninguna duda sobre la validez de los testimonios escritos que presentó acerca de sus movimientos en el curso del domingo. Los certificados de este género suelen prestarse fácilmente a la mistificación. Si no encontramos nada de anormal en ellos, desecharemos a St. Eustache de nuestra investigación. Su suicidio, que corroboraría las sospechas en caso de que los certificados fueran falsos, constituye una circunstancia perfectamente explicable en caso contrario, y que no debe alejarnos de nuestra línea normal de análisis.

En lo que me proponga ahora, dejaremos de lado los puntos interiores de la tragedia, concentrando nuestra atención en su periferia. Uno de los errores en investigaciones de este género consiste en limitar la indagación a lo inmediato, con total negligencia de los acontecimientos colaterales o circunstanciales. Los tribunales incurren en la mala práctica de reducir los testimonios y los debates a los límites de lo que consideran pertinente. Pero la experiencia ha mostrado, como lo mostrará siempre la buena lógica, que una parte muy grande, quizá la más grande de la verdad, surge de lo que se consideraba marginal y accesorio. Basándose en el espíritu de este principio, si no en su letra, la ciencia moderna se ha decidido a calcular sobre lo imprevisto. Pero quizá no me hago entender. La historia del conocimiento humano ha mostrado ininterrumpidamente que la mayoría de los descubrimientos más valiosos los debemos a acaecimientos colaterales, incidentales o accidentales; se ha hecho necesario, pues, con vistas al progreso, conceder el más amplio espacio a aquellas invenciones que nacen por casualidad y completamente al margen de las esperanzas ordinarias. Ya no es filosófico fundarse en lo que ha sido para alcanzar una visión de lo que será. El accidente se admite como una porción de la subestructura. Hacemos de la posibilidad una cuestión de cálculo absoluto. Sometemos lo inesperado y lo inimaginado a las fórmulas matemáticas de las escuelas.

Repito que es un hecho verificado que la mayor porción de toda verdad surge de lo colateral; y de acuerdo con el espíritu del principio que se deriva, desviaré la indagación de la huella tan transitada como estéril del hecho mismo, para estudiar las circunstancias contemporáneas que lo rodean. Mientras usted se asegura de la validez de esos certificados, yo examinaré los periódicos en forma más general de lo que ha hecho usted hasta ahora. Por el momento, sólo hemos reconocido el campo de investigación, pero sería raro que una ojeada panorámica como la que me propongo no nos proporcionara algunos menudos datos que establezcan una dirección para nuestra tarea.

En cumplimiento de las indicaciones de Dupin, procedí a verificar escrupulosamente el asunto de los certificados. Resultó de ello una plena seguridad en su validez y la consiguiente inocencia de St. Eustache. Mi amigo se ocupaba entretanto —con una minucia que en mi opinión carecía de objeto— del escrutinio de los archivos de los diferentes diarios. Al cabo de una semana, me presentó los siguientes extractos:

Hace tres años y medio, la misma Marie Rogêt desapareció de la parfumerie de monsieur Le Blanc, en el Palais Royal, causando un revuelo semejante al de ahora. Una semana después, Marie reapareció en el mostrador de la tienda, tan bien como siempre, aparte de una ligera palidez que no era usual en ella. Monsieur Le Blanc y madame Rogêt dieron a entender que Marie había pasado la semana en casa de amigos, en el campo, y el asunto fue rápidamente callado. Presumimos que esta ausencia responde a un capricho de la misma especie y que, dentro de una semana, o quizá de un mes, volveremos a tener a Marie entre nosotros» (Evening Paper, domingo 23 de junio)[17].

«Un diario de la tarde de ayer se refiere a una misteriosa desaparición anterior de mademoiselle Rogêt. Es bien sabido que, durante la semana de su ausencia de la parfumerie de Le Blanc, estuvo acompañada por un joven oficial de marina muy notorio por su libertinaje. Cabe suponer que una querella providencial la trajo nuevamente a su casa. Conocemos el nombre del libertino en cuestión, que se halla actualmente destacado en París, pero no lo hacemos público por razones comprensibles» (Le Mercure, mañana del martes 24 de junio)[18].

---

[17] The Express, Nueva York.
[18] The Herald, Nueva York.

«El más repudiable de los atentados ha tenido lugar anteayer en las proximidades de esta ciudad. Al anochecer, un caballero que paseaba con su esposa y su hija, comprometió los servicios de seis hombres jóvenes que paseaban en bote cerca de las orillas del Sena, a fin de que los transportaran al otro lado. Al llegar a destino los pasajeros desembarcaron, y se alejaban ya hasta perder de vista el bote cuando la hija descubrió que había olvidado su sombrilla. Al volver en su busca fue asaltada por la pandilla, llevada al centro del río, amordazada y sometida a un brutal ultraje, tras lo cual los villanos la depositaron en un punto cercano a aquel donde había embarcado con sus padres. Los miserables se hallan prófugos, pero la policía les sigue la huella y pronto algunos de ellos serán capturados» (Morning Paper, 25 de junio)[19].

«Hemos recibido una o dos comunicaciones tendentes a echar la culpa del horrible crimen a Mennais[20]; pero, como este caballero ha sido plenamente exonerado de toda sospecha por la indagación legal, y los argumentos de nuestros distintos corresponsales parecen más entusiastas que profundos, no creemos oportuno darlos a conocer» (Morning Paper, 28 de junio)[21].

«Hemos recibido varias enérgicas comunicaciones, que aparentemente proceden de diversas fuentes y que dan por seguro que la infortunada Marie Rogêt ha sido víctima de una de las numerosas bandas de malhechores que infestan cada domingo los alrededores de la ciudad. Nuestra opinión se inclina decididamente en favor de esta suposición. En nuestras próximas ediciones dejaremos espacio para exponer los aludidos argumentos» (Evening Paper, martes 31 de junio)[22].

«El lunes, uno de los lancheros del servicio de aduanas vio en el Sena un bote vacío a la deriva. La vela se hallaba en el fondo del bote. El lanchero lo remolcó y lo dejó en el amarradero de su puesto. A la mañana siguiente fue retirado de allí sin permiso de ninguno de los empleados. El timón se encuentra en el depósito de lanchas» (La Diligence, jueves 26 de junio)[23].

Leyendo los diversos pasajes, no solamente me parecieron ajenos a la cuestión, sino que no alcancé a imaginar la manera en que cualquiera

---

[19] Courier and Inquirer, de Nueva York.

[20] Mennais era uno de los sospechosos a quienes se arrestó en un primer momento, pero que fue excarcelado por falta de pruebas.

[21] Courier and Enquirer, de Nueva York.

[22] Evening Post, de Nueva York.

[23] The Standard, de Nueva York.

de los mismos podía pesar sobre aquélla. Esperé, pues, alguna explicación de Dupin.

—Por el momento —me dijo—, no me detendré en los dos primeros pasajes. Los he copiado, sobre todo, para mostrarle la extraordinaria negligencia de la policía, que, hasta donde puedo saberlo por el prefecto, no se ha molestado en interrogar al oficial de marina mencionado en uno de ellos. Sin embargo, sería una locura afirmar que entre la primera y la segunda desaparición de Marie no cabe suponer ninguna conexión. Admitamos que la primera fuga terminó en una querella entre los enamorados y el retorno a casa de la decepcionada Marie. Podemos ahora encarar una segunda fuga o rapto (si realmente se trata de ello) como indicación de que el seductor ha reanudado sus avances y no como el resultado de la intervención de un segundo cortejante. Miramos la cosa como una reconciliación entre enamorados y no como el comienzo de una nueva aventura. Hay diez probabilidades contra una de que el hombre que huyó una vez con Marie le haya propuesto una segunda escapatoria, y no que a la primera propuesta haya sucedido una segunda hecha por otro individuo. Le haré notar, además, que el lapso entre la primera fuga (sobre la cual no cabe duda) y la segunda —presumible— abarca pocos meses más que la duración general de los cruceros de nuestros barcos de guerra. ¿Fueron interrumpidos los bajos designios del seductor por la necesidad de embarcarse, y aprovechó la primera oportunidad a su retorno para renovar esos designios aún no completamente consumados... o, por lo menos, no completamente consumados por él? Nada sabemos de todo ello.

Dirá usted, sin embargo, que en el segundo caso no hubo realmente una fuga. De acuerdo; pero, ¿estamos en condiciones de asegurar que no existió un designio frustrado? Fuera de St. Eustache, y quizá de Beauvais, no encontramos ningún pretendiente conocido de Marie. Nada se ha dicho que aluda a alguno. ¿Quién es, pues, ese amante secreto del cual los parientes de Marie (por lo menos, la mayoría) no saben nada, pero con quien la joven se reúne en la mañana del domingo, y que goza hasta tal punto de su confianza que no vacila en quedarse a su lado hasta que cae la noche en los solitarios bosques de la Barrière du Roule? ¿Quién es ese enamorado secreto, pregunto, del cual los parientes (o casi todos) no saben nada? ¿Y qué significa la extraña profecía proferida por madame Rogêt la mañana de la partida de Marie: "Temo que no volveré a verla nunca más"?

Pero si no podemos suponer que madame Rogêt estaba al tanto de la intención de fuga, ¿no podemos, por lo menos, imaginar que la joven abrigaba esa intención? Al salir de su casa dio a entender que iba a visitar a su tía en la rue des Drômes, y pidió a St. Eustache que fuera a buscarla al anochecer. A primera vista, esto contradice abiertamente mi sugestión. Pero reflexionemos. Es bien sabido que Marie se encontró con alguien y cruzó el río en su compañía, llegando a la Barrière du Roule hacia las tres de la tarde. Al consentir en acompañar a este individuo (con cualquier propósito, conocido o no por su madre), Marie debió pensar en lo que había dicho al salir de su casa y en la sorpresa y sospecha que experimentaría su prometido, St. Eustache, cuando al acudir en su busca a la rue des Drômes se encontrara con que no había estado allí; sin contar que al volver a la pensión con esta alarmante noticia se enteraría de que su ausencia duraba desde la mañana. Repito que Marie debió pensar en todas esas cosas. Debió prever la cólera de St. Eustache y las sospechas de todos. No podía pensar en volver a casa para enfrentar esas sospechas; pero éstas dejaban de tener importancia si suponemos que Marie no tenía intenciones de volver.

Imaginemos así sus reflexiones: "Tengo que encontrarme con cierta persona a fin de fugarme con ella o para otros propósitos que sólo yo sé. Es necesario que no se produzca ninguna interrupción; debemos contar con tiempo suficiente para eludir toda persecución. Daré a entender que pienso pasar el día en casa de mi tía, en la rue des Drômes, y diré a St. Eustache que no vaya a buscarme hasta la noche; de esta manera podré ausentarme de casa el mayor tiempo posible sin despertar sospechas ni ansiedad; todo estará perfectamente explicado y ganaré más tiempo que de cualquier otra manera. Si pido a St. Eustache que vaya a buscarme al anochecer, seguramente no se presentará antes; pero, si no se lo pido, tendré menos tiempo a mi disposición, ya que todos esperarán que vuelva más temprano, y mi ausencia no tardará en provocar ansiedad. Ahora bien, si mis intenciones fueran las de volver a casa, si sólo me interesara dar un paseo con la persona en cuestión, no me convendría pedir a St. Eustache que fuera a buscarme, ya que al llegar a la rue des Drômes se daría perfecta cuenta de que le he mentido, cosa que podría evitar saliendo de casa sin decirle nada, volviendo antes de la noche y declarando luego que estuve de visita en casa de mi tía. Pero como mi intención es la de no volver nunca, o no volver por algunas semanas, o no volver hasta que ciertos ocultamientos se hayan efectuado, lo único que debe preocuparme es la manera de ganar tiempo."

Usted ha hecho notar en sus apuntes que la opinión general más difundida sobre este triste asunto es que la muchacha fue víctima de una pandilla de malandrines. Ahora bien, y bajo ciertas condiciones, la opinión popular no debe ser despreciada. Cuando surge por sí misma, cuando se manifiesta de manera espontánea, cabe considerarla paralelamente a esa intuición que es el privilegio de todo individuo de genio. En noventa y nueve casos sobre cien, me siento movido a conformarme con sus decisiones. Pero lo importante es estar seguros de que no hay en ella la más leve huella de sugestión. La voz pública tiene que ser rigurosamente auténtica, y con frecuencia es muy difícil percibir y mantener esa distinción. En este caso, me parece que la "opinión pública" referente a una pandilla se ha visto fomentada por el suceso colateral que se detalla en el tercero de los pasajes que le he mostrado. Todo París está excitado por el descubrimiento del cadáver de Marie, una joven tan hermosa como conocida. El cuerpo muestra señales de violencia y aparece flotando en el río. Pero entonces se da a conocer que en esos mismos días en que se supone que Marie fue asesinada, otra joven ha sido víctima de una pandilla de depravados y ha sufrido un ultraje análogo al padecido por la difunta. ¿Cabe maravillarse de que la atrocidad conocida haya podido influir sobre el juicio popular con respecto a la desconocida? Ese juicio esperaba una dirección, y el ultraje ya conocido parecía indicarla oportunamente. También Marie fue encontrada en el río, y fue allí donde tuvo lugar el otro atentado. La relación entre ambos hechos era tan palpable, que lo asombroso hubiera sido que la opinión dejara de apreciarla y utilizarla. Pero, en realidad, si de algo sirve el primer ultraje, cometido en la forma conocida, es para probar que el segundo, ocurrido casi al mismo tiempo, no fue cometido en esa forma. Hubiera sido un milagro que, mientras una banda de malhechores perpetraba en cierto lugar un atentado de la más nefanda especie, otra banda similar, en un lugar igualmente similar, en la misma ciudad, bajo idénticas circunstancias, con los mismos medios y recursos, estuviera entregada a un atentado de la misma naturaleza y en el mismo período de tiempo. Sin embargo, la opinión popular así movida pretende justamente hacernos creer en esa extraordinaria serie de coincidencias.

Antes de seguir, consideremos la supuesta escena del asesinato en el soto de la Barrière du Roule. Aunque denso, el soto se halla en la inmediata vecindad de un camino público. Había en su interior tres o cuatro grandes piedras que formaban una especie de asiento, con respaldo y escabel. Sobre la piedra superior se encontraron unas enaguas blancas; en la segunda una chalina de seda. También aparecieron una sombrilla, guantes y un pañuelo de bolsillo. El pañuelo ostentaba el nombre "Marie Rogêt". En las zarzas aparecían jirones de ropas. La tierra estaba pisoteada, rotas las ramas y no cabía duda de que había tenido lugar una violenta lucha.

No obstante el entusiasmo con que la prensa recibió el descubrimiento de este soto y la unanimidad con que aceptó que se trataba del escenario del atentado, preciso es admitir la existencia de muy serios motivos de duda. Puedo o no creer que ése sea el escenario, pero insisto en que hay muchos motivos de duda. Si, como lo sugiere Le Commerciel, el verdadero escenario se encontrara en las vecindades de la rue Pavee St. André y los perpetradores del crimen se hallaran todavía en París, éstos debieron quedarse aterrados al ver que la atención pública era orientada con tanta agudeza por la buena senda. Cierto tipo de inteligencia no habría tardado en advertir la urgente necesidad de dar un paso que volviera a desviar la atención. Y puesto que el soto de la Barrière du Roule había ya dado motivo a sospechas, la idea de depositar allí los objetos que se encontraron era perfectamente natural. Pese a lo que dice Le Soleil, no existe verdadera prueba de que los objetos hayan estado allí mucho más de algunos días, en tanto abundan las pruebas circunstanciales de que no podrían haberse encontrado en el lugar sin despertar la atención durante los veinte días transcurridos desde el domingo fatal a la tarde en que fueron hallados por los niños. "Los efectos —dice Le Soleil, siguiendo la opinión de sus predecesores— aparecían estropeados y enmohecidos por la acción de las lluvias; el moho los había pegado entre sí. El pasto había crecido en torno y encima de algunos de ellos. La seda de la sombrilla era muy fuerte, pero sus fibras se habían adherido unas a otras por dentro. La parte superior, de tela doble y forrada, estaba enmohecida por la acción de la intemperie y se rompió al querer abrirla." Con respecto al pasto "que había crecido en torno y encima de algunos de ellos", no cabe duda de que el hecho sólo pudo ser registrado partiendo de las declaraciones y los recuerdos de dos niños, ya que éstos levantaron los efectos y los llevaron a su casa antes de que un tercero los viera. Ahora bien, en tiempo caluroso y húmedo (como el correspondiente al momento del crimen) el pasto crece hasta dos o tres pulgadas en un solo día. Una sombrilla tirada en un campo recién sembrado de césped quedará completamente oculta en una semana. Y, por lo que se refiere a ese moho, sobre el cual Le Soleil insiste al punto de emplear tres veces el término o sus derivados en un solo y breve comentario, ¿cómo puede ignorar sus características? ¿Habrá que explicarle que se trata de una de las muchas variedades de fungus, cuyo rasgo más común consiste en nacer y morir dentro de las veinticuatro horas?

Vemos así, de una ojeada, que todo lo que con tanta soberbia se ha aducido para sostener que los objetos habían estado "tres o cuatro semanas por lo menos" en el soto, resulta totalmente nulo como prueba. Por otra parte, cuesta mucho creer que esos efectos pudieron quedar en el soto durante más de una semana (digamos de un domingo a otro). Quienes saben algo sobre los aledaños de París no ignoran lo difícil que es aislarse en ellos, a menos de alejarse mucho de los suburbios. Ni por un momento cabe imaginar un sitio inexplorado o muy poco frecuentado entre sus bosques o sotos. Imaginemos a un enamorado de la naturaleza, atado por sus deberes al polvo y al calor de la metrópoli, que pretenda, incluso en días de semana, saciar su sed de soledad en los lugares llenos de encanto natural que rodean la ciudad. A cada paso nuestro excursionista verá disiparse el creciente encanto ante la voz y la presencia de algún individuo peligroso o de una pandilla de pájaros de avería en plena fiesta. Buscará la soledad en lo más denso de la vegetación, pero en vano. He ahí los rincones específicos donde abunda la canalla, he ahí los templos más profanados. Lleno de repugnancia, nuestro paseante volverá a toda prisa al sucio París, mucho menos odioso como sumidero que esos lugares donde la suciedad resulta tan incongruente. Pero si la vecindad de París se ve colmada durante la semana, ¿qué diremos del domingo? En ese día, precisamente, el matón que se ve libre del peso del trabajo o no tiene oportunidad de cometer ningún delito, busca los aledaños de la ciudad, no porque le guste la campiña, ya que la desprecia, sino porque allí puede escapar a las restricciones y convenciones sociales. No busca el aire fresco y el verdor de los árboles, sino la completa licencia del campo. Allí, en la posada al borde del camino o bajo el follaje de los bosques, se entrega sin otros testigos que sus camaradas a los desatados excesos de la falsa alegría, doble producto de la libertad y del ron. Lo que afirmo puede ser verificado por cualquier observador desapasionado: habría que considerar como una especie de milagro que los artículos en cuestión hubieran permanecido ocultos durante más de una semana en cualquiera de los sotos de los alrededores inmediatos de París.

Pero hay además otros motivos para sospechar que esos efectos fueron dejados en el soto con miras a distraer la atención de la verdadera escena del atentado En primer término, observe usted la fecha de su descubrimiento y relaciónela con la del quinto pasaje extraído por mí de los diarios. Observará que el descubrimiento siguió casi inmediatamente a las urgentes comunicaciones enviadas al diario. Aunque diversas y provenientes, al parecer, de distintas fuentes, todas ellas tendían a lo mismo, vale decir a encaminar la atención hacia una pandilla como perpetradora del atentado en las vecindades de la Barrière du Roule. Ahora bien, lo que debe observarse es que esos objetos no fueron encontrados por los muchachos como consecuencia de dichas comunicaciones o por la atención pública que las mismas habían provocado, sino que los efectos no fueron encontrados antes por la sencilla razón de que no se hallaban en el soto, y que fueron depositados allí en la fecha o muy poco antes de la fecha de las comunicaciones al diario por los culpables autores de las comunicaciones mismas.

Dicho soto es un lugar sumamente curioso. La vegetación es muy densa, y dentro de los límites cercados por ella aparecen tres extraordinarias piedras que forman un asiento con respaldo y escabel. Este soto, tan lleno de arte, se halla en la vecindad inmediata, a poquísima distancia de la morada de madame Deluc, cuyos hijos acostumbraban a explorar minuciosamente los arbustos en busca de corteza de sasafrás. ¿Sería insensato apostar —y apostar mil contra uno— que jamás transcurrió un solo día sin que alguno de los niños penetrara en aquel sombrío recinto vegetal y se encaramara en el trono natural formado por las piedras? Quien vacilara en hacer esa apuesta no ha sido nunca niño o ha olvidado el carácter infantil. Lo repito: es muy difícil comprender cómo esos efectos pudieron permanecer en el soto más de uno o dos días sin ser descubiertos. Y ello proporciona un sólido terreno para sospechar —pese a la dogmática ignorancia de Le Soleil— que fueron arrojados en ese sitio en una fecha comparativamente tardía.

Pero aún hay otras y más sólidas razones para creer esto último. Permítame señalarle lo artificioso de la distribución de los efectos. En la piedra más alta aparecían unas enaguas blancas; en la segunda, una chalina de seda; tirados alrededor, una sombrilla, guantes y un pañuelo de bolsillo con el nombre "Marie Rogêt". He aquí una distribución que naturalmente haría una persona no demasiado sagaz queriendo dar la impresión de naturalidad. Pero esta disposición no es en absoluto natural. Lo más lógico hubiera sido suponer todos los efectos en el suelo y pisoteados. En los estrechos límites de esa enramada parece difícil que las enaguas y la chalina hubiesen podido quedar sobre las piedras, mientras eran sometidas a los tirones en uno y otro sentido de varias personas en lucha. Se dice que "la tierra estaba removida, rotos los arbustos y no cabía duda de que una lucha había tenido lugar". Pero las enaguas y la chalina aparecen colocadas allí como en los cajones de una cómoda. "Los jirones del vestido en las zarzas tenían unas tres pulgadas de ancho por seis de largo. Uno de ellos correspondía al dobladillo del vestido y había sido remendado... Daban la impresión de pedazos arrancados." Aquí, inadvertidamente, Le Soleil emplea una frase extraordinariamente sospechosa. Según la descripción, en efecto, los jirones "dan la impresión de pedazos arrancados", pero arrancados a mano y deliberadamente. Es un accidente rarísimo que, en ropa como la que nos ocupa, un jirón "sea arrancado" por una espina. Dada la naturaleza de semejantes tejidos, cuando una espina o un clavo se engancha en ellos los desgarra rectangularmente, dividiéndolos en dos desgarraduras longitudinales en ángulo recto, que se encuentran en un vértice constituido por el punto donde penetra la espina; en esa forma, resulta casi imposible concebir que el jirón "sea arrancado". Por mi parte no lo he visto nunca, y usted tampoco. Para arrancar un pedazo de semejante tejido hará falta casi siempre la acción de dos fuerzas actuando en diferentes direcciones. Sólo si el tejido tiene dos bordes, como, por ejemplo, en el caso de un pañuelo, y se desea arrancar una tira, bastará con una sola fuerza. Pero en esta instancia se trata de un vestido que no tiene más que un borde.

Para que una espina pudiera arrancar una tira del interior, donde no hay ningún borde, hubiera hecho falta un milagro, aparte de que no bastaría con una sola espina. Aun si hubiera un borde, se requerirían dos espinas, de las cuales una actuaría en dos direcciones y la otra en una. Y conste que en este caso suponemos que el borde no está dobladillado. Si lo estuviera, no habría la menor posibilidad de arrancar una tira. Vemos, pues, los muchos y grandes obstáculos que se ofrecen a las espinas para "arrancar" tiras de una tela, y, sin embargo, se pretende que creamos que así han sido arrancados varios jirones. ¡Y uno de ellos correspondía al dobladillo del vestido! Otra de las tiras era parte de la falda, pero no del dobladillo. Vale decir que había sido completamente arrancado por las espinas del interior sin bordes del vestido. Bien se nos puede perdonar por no creer en semejantes cosas; y, sin embargo, tomadas colectivamente, ofrecen quizá menos campo a la sospecha que la sola y sorprendente circunstancia de que esos artículos hubieran sido abandonados en el soto por asesinos que se habían tomado el trabajo de transportar el cadáver. Empero, usted no habrá comprendido claramente mi pensamiento si supone que mi intención es negar que el soto haya sido el escenario del atentado. La villanía pudo ocurrir en ese lugar o, con mayor probabilidad, un accidente pudo producirse en la posada de madame Deluc. Pero éste es un punto de menor importancia. No es nuestra intención descubrir el escenario del crimen, sino encontrar a sus perpetradores. Lo que he señalado, no obstante lo minucioso de mis argumentos, tiene por objeto, en primer lugar, mostrarle lo absurdo de las dogmáticas y aventuradas afirmaciones de Le Soleil, y en segundo término, y de manera especial, conducirlo por una ruta natural a un nuevo examen de una duda: la de si este asesinato ha sido o no la obra de una pandilla.

Resumiremos el asunto aludiendo brevemente a los odiosos detalles que surgen de las declaraciones del médico forense en la indagación judicial. Basta señalar que sus inferencias dadas a conocer con respecto al número de los bandidos participantes en el atentado fueron ridiculizadas como injustas y totalmente privadas de fundamento por los mejores anatomistas de París. No se trata de que ello no haya podido ser como se infiere, sino de que no había fundamentos para esa inferencia. ¿Y no los había, en cambio, para otra?

Reflexionemos ahora sobre "las huellas de una lucha" y preguntémonos qué es lo que tales huellas alcanzan a demostrar. ¿Una pandilla? ¿Pero no demuestran, por el contrario, la ausencia de una pandilla? ¿Qué lucha podía tener lugar, tan violenta y prolongada, como para dejar "huellas" en todas direcciones entre una débil e indefensa muchacha y la imaginable pandilla de malhechores? El silencioso abrazo de unos pocos brazos robustos y todo habría terminado. La víctima debía quedar reducida a una total pasividad. Recordará usted que los argumentos empleados sobre el soto como escenario de lo ocurrido se aplican, en su mayor parte, a un ultraje cometido por más de un individuo. Solamente si imaginamos a un violador podremos concebir (y sólo entonces) una lucha tan violenta y obstinada como para dejar semejantes "huellas".

Ya he mencionado la sospecha que nace de que los objetos en cuestión fueran abandonados en el soto. Parece casi imposible que semejantes pruebas de culpabilidad hayan sido dejadas accidentalmente donde se las encontró. Si suponemos una suficiente presencia de ánimo para retirar el cadáver, ¿qué pensar de una prueba aún más positiva que el cuerpo mismo (cuyas facciones hubieran sido borradas prontamente por la corrupción) abandonada a la vista de cualquiera en la escena del atentado? Me refiero al pañuelo con el nombre de la muerta. Si quedó allí por accidente, no hay duda de que no se trataba de una pandilla. Sólo cabe imaginar ese accidente relacionado con una sola persona. Veamos: un individuo acaba de cometer el asesinato. Está solo con el fantasma de la muerta. Se siente aterrado por lo que yace inanimado ante él. El arrebato de su pasión ha cesado y en su pecho se abre paso el miedo de lo que acaba de cometer. Le falta esa confianza que la presencia de otros inspira. Está solo con el cadáver. Tiembla, se siente confundido. Pero es necesario ocultar el cuerpo. Lo arrastra hacia el río dejando atrás todas las otras pruebas de su culpabilidad; sería difícil, si no imposible, llevar todo a la vez, y además no habrá dificultad en regresar más tarde en busca del resto. Mas en ese trabajoso recorrido hasta el agua su temor redobla. Los sonidos de la vida acechan en su camino. Diez veces oye o cree oír los pasos de un observador. Hasta las mismas luces de la ciudad lo espantan. Con todo, después de largas y frecuentes pausas, llenas de terrible ansiedad, llega a la orilla del río y hace desaparecer su espantosa carga quizá con ayuda de un bote. Pero ahora, ¿qué tesoros tiene el mundo, qué amenazas de venganza para impulsar al solitario asesino a recorrer una vez más el trabajoso y arriesgado camino hasta el soto, donde quedan los espeluznantes recuerdos de lo sucedido? No, no volverá, sean cuales fueren las consecuencias. Aun si quisiera, no podría volver. Su único pensamiento es el de escapar inmediatamente. Da la espalda para siempre a esos terribles bosques y huye como de una maldición.

¿Pasaría lo mismo con una banda? Su número les habría inspirado recíproca confianza, en el caso de que ésta falte alguna vez en el pecho de un criminal empedernido; y una pandilla sólo podemos suponerla formada por individuos de esa laya. Su número, pues, hubiera impedido el incontrolable y alocado temor que, según imagino, debió de paralizar a un hombre solo. Si podemos presumir un descuido por parte de uno, dos o tres, sin duda el cuarto hubiera pensado en ello. No habrían dejado huella alguna a sus espaldas, ya que su número les permitía llevarse todo de una sola vez. No había ninguna necesidad de volver .

Considere ahora el hecho de que en el vestido que llevaba el cadáver al ser encontrado, "una tira de un pie de ancho había sido arrancada del vestido, desde el ruedo de la falda hasta la cintura; aparecía arrollada tres veces en la cintura y asegurada mediante una especie de ligadura en la espalda". Esto se hizo con evidente intención de obtener un asa mediante la cual transportar el cuerpo. Pero, en caso de tratarse de varios hombres, ¿habrían recurrido a eso? Para tres o cuatro de ellos, los miembros del cadáver proporcionaban no sólo suficiente asidero, sino el mejor posible. El sistema empleado corresponde a un solo individuo, y esto nos lleva al hecho de que "entre el soto y el río se descubrió que los vallados habían sido derribados y la tierra mostraba señales de que se había arrastrado una pesada carga". ¿Cree usted que varios individuos se hubieran impuesto la superflua tarea de derribar un vallado para arrastrar un cuerpo que podía ser pasado por encima en un momento? ¿Cree usted que varios hombres hubieran arrastrado un cuerpo al punto de dejar evidentes huellas?

Aquí corresponde referirse a una observación de Le Commerciel, que en cierta medida ya he comentado antes. "Un trozo de una de las enaguas de la infortunada muchacha — dice—, de dos pies de largo por uno de ancho, le fue aplicado bajo el mentón y atado detrás de la cabeza, probablemente para ahogar sus gritos. Los individuos que hicieron esto no tenían pañuelos en el bolsillo."

Ya he hecho notar que un verdadero pillastre no carece nunca de pañuelo. Pero no me refiero ahora a eso. Que dicha atadura no fue empleada por falta de pañuelo y para los fines que supone Le Commerciel, lo demuestra el hallazgo del pañuelo en el lugar del hecho; y que su finalidad no era la de "ahogar sus gritos", surge de que se haya empleado esa atadura en vez de algo que hubiera sido mucho más adecuado. Pero los términos de los testimonios aluden a la tira en cuestión diciendo que "apareció alrededor del cuello, pero no apretada, aunque había sido asegurada con un nudo firmísimo". Estos términos son bastante vagos, pero difieren completamente de los de Le Commerciel. La tira tenía dieciocho pulgadas de ancho y, por lo tanto, aunque fuera de muselina, constituía una banda muy fuerte si se la doblaba sobre sí misma longitudinalmente. Así fue como se la encontró. Mi deducción es la siguiente: El asesino solitario, después de llevar alzado el cuerpo durante un trecho (sea desde el soto u otra parte) ayudándose con la tira arrollada a la cintura, notó que el peso resultaba excesivo para sus fuerzas. Resolvió entonces arrastrar su carga, y la investigación demuestra que, en efecto, el cuerpo fue arrastrado. A tal fin, era necesario atar una especie de cuerda a una de las extremidades. El mejor lugar era el cuello, ya que la cabeza impediría que se zafara. En este punto, el asesino debió pensar en la tira que circundaba la cintura de la víctima. Hubiera querido usarla, pero se le planteaba el inconveniente de que estaba arrollada al cadáver, sujeta por una atadura, sin contar que no había sido completamente arrancada del vestido. Más fácil resultaba arrancar una nueva tira de las enaguas. Así lo hizo, ajustándola al cuello, y en esa forma arrastró a su víctima hasta la orilla del río. El hecho de que este lazo, difícil y penosamente obtenido, y sólo a medias adecuado a su finalidad, fuera sin embargo empleado por el asesino, nace del hecho de que éste estaba ya demasiado lejos para utilizar la chalina, vale decir, después que hubo abandonado el soto (si se trataba del soto) y se encontraba a mitad de camino entre éste y el río.

Dirá usted que el testimonio de madame Deluc (!) apunta especialmente a la presencia de una pandilla en la vecindad del soto, aproximadamente, en el momento del asesinato. Estoy de acuerdo. Incluso me pregunto si no había una docena de pandillas como la descrita por madame Deluc en la vecindad de la Barrière du Roule y aproximadamente en el momento de la tragedia. Pero la pandilla que se ganó la marcada enemistad —y el testimonio tardío y bastante sospechoso— de madame Deluc, es la única a la cual esta honesta y escrupulosa anciana reprocha haberse regalado con sus pasteles y haber bebido su coñac sin tomarse la molestia de pagar los gastos. Et hinc illæ iræ?

Pero, ¿cuál es el preciso testimonio de madame Deluc? "Se presentó una pandilla de malandrines, los cuales se condujeron escandalosamente, comieron y bebieron sin pagar, siguieron luego la ruta que habían tomado los dos jóvenes y regresaron a la posada al anochecer, volviendo a cruzar el río como si tuvieran mucha prisa."

Ahora bien, esta "gran prisa" debió probablemente parecer más grande a ojos de madame Deluc, quien reflexionaba triste y nostálgicamente sobre sus pasteles y su cerveza profanados, y por los cuales debió abrigar aún alguna esperanza de compensación. ¿Por qué, si no, se refirió a la prisa, desde el momento que ya era "el anochecer"? No hay ninguna razón para asombrarse de que una banda de pillos se apresure a volver a casa cuando queda por cruzar en bote un ancho río, cuando amenaza tormenta y se acerca la noche. «Digo que se acerca, pues la noche aún no había caído. Era tan sólo "al anochecer" cuando la prisa indecente de aquellos "bandidos" ofendió los modestos ojos de madame Deluc. Pero estamos enterados de que esa misma noche, tanto madame Deluc como su hijo mayor, "oyeron los gritos de una mujer en la vecindad de la posada". ¿Y qué palabras emplea madame Deluc para señalar el momento de la noche en que se oyeron esos gritos? "Poco después de oscurecer", afirma. Pero "poco después de oscurecer" significa que ya ha oscurecido. Vale decir, resulta perfectamente claro que la pandilla abandonó la Barrière du Roule antes de que se produjeran los gritos escuchados (?) por madame Deluc. Y aunque en las muchas transcripciones del testimonio las expresiones en cuestión son clara e invariablemente empleadas como acabo de hacerlo en mi conversación con usted, hasta ahora ninguno de los diarios parisienses, ni ninguno de los funcionarios policiales ha señalado tan gruesa discrepancia.

»Sólo añadiré un argumento contra la noción de una banda, pero el mismo tiene, en mi opinión, un peso irresistible. Dada la enorme recompensa ofrecida y el pleno perdón que se concede por toda declaración probatoria, no cabe imaginar un solo instante que algún miembro de una pandilla de miserables criminales —o de cualquier pandilla— no haya traicionado hace rato a sus cómplices. En una pandilla colocada en esa situación, cada uno de sus miembros no está tan ansioso de recompensa o de impunidad, como temeroso de ser traicionado. Se apresura a delatar lo antes posible, a fin de no ser delatado a su turno. Y que el secreto no haya sido divulgado es la mejor prueba de que realmente se trata de un secreto. Los horrores de esa terrible acción sólo son conocidos por Dios y por una o dos personas.

Resumamos los magros pero evidentes frutos de nuestro análisis. Hemos llegado, ya sea a la noción de un accidente fatal en la posada de madame Deluc, o de un asesinato perpetrado en el soto de la Barrière du Roule por un amante o, en todo caso, por alguien íntima y secretamente vinculado con la difunta. Esta persona es de tez morena. Dicha tez, la ligadura en la tira que rodeaba el cuerpo, y el "nudo de marinero" con el cual apareció atado el cordón de la cofia, apuntan a un marino. Su camaradería con la difunta, muchacha alegre pero no depravada, lo designa como perteneciente a un grado superior al de simple marinero. Las comunicaciones al diario, correctamente escritas, son en gran medida una corroboración de lo anterior. La circunstancia de la primera fuga, conforme la menciona Le Mercure, tiende a conectar la idea de este marino con la del "oficial de marina", de quien se sabe que fue el primero en inducir a la infortunada víctima a cometer una irregularidad.

Y aquí, de la manera más justa, interviene el hecho de la continua ausencia del hombre moreno. Permítame hacerle notar de paso que la tez del mismo es morena y atezada; no es un color moreno común el que atrajo la atención tanto de Valence como de madame Deluc. Pero, ¿por qué está ausente este hombre? ¿Fue asesinado por la pandilla? Si es así, ¿cómo no hay más que huellas de la joven asesinada? Es natural suponer que los dos atentados se produjeron en el mismo lugar. ¿Y dónde se halla su cadáver? Con toda probabilidad, los asesinos hubieran hecho desaparecer a ambos en la misma forma. Pero lo que cabe suponer es que este hombre vive, y que lo que le impide darse a conocer es el miedo de que lo acusen del asesinato. Esta razón es la que influye sobre él actualmente, en esta última fase de la investigación, ya que los testimonios han señalado que se le vio con Marie; pero no tenía ninguna influencia en el período inmediato al crimen. El primer impulso de un inocente hubiera sido denunciar el ultraje y ayudar a identificar a los culpables. Era lo que correspondía. El hombre había sido visto con la joven. Cruzó el río con ella en un ferryboat. Aun para un atrasado mental la denuncia de los asesinos era el único y más seguro medio de librarse personalmente de toda sospecha. No podemos imaginarlo, en la noche del domingo fatal, inocente y a la vez ignorante del atentado que acababa de cometerse. Y, sin embargo, sólo cabría suponer esas circunstancias para concebir que hubiese dejado de denunciar a los asesinos en caso de hallarse con vida.

¿Qué medios tenemos para llegar a la verdad? A medida que sigamos adelante los veremos multiplicarse y ganar en claridad. Cribemos hasta el fondo la cuestión de la primera escapatoria. Documéntemenos sobre la historia de "el oficial", con sus circunstancias actuales y sus andanzas en el momento preciso del asesinato. Comparemos cuidadosamente entre sí las distintas comunicaciones enviadas al diario de la noche, cuyo objeto era inculpar a una pandilla. Hecho esto, comparemos dichas comunicaciones, tanto desde el punto de vista del estilo como de su presentación, con las enviadas al diario de la mañana, en un período anterior, y que tenían por objeto insistir con vehemencia en la culpabilidad de Mennais. Cumplido todo esto, comparemos el total de esas comunicaciones con papeles escritos de puño y letra por el susodicho oficial. Tratemos de asegurarnos, mediante repetidos interrogatorios a madame Deluc y a sus hijos, así como a Valence, el conductor del ómnibus, de más detalles sobre la apariencia personal del "hombre de la tez morena". Hábilmente dirigidas, estas indagaciones no dejarán de extraer informaciones sobre estos puntos particulares (o sobre otros), que incluso los interrogados pueden no saber que están en condiciones de proporcionar. Y sigamos entonces la huella del bote recogido por el lanchero en la mañana del lunes veintitrés de junio, bote que fue retirado, sin el timón, del depósito de lanchas, a escondidas del empleado de turno y en un momento anterior al descubrimiento del cadáver. Con la debida precaución y perseverancia daremos infaliblemente con ese bote, pues no sólo el lanchero que lo encontró puede identificarlo, sino que tenemos su timón. El gobernalle de un bote de vela no hubiera sido abandonado fácilmente, si se tratara de alguien que no tenía nada que reprocharse. Y aquí haré un paréntesis para insinuar un detalle. El hallazgo del bote a la deriva no fue anunciado en el momento. Conducido discretamente al depósito de lanchas, fue retirado con la misma discreción. Pero su propietario o usuario, ¿cómo pudo saber, en la mañana del martes y sin ayuda de ningún anuncio, dónde se hallaba el bote, salvo que supongamos que está vinculado de alguna manera con la marina, y que esa vinculación personal y permanente le permitía enterarse de sus menores novedades, de sus mínimas noticias locales?

Al hablar del asesino solitario, que arrastra a su víctima hasta la costa, he sugerido ya la posibilidad de que hubiera hecho uso de un bote. Podemos sostener ahora que Marie Rogêt fue echada al agua desde un bote, lo cual me parece lógico, ya que no cabía confiar el cadáver a las aguas poco profundas de la costa. Las peculiares marcas de la espalda y hombros de la víctima apuntan a las cuadernas del fondo de un bote. También corrobora esta idea el que el cadáver fuera encontrado sin un peso atado como lastre. De haber sido echado al agua en la costa, le hubieran agregado algún peso. Cabe suponer que la falta del mismo se debió a un descuido del asesino, que olvidó llevarlo consigo al alejarse río adentro. En el momento de lanzar el cuerpo al agua debió de advertir su olvido, pero no tenía nada a mano para remediarlo. Debió de preferir cualquier riesgo antes que regresar a aquella terrible playa. Luego, libre de su fúnebre carga, el asesino se apresuró a regresar a la ciudad. Allí, en algún muelle mal iluminado, saltó a tierra. En cuanto al bote, ¿lo amarraría allí mismo? Debió de proceder con demasiada prisa para pensar en tal cosa. Además, de amarrarlo, hubiera sentido que dejaba a sus espaldas pruebas contra sí mismo. Su reacción natural debió de ser la de alejar lo más posible todo lo que guardara alguna relación con el crimen. No sólo quería huir de aquel muelle, sino que no permitiría que el bote quedara allí. Seguramente lo lanzó a la deriva. Pero sigamos adelante con nuestras suposiciones. A la mañana siguiente, el miserable se siente presa del más inexpresable horror al enterarse de que el bote ha sido recogido y llevado a un lugar que él frecuenta diariamente; un lugar donde quizá sus obligaciones lo hacen acudir de continuo. A la noche siguiente, sin atreverse a pedir el timón, se apodera del bote. Ahora bien: ¿dónde está ese bote sin gobernalle? Descubrirlo debe constituir uno de nuestros primeros propósitos. De la luz que emane de ese descubrimiento comenzará a nacer el día de nuestro triunfo. Con una rapidez que nos sorprenderá, el bote va a guiarnos hasta aquel que lo utilizó en la medianoche del domingo fatal. Una corroboración seguirá a otra y el asesino será identificado.

[Por razones que no especificaremos, pero que resultarán obvias a muchos lectores, nos hemos tomado la libertad de omitir la parte del manuscrito confiado a nuestras manos dónde se detalla el seguimiento de la apenas perceptible pista lograda por Dupin. Sólo nos parece conveniente dejar constancia, en resumen, de que los resultados previstos fueron alcanzados, y que el prefecto cumplió fielmente, aunque sin muchas ganas, los términos de su convenio con el chevalier. El artículo del señor Poe concluye con las siguientes palabras (Los directores)[24]:

Se comprenderá que hablo de coincidencias y nada más. Lo que he dicho sobre este punto debe bastar. No hay fe en mi corazón sobre lo preternatural. Que la naturaleza y su Dios son dos, nadie capaz de pensar lo negará. Que el segundo, creando la primera, puede controlarla y modificarla a su voluntad, es asimismo incuestionable. Digo «a su voluntad» porque se trata de una cuestión de voluntad y no, como el extravío de la lógica supone, de poder. No se trata de que la Deidad no pueda modificar sus leyes, sino que la insultamos al suponer una posible necesidad de modificación. En sus orígenes, esas leyes fueron planeadas para abrazar todas las contingencias que podrían presentarse en el futuro. Con Dios, todo es ahora.

Repito, pues, que sólo hablo de estas cosas como de coincidencias. Más aún: en lo que he relatado se verá que entre el destino de la infortunada Mary Cecilia Rogers (hasta donde dicho destino es conocido) y el de una tal Marie Rogêt (hasta un momento dado de su historia) existió un paralelo de tan extraordinaria exactitud que frente a él la razón se siente confundida. He dicho que esto se verá. Pero no se suponga por un solo instante que, al continuar con la triste narración referente a Marie desde la época mencionada, y seguir hasta su desenlace el misterio que rodeó su muerte, abrigo la encubierta intención de insinuar que el paralelo continúa, o sugerir que las medidas adoptadas en París para el descubrimiento del asesino de una grisette, o cualquier medida fundada en raciocinios similares, producirían en el otro caso resultados equivalentes.

Preciso es tener en cuenta —refiriéndonos a la última parte de la suposición— que la más nimia variación en los hechos de los dos casos podría dar motivo a los más grandes errores al hacer tomar a ambas series de eventos distintas direcciones; lo mismo que, en aritmética, un error que en sí mismo es insignificante, por mera multiplicación en los distintos pasos de un proceso llega a producir un resultado enormemente alejado de la verdad. Con respecto a la primera parte de las suposiciones, no debemos olvidar que el cálculo de probabilidades al cual me referí antes prohíbe toda idea de la prolongación del paralelismo, y lo hace con una fuerza y decisión proporcionales a la medida en que dicho paralelo se ha mostrado hasta entonces exacto y acertado. Es ésta una de esas proposiciones anómalas que, reclamando en apariencia un pensar

---

[24] De la revista donde se publicó por primera vez este trabajo.

diferente del pensar matemático, sólo puede ser plenamente abarcada por una mente matemática. Nada más difícil, por ejemplo, que convencer al lector corriente de que el hecho de que el seis haya sido echado dos veces por un jugador de dados, basta para apostar que no volverá a salir en la tercera tentativa. El intelecto rechaza casi siempre toda sugestión en este sentido. No se acepta que dos tiros ya efectuados, y que pertenecen por completo al pasado, puedan influir sobre un tiro que sólo existe en el futuro. Las probabilidades de echar dos seises parecen exactamente las mismas que en cualquier otro momento, vale decir que sólo están sometidas a la influencia de todos los otros tiros que pueden producirse en el juego de dados. Esta reflexión parece tan obvia que las tentativas de contradecirla son casi siempre recibidas con una sonrisa despectiva antes que con atención respetuosa. No pretendo exponer aquí, dentro de los límites de este trabajo, el craso error involucrado en esa actitud; para los que entienden de filosofía, no necesita explicación. Baste decir que forma parte de una infinita serie de engaños que surgen en la senda de la razón, por culpa de su tendencia a buscar la verdad en el detalle.

HOP—FROG

Jamás he conocido a nadie tan dispuesto a celebrar una broma como el rey. Parecía vivir tan sólo para las bromas. La manera más segura de ganar sus favores consistía en narrarle un cuento donde abundaran las chuscadas, y narrárselo bien. Ocurría así que sus siete ministros descollaban por su excelencia como bromistas. Todos ellos se parecían al rey por ser corpulentos, robustos y sudorosos, así como bromistas inimitables. Nunca he podido determinar si la gente engorda cuando se dedica a hacer bromas, o si hay algo en la grasa que predispone a las chanzas; pero la verdad es que un bromista flaco resulta una rara avis in terris.

Por lo que se refiere a los refinamientos —o, como él los denominaba, los «espíritus» del ingenio—, el rey se preocupaba muy poco. Sentía especial admiración por el volumen de una chanza, y con frecuencia era capaz de agregarle gran amplitud para completarla. Las delicadezas lo fastidiaban. Hubiera preferido el Gargantúa de Rabelais al Zadig de Voltaire; de manera general, las bromas de hecho se adaptaban mejor a sus gustos que las verbales.

En los tiempos de mi relato los bufones gozaban todavía del favor de las cortes. Varias «potencias» continentales conservaban aún sus «locos» profesionales, que vestían traje abigarrado y gorro de cascabeles, y que, a cambio de las migajas de la mesa real, debían mantenerse alerta para prodigar su agudo ingenio.

Nuestro rey tenía también su bufón. Le hacía falta una cierta dosis de locura, aunque más no fuera, para contrabalancear la pesada sabiduría de los siete sabios que formaban su ministerio... y la suya propia.

Su «loco», o bufón profesional, no era tan sólo un loco. Su valor se triplicaba a ojos del rey por el hecho de que además era enano y cojo. En aquella época los enanos abundaban en las cortes tanto como los bufones, y muchos monarcas no hubieran sabido cómo pasar los días (los días son más largos en la corte que en cualquier otra parte) sin un bufón *con* el cual reírse y un enano de quien reírse. Pero, como ya lo he hecho notar, en el noventa y nueve por ciento de los casos los bufones son gordos, redondeados y de movimientos torpes, por lo cual nuestro rey se congratulaba de tener en Hop—Frog (que así se llamaba su bufón) un triple tesoro en una sola persona.

Creo que el nombre de Hop—Frog no le fue dado al enano por sus padrinos en el momento del bautismo, sino que recayó en su persona por concurso general de los siete ministros, dado que le era imposible caminar como el resto de los mortales. En efecto, Hop—Frog sólo podía avanzar mediante un movimiento convulsivo —algo entre un brinco y un culebreo—, movimiento que divertía interminablemente al rey y a la vez, claro está, le servía de consuelo, aunque la corte, a pesar del vientre protuberante y el enorme tamaño de la cabeza del rey, lo consideraba un dechado de perfección.

Pero si la deformación de las piernas sólo permitía a Hop—Frog moverse con gran dolor y dificultad en un camino o un salón, la naturaleza parecía haber querido compensar aquella deficiencia de sus miembros inferiores concediéndole una prodigiosa fuerza en los brazos, que le permitía efectuar diversas hazañas de maravillosa destreza, siempre que se tratara de trepar por cuerdas o árboles. Y mientras cumplía tales ejercicios se parecía mucho más a una ardilla o a un mono que a una rana.

No puedo afirmar con precisión de qué país había venido Hop—frog. Se trataba, sin embargo, de una región bárbara de la que nadie había oído hablar, situada a mucha distancia de la corte de nuestro rey. Tanto Hop—Frog como una jovencita apenas menos enana que él (pero de exquisitas proporciones y admirable bailarina) habían sido arrancados por la fuerza de sus respectivos hogares, situados en provincias adyacentes, y enviados como regalo al rey por uno de sus siempre victoriosos generales.

No hay que sorprenderse, pues, de que en tales circunstancias se creara una gran intimidad entre los dos pequeños cautivos. Muy pronto llegaron a ser amigos entrañables. Hop—Frog, a pesar de sus continuas exhibiciones, no era nada popular, y no podía, por tanto, prestar mayores servicios a Trippetta; pero ésta, con su gracia y exquisita belleza —pese a ser una enana—, era admirada y mimada por todos, lo cual le daba mucha influencia y le permitía ejercerla en favor de Hop—Frog, cosa que jamás dejaba de hacer.

En ocasión de una gran solemnidad oficial (no recuerdo cuál) el rey resolvió celebrar un baile de máscaras. Ahora bien, toda vez que en la corte se trataba de mascaradas o fiestas semejantes, se acudía sin falta a Hop—Frog y a Trippetta, para que desplegaran sus habilidades. Hop—Frog, sobre todo, tenía tanta inventiva para montar espectáculos, sugerir nuevos personajes y preparar máscaras para los bailes de disfraz, que se hubiera dicho que nada podía hacerse sin su asistencia.

Llegó la noche de la gran fiesta. Bajo la dirección de Trippetta habíase preparado un resplandeciente salón, ornándolo con todo aquello que pudiera agregar éclat a una mascarada. La corte ardía con la fiebre de la expectativa. Por lo que respecta a los trajes y los personajes a representar, es de imaginarse que cada uno se había aprontado convenientemente. Los había que desde semanas antes preparaban sus rôles, y nadie mostraba la menor señal de indecisión... salvo el rey y sus siete ministros. Me es imposible explicar por qué precisamente ellos vacilaban, salvo que lo hicieran con ánimo de broma. Lo más probable es que, dada su gordura, les resultara difícil decidirse. A todo esto el tiempo transcurría; entonces, como postrer recurso, mandaron llamar a Trippetta y a Hop— Frog.

Cuando los dos pequeños amigos obedecieron al llamado del rey, lo encontraron bebiendo vino con los siete miembros de su Consejo; el monarca, sin embargo, parecía de muy mal humor. No ignoraba que a Hop—Frog le desagradaba el vino, pues producía en el pobre lisiado una especie de locura, y la locura no es una sensación agradable. Pero el rey amaba sus bromas y le pareció divertido obligar a Hop—Frog a beber y (como él decía) «a estar alegre».

—Ven aquí, Hop—Frog —mandó, cuando el bufón y su amiga entraron en la sala—. Bébete esta copa a la salud de tus amigos ausentes... (Hop—Frog suspiró)... y veamos si eres capaz de inventar algo. Necesitamos personajes... personajes, ¿entiendes? Algo fuera de lo común, algo raro. Estamos cansados de hacer siempre lo mismo. ¡Ven, bebe! El vino te avivará el ingenio.

Como de costumbre, Hop—Frog trató de contestar con una chanza a las palabras del rey, pero sus esfuerzos fueron inútiles. Sucedió que aquel día era el cumpleaños del pobre enano, y la orden de beber a la salud de «sus amigos ausentes» hizo acudir las lágrimas a sus ojos. Grandes y amargas gotas cayeron en la copa mientras la tomaba, humildemente, de manos del tirano.

—¡Ja, ja, ja! —rió éste con todas sus fuerzas—. ¡Ved lo que puede un vaso de buen vino! ¡Si ya le brillan los ojos!

¡Pobre infeliz! Sus grandes ojos fulguraban en vez de brillar, pues el efecto del vino en su excitable cerebro era tan potente como instantáneo. Dejando la copa en la mesa con un movimiento nervioso, Hop—Frog contempló a sus amos con una mirada casi insana. Todos ellos parecían divertirse muchísimo con la «broma» del rey.

—Y ahora, ocupémonos de cosas serias —dijo el primer ministro, que era un hombre muy gordo.

—Sí —aprobó el rey—. Ven aquí, Hop—Frog, y ayúdanos. Personajes, querido muchacho. Personajes es lo que necesitamos... ¡Ja, ja, ja!

Y como sus palabras pretendían ser una nueva chanza, los siete las celebraron a coro. También rió Hop—Frog, aunque débilmente y como si estuviera distraído.

—Vamos, vamos —dijo impaciente el rey—. ¿No tienes nada que sugerirnos?

—Estoy tratando de pensar algo nuevo —repuso vagamente el enano, a quien el vino había confundido por completo.

—¡Tratando! —gritó furioso el tirano—. ¿Qué quieres decir con eso? ¡Ah, ya entiendo!

Estás melancólico y te hace falta más vino. ¡Toma, bebe esto! —y llenando otra copa la alcanzó al lisiado, que no hizo más que mirarla, tratando de recobrar el aliento—. ¡Bebe, te digo —aulló el monstruo—, o por todos los diablos que...!

El enano vaciló, mientras el rey se ponía púrpura de rabia. Los cortesanos sonreían bobamente. Pálida como un cadáver, Trippetta avanzó hasta el sitial del monarca y, cayendo de rodillas, le imploró que dejara en paz a su amigo.

Durante unos instantes el tirano la miró lleno de asombro ante tal audacia. Parecía incapaz de decir o de hacer algo... de expresar adecuadamente su indignación. Por fin, sin pronunciar una sílaba, la rechazó con violencia y le tiró a la cara el contenido de la copa.

La pobre niña se levantó como pudo y, sin atreverse a suspirar siquiera, volvió a su sitio a los pies de la mesa.

Durante casi un minuto reinó un silencio tan mortal que se hubiera escuchado caer una hoja o una pluma. Aquel silencio fue interrumpido por un áspero y prolongado rechinar, que parecía venir de todos los ángulos de la sala al mismo tiempo.

—¿Qué... qué es ese ruido que estás haciendo? —preguntó el rey, volviéndose furioso hacia el enano.

Este último parecía haberse recobrado en gran medida de su embriaguez y, mientras miraba fija y tranquilamente al tirano en los ojos, respondió:

—¿Yo? Yo no hago ningún ruido.

—Parecía como si el sonido viniera de afuera —observó uno de los cortesanos—. Se me ocurre que es el loro de la ventana, que se frotaba el pico contra los barrotes de la jaula.

—Eso ha de ser —afirmó el monarca, como si la sugestión lo aliviara grandemente—. Pero hubiera jurado por el honor de un caballero que el ruido lo hacía este imbécil con los dientes.

Al oír tales palabras el enano se echó a reír (y el rey era un bromista demasiado empedernido para oponerse a la risa ajena), mientras dejaba ver unos enormes, poderosos y repulsivos dientes. Lo que es más, declaró que estaba dispuesto a beber todo el vino que quisiera su majestad, con lo cual éste se calmó en seguida. Y luego de apurar otra copa sin efectos demasiado perceptibles, Hop—Frog comenzó a exponer vivamente sus planes para la mascarada.

—No puedo explicarme la asociación de ideas —dijo tranquilamente y como si jamás en su vida hubiese bebido vino—, pero apenas vuestra majestad empujó a esa niña y le arrojó el vino a la cara, apenas hubo hecho eso, y en momentos en que el loro producía ese extraño ruido en la ventana, se me ocurrió una diversión extraordinaria... una de las extravagancias que se hacen en mi país, y que con frecuencia se llevan a cabo en nuestras mascaradas. Aquí será completamente nuevo. Lo malo es que hace falta un grupo de ocho personas, y...

—¡Pues aquí estamos! —exclamó el rey, riendo ante su agudo descubrimiento de la coincidencia—. ¡Justamente ocho: yo y mis ministros! ¡Veamos! ¿En qué consiste esa diversión?

—La llamamos —repuso el enano— los Ocho Orangutanes Encadenados, y si se la representa bien, resulta extraordinaria.

—Nosotros la representaremos bien —observó el rey, enderezándose y alzando las cejas.

—Lo divertido de la cosa —continuó Hop—Frog— está en el espanto que produce entre las mujeres.

—¡Magnífico! —gritaron a coro el monarca y su Consejo.

—Yo os disfrazaré de orangutanes —continuó el enano—. Dejadlo todo por mi cuenta. El parecido será tan grande, que los asistentes a la mascarada os tomarán por bestias de verdad... y, como es natural, sentirán tanto terror como asombro.

—¡Exquisito! —exclamó el rey—. ¡Hop—Frog, yo haré un hombre de ti!

—Usaremos cadenas para que su ruido aumente la confusión. Haremos correr el rumor de que os habéis escapado en masse de vuestras jaulas. Vuestra majestad no puede imaginar el efecto que en un baile de máscaras causan ocho orangutanes encadenados, los que todos toman por verdaderos, y que se lanzan con gritos salvajes entre damas y caballeros delicada y lujosamente ataviados. El contraste es inimitable.

—¡Así debe ser! —declaró el rey, mientras el Consejo se levantaba precipitadamente (se hacía tarde) para poner en ejecución el plan de Hop—Frog.

La forma en que procedió éste a fin de convertir a sus amos en orangutanes era muy sencilla, pero suficientemente eficaz para lo que se proponía. En la época en que se desarrolla mi relato los orangutanes eran poco conocidos en el mundo civilizado, y como las imitaciones preparadas por el enano resultaban suficientemente bestiales y más que suficientemente horrorosas, nadie pondría en duda que se trataba de una exacta reproducción de la naturaleza.

Ante todo, el rey y sus ministros vistieron ropa interior de tejido elástico y sumamente ajustado. Se procedió inmediatamente a untarlos con brea. Alguien del grupo sugirió cubrirse de plumas, pero esta idea fue rechazada al punto por el enano, quien no tardó en convencer a los ocho bromistas, mediante demostración práctica, que el pelo de orangután puede imitarse mucho mejor con lino. Una espesa capa de este último fue por tanto aplicada sobre la brea. Buscóse luego una larga cadena. Hop—Frog la pasó por la cintura del rey y la aseguró; en seguida hizo lo propio con otro del grupo, y luego con el resto. Completados los preparativos, los integrantes se apartaron lo más posible unos de otros, hasta formar un círculo, y, para dar a la cosa su apariencia más natural, Hop—Frog tendió el sobrante de la cadena formando dos diámetros en el círculo, cruzados en ángulo recto, tal como lo hacen en la actualidad los cazadores de chimpancés y otros grandes monos en Borneo.

El vasto salón donde iba a celebrarse el baile de máscaras era una estancia circular, de techo muy elevado y que sólo recibía luz del sol a través de una claraboya situada en su punto más alto. De noche (momento para el cual había sido especialmente concebido dicho salón) se lo iluminaba por medio de un gran lustro que colgaba de una cadena procedente del centro del tragaluz, y que se hacía subir y bajar por medio de un contrapeso, según el sistema corriente; sólo que, para que dicho contrapeso no se viera, hallábase instalado del otro lado de la cúpula, sobre el techo.

El arreglo del salón había sido confiado a la dirección de Trippetta; pero, por lo visto, ésta se había dejado guiar en ciertos detalles por el más sereno discernimiento de su amigo el enano. De acuerdo con sus indicaciones, el lustro fue retirado. Las gotas de cera de las bujías (que en esos días calurosos resultaba imposible evitar) hubiera estropeado las ricas vestiduras de los invitados, quienes, debido a la multitud que llenaría el salón, no podrían mantenerse alejados del centro, o sea debajo del lustro. En su reemplazo se instalaron candelabros adicionales en diversas partes del salón, de modo que no molestaran, a la vez que se fijaban antorchas que despedían agradable perfume en la mano derecha de cada una de las cariátides que se erguían contra las paredes, y que sumaban entre cincuenta y sesenta.

Siguiendo el consejo de Hop—Frog, los ocho orangutanes esperaron pacientemente hasta medianoche, hora en que el salón estaba repleto de máscaras, para hacer su entrada. Tan pronto se hubo apagado la última campanada del reloj, precipitáronse —o, mejor, rodaron juntos, ya que la cadena que trababa sus movimientos hacía caer a la mayoría y trastrabillar a todos mientras entraban en el salón.

El revuelo producido en la asistencia fue prodigioso y llenó de júbilo el corazón del rey. Tal como se había anticipado, no pocos invitados creyeron que aquellas criaturas de feroz aspecto eran, si no orangutanes, por lo menos verdaderas bestias de alguna otra especie. Muchas damas se desmayaron de terror, y si el rey no hubiera tenido la precaución de prohibir toda portación de armas en la sala, la alegre banda no habría tardado en expiar sangrientamente su extravagancia. A falta de medios de defensa, produjese una carrera general hacia las puertas; pero el rey había ordenado que fueran cerradas inmediatamente después de su entrada, y, siguiendo una sugestión del enano, las llaves le habían sido confiadas a él.

Mientras el tumulto llegaba a su apogeo y cada máscara se ocupaba tan sólo de su seguridad personal (pues ahora había verdadero peligro a causa del apretujamiento de la excitada multitud), hubiera podido advertirse que la cadena de la cual colgaba habitualmente el lustro, y que había sido remontada al prescindirse de aquél, descendía gradualmente hasta que el gancho de su extremidad quedó a unos tres pies del suelo.

Poco después el rey y sus siete amigos, que habían recorrido haciendo eses todo el salón, terminaron por encontrarse en su centro y, como es natural, en contacto con la cadena. Mientras se hallaban allí, el enano, que no se apartaba de ellos y los incitaba a continuar la broma, se apoderó de la cadena de los orangutanes en el punto de intersección de los dos diámetros que cruzaban el círculo en ángulo recto. Con la rapidez del rayo insertó allí el gancho del cual colgaba antes el lustro; en un instante, y por obra de una intervención desconocida, la cadena del lustro subió lo bastante para dejar el gancho fuera del alcance de toda mano y, como consecuencia inevitable, arrastró a los orangutanes unos contra otros y cara a cara.

A esta altura, los invitados iban recobrándose en parte de su alarma y comenzaban a considerar todo aquello como una estupenda broma, por lo cual estallaron risas estentóreas al ver la desgarbada situación en que se encontraban los monos.

—¡Dejádmelos a mi! —gritó entonces Hop—Frog, cuya voz penetrante se hacía escuchar fácilmente en medio del estrépito—, ¡Dejádmelos a mí! ¡Me parece que los conozco! ¡Si solamente pudiera mirarlos más de cerca, pronto podría deciros quiénes son!

Trepando por sobre las cabezas de la multitud, consiguió llegar hasta la pared, donde se apoderó de una de las antorchas que empuñaban las cariátides. En un instante estuvo de

vuelta en el centro del salón y, saltando con agilidad de simio sobre la cabeza del rey, encaramóse unos cuantos pies por la cadena, mientras bajaba la antorcha para examinar el grupo de orangutanes y gritaba una vez más:

—¡Pronto podré deciros quiénes son!

Y entonces, mientras todos los presentes (incluidos los monos) se retorcían de risa, el bufón lanzó un agudo silbido; instantáneamente, la cadena remontó con violencia a una altura de treinta pies, arrastrando consigo a los aterrados orangutanes, que luchaban por soltarse, y los dejó suspendidos en el aire, a media altura entre la claraboya y el suelo. Aferrado a la cadena, Hop—Frog seguía en la misma posición, por encima de los ocho disfrazados, y, como si nada hubiese ocurrido, continuaba acercando su antorcha fingiendo averiguar de quiénes se trataba.

Tan estupefacta quedó la asamblea ante esta ascensión, que se produjo un profundo silencio. Duraba ya un minuto, cuando fue roto por un áspero y profundo rechinar, semejante al que había llamado la atención del rey y sus consejeros después que aquél hubo arrojado el vino a la cara de Trippetta. Pero en esta ocasión no cabía dudar de dónde procedía el sonido. Venía de los dientes del enano, semejantes a colmillos de fiera; rechinaban, mientras de su boca brotaba la espuma, y sus ojos, como los de un loco furioso, se clavaban en los rostros del rey y sus siete compañeros.

—¡Ah, ya veo! —gritó, por fin, el enfurecido bufón—. ¡Ya veo quiénes son!

Y entonces, fingiendo mirar más de cerca al rey, aplicó la antorcha a la capa de lino que lo envolvía y que instantáneamente se llenó de lívidas llamaradas. En menos de medio minuto los ocho orangutanes ardían horriblemente entre los alaridos de la multitud, que los miraba desde abajo, aterrada, y que nada podía hacer para prestarles ayuda.

Por fin, creciendo en su violencia, las llamas obligaron al bufón a encaramarse por la cadena para escapar a su alcance; al ver sus movimientos, la multitud volvió a guardar silencio. El enano aprovechó la oportunidad para hablar una vez más:

—Ahora veo claramente quiénes son esos hombres —dijo—. Son un gran rey y sus siete consejeros privados. Un rey que no tiene escrúpulos en golpear a una niña indefensa, y sus siete consejeros, que consienten ese ultraje. En cuanto a mí, no soy nada más que Hop— Frog, el bufón... y ésta es mi última bufonada.

A causa de la alta combustibilidad del lino y la brea, la obra de venganza quedó cumplida apenas el enano hubo terminado de pronunciar estas palabras. Los ocho cadáveres colgaban de sus cadenas en una masa irreconocible, fétida, negruzca, repugnante. El bufón arrojó su antorcha sobre ellos y luego, trepando tranquilamente hasta el techo, desapareció a través de la claraboya.

Se supone que Trippetta, instalada en el tejado del salón, fue cómplice de su amigo en su ígnea venganza, y que ambos escaparon juntamente a su país, ya que jamás se los volvió a ver.

EL DOMINIO DE ARNHEIM, O EL JARDÍN—PAISAJE

El jardín estaba acicalado como una hermosa dama que yaciera voluptuosamente adormilada y a los abiertos cielos cerrara los ojos. Los campos de azur del cielo se congregaban dispuestos en amplio círculo con las flores de la luz. Los iris y las redondas chispas de rocío que pendían de sus azules hojas parecían estrellas titilantes centelleando en el azul de la tarde.

(GILES FLETCHER)

Desde la cuna a la tumba un viento de prosperidad impulsó a mi amigo Ellison. Y no uso la palabra prosperidad en un sentido meramente mundano. La empleo como sinónimo de felicidad. La persona de quien hablo parecía nacida para ejemplificar las doctrinas de Turgot, Price, Priestley y Condorcet, para representar en un caso individual lo que se considerara la quimera de los perfeccionistas. En la breve existencia de Ellison creo haber visto refutado el dogma de que en la naturaleza misma del hombre se oculta un principio antagonista de la dicha. Un atento examen de su carrera me hizo comprender que, en general, la miseria del hombre nace de la violación de unas pocas y simples leyes de humanidad; que, como especie, poseemos elementos de contentamiento todavía no aprovechados, y que aun ahora, en medio de la oscuridad y la locura de todo pensamiento sobre el gran problema de las condiciones sociales, no es imposible que el hombre, el individuo, en ciertas circunstancias insólitas y sumamente fortuitas pueda ser feliz.

De opiniones como éstas mi joven amigo estaba también muy penetrado, y es oportuno señalar que el gozo ininterrumpido que caracterizó su vida era en gran medida resultado de un sistema preconcebido. Es evidente que con menos de esa filosofía instintiva, que en muchos casos tan bien sustituye a la experiencia, Ellison se hubiera visto precipitado, por el extraordinario éxito de su vida, en el común torbellino de desdicha que se abre ante los hombres eminentemente dotados. Pero en modo alguno me propongo escribir un ensayo sobre la felicidad. Las ideas de mi amigo pueden resumirse en unas pocas palabras. Admitía tan sólo cuatro principios o, más estrictamente, cuatro condiciones elementales de felicidad. La principal para él era (¡cosa extraña de decir!) la simple y puramente física del ejercicio al aire libre.

«La salud —decía— que se alcanza por otros medios, apenas es digna de ese nombre.» Citaba las delicias del cazador de zorros y señalaba a los cultivadores de la tierra como las únicas gentes que, en cuanto clase, pueden considerarse más felices que otras. La segunda condición era el amor de la mujer. La tercera, la más difícil de realizar, era el desprecio de la ambición. La cuarta era la persecución incesante de un objeto; y sostenía que, siendo iguales las otras condiciones, la vastedad de la dicha alcanzable era proporcionada a la espiritualidad de este objeto.

Ellison se destacaba por la continua profusión de dones que le prodigó la fortuna. En gracia y belleza personal sobrepasaba a todos los hombres. Poseía uno de esos intelectos para los cuales la adquisición de conocimientos es menos un trabajo que una intuición y una necesidad. Su familia era una de las más ilustres del imperio. Tenía por esposa a la más encantadora y abnegada de las mujeres. Sus posesiones siempre habían sido vastas; pero, al llegar a la mayoría de edad, el destino lo favoreció con uno de esos extraordinarios caprichos que conmueven a todo el mundo social en el que concurren, y rara vez dejan de modificar radicalmente la constitución moral de aquellos que son su objeto.

Parece que, unos cien años antes de que Mr. Ellison llegara a la mayoría de edad, había muerto, en una remota provincia, un tal Mr. Seabright Ellison. Este caballero había amasado una principesca fortuna y, falto de parientes inmediatos, tuvo la ocurrencia de dejar que su riqueza se acumulara durante un siglo después de su muerte. Dispuso minuciosa y sagazmente las varias maneras de invertir el dinero, y legó la masa total al pariente más cercano que llevara el nombre Ellison y estuviera vivo transcurridos esos cien años. Muchos intentos se habían hecho para anular el singular legado; fracasaron por su carácter *ex post facto;* pero el hecho despertó la atención de un Gobierno celoso y, por fin, se promulgó un decreto que prohibía toda acumulación semejante. Este decreto, sin embargo, no impidió al joven Ellison entrar en posesión, en su vigésimo primer aniversario, como heredero de su antepasado Seabright, de una fortuna de cuatrocientos cincuenta millones de dólares[25].

---

[25] Un incidente similar en líneas generales al aquí imaginado se produjo no hace mucho en Inglaterra. El nombre del afortunado heredero era Thelluson. La primera vez que vi un caso semejante fue en el Viaje del príncipe Pückler—Muskau, quien eleva la suma heredada a noventa millones de libras, y observa justamente que «en la contemplación de una suma tan grande y de los servicios a los cuales podría aplicarse hay algo semejante a lo sublime». Para ajustarme a los propósitos de este artículo he seguido el informe del príncipe, aunque sea groseramente exagerado. El

Cuando se supo el monto de la enorme riqueza heredada, surgieron, por supuesto, muchas conjeturas acerca de su posible utilización. La magnitud y la inmediata disponibilidad de la suma deslumbraron a todos los que pensaban en el tópico. Era fácil suponer al poseedor de cualquier suma apreciable de dinero realizando alguna de las mil cosas factibles. Con riquezas que sobrepasaran simplemente las de cualquier ciudadano hubiera sido fácil suponerlo entregado hasta el exceso a las extravagancias elegantes de su tiempo, o dedicado a la intriga política, o pretendiendo el poder ministerial, o persiguiendo un título más alto de nobleza, o formando grandes colecciones de obras maestras, o haciendo de munífico protector de las letras, las ciencias y las artes, o dotando y confiriendo su nombre a grandes instituciones de caridad. Pero, por la inconcebible riqueza en poder real del heredero, esos objetos y todos los objetos corrientes parecían ofrecer un campo demasiado limitado. Se recurrió a los números, pero éstos no hicieron más que sembrar la confusión. Se vio que, aun al tres por ciento, la renta anual de la herencia ascendía a trece millones quinientos mil dólares, lo cual daba un millón ciento veinticinco mil por mes, o treinta y seis novecientos ochenta y seis diarios, o mil quinientos cuarenta y uno por hora, o seis dólares veinte por cada minuto que pasaba. Así, pues, el sendero habitual de las suposiciones quedaba completamente interrumpido. Los hombres no sabían qué imaginar. Algunos llegaron a suponer que Ellison se despojaría de por lo menos la mitad de su fortuna, por ser una opulencia absolutamente superflua, para enriquecer a toda la multitud de parientes mediante la división de su sobreabundancia. En efecto, a los más cercanos hizo entrega de la riqueza verdaderamente insólita que poseía antes de heredar.

No me sorprendió, sin embargo, advertir que Ellison ya tuviera su opinión formada sobre un punto que había ocasionado tantas discusiones entre sus amigos. Ni me asombró demasiado la naturaleza de su decisión. Con respecto a las caridades individuales, había satisfecho su conciencia. En cuanto a la posibilidad de cualquier mejora propiamente dicha, operada por el hombre mismo en la condición general de la humanidad, tenía (lamento decirlo) poca fe. En general, por suerte o por desgracia, en gran medida se replegaba sobre sí mismo.

---

germen y en realidad el comienzo del presente trabajo fue publicado hace varios años, antes de la aparición del primer número del admirable Judío Errante, de Sue, que posiblemente fue sugerido por el relato de Muskau.

Era un poeta, en el sentido más amplio y más noble de la palabra. Poseía, además, el verdadero carácter, los augustos propósitos, la suprema majestad y dignidad del sentimiento poético. Instintivamente ponía en la creación de nuevas formas de belleza la satisfacción más completa, si no la única, de este sentimiento. Algunas peculiaridades, ya de su educación temprana, ya de la índole de su intelecto, habían teñido de lo que se llama materialismo todas sus especulaciones éticas; y fue esta tendencia, quizá, la que lo llevó a creer que el más ventajoso por lo menos, si no el único campo legítimo para el ejercicio poético, se hallaba en la creación de nuevos modos de belleza puramente física. Así es como no llegó a ser ni músico ni poeta, si usamos este último término en la acepción corriente. O quizá fuera que había desdeñado serlo simplemente por fidelidad a su idea de que en el desprecio a la ambición debe hallarse uno de los principios esenciales de la felicidad sobre la tierra. ¿No parece en verdad posible que, mientras una elevada forma de genio es necesariamente ambiciosa, la más elevada se encuentre por encima de la llamada ambición? ¿Y no puede haber ocurrido así que muchos más grandes que Milton hayan permanecido desdeñosamente «mudos e ignorados»? Creo que el mundo nunca ha visto, ni verá jamás —a menos que una serie de accidentes inciten a un espíritu de la más noble especie a un penoso esfuerzo— ese logro pleno, triunfante, en los más ricos dominios del arte, del cual la naturaleza humana es positivamente capaz.

Ellison no llegó a ser ni músico ni poeta, aunque ningún hombre viviera más profundamente enamorado de la música y de la poesía. En circunstancias distintas de las que lo rodearon no hubiera sido imposible que llegase a ser pintor. La escultura, aun siendo por su naturaleza rigurosamente poética, era demasiado limitada en su alcance y en sus consecuencias para ocupar, en ningún momento, largo tiempo su atención. Y acabo de mencionar todos los terrenos donde, según los entendidos, puede explayarse el sentimiento poético. Pero Ellison sostenía que el campo más rico, el más verdadero y el más natural, si no el más extenso, había sido inexplicablemente descuidado. Ninguna definición hablaba del jardinero—paisajista como del poeta; sin embargo, mi amigo opinaba que la creación del jardín—paisaje ofrecía a la Musa correspondiente la más espléndida de las oportunidades. Allí, en efecto, se hallaba el más hermoso campo para el despliegue de la imaginación en la interminable combinación de formas de belleza nueva; pues los elementos que entran en la combinación son, por su gran superioridad, los más espléndidos que la tierra puede brindar. En las múltiples formas y colores de las flores y los árboles reconocía los esfuerzos más directos y enérgicos de la naturaleza hacia la belleza física. Y en la dirección o concentración de este esfuerzo —o, más estrictamente, en su adaptación a los ojos que iban a contemplarlo en la tierra— se sentía obligado a emplear los mejores medios, trabajando para mayor beneficio en el cumplimiento, no sólo de su propio destino como poeta, sino de los augustos propósitos que movieron a Dios cuando insufló en el hombre el sentimiento poético.

«Su adaptación a los ojos que iban a contemplarlo en la tierra»; con su explicación de esta frase, Ellison me ayudó mucho a resolver lo que siempre consideraba yo un enigma: me refiero al hecho (que nadie, salvo un ignorante, puede discutir) de que no existe en la naturaleza ninguna combinación decorativa como puede producirla el pintor de genio. No se encontrarán en la realidad paraísos como los que resplandecen en las telas de Claude. En el más encantador de los paisajes naturales siempre se hallará una falta o un exceso, muchos excesos y muchas faltas. Mientras las partes componentes pueden desafiar, individualmente, la más alta destreza del artista, la disposición de estas partes siempre será susceptible de mejoramiento. En una palabra, no hay posición alguna en la amplia superficie del terreno natural donde un ojo artista, mirando detenidamente, no encuentre motivo de disgusto en lo que respecta a la llamada «composición» del paisaje. ¡Y, sin embargo, cuan ininteligible es esto! En todos los otros dominios hemos aprendido a considerar justamente a la naturaleza como soberana. En los detalles nos estremece la idea de competir con ella. ¿Quién tendrá la presunción de imitar los colores del tulipán, o de mejorar las proporciones del lirio del valle? La crítica que dice, a propósito de la escultura o el retrato, que la naturaleza debe ser exaltada o idealizada más que imitada, incurre en un error. Ninguna combinación pictórica o escultórica de elementos de belleza humana hace más que acercarse a la belleza viva y palpitante. Sólo en el paisaje es verdadero el principio del crítico; y, habiéndolo hallado verdadero en este caso, sólo un apresurado espíritu de generalización pudo llevar a considerarlo verdadero en todos los dominios del arte, y lo sintió, digo, verdadero en este caso, pues este sentimiento no es afectación ni quimera. Las matemáticas no brindan demostraciones más absolutas de las que proporciona al artista el sentimiento de su arte. No sólo cree, mas sabe positivamente que estas y aquellas disposiciones de elementos aparentemente arbitrarias constituyen, sólo ellas, la verdadera belleza. Sus razones, sin embargo, todavía no han madurado hasta llegar a la expresión. Queda por hacer un análisis más profundo del que el mundo ha visto hasta hoy, para lograr una completa investigación y expresión de esas razones. Sin embargo, lo confirma en sus opiniones instintivas la voz de todos sus hermanos. Supongamos una «composición» defectuosa; supongamos que deba hacerse una enmienda en la simple disposición de la forma; supongamos que esta enmienda se somete al juicio de los artistas del mundo: todos admitirán su necesidad. Y aún más: para remediar la composición defectuosa cada miembro aislado de la fraternidad sugerirá idéntica enmienda.

Repito que sólo en la disposición del paisaje es susceptible de exaltación la naturaleza física, y que, además, su posibilidad de mejoramiento en este único punto era un misterio que yo había sido incapaz de resolver. Mis pensamientos sobre el tema descansaban en la idea de que la primitiva intención de la naturaleza había sido disponer la superficie de la tierra de modo de satisfacer en todo punto el sentido humano de perfección en lo bello, lo sublime o lo pintoresco; pero que esa primitiva intención había sido frustrada por los conocidos trastornos geológicos, trastornos de forma y de color, en cuya corrección o suavizamiento reside el alma del arte. Sin embargo, debilitaba mucho esta idea su necesidad implícita de considerar esos trastornos como anormales y desprovistos de toda finalidad. Ellison fue quien sugirió que eran pronósticos de muerte. Lo explicó así:

—Admitamos que la inmortalidad terrena del hombre fue la primera intención. Tenemos entonces la primitiva disposición de la superficie de la tierra adaptada a ese estado de bienaventuranza que no existe, pero que fue concebido. Las perturbaciones fueron los preparativos para su condición mortal imaginada posteriormente.

Ahora bien —decía mi amigo—, lo que consideramos una exaltación del paisaje bien puede serlo en verdad, pero sólo desde un punto de vista moral o humano. Cada cambio en

el decorado natural produciría efectivamente una imperfección en el cuadro, si suponemos el cuadro visto ampliamente, en conjunto, desde algún punto distante de la superficie terrestre, aunque no esté fuera de los límites de su atmósfera. Es fácil comprender que lo que podría mejorar un detalle observado de cerca puede, al mismo tiempo, perjudicar un efecto observado en general o desde mayor distancia. Puede haber una clase de seres, alguna vez humanos, pero ahora invisibles para la humanidad, a quienes desde lejos nuestro desorden parezca orden, nuestros elementos no pintorescos, pintorescos; en una palabra, ángeles terrenos para cuya observación, más que para la nuestra, y para cuya apreciación de la belleza refinada por la muerte quizá haya dispuesto Dios los amplios jardines—paisajes de los hemisferios.

En el curso de la discusión mi amigo citó algunos fragmentos de un escritor que trata de la jardinería de paisaje con supuesta autoridad:

—Hay, hablando con propiedad, sólo dos tipos de jardinería de paisaje: el natural y el artificial. Uno trata de recordar la belleza original del campo adaptando sus medios al decorado circundante, cultivando árboles en armonía con las colinas o la llanura de la tierra vecina, descubriendo y llevando a la práctica esas delicadas relaciones de tamaño, proporción y color que, ocultas para el observador común, se revelan por doquiera al experimentado alumno de la naturaleza. El resultado del estilo natural en materia de jardinería se ve más bien en la ausencia de todo defecto e incongruencia, en el predominio de un orden y una armonía saludables, que en la creación de ninguna maravilla o milagro especial. El estilo artificial tiene tantas variedades como gustos diferentes a satisfacer. Presenta cierta relación general con los variados estilos de edificios. Hay las avenidas majestuosas y los retiros de Versalles, las terrazas italianas y un viejo estilo inglés vario y mezclado que admite cierta relación con el gótico civil o con la arquitectura isabelina. Por más que pueda decirse contra los abusos del jardín—paisaje artificial, una mezcla de puro arte en el marco de un jardín le añade gran belleza. Ésta es en parte agradable a la vista, por el despliegue de orden y de intención, y, en parte, moral. Una terraza con una vieja balaustrada cubierta de musgo evoca de inmediato a la vista las bellas figuras que por allí pasaron en otros días. La más leve muestra de arte es una evidencia de preocupación e interés humano.

Por mis observaciones anteriores —dijo Ellison— usted comprenderá que rechazo la idea, expresada aquí, de recordar la belleza original del campo. La belleza original nunca es tan grande como la creada. Por supuesto, todo depende de la elección de un lugar con posibilidades. Lo que dice sobre "llevar a la práctica delicadas relaciones de tamaño, proporción y color" es una de esas simples vaguedades de expresión que sirven para cubrir la inexactitud del pensamiento. La frase citada puede significar todo o nada, y en modo alguno sirve de guía. Que el verdadero resultado del estilo natural en materia de jardinería se vea más bien en la ausencia de todo defecto o incongruencia que en la creación de ninguna maravilla o milagro especial, es una proposición más de acuerdo con la ramplona comprensión del vulgo que con los férvidos sueños del hombre de genio. El mérito negativo propuesto pertenece a esa crítica cojeante que en las letras ha elevado a Addison hasta la apoteosis. A decir verdad, mientras esa virtud que consiste en evitar simplemente el vicio apela de lleno al entendimiento, y de esta manera puede quedar circunscrita por la regla, la virtud más alta que flamea en la creación sólo puede ser aprehendida en sus resultados. La regla se aplica tan sólo a los méritos negativos, a las excelencias que reprimen. Más allá de éstas, el crítico de arte se limita a insinuar. Se nos puede enseñar a construir un Catón, pero en vano nos dirán cómo concebir un Partenón o un Infierno.

Hecha la cosa, sin embargo, cumplida la maravilla, la capacidad de aprehensión se torna universal. Los sofistas de la escuela negativa que, incapaces de crear, escarnecieron la creación, son ahora los más ruidosos en el aplauso. Lo que, en la embrionaria condición de principio, ofendía su razón formalista, en la madurez de la realización nunca deja de arrancar admiración a su instinto de belleza.

Las observaciones del autor sobre el estilo artificial —continuó Ellison— son menos objetables. La mezcla de arte puro en un escenario natural le añade una gran belleza. Esto es justo, como también lo es la referencia al sentimiento del interés humano. El principio expresado es incontrovertible, pero puede haber algo más allá. Puede haber un objeto acorde con el principio, un objeto inalcanzable para los medios comunes del individuo y que, de ser alcanzado, prestaría al jardín—paisaje un encanto muy superior al que puede conferir un sentimiento de interés simplemente humano. Un poeta que tuviera recursos económicos extraordinarios podría, manteniendo la necesaria idea de arte o de cultura, o, como el autor lo expresa, de interés, conferir a sus propósitos tanta extensión y al mismo tiempo tanta novedad en la belleza, que provocaría el sentimiento de intervención espiritual. Se vería que para lograr semejante resultado asegura todas las ventajas del interés o del propósito, mientras alivia su obra de la esperanza o la tecnicidad del arte terreno. En el más árido de los desiertos, en el marco más salvaje de la pura naturaleza, se manifiesta el arte de un Creador; pero este arte sólo aparece tras la reflexión; en modo alguno tiene la fuerza evidente de una sensación. Supongamos ahora que este sentido del propósito del Todopoderoso descienda un grado, llegue en cierto modo a una armonía o acuerdo con el sentido del arte humano que constituya un intermediario entre ambos; imaginemos, por ejemplo, un paisaje cuya amplitud y limitación combinadas, cuya belleza, magnificencia y extrañeza reunidas provoquen la idea de preocupación, de cultura y dirección de parte de seres superiores, pero análogos a la humanidad; así se mantiene el sentimiento de interés, mientras el arte implícito llega a cobrar el aspecto de un intermediario o naturaleza secundaria, una naturaleza que no es Dios ni una emanación de Dios, pero que sigue siendo naturaleza, en el sentido de una obra salida de manos de los ángeles que se ciernen entre el hombre y Dios.

En la consagración de su enorme riqueza a la realización de visiones como ésta, en el libre ejercicio al aire libre asegurado por la dirección personal de sus planes, en el incesante objeto, en el desprecio de la ambición que ese objeto le permitía verdaderamente sentir, en las fuentes perennes con que lo satisfacía, sin posibilidad de saciarse, la pasión dominante de su alma, la sed de belleza; y, por encima de todo, en la femenina simpatía de una mujer cuya belleza y amor envolvieron su existencia en la purpúrea atmósfera del paraíso, fue donde Ellison creyó encontrar, y encontró, la liberación de los comunes cuidados de la humanidad, con una suma de felicidad positiva mucho mayor de la que nunca brilló en los arrebatados ensueños de madame De Staël.

Desespero de dar al lector una clara idea de las maravillas que mi amigo realizaba. Deseo pintarlas, pero me descorazona la dificultad de la descripción y vacilo entre los detalles y las líneas generales. Quizá el mejor partido será unir ambas cosas por sus extremos.

El primer paso para Ellison consistía, por supuesto, en la elección de la localidad; y apenas empezaba a pensar en este punto cuando la exuberante naturaleza de las islas del Pacífico atrajo su atención. En realidad, había resuelto hacer un viaje a los mares del Sur, pero una noche de reflexión lo indujo a abandonar la idea. «Si yo fuera un misántropo — dijo mi amigo—, ese lugar me convendría. El absoluto aislamiento, la reclusión y la dificultad para entrar y salir serían en ese caso el encanto de los encantos; pero todavía no soy Timón. Deseo la serenidad, pero no la opresión de la soledad. Debe quedarme cierto dominio sobre el alcance y la duración de mi reposo. Habrá momentos frecuentes en que necesitaré también la simpatía de los espíritus poéticos hacia lo que he realizado. Buscaré entonces un lugar no alejado de una ciudad populosa, cuya vecindad, además, me permitirá ejecutar mejor mis planes.»

En busca de un lugar conveniente así ubicado, Ellison viajó durante varios años y me fue permitido acompañarlo. Mil lugares que me extasiaban fueron rechazados por él sin vacilación, por razones que al cabo me convencían de que estaba en lo cierto. Llegamos por fin a una elevada meseta de maravillosa fertilidad y belleza con una perspectiva panorámica muy poco menor en extensión a la del Etna y, en opinión de Ellison, así como en la mía, superior a la afamadísima vista de aquella montaña en todos los verdaderos elementos de lo pintoresco.

—Me doy cuenta —dijo el viajero, lanzando un suspiro de profundo deleite después de contemplar extasiado la escena durante casi una hora—, sé que aquí, en mi situación, el noventa por ciento de los hombres más exigentes se darían por satisfechos. Este panorama es verdaderamente magnífico y me regocijaría si no fuera por el exceso de su magnificencia. El gusto de todos los arquitectos que he conocido los lleva a construir, por amor a la «vista», en lo alto de las colinas. El error es evidente. La magnitud en todos sus aspectos, pero especialmente en el de la extensión, sorprende, excita, y luego fatiga, deprime. Para el paisaje ocasional nada puede ser mejor; para la vista constante, nada peor. Y en la vista constante la forma más objetable de magnitud es la extensión; la peor forma de la extensión, la distancia. Está en pugna con el sentimiento y la sensación de retiro, sentimiento y sensación que tratamos de satisfacer cuando nos vamos «al campo». Mirando desde la cima de una montaña no podemos menos de sentirnos ajenos al mundo. El desconsolado evita las perspectivas lejanas como la peste.

Sólo a fines del cuarto año de búsqueda encontramos una localidad con la que Ellison se declaró satisfecho. Es innecesario decir, por supuesto, dónde estaba la localidad. La muerte reciente de mi amigo, al abrir sus puertas a cierta clase de visitantes, ha dado a Arnheim una especie de celebridad secreta y privada, si no solemne, similar en cierto modo, aunque en un grado infinitamente superior, a la que durante tanto tiempo distinguió a Fonthill.

Habitualmente se llegaba a Arnheim por el río. El visitante abandonaba la ciudad de mañana temprano. Hasta mediodía pasaba entre orillas de una belleza tranquila y doméstica, donde pacían innumerables ovejas cuyos blancos vellones manchaban el verde vivo de las praderas onduladas. Gradualmente la impresión de cultivo iba tornándose en otra de vida puramente pastoril. Lentamente ésta terminaba en una sensación de retiro, y ésta, a su vez, en la conciencia de la soledad. Al acercarse la noche el canal se angostaba; las orillas eran cada vez más escarpadas, cubiertas de follaje más rico, más profuso y más sombrío. La transparencia del agua aumentaba. La corriente daba mil vueltas, de suerte que en ningún momento podía verse su superficie brillante desde una distancia mayor de un cuarto de milla. A cada instante el barco parecía prisionero dentro de un círculo encantado, rodeado de inexpugnables e impenetrables muros de follaje, un techo de satén azul ultramar y ningún piso; la quilla se balanceaba con admirable exactitud como sobre la de un barco fantasma que, habiéndose invertido por algún accidente, flotara en constante compañía de la nave real, con el fin de sostenerla. El canal se convertía entonces en una garganta, aunque el término no es exactamente aplicable y lo empleo tan sólo porque no hay en el lenguaje palabra que represente mejor el rasgo más sorprendente —no el más característico— del paisaje. El aspecto de garganta sólo se manifestaba en la altura y el paralelismo de las orillas; pero desaparecía en otros caracteres. Las paredes del barranco (entre las cuales fluía tranquila el agua clara) se elevaban hasta una altura de cien y en ocasiones ciento cincuenta pies, inclinándose tanto una hacia la otra que en gran medida interrumpían el paso de la luz, mientras arriba los largos musgos como plumas colgando espesos desde los entrelazados matorrales, daban a todo el abismo un aire de melancolía fúnebre. Los meandros se multiplicaban y complicaban, y parecían volver a menudo sobre sí mismos, de modo que el viajero perdía en seguida todo sentido de orientación. Lo envolvía, además, una exquisita sensación de extrañeza. El concepto de naturaleza subsistía, pero como si su carácter hubiese sufrido una modificación; había una misteriosa simetría, una estremecedora uniformidad, una mágica corrección en sus obras. Ni una rama seca, ni una hoja marchita, ni un guijarro perdido, ni un sendero en la tierra oscura se percibían en ninguna parte. El agua cristalina manaba sobre el granito limpio o sobre el musgo inmaculado con una exactitud de diseño que deleitaba y al mismo tiempo deslumbraba la vista.

Después de recorrer los laberintos de este canal durante algunas horas, mientras la oscuridad se ahondaba por momentos, una brusca e inesperada vuelta del barco lo lanzaba de improviso, como si cayera del cielo, en un estanque circular de gran extensión, comparada con la anchura de la garganta. Tenía unas doscientas yardas de diámetro y lo rodeaban por todas partes, salvo la que enfrentaba a la nave al entrar, colinas iguales en su altura general a las paredes del abismo, aunque de carácter completamente distinto. Sus flancos subían inclinados desde el borde del agua en un ángulo de unos cuarenta y cinco grados, y estaban cubiertos desde la base hasta la cima —sin ningún intervalo perceptible— por un manto de flores magníficas, donde apenas se veía una hoja verde en un mar de color perfumado y ondulante. El estanque tenía gran profundidad, pero tan transparente era el agua que el fondo, como hecho de una espesa capa de guijarros de alabastro pequeños y redondos, era claramente visible por momentos, es decir cuando la mirada podía permitirse no ver, en el fondo del cielo invertido, la reflejada floración de las colinas. No había en éstas ni árboles ni siquiera arbustos de cualquier tamaño que fuese. Producían en el observador una impresión de riqueza, de calidez, de color, de quietud, de uniformidad, de suavidad, de delicadeza, de elegancia, de voluptuosidad y de milagroso refinamiento de cultura que hacía soñar con una nueva raza de hadas laboriosas, dotadas de gusto, magníficas y minuciosas; pero cuando el ojo subía por la pendiente multicolor, desde su brusca unión con el agua hasta su vaga terminación entre los pliegues de una nube suspendida, resultaba verdaderamente difícil no pensar en una panorámica catarata de rubíes, zafiros, ópalos y ónix áureo, precipitándose silenciosa desde el cielo.

El visitante que cae de improviso en esta bahía desde las tinieblas del barranco queda encantado pero sorprendido por el rotundo globo del sol poniente que había supuesto ya bajo el horizonte y que ahora lo enfrenta, constituyendo el único límite de una perspectiva que de otro modo sería infinita vista desde otro abismo abierto entre las colinas.

Pero aquí el viajero abandona el navío que lo llevara tan lejos y desciende a una ligera canoa de marfil ornada, tanto por dentro como por fuera, de arabescos de un vívido escarlata. La popa y la proa de este bote se levantan muy por encima del agua en agudas puntas, de modo que la forma general es la de una luna irregular en cuarto creciente. Flota en la superficie de la bahía con la gracia altiva de un cisne. Sobre el piso cubierto de armiño descansa un solo remo liviano, de palo áloe; pero no se ve ningún remero ni sirviente. Se ruega al huésped que no pierda el ánimo, que el hado se ocupará de él. El navío más grande desaparece y queda solo en la canoa que flota aparentemente inmóvil en medio del lago. Mientras medita sobre el camino a seguir, advierte un suave movimiento en la barca mágica. Ésta gira lentamente sobre sí misma hasta ponerse de proa al sol. Avanza con una velocidad suave, pero gradualmente acelerada, mientras los leves rizos del agua que rompen en los costados de marfil con divinas melodías parecen ofrecer la única explicación posible de la música suave pero melancólica, cuya origen invisible en vano busca a su alrededor el perplejo viajero.

La canoa prosigue resueltamente, y la barrera rocosa del panorama se acerca de modo que sus profundidades pueden verse con más claridad. A la derecha se eleva una cadena de altas colinas cubiertas de bosques salvajes y exuberantes. Se observa, sin embargo, que la exquisita limpieza, característica del lugar donde la orilla se hunde en el agua, sigue siendo constante. No hay huella alguna de los habituales sedimentos fluviales. A la izquierda el carácter del paisaje es más suave y evidentemente más artificial. Allí la ribera sube desde el agua en una pendiente muy moderada, formando una amplia pradera de césped de textura perfectamente parecida al terciopelo y de un verde tan brillante que podría soportar la comparación con el de la más pura esmeralda. La anchura de esta meseta varía de diez a trescientas yardas; va desde la orilla del río hasta una pared de cincuenta pies de alto que se alarga en infinitas curvas pero siguiendo la dirección general del río, hasta perderse hacia el oeste en la distancia. Esta pared es de roca uniforme y ha sido formada cortando perpendicularmente el precipicio escarpado de la orilla sur de la corriente, pero sin permitir que quedara ninguna huella del trabajo. La piedra tallada tiene el color de los siglos y está profusamente cubierta y sembrada de hiedras, madreselvas, eglantinas y clemátides. La uniformidad de las líneas superior e inferior de la pared es ampliamente compensada por algunos árboles de gigantesca altura, solos o en grupos pequeños, a lo largo de la meseta y en el dominio que se extiende detrás del muro, pero muy cerca de éste; de modo que numerosas ramas (especialmente de nogal negro) pasan por encima y sumergen en el agua sus extremos colgantes. Más allá, en el interior del dominio, la visión es interrumpida por una impenetrable mampara de follaje.

Estas cosas se observan durante la gradual aproximación de la canoa a lo que he llamado la barrera de la perspectiva. Pero al acercarnos a ésta su apariencia de abismo se desvanece; se descubre a la izquierda una nueva salida a la bahía, y en esa dirección se ve correr la pared que sigue el curso general del río. A través de esta nueva abertura la vista no puede llegar muy lejos, pues la corriente, acompañada por la pared, aún dobla hacia la izquierda, hasta que ambas desaparecen entre las hojas.

El bote, sin embargo, se desliza mágicamente en el canal sinuoso, y aquí la orilla opuesta a la pared llega a semejarse a la que estaba frente al muro que había delante. Elevadas colinas, que alcanzan a veces la altura de montañas, cubiertas de vegetación silvestre y exuberante, cierran siempre el paisaje.

Navegando suavemente, pero con una velocidad algo mayor, el viajero, después de breves vueltas, halla su camino obstruido en apariencia por una gigantesca barrera o, más bien, por una puerta de oro bruñido, minuciosamente tallada y labrada, que refleja los rayos directos del sol, el cual se hunde ahora con un esplendor que se diría envuelve en llamas todo el bosque circundante. Esta puerta está metida en la alta pared, que aquí parece atravesar el río en ángulo recto. Al cabo de unos minutos, sin embargo, se ve que el cauce principal del río sigue corriendo en una curva suave y amplia hacia la izquierda, junto a la pared, como antes, mientras una corriente de considerable volumen, divergiendo de la principal, se abre camino bajo la puerta con ligeros rizos, y así se sustrae a la vista. La canoa entra en el canal menor y se acerca a la puerta. Los pesados batientes se abren lenta, musicalmente. El bote se desliza entre ellos y comienza un rápido descenso a un vasto anfiteatro circundado de montañas purpúreas, cuyos pies lava un río resplandeciente en la amplia extensión de su circuito. Al mismo tiempo todo el paraíso de Arnheim irrumpe ante la vista. Se oye una arrebatadora melodía; se percibe un extraño, denso perfume dulce; es como un sueño, en que se mezclan ante los ojos los altos y esbeltos árboles de Oriente, los arbustos boscosos, las bandadas de pájaros áureos y carmesíes, los lagos bordeados de lirios, las praderas de violetas, tulipanes, amapolas, jacintos y nardos, largas e intrincadas cintas de arroyuelos plateados, y surgiendo confusamente en medio de todo esto la masa de un edificio semigótico, semiárabe, sosteniéndose como por milagro en el aire, centelleando en el poniente rojo con sus cien torrecillas, minaretes y pináculos, como obra fantasmal de silfos, hadas, genios y gnomos.

EL TIMO

(Considerado como una de las ciencias exactas)

Hey diddle diddle. The cat and the fiddle.

Desde que el mundo empezó ha habido dos Jeremías. Uno de ellos escribió una jeremiada sobre la usura, y se llamaba Jeremías Bentham. Fue sumamente admirado por Mr. John Neal, y era un gran hombre en pequeña escala. El otro dio nombre a la más importante de las ciencias exactas y era un gran hombre en gran escala; bien puedo agregar que en la mayor de las escalas.

El timo —o la idea abstracta contenida en el verbo timar es cosa bien conocida. El hecho, sin embargo, la cosa en sí, *el* timo, no se define fácilmente. Podemos llegar a tener, sin embargo, una concepción aceptable del asunto, si definimos, no la cosa en sí, el timo, sino al hombre como un animal que tima. Si Platón hubiera dado con esto, se hubiera ahorrado la afrenta del pollo desplumado.

A Platón le preguntaron, muy pertinentemente, por qué un pollo desplumado, que respondía perfectamente a la condición de «bípedo implume», no entraba en su definición del hombre. Pero a mí no vendrán a importunarme con preguntas parecidas. El hombre es un animal que tima y, fuera de él, no existe ningún animal que lo haga. Para invalidar esta afirmación haría falta todo un gallinero de pollos pelados.

Aquello que constituye la esencia, el núcleo, el principio del timo, sólo se encuentra en esa clase de criaturas que visten chaquetas y pantalones. Un cuervo roba, un zorro engaña, una comadreja triunfa por el ingenio, un hombre tima. Su destino es el timo. «El hombre fue hecho para lamentarse», afirma el poeta. Pero no es así: fue hecho para timar. Tal es su ambición, su objeto, su fin. Y por eso cuando a un hombre le han hecho un timo decimos que está «acabado».

Bien considerado, el timo es un compuesto cuyos ingredientes consisten en la pequeñez, el interés, la perseverancia, el ingenio, la audacia, la *nonchalance,* la originalidad, la impertinencia y la risita socarrona.

Pequeñez.— Nuestro timador practica sus operaciones en pequeña escala. Su negocio reside en la venta al por menor, en efectivo o con pagaré a la vista. Si alguna vez se deja tentar por especulaciones de gran vuelo, inmediatamente pierde sus rasgos distintivos y se convierte en lo que denominamos «financiero». Este último término contiene la noción del timo en todos sus aspectos mencionados, salvo la pequeñez. Por eso un timador puede ser considerado como un banquero en potencia, y una «operación financiera», como un timo en Brobdingnag[26]. El uno es al otro como Homero a «Flaccus», como un mastodonte a un ratón, como la cola de un cometa a la de un cerdo.

Interés.— Nuestro timador se guía por el interés. No le atrae el timo por el timo mismo. Tiene una finalidad a la vista: su bolsillo... y el tuyo. Busca siempre la oportunidad mayor. Sólo vela por el Número Uno. Tú eres el Número Dos, y debes velar por ti mismo.

Perseverancia.— Nuestro timador persevera. No se descorazona fácilmente. Aunque quiebren los bancos, no se preocupa. Continúa tranquilamente con su negocio, y

Ut canis a corio numquam absterrebitur uncto,

y así procede él con lo suyo.

Ingenio.— Nuestro timador es audaz. Es hombre osado. Traslada la guerra al África. Todo lo conquista por asalto. No temería los puñales de Frey Herren. Con un poco más de prudencia, Dick Turpin hubiera sido un buen timador; Daniel O'Connell, con un poco menos de adulaciones, y Carlos XII, con una pizca más de cerebro.

«Nonchalance».— Nuestro timador es displicente. No se pone nunca nervioso. Nunca tuvo nervios. Imposible hacerle perder la calma. Jamás se lo sacará de sus casillas; lo más que puede hacerse es sacarlo de la casa. Es frío, frío como un pepino. Es tranquilo, «como una sonrisa de Lady Bury». Es blando y accesible, como un guante viejo o las damiselas de la antigua Baia.

Originalidad.— Nuestro timador es original, y lo es deliberadamente. Sus pensamientos le pertenecen. Le parecería despreciable hacer uso de los ajenos. Rechaza todo timo gastado. Estoy seguro de que devolvería una cartera si se diese cuenta de que la había obtenido mediante un timo sin originalidad.

Impertinencia.— Nuestro timador es impertinente. Fanfarronea. Pone los brazos en jarras. Mete las manos en los bolsillos del pantalón. Se ríe irónicamente en nuestra cara. Nos pisa los callos. Nos come la

---

[26] País imaginario de los Viajes de Gulliver, de Jonathan Swift, donde las cosas existen en una escala colosal. (N. del T.)

cena, se bebe nuestro vino, nos pide dinero prestado, nos tira de la nariz, da de puntapiés a nuestro perro y besa a nuestra mujer.

Risita socarrona.— Nuestro verdadero timador hace el balance final con una risita socarrona. Pero sólo él es testigo de ella. Sonríe cuando el trabajo cotidiano ha terminado, cuando las labores han llegado a su fin; de noche, en su despacho, y para su entretenimiento privado. Va a su casa. Cierra la puerta. Se desnuda. Sopla la vela. Se acuesta. Apoya la cabeza en la almohada. Y hecho esto, nuestro timador sonríe. No se trata de una hipótesis. Es así, es elemental. Razono a priori, y un timador no lo sería sin la risita socarrona.

El origen del timo se remonta a la infancia de la raza humana. Quizá el primer timador fue Adán. De todos modos, podemos seguir las huellas hasta una antigüedad muy remota. Los modernos, empero, han llevado el timo a una imperfección que jamás soñaron los cabezaduras de nuestros progenitores. Por eso, sin detenerme a hablar de los viejos timadores, me contentaré con un compendio de «ejemplos» modernos.

He aquí un excelente timo: En busca de un sofá, una señora recorre sucesivamente varias mueblerías. Llega finalmente a una que ofrece un variado surtido. La detiene en la puerta un locuaz caballero, quien la invita a entrar. No tarda la dama en descubrir un sofá que se adapta perfectamente a sus deseos, y al preguntar su precio se entera con gran placer de que cuesta un veinte por ciento menos de lo que esperaba. Como es natural, se apresura a finiquitar la compra, recibe una factura con recibo y deja su dirección con encargo de que el mueble le sea remitido lo antes posible, retirándose entre una profusión de inclinaciones y cortesías del vendedor. Llega la noche, pero no el sofá. Pasa el día siguiente, y nada. La dama envía a su criada para que averigüe lo que ocurre. En la mueblería niegan que se haya hecho tal compra. No se ha vendido ningún sofá ni se ha recibido ningún dinero; quien lo recibió es el timador, que ha sustituido diestramente al verdadero vendedor.

Nuestras mueblerías están siempre desatendidas y proporcionan en esta forma todas las facilidades para una triquiñuela semejante. Los visitantes entran, miran los muebles y vuelven a salir sin que nadie los vea ni los atienda. Si alguien desea comprar un artículo, hay una campanilla al alcance de la mano, la cual se considera harto suficiente.

He aquí otro respetable timo: Un señor bien vestido entra en un negocio, compra por valor de un dólar y descubre con gran mortificación que se ha dejado la cartera en otra chaqueta. Dice entonces al tendero:

—¡No se preocupe, señor mío! Le pido simplemente que tenga la gentileza de mandar el paquete a casa. ¡Un momento! Ahora que recuerdo, tampoco hay en casa billetes por debajo de cinco dólares. De todas maneras, junto con el paquete puede usted mandar cuatro dólares de vuelto.

—Muy bien, señor —replica el tendero, que se ha formado de inmediato una alta idea de su cliente. «Conozco individuos —piensa— que se habrían echado el paquete al brazo, prometiendo volver a pagar cuando pasaran otra vez por aquí.»

De inmediato despacha a un mandadero con el paquete y el vuelto. En el camino, casualmente, se encuentra éste con el cliente, quien exclama:

—¡Ah, mi paquete! Creí que lo habrían mandado a casa hace rato. Bueno, vete. Mi esposa, Mrs. Trotter, te dará los cinco dólares, pues ya está enterada. Mejor es que me des el vuelto a mí, pues necesito algo de cambio para el correo. ¡Perfecto! Uno, dos... ¿es buena esta moneda? Tres, cuatro... ¡muy bien! Di a Mrs. Trotter que te encontraste conmigo, y no pierdas tiempo por la calle.

El chico no pierde tiempo... pero tarda muchísimo en regresar a la tienda, pues le resulta imposible encontrar a ninguna señora que responda al nombre de Mrs. Trotter. Se consuela, empero, pensando que no ha sido tan tonto como para dejar la mercadería sin recibir dinero en cambio, y cuando aparece en el negocio con aire satisfecho se queda muy perplejo e indignado al preguntarle su amo qué ha hecho con el vuelto...

He aquí un timo muy sencillo: Una persona con aire de funcionario presenta al capitán de un buque que se dispone a zarpar una factura sumamente módica de gastos portuarios. Contento de tener que pagar tan poco, y atareado con las mil obligaciones que lo asedian en ese momento, el capitán paga la nota sin tardar. Quince minutos después le llega otra factura, mucho más razonable, y la persona que se la entrega no tarda en convencerlo de que el primer funcionario era un timador.

El siguiente timo es parecido: Un vapor suelta amarras y está a punto de separarse del muelle. Un viajero, con el abrigo al brazo, corre presuroso para no perder el barco. De pronto se detiene, se agacha y recoge algo del suelo con evidentes muestras de agitación.

—¿Alguno de los presentes ha perdido una cartera? —grita.

Nadie puede contestarle, pero al subir a bordo se produce un gran revuelo, pues no tarda en verse que la cartera contiene una gruesa suma. Empero, el barco no puede demorar su salida.

—El tiempo y la marea no esperan a nadie —dice el capitán.

—¡Por favor, esperemos un momento! —exclama el que ha encontrado la cartera—. ¡Sin duda, no tardará en presentarse el dueño!

—¡Imposible! —responde autoritariamente el capitán—. ¡Fuera la planchada!

—¿Qué voy a hacer? —pregunta el viajero, lleno de tribulación—. Me alejo del país por muchos años y mi conciencia me impide partir llevándome esta suma que no me pertenece. ¡Perdone usted, señor —agrega, dirigiéndose a un caballero que ha quedado en el muelle—, pero su aspecto me parece el de una persona honesta! ¿Tendría usted la gentileza de hacerse cargo de esta cartera? Estoy seguro de que puedo confiar en usted y que no dejará de publicar un anuncio del hallazgo. La suma que hay en la cartera es muy considerable. No hay duda de que el dueño insistirá en ofrecerle una recompensa por su honradez...

—¿A mí? ¡No, por cierto! ¡A usted! ¡Usted encontró la cartera!

—En fin, si lo toma usted así... Aceptaría una pequeña recompensa... simplemente para calmar sus escrúpulos. Veamos... ¡Imposible, estos billetes son todos de a cien! No puedo tomar tanto...; bastaría con cincuenta...

—¡Fuera la planchada! —repite el capitán.

—Pero no tengo cambio de cien, y me parece que lo mejor...

—¡Suelta ese cabo! —grita el capitán.

—¡No se preocupe usted! —exclama el caballero del muelle, que ha estado revisando su propia cartera—. ¡Aquí tengo un billete de cincuenta del Banco Norteamericano! ¡Páseme usted la cartera!

Y el superescrupuloso viajero toma el dinero con marcada resistencia y alcanza la cartera al caballero del muelle, mientras el vapor humea y silba al abandonar el amarradero. Media hora más tarde se descubre que la «gruesa suma» consiste en billetes falsificados y que todo el episodio no era más que un formidable timo.

Un timo audaz es el siguiente: Va a celebrarse una reunión rural o algo parecido en un lugar sólo accesible por medio de un puente. El timador se instala en la cabecera del puente e informa respetuosamente a todos los que llegan que la nueva ley del condado establece un peaje de un centavo por peatón, dos por caballos y burros, etc. Algunos protestan, pero todos se someten y el timador se vuelve a casa con cincuenta o sesenta dólares bien ganados, pues cobrar un peaje a una gran multitud es trabajo muy fatigoso.

He aquí un timo muy hábil: Un amigo del timador acepta un pagaré de éste, debidamente llenado y firmado en uno de los formularios usuales impresos en tinta roja. El timador compra una o dos docenas de dichos formularios y diariamente moja uno de ellos en su sopa, hace que su perro salte para atraparlo y finalmente se lo cede como un buen bocado. Cuando el pagaré llega a su vencimiento, el timador y su perro se presentan en casa del amigo y se habla del documento en cuestión. El amigo lo saca de su escritorio y va a alcanzarlo al timador cuando el perro reconoce el formulario y de un salto lo atrapa y lo devora. El timador se muestra no sólo sorprendido sino vejado y furioso por la absurda conducta de su perro, y se manifiesta dispuesto a cancelar la obligación... en el momento en que le presenten una prueba de que existe.

Un pequeño timo tiene lugar en esta forma: Una señora es insultada en la calle por el cómplice del timador. Éste acude en defensa de la dama y, luego de dar una soberana paliza a su amigo, insiste en acompañar a la señora hasta su domicilio. Una vez allí, se inclina con la mano sobre el corazón y se despide respetuosamente. Pero la dama ruega a su salvador que entre, a fin de presentarle a su papá y a su hermano mayor. Con un suspiro, el salvador declina la invitación.

—¿No hay, pues, un medio, señor, de testimoniarle mi gratitud? —murmura la dama.

—Por supuesto que sí, señora. ¿Podría usted prestarme dos chelines? Bajo la impresión que le causan estas palabras la dama decide primeramente desmayarse. Pero lo piensa mejor y, luego de soltar los lazos de su bolso, hace entrega del dinero pedido. Como he dicho, este timo es muy modesto, pues hay que entregar la mitad de la suma obtenida al caballero que se tomó el trabajo de insultar a la señora y debió luego aguantar sin resistencia una buena paliza.

El que sigue es también un timo menudo, pero científico. El timador se acerca al mostrador de una taberna y pide dos rollos de tabaco. Una vez que se los entregan, los examina y declara:

—No me gusta este tabaco. Tómelo y déme en cambio un vaso de coñac.

Bebe el coñac y se encamina a la puerta. Pero la voz del tabernero lo detiene:

—Me temo, señor, que se ha olvidado de pagar la bebida.

—¿Pagar la bebida? ¿No le di el tabaco a cambio del coñac? ¿Qué más quiere usted? —Pero, señor... no recuerdo que me haya pagado el tabaco.

—¿Qué quiere decir con eso, bribón? ¿No le devolví su tabaco? ¿No es *ése su* tabaco, encima del mostrador? ¿Pretende entonces que pague por algo que no me llevo?

—Pero, señor... —dice el tabernero, completamente confundido—. Pero, señor...

—Nada de peros conmigo —interrumpe el timador, aparentemente muy disgustado y golpeando la puerta al alejarse—. ¡Nada de peros conmigo, y mucho menos esas triquiñuelas con los viajeros!

El timo siguiente es muy hábil, y la simplicidad no es una de sus menores cualidades. En ocasión de haberse perdido realmente una cartera o un bolso, el perdedor inserta en uno de los periódicos de una gran ciudad un aviso lleno de detalles. Nuestro timador copia los detalles, cambiando el encabezamiento, la fraseología general, y el domicilio. Si, por ejemplo, el aviso original es largo, verboso y comienza: ¡CARTERA EXTRAVIADA!, solicitando que la misma sea entregada en el número 1 de la calle Tom, la copia fabricada por el timador será breve, sólo encabezada por la palabra EXTRAVÍO, y dará como domicilio el 2 de la calle Dick o el 3 de la calle Harry. Inserta su aviso en cinco o seis periódicos de la localidad que aparecen unas pocas horas después que el original. Si el que ha perdido la cartera lee uno de estos avisos, no es muy probable que advierta la relación que existe con el suyo. Y, en cambio, hay cinco o seis probabilidades contra una de que la persona que encontró la cartera se presente a la dirección dada por el timador en vez de acudir a la del verdadero dueño. Nuestro timador paga la recompensa, embolsa el tesoro y desaparece.

Un timo análogo es el siguiente: Una dama acaudalada ha perdido en la calle un anillo de brillantes de grandísimo valor. Ofrece una recompensa de cuarenta o cincuenta dólares, agregando en su aviso una minuciosa descripción de la joya, sus engastes, y afirmando que la recompensa será pagada en determinado domicilio contra entrega del anillo y sin que se hagan preguntas.

Un día o dos más tarde, cuando la dama se halla ausente de su casa, se oye sonar la campanilla; acude una criada, informando al visitante que la señora ha salido, noticia que produce en éste el más lamentable de los efectos. Afirma que lo trae una cuestión de suma importancia y que concierne solamente a la señora. Agrega, por fin, que ha tenido la buena suerte de hallar el anillo. De todas maneras, quizá sea mejor que vuelva otro día... «¡De ninguna manera!», exclama la criada. «¡De ninguna manera!», corean la hermana de la señora y su cuñada, que acuden al punto. Todas ellas identifican clamorosamente el anillo, pagan la recompensa y hacen salir al visitante poco menos que a empujones. La dueña de la casa regresa y no tarda en manifestar cierto disgusto hacia su hermana y su cuñada por la sencilla razón de que acaban de pagar cuarenta o cincuenta dólares por un facsímile de su anillo de brillantes, muy bien hecho con similor y piedras falsas.

Pero como el timo es cosa infinita, también lo sería este artículo, aunque me limitara a sugerir apenas la mitad de las variantes y los matices de que dicha ciencia es susceptible. Como he de concluir estas páginas, nada mejor que hacerlo con una noticia resumida de un timo muy decente, pero más bien complicado, del que fue teatro no hace mucho nuestra ciudad, y que se repitió más tarde con buen éxito en otras ciudades todavía más inocentes de nuestro país.

Un caballero de edad mediana llega a la ciudad, sin que se sepa de dónde procede. Se conduce de manera notablemente precisa, cauta y reflexiva. Viste con toda corrección, sin que haya en él nada de ostentoso. Lleva corbata blanca, amplio chaleco, sólo destinado a la comodidad; confortables zapatos de gruesa suela y pantalones sin trabilla. En suma, tiene el aire de nuestro acomodado, sobrio y respetable hombre de negocios par excellence; uno de esos caballeros exteriormente severos y duros, pero tiernos por dentro, como suelen pintarse en las comedias; hombres cuyas palabras son otras tantas garantías, y que mientras distribuyen guineas con una mano para fines caritativos extraen hasta el último centavo con la otra en el terreno de sus propios negocios.

Nuestro caballero se muestra muy difícil de complacer en lo que respecta a una casa de pensión. No le gustan los niños. Está habituado a una gran quietud. Tiene costumbres metódicas y además le gustaría habitar en casa de una familia pequeña y respetable, de tendencias piadosas. Las condiciones de pago lo tienen sin cuidado; insiste solamente en que liquidará la cuenta el primero de cada mes (estamos ahora a dos), y una vez que ha hallado una casa a su gusto, pide encarecidamente a la dueña que no olvide de ninguna manera sus instrucciones al respecto: la cuenta, así como el recibo, deberán ser presentados a las diez de la mañana del día primero de cada mes, y bajo ninguna circunstancia dejados para el día siguiente.

Hechos estos arreglos, nuestro hombre de negocios alquila una oficina en un barrio más respetable que a la moda. No hay cosa que desprecie tanto como la ostentación. «Donde mucho se muestra —suele decir—, poco hay de sólido», observación que impresiona tan profundamente a su casera que se apresura a copiarla a lápiz en la gran biblia de la familia, aprovechando el amplio margen que hay en los Proverbios de Salomón.

El paso siguiente consiste en publicar un aviso en los principales periódicos mercantiles de a seis peniques, pues los de a uno no son considerados por él como «respetables», aparte de que reclaman el pago adelantado de todo aviso, práctica que nuestros hombres de negocios detestan, pues, según él, jamás debe pagarse un trabajo hasta que no esté concluido. El aviso dice aproximadamente así:

SE NECESITAN EMPLEADOS.— En ocasión de iniciar importantes operaciones comerciales en esta ciudad, requerimos los servicios de tres o cuatro inteligentes y competentes empleados. Sueldo importante. Exigimos las mejores recomendaciones sobre la integridad del postulante, que nos interesa aún más que su capacidad. Dado que las obligaciones a cumplir suponen una alta responsabilidad, pues grandes sumas de dinero deberán pasar por las manos de nuestros empleados, consideramos necesario solicitar una caución de cincuenta dólares, que será depositada por el empleado respectivo. Inútil presentarse, por tanto, si no se está en condiciones de hacer dicho depósito, así como de exhibir los mejores testimonios sobre moralidad. Se preferirá a los jóvenes con inclinaciones piadosas. Presentarse de diez a once y de dieciséis a diecisiete en las oficinas de los señores

Bogs, Hogs, Logs, Frogs & Co.
Calle de los Perros, 110

Al cumplirse el 31 del mes, este aviso ha llevado a la oficina de los señores Bogs, Hogs, Logs, Frogs y Compañía a unos quince o veinte jóvenes de inclinaciones piadosas.

Pero nuestro hombre de negocios no tiene prisa en cerrar trato con ninguno de ellos; ningún hombre de negocios tiene prisa; y, sólo después de haber pasado un severo examen concerniente a sus inclinaciones piadosas, los jóvenes son finalmente aceptados y, al mismo tiempo, por vía de simple precaución, se los invita a hacer efectiva la fianza de cincuenta dólares, por la cual la respetable firma de Bogs, Hogs, Logs, Frogs y Compañía libra el correspondiente recibo. En la mañana del primero de cada mes la casera no presenta su cuenta, como había prometido hacerlo; negligencia por la cual el director de la casa con tantos *ogs* no habría dejado de reprenderla severamente, suponiendo que se hubiera quedado un día o dos más en la ciudad para tal propósito.

Como es de suponer, la policía se ve abrumada de trabajo, corriendo inútilmente de un lado a otro, y todo lo que puede hacer es declarar enfáticamente que aquel hombre de negocios es n. e. i., letras que parecen corresponder a la muy clásica frase non es inventus. Y entretanto los jóvenes postulantes ven mermar sensiblemente sus inclinaciones piadosas, mientras la casera compra una excelente goma de borrar de un chelín, y con todo cuidado suprime la nota a lápiz que algún tonto había escrito en la gran biblia familiar, aprovechando los anchos márgenes de los Proverbios de Salomón.

CUENTO DE JERUSALÉN

Intensos rigidam in frontem ascendere canos Passus erat.
(LUCANO, *De Catone*)

(...un hirsuto pelmazo.) Traducción[27]

Corramos a las murallas —dijo Abel—Phittim a Buzi—Ben—Levi y a Simeón el Fariseo, el décimo día del mes de Tammuz del año del mundo tres mil novecientos cuarenta y uno—. Corramos a las murallas, junto a la puerta de Benjamín, en la ciudad de David, que dominan el campamento de los incircuncisos; pues es la última hora de la cuarta guardia y va a salir el sol; y los idólatras, cumpliendo la promesa de Pompeyo, deben de estar esperándonos con los corderos para los sacrificios.

Simeón, Abel—Phittim y Buzi—Ben—Levi eran los Gizbarim o subcolectores de las ofrendas en la santa ciudad de Jerusalén.

—Bien has dicho —replicó el Fariseo—. Apresurémonos, porque esta generosidad por parte de los paganos es sorprendente, y la volubilidad ha sido siempre atributo de los adoradores de Baal.

—Que son volubles y traidores es tan cierto como el Pentateuco —dijo Buzi—Ben— Levi—, pero ello tan sólo para con el pueblo de Adonai. ¿Cuándo se ha sabido que los amonitas descuidaran sus intereses? ¡No me parece que sea tan generoso facilitarnos corderos para el altar del Señor y recibir en cambio treinta siclos de plata por cabeza!

—Olvidas, Ben—Levi —replicó Abel—Phittim—, que el romano Pompeyo, impío sitiador de la ciudad del Altísimo, no tiene la seguridad de que los corderos así adquiridos serán dedicados a alimento del espíritu y no del cuerpo.

—¡Cómo, por las cinco puntas de mi barba! —gritó el Fariseo, que pertenecía a la secta de los llamados Tundidores (pequeño grupo de santos, cuya manera de tundirse y lacerarse los pies contra el suelo era desde hacía mucho una espina y un reproche para los devotos menos ahincados, y una piedra de toque para los transeúntes menos dotados)—. ¡Por las cinco puntas de esa barba, que, por ser sacerdote, me está vedado afeitarme! ¿Habremos vivido para ver el día en que un blasfemo idólatra advenedizo romano nos acuse de destinar a los apetitos de la

---

[27] Bore, pelmazo, suena también como boar, cerdo. (N. del T.)

carne los elementos más santos y consagrados? ¿Habremos vivido para ver el día en que...?

—No nos preocupemos de las razones del filisteo —lo interrumpió Abel—Phittim—, pues hoy nos beneficiamos por primera vez de su avaricia o de su generosidad; apresurémonos a llegar a las murallas, no sea que las ofrendas falten en ese altar cuyo fuego las lluvias del cielo no pueden extinguir, y cuyas columnas de humo ninguna tempestad puede alterar.

La parte de la ciudad hacia la cual se encaminaban nuestros excelentes Gizbarim ostentaba el nombre de su arquitecto, el rey David, y era considerada como la zona mejor fortificada de Jerusalén, hallándose situada sobre la abrupta y majestuosa colina de Sión.

Un ancho y profundo foso circunvalatorio, tallado en la roca viva, estaba defendido por una solidísima muralla que nacía en su borde interno. A intervalos regulares surgían en la muralla torres cuadradas de mármol blanco, las menores tenían sesenta pies de alto, y las mayores, ciento veinte. Pero en las cercanías de la puerta de Benjamín la muralla no nacía del borde mismo del foso. Por el contrario, entre el nivel de éste y la base del baluarte alzábase un risco de doscientos cincuenta codos que formaba parte del abrupto monte Moriah. Así, cuando Simeón y sus compañeros llegaron a lo alto de la torre llamada Adoni— Be—zek —la más alta de las torres que rodeaban Jerusalén y lugar habitual de parlamentos con el ejército sitiador— pudieron contemplar el campamento del enemigo desde una eminencia que sobrepasaba en muchos pies la pirámide de Keops y en no pocos el templo de Belus.

—En verdad digo —suspiró el Fariseo, mientras se inclinaba sobre el vertiginoso precipicio—, los incircuncisos son tantos como las arenas de la playa... como las langostas del desierto. El valle del Rey se ha convertido en el valle de Adommin.

—Y, sin embargo —agregó Ben—Levi—, no podrías señalarme un solo filisteo... ¡No, ni siquiera uno, desde Aleph a Tau, desde el desierto hasta las fortificaciones, que parezca más grande que la letra Jod!

—¡Bajad la cesta con los siclos de plata! —gritó de pronto, con acentos tan broncos como ásperos, un soldado romano que parecía haber surgido de las regiones de Plutón—. ¡Bajad esa cesta con el maldito dinero, cuyo solo nombre basta para dislocar la mandíbula de un noble romano! ¿Es así como mostráis vuestra gratitud hacia nuestro amo Pompeyo, que, en su condescendiente bondad, ha creído oportuno escuchar vuestras importunidades de idólatras? El dios Febo, que es un dios verdadero, corre en su carro desde hace una hora. ¿Y no teníais vosotros que estar en las murallas cuando asomara? ¡Ædepol! ¿Creéis que nosotros, conquistadores del mundo, no tenemos otra cosa que hacer que esperar a la puerta de cada perrera para traficar con los perros de este mundo? ¡Vamos, abajo... y atención a que vuestras baratijas tengan el color y el peso debidos!

—¡El Elohim! —profirió el Fariseo, mientras los discordantes acentos del centurión resonaban en los peñascos del precipicio y se perdían contra el templo—. ¡El Elohim! ¿*Quién* es el dios Febo? ¿A quién invoca el blasfemador? ¡Dilo tú, Buzi—Ben—Levi, que eres versado en las leyes de los gentiles, y has habitado entre los que se contaminan con los Teraphim? ¿Habló de Nergal el idólatra? ¿O de Ashimah? ¿De Nibhaz... de Tartak... de Adramalech... de Anamalech... de Succoth—Benith... de Dagon... de Belial... de Baal— Perith... de Baal—Peor... o de Baal—Zebub?

—De ninguno de ellos, en verdad... pero ten cuidado que la cuerda no resbale demasiado rápidamente entre tus dedos, pues si la cesta quedara colgada de aquel peñasco saliente harías caer lamentablemente las santas cosas del santuario.

Con ayuda de una máquina de construcción bastante grosera, la cesta pesadamente cargada descendió entonces con lentitud hasta llegar a la muchedumbre de abajo; desde el vertiginoso pináculo podía verse a los romanos que se amontonaban confusamente en torno de ella, pero la gran altura y la niebla no permitían divisar con precisión lo que pasaba.

Transcurrió así media hora.

—¡Llegaremos demasiado tarde! —suspiró el Fariseo al cumplirse este período, mientras miraba hacia el abismo—. ¡Llegaremos demasiado tarde, y los Katholim nos despojarán de nuestras funciones!

—¡Nunca más nos regalaremos con lo mejor de la tierra! —agregó Abel—Phittim—. ¡Nuestras barbas perderán su perfume de incienso y nuestros cuerpos el hermoso lino del Templo!

—¡Raca! —juró Ben—Levi—. ¿Pretenderán robarnos el dinero de la compra?

¡Santísimo Moisés! ¿Estarán acaso pesando los siclos del tabernáculo?

—¡Han dado la señal! —gritó el Fariseo—. ¡Por fin han dado la señal! ¡Tira de la cuerda, Abel—Phittim... y también tú, Buzi—Ben—Levi! ¡Pues en verdad digo que los filisteos están sujetando todavía la cesta o el Señor ha dulcificado sus corazones y la han cargado con un animal de gran peso! Y los Gizbarim tiraron de la cuerda, mientras su carga ascendía balanceándose pesadamente entre la espesa niebla.

—¡Booshoh! ¡Booshoh!

Tal fue la exclamación que brotó de los labios de Ben—Levi cuando, después de una hora de trabajo, empezó a verse algo en la extremidad de la cuerda.

—¡Booshoh! ¡Oh vergüenza! ¡Es un carnero de los sotos de Engedi... y más arrugado que el valle de Jehoshaphat!

—Es un primer nacido del rebaño —opuso Abel—Phittim—. Lo reconozco por su balido y por su manera inocente de doblar las patas. Sus ojos son más hermosos que las joyas del Pectoral, y su carne es como la miel del Hebrón.

—Es un becerro engordado en las praderas de Bashan —dijo el Fariseo—. ¡Los paganos se han portado admirablemente con nosotros! ¡Que nuestras voces se alcen en un salmo! ¡Demos las gracias con el shawm y el salterio! ¡Con el arpa y el huggab, con la cítara y el sacabuche!

Sólo cuando la cesta se hallaba a pocos pies de los Gizbarim, un sordo gruñido les reveló que contenía un *cerdo* de enorme tamaño.

—¡El Emanu! —gritó el trío, levantando los ojos y soltando la cuerda, con lo cual el cerdo se volvió de cabeza entre los filisteos—. ¡El Emanu! ¡Dios sea con nosotros...! ¡Es la carne innominable!

LOS ANTEOJOS

Hace años estaba de moda ridiculizar la noción de «amor a primera vista»; pero aquellos que piensan y sienten profundamente han defendido siempre su existencia. Los descubrimientos modernos en el campo que cabe llamar magnetismo ético o estética magnética permiten suponer con toda probabilidad que los afectos humanos más naturales y, por tanto, más verdaderos e intensos son aquellos que surgen en el corazón como obra de una simpatía eléctrica; en una palabra, que los grilletes psíquicos más brillantes y duraderos son aquellos que quedan remachados por una mirada. La confesión que me dispongo a hacer agregará otro ejemplo a tantos que prueban la verdad de esta concepción. Mi historia requiere cierto detalle. Soy todavía muy joven, pues no he cumplido aun los veintidós años. Mi nombre actual es muy vulgar y hasta plebeyo: Simpson. Digo «actual», pues hace poco que se me conoce por él, que adopté legalmente el año pasado a fin de recibir una cuantiosa herencia que me dejó un pariente lejano, Adolphus Simpson, Esq. El legado incluía la condición de que adoptara el nombre del testador; al decir nombre me refiero al apellido y no al nombre; mi nombre o, más exactamente, mis nombres, son Napoleón Bonaparte.

Asumí el apellido con cierta resistencia, pues mi verdadero patronímico, Froissart, me inspira un muy perdonable orgullo, y creo que me sería posible trazar mi descendencia del inmortal autor de las Crónicas. Y ya que hablamos de apellidos, mencionaré una singular coincidencia de sonido en los de mis predecesores inmediatos. Mi padre era Monsieur Froissart, de París. Su esposa, mi madre, con la cual se casó teniendo ella quince años, era Mademoiselle Croissart, la hija mayor del banquero Croissart, cuya esposa, a su vez, sólo tenía dieciséis años al casarse con él, y era la hija mayor de un tal Víctor Voissart. Muy curiosamente, Monsieur Voissart habíase casado con una dama de nombre parecido, Mademoiselle Moissart. También ella se desposó siendo todavía una niña; y su madre, Madame Moissart, tenía sólo catorce años cuando la llevaron al altar. Estos matrimonios tempranos son usuales en Francia. De todas maneras, he aquí a los Moissart, Voissart, Croissart y Froissart de mi línea de ascendencia directa. Empero, mi nombre se convirtió en el de Simpson por disposición legal, con tanta repugnancia de mi parte que en un momento dado vacilé en aceptar el legado que tan inútil y molesta condición traía aneja.

Por lo que se refiere a dotes personales, no creo carecer de ellas. Antes bien, estimo que soy muy proporcionado y poseo lo que nueve de cada diez personas llaman un hermoso semblante. Mido cinco pies y once pulgadas de estatura. Tengo cabello negro y rizado. La nariz está bastante bien. Los ojos son grandes y grises y, aunque —he de confesarlo— sumamente débiles, su apariencia no hace sospechar semejante cosa. La debilidad de mi visión me preocupó siempre en alto grado, y acudí a todos los remedios posibles —salvo el de usar anteojos. Siendo joven y bien parecido es natural que me desagraden y que me haya negado redondamente a llevarlos. Nada conozco que desfigure tanto el rostro de un joven, o que dé a cada rasgo un aire de gravedad si no de santurronería y de vejez. Un monóculo, por otra parte, tiene un sabor de afectación y rebuscamiento. Hasta ahora me las he arreglado lo mejor posible sin ninguno de los dos. Pero estoy hablando demasiado de detalles meramente personales, que después de todo carecen de importancia. Me contentaré con agregar que poseo temperamento sanguíneo, arrebatado, ardiente y entusiasta, y que toda mi vida he sido devoto admirador de las mujeres.

Una noche del invierno pasado entré en un palco del teatro P..., acompañado de mi amigo Mr. Talbot. Era una velada de ópera y el programa presentaba especial atractivo, por lo cual la sala hallábase de bote en bote. Entramos empero a tiempo para obtener las plateas que habíamos reservado, y a las cuales conseguimos llegar con no poca dificultad.

Durante dos horas, mi compañero, que era un melómano consumado, consagró su mayor atención a la escena; por mi parte pasé ese tiempo entreteniéndome en observar al público, formado en su mayor parte por la élite de la ciudad. Satisfecho sobre este punto me disponía a contemplar a la prima donna, cuando mis ojos quedaron detenidos y paralizados por una figura sentada en uno de los palcos que hasta entonces había escapado a mi escrutinio.

Aunque viva mil años, jamás olvidaré la intensa emoción que sentí al contemplar aquella imagen. Era aquella la mujer más exquisita que jamás viera antes. El rostro estaba vuelto hacia el escenario y, durante varios minutos, no pude distinguirlo, pero su forma era divina; imposible usar otra palabra que exprese suficientemente sus admirables proporciones; hasta ese término, «divino», parece ridículamente débil mientras lo escribo.

La magia de una bella forma de mujer, la nigromancia de la gracia femenina, eran poderes a los cuales jamás había resistido; pero aquí estaba la gracia personificada, encarnada, el beau idéal de mis más exaltadas y entusiasmadas visiones. Hasta donde la barandilla del palco permitía adivinarlo, la figura de aquella dama era de estatura mediana y se aproximaba, sin serlo del todo, a lo majestuoso. Su perfecta plenitud, su tournure, eran deliciosas. La cabeza, de la cual sólo veía la parte posterior, rivalizaba en sus líneas con la Psique griega, y una toca de gaze aérienne, que me recordó el ventum textilem de Apuleyo, la exhibía más que la ocultaba. El brazo derecho apoyábase en el antepecho del palco y estremecía cada fibra de mi ser con su exquisita simetría. La parte superior estaba cubierta con una de esas mangas sueltas y abiertas, a la moda, y bajaba apenas más allá del codo. Por debajo de ella nacía otra de un material muy leve y ceñido que terminaba en un puño de rico encaje, el cual caía graciosamente sobre la mano y sólo permitía ver los delicados dedos, en uno de los cuales centelleaba un anillo de brillantes, cuyo extraordinario valor advertí de inmediato. La admirable redondez de la muñeca veíase realzada claramente por un brazalete ornamentado con una magnífica aigrette de joyas, todo lo cual expresaba, en términos inequívocos, la riqueza y el exquisito gusto de su portadora.

Contemplé aquella real aparición durante casi media hora, como si me hubiese vuelto de piedra, y en ese período sentí toda la fuerza y la verdad de cuanto se ha dicho y cantado sobre el «amor a primera vista». Mis sentimientos diferían completamente de los que experimentara hasta entonces, aun en presencia de los parangones más célebres de hermosura femenina. Una inexplicable simpatía de alma a alma, que me veo impelido a considerar magnética, parecía no solamente fijar mi visión, sino mi capacidad mental y sentimental, sobre el admirable objeto que tenía ante mí. Vi... sentí... supuse que estaba profunda, loca, irrevocablemente enamorado... y todo ello antes de haber contemplado el rostro de mi amada. Tan intensa era la pasión que me consumía, que incluso si las facciones aún invisibles de aquella mujer resultaban ser comunes y vulgares me sentía seguro de que no cambiaría; tan anómala es la naturaleza del único amor verdadero —del amor a primera vista—, y tan poco depende de las condiciones externas, que sólo parecen crearlo y controlarlo.

Mientras seguía envuelto en admiración frente a tan encantador espectáculo, un repentino murmullo del público hizo que la dama desviara un tanto el rostro, permitiéndome contemplarla claramente de perfil. Su belleza excedía mis esperanzas, pese a lo cual había en ella algo que me decepcionó, sin que me fuera posible decir exactamente de qué se trataba. He dicho «decepcionó», pero la palabra no hace al caso.

Mis sentimientos se calmaron y exaltaron al mismo tiempo. Asumieron un tono en el que había menos transporte y más entusiasmo sereno, un entusiasmo reposado. Quizá ese sentimiento nació del aire matronil, como de Madonna, que reinaba en aquel semblante, pero al mismo tiempo comprendí que no procedía enteramente de ello. Había otra cosa, un misterio que no alcanzaba a develar, cierta expresión del rostro que me perturbaba a la vez que acrecía intensamente mi interés. En suma, me hallaba en ese estado mental que predispone a un hombre joven y susceptible a cometer cualquier extravagancia. De haber visto sola a la dama hubiera entrado resueltamente en su palco para hablarle; pero, afortunadamente, la acompañaban dos personas: un caballero y una mujer extraordinariamente hermosa, que parecía varios años menor que ella.

Di vueltas en mi imaginación a mil planes que me permitieran ser presentado a la dama, o que, por lo menos, me permitieran apreciar más de cerca su hermosura. De haber podido hubiese buscado un asiento cercano al palco, pero el teatro estaba repleto; para colmo, los despiadados decretos de la moda habían prohibido imperiosamente el uso de gemelos y me hallaba desprovisto de un instrumento que tanto me hubiese ayudado.

Por fin me decidí a apelar a mi compañero.

—Talbot —dije—, sé que usted tiene unos gemelos. Préstemelos.

—¡Unos gemelos! ¡Vamos! ¿Y para qué querría yo unos gemelos? —respondió, volviéndose impaciente hacia el escenario.

—Pero, Talbot —insistí, tocándole el hombro—, escúcheme al menos, por favor... ¿Ve ese palco? ¡Allí... no, el siguiente! ¿Vio alguna vez una mujer más hermosa?

—No cabe duda de que es muy hermosa —dijo él.

—¿Quién puede ser?

—¡Vamos! ¿Va usted a decirme que no lo sabe? «No reconocerla significa que usted mismo es desconocido...» Es la celebrada Madame Lalande, la belleza de la temporada por excelencia, el tema de conversación de toda la ciudad. Inmensamente rica, además... viuda, y un magnífico partido... Acaba de llegar de París.

—¿La conoce usted?

—Sí, he tenido ese honor.

—¿Me presentará a ella?

—Por supuesto, con el mayor placer. ¿Cuándo?

—Mañana, a la una, nos encontraremos en B...

—Perfectamente. Y ahora cállese, si le es posible.

Me vi precisado a obedecer, pues Talbot se mantuvo obstinadamente sordo a mis restantes preguntas o pedidos, ocupándose exclusivamente de lo que ocurría en el escenario hasta el fin de la velada.

Entretanto guardaba yo mis ojos fijos sobre Madame Lalande, y por fin tuve la buena suerte de contemplar de frente su rostro. Era exquisitamente hermoso como mi corazón me lo había anunciado aun antes de que Talbot me lo confirmara; empero, ese algo ininteligible continuaba perturbándome. Concluí finalmente que lo que me afectaba era cierto aire de gravedad, de tristeza o, más exactamente, de cansancio, que robaba algo de juventud y frescura a aquel rostro, dándole en cambio una seráfica ternura y majestad, y multiplicando así diez veces su interés para un temperamento tan romántico y entusiasta como el mío.

Mientras satisfacía mis ojos descubrí con profunda conmoción que la dama acababa de advertir la intensidad de mi mirada y que se había sobresaltado levemente. Pero me sentía tan fascinado que me fue imposible dejar de mirarla. Desvió ella el rostro, y otra vez vi el cincelado contorno de su nuca y su cabeza. Pasados unos minutos como si sintiera curiosidad por saber si persistía en mi examen, movió gradualmente la cabeza y otra vez encontró mi ardiente mirada. Sus grandes ojos oscuros bajaron al punto, mientras un profundo rubor teñía sus mejillas. Pero cuál sería mi estupefacción al notar que no solamente se abstenía de apartar el rostro, sino que tomaba de su regazo unos gemelos, los ajustaba y se ponía a observarme intensa y deliberadamente durante varios minutos.

Si una centella hubiese caído a mis pies, no me habría sentido más asombrado. Pero mi asombro no involucraba la menor ofensa o disgusto pese a que acción tan audaz me hubiera ofendido y disgustado en otra mujer. Su proceder, en cambio, revelaba tanta serenidad, tanta nonchalance, tanto reposo... y a la vez traducía un refinamiento tan grande, que hubiera sido imposible percibir allí el menor descaro, y mis únicos sentimientos fueron de admiración y sorpresa.

Noté que, al levantar por primera vez los gemelos, la dama parecía quedar satisfecha de su rápida inspección de mi persona, y los retiraba ya de sus ojos cuando, cediendo a un nuevo pensamiento, volvió a mirar y continuó haciéndolo, con la atención fija en mí durante varios minutos; puedo incluso asegurar que no fueron menos de cinco.

Esta conducta, tan fuera de lo común en un teatro norteamericano, atrajo la atención general y originó un perceptible movimiento y murmullo entre el público, que por un momento me llenó de confusión, aunque no pareció causar el menor efecto en el rostro de Madame Lalande.

Satisfecha su curiosidad —si era tal—, apartó los gemelos y volvió a concentrarse en la escena, quedando de perfil como al principio. Continué mirándola incansable, aunque me daba perfecta cuenta de lo descortés de mi conducta. No tardé en ver que su cabeza cambiaba lenta y suavemente de posición y comprobé que la dama, mientras fingía contemplar la escena, no hacía más que observarme atentamente. Inútil decir el efecto que semejante proceder, en una mujer tan fascinadora, podía causar en mi vehemente espíritu.

Luego de escrutarme durante un cuarto de hora, el bello objeto de mi pasión se dirigió al caballero que la acompañaba y, mientras ambos hablaban, vi por la forma en que miraban que la conversación se refería a mi persona.

Terminado el diálogo, Madame Lalande se volvió otra vez hacia la escena y durante un momento pareció absorta en la representación. Pero, pasado un momento, sentí que me dominaba una incontenible agitación al ver que por segunda vez dirigía hacia mí los gemelos y que, desdeñando el renovado murmullo del público, me examinaba de la cabeza a los pies con la misma milagrosa compostura que tanto había deleitado y confundido mi alma momentos antes.

Tan extraordinaria conducta, sumiéndome en afiebrada excitación, en un verdadero delirio de amor, sirvió para alentarme más que para desconcertarme. En la alocada intensidad de mi devoción me olvidé de todo lo que no fuera la presencia y la majestuosa hermosura de la visión que así respondía a mis miradas. Esperé la oportunidad, y cuando me pareció que el público estaba concentrado en la ópera y que los ojos de Madame Lalande se fijaban en los míos, le hice una ligera pero inconfundible inclinación de cabeza.

Sonrojóse profundamente y apartó los ojos; después, lenta y cautelosamente, miró en torno como para asegurarse de que mi audacia no había sido advertida y se inclinó finalmente hacia el caballero sentado junto a ella.

Tuve entonces clara conciencia de la torpeza que había cometido, e imaginé un inmediato pedido de explicaciones, mientras una imagen de pistolas al amanecer flotaba rápida y desagradablemente en mi pensamiento. Pero me esperaba una tranquilidad tan grande como instantánea al ver que la dama se limitaba a alcanzar un programa al caballero sin decirle palabra; el lector podrá empero hacerse una vaga idea de mi estupefacción, de mi profundo asombro, del delirante trastorno de mi corazón y de mi alma cuando, después de haber mirado furtivamente en torno, Madame Lalande posó de lleno sus ojos en los míos, y luego, con una débil sonrisa que dejaba ver sus brillantes dientes como perlas, me hizo dos inclinaciones de cabeza tan inequívocas como afirmativas...

Sería inútil que me extendiera sobre mi alegría, mi transporte, el ilimitable éxtasis de mi corazón. Si algún hombre se volvió loco por exceso de felicidad, ése fui yo en aquel momento. Amaba. Era mi primer amor y lo sentía así. Era un amor supremo, indescriptible. Era «amor a primera vista», y también a primera vista había sido apreciado y correspondido.

¡Sí, correspondido! ¿Cómo y por qué había de dudarlo? ¿Qué otra explicación podía dar de semejante conducta por parte de una mujer tan hermosa, tan acaudalada, tan llena de cualidades y altísimos méritos, de posición social tan encumbrada y en todo sentido, tan respetable como indudablemente lo era Madame Lalande? ¡Sí, me amaba... correspondía al entusiasmo de mi amor con un entusiasmo tan ciego, tan firme, tan desinteresado, tan lleno de abandono, tan ilimitado como el mío!

Aquellas deliciosas fantasías se vieron interrumpidas por la caída del telón. Levantóse el público y sobrevino la confusión de costumbre. Apartándome de Talbot, me esforcé desesperadamente por acercarme a Madame Lalande. Pero como la multitud no me lo permitiera, renuncié a mi propósito y volví a casa, consolándome por no haber podido rozar siquiera el borde de su manto, al pensar que Talbot me presentaría a ella al día siguiente.

Llegó, por fin, la mañana; vale decir que por fin amaneció después de una larga y fatigosa noche de impaciencia. Las horas se arrastraron, lúgubres e innumerables caracoles, hasta la una. Pero está dicho que aun Estambul tendrá su fin, y la hora llegó. Oyóse la campanada de la una. Con su último eco me presenté en B... y pregunté por Talbot.

—Está ausente —me respondió el lacayo, que era precisamente el de mi amigo.

—¡Ausente! —exclamé, retrocediendo varios pasos—. Permítame decirle, amiguito, que eso es completamente imposible. Mr. Talbot no está ausente. ¿Qué quiere usted hacerme creer?

—Nada, señor... salvo que Mr. Talbot está ausente. Se fue a S... apenas terminó de desayunar, y dejó dicho que no volvería hasta dentro de una semana.

Me quedé petrificado de horror y rabia. Quise replicar, pero la lengua no me obedecía. Por fin, me alejé, lívido de cólera, mientras en mi interior enviaba a toda la familia Talbot a las regiones más recónditas del Erebo. No cabía duda de que mi amable amigo, il fanatico, habíase olvidado de su cita conmigo y que la había olvidado en el momento mismo de fijarla. Jamás había sido hombre de palabra. Imposible remediarlo, y, por tanto, ahogando lo mejor posible mi resentimiento, remonté malhumorado la calle, haciéndole fútiles averiguaciones sobre Madame Lalande a cuanto amigo encontraba en mi camino. Descubrí que todos habían oído hablar de ella, pero como sólo llevaba algunas semanas en la ciudad, pocos podían jactarse de conocerla personalmente. Estos pocos carecían de familiaridad suficiente para creerse autorizados a presentarme en el curso de una visita matinal.

Mientras, lleno de desesperación, hablaba con un trío de amigos sobre el único tema que absorbía mi corazón, ocurrió que el tema mismo pasó cerca de nosotros.

—¡Allí está, por mi vida! —exclamó uno de ellos. —¡Extraordinariamente hermosa! —dijo el segundo.

—¡Un ángel sobre la tierra! —pronunció el tercero.

Miré y vi un carruaje abierto que se nos acercaba lentamente y en el cual hallábase sentada la encantadora visión de la ópera, acompañada por la dama más joven que había compartido su palco.

—Su compañera es igualmente interesante —dijo el amigo que había hablado primero.

—Ya lo creo, y me parece asombroso —dijo el segundo—. Tiene todavía un aire de lo más lozano. Claro que el arte hace maravillas... Palabra, se la ve mejor que hace cinco años en París. Todavía es una hermosa mujer. ¿No le parece, Froissart... quiero decir, Simpson?

—¡Todavía! —exclamé—. Y ¿por qué no habría de ser una hermosa mujer? Pero, comparada con su amiga, es como una bujía frente a la estrella vespertina... como una luciérnaga al lado de Antar.

—¡Ja, ja, ja! ¡Vamos, Simpson, vaya estupenda manera que tiene de hacer descubrimientos... por lo menos originales!

Y nos separamos, mientras uno del trío empezaba a canturrear un alegre vaudeville, del cual sólo pode oír las palabras:

Ninon, Ninon, Ninon à bas À bas Ninon de l'Enclos!

En el curso de esta escena había ocurrido algo que sirvió para consolarme muchísimo, alimentando aún más la pasión que me consumía. Cuando el carruaje de Madame de Lalande pasó junto a nuestro grupo, observé que me reconocía y, lo que es más, que me llenaba de felicidad al concederme la más seráfica de las sonrisas sobre cuyo sentido no podía caber la más pequeña duda.

Por lo que se refiere a la presentación, me vi precisado a abandonar toda esperanza hasta que a Talbot se le ocurriera regresar de la campaña. Entretanto, frecuenté asiduamente todos los lugares de diversión distinguidos y, por fin, en el mismo teatro donde la viera por primera vez tuve la suprema dicha de encontrarla nuevamente y de cambiar con ella mis miradas. Pero esto sólo ocurrió después de una quincena. Diariamente, en el ínterin, había preguntado por Talbot, y diariamente me había estremecido de rabia ante el eterno «No ha regresado todavía» de su lacayo.

Aquella noche, pues, me sentía al borde de la locura. Me habían dicho que Madame Lalande era francesa y que acababa de llegar de París. ¿No podría ocurrir que regresara bruscamente a su patria? ¿Y si partía antes del regreso de Talbot? ¿No la perdería para siempre? La sola idea me resultaba insoportable. Y, puesto que mi felicidad futura estaba en juego, me decidí a proceder virilmente. En una palabra: terminada la representación seguí a la dama hasta su residencia, tomé nota de la dirección y a la mañana siguiente le envié una larga y detallada carta donde volcaba plenamente los sentimientos de mi corazón.

Hablé en ella audaz y libremente... en una palabra, lleno de pasión. No oculté nada, ni siquiera mis defectos. Aludí a las románticas circunstancias de nuestro primer encuentro, y mencioné las miradas que se habían cruzado entre nosotros. Llegué al extremo de decirle que me sentía seguro de su amor, a la vez que le ofrecía esta seguridad y mi propia e intensa devoción como doble excusa por mi imperdonable conducta. Como tercer argumento, aludí a mis temores de que pudiera marcharse de la ciudad antes de haber tenido la ocasión de serle formalmente presentado. Y terminé aquella epístola, la más exaltada y entusiasta que se haya escrito nunca, con una franca declaración de mi estado social y mi fortuna, a la vez que le ofrecía mi corazón y mi mano.

Esperé la respuesta dominado por la más desesperante ansiedad. Después de lo que me pareció un siglo, me fue entregada.

Sí, me fue entregada su respuesta. Por más romántico que parezca, recibí una carta de Madame Lalande... la hermosa, la acaudalada, la idolatrada Madame Lalande. Sus ojos, sus magníficos ojos, no habían desmentido su noble corazón. Como una verdadera francesa, había obedecido a los francos dictados de la razón, a los impulsos generosos de su naturaleza, despreciando las convencionales mojigaterías de la sociedad. No se había burlado de mi propuesta. No se había refugiado en el silencio. No me había devuelto mi carta sin abrir. Por el contrario, me contestaba con otra escrita por su propia y exquisita mano. Decía:

Monsieur Simpson, me bernodará bor no écrire muy bien en su hermoso idioma. Hace muy boco que soy arrivée y no he tenido la obortunité de l'étudier.

Desbués de disculbarme por mi redacción, diré que, hélas!!, Monsieur Simpson ha adivinado berfectamente... ¿Necesito decir más? Hélas!! ¿No habré dicho más de lo que corresbondía?

Eugènie Lalande

Besé un millón de veces este billete de tan noble inspiración, e incurrí en mil otras extravagancias que escapan a mi memoria. Pero, entretanto, Talbot no volvía. ¡Ay! Si hubiera podido concebir el sufrimiento que su ausencia me ocasionaba, ¿no habría volado inmediatamente, dada nuestra amistad y simpatía, en mi auxilio? Pero, entretanto, *no* volvía. Le escribí. Me contestó. Hallábase retenido por urgentes negocios, pero no tardaría en regresar. Me suplicaba que no me impacientara, que moderase mis transportes, leyera libros tranquilizadores, bebiera únicamente vino del Rin y requiriese los consuelos de la filosofía para que me ayudaran. ¡El muy insensato! Si no podía venir en persona, ¿por qué, en nombre de todo lo razonable, no agregaba a su carta otra de presentación? Volví a escribirle, rogándole que así lo hiciera. La carta me fue devuelta por el mismo lacayo con una nota a lápiz escrita al dorso. El villano se había reunido con su amo en la campaña y me decía:

Salió ayer de S..., pero no dijo a dónde iba ni cuándo va a volver. Me parece mejor devolverle esta carta, pues reconozco su letra y pienso que usted tiene siempre mucha prisa.

Lo saluda atentamente, Stubbs

Inútil agregar que después de esto consagré tanto al amo como al criado a las divinidades infernales; pero de nada me valía encolerizarme y las quejas no me servían de consuelo.

Sin embargo, la audacia de mi temperamento me daba una última posibilidad. Hasta ahora esa audacia me había sido útil y decidí que la emplearía nuevamente para mis fines. Además, después de la correspondencia que habíamos mantenido, ¿qué acto de mera informalidad podía cometer que, dentro de ciertos límites, pudiera Madame Lalande considerar indecoroso? Desde el envío de mi carta había tornado la costumbre de observar su casa, y descubrí que la dama salía al atardecer, acompañada por un negro de librea, y paseaba por la plaza a la cual daban sus ventanas. Allí, entre los sotos sombríos y lujuriantes, en la gris penumbra de un anochecer estival, esperé la oportunidad de aproximarme a ella.

Para engañar mejor al sirviente que la acompañaba procedí con el aire de una vieja relación de familia. En cuanto a ella, con una presencia de ánimo verdaderamente parisiense, comprendió de inmediato y, al saludarme, me tendió la más hechiceramente pequeña de las manos. Instantáneamente el lacayo se quedó atrás y, entonces, con los corazones rebosantes, nos explayamos larga y francamente sobre nuestro amor.

Como Madame Lalande hablaba el inglés con mayor dificultad de la que tenía para escribirlo, nuestra conversación se desarrolló necesariamente en francés. Esta dulce lengua, tan apropiada para la pasión, me permitió liberar el impetuoso entusiasmo de mi naturaleza, y con toda la elocuencia de que era capaz supliqué a mi amada que consintiera en un matrimonio inmediato.

Sonrió ella ante mi impaciencia. Aludió a la vieja cuestión del decoro —ese espantajo que a tantos aleja de la dicha hasta que la oportunidad de ser dichosos ha pasado para siempre—. Me hizo notar que, imprudentemente, había yo dicho a todos mis amigos que ansiaba conocerla; por ello resultaba imposible ocultar la fecha en que nos habíamos visto por primera vez. Sonrojándose, aludió a lo muy reciente de dicha fecha. Casarnos de inmediato sería impropio, indecoroso... outré. Y todo esto lo decía con un encantador aire de naïveté que me arrobaba al mismo tiempo que me lastimaba y me convencía. Llegó al punto de acusarme, entre risas, de precipitación, de imprudencia. Me pidió que tuviera en cuenta que, en el fondo, yo no sabía siquiera quién era ella, cuáles sus perspectivas, sus vinculaciones, su posición social. Pidióme, con un suspiro, que reconsiderara mi propuesta, y agregó que mi amor era un capricho, un fuego fatuo, una fantasía del momento, un castillo en el aire del entusiasmo más que del corazón. Y todo esto mientras las sombras del suave anochecer se hacían más y más profundas en torno de nosotros; pero luego, con una gentil presión de la mano semejante a la de un hada, sentí que en un instante dulcísimo destruía todos los argumentos que acababa de levantar.

Repliqué lo mejor que pude... como sólo un enamorado puede hacerlo. Hablé extensamente y en detalle de mi devoción, de mi arrobo, de su rara belleza y de mi profunda admiración. Insistí finalmente, con la energía de la convicción, en los peligros que rodean el sendero del amor, ese sendero que jamás avanza en línea recta... y deduje de ello el evidente peligro de alargar innecesariamente el recorrido.

Este último argumento pareció, por fin, mitigar el rigor de su determinación. Aplacóse, pero me dijo que todavía quedaba un obstáculo, que sin duda yo no había tenido en cuenta. Tratábase de una delicada cuestión, especialmente si era una mujer quien debía aludir a ella; al hacerlo contrariaba sus sentimientos, pero por mí estaba dispuesta a cualquier sacrificio. Mencionó entonces la edad. ¿Me había dado plenamente cuenta de la diferencia de edad entre nosotros? Que el marido sobrepasara a su esposa en algunos años —incluso quince y hasta veinte— era cosa que la sociedad consideraba admisible y hasta aconsejable. Pero, por su parte, siempre había creído que la edad de la esposa no debía exceder jamás la del esposo. ¡Ay, demasiado frecuente era ver cómo diferencias tan anormales conducían a una vida desdichada! Sabía que yo no pasaba de los veintidós años, mientras quizá yo no estuviera enterado de que los años de mi Eugènie excedían muy considerablemente de esa cifra.

En todo lo que decía notábase una nobleza de alma, una candorosa dignidad que me deleitó y me encantó, cerrando para siempre tan dulces cadenas. Apenas pude contener el excesivo transporte que me dominaba.

—¡Querida, querida Eugènie! —dije—. ¿Qué dice usted? Tiene usted unos años más que yo. Y ¿qué importa eso? Las costumbres del mundo son otras tantas locuras convencionales. Para aquellos que se aman como nosotros, ¿qué diferencia hay entre un año y una hora? Dice usted que tengo veintidós años; de acuerdo, y hasta le diría que puede considerar que tengo veintitrés. En cuanto a usted, queridísima Eugènie, apenas puede tener usted... apenas puede tener unos... unos...

Detúveme un instante esperando que Madame Lalande me interrumpiera para decirme su edad. Pero una francesa rara vez se expresa directamente, y en vez de responder a una pregunta embarazosa usa siempre alguna forma que le es propia. En este caso, Eugènie, que parecía estar buscando algo que llevaba guardado en el seno, dejó caer una miniatura que recogí inmediatamente y le presenté.

—¡Guárdela! —me dijo con una de sus más adorables sonrisas—. Guárdela como mía, como de alguien a quien representa de manera demasiado halagadora. Por lo demás, en el reverso de esta miniatura hallará usted la información que desea. Está oscureciendo, pero podrá examinarla en detalle mañana por la mañana. Ahora me escoltará usted hasta casa. Mis amigos se disponen a celebrar allí una pequeña *levée* musical. Me atrevo a decirle que escuchará cantar muy bien. Y como los franceses no somos tan puntillosos como ustedes los norteamericanos, no tendré dificultad en presentarlo como a un antiguo conocido.

Y, con esto, se apoyó en mi brazo y volvimos a su casa. La mansión era muy hermosa y descuento que estaba finamente amueblada. No puedo pronunciarme sobre este último detalle, pues había anochecido cuando llegamos y en las casas más distinguidas de Norteamérica las luces se encienden raras veces a esa hora, la más placentera de la estación estival. Pero más tarde encendióse una sola lámpara con pantalla en el salón principal y pude ver que la estancia hallábase dispuesta con insólito buen gusto y hasta esplendor; las dos salas siguientes, donde había también grupos de invitados, permanecieron durante toda la velada en una agradable penumbra. He ahí una costumbre llena de encanto, pues da a los asistentes la elección entre la luz y la sombra, y que nuestros amigos de ultramar harían muy bien en seguir.

Aquella noche fue la más deliciosa de mi vida. Madame Lalande no había exagerado al aludir a la capacidad musical de sus amigos. El canto que escuché en esa ocasión me pareció superior al de cualquier otro círculo privado que hubiese escuchado anteriormente fuera de los de Viena. Los instrumentistas eran muchos y de gran talento. En cuanto a las cantantes —pues predominaban las damas—, revelaban un alto nivel artístico. Hacia el final, insistentemente solicitada por los auditores, Madame Lalande se levantó sin afectación y sin hacerse rogar de la chaise longue donde había estado sentada a mi lado, y en compañía de uno o dos caballeros y de su amiga de la ópera encaminóse hacia el piano situado en el salón. Hubiera querido acompañarla, pero comprendí que, dada la forma en que había sido presentado, convenía que me quedara discretamente en mi lugar. Me vi, pues, privado del placer de verla cantar, aunque no de escucharla.

La impresión que produjo en los presentes puede calificarse de eléctrica, pero en mí su efecto fue todavía más grande. No sé cómo describirlo. Nacía en parte del sentimiento amoroso que me poseía, pero, sobre todo, de la extraordinaria sensibilidad de la cantante. El arte es incapaz de comunicar a un aria o a un recitativo una expresión más apasionada de la que ella les infundía. Su versión de la romanza de Otello, el tono con que pronunció las palabras «Sul mio sasso», en Los Capuletos, resuena todavía en mi memoria. Su registro bajo era sencillamente milagroso. Su voz abarcaba tres octavas completas, extendiéndose desde el re de contralto hasta el re de soprano ligera; aunque suficientemente poderosa como para llenar la sala del San Carlos, la articulaba con la más minuciosa precisión, tanto en las escalas ascendentes como en las descendentes, las cadencias y florituras. En el final de La Sonámbula logró el más notable de los efectos en el pasaje donde se dice:

Ah!, non giunge uman pensiero
Al contento ond'io son piena.

Aquí, imitando a la Malibrán, modificó la melodía original de Bellini, dejando caer la voz hasta el sol tenor, y entonces, con una rápida transición, saltó al sol sobreagudo, a dos octavas de intervalo.

Terminados aquellos milagros de ejecución vocal, Madame Lalande volvió a la estancia donde me hallaba y se sentó nuevamente a mi lado, mientras yo le expresaba en términos entusiastas el deleite que me había causado su interpretación. No dije nada de mi sorpresa y, sin embargo, estaba muy sorprendido; pues cierta debilidad o mejor cierta trémula indecisión en la voz de mi amada cuando conversaba naturalmente, me había hecho suponer que, cantando, no se elevaría sobre un nivel ordinario de interpretación.

Nuestro diálogo volvióse entonces tan largo, profundo e ininterrumpido, como pleno de franqueza. Hízome narrar muchos episodios de mi vida y escuchó con ansiosa atención cada palabra que le decía. No oculté nada, pues no me creía con derecho para hacerlo, a su cariñosa confianza. Alentado por su candor sobre la delicada cuestión de la edad, no sólo detallé con toda franqueza muchos defectos menudos que me aquejaban, sino que confesé francamente todos esos defectos morales y aun físicos cuya revelación, al exigir un coraje muy grande, prueban categóricamente la fuerza del amor. Me referí a mis locuras de estudiante, mis extravagancias, las juergas de la juventud, mis deudas y mis galanteos. Llegué incluso a referirme a cierta tos hética que me había preocupado en un tiempo, a un reumatismo crónico, a una tendencia a la gota y, finalmente, a la desagradable y molestísima debilidad visual que hasta entonces ocultara cuidadosamente.

—Sobre este último punto —dijo riendo Madame Lalande— ha cometido usted una imprudencia al confesar, pues de no haberlo hecho doy por sentado que nadie hubiese podido acusarlo de tal defecto. Y ya que hablamos de esto —continuó, mientras me parecía, pese a la penumbra de la estancia, que el rubor ganaba sus mejillas—, ¿recuerda usted, mon cher ami, este pequeño auxiliar que cuelga de mi cuello?

Mientras hablaba hizo girar entre sus dedos el pequeño par de gemelos que tanto me habían trastornado en la ópera.

—¡Oh, cómo quiere usted que no lo recuerde! —exclamé, oprimiendo apasionadamente la delicada mano que me ofrecía el instrumento para que lo examinara.

Era un complicado y admirable juguete, ricamente revestido y afiligranado, resplandeciente de gemas que, a pesar de la falta de luz, daban prueba de su altísimo valor.

—Eh bien, mon ami! —continuó ella, con cierto empressement en su voz que me sorprendió un tanto—. Eh bien, mon ami, me ha pedido usted insistentemente un favor que, según sus amables palabras, considera inapreciable. Me ha pedido que nos casemos mañana... Si le doy mi consentimiento... que, añado, representa asimismo consentir a los requerimientos de mi corazón... ¿no tendré derecho a pedir, a mi vez, un pequeño favor?

—¡Pídalo usted! —exclamé con una energía que estuvo a punto de concentrar sobre nosotros la atención de los asistentes, mientras sólo la presencia de éstos me impedía arrojarme apasionadamente a los pies de mi amada—. ¡Pídalo, queridísima Eugènie, ahora mismo... aunque esté ya concedido antes de que haya usted dicho una sola palabra!

—Pues bien, mon ami, entonces vencerá usted, por esta Eugènie a quien ama, esa menuda debilidad que acaba de confesarme... esa debilidad antes moral que física, y que, permítame decírselo, no sienta a la nobleza de su verdadero carácter ni a la sinceridad de su temperamento; una debilidad que, de no ser dominada, habrá de crearle tarde o temprano muy penosas dificultades. Vencerá usted, por mí, esa afectación que lo induce (como usted mismo reconoce) a negar franca o tácitamente el defecto visual de que padece. A negarlo, sí, puesto que no quiere emplear los medios habituales para remediarlo. En una palabra, que deseo verle usar anteojos... ¡Sh...! ¡No me diga nada! Usted ha consentido ya en usarlos... por mí. Por eso aceptará ahora este juguete que tengo en la mano, y que, aunque admirable auxiliar de la visión, no puede considerarse —una joya demasiado valiosa. Advertirá usted que, mediante una ligera modificación, en esta forma... o así... puede adaptarse a los ojos como un par de anteojos comunes, o sirve para llevar en el bolsillo del chaleco como gemelos de teatro. Pero usted ha consentido, por mí, en llevarlos desde ahora en la primera de sus formas.

Este pedido —¿debo confesarlo?— me confundió profundamente. Pero la recompensa a la cual estaba unido no me permitía vacilar un solo momento.

—¡De acuerdo! —exclamé, con todo el entusiasmo de que era dueño—. ¡Acepto... acepto de todo corazón! Sacrifico cualquier sentimiento por usted. Esta noche llevaré estos gemelos sobre mi corazón... como gemelos; pero con las primeras luces de esa mañana que me proporcione la felicidad de llamarla mi esposa... habré de colocarlos sobre mi... sobre mi nariz... y usarlos desde entonces en la forma que usted lo desea, menos a la moda y menos romántica, cierto, pero mucho más útil para mí.

Nuestra conversación se encaminó entonces a los detalles concernientes al siguiente día. Me enteré por mi prometida que Talbot acababa de regresar a la ciudad. Debía ir a verlo inmediatamente y procurarme un coche. La soirée no terminaría antes de las dos, y a esa hora el coche estaría en la puerta; entonces, aprovechando la confusión ocasionada por la partida de los invitados, Madame Lalande podría subir al carruaje sin ser observada. Acudiríamos a casa de un pastor que estaría esperando para unirnos en matrimonio; luego de eso dejaríamos a Talbot en su casa y saldríamos para realizar una breve jira por el este, dejando a la sociedad local que hiciera los comentarios que se le ocurriera.

Una vez todo planeado, salí de la casa y me encaminé en busca de Talbot, pero en el camino no pude contenerme y entré en un hotel para examinar la miniatura. Los anteojos me ayudaron muchísimo para ver todos sus detalles y me permitieron descubrir un rostro de admirable belleza. ¡Ah, esos ojos tan grandes como luminosos, la altiva nariz griega, los rizos abundantes y negros...!

—¡Sí! —me dije, exultante—. ¡He aquí la imagen misma de mi adorada!

Y al examinar el reverso encontré estas palabras: «Eugènie Lalande, veintisiete años y siete meses».

Hallé a Talbot en su casa y le informé inmediatamente de mi buena fortuna. Pareció extraordinariamente sorprendido, como era natural, pero me felicitó muy cordialmente y me ofreció toda la ayuda que pudiera proporcionarme. En resumen, cumplimos el plan como había sido trazado y, a las dos de la mañana, diez minutos después de la ceremonia nupcial, me encontré en un carruaje cerrado en compañía de Madame Lalande... es decir de la señora Simpson, viajando a gran velocidad rumbo al noreste.

Puesto que deberíamos viajar toda la noche, Talbot nos había aconsejado que hiciéramos el primer alto en C..., pueblo a unas veinte millas de la ciudad, donde podríamos desayunar y descansar un rato antes de seguir viaje. A las cuatro, el coche se detuvo ante la puerta de la posada principal. Ayudé a salir a mi adorada esposa y ordené inmediatamente el desayuno. Entretanto fuimos conducidos a un saloncito y nos sentamos.

Amanecía ya y pronto sería la mañana. Mientras contemplaba arrobado al ángel que tenía junto a mí, se me ocurrió de golpe la singular idea de que era aquélla la primera vez, desde que conociera la celebrada belleza de Madame Lalande, que podía contemplar aquella hermosura a plena luz del día.

—Y ahora, mon ami —dijo ella, tomándome la mano e interrumpiendo mis reflexiones—, puesto que estamos indisolublemente unidos, puesto que he cedido a sus apasionados ruegos y cumplido mi parte de nuestro convenio... espero que no olvidará usted que también le queda por cumplir un pequeño favor, una promesa. ¡Ah, vamos! ¡Déjeme recordar! Pues sí, me acuerdo perfectamente de las palabras con las cuales hizo anoche una promesa a su Eugènie. Dijo usted así: «¡Acepto... acepto de todo corazón! Sacrifico cualquier sentimiento por usted. Esta noche llevaré estos gemelos sobre mi corazón... como gemelos; pero con las primeras luces de esa mañana que me proporcione la felicidad de llamarla mi esposa... habré de colocarlos sobre mi... sobre mi nariz... y usarlos desde entonces en la forma que usted lo desea, menos a la moda y menos romántica, cierto, pero mucho más útil para mí...» Tales fueron sus exactas palabras, ¿no es así, queridísimo esposo?

—Tales fueron, en efecto —repuse—, y veo que tiene usted una excelente memoria. Lejos de mí, querida Eugènie, faltar al cumplimiento de la insignificante promesa. Pues bien... ¡vea! ¡Contemple! Me quedan bien, ¿no es cierto?

Y luego de preparar los cristales en su forma ordinaria de anteojos, me los apliqué rápidamente, mientras Madame Simpson, ajustándose la toca y cruzándose de brazos, sentábase muy derecha en una silla, en una actitud tan rígida como estirada, que incluso cabía considerar indecorosa.

—¡Que el cielo me asista! —grité, en el instante mismo en que el puente de los anteojos se hubo posado en mi nariz—. ¡Dios mío! ¿Qué les ocurre a estos cristales?

Y, luego de quitármelos rápidamente, me puse a limpiarlos con un pañuelo de seda y me los ajusté otra vez.

Pero si en la primera ocasión había ocurrido algo capaz de sorprenderme, esta vez la sorpresa se transformó en estupefacción, y esta estupefacción era profunda, extrema... y bien puede calificarse de espantosa. En nombre de todo lo horrible, ¿qué significaba esto? ¿Podía creer a mis ójos... ? ¿Podía? Lo que estaba viendo ¿era... era colorete?

¿Y esas... esas arrugas en el rostro de Eugènie Lalande? Y... ¡oh, Júpiter y todos los dioses y diosas!, ¿qué había sido de... de... de sus dientes?

Arrojé violentamente al suelo los anteojos y, levantándome de un salto, enfrenté a Mrs. Simpson, los brazos en jarras, convulsa y espumante la boca que, al mismo tiempo, era incapaz de articular palabra por el espanto y la rabia.

Creo haber dicho ya que Madame Eugènie Lalande —quiero decir, Simpson— hablaba el inglés apenas algo mejor de como lo escribía y por esta razón jamás empleaba dicha lengua en las conversaciones usuales. Pero la cólera puede arrastrar muy lejos a una dama, y en esta ocasión llevó a Mrs. Simpson al punto de pretender expresarse en un idioma del cual no tenía la menor idea.

—Pues pien, monsieur —dijo, después de contemplarme con aparente asombro durante un momento—. ¡Pues pien, monsieur! ¿Qué basa? ¿Qué le ocurre? ¿Le ha dado el baile de San Vito? Si no le barezco pien, ¿bor qué se casó conmigo?

—¡Miserable! —bisbiseé—. ¡Vieja bruja...!

—¿Fieja? ¿Bruja? No tan fieja, desbués de todo... apenas ochenta y tos años.

—¡Ochenta y dos! —balbuceé, retrocediendo hasta la pared—. ¡Ochenta y dos mil mandriles! ¡La miniatura decía veintisiete años y siete meses!

—¡Y así es... así era! La miniatura fue bintada hace cincuenta y cinco años. Cuando me casé con mi segundo esboso, Monsieur Lalande, hice bintar ese retrato para la hija que había tenido con mi primer esboso, Monsieur Moissart.

—¡Moissart! —dije yo.

—Sí, Moissart —repitió, burlándose de mi pronunciación, que, a decir verdad, no era nada buena—. ¿Y qué? ¿Qué sabe usted de Moissart?

—¡Nada, vieja espantosa, absolutamente nada, aparte de que hay un antepasado mío que llevaba ese nombre!

—¡Ese nombre! ¿Y gué hay de malo en ese nombre? Es un egcelente nombre, lo mismo que Voissart, que tambіén es un egcelente nombre. Mi hija, Mademoiselle Moissart, se gasó con Monsieur Voissart, y los dos nombres son egcelentes nombres.

—¿Moissart? —exclamé—. ¿Y Voissart? ¿Qué quiere usted decir?

—¿Qué guiero decir? Guiero decir Moissart y Voissart, y si me da la gana diré también Croissart y Froissart. La hija de mi hija, Mademoiselle Voissart, se gasó con Monsieur Croissart, y luego la nieta de mi hija,

Mademoiselle Croissart, se gasó con Monsieur Froissart. ¡Y no dirá usdé que éste no es también un egcelente nombre!

—¡Froissart! —murmuré, empezando a desmayarme—. ¿No pretenderá usted decir... Moissart... y Voissart... y Croissart... y Froissart?

—Claro que lo digo —declaró aquel horror, repantigándose en su silla y estirando muchísimo las piernas—. Digo Moissart, Voissart, Croissart y Froissart. Pero Monsieur Froissart sí era lo que ustedes llaman estúbido... pues salió de la bella France para fenir a esta estúbida América... y cuando estuvo aquí nació su hijo que es todavía más estúbido, muchísimo más estúbido... según oigo decir, bues todavía no he tenido el placer de gonocerlo bersonalmente... ni yo ni mi amiga, Madame Stéphanie Lalande. Sé que se llama Napoleón Bonaparte Froissart... y supongo que ahora usdé dirá que tamboco ése es un egcelente y respetable nombre.

Fuera la extensión o la naturaleza de este discurso, el hecho es que pareció provocar una excitación asombrosa en Mrs. Simpson. Apenas lo hubo terminado con gran trabajo, saltó de su silla como si la hubiesen hechizado y al hacerlo dejó caer al suelo un enorme polisón. Ya de pie, hizo chasquear sus desnudas encías, agitó los brazos, mientras se arremangaba y sacudía el puño delante de mi cara, y terminó sus demostraciones arrancándose la toca, y con ella una inmensa peluca del más costoso y magnífico cabello negro, todo lo cual arrojó al suelo con un alarido y se puso a pisotear y a patear en un verdadero fandango de arrebato y de enloquecida rabia.

Entretanto yo me había desplomado en el colmo del horror en la silla vacía.

—¡Moissart y Voissart! —repetía enmimismado, mientras asistía a las cabriolas y piruetas—. ¡Croissart y Froissart! ¡Moissart, Voissart, Croissart... y Napoleón Bonaparte Froissart! Pero, entonces, inefable serpiente... ¡Pero si se trata de mí! ¡De mí! ¿Oye usted? ¡De mí...! —continué, vociferando con todas mis fuerzas—. ¡Yo soy Napoleón Bonaparte Froissart, y que me confunda por toda la eternidad si no acabo de casarme con mi tatarabuela!

En efecto, Madame Eugènie Lalande, quasi Simpson y anteriormente Moissart, era mi tatarabuela. Había sido hermosísima en su juventud, y todavía ahora, a los ochenta y dos años, conservaba la estatura majestuosa, la escultural cabeza, los hermosos ojos y la nariz griega de su doncellez. Con ayuda de ello, polvos de arroz, carmín, peluca, dentadura postiza, falsa tournure y las más hábiles modistas de París, lograba mantener una respetable posición entre las bellezas un peu *passées* de la metrópoli francesa. En ese sentido, merecía ciertamente compararse a la celebérrima Ninon de l'Enclos.

Era inmensamente rica, y al quedar viuda por segunda vez, y sin hijos, recordó que yo vivía en Norteamérica, y dispuesta a convertirme en su heredero se encaminó a los Estados Unidos acompañada de una parienta lejana de su segundo esposo, llamada Stéphanie Lalande.

En la ópera, la atención de mi tatarabuela se vio reclamada por mi insistente escrutinio de su persona; cuando a su vez me examinó con ayuda de los gemelos parecióle notar en mí un aire de familia. Muy interesada y no ignorando que el heredero que buscaba vivía en la ciudad, quiso saber algo acerca de mi persona. El caballero que la acompañaba me conocía y le dijo quién era. Sus palabras renovaron su interés y la indujeron a repetir su escrutinio, fue este gesto el que me dio la audacia suficiente para conducirme en la forma imprudente que he narrado. Cuando me devolvió el saludo, lo hizo pensando que, por alguna rara coincidencia, yo había descubierto su identidad. Y cuando, engañado por mi miopía y las artes de tocador sobre la edad y los encantos de la extraña dama, pregunté con tanto entusiasmo a Talbot quién era, mi amigo supuso que me refería a la belleza más joven, como es natural, y me contestó sin faltar a la verdad, que era «la célebre viuda, Madame Lalande».

A la mañana siguiente, mi tatarabuela se encontró en la calle con Talbot, a quien conocía desde hacía mucho en París, y, como es natural, la conversación versó sobre mí. Aclaróse entonces la cuestión de mi defecto visual, pues era bien conocido aunque yo no estuviera enterado de ello. Para su gran pesar, mi excelente tatarabuela se dio cuenta de que se había engañado al suponerme enterado de su identidad, y que, en cambio, había estado poniéndome en ridículo al expresar públicamente mi amor por una anciana desconocida.

Dispuesta a castigarme por mi imprudencia, urdió un plan en connivencia con Talbot. Decidieron que éste se marcharía, a fin de no verse obligado a presentarme. Mis averiguaciones en la calle sobre «la hermosa viuda Madame Lalande», eran tomadas por todos como referentes a la dama más joven; así, la conversación con los tres amigos a quienes encontrara poco después de salir de casa de Talbot se explica fácilmente, lo mismo que sus alusiones a Ninon de l'Enclos. Nunca tuve oportunidad de ver en pleno día a Madame Lalande, y en el curso de su soirée musical, mi tonta resistencia a usar anteojos me impidió descubrir su verdadera edad. Cuando se pidió a «Madame Lalande» que cantara, todos se referían a la más joven, y fue ésta quien acudió al salón, pero mi tatarabuela, dispuesta a confundirme cada vez más, se levantó igualmente y acompañó a la joven hasta el piano. Si hubiese querido ir con ella, estaba pronta a decirme que las conveniencias exigían que me quedara donde estaba; pero mi propia y prudente conducta hizo innecesario esto último. Las canciones que tanto admiré, y que me confirmaron en la idea de la juventud de mi amada, fueron cantadas por Madame Stéphanie Lalande. En cuanto a los anteojos, me fueron entregados como complemento del engaño, como un aguijón en el epigrama de la burla. El obsequio dio además oportunidad para aquel sermón sobre mi presuntuosidad, que escuché tan religiosamente. Es casi superfluo añadir que los lentes del instrumento habían sido expresamente cambiados por otros que se adaptaban a mi miopía. Y por cierto que me iban estupendamente.

El sacerdote que nos había unido en matrimonio era un amigo de diversiones de Talbot y no tenía nada de sacerdotal. Su especialidad eran los caballos y, después de permutar la sotana por un levitón, se encargó de guiar el carruaje que llevaba a «la feliz pareja» en su viaje de bodas. Talbot se había instalado junto a él. Los dos miserables estaban metidos hasta el fondo en aquella burla y, por una rendija de la ventana del saloncito de la posada, divirtiéronse la mar presenciando el dénouement del drama. Me temo que tendré que desafiarlos a ambos.

De todas maneras, no soy el marido de mi tatarabuela, cosa que me produce un inmenso alivio con sólo pensarlo; pero, en cambio, soy el marido de Madame Lalande... de Madame Stéphanie Lalande, con la cual mi excelente y anciana parienta se ha tomado el trabajo de unirme para siempre, aparte de declararme su heredero universal cuando muera (si es que muere alguna vez). En resumen: jamás volveré a tener nada que ver con billets doux, y dondequiera que se me encuentre, andaré con anteojos.

LA INCOMPARABLE AVENTURA DE UN TAL HANS PFAALL

Con el corazón lleno de furiosas fantasías
De las que soy el amo
Con una lanza ardiente y un caballo de aire,
Errando voy por el desierto.
(La canción de Tomás el loco)

Según los informes que llegan de Rotterdam, esta ciudad parece hallarse en alto grado de excitación intelectual. Han ocurrido allí fenómenos tan inesperados, tan novedosos, tan diferentes de las opiniones ordinarias, que no cabe duda de que a esta altura toda Europa debe estar revolucionada, la física conmovida, y la razón y la astronomía dándose de puñadas.

Parece ser que el día... de... (ignoro la fecha exacta), una vasta multitud se había reunido, por razones que no se mencionan, en la gran plaza de la Bolsa de la muy ordenada ciudad de Rotterdam. La temperatura era excesivamente tibia para la estación y apenas se movía una hoja; la multitud no perdía su buen humor por el hecho de recibir algún amistoso chaparrón de cuando en cuando, proveniente de las enormes nubes blancas profusamente suspendidas en la bóveda azul del firmamento. Hacia mediodía, sin embargo, se advirtió una notable agitación entre los presentes; restalló el parloteo de diez mil lenguas; un segundo más tarde, diez mil caras estaban vueltas hacia el cielo, diez mil pipas caían simultáneamente de la comisura de diez mil bocas, y un grito sólo comparable al rugido del Niágara resonaba larga, poderosa y furiosamente a través de la ciudad y los alrededores de Rotterdam.

No tardó en descubrirse la razón de este alboroto. Por detrás de la enorme masa de una de las nubes perfectamente delineadas que ya hemos mencionado, viose surgir con toda claridad, en un espacio abierto de cielo azul, una sustancia extraña, heterogénea pero aparentemente sólida, de forma tan singular, de composición tan caprichosa, que escapaba por completo a la comprensión, aunque no a la admiración de la muchedumbre de robustos burgueses que desde abajo la contemplaban boquiabiertos. ¿Qué podía ser? En nombre de todos los diablos de Rotterdam, ¿qué pronosticaba aquella aparición? Nadie lo sabía; nadie podía imaginarlo; nadie, ni siquiera el burgomaestre, Mynheer Superbus Von Underduk, tenía la menor clave para desenredar el misterio. Así, pues, ya que no cabía hacer nada más razonable, todos ellos volvieron a colocarse cuidadosamente la pipa a un lado de la boca y, mientras mantenían los ojos fijamente clavados en el fenómeno, fumaron, descansaron, se contonearon como ánades, gruñendo significativamente, y luego volvieron a contonearse, gruñeron, descansaron y, finalmente... fumaron otra vez.

Entretanto el objeto de tanta curiosidad y tanto humo descendía más y más hacia aquella excelente ciudad. Pocos minutos después se encontraba lo bastante próximo para que se lo distinguiera claramente. Parecía ser... ¡Sí, indudablemente era una especie de globo! Pero un globo como jamás se había visto antes en Rotterdam. Pues, permítaseme preguntar, ¿se ha visto alguna vez un globo íntegramente fabricado con periódicos sucios? No en Holanda, por cierto; y, sin embargo, bajo las mismísimas narices del pueblo —o, mejor dicho, a cierta distancia sobre sus narices— veíase el globo en cuestión, como lo sé por los mejores testimonios, compuesto del aludido material que a nadie se le hubiera ocurrido jamás para semejante propósito. Aquello constituía un egregio insulto al buen sentido de los burgueses de Rotterdam.

Con respecto a la forma del raro fenómeno, todavía era más reprensible, pues consistía nada menos que en un enorme gorro de cascabeles al revés. Y esta similitud se vio notablemente aumentada cuando, al observarlo más de cerca, la muchedumbre descubrió una gran borla o campanilla colgando de su punta y, en el borde superior o base del cono, un círculo de pequeños instrumentos que semejaban cascabeles y que tintineaban continuamente haciendo oír la tonada de Betty Martin. Pero aún había algo peor. Colgando de cintas azules en la extremidad de esta fantástica máquina, veíase, a modo de navecilla, un enorme sombrero de castor parduzco, de ala extraordinariamente ancha y de copa hemisférica, con cinta negra y hebilla de plata. No deja de ser notable que muchos ciudadanos de Rotterdam juraran haber visto con anterioridad dicho sombrero, y que la entera muchedumbre pareciera contemplarlo familiarmente, mientras la señora Grettel Pfaall, al distinguirlo, profería una exclamación de jubilosa sorpresa, declarando que el sombrero era idéntico al de su honrado marido en persona.

Ahora bien, esta circunstancia merecía tenerse en cuenta, pues Pfaall, en unión de tres camaradas, había desaparecido de Rotterdam cinco años atrás de manera tan súbita como inexplicable, y hasta la fecha de esta narración todas las tentativas por encontrarlos habían fracasado. Es verdad que se descubrieron algunos huesos que parecían humanos, mezclados con un montón de restos de raro aspecto, en un lugar muy retirado al este de la ciudad; y algunos llegaron al punto de imaginar que en aquel sitio había tenido lugar un horrible asesinato, del que Hans Pfaall y sus amigos habían sido seguramente las víctimas. Pero no nos alejemos de nuestro tema.

El globo (pues ya no cabía duda de que lo era) hallábase a unos cien pies del suelo, permitiendo a la muchedumbre contemplar con bastante detalle la persona de su ocupante. Por cierto que se trataba de un ser sumamente singular. No debía de tener más de dos pies de estatura, pero, aun siendo tan pequeño, no hubiera podido mantenerse en equilibrio en una navecilla tan precaria, de no ser por un aro que le llegaba a la altura del pecho y se hallaba sujeto al cordaje del globo. El cuerpo del hombrecillo era excesivamente ancho, dando a toda su persona un aire de redondez singularmente absurdo. Sus pies, claro está, resultaban invisibles. Las manos eran enormemente anchas. Tenía cabello gris, recogido atrás en una coleta. La nariz era prodigiosamente larga, ganchuda y rubicunda; los ojos, grandes, brillantes y agudos; aunque arrugados por la edad, el mentón y las mejillas eran generosos, gordezuelos y dobles, pero en ninguna parte de su cabeza se alcanzaba a descubrir la menor señal de orejas. Este extraño y diminuto caballero vestía un amplio capote de raso celeste y calzones muy ajustados haciendo juego, sujetos con hebillas de plata en las rodillas. Su chaqueta era de un tejido amarillo brillante; un gorro de tafetán blanco le caía garbosamente a un lado de la cabeza. Y, para completar su atavío, un pañuelo rojo sangre envolvía su garganta, volcándose sobre el pecho en un elegante lazo de extraordinarias dimensiones.

Habiendo bajado, como ya dije, a unos cien pies del suelo, el anciano y menudo caballero se vio acometido por un intenso temblor, y no pareció nada dispuesto a continuar su descenso a terra firma. Arrojando con gran dificultad una cantidad de arena contenida en una bolsa de tela que extrajo penosamente, logró mantener estacionario el globo. Procedió entonces, con gran agitación y prisa, a extraer de un bolsillo de su capote una respetable cartera de tafilete. La sopesó con desconfianza, mientras la miraba lleno de sorpresa, pues su peso parecía dejarlo estupefacto. Finalmente la abrió y, sacando de ella una enorme carta atada con una cinta roja, que ostentaba un sello de cera del mismo color, la dejó caer exactamente a los pies del burgomaestre, Mynheer Superbus Von Underduk.

Su Excelencia se inclinó para recogerla. Pero el aeronauta, siempre muy agitado y sin que nada más lo detuviera por lo visto en Rotterdam, procedió a efectuar activamente los preparativos de partida, y, como para ello era necesario soltar parte del lastre a fin de ganar altura, dejó caer media docena de sacos de arena sin preocuparse de vaciar su contenido, y todos ellos cayeron infortunadamente sobre las espaldas del burgomaestre, arrojándolo al suelo no menos de media docena de veces, a la vista de todos los habitantes de Rotterdam. No debe suponerse, empero, que el gran Underduk dejó pasar impunemente esta impertinencia del diminuto caballero. Se afirma, por el contrario, que en el curso de su media docena de caídas, emitió no menos de media docena de furiosas bocanadas de humo de la pipa, a la cual se mantuvo aferrado con todas sus fuerzas y a la cual está dispuesto a seguir aferrado (Dios mediante) hasta el día de su fallecimiento.

En el ínterin el globo remontó como una alondra y, alejándose sobre la ciudad, terminó por perderse serenamente detrás de una nube similar a aquella de la cual había emergido tan divinamente, borrándose para las miradas de los buenos ciudadanos de Rotterdam. La atención se concentró, por lo tanto, en la carta, cuyo descenso y consecuencias habían resultado tan subversivas para la persona y la dignidad de su excelencia Von Underduk. Este funcionario no había descuidado en medio de sus movimientos giratorios la importante tarea de apoderarse de la carta, la cual, luego de atenta inspección, resultó haber caído en las manos más apropiadas, por cuanto hallábase dirigida al mismo burgomaestre y al profesor Rubadub, en sus calidades oficiales de presidente y vicepresidente del Colegio de Astronomía de Rotterdam. Los susodichos dignatarios no tardaron en abrirla y hallaron que contenía la siguiente extraordinaria e importantísima comunicación:

A sus Excelencias Von Underduk y Rubadub, Presidente y Vicepresidente del Colegio de Astrónomos del Estado, en la ciudad de Rotterdam.

Vuestras Excelencias han de acordarse quizá de un humilde artesano llamado Hans Pfaall, de profesión remendón de fuelles, quien, junto con otras tres personas, desapareció de Rotterdam hace aproximadamente cinco años, de una manera que debió considerarse entonces como inexplicable. Empero, si place a vuestras Excelencias, yo, autor de esta comunicación, soy el aludido Hans Pfaall en persona. Mis conciudadanos saben bien que durante cuarenta años residí en la pequeña casa de ladrillos emplazada al comienzo de la callejuela denominada Sauerkraut, donde vivía en la época de mi desaparición. Mis antepasados residieron igualmente en ella durante tiempos inmemoriales, siguiendo como yo la respetable y por cierto lucrativa profesión de remendón de fuelles; pues, a decir verdad, hasta estos últimos años, en que las gentes han perdido la cabeza con la política, ningún honesto ciudadano de Rotterdam podía desear o merecer un oficio mejor que el mío. El crédito era amplio, jamás faltaba trabajo y no había carencia ni de dinero ni de buena voluntad. Pero, como estaba diciendo, no tardamos en sentir los efectos de la libertad, los grandes discursos, el radicalismo y demás cosas por el estilo. Personas que habían sido los mejores clientes del mundo ya no tenían un momento libre para pensar en nosotros. Todo su tiempo se les iba en lecturas acerca de las revoluciones, para mantenerse al día en las cuestiones intelectuales y el espíritu de la época. Si había que avivar un fuego, bastaba un periódico viejo para apantallarlo, y, a medida que el gobierno se iba debilitando, no dudo de que el cuero y el hierro adquirían durabilidad proporcional, pues en poco tiempo no hubo en todo Rotterdam un par de fuelles que necesitaran una costura o los servicios de un martillo.

Imposible soportar semejante estado de cosas. No tardé en verme pobre como una rata; como tenía mujer e hijos que alimentar, mis cargas se hicieron intolerables, y pasaba hora tras hora reflexionando sobre el método más conveniente para quitarme la vida. Los acreedores, entretanto, me dejaban poco tiempo de ocio. Mi casa estaba literalmente asediada de la mañana a la noche. Tres de ellos, en particular, me fastidiaban insoportablemente, montando guardia ante mi puerta y amenazándome con la justicia. Juré que de los tres me vengaría de la manera más terrible, si alguna vez tenía la suerte de que cayeran en mis manos; y creo que tan sólo el placer que me daba pensar en mi venganza me impidió llevar a la práctica mi plan de suicidio y hacerme saltar la tapa de los sesos con un trabuco. Me pareció que lo mejor era disimular mi cólera y engañar a los tres acreedores con promesas y bellas palabras, hasta que un vuelco del destino me diera oportunidad de cumplir mi venganza.

Un día, después de escaparme sin ser visto por ellos, y sintiéndome más abatido que de costumbre, pasé largo tiempo errando por sombrías callejuelas, sin objeto alguno, hasta que la casualidad me hizo tropezar con el puesto de un librero. Viendo una silla destinada a uso de los clientes, me dejé caer en ella y, sin saber por qué, abrí el primer volumen que se hallaba al alcance de mi mano. Resultó ser un folleto que contenía un breve tratado de astronomía especulativa, escrito por el profesor Encke, de Berlín, o por un francés de nombre parecido. Tenía yo algunas nociones superficiales sobre el tema y me fui absorbiendo más y más en el contenido del libro, leyéndolo dos veces seguidas antes de darme cuenta de lo que sucedía en torno de mí. Como empezaba a oscurecer, encaminé mis pasos a casa. Pero el tratado (unido a un descubrimiento de neumática que un primo mío de Nantes me había comunicado recientemente con gran secreto) había producido en mí una impresión indeleble y, a medida que recorría las oscuras calles, daban vueltas en mi memoria los extraños y a veces incomprensibles razonamientos del autor.

Algunos pasajes habían impresionado extraordinariamente mi imaginación. Cuanto más meditaba, más intenso se hacía el interés que habían despertado en mí. Lo limitado de mi educación en general, y más especialmente de los temas vinculados con la filosofía natural, lejos de hacerme desconfiar de mi capacidad para comprender lo que había leído, o inducirme a poner en duda las vagas nociones que había extraído de mi lectura, sirvió tan sólo de nuevo estímulo a la imaginación, y fui lo bastante vano, o quizá lo bastante razonable para preguntarme si aquellas torpes ideas, propias de una mente mal regulada, no poseerían en realidad la fuerza, la realidad y todas las propiedades inherentes al instinto o a la intuición.

Era ya tarde cuando llegué a casa, y me acosté en seguida. Mi mente, sin embargo, estaba demasiado excitada para poder dormir, y pasé toda la noche sumido en meditaciones. Levantándome muy temprano al otro día, volví al puesto del librero y gasté el poco dinero que tenía en la compra de algunos volúmenes sobre mecánica y astronomía práctica. Una vez que hube regresado felizmente a casa con ellos, consagré todos mis momentos libres a su estudio y pronto hice progresos tales en dichas ciencias, que me parecieron suficientes para llevar a la práctica cierto designio que el diablo o mi genio protector me habían inspirado.

A lo largo de este período me esforcé todo lo posible con conciliarme la benevolencia de los tres acreedores que tantos disgustos me habían dado. Lo conseguí finalmente, en parte con la venta de mis muebles, que sirvió para cubrir la mitad de mi deuda, y, en parte, con la promesa de pagar el saldo apenas se realizara un proyecto que, según les dije, tenía en vista, y para el cual solicitaba su ayuda. Como se trataba de hombres ignorantes, no me costó mucho conseguir que se unieran a mis propósitos.

Así dispuesto todo, logré, con ayuda de mi mujer y actuando con el mayor secreto y precaución, vender todos los bienes que me quedaban, y pedir prestadas pequeñas sumas, con diversos pretextos y sin preocuparme (lo confieso avergonzado) por la forma en que las devolvería; pude reunir así una cantidad bastante considerable de dinero en efectivo. Comencé entonces a comprar, de tiempo en tiempo, piezas de una excelente batista, de doce yardas cada una, hilo de bramante, barniz de caucho, un canasto de mimbre grande y profundo, hecho a medida, y varios otros artículos requeridos para la construcción y aparejamiento de un globo de extraordinarias dimensiones. Di instrucciones a mi mujer para que lo confeccionara lo antes posible, explicándole la forma en que debía proceder. Entretanto tejí el bramante hasta formar una red de dimensiones suficientes, le agregué un aro y el cordaje necesario, y adquirí numerosos instrumentos y materiales para hacer experimentos en las regiones más altas de la atmósfera. Me las arreglé luego para llevar de noche, a un lugar distante al este de Rotterdam, cinco cascos forrados de hierro, con capacidad para unos cincuenta galones cada uno, y otro aún más grande, seis tubos de estaño de tres pulgadas de diámetro y diez pies de largo, de forma especial; una cantidad de cierta sustancia metálica, o semimetálica, que no nombraré, y una docena de damajuanas de un ácido sumamente común. El gas producido por estas sustancias no ha sido logrado por nadie más que yo, o, por lo menos, no ha sido nunca aplicado a propósitos similares. Sólo puedo decir aquí que es uno de los constituyentes del ázoe, tanto tiempo considerado como irreductible, y que tiene una densidad 37,4 veces menor que la del hidrógeno. Es insípido, pero no inodoro; en estado puro arde con una llama verdosa, y su efecto es instantáneamente letal para la vida animal. No tendría inconvenientes en revelar este secreto si no fuera que pertenece (como ya he insinuado) a un habitante de Nantes, en Francia, que me lo comunicó reservadamente. La misma persona, por completo ajena a mis intenciones, me dio a conocer un método para fabricar globos mediante la membrana de cierto animal, que no deja pasar la menor partícula del gas encerrado en ella. Descubrí, sin embargo, que dicho tejido resultaría sumamente caro, y llegué a creer que la batista, con una capa de barniz de caucho, serviría tan bien como aquél. Menciono esta circunstancia porque me parece probable que la persona en cuestión intente un vuelo en un globo equipado con el nuevo gas y el aludido material, y no quiero privarlo del honor de su muy singular invención.

Me ocupé secretamente de cavar agujeros en las partes donde pensaba colocar cada uno de los cascos más pequeños durante la inflación del globo; los agujeros constituían un círculo de veinticinco pies de diámetro. En el centro, lugar destinado al casco más grande, cavé asimismo otro pozo. En cada uno de los agujeros menores deposité un bote que contenía cincuenta libras de pólvora de cañón, y en el más grande un barril de ciento cincuenta libras. Conecté debidamente los botes y el barril con ayuda de contactos, y, luego de colocar en uno de los botes el extremo de una mecha de unos cuatro pies de largo, rellené el agujero y puse el casco encima, cuidando que el otro extremo de la mecha sobresaliera apenas una pulgada del suelo y resultara casi invisible detrás del casco. Rellené luego los restantes agujeros y sobre cada uno coloqué los barriles correspondientes.

Fuera de los artículos enumerados, llevé secretamente al depósito uno de los aparatos perfeccionados de Grimm, para la condensación del aire atmosférico. Descubrí, sin embargo, que esta máquina requería diversas transformaciones antes de que se adaptara a las finalidades a que pensaba destinarla. Pero, con mucho trabajo e inflexible perseverancia, logré finalmente completar felizmente todos mis preparativos. Muy pronto el globo estuvo terminado. Contendría más de cuarenta mil pies cúbicos de gas y podría remontarse fácilmente con todos mis implementos, y, si maniobraba hábilmente, con ciento setenta y cinco libras de lastre. Le había aplicado tres capas de barniz, encontrando que la batista tenía todas las cualidades de la seda, siendo tan resistente como ésta y mucho menos cara.

Una vez todo listo, logré que mi mujer jurara guardar el secreto de todas mis acciones desde el día en que había visitado por primera vez el puesto de libros. Prometiéndole volver tan pronto como las circunstancias lo permitieran, le di el poco dinero que me había quedado y me despedí de ella. No me preocupaba su suerte, pues era lo que la gente califica de mujer fuera de lo común, capaz de arreglárselas en el mundo sin mi ayuda. Creo, además, que siempre me consideró como un holgazán, como un simple complemento, sólo capaz de fabricar castillos en el aire, y que no dejaba de alegrarla verse libre de mí. Era noche oscura cuando le dije adiós, y, llevando conmigo, como aides de camp, a los tres acreedores que tanto me habían hecho sufrir, transportamos el globo, con la barquilla y los aparejos, al depósito de que he hablado, eligiendo para ello un camino retirado. Encontramos todo perfectamente dispuesto y, de inmediato, me puse a trabajar.

Era el primero de abril. La noche, como he dicho, estaba oscura; no se veía una sola estrella y una llovizna que caía a intervalos nos molestaba muchísimo. Pero lo que más ansiedad me inspiraba era el globo, el cual, a pesar de su espesa capa de barniz, comenzaba a pesar demasiado a causa de la humedad; podía ocurrir asimismo que la pólvora se estropeara. Estimulé, pues, a mis tres acreedores para que trabajaran diligentemente, ocupándolos en amontonar hielo en torno al casco central y en remover el ácido contenido en los otros. No cesaban de importunarme con preguntas sobre lo que pensaba hacer con todos aquellos aparatos y se mostraban sumamente disgustados por el extenuante trabajo a que los sometía. No alcanzaban a darse cuenta, según afirmaban, de las ventajas resultantes de calarse hasta los huesos nada más que para tomar parte en aquellos horribles conjuros. Empecé a intranquilizarme y seguí trabajando con todas mis fuerzas, porque creo verdaderamente que aquellos imbéciles estaban convencidos de que había pactado con el diablo, y que lo que estaba haciendo no tenía nada de bueno. Y mucho temía por eso que me abandonaran. Pude convencerlos, sin embargo, mediante promesas de pago completo, tan pronto hubiera dado término al asunto que tenía entre manos. Como es natural, interpretaron a su modo mis palabras, imaginándose, sin duda, que de todas maneras yo terminaría por obtener una gran cantidad de dinero en efectivo, y con tal de que les pagara lo que les debía, más una pequeña cantidad suplementaria por los servicios prestados, estoy seguro de que poco se preocupaban de cuanto ocurriera luego a mi alma o a mi cuerpo.

Después de cuatro horas y media consideré que el globo estaba suficientemente inflado. Até entonces la barquilla, instalando en ella todos mis instrumentos: un telescopio, un barómetro con importantes modificaciones, un termómetro, un electrómetro, una brújula, un compás, un cronómetro, una campana, una bocina, etc.; como también un globo de cristal, cuidadosamente obturado, y el aparato condensador; algo de cal viva, una barra de cera para sellos, una gran cantidad de agua y muchas provisiones, tales como pemmican, que posee mucho valor nutritivo en poco volumen. Metí asimismo en la barquilla una pareja de palomas y un gato.

Se acercaba el amanecer y consideré que había llegado el momento de partir. Dejando caer un cigarro encendido como por casualidad, aproveché el momento de agacharme a recogerlo para encender secretamente el trozo de mecha que, como ya he dicho, sobresalía ligeramente del borde inferior de uno de los cascos menores. La maniobra no fue advertida por ninguno de los tres acreedores; entonces, saltando a la barquilla, corté la única soga que me ataba a la tierra y tuve el gusto de ver que el globo remontaba vuelo con extraordinaria rapidez, arrastrando sin el menor esfuerzo ciento setenta y cinco libras de lastre, del cual habría podido llevar mucho más. En el momento de abandonar la tierra el barómetro marcaba treinta pulgadas y el termómetro centígrado acusaba diecinueve grados.

Apenas había alcanzado una altura de cincuenta yardas cuando, rugiendo y serpenteando tras de mí de la manera más horrorosa, se alzó un huracán de fuego, cascajo, maderas ardiendo, metal incandescente y miembros humanos destrozados que me llenó de espanto y me hizo caer en el fondo de la barquilla, temblando de terror. Me daba cuenta de que había exagerado la carga de la mina y que todavía me faltaba sufrir las consecuencias mayores de su voladura. En efecto, menos de un segundo después sentí que toda la sangre del cuerpo se me acumulaba en las sienes, y en ese momento una conmoción que jamás olvidaré reventó en la noche y pareció rajar de lado a lado el firmamento. Cuando más tarde tuve tiempo para reflexionar no dejé de atribuir la extremada violencia de la explosión, por lo que a mí respecta, a su verdadera causa, o sea, a hallarme situado inmediatamente encima de donde se había producido, en la línea de su máxima fuerza. Pero en aquel momento sólo pensé en salvar la vida. El globo empezó por caer, luego se dilató furiosamente y se puso a girar como un torbellino con vertiginosa rapidez, y finalmente, balanceándose y sacudiéndose como un borracho, me lanzó por encima del borde de la barquilla y me dejó colgando, a una espantosa altura, cabeza abajo y con el rostro mirando hacia afuera, suspendido de una fina cuerda que accidentalmente colgaba de un agujero cerca del fondo de la barquilla de mimbre, y en el cual, al caer, mi pie izquierdo quedó enganchado de la manera más providencial.

Sería imposible, completamente imposible, formarse una idea adecuada del horror de mi situación. Traté de respirar, jadeando, mientras un estremecimiento comparable al de un acceso de calentura recorría mi cuerpo. Sentí que los ojos se me salían de las órbitas, una náusea horrorosa me envolvió, y acabé por perder completamente el sentido.

No podría decir cuánto tiempo permanecí en este estado. Debió de ser mucho, sin embargo, pues cuando recobré parcialmente el sentimiento de la existencia advertí que estaba amaneciendo y que el globo volaba a prodigiosa altura sobre un océano absolutamente desierto, sin la menor señal de tierra en cualquiera de los límites del vasto horizonte. Empero, mis sensaciones al volver del desmayo no eran tan angustiosas como cabía suponer. Había mucho de locura en el tranquilo examen que me puse a hacer de mi situación. Levanté las manos a la altura de los ojos, preguntándome asombrado cuál podía ser la causa de que tuviera tan hinchadas las venas y tan horriblemente negras las uñas. Examiné luego cuidadosamente mi cabeza, sacudiéndola repetidas veces, hasta que me convencí de que no la tenía del tamaño del globo como había sospechado por un momento. Tanteé después los bolsillos de mis calzones y, al notar que me faltaban unas tabletas y un palillero, traté de explicarme su desaparición, y al no conseguirlo me sentí inexpresablemente preocupado. Me pareció notar entonces una gran molestia en el tobillo izquierdo y una vaga conciencia de mi situación comenzó a dibujarse en mi mente. Pero, por extraño que parezca, no me asombré ni me horroricé. Si alguna emoción sentí fue una traviesa satisfacción ante la astucia que iba a desplegar para librarme de aquella posición en que me hallaba, y en ningún momento puse en duda que lo lograría sin inconvenientes.

Pasé varios minutos sumido en profunda meditación. Me acuerdo muy bien de que apretaba los labios, apoyaba un dedo en la nariz y hacía todas las gesticulaciones propias de los hombres que, cómodamente instalados en sus sillones, reflexionan sobre cuestiones importantes e intrincadas. Luego de haber concentrado suficientemente mis ideas, procedí con gran cuidado y atención a ponerme las manos a la espalda y a soltar la gran hebilla de hierro del cinturón de mis pantalones. Dicha hebilla tenía tres dientes que, por hallarse herrumbrados, giraban dificultosamente en su eje. Después de bastante trabajo conseguí colocarlos en ángulo recto con el plano de la hebilla y noté satisfecho que permanecían firmes en esa posición. Teniendo entre los dientes dicho instrumento, me puse a desatar el nudo de mi corbata. Debí descansar varias veces antes de conseguirlo, pero finalmente lo logré. Até entonces la hebilla a una de las puntas de la corbata y me sujeté el otro extremo a la cintura para más seguridad. Enderezándome luego con un prodigioso despliegue de energía muscular, logré en la primera tentativa lanzar la hebilla de manera que cayese en la barquilla; tal como lo había anticipado, se enganchó en el borde circular de la cesta de mimbre.

Mi cuerpo se encontraba ahora inclinado hacia el lado de la barquilla en un ángulo de unos cuarenta y cinco grados, pero no debe entenderse por esto que me hallara sólo a cuarenta y cinco grados por debajo de la vertical. Lejos de ello, seguía casi paralelo al plano del horizonte, pues mi cambio de posición había determinado que la barquilla se desplazara a su vez hacia afuera, creándome una situación extremadamente peligrosa. Debe tenerse en cuenta, sin embargo, que si al caer hubiera quedado con la cara vuelta hacia el globo y no hacia afuera como estaba, o bien si la cuerda de la cual me hallaba suspendido hubiese colgado del borde superior de la barquilla y no de un agujero cerca del fondo, en cualquiera de los dos casos me hubiera sido imposible llevar a cabo lo que acababa de hacer, y las revelaciones que siguen se hubieran perdido para la posteridad. Razones no me faltaban, pues, para sentirme agradecido, aunque, a decir verdad, estaba aún demasiado aturdido para sentir gran cosa, y seguí colgado durante un cuarto de hora, por lo menos, de aquella extraordinaria manera, sin hacer ningún nuevo esfuerzo y en un tranquilo estado de estúpido goce. Pero esto no tardó en cesar y se vio reemplazado por el horror, la angustia y la sensación de total abandono y desastre. Lo que ocurría era que la sangre acumulada en los vasos de mi cabeza y garganta, que hasta entonces me había exaltado delirantemente, empezaba a retirarse a sus canales naturales, y que la lucidez que ahora se agregaba a mi conciencia del peligro sólo servía para privarme de la entereza y el coraje necesarios para enfrentarlo. Por suerte, esta debilidad no duró mucho. El espíritu de la desesperación acudió a tiempo para rescatarme, y mientras gritaba y luchaba como un desesperado me enderecé convulsivamente hasta alcanzar con una mano el tan ansiado borde y, aferrándome a él con todas mis fuerzas, conseguí pasar mi cuerpo por encima y caer de cabeza y temblando en la barquilla.

Pasó algún tiempo antes de que me recobrara lo suficiente para ocuparme del manejo del globo. Después de examinarlo atentamente, descubrí con gran alivio que no había sufrido el menor daño. Los instrumentos estaban a salvo y no se había perdido ni el lastre ni las provisiones. Por lo demás, los había asegurado tan bien en sus respectivos lugares, que hubiese sido imposible que se estropearan. Miré mi reloj y vi que eran las seis de la mañana. Ascendíamos rápidamente y el barómetro indicaba una altitud de tres millas y tres cuartos. En el océano, inmediatamente por debajo de mí, aparecía un pequeño objeto negro de forma ligeramente oblonga, que tendría el tamaño de una pieza de dominó, y que en todo sentido se le parecía mucho. Asesté hacia él mi telescopio y no tardé en ver claramente que se trataba de un navío de guerra británico de noventa y cuatro cañones que orzaba con rumbo al oeste—sudoeste, cabeceando duramente. Fuera de este barco sólo se veía el océano, el cielo y el sol que acababa de levantarse.

Ya es tiempo de que explique a Vuestras Excelencias el objeto de mi viaje. Vuestras Excelencias recordarán que ciertas penosas circunstancias en Rotterdam me habían arrastrado finalmente a la decisión de suicidarme. La vida no me disgustaba por sí misma sino a causa de las insoportables angustias derivadas de mi situación. En esta disposición de ánimo, deseoso de vivir y a la vez cansado de la vida, el tratado adquirido en la librería, junto con el oportuno descubrimiento de mi primo de Nantes, abrieron una ventana a mi imaginación. Finalmente me decidí. Resolví partir, pero seguir viviendo; abandonar este mundo, pero continuar existiendo... En suma, para dejar de lado los enigmas: resolví, pasara lo que pasara, abrirme camino hasta la luna. Y para que no se me suponga más loco de lo que realmente soy, procederé a detallar lo mejor posible las consideraciones que me indujeron a creer que un designio semejante, aunque lleno de dificultades y de peligros, no estaba más allá de lo posible para un espíritu osado.

El primer problema a tener en cuenta era la distancia de la tierra a la luna. El intervalo medio entre los centros de ambos planetas equivale a 59,9643 veces el radio ecuatorial de la tierra; vale decir unas 237.000 millas. Digo el intervalo medio, pero debe tenerse en cuenta que como la órbita de la luna está constituida por una elipse cuya excentricidad no baja de 0,05484 del semieje mayor de la elipse, y el centro de la tierra se halla situado en su foco, si me era posible de alguna manera llegar a la luna en su perigeo, la distancia mencionada más arriba se vería disminuida. Dejando por ahora de lado esa posibilidad, de todas maneras había que deducir de las 237.000 millas el radio de la tierra, o sea, 4.000, y el de la luna, 1.080, con lo cual, en circunstancias ordinarias, quedarían por franquear 231.920 millas.

Me dije que esta distancia no era tan extraordinaria. Viajando por tierra, se la ha recorrido varias veces a un promedio de setenta millas por hora, y cabe prever que se alcanzarán velocidades muy superiores. Pero incluso así no me llevaría más de ciento sesenta y un días alcanzar la superficie de la luna. Varios detalles, empero, me inducían a creer que mi promedio de velocidad sobrepasaría probablemente en mucho el de sesenta millas horarias, y, como dichas consideraciones me impresionaron profundamente, no dejaré de mencionarlas en detalle más adelante.

El siguiente punto a considerar era mucho más importante. Conforme a las indicaciones del barómetro, se observa que a una altura de 1.000 pies sobre el nivel del mar hemos dejado abajo una trigésima parte de la masa atmosférica total; que a los 10.600 pies hemos subido a un tercio de la misma; que a los 18.000 pies, que es aproximadamente la elevación del Cotopaxi, sobrepasamos la mitad de la masa material —o, por lo menos, ponderable— del aire que corresponde a nuestro globo. Se calcula asimismo que a una altitud que no exceda la centésima parte del diámetro terrestre —vale decir, que no exceda de ochenta millas—, el enrarecimiento del aire sería tan excesivo que la vida animal no podría resistirlo, y, además, que los instrumentos más sensibles de que disponemos para asegurarnos de la presencia de la atmósfera resultarían inadecuados a esa altura.

No dejé de reparar, sin embargo, en que estos últimos cálculos se fundan por entero en nuestro conocimiento experimental de las propiedades del aire y de las leyes mecánicas que regulan su dilatación y su compresión en lo que cabe llamar, hablando comparativamente, la vecindad inmediata de la tierra; y que al mismo tiempo se da por sentado que la vida animal es esencialmente incapaz de modificación a cualquier distancia inalcanzable desde la superficie. Ahora bien, partiendo de tales datos, todos estos razonamientos tienen que ser simplemente analógicos. La mayor altura jamás alcanzada por el hombre es de 25.000 pies en la expedición aeronáutica de Gay—Lussac y Biot. Se trata de una altura moderada, aun si se la compara con las ochenta millas en cuestión, y no pude dejar de pensar que la cosa se prestaba a la duda y a las más amplias especulaciones.

De hecho, al ascender a cualquier altitud dada, la cantidad de aire ponderable sobrepasada al seguir ascendiendo no se halla en proporción con la altura adicional alcanzada (como puede deducirse claramente de lo ya dicho), sino en una proporción decreciente constante. Resulta claro, pues, que por más alto que ascendamos no podemos, literalmente hablando, llegar a un límite más allá del cual no haya atmósfera. Mi opinión era que debía existir, aunque pudiera ser que se hallara en un estado de infinita rarefacción.

Por otra parte, sabía que no faltaban argumentos para probar la existencia de un límite real y definido de la atmósfera más allá del cual no habría absolutamente nada de aire. Pero una circunstancia descuidada por los sostenedores de dicha teoría me pareció, si no capaz de refutarla por entero, digna, al menos, de ser considerada seriamente. Al comparar los intervalos entre las sucesivas llegadas del cometa de Encke a su perihelio, y después de tener debidamente en cuenta todas las perturbaciones ocasionadas por la atracción de los planetas, parece ser que los períodos están disminuyendo gradualmente; vale decir que el eje mayor de la elipse trazado por el cometa se está acortando en un lento pero regular proceso de reducción. Ahora bien, esto debería suceder así si suponemos que el cometa experimenta una resistencia por parte de un medio etéreo excesivamente rarefacto que ocupa la zona de su órbita, ya que semejante medio, al retardar la velocidad del cometa, debe aumentar su fuerza centrípeta debilitando la centrífuga. En otras palabras, la atracción del sol estaría alcanzando cada vez más intensidad y el cometa iría aproximándose a él a cada revolución. No parece haber otra manera de explicar la variación aludida.

Hay más: Se observa que el diámetro real de la nebulosidad del cometa se contrae rápidamente al acercarse al sol y se dilata con igual rapidez al alejarse hacia su afelio. ¿No me hallaba justificado al suponer, con Valz, que esta aparente condensación de volumen se origina por la compresión del aludido medio etéreo, y que se va densificando proporcionalmente a su proximidad al sol? El fenómeno que afecta la forma lenticular y que se denomina luz zodiacal era también un asunto digno de atención. Esta radiación tan visible en los trópicos, y que no puede confundirse con ningún resplandor meteórico, se extiende oblicuamente desde el horizonte, siguiendo, por lo general, la dirección del ecuador solar. Tuve la impresión de que provenía de una atmósfera enrarecida que se dilataba a partir del sol, por lo menos hasta más allá de la órbita de Venus, y en mi opinión a muchísima mayor distancia[28]. No podía creer que este medio ambiente se limitara a la zona de la elipse del cometa o a la vecindad inmediata del sol. Fácil era, por el contrario, imaginarla ocupando la entera región de nuestro sistema planetario, condensada en lo que llamamos atmósfera en los planetas, y quizá modificada en algunos de ellos por razones puramente geológicas; vale decir, modificada o alterada en sus proporciones (o su naturaleza esencial) por materias volatilizadas emanantes de dichos planetas.

Una vez adoptado este punto de vista, ya no vacilé. Descontando que hallaría a mi paso una atmósfera esencialmente análoga a la de la superficie de la tierra, pensé que con ayuda del muy ingenioso aparato de Grimm sería posible condensarla en cantidad suficiente para las necesidades de la respiración. Esto eliminaría el obstáculo principal de un viaje a la luna. Había gastado dinero y mucho trabajo en adaptar el instrumento al fin requerido, y tenía plena confianza en su aplicación si me era dado cumplir el viaje dentro de cualquier período razonable. Y esto me trae a la cuestión de la velocidad con que podría efectuarlo.

Verdad es que los globos, en la primera etapa de sus ascensiones, se remontaban a velocidad relativamente moderada. Ahora bien, la fuerza de elevación reside por completo en el peso superior del aire atmosférico comparado con el del gas del globo; cuando el aeróstato adquiere mayor altura y, por consiguiente, arriba a capas atmosféricas cuya densidad

---

[28] La luz zodiacal es probablemente lo que los antiguos llamaban Trabes, Emicant Trabes quos docos vocant, Plinio, lib. 2, pág. 26

disminuye rápidamente, no parece probable ni razonable que la velocidad original vaya acelerándose. Pero, por otra parte, no tenía noticias de que en ninguna ascensión conocida se hubiese advertido una disminución en la velocidad absoluta del ascenso; sin embargo, tal hubiera debido ser el caso, aunque más no fuera por el escape del gas en globos de construcción defectuosa, aislados con una simple capa de barniz. Me pareció, pues, que las consecuencias de dicho escape de gas debían ser suficientes para contrabalancear el efecto de la aceleración lograda por la mayor distancia del globo al centro de gravedad. Consideré que, si hallaba a mi paso el medio ambiente que había imaginado, y si éste resultaba esencialmente lo que denominamos aire atmosférico, no se produciría mayor diferencia en la fuerza ascendente por causa de su extremado enrarecimiento, ya que el gas de mi globo no sólo se hallaría sujeto al mismo enrarecimiento (con cuyo objeto le permitiría que escapara en cantidad suficiente para evitar una explosión), sino que, siendo lo que era, continuaría mostrándose específicamente más liviano que cualquier compuesto de nitrógeno y oxígeno. Había, pues, una posibilidad —y muy grande— de que en ningún momento de mi ascenso alcanzara un punto donde los pesos unidos de mi inmenso globo, el gas inconcebiblemente ligero que lo llenaba, la barquilla y su contenido lograran igualar el peso de la masa atmosférica desplazada por el aeróstato; y fácilmente se comprenderá que sólo el caso contrario hubiera podido detener mi ascensión. Mas aun en este caso era posible aligerar el globo de casi trescientas libras arrojando el lastre y otros pesos. Entretanto, la fuerza de gravedad seguiría disminuyendo continuamente en proporción al cuadrado de las distancias; y así, con una velocidad prodigiosamente acelerada, llegaría, por fin, a esas alejadas regiones donde la fuerza de atracción de la tierra sería superada por la de la luna.

Había otra dificultad que me producía alguna inquietud. Se ha observado que en las ascensiones en globo a alturas considerables, aparte de la dificultad respiratoria, se producen fenómenos sumamente penosos en todo el organismo, acompañados frecuentemente de hemorragias de nariz y otros síntomas alarmantes, que se van agudizando a medida que aumenta la altura[29]. No dejaba de preocuparme este aspecto. ¿No podía

---

[29] Posteriormente a la publicación de Hans Pfaall, me entero de que Mr. Green, el célebre aeronauta del Nassau, y otros aeronautas posteriores, contradicen las afirmaciones de Humboldt a este respecto y hablan de la progresiva disminución de los trastornos, lo cual concuerda con la teoría que presentamos.

ocurrir que dichos síntomas continuaran en aumento hasta provocar la muerte? Pero llegué a la conclusión de que no. Su origen debía buscarse en la progresiva disminución de la presión atmosférica usual sobre la superficie del cuerpo y la consiguiente dilatación de los vasos sanguíneos superficiales; no se trataba de una desorganización capital del sistema orgánico, como en el caso de la dificultad respiratoria, donde la densidad atmosférica resulta químicamente insuficiente para la debida renovación de la sangre en un ventrículo del corazón. A menos que faltara esta renovación, no veía razón alguna para que la vida no pudiera mantenerse, incluso en el vacío; pues la expansión y compresión del pecho, llamadas vulgarmente respiración, son acciones puramente musculares, y causa, no efecto, de la respiración. En una palabra, supuse que así como el cuerpo llegaría a habituarse a la falta de presión atmosférica, del mismo modo las sensaciones dolorosas irían disminuyendo; para soportarlas mientras duraran confiaba en la férrea resistencia de mi constitución.

Así, aunque no todas, he detallado algunas de las consideraciones que me indujeron a proyectar un viaje a la luna. Procederé ahora, si así place a vuestras Excelencias, a comunicaros los resultados de una tentativa cuya concepción parece tan audaz, y que en todo caso no tiene paralelo en los anales de la humanidad.

Habiendo alcanzado la altitud antes mencionada —vale decir, tres millas y tres cuartos— arrojé por la barquilla una cantidad de plumas, descubriendo que aun ascendía con suficiente velocidad, por lo cual no era necesario privarme de lastre. Me alegré de esto, pues deseaba guardar conmigo todo el peso posible, por la sencilla razón de que no tenía ninguna seguridad sobre la fuerza de atracción o la densidad atmosférica de la luna. Hasta ese momento no sentía molestias físicas, respiraba con entera libertad y no me dolía la cabeza. El gato descansaba tranquilamente sobre mi chaqueta, que me había quitado, y contemplaba las palomas con un aire de nonchalance. En cuanto a éstas, atadas por una pata para que no volaran, ocupábanse activamente de picotear los granos de arroz que les había echado en el fondo de la barquilla.

A las seis y veinte el barómetro acusó una altitud de 26.400 pies, o sea casi cinco millas. El panorama parecía ilimitado. En realidad, resultaba fácil calcular, con ayuda de la trigonometría esférica, el ámbito terrestre que mis ojos alcanzaban. La superficie convexa de un segmento de esfera es a la superficie total de la esfera lo que el senoverso del segmento al diámetro de la esfera. Ahora bien, en este caso, el senoverso

—vale decir el espesor del segmento por debajo de mí— era aproximadamente igual a mi elevación, o a la elevación del punto de vista sobre la superficie. «De cinco a ocho millas» expresaría, pues, la proporción del área terrestre que se ofrecía a mis miradas. En otras palabras, estaba contemplando una decimosextava parte de la superficie total del globo. El mar aparecía sereno como un espejo, aunque el telescopio me permitió advertir que se hallaba sumamente encrespado. Ya no se veía el navío, que al parecer había derivado hacia el este. Empecé a sentir fuertes dolores de cabeza a intervalos, especialmente en la región de los oídos, aunque seguía respirando con bastante libertad. El gato y las palomas no parecían sentir molestias.

A las siete menos veinte el globo entró en una región de densas nubes, que me ocasionaron serias dificultades, dañando mi aparato condensador y empapándome hasta los huesos; fue éste, por cierto, un singular rencontre, pues jamás había creído posible que semejante nube estuviera a tal altura. Me pareció conveniente soltar dos pedazos de cinco libras de lastre, conservando un peso de ciento sesenta y cinco libras. Gracias a esto no tardé en sobrevolar la zona de las nubes, y al punto percibí que mi velocidad ascensional había aumentado considerablemente. Pocos segundos después de salir de la nube, un relámpago vivísimo la recorrió de extremo a extremo, incendiándola en toda su extensión como si se tratara de una masa de carbón ardiente. Esto ocurría, como se sabe, a plena luz del día. Imposible imaginar la sublimidad que hubiese asumido el mismo fenómeno en caso de producirse en las tinieblas de la noche. Sólo el infierno hubiera podido proporcionar una imagen adecuada. Tal como lo vi, el espectáculo hizo que el cabello se me erizara mientras miraba los abiertos abismos, dejando descender la imaginación para que vagara por las extrañas galerías abovedadas, los encendidos golfos y los rojos y espantosos precipicios de aquel terrible e insondable incendio. Me había salvado por muy poco. Si el globo hubiese permanecido un momento más dentro de la nube, es decir, si la humedad de la misma no me hubiera decidido a soltar lastre, probablemente no hubiera escapado a la destrucción. Esta clase de peligros, aunque poco se piensa en ellos, son quizá los mayores que deben afrontar los globos. Pero ahora me encontraba a una altitud demasiado grande como para que el riesgo volviera a presentarse.

Subíamos rápidamente, y a las siete en punto el barómetro indicó nueve millas y media. Empecé a experimentar una gran dificultad respiratoria. La cabeza me dolía muchísimo y, al sentir algo húmedo en las mejillas, descubrí que era sangre que me salía en cantidad por los oídos. Mis ojos me preocuparon también mucho. Al pasarme la mano por ellos me pareció que me sobresalían de las órbitas; veía como distorsionados los objetos que contenía el globo, y a éste mismo. Los síntomas excedían lo que había supuesto y me produjeron alguna alarma. En este momento, obrando con la mayor imprudencia e insensatez, arrojé tres piezas de cinco libras de lastre. La velocidad acelerada del ascenso me llevó demasiado rápidamente y sin la gradación necesaria a una capa altamente enrarecida de la atmósfera, y estuvo a punto de ser fatal para mi expedición y para mí mismo. Súbitamente me sentí presa de un espasmo que duro más de cinco minutos, y aun después de haber cedido en cierta medida, seguí respirando a largos intervalos, jadeando de la manera más penosa, mientras sangraba copiosamente por la nariz y los oídos, y hasta ligeramente por los ojos. Las palomas parecían sufrir mucho y luchaban por escapar, mientras el gato maullaba desesperadamente y, con la lengua afuera, movíase tambaleando de un lado a otro de la barquilla, como si estuviera envenenado. Demasiado tarde descubrí la imprudencia que había cometido al soltar el lastre. Supuse que moriría en pocos minutos. Los sufrimientos físicos que experimentaba contribuían además a incapacitarme casi por completo para hacer el menor esfuerzo en procura de salvación. Poca capacidad de reflexión me quedaba, y la violencia del dolor de cabeza parecía crecer por instantes. Me di cuenta de que los sentidos no tardarían en abandonarme, y ya había aferrado una de las sogas correspondientes a la válvula de escape, con la idea de intentar el descenso, cuando el recuerdo de la broma que les había jugado a mis tres acreedores, y sus posibles consecuencias para mí, me detuvieron por el momento. Me dejé caer en el fondo de la barquilla, luchando por recuperar mis facultades. Lo conseguí hasta el punto de pensar en la conveniencia de sangrarme. Como no tenía lanceta, me vi precisado a arreglármelas de la mejor manera posible, cosa que al final logré cortándome una vena del brazo izquierdo con mi cortaplumas.

Apenas había empezado a correr la sangre cuando noté un sensible alivio. Luego de perder aproximadamente el contenido de media jofaina de dimensiones ordinarias, la mayoría de los síntomas más alarmantes desaparecieron por completo. De todos modos no me pareció prudente enderezarme en seguida, sino que, después de atarme el brazo lo mejor que pude, seguí descansando un cuarto de hora. Pasado este plazo me levanté, sintiéndome tan libre de dolores como lo había estado en la primera parte de la ascensión. No obstante seguía teniendo grandísimas dificultades para respirar, y comprendí que pronto habría llegado el momento de utilizar mi condensador. En el ínterin miré a la gata, que había vuelto a instalarse cómodamente sobre mi chaqueta, y descubrí con infinita sorpresa que había aprovechado la oportunidad de mi indisposición para dar a luz tres gatitos. Esto constituía un aumento completamente inesperado en el número de pasajeros del globo, pero no me desagradó que hubiera ocurrido; me proporcionaba la oportunidad de poner a prueba la verdad de una conjetura que, más que cualquier otra, me había impulsado a efectuar la ascensión. Había imaginado que la resistencia habitual a la presión atmosférica en la superficie de la tierra era la causa de los sufrimientos por los que pasa toda vida a cierta distancia de esa superficie. Si los gatitos mostraban síntomas equivalentes a los de la madre, debería considerar como fracasada mi teoría, pero si no era así, entendería el hecho como una vigorosa confirmación de aquella idea.

A las ocho de la mañana había alcanzado una altitud de diecisiete millas sobre el nivel del mar. Así, pues, era evidente que mi velocidad ascensional no sólo iba en aumento, sino que dicho aumento hubiera sido verificable aunque no hubiese tirado el lastre como lo había hecho. Los dolores de cabeza y de oídos volvieron a intervalos y con mucha violencia, y por momentos seguí sangrando por la nariz; pero, en general, sufría mucho menos de lo que podía esperarse. Mi respiración, empero, se volvía más y más difícil, y cada inspiración determinaba un desagradable movimiento espasmódico del pecho. Desempaqué, pues, el aparato condensador y lo alisté para su uso inmediato.

A esta altura de mi ascensión el panorama que ofrecía la tierra era magnífico. Hacia el oeste, el norte y el sur, hasta donde alcanzaban mis ojos, se extendía la superficie ilimitada de un océano en aparente calma, que por momentos iba adquiriendo una tonalidad más y más azul. A grandísima distancia hacia el este, aunque discernibles con toda claridad, veíanse las Islas Británicas, la costa atlántica de Francia y España, con una pequeña porción de la parte septentrional del continente africano. Era imposible advertir la menor señal de edificios aislados, y las más orgullosas ciudades de la humanidad se habían borrado completamente de la faz de la tierra.

Lo que más me asombró del aspecto de las cosas de abajo fue la aparente concavidad de la superficie del globo. Bastante irreflexivamente había esperado contemplar su verdadera convexidad a medida que subiera, pero no tardé en explicarme aquella contradicción. Una línea tirada perpendicularmente desde mi posición a la tierra hubiera formado la perpendicular de un triángulo rectángulo, cuya base se hubiera extendido desde el ángulo recto hasta el horizonte, y la hipotenusa desde el horizonte hasta mi posición. Pero mi lectura era poco o nada en comparación con la perspectiva que abarcaba. En otras palabras, la base y la hipotenusa del supuesto triángulo hubieran sido en este caso tan largas, comparadas con la perpendicular, que las dos primeras hubieran podido considerarse casi paralelas. De esta manera el horizonte del aeronauta aparece siempre como si estuviera al nivel de la barquilla. Pero, como el punto situado inmediatamente debajo de él le parece estar —y está— a gran distancia, da también la impresión de hallarse a gran distancia por debajo del horizonte. De ahí la aparente concavidad, que habrá de mantenerse hasta que la elevación alcance una proporción tan grande con el panorama, que el aparente paralelismo de la base y la hipotenusa desaparezca.

A esta altura las palomas parecían sufrir mucho. Me decidí, pues, a ponerlas en libertad. Desaté primero una, bonitamente moteada de gris, y la posé sobre el borde de la barquilla. Se mostró muy inquieta; miraba ansiosamente a todas partes, agitando las alas y arrullando suavemente, pero no pude persuadirla de que se soltara del borde. Por fin la agarré, arrojándola a unas seis yardas del globo. Pero, contra lo que esperaba, no mostró ningún deseo de descender, sino que luchó con todas sus fuerzas por volver, mientras lanzaba fuertes y penetrantes chillidos. Logró por fin alcanzar su posición anterior, mas apenas lo había hecho cuando apoyó la cabeza en el pecho y cayó muerta en la barquilla.

La otra fue más afortunada, pues para impedir que siguiera el ejemplo de su compañera y regresara al globo, la tiré hacia abajo con todas mis fuerzas, y tuve el placer de verla continuar su descenso con gran rapidez, haciendo uso de sus alas de la manera más natural. Muy pronto se perdió de vista, y no dudo de que llegó sana y salva a casa. La gata, que parecía haberse recobrado muy bien de su trance, procedió a comerse con gran apetito la paloma muerta, y se durmió luego satisfechísima. Sus gatitos parecían sumamente vivaces y no mostraban la menor señal de malestar.

A las ocho y cuarto, como me era ya imposible inspirar aire sin los más intolerables dolores, procedí a ajustar a la barquilla la instalación correspondiente al condensador. Dicho aparato requiere algunas explicaciones, y Vuestras Excelencias deberán tener presente que mi finalidad, en primer término, consistía en aislarme y aislar completamente la barquilla de la atmósfera altamente enrarecida en la cual me encontraba, a fin de introducir en el interior de mi compartimento, y por medio de mi condensador, una cantidad de la referida atmósfera suficientemente condensada para poder respirarla. Con esta finalidad en vista, había preparado una envoltura o saco muy fuerte, perfectamente impermeable y flexible. Toda la barquilla quedaba contenida dentro de este saco. Vale decir que, luego de tenderlo por debajo del fondo de la cesta de mimbre y hacerlo subir por los lados, lo extendí a lo largo de las cuerdas hasta el borde superior o aro al cual estaba atada la red del globo. Una vez levantado el saco, cerrando por completo todos los lados y el fondo, había que asegurar su abertura o boca, pasando la tela sobre el aro de la red o, en otras palabras, entre la red y el aro. Pero si la red quedaba separada del aro para permitir dicho paso, ¿cómo se sostendría entretanto la barquilla? Pues bien, la red no estaba atada de manera fija al aro, sino sujeta a éste mediante una serie de presillas o lazos. Por tanto, sólo había que desatar unos cuantos de estos lazos por vez, dejando la barquilla suspendida de los restantes. Insertada así una porción de tela que constituía la parte superior del saco, volví a ajustar los lazos, ya no al aro, pues ello hubiera sido imposible desde el momento que ahora intervenía la tela, sino a una serie de grandes botones asegurados en la tela misma, a unos tres pies por debajo de la abertura del saco; los intervalos entre los botones correspondían a los intervalos entre los lazos. Hecho esto, aflojé otra cantidad de lazos del aro, introduje una nueva porción de la tela y los lazos sueltos fueron a su vez conectados con sus botones correspondientes. De esta manera pude insertar toda la parte superior del saco entre la red y el aro. Como es natural, este último cayó entonces dentro de la barquilla, mientras el peso de ésta quedaba sostenido tan sólo por la fuerza de los botones.

A primera vista este dispositivo podría parecer inadecuado, pero no era así, pues los botones eran fortísimos y estaban tan cerca uno del otro que sólo les tocaba soportar individualmente un pequeño peso. Aunque la barquilla y su contenido hubiesen sido tres veces más pesados, no me habría sentido intranquilo.

Procedí luego a levantar otra vez el aro por dentro de la envoltura de goma elástica y lo inserté casi a su altura anterior por medio de tres soportes muy livianos preparados al efecto. Hice esto, como se comprenderá, a fin de mantener distendido el saco en su terminación, de modo que la parte inferior de la red conservara su posición normal. Sólo me faltaba ahora cerrar la abertura del saco, y lo hice rápidamente, juntando los pliegues de la tela y retorciéndolos apretadamente desde dentro por medio de una especie de tourniquet fijo.

A los lados de este envoltorio ajustado a la barquilla había tres cristales espesos pero muy transparentes, por los cuales podía ver sin la menor dificultad en todas las direcciones horizontales. En la parte del saco que constituía el fondo había una cuarta ventanilla del mismo género, que correspondía a una pequeña abertura en el piso de la barquilla. Esto me permitía ver hacia abajo, pero, en cambio, no había podido ajustar un dispositivo similar en la parte superior, dada la forma en que se cerraba el saco y las arrugas que formaba, por lo cual no podía esperar ver los objetos situados en el cenit. De todas maneras la cosa no tenía importancia, pues aun en el caso de haber colocado una mirilla en lo alto, el globo mismo me hubiera impedido hacer uso de ella.

A un pie por debajo de una de las mirillas laterales había un orificio circular, de tres pulgadas de diámetro, en el cual había fijado una rosca de bronce. A esta rosca se atornillaba el largo tubo del condensador, cuyo cuerpo principal se encontraba, naturalmente, dentro de la cámara de caucho. Por medio del vacío practicado en la máquina, dicho tubo absorbía una cierta cantidad de atmósfera circundante y la introducía en estado de condensación en la cámara de caucho, donde se mezclaba con el aire enrarecido ya existente. Una vez que la operación se había repetido varias veces, la cámara quedaba llena de aire respirable. Pero, como en un espacio tan reducido no podía tardar en viciarse a causa de su continuo contacto con los pulmones, se lo expulsaba con ayuda de una pequeña válvula situada en el fondo de la barquilla; el aire más denso se proyectaba de inmediato a la enrarecida atmósfera exterior. Para evitar el inconveniente de que se produjera un vacío total en la cámara, esta purificación no se cumplía de una vez, sino progresivamente; para ello la válvula se abría unos pocos segundos y volvía a cerrarse, hasta que uno o dos impulsos de la bomba del condensador reemplazaban el volumen de la atmósfera desalojada. Por vía de experimento instalé a la gata y sus gatitos en una pequeña cesta que suspendí fuera de la barquilla por medio de un sostén en el fondo de ésta, al lado de la válvula de escape, que me servía para alimentarlos toda vez que fuera necesario. Esta instalación, que dejé terminada antes de cerrar la abertura de la cámara, me dio algún trabajo, pues debí emplear una de las perchas que he mencionado, a la cual até un gancho. Tan pronto un aire más denso ocupó la cámara, el aro y las pértigas dejaron de ser necesarias, pues la expansión de aquella atmósfera encerrada distendía fuertemente las paredes de caucho.

Cuando hube terminado estos arreglos y llenado la cámara como acabo de explicar, eran las nueve menos diez. Todo el tiempo que pasé así ocupado sufría una terrible opresión respiratoria, y me arrepentí amargamente de la negligencia o, mejor, de la temeridad que me había hecho dejar para último momento una cuestión tan importante. Mas apenas estuvo terminada, comencé a cosechar los beneficios de mi invención. Volví a respirar libre y fácilmente. Me alegró asimismo descubrir que los violentos dolores que me habían atormentado hasta ese momento se mitigaban casi completamente. Todo lo que me quedaba era una leve jaqueca, acompañada de una sensación de plenitud o hinchazón en las muñecas, los tobillos y la garganta. Parecía, pues, evidente que gran parte de las molestias derivadas de la falta de presión atmosférica habían desaparecido tal como lo esperara, y que muchos de los dolores padecidos en las últimas horas debían atribuirse a los efectos de una respiración deficiente.

A las nueve menos veinte, es decir, muy poco antes de cerrar la abertura de la cámara, el mercurio llegó a su límite y dejó de funcionar el barómetro, que, como ya he dicho, era especialmente largo. Indicaba en ese momento una altitud de 132.000 pies, o sea veinticinco millas, vale decir que me era dado contemplar una superficie terrestre no menor de la trescientas veinteava parte de su área total. A las nueve perdí de vista las tierras al este, no sin antes advertir que el globo derivaba rápidamente hacia el nor—noroeste. El océano por debajo de mí conservaba su aparente concavidad, aunque mi visión se veía estorbada con frecuencia por las masas de nubes que flotaban de un lado a otro.

A las nueve y media hice el experimento de arrojar un puñado de plumas por la válvula. No flotaron como había esperado, sino que cayeron verticalmente como una bala y en masa, a extraordinaria velocidad, perdiéndose de vista en un segundo. Al principio no supe qué pensar de tan extraordinario fenómeno, pues no podía creer que mi velocidad ascensional hubiera alcanzado una aceleración repentina tan prodigiosa. Pero no tardó en ocurrírseme que la atmósfera se hallaba ahora demasiado rarificada para sostener una mera pluma, y que, por lo tanto, caían a toda velocidad; lo que me había sorprendido eran las velocidades unidas de su descenso y mi elevación.

A las diez hallé que no tenía que ocuparme mayormente de nada. Todo marchaba bien y estaba convencido de que el globo subía con una rapidez creciente, aunque ya no tenía instrumentos para asegurarme de su progresión. No sentía dolores ni molestias de ninguna clase, y estaba de mejor humor que en ningún momento desde mi partida de Rotterdam; me ocupé, pues, de observar los diversos instrumentos y de regenerar la atmósfera de la cámara. Decidí repetirlo cada cuarenta minutos, más para mantener mi buen estado físico que porque la renovación fuese absolutamente necesaria. Entretanto no pude impedirme anticipar el futuro. Mi fantasía corría a gusto por las fantásticas y quiméricas regiones lunares. Sintiéndose por una vez libre de cadenas, la imaginación erraba entre las cambiantes maravillas de una tierra sombría e inestable. Había de pronto vetustas y antiquísimas florestas, vertiginosos precipicios y cataratas que se precipitaban con estruendo en abismos sin fondo. Llegaba luego a las calmas soledades del mediodía, donde jamás soplaba una brisa, donde vastas praderas de amapolas y esbeltas flores semejantes a lirios se extendían a la distancia, silenciosas e inmóviles por siempre. Y luego recorría otra lejana región, donde había un lago oscuro y vago, limitado por nubes. Pero no sólo estas fantasías se posesionaban de mi mente. Horrores de naturaleza mucho más torva y espantosa hacían su aparición en mi pensamiento, estremeciendo lo más hondo de mi alma con la mera suposición de su posibilidad. Pero no permitía que esto durara demasiado tiempo, pensando sensatamente que los peligros reales y palpables de mi viaje eran suficientes para concentrar por entero mi atención.

A las cinco de la tarde, mientras me ocupaba de regenerar la atmósfera de la cámara, aproveché la oportunidad para observar a la gata y sus gatitos a través de la válvula. Me pareció que la gata volvía a sufrir mucho, y no vacilé en atribuirlo a la dificultad que experimentaba para respirar; en cuanto a mi experimento con los gatitos, tuvo un resultado sumamente extraño. Como es natural, había esperado que mostraran algún malestar, aunque en grado menor que su madre, y ello hubiese bastado para confirmar mi opinión sobre la resistencia habitual a la presión atmosférica. No estaba preparado para descubrir, al examinarlos atentamente, que gozaban de una excelente salud y que respiraban con toda soltura y perfecta regularidad, sin dar la menor señal de sufrimiento. No me quedó otra explicación posible que ir aún más allá de mi teoría y suponer que la atmósfera altamente rarificada que los envolvía no era quizá (como había dado por sentado) químicamente suficiente para la vida animal, y que una persona nacida en ese medio podría acaso inhalarla sin el menor inconveniente, mientras que al descender a los estratos más densos, en las proximidades de la tierra, soportaría torturas de naturaleza similar a las que yo acababa de padecer. Nunca he dejado de lamentar que un torpe accidente me privara en ese momento de mi pequeña familia de gatos, impidiéndome adelantar en el conocimiento del problema en cuestión. Al pasar la mano por la válvula, con un tazón de agua para la gata, se me enganchó la manga de la camisa en el lazo que sostenía la pequeña cesta y lo desprendió instantáneamente del botón donde estaba tomado. Si la cesta se hubiera desvanecido en el aire, no habría dejado de verla con mayor rapidez. No creo que haya pasado más de un décimo de segundo entre el instante en que se soltó y su desaparición. Mis buenos deseos la siguieron hasta tierra, pero, naturalmente, no tenía la menor esperanza de que la gata o sus hijos vivieran para contar lo que les había ocurrido.

A las seis, noté que una gran porción del sector visible de la tierra se hallaba envuelta en espesa oscuridad, que siguió avanzando con gran rapidez hasta que, a las siete menos cinco, toda la superficie a la vista quedó cubierta por las tinieblas de la noche. Pero pasó mucho tiempo hasta que los rayos del sol poniente dejaron de iluminar el globo, y esta circunstancia, aunque claramente prevista, no dejó de producirme gran placer. Era evidente que por la mañana contemplaría el astro rey muchas horas antes que los ciudadanos de Rotterdam, a pesar de que se hallaban situados mucho más al este y que así, día tras día, en proporción a la altura alcanzada, gozaría más y más tiempo de la luz solar. Me decidí por entonces a llevar un diario de viaje, registrando la crónica diaria de veinticuatro horas continuas, es decir, sin tomar en consideración el intervalo de oscuridad.

A las diez, sintiendo sueño, resolví acostarme por el resto de la noche; pero entonces se me presentó una dificultad que, por más obvia que parezca, había escapado a mi atención hasta el momento de que hablo. Si me ponía a dormir, como pensaba, ¿cómo regenerar entretanto la atmósfera de la cámara? Imposible respirar en ella por más de una hora, y, aunque este término pudiera extenderse a una hora y cuarto, se seguirían las más desastrosas consecuencias. La consideración de este dilema me preocupó seriamente, y apenas se me creerá si digo que, después de todos los peligros que había enfrentado, el asunto me pareció tan grave como para renunciar a toda esperanza de llevar a buen fin mi designio y decidirme a iniciar el descenso.

Mi vacilación, empero, fue sólo momentánea. Reflexioné que el hombre es esclavo de la costumbre y que en la rutina de su existencia hay muchas cosas que se consideran esenciales, y que lo son tan sólo porque se han convertido en hábitos. Cierto que no podía pasarme sin dormir; pero fácilmente me acostumbraría, sin inconveniente alguno, a despertar de hora en hora en el curso de mi descanso. Sólo se requerirían cinco minutos como máximo para renovar por completo la atmósfera de la cámara, y la única dificultad consistía en hallar un método que me permitiera despertar cada vez en el momento requerido.

Confieso que esta cuestión me resultó sumamente difícil. Conocía, por supuesto, la historia del estudiante que, para evitar quedarse dormido sobre el libro, tenía en la mano una bola de cobre, cuya caída en un recipiente del mismo metal colocado en el suelo provocaba un estrépito suficiente para despertarlo si se dejaba vencer por la modorra. Pero mi caso era muy distinto y no me permitía acudir a ningún expediente parecido; no se trataba de mantenerme despierto, sino de despertar a intervalos regulares. Al final di con un medio que, por simple que fuera, me pareció en aquel momento de tanta importancia como la invención del telescopio, la máquina de vapor o la imprenta.

Necesario es señalar en primer término que, a la altura alcanzada, el globo continuaba su ascensión vertical de la manera más serena, y que la barquilla lo acompañaba con una estabilidad tan perfecta que hubiera resultado imposible registrar en ella la más leve oscilación. Esta circunstancia me favoreció grandemente para la ejecución de mi proyecto. La provisión de agua se hallaba contenida en cuñetes de cinco galones cada uno, atados firmemente en el interior de la barquilla. Solté uno de ellos y, tomando dos sogas, las até a través del borde de mimbre de la barquilla, paralelamente y a un pie de distancia entre sí, para que formaran una especie de soporte sobre el cual puse el cuñete y lo fijé en posición horizontal.

A unas ocho pulgadas por debajo de las cuerdas, y a cuatro pies del fondo de la barquilla, instalé otro soporte, pero éste de madera fina, utilizando el único trozo que llevaba a bordo. Coloqué sobre él, justamente debajo de uno de los extremos del cuñete, un pequeño pichel de barro. Practiqué luego un agujero en el extremo correspondiente del cuñete, al que adapté un tapón cónico de madera blanda. Empecé a ajustar y a aflojar el tapón hasta que, luego de algunas pruebas, conseguí el punto necesario para que el agua, rezumando del orificio y cayendo en el pichel de abajo, lo llenara hasta el borde en sesenta minutos. Esto último pude calcularlo fácilmente, observando hasta dónde se llenaba el recipiente en un período dado.

Hecho esto, lo que queda por decir es obvio. Instalé mi cama en el piso de la barquilla, de modo tal que mi cabeza quedaba exactamente bajo la boca del pichel. Al cumplirse una hora, el pichel se llenaba por completo, y al empezar a volcarse lo hacía por la boca, situada ligeramente más abajo que el borde. Ni que decir que el agua, cayendo desde una altura de cuatro pies, me daba en la cara y me despertaba instantáneamente del más profundo sueño.

Eran ya las once cuando completé mis preparativos y me acosté en seguida, lleno de confianza en la eficacia de mi invento. No me defraudó, por cierto. Puntualmente fui despertado cada sesenta minutos por mi fiel cronómetro, y en cada oportunidad no olvidé vaciar el pichel en la boca del cuñete, a la vez que me ocupaba del condensador. Estas interrupciones regulares en mi sueño me causaron menos molestias de las que había previsto, y cuando me levanté al día siguiente eran ya las siete y el sol se hallaba a varios grados sobre la línea del horizonte.

3 de abril.— *El* globo había alcanzado una inmensa altitud y la convexidad de la tierra podía verse con toda claridad. Por debajo de mí, en el océano, había un grupo de pequeñas manchas negras, indudablemente islas. Por encima, el cielo era de un negro azabache y se veían brillar las estrellas; esto ocurría desde el primer día de vuelo. Muy lejos, hacia el norte, percibí una línea muy fina, blanca y sumamente brillante, en el borde mismo del horizonte, y no vacilé en suponer que se trataba del borde austral de los hielos del mar polar. Mi curiosidad se avivó, pues confiaba en avanzar más hacia el norte, y quizá en un momento dado quedara colocado justamente sobre el polo. Lamenté que mi grandísima elevación impidiera en este caso hacer observaciones detalladas; pero de todas maneras cabía cerciorarse de muchas cosas.

Nada de extraordinario ocurrió durante el día. Los instrumentos funcionaron perfectamente y el globo continuó su ascenso sin que se notara la menor vibración. Hacía mucho frío, que me obligó a ponerme un abrigado gabán. Cuando la oscuridad cubrió la tierra me acosté, aunque la luz del sol siguió brillando largas horas en mi vecindad inmediata. El reloj de agua se mostró puntual y dormí hasta la mañana siguiente, con las interrupciones periódicas ya señaladas.

4 de abril.— Me levanté lleno de salud y buen ánimo y quedé asombrado al ver el extraño cambio que se había producido en el aspecto del océano. En vez del azul profundo que mostraba el día anterior, era ahora de un blanco grisáceo y de un brillo insoportable. La convexidad del océano era tan marcada, que la masa de agua más distante parecía estar cayendo bruscamente en el abismo del horizonte; por un momento me quedé escuchando si se percibían los ecos de aquella inmensa catarata. Las islas no eran ya visibles; no podría decir si habían quedado por debajo del horizonte, hacia el sur, o si la creciente elevación impedía distinguirlas. Me inclinaba, sin embargo, a esta última hipótesis. El borde de hielo al norte se divisaba cada vez con mayor claridad. El frío disminuyó sensiblemente. No ocurrió nada de importancia y pasé el día leyendo, pues había tenido la precaución de proveerme de libros.

5 de abril.— Asistí al singular fenómeno de la salida del sol, mientras casi toda la superficie visible de la tierra seguía envuelta en tinieblas. Pero luego la luz se extendió sobre la superficie y otra vez distinguí la

línea del hielo hacia el norte. Se veía muy claramente y su coloración era mucho más oscura que la de las aguas oceánicas. No cabía dudar de que me estaba aproximando a gran velocidad. Me pareció distinguir nuevamente una línea de tierra hacia el este y también otra al oeste, pero sin seguridad. Tiempo moderado. Nada importante sucedió durante el día. Me acosté temprano.

6 de abril.— Tuve la sorpresa de descubrir el borde de hielo a una distancia bastante moderada, mientras un inmenso campo helado se extendía hasta el horizonte. Era evidente que si el globo mantenía su rumbo actual, no tardaría en situarse sobre el océano polar ártico, y daba casi por descontado que podría distinguir el polo. Durante todo el día continuamos aproximándonos a la zona del hielo. Al anochecer, los límites de mi horizonte se ampliaron súbitamente, lo cual se debía, sin duda, a la forma esferoidal achatada de la tierra, y a mi llegada a la parte más chata en las vecindades del círculo ártico. Cuando la oscuridad terminó de envolverme me acosté lleno de ansiedad, temeroso de pasar por encima de lo que tanto deseaba observar sin que fuera posible hacerlo.

7 de abril.— Me levanté temprano y con gran alegría pude observar finalmente el Polo Norte, pues no podía dudar de que lo era. Estaba allí, justamente debajo del aeróstato; pero, ¡ay!, la altitud alcanzada por éste era tan enorme que nada podía distinguirse en detalle. A juzgar por la progresión de las cifras indicadoras de las distintas altitudes en los diferentes períodos desde las seis a. m. del dos de abril hasta las nueve menos veinte a. m. del mismo día (hora en la cual el barómetro llegó a su límite), podía inferirse que en este momento, a las cuatro de la mañana del siete de abril, el globo había alcanzado una altitud no menor de 7.254 millas sobre el nivel del mar. Esta elevación puede parecer inmensa, pero el cálculo sobre el cual la había basado era probablemente muy inferior a la verdad. Sea como fuere, en ese instante me era dado contemplar la totalidad del diámetro mayor de la tierra; todo el hemisferio norte se extendía por debajo de mí como una carta en proyección ortográfica, el gran círculo del ecuador constituía el límite de mi horizonte. Empero, Vuestras Excelencias pueden fácilmente imaginar que las regiones hasta hoy inexploradas que se extienden más allá del círculo polar ártico, si bien se hallaban situadas debajo del globo y, por tanto, sin la menor deformación, eran demasiado pequeñas relativamente y estaban a una distancia demasiado enorme del punto de vista como para que mi examen alcanzara una gran precisión.

Lo que pude ver, empero, fue tan singular como excitante. Al norte del enorme borde de hielos ya mencionado, y que de manera general puede ser calificado como el límite de los descubrimientos humanos en esas regiones, continúa extendiéndose una capa de hielo ininterrumpida (o poco menos). En su primera parte, la superficie es muy llana, hasta terminar en una planicie total y, finalmente, en una concavidad que llega hasta el mismo polo, formando un centro circular claramente definido, cuyo diámetro aparente subtendía con respecto al globo un ángulo de unos sesenta y cinco segundos, y cuya coloración sombría, de intensidad variable, era más oscura que cualquier otro punto del hemisferio visible, llegando en partes a la negrura más absoluta. Fuera de esto, poco alcanzaba a divisarse. Hacia mediodía, el centro circular había disminuido en circunferencia, y a las siete p. m. lo perdí de vista, pues el globo sobrepasó el borde occidental del hielo y flotó rápidamente en dirección del ecuador.

8 de abril.— Note una sensible disminución en el diámetro aparente de la tierra, aparte de una alteración en su color y su apariencia general. Toda el área visible participaba en grados diferentes de una coloración amarillo pálido, que en ciertas partes llegaba a tener una brillantez que hacía daño a la vista. Mi radio visual se veía, además, considerablemente estorbado, pues la densa atmósfera contigua a la tierra estaba cargada de nubes, entre cuyas masas sólo alcanzaba a divisar aquí y allá jirones de la tierra. Estas dificultades para la visión directa me habían venido molestando más o menos durante las últimas cuarenta y ocho horas, pero mi enorme altitud actual hacía que las masas de nubes se juntaran, por así decirlo, y el obstáculo se volvía más y más palpable en proporción a mi ascenso. Pude notar fácilmente, empero, que el globo sobrevolaba la serie de los grandes lagos de Norteamérica, y que seguía un curso hacia el sur que pronto me aproximaría a los trópicos. Esta circunstancia no dejó de llenarme de satisfacción y la saludé como un augurio favorable de mi triunfo final. Por cierto que la dirección seguida hasta ahora me había inquietado mucho, pues era evidente que si se mantenía por más tiempo no me daría posibilidad alguna de llegar a la luna, cuya órbita se halla inclinada con respecto a la eclíptica en un ángulo de tan sólo 5° 8' 48". Por más raro que parezca, sólo en los últimos días empecé a comprender el gran error que había cometido al no tomar como punto de partida desde la tierra algún lugar en el plano de la elipse lunar.

9 de abril.— El diámetro terrestre apareció hoy grandemente disminuido, y el color de la superficie adquiría de hora en hora un matiz

más amarillento. El globo mantuvo su rumbo al sur y llegó a las nueve p. m. al borde septentrional del golfo de México.

10 de abril.— Hacia las cinco de la mañana fui bruscamente despertado por un estrépito, semejante a un terrible crujido, que no alcancé a explicarme. Duró muy poco, pero me bastó oírlo para comprender que no se parecía a nada que hubiera escuchado previamente en la tierra. Inútil decir que me alarmé muchísimo, atribuyendo aquel ruido a la explosión del globo. Examiné atentamente los instrumentos sin descubrir nada anormal. Pasé gran parte del día meditando sobre un hecho tan extraordinario, pero no me fue posible arribar a ninguna explicación. Me acosté insatisfecho, en un estado de gran ansiedad y agitación.

11 de abril.— Descubrí una sorprendente disminución en el diámetro aparente de la tierra y un considerable aumento, observable por primera vez, del de la luna, que alcanzaría su plenitud pocos días más tarde. A esta altura se requería una prolongada y extenuante labor para condensar suficiente aire atmosférico respirable en la cámara.

12 de abril.— Una singular alteración se produjo en la dirección del globo, y, aunque la había anticipado en todos sus detalles, me causó la más grande de las alegrías. Habiendo alcanzado, en su rumbo anterior, el paralelo veinte de latitud sur, el globo cambió súbitamente de dirección, volviéndose en ángulo agudo hacia el este, y así continuó durante el día, manteniéndose muy cerca del plano exacto de la elipse lunar. Merece señalarse que, como consecuencia de este cambio de ruta, se produjo una perceptible oscilación de la barquilla, la cual se mantuvo con mayor o menor intensidad durante muchas horas.

13 de abril.— Volví a alarmarme seriamente por la repetición del violento ruido crujiente que tanto me había aterrorizado el día 10. Pensé mucho en esto, sin alcanzar una conclusión satisfactoria. El diámetro aparente de la tierra decreció muchísimo y subtendía desde el globo un ángulo de poco más de veinticinco grados. No se veía la luna, por hallarse casi en mi cenit. Seguimos en el plano de la elipse, pero avanzando muy poco hacia el este.

14 de abril.— Rapidísimo decrecimiento del diámetro de la tierra. Hoy me sentí fuertemente impresionado por la idea de que el globo recorrería la línea de los ápsides hacia el punto del perineo; en otras palabras, que seguía la ruta directa que lo llevaría inmediatamente a la luna en aquella parte de su órbita más cercana a la tierra. La luna misma se hallaba inmediatamente sobre mí y, por lo tanto, oculta a mis ojos. Tuve que trabajar dura y continuamente para condensar la atmósfera.

15 de abril.— Ni siquiera los perfiles de los continentes y los mares podían trazarse ya con claridad en la superficie de la tierra. Hacia las doce escuché por tercera vez el horroroso sonido que tanto me había asombrado. Pero ahora continuaba cada vez con más intensidad. Por fin, mientras estupefacto y aterrado aguardaba de segundo en segundo no sé qué espantoso aniquilamiento, la barquilla vibró violentamente y una masa gigantesca e inflamada de un material que no pude distinguir pasó con un fragor de cien mil truenos a poca distancia del globo.

Cuando mi temor y mi estupefacción se hubieron disipado un tanto, poco me costó imaginar que se trataba de algún enorme fragmento volcánico proyectado desde aquel mundo al cual me acercaba rápidamente; con toda probabilidad era una de esas extrañas masas que suelen recogerse en la tierra y que a falta de mejor explicación se denominan meteoritos.

16 de abril.— Mirando hacia arriba lo mejor posible, es decir, por todas las ventanillas alternativamente, contemplé con grandísima alegría una pequeña parte del disco de la luna que sobresalía por todas partes de la enorme circunferencia de mi globo. Una intensa agitación se posesionó de mí, pues pocas dudas me quedaban de que pronto llegaría al término de mi peligroso viaje. El trabajo ocasionado por el condensador había alcanzado un punto máximo y casi no me concedía un momento de descanso. A esta altura no podía pensar en dormir. Me sentía muy enfermo, y todo mi cuerpo temblaba a causa del agotamiento. Era imposible que una naturaleza humana pudiese soportar por mucho más tiempo un sufrimiento tan grande. Durante el brevísimo intervalo de oscuridad, un meteorito pasó nuevamente cerca del globo, y la frecuencia de estos fenómenos me causó no poca aprensión.

17 de abril.— Esta mañana hizo época en mi viaje. Se recordará que el 13 la tierra subtendía un ángulo de veinticinco grados. El 14, el ángulo disminuyó mucho; el 15 se observó un descenso aún más notable, y al acostarme, la noche del 16, verifiqué que el ángulo no pasaba de los siete grados y quince minutos. ¡Cuál habrá sido entonces mi asombro al despertar de un breve y penoso sueño, en la mañana de este día, y descubrir que la superficie por debajo de mí había aumentado súbita y asombrosamente de volumen, al punto de que su diámetro aparente subtendía un ángulo no menor de treinta y nueve grados! Me quedé como fulminado. Ninguna palabra podría expresar el infinito, el absoluto horror y estupefacción que me poseyeron y me abrumaron. Sentí que me temblaban las rodillas, que me castañeteaban los dientes, mientras se me erizaba el cabello. ¡Entonces... el globo había reventado! Fue la primera

idea que corrió por mi mente. ¡El globo había reventado... y estábamos cayendo, cayendo, con la más impetuosa e incalculable velocidad! ¡A juzgar por la inmensa distancia tan rápidamente recorrida, no pasarían más de diez minutos antes de llegar a la superficie del orbe y hundirme en la destrucción!

Pero, a la larga, la reflexión vino en mi auxilio. Me serené, reflexioné y empecé a dudar. Aquello era imposible. De ninguna manera podía haber descendido a semejante velocidad. Además, si bien me estaba acercando a la superficie situada por debajo, no cabía duda de que la velocidad del descenso era infinitamente menor de la que había imaginado.

Esta consideración sirvió para calmar la perturbación de mis facultades y logré finalmente enfrentar el fenómeno desde un punto de vista racional. Comprendí que el asombro me había privado en gran medida de mis sentidos, pues no había sido capaz de apreciar la enorme diferencia entre aquella superficie situada por debajo de mí y la de la madre tierra. Esta última se hallaba ahora sobre mi cabeza, completamente oculta por el globo, mientras la luna —la luna en toda su gloria— se tendía debajo de mí y a mis pies.

El estupor y la sorpresa que me había producido aquel extraordinario cambio de situaciones fueron quizá lo menos explicable de mi aventura, pues el bouleversement en cuestión no sólo era tan natural como inevitable, sino que lo había previsto mucho antes, sabiendo que debería producirse cuando llegara al punto exacto del viaje donde la atracción del planeta fuera superada por la atracción del satélite —o, más precisamente, cuando la gravitación del globo hacia la tierra fuese menos poderosa que su gravitación hacia la luna—. Ocurrió, sin duda, que desperté de un profundo sueño con todos los sentidos embotados, viéndome frente a un fenómeno que, si bien previsto, no lo estaba en ese momento mismo. En cuanto a mi cambio de posición, debió producirse de manera tan gradual como serena; de haber estado despierto en el momento en que tuvo lugar, es dudoso que me hubiera dado cuenta por alguna señal interna, vale decir por alguna irregularidad o trastorno de mi persona o de mis instrumentos.

Resulta casi inútil decir que, apenas hube comprendido la verdad y superado el terror que había absorbido todas las facultades de mi espíritu, concentré por completo mi atención en la apariencia física de la luna. Se extendía por debajo de mí como un mapa y, aunque comprendí que se hallaba aún a considerable distancia, los detalles de su superficie se me ofrecían con una claridad tan asombrosa como inexplicable. La ausencia total de océanos o mares e incluso de lagos y ríos me pareció a primera vista el rasgo más extraordinario de sus características geológicas. Y, sin embargo, por raro que parezca, advertí vastas regiones llanas de carácter decididamente aluvial, si bien la mayor parte del hemisferio se hallaba cubierto de innumerables montañas volcánicas de forma cónica que daban una impresión de protuberancias artificiales antes que naturales. La más alta no pasaba de tres millas y tres cuartos, pero un mapa de los distritos volcánicos de los Campos Flegreos proporcionaría a vuestras Excelencias una idea más clara de aquella superficie general que cualquier descripción insuficiente intentada aquí. La mayoría de aquellos volcanes estaban en erupción y me dieron a entender terriblemente su furia y su potencia con los repetidos truenos de los mal llamados meteoritos, que subían en línea recta hasta el globo con una frecuencia más y más aterradora.

18 de abril.— Comprobé hoy un enorme aumento de la masa lunar, y la velocidad evidentemente acelerada de mi descenso comenzó a llenarme de alarma. Se recordará que en las primeras etapas de mis especulaciones sobre la posibilidad de llegar a la luna, había contado en mis cálculos con la existencia de una atmósfera alrededor de ésta, cuya densidad fuera proporcionada a la masa del planeta; todo ello a pesar de las numerosas teorías contrarias, y cabe agregar, de la incredulidad general sobre la existencia de una atmósfera lunar. Pero además de lo que ya he indicado a propósito del cometa de Encke y la luz zodiacal, mi opinión se había visto vigorizada por ciertas observaciones de Mr. Schroeter, de Lilienthal. Este sabio observó la luna de dos días y medio, poco después de ponerse el sol, antes de que la parte oscurecida se hiciera visible, y continuó observándola hasta que fue perceptible. Los dos cuernos parecían afilarse en una ligera prolongación y mostraban su extremo débilmente iluminado por los rayos del sol antes de que cualquier parte del hemisferio en sombras fuera visible. Poco después, todo el borde sombrío se aclaró. Esta prolongación de los cuernos más allá del semicírculo debía provenir, según pensé, de la refracción de los rayos solares por la atmósfera de la luna. Calculé también que la altura de la atmósfera (capaz de refractar en el hemisferio en sombras suficiente luz para producir un crepúsculo más luminoso que la luz reflejada por la tierra cuando la luna se halla a unos 32° de su conjunción) era de 1.356 pies; de acuerdo con ello, supuse que la altura máxima capaz de refractar los rayos solares debía ser de 5.376 pies.

Mis ideas sobre este tópico se habían visto asimismo confirmadas por un pasaje del volumen ochenta y dos de las Actas Filosóficas, donde se afirma que durante una ocultación de los satélites de Júpiter por la luna, el tercero desapareció después de haber sido indiscernible durante uno o dos segundos, y que el cuarto dejó de ser visible cerca del limbo[30].

Está de más decir que confiaba plenamente en la resistencia o, mejor dicho, en el sostén de una atmósfera cuya densidad había supuesto, a fin de llegar sano y salvo a la luna. Si al fin y al cabo me había equivocado, no podía esperar otra cosa que terminar mi aventura haciéndome mil pedazos contra la rugosa superficie del satélite. No me faltaban razones para sentirme aterrorizado. La distancia que me separaba de la luna era comparativamente insignificante, en tanto que el trabajo que me daba el condensador no había disminuido en absoluto y no advertía la menor indicación de que el enrarecimiento del aire comenzara a disminuir.

19 de abril.— Esta mañana, para mi gran alegría, cuando la superficie de la luna estaba aterradoramente cerca y mis temores llegaban a su colmo noté, a las nueve, que la bomba del condensador daba señales evidentes de una alteración en la atmósfera. A las diez, tenía ya razones para creer que la densidad había aumentado considerablemente. A las once, poco trabajo se requería en el aparato, y a las doce, después de vacilar un rato, me atreví a soltar el torniquete y, notando que nada desagradable ocurría, abrí finalmente la cámara de goma y la arrollé a los lados de la barquilla.

Como cabía esperar, un violento dolor de cabeza acompañado de espasmos fue la inmediata consecuencia de tan precipitado y peligroso experimento. Pero aquellos trastornos y la dificultad para respirar no eran tan grandes como para hacer peligrar mi vida, y decidí soportarlos lo mejor posible, en la seguridad de que desaparecerían apenas llegáramos a las capas inferiores más densas. Empero nuestra aproximación a la luna continuaba a una enorme velocidad, y pronto me di cuenta, con alarma,

---

[30] Hevelius escribe que en varias ocasiones, hallándose el cielo tan claro que se veían estrellas de la sexta y séptima magnitud, notó que, a la misma altura de la luna y la misma elongación de la tierra, usando el mismo y excelente telescopio, la luna y sus manchas no siempre aparecían con la misma nitidez. Dadas las circunstancias de la observación, es evidente que la causa del fenómeno no se halla en el aire, el telescopio, la luna, ni el ojo del observador, sino que debe atribuirse a algo (¿una atmósfera?) existente en torno del satélite. Cassini observó varias veces que Saturno, Júpiter y las estrellas, fijas en el momento de quedar ocultas por la luna, dejan de verse en forma circular, para asumir otra ovalada, mientras en ocultaciones análogas no advirtió la menor diferencia. De ahí cabría suponer que, en ciertas ocasiones y no en otras, una materia densa envuelve la luna y los rayos de las estrellas se refractan en ella.

de que si bien no me había engañado al suponer una atmósfera de densidad proporcionada a la masa del satélite, me había equivocado al creer que dicha densidad, aun la más próxima a la superficie, sería capaz de sostener el gran peso de la barquilla del aeróstato. Así debería haber sido y en grado igual que en la superficie terrestre, suponiendo la pesantez de los cuerpos en razón de la condensación atmosférica en cada planeta. Pero no era así, sin embargo, como bien se veía por mi precipitada caída; y el porqué de ello sólo puede explicarse con referencia a las posibles perturbaciones geológicas a las cuales ya me he referido.

Sea como fuere, estaba muy cerca del planeta, bajando a una velocidad terrible. No perdí un instante, pues, en tirar por la borda el lastre, luego los cuñetes de agua, el aparato condensador y la cámara de caucho, y por fin todo lo que contenía la barquilla. Pero de nada me sirvió. Continuaba descendiendo a una terrible velocidad y me hallaba apenas a media milla del suelo. Como último recurso, y después de arrojar mi chaqueta, sombrero y botas, acabé cortando la barquilla misma, que era sumamente pesada; y así, colgado con ambas manos de la red tuve apenas tiempo de observar que toda la región hasta donde alcanzaban mis miradas estaba densamente poblada de pequeñas construcciones, antes de caer de cabeza en el corazón de una fantástica ciudad, en el centro de una enorme multitud de pequeños y feísimos seres que, en vez de preocuparse en lo más mínimo por auxiliarme, se quedaron como un montón de idiotas, sonriendo de la manera más ridícula y mirando de reojo al globo y a mí mismo. Alejándome desdeñosamente de ellos, alcé los ojos al cielo para contemplar la tierra que tan poco antes había abandonado, acaso para siempre, y la vi como un enorme y sombrío escudo de bronce, de dos grados de diámetro, inmóvil en el cielo y guarnecida en uno de sus bordes con una medialuna del oro más brillante. Imposible descubrir la más leve señal de continentes o mares; el globo aparecía lleno de manchas variables, y se advertían, como si fuesen fajas, las zonas tropicales y ecuatoriales.

Así, con permiso de vuestras Excelencias, luego de una serie de grandes angustias, peligros jamás oídos y escapatorias sin paralelo, llegué por fin sano y salvo, a los diecinueve días de mi partida de Rotterdam, al fin del más extraordinario de los viajes, y el más memorable jamás cumplido, comprendido o imaginado por ningún habitante de la tierra. Pero mis aventuras están aún por relatar. Y bien imaginarán vuestras Excelencias que, después de una residencia de cinco años en un planeta no sólo muy interesante por sus características propias, sino doblemente interesante por su íntima conexión, en calidad de satélite, con el mundo habitado por el hombre, me hallo en posesión de conocimientos destinados confidencialmente al Colegio de Astrónomos del Estado, y harto más importante que los detalles, por maravillosos que sean, del viaje tan felizmente concluido.

He aquí, en una palabra, la cuestión. Tengo muchas, muchísimas cosas que daría a conocer con el mayor gusto; mucho que decir del clima del planeta, de sus maravillosas alternancias de calor y frío, de la ardiente y despiadada luz solar que dura una quincena, y la frigidez más que polar que domina en la siguiente; del constante traspaso de humedad, por destilación semejante a la que se practica al vacío, desde el punto situado debajo del sol al punto más alejado del mismo; de una zona variable de agua corriente; de las gentes en sí; de sus maneras, costumbres e instituciones políticas; de su peculiar constitución física; de su fealdad, de su falta de orejas, apéndices inútiles en una atmósfera a tal punto modificada; de su consiguiente ignorancia del uso y las propiedades del lenguaje; de sus ingeniosos medios de intercomunicación, que lo reemplazan; de la incomprensible conexión entre cada individuo de la luna con algún individuo de la tierra, conexión análoga y sometida a la de las esferas del planeta y el satélite, y por medio de la cual la vida y los destinos de los habitantes del uno están entretejidos con la vida y los destinos de los habitantes del otro; y, por sobre todo, con permiso de Vuestras Excelencias, de los negros y horrendos misterios existentes en las regiones exteriores de la luna, regiones que, debido a la casi milagrosa concordancia de la rotación del satélite sobre su eje con su revolución sideral en torno a la tierra, jamás han sido expuestas, y nunca lo serán si Dios quiere, al escrutinio de los telescopios humanos. Todo esto y más, mucho más, me sería grato detallar. Pero, para ser breve, debo recibir mi recompensa. Ansío volver a mi familia y a mi hogar, y, como precio de la luz que está en mi mano arrojar sobre importantísimas ramas de la ciencia física y metafísica, me permito solicitar, por intermedio de vuestra honorable corporación, que me sea perdonado el crimen que cometí al partir de Rotterdam, o sea la muerte de mis acreedores. Tal es el motivo de esta comunicación. Su portador, un habitante de la luna a quien he persuadido y adiestrado para que sea mi mensajero en la tierra, esperará la decisión que plazca a vuestras excelencias, y retornará trayéndome el perdón solicitado, si es posible obtenerlo.

Tengo el honor de saludar respetuosamente a Vuestras Excelencias. Vuestro humilde servidor,   Hans Pfaall.

Se afirma que, al concluir la lectura de este extraordinario documento, el profesor Rubadub dejó caer al suelo su pipa, en el colmo de la sorpresa, mientras Mynheer Superbus Von Underduk, luego de quitarse los anteojos, limpiarlos y ponérselos en el bolsillo, olvidaba su dignidad al punto de girar tres veces sobre sus talones, en una quintaesencia de asombro y admiración. No cabía la menor duda: el perdón sería acordado. Así lo decidió redondamente el profesor Rubadub, y así lo pensó finalmente el ilustre Von Underduk, mientras tomaba del brazo a su colega y, sin decir palabra, se lo llevaba a su casa para deliberar sobre las medidas que convendría adoptar. Ya en la puerta de la casa del burgomaestre, el profesor se atrevió a decir que, como el mensajero había considerado prudente desaparecer —asustado mortalmente, sin duda, por la salvaje apariencia de los burgueses de Rotterdam—, de muy poco serviría el perdón, ya que sólo un selenita se atrevería a intentar un viaje semejante. El burgomaestre convino en la verdad de esta observación, y el asunto quedó finiquitado. Pero no pasó lo mismo con los rumores y las conjeturas. Una vez publicada, la carta dio origen a toda clase de murmuraciones y pareceres. Algunos que se pasaban de listos quedaron en ridículo al afirmar que aquello era una superchería. Pero entre gentes así, todo lo que excede el nivel de su comprensión es siempre una superchería. Por mi parte no alcanzo a imaginar en qué se fundaban para sostener semejante acusación. Veamos lo que decían:

Primero: Que ciertos bromistas de Rotterdam tenían especial antipatía a ciertos burgomaestres y astrónomos.

Segundo: Que un enano de extraño aspecto, de profesión malabarista, a quien le faltaban las orejas por haberle sido cortadas en castigo de algún delito, había desaparecido de su casa, en la vecina ciudad de Brujas.

Tercero: Que los periódicos que forraban por completo el pequeño globo eran periódicos holandeses y, por tanto, no podían proceder de la luna. Eran papeles sucios, sumamente sucios, y Gluck, el impresor, hubiera jurado por la Biblia que habían sido impresos en Rotterdam.

Cuarto: Que el muy malvado borracho de Hans Pfaall en persona, y los tres holgazanes que llama sus acreedores, habían sido vistos no hace más de dos o tres días en una taberna de los suburbios, al regresar con dinero en los bolsillos de un viaje de ultramar.

Finalmente: Que existía una opinión general, o que debería serlo, según la cual el Colegio de Astrónomos de la ciudad de Rotterdam, al igual que todos los otros colegios parecidos del mundo —para no mencionar a los colegios y astrónomos en general—, no era ni mejor, ni más grande, ni más sabio de lo que hubiera debido ser.

NOTA.— Estrictamente hablando, poca similitud existe entre la bagatela que antecede y la celebrada Historia de la Luna, de Mr. Locke; pero, como ambas consisten en supercherías (aunque una lo es en broma y la otra seriamente), y ambas burlas se refieren a la luna (tratando de parecer plausibles mediante detalles científicos), el autor de Hans Pfaall cree conveniente decir, en su defensa, que su jeu d'esprit se publicó en el Southern Literary Messenger tres semanas antes del de Mr. Locke en el New York Sun. Imaginando un parecido que quizá no existe, algunos periódicos de Nueva York cotejaron Hans Pfaall con la Historia de la Luna, a fin de verificar si el autor de un texto lo era también del otro.

Puesto que la Historia de la Luna engañó a muchas más personas de las que voluntariamente lo admitirían, puede resultar entretenido mostrar cómo nadie debió aceptar el engaño, señalando esos detalles del relato que hubieran bastado para establecer su verdadero carácter. Por muy rica que fuera la imaginación desplegada en esta ingeniosa ficción, le falta la fuerza que le hubiera dado una atención más escrupulosa a los hechos y a las analogías generales. Que el público se haya dejado engañar, aunque sólo fuera por un momento, sólo prueba la crasa ignorancia que existe en materia de temas astronómicos.

La distancia de la tierra a la luna es, en cifras redondas, de 240.000 millas. Si queremos asegurarnos de cuánto podrá un telescopio acercar aparentemente el satélite o cualquier otro objeto, bastará dividir la distancia por el poder magnificador o, más exactamente, el poder de penetración en el espacio de las lentes. Mr. Locke imagina que el poder de sus lentes es de 42.000. Si dividimos por esta cifra las 240.000 millas de la distancia a la luna, tenemos cinco millas y cinco séptimos como distancia aparente. Pero a esta distancia sería imposible ver a ningún animal, y mucho menos los mínimos detalles señalados en el relato. Mr. Locke afirma que sir John Herschel llegó a ver flores (la Papaver rheas, etc.), y que distinguió el color y la forma de los ojos de los pajarillos. Pero antes, empero, él mismo hace notar que el telescopio no permitirá apreciar objetos cuyo diámetro fuera menor de dieciocho pulgadas; pero aun esto excede las posibilidades de su supuesta lente. Observaremos de paso que dicho prodigioso telescopio habría sido fundido en la cristalería de los señores Hartley y Grant, en Dumbarton; pero he aquí que dicho establecimiento había cerrado sus puertas varios años antes de la publicación de la burla.

En la página 13 (edición en folleto), y hablando de un «fleco velludo» sobre los ojos de una especie de bisonte, el autor dice: «La aguda mente del Dr. Herschel percibió inmediatamente que se trataba de un medio providencial para proteger los ojos del animal contra las enormes variaciones de luz y tinieblas que afectan periódicamente a todos los habitantes de nuestro lado de la luna». Esta observación no puede considerarse como muy «aguda». Los habitantes de nuestra cara de la luna no conocen la oscuridad, por lo cual tampoco sufren las «variaciones» mencionadas. En ausencia del sol, gozan de una luz procedente de la tierra equivalente a la de trece lunas llenas

La topografía utilizada en el relato, si bien se declara que concuerda con la Carta Lunar de Blunt, difiere por completo de ésta y de las cartas restantes, e incluso se contradice a veces groseramente. La rosa de los vientos aparece también en inextricable confusión, pues el autor parece ignorar que en un mapa lunar aquélla no concuerda con los cuadrantes terrestres; vale decir, que el este se halla a la izquierda, etc.

Engañado quizá por nombres tan vagos como Mare Nubium, Mare Tranquillitatis, Mare Fœcunditatis, etc., dados por los astrónomos a las regiones en sombra, Mr. Locke ha entrado en detalles acerca de océanos y grandes masas de agua en la luna, siendo que si hay un punto en el que concuerdan todos los astrónomos, es que en el satélite no hay la menor presencia de agua. Al examinar el límite entre luz y sombra (en la luna creciente), allí donde cruza alguna de esas regiones en sombra, la línea divisoria se muestra quebrada e irregular, lo cual no ocurriría si aquellas zonas estuvieran llenas de agua.

La descripción de las alas del hombre—murciélago (pág. 21) es copia literal de la explicación dada por Peter Wilkins sobre las alas de sus isleños voladores. Debería haber bastado este simple detalle para provocar sospechas.

En la página 23 leemos: «¡Qué prodigiosa influencia debe de haber ejercido nuestro globo, trece veces más grande, sobre el satélite, cuando era un embrión en el seno del tiempo, el sujeto pasivo de la afinidad química!» Esto es muy bello; pero cabe observar que un astrónomo no hubiera formulado jamás semejante observación, sobre todo, a un periódico científico, ya que la tierra no es trece sino cuarenta y nueve veces más grande que la luna. Una objeción similar puede hacerse a las últimas páginas, donde, a modo de introducción a ciertos descubrimientos sobre Saturno, el corresponsal procede a dar informes sobre dicho planeta dignos de un colegial: ¡y esto al Edinburgh Journal of Science!.

Pero, sobre todo, hay un punto que debió mostrar que se trataba de una ficción. Imaginamos la posibilidad de contemplar animales en la superficie de la luna; ¿qué es lo que llamaría primero la atención de un observador terrestre? ¿Su forma, tamaño y demás peculiaridades, o su notable posición! Parecerían estar caminando con las patas para arriba y la cabeza abajo, a modo de moscas en el techo. El verdadero observador hubiese proferido una instantánea exclamación de sorpresa (por más preparado que estuviera por sus conocimientos previos) ante la singularidad de esa posición, mientras que el observador ficticio no menciona siquiera la cosa, sino que habla de haber visto todo el cuerpo de dichas criaturas, cuando puede demostrarse que sólo le era dado ver el diámetro de sus cabezas.

Para concluir, cabe hacer notar que el tamaño, y especialmente las facultades de los hombres—murciélagos (por ejemplo, su habilidad para volar en una atmósfera tan enrarecida, si es que hay atmósfera en la luna), así como el resto de las fantasías concernientes a la vida animal y vegetal, discrepan generalmente con todos los razonamientos analógicos sobre dichos temas, y que en estos casos la analogía suele llevar a demostraciones concluyentes. Apenas es necesario agregar que todas las sugestiones atribuidas a Brewster y a Herschel a comienzos del relato, sobre «una transfusión de luz artificial a través del objeto focal de la visión», etc., etc., pertenecen a esa especie de literatura florida que cabe muy bien bajo la denominación de galimatías.

Existe un límite real y muy definido para el descubrimiento óptico entre las estrellas, un límite que se comprende con sólo enunciarlo. Si todo lo requerido fuese la fundición de grandes lentes, el ingenio humano llegaría a proporcionar todo lo que se le pidiera, y tendríamos lentes de cualquier tamaño. Pero desdichadamente, a medida que las lentes aumentan de tamaño, y, por tanto, de poder penetrador, va disminuyendo la luz del objeto contemplado, por difusión de sus rayos. Y contra este inconveniente el ingenio humano no puede inventar remedio alguno, pues un objeto es contemplado gracias a la luz que de él emana, sea directa o reflejada. Así, la única luz «artificial» que podría servir a Mr. Locke sería aquella que se proyectara, no sobre el «objeto focal de la visión», sino sobre el objeto mismo a contemplar: en este caso, sobre la luna. Se ha calculado fácilmente que cuando la luz procedente de una estrella se difunde hasta ser tan débil como la luz natural procedente de la totalidad de las estrellas, en una noche clara y sin luna, en ese caso la estrella deja de ser visible para todo fin práctico.

El telescopio del conde de Ross, recientemente construido en Inglaterra, tiene un speculum cuya superficie reflejante es de 4.071 pulgadas cuadradas; el telescopio de Herschel sólo tenía uno de 1.811. El tubo metálico del telescopio Ross mide seis pies de diámetro, en los bordes presenta un espesor de cinco pulgadas y media, y de cinco en el centro. Pesa tres toneladas y su largo focal es de 50 pies.

Hace poco leí un librito singular y bastante ingenioso, cuyo título es el siguiente:

L'Homme dans la lune, ou le Voyage chimerique fait au Monde de la Lune, nouuellement decouuert par Dominique Gonzales, Advanturier Espagnol, autrement dit le Courier Volant. Mis en notre langue par J. B. D. A. Paris, chez François Piot, pres la Fontaine de Saint Benoist. Et chez J. Goignart, au premier pilier de la grand'salle du Palais, proche les Consultations, MDCXLVII 176 páginas.

El autor afirma haber traducido el texto inglés de un tal Mr. D'Avisson (¿Davidson?), aunque en sus declaraciones reina la más grande ambigüedad: «J'en ai eu —dice— l'original de monsieur D'Avisson, medecin des mieux versez qui soient aujourd' huy dans la conoissance des Belles Lettres, et surtout de la Philosophie Naturelle. Je lui ai cette obligation entre les autres, de m'auoir non seulement mis en main ce Livre en anglois, mais encore le Manuscrit du Sieur Thomas D'Anan, gentilhomme Eccosois, recommandable pour sa vertu sur la version duquel j'advoue que j'ay tiré le plan de la mienne.»

Después de algunas aventuras insignificantes, a la manera de Gil Blas, que ocupan las primeras treinta páginas, el autor relata que, hallándose enfermo durante un viaje por mar, la tripulación lo abandonó, junto con su doméstico negro, en la isla de Santa Helena. A fin de aumentar las probabilidades de conseguir alimento, ambos se separan y viven lo más lejos posible el uno del otro. Esto los induce a amaestrar pájaros, a fin de valerse de ellos como de palomas mensajeras. Poco a poco les enseñan a llevar paquetes, cuyo peso va aumentando gradualmente. Por fin se les ocurre unir las fuerzas de gran número de pájaros, a fin de que transporten por el aire al autor. Fabrican a tal efecto una máquina de la cual se da una detalladísima descripción, completada con un aguafuerte. Vemos en él al señor González, con gola rizada y gran peluca, sentado en algo que se parece muchísimo a un palo de escoba, del que tira una multitud de cisnes silvestres (ganzas) atados por la cola a la máquina.

El suceso más importante del relato del autor depende de un hecho que el lector ignorará hasta llegar al fin del volumen. Los gansos, tan familiares ya, no eran habitantes de Santa Helena, sino de la luna. Desde remotas edades, tenían la costumbre de emigrar anualmente a alguna región de la tierra. Como es natural, meses más tarde volvían a su hogar y, en una ocasión en que el autor requería sus servicios para un breve viaje, se vio inesperadamente arrebatado por los aires, llegando en muy breve tiempo al satélite.

Una vez allí, y entre otras cosas, el autor descubre que los selenitas son muy felices, que carecen de leyes, que mueren sin dolor, que miden entre diez y treinta pies de alto, que viven cinco mil años, que tienen un emperador llamado Irdonozur, y que pueden saltar a setenta pies de altura, tras lo cual, por quedar libres de la influencia de la gravedad, pueden volar con ayuda de abanicos.

No puedo dejar de dar aquí una muestra de la filosofía general del volumen.

Debo deciros —declara el señor González— cómo era el lugar donde me hallaba. Las nubes aparecían bajo mis pies o, si preferís, se tendían entre mí y la tierra. En cuanto a las estrellas, como en este lugar no existe la noche, tenían siempre la misma apariencia: no brillante, como de costumbre, sino pálidas y muy parecidas a la luna por las mañanas. Pero sólo se veían unas pocas, aunque eran diez veces más grandes —hasta donde pude juzgar— de lo que parecen a los terrestres. La luna, a la cual le faltaban dos días para quedar llena, era de un inmenso tamaño.

No debo dejar de decir que las estrellas sólo aparecían del lado del globo vuelto hacia la luna, y que, cuanto más cerca estaban, más grandes eran. Debo informaros asimismo que, aunque hiciera tiempo bueno o malo, siempre me hallé exactamente entre la luna y la tierra. Estaba convencido de ello por dos razones: primero, mis pájaros volaban siempre en línea recta, y segundo, toda vez que se detenían a descansar, éramos arrastrados insensiblemente alrededor del globo terrestre. Pues yo admito la opinión de Copérnico, quien mantiene que la tierra jamás deja de girar del este al oeste, no sobre los polos del Equinoccio, llamados vulgarmente polos del mundo, sino sobre los del Zodíaco, cosa de la cual me propongo hablar con más detalle cuando tenga tiempo de refrescar mi memoria con la astrología que estudié en Salamanca en mi juventud, y que desde entonces he olvidado.

A pesar de los errores señalados en itálicas, el libro no deja de merecer cierta atención, por cuanto proporciona un ingenuo ejemplo de las nociones astronómicas corrientes en su tiempo. Una de ellas suponía que el «poder de gravitación» sólo se extendía muy poco sobre la superficie terrestre, y por eso vemos a nuestro viajero «arrastrado insensiblemente alrededor del globo, etc.

Ha habido otros «viajes a la luna, pero ninguno con más méritos que el que acabo de mencionar. El de Bergerac es absolutamente insensato. En el tercer volumen de la American Quarterly Review puede leerse una crítica minuciosa de una cierta «expedición» de esta clase, crítica en la cual es difícil decir si el autor denuncia la estupidez del libro o su propia y absurda ignorancia de la astronomía. He olvidado el título de la obra, pero los medios para hacer el viaje son de una concepción todavía más lamentable que los gansos de nuestro amigo el señor González.

Cierto aventurero, al excavar la tierra, descubre cierto metal que sufre fuertemente la atracción de la luna; fabrica inmediatamente una caja del mismo que, una vez libre de sus ataduras terrestres, lo arrebata por los aires y lo lleva directamente hasta el satélite. El Vuelo de Thomas O'Rourke es un jeu d'esprit no del todo despreciable, y ha sido traducido al alemán. Thomas, el héroe, era en la realidad el guardabosque de un par irlandés cuyas excentricidades dieron origen al cuento. El «vuelo» se efectúa a lomo de águila, desde Hungry Hill, una altísima montaña en la extremidad de Bantry Bay.

En estas diversas publicaciones la finalidad es siempre satírica, pues el tema consiste en la descripción de las costumbres lunares y su comparación con las nuestras. En ninguna de ellas se hace el menor esfuerzo para que el viaje en sí resulte plausible. Los autores parecen en cada caso totalmente ignorantes de la astronomía. En Hans Pfaall, la originalidad del designio consiste en intentar cierta verosimilitud, mediante la aplicación de principios científicos (hasta donde la caprichosa naturaleza del tema lo permite) a un verdadero viaje entre la tierra y la luna.

X EN UN SUELTO

Como es sabido que los «sabios» vienen «del Oriente»[31] y el señor Veleta Cabezudo vino también del Este, se sigue que el señor Cabezudo era un sabio. Si hiciera falta una prueba accesoria, hela aquí: el señor C. era director de periódico. La irascibilidad constituía su solo lado flaco, pues la obstinación de la cual se lo acusaba no era en absoluto una debilidad, ya que él la consideraba justamente como su fuerte. Allí residía su mérito, su virtud, y hubiera hecho falta toda la lógica de un Brownson para convencerlo de que estaba equivocado.

He demostrado que Veleta Cabezudo era un sabio; la única ocasión en que no se mostró irascible fue cuando hizo abandono de ese legítimo hogar de todos los sabios, el este, y emigró a la ciudad de Alejandromagnópolis, o a cualquier sitio de nombre parecido, en el oeste.

Debo, sin embargo, declarar en su favor que, cuando se decidió finalmente a instalarse en dicha ciudad hallábase convencido de que en esta parte del país no existía ningún periódico y, por tanto, ningún director. Al fundar La Tetera, esperaba ser el único dueño del campo. Estoy seguro de que jamás se le habría ocurrido instalarse en Alejandromagnópolis si hubiera sabido que en Alejandromagnópolis vivía un caballero llamado John Smith (si recuerdo bien), quien, durante muchos años, había engordado tranquilamente dirigiendo y publicando la Gaceta de Alejandromagnópolis. Vale decir que, sólo por haber sido mal informado, el señor Cabezudo vino a parar a Alejan... Llamémosle Nópolis, para abreviar. Pero, una vez que estuvo en ella, decidió mantener su reputación de obsti... de firmeza, y quedarse. Por lo cual se quedó, e hizo aún más: desempaquetó su prensa, su tipo, etcétera, etc., alquiló un local situado exactamente enfrente de la Gaceta y, a la tercera mañana de su arribo, lanzó el primer número de La Tetera de Alejan..., vale decir La Tetera de Nópolis, que así, si mis recuerdos no me engañan, se titulaba el nuevo periódico.

El editorial, debo admitirlo, era brillante, por no decir severo. Se mostraba especialmente duro con todas las cosas en general, y en particular con el director de La Gaceta, quien quedaba reducido a hilas. Algunas observaciones de Cabezudo eran tan terribles, que desde entonces me he visto obligado a considerar a John Smith —quien todavía

---

[31] *The wise men,* los Reyes Magos. Literalmente, «los sabios». *(N. del T.)*

vive— como una especie de salamandra. No pretendo reproducir verbatim todas las frases de Cabezudo, pero una de ellas era como sigue:

¡Oh, sí! ¡Oh, ya vemos! ¡Oh, indudablemente! El director de enfrente es un genio... ¡Oh, dioses! ¡Oh, cielos! ¿A qué ha llegado el mundo? O Témpora! O mores!

Semejante filípica, a la vez tan cáustica y tan clásica, cayó como una granada entre los hasta entonces pacíficos ciudadanos de Nópolis. Grupos de excitados vecinos se juntaban en las esquinas. Todos esperaban, con sincera ansiedad, la respuesta del decoroso Smith, la cual apareció al día siguiente en esta forma:

Extraemos de La Tetera de ayer el siguiente párrafo: "¡Oh, sí! ¡Oh, ya vemos! ¡Oh, indudablemente! ¡Oh dioses! ¡Oh, cielos! O, témpora! O, mores!" ¡Vamos! ¡Pero este hombre es todo O! Esto explica que razone en círculo, y que por eso no haya ni pies ni cabeza en lo que dice. Estamos plenamente convencidos de que el pobre hombre es incapaz de escribir una sola palabra que no contenga una O. ¿Será una costumbre suya? Dicho sea de paso, este sujeto llegó del este con gran precipitación. ¿No habrá cometido algún dolo, o tendrá tantas deudas como las que ya tiene aquí? ¡Oh, es lamentable!»

No intentaré describir la indignación del señor Cabezudo ante estas escandalosas insinuaciones. Contra lo imaginable, sin embargo, y de acuerdo con el principio de las plumas de pato sobre las cuales resbala el agua, no era el ataque a su integridad el que más lo ofendía. Lo que lo inducía a la desesperación era que se burlaran de su estilo. ¡Cómo! ¡Él, Veleta Cabezudo, incapaz de escribir una palabra que no contuviera una O! Bien pronto iba a probar a ese ganapán que estaba equivocado. ¡Sí, ya le mostraría hasta qué punto estaba equivocado! El Veleta Cabezudo, procedente de Ranápolis, demostraría al señor John Smith que él, Cabezudo, era capaz de redactar, si así le parecía, un suelto completo... ¡sí, señor, un artículo entero!... donde tan despreciable vocal no figuraría ni una sola, lo que se dice ni una sola vez. ¡Pero no! Eso significaría inclinarse ante el susodicho John Smith. Él, Cabezudo, no cambiaría en nada su estilo, y menos para satisfacer los caprichos de un señor Smith. ¡Que tan vil pensamiento cayera en la nada! ¡Viva la O! Persistiría en la O. Sería todo lo Obstinado que pudiera.

Lleno de ardor ante lo caballeresco de tal determinación, el gran Veleta se limitó a insertar en La Tetera el siguiente suelto alusivo al desdichado asunto:

«El director de La Tetera tiene el honor de informar al director de La Gaceta que (La Tetera) aprovechará su edición de mañana para convencer (a La Gaceta) de que (La Tetera) puede y ha de ser su propio amo en materia de estilo; y que (La Tetera), con objeto de mostrar (a La Gaceta) el supremo y absoluto desprecio que las críticas (de La Gaceta) provocan en el seno independiente (de La Tetera), compondrá para especial satisfacción (?) (de La Gaceta) un artículo de fondo de cierta extensión, en el cual tan hermosa vocal — emblema de la Eternidad—, tan inofensiva para la hiperexquisita sensibilidad (de La Gaceta) no ha de ser ciertamente evitada por este muy obediente y humilde servidor (de La Gaceta). La Tetera.»

En cumplimiento de tan augusta amenaza, antes nebulosamente insinuada que claramente enunciada, el gran Cabezudo hizo oídos sordos a todos los pedidos de «material» y, limitándose a decir a su regente que se fuera al demonio, en momentos en que éste (el regente) le aseguraba que ya era tiempo de que La Tetera entrara en prensa, el gran Cabezudo, repetimos, hizo oídos sordos a todo y pasó la noche quemándose las pestañas hasta el alba, absorto en la composición del incomparable suelto que sigue:

«¡Oh, John; oh, tonto! ¿Cómo no te tomo encono, lomo de plomo? ¡Ve a Concord, John, antes de todo! ¡Vuelve pronto, gran mono romo! ¡Oh, eres un sollo, un oso, un topo, un lobo, un pollo! ¡No un mozo, no! ¡Tonto goloso! ¡Coloso sordo! ¡Te tomo odio, John! ¡Ya oigo tu coro, loco! ¿Somos bobos nosotros? ¡Tordo rojo! ¡Pon el hombro, y ve a Concord en otoño, con los colonos!», etc.

Exhausto, como es natural, por tan estupendo esfuerzo, el gran Veleta no fue capaz de ocuparse aquella noche de otra cosa. Firme, sereno, pero a la vez con un aire de autoridad vigilante, alargó su manuscrito al aprendiz tipógrafo y, tras ello, marchando sin apuro a casa, acogióse a su lecho con inefable dignidad.

Entretanto, el aprendiz a quien había sido confiado el suelto voló sin perder un instante a su caja y dispúsose a componer el manuscrito. Dado que la palabra inicial era ¡Oh...!, zambulló la mano en el agujero correspondiente al signo de admiración y la retiró triunfante con uno de dichos signos. Entusiasmado por este buen éxito, lanzóse de inmediato y con gran ímpetu al cajetín de las «oes» mayúsculas; pero, ¿quién describirá su horror cuando sus dedos volvieron a salir sin la anticipada letra entre los mismos? ¿Quién pintará su estupefacción y su rabia al advertir, mientras se frotaba los nudillos, que su mano no había hecho otra cosa que tantear inútilmente el fondo de un cajetín vacío? En el compartimento de las «o» mayúsculas no quedaba una sola «o» mayúscula; y, lanzando una ojeada temerosa al de las «o» minúsculas, el aprendiz comprobó para su indescriptible espanto que tampoco había allí ninguna letra. Despavorido, su primer impulso fue correr en busca del regente.

—¡Oh, señor! —jadeó, tratando de recobrar el aliento—. ¡No puedo componer nada si me faltan las oes!

—¿Qué diablos quieres decir? —gruñó el regente, malhumorado por el retardo de la edición.

—¡Señor... no queda ni una o en la caja... ni grande ni chica!

—¿Cómo? ¿Y dónde demonio han ido a parar todas las que había?

—Yo no sé, señor —dijo el chico—, pero uno de los aprendices de La Gaceta anduvo dando vueltas por aquí toda la noche, y a mí me parece que se las debe de haber robado.

—¡Que el infierno se lo trague! ¡Claro que sí! —gritó el regente, rojo de rabia—. No importa, Bob, yo te diré lo que has de hacer. En la primera ocasión que tengas entras allá y les sacas todas las «íes» que tengan... ¡y las «zetas» también, malditos sean!

—De acuerdo —dijo Bob, guiñando el ojo—. Ya lo creo que iré, y ya lo creo que les haré una buena. Pero... ¿y este suelto? Hay que componerlo esta noche, porque si no...

—Ya veo —dijo el regente, suspirando profundamente—. ¿Es un suelto muy largo, Bob?

—Yo no diría que es muy largo —opinó Bob.

—¡Ah, bueno, entonces arréglate como puedas! Sea como sea, tenemos que entrar de una vez por todas en prensa —agregó distraídamente el regente, sumergido hasta los codos en su trabajo—. En vez de «o» pon cualquier otra letra; de todos modos nadie va a leer lo que este tipo escribe.

—Muy bien —dijo Bob, y se volvió corriendo a su caja, mientras murmuraba para sí: «¿Con que tengo que ir a sacarles todas las "íes" y las "zetas", eh? ¡Pues yo soy el hombre para eso!» La verdad es que Bob, aunque sólo tenía doce años y cuatro pies de estatura, estaba pronto para afrontar cualquier lucha, siempre que no fuera muy dura.

La orden que acababa de darle el regente no era demasiado insólita, pues cosas así suelen ocurrir en las imprentas. Aunque me resulta imposible explicarlo, cuando eso sucede se acude siempre a la x como sustituto de la letra faltante. Quizá la razón resida en que la x tiende a sobreabundar en las cajas de composición (o, por lo menos, así ocurría en otros tiempos), por lo cual los impresores se han ido acostumbrando a emplearla para sustituir otras letras. En cuanto a Bob, frente a un caso como el presente, hubiera considerado escandaloso emplear otra letra que la x, pues tal era su costumbre.

—Tendré que ponerle x a este suelto —se dijo, mientras lo leía lleno de estupefacción—, pero que me cuelguen si no es el suelto con más oes que he visto en mi vida.

Inflexible, sin embargo, procedió a componer usando la x, y así entró el suelto en prensa.

A la mañana siguiente la población de Nópolis se quedó de una pieza al leer en La Tetera el siguiente extraordinario artículo:

«¡Xh, Jxhn, xh, txntx! ¿Cxmx nx te txmx encxnx, lxmx de plxmx! ¡Ve a Cxncxrd, Jxhn, antes de txdx! ¡Vuelve prxntx, gran mxnx rxmx! ¡Xh, eres un sxllx, un xsx, un txpx, un lxbx, un pxllx! ¡Nx un mxzx, nx! ¡Txntx gxlxsx! ¡Cxlxsx sxrdx! ¡Te txmx xdix, Jxhn! ¡Ya xigx tu cxrx, lxcx! ¿Sxmxs bxbxs nxsxtrxs? ¡Txrdx rxjx! ¡Pxn el hxmbrx, y ve a Cxncxrd en xtxñx, cxn Ixs cxlxnxs!», etc.

Difícil es concebir la agitación ocasionada por este místico y cabalístico artículo. La primera idea concreta que circuló entre el pueblo fue que en esos jeroglíficos se encerraba alguna traición diabólica, por lo cual hubo un avance general en dirección al domicilio de Cabezudo, a efectos de lincharlo. Pero dicho caballero no se encontraba allí. Habíase evaporado, sin que nadie supiera decir cómo, y desde entonces no se ha vuelto a ver ni siquiera su fantasma.

Incapaz de descubrir al legítimo objeto de su cólera, la muchedumbre fue calmándose poco a poco, dejando a manera de sedimento diversas opiniones sobre este desdichado asunto.

Un caballero opinaba que todo había sido una excelente broma.

Otro sostuvo que, de todas maneras, Cabezudo había demostrado poseer una fantasía exuberante.

Un tercero lo declaró excéntrico, pero no más que eso.

Un cuarto sólo alcanzaba a suponer, en el plan de Cabezudo, el deseo de expresar su exasperación de manera general.

«Digamos —completó un quinto— que quería exponer un ejemplo para la posteridad.»

Para todo el mundo resultaba claro que Cabezudo había sido arrastrado a tales extremos y, puesto que dicho director había desaparecido, hablóse en cierto momento de linchar al que quedaba.

La conclusión más compartida, sin embargo, fue que el asunto era sencillamente extraordinario e inexplicable. Incluso el matemático del pueblo admitió que no encontraba la solución del problema. Como todo el mundo sabía, x representaba una cantidad desconocida, una incógnita; pero en este caso (como hizo notar apropiadamente) había además una cantidad desconocida de x.

La opinión de Bob (que mantuvo en secreto su intervención en las x del suelto) no encontró la atención que a mi juicio merecía, aunque fue expresada abiertamente y sin ningún temor. Bob manifestó que, por su parte, no le cabían dudas sobre el asunto, pues era muy sencillo: «Nadie pudo persuadir jamás al señor Cabezudo de que bebiera lo que bebían los otros muchachos del pueblo; se pasaba el tiempo bebiendo esa condenada cerveza marca XXX, y, como natural consecuencia, se le mezcló con la bilis y lo hizo volverse extremadamente extravagante.»

METZENGERSTEIN

El horror y la fatalidad han estado al acecho en todas las edades. ¿Para qué, entonces, atribuir una fecha a la historia que he de contar? Baste decir que en la época de que hablo existía en el interior de Hungría una firme aunque oculta creencia en las doctrinas de la metempsicosis. Nada diré de las doctrinas mismas, de su falsedad o su probabilidad. Afirmo, sin embargo, que mucha de nuestra incredulidad (como lo dice La Bruyère de nuestra infelicidad) "vient de ne pouvoir être seuls".

Pero, en algunos puntos, la superstición húngara se aproximaba mucho a lo absurdo. Diferían en esto por completo de sus autoridades orientales. He aquí un ejemplo: El alma —afirmaban (según lo hace notar un agudo e inteligente parisiense)— "ne demeure qu' une seule fois dans un corps sensible: au reste, un cheval, un chien, un homme même, n'est que la ressemblance peu tangible de ces animaux".

Las familias de Berlifitzing y Metzengerstein hallábanse enemistadas desde hacía siglos. Jamás hubo dos casas tan ilustres separadas por su hostilidad tan letal. El origen de aquel odio parecía residir en las palabras de una antigua profecía: "Un augusto nombre sufrirá una terrible caída cuando, como el jinete en su caballo, la mortalidad de Metzengerstein triunfe sobre la inmortalidad de Berlifitzing".

Las palabras en sí significaban poco o nada. Pero causas aún más triviales han tenido —y no hace mucho— consecuencias memorables. Además, los dominios de las casas rivales eran contiguos y ejercían desde hacía mucho una influencia rival en los negocios del Gobierno. Los vecinos inmediatos son pocas veces amigos, y los habitantes del castillo de Berlifitzing podían contemplar, desde sus encumbrados contrafuertes, las ventanas del palacio de Metzengerstein. La más que feudal magnificencia de este último se prestaba muy poco a mitigar los irritables sentimientos de los Berlifitzing, menos antiguos y menos acaudalados. ¿Cómo maravillarse entonces de que las tontas palabras de una profecía lograran hacer estallar y mantener vivo el antagonismo entre dos familias ya predispuestas a querellarse por todas las razones de un orgullo hereditario? La profecía parecía entrañar —si entrañaba alguna cosa— el triunfo final de la casa más poderosa, y los más débiles y menos influyentes la recordaban con amargo resentimiento.

Wilhelm, conde de Berlifitzing, aunque de augusta ascendencia, era, en el tiempo de nuestra narración, un anciano inválido y chocho que sólo se hacía notar por una excesiva cuanto inveterada antipatía personal hacia la familia de su rival, y por un amor apasionado hacia la equitación y la caza, a cuyos peligros ni sus achaques corporales ni su incapacidad mental le impedían dedicarse diariamente.

Frederick, barón de Metzengerstein, no había llegado, en cambio, a la mayoría de edad. Su padre, el ministro G…, había muerto joven, y su madre, lady Mary, lo siguió muy pronto. En aquellos días, Frederick tenía dieciocho años. No es ésta mucha edad en las ciudades; pero en una soledad, y en una soledad tan magnífica como la de aquel antiguo principado, el péndulo vibra con un sentido más profundo.

Debido a las peculiares circunstancias que rodeaban la administración de su padre, el joven barón heredó sus vastas posesiones inmediatamente después de muerto aquél. Pocas veces se había visto a un noble húngaro dueño de semejantes bienes. Sus castillos eran incontables. El más esplendoroso, el más amplio era el palacio Metzengerstein. La línea limítrofe de sus dominios no había sido trazada nunca claramente, pero su parque principal comprendía un circuito de 50 millas.

En un hombre tan joven, cuyo carácter era ya de sobra conocido, semejante herencia permitía prever fácilmente su conducta venidera. En efecto, durante los tres primeros días, el comportamiento del heredero sobrepasó todo lo imaginable y excedió las esperanzas de sus más entusiastas admiradores. Vergonzosas orgías, flagrantes traiciones, atrocidades inauditas, hicieron comprender rápidamente a sus temblorosos vasallos que ninguna sumisión servil de su parte y ningún resto de conciencia por parte del amo proporcionarían en adelante garantía alguna contra las garras despiadadas de aquel pequeño Calígula. Durante la noche del cuarto día estalló un incendio en las caballerizas del castillo de Berlifitzing, y la opinión unánime agregó la acusación de incendiario a la ya horrorosa lista de los delitos y enormidades del barón.

Empero, durante el tumulto ocasionado por lo sucedido, el joven aristócrata hallábase aparentemente sumergido en la meditación en un vasto y desolado aposento del palacio solariego de Metzengerstein. Las ricas aunque desvaídas colgaduras que cubrían lúgubremente las paredes representaban imágenes sombrías y majestuosas de mil ilustres antepasados. Aquí, sacerdotes de manto de armiño y dignatarios pontificios, familiarmente sentados junto al autócrata y al soberano, oponían su veto a los deseos de un rey temporal, o contenían con el fiat de la supremacía papal el cetro rebelde del archienemigo. Allí, las atezadas y gigantescas figuras de los príncipes de Metzengerstein, montados en robustos corceles de guerra, que pisoteaban al enemigo caído, hacían sobresaltar al más sereno contemplador con su expresión vigorosa; y otra vez aquí, las figuras voluptuosas, como de cisnes, de las damas de antaño, flotaban en el laberinto de una danza irreal, al compás de una imaginaria melodía.

Pero mientras el barón escuchaba o fingía escuchar el creciente tumulto en las caballerizas de Berlifitzing —y quizá meditaba algún nuevo acto, aún más audaz—, sus ojos se volvían distraídamente hacia la imagen de un enorme caballo, pintado con un color que no era natural, y que aparecía en las tapicerías como perteneciente a un sarraceno, antecesor de la familia de su rival. En el fondo de la escena, el caballo permanecía inmóvil y estatuario, mientras aún más lejos su derribado jinete perecía bajo el puñal de un Metzengerstein.

En los labios de Frederick se dibujó una diabólica sonrisa, al darse cuenta de lo que sus ojos habían estado contemplando inconscientemente. No pudo, sin embargo, apartarlos de allí. Antes bien, una ansiedad inexplicable pareció caer como un velo fúnebre sobre sus sentidos. Le resultaba difícil conciliar sus soñolientas e incoherentes sensaciones con la certidumbre de estar despierto. Cuanto más miraba, más absorbente se hacía aquel encantamiento y más imposible parecía que alguna vez pudiera alejar sus ojos de la fascinación de aquella tapicería. Pero como afuera el tumulto era cada vez más violento, logró, por fin, concentrar penosamente su atención en los rojizos resplandores que las incendiadas caballerizas proyectaban sobre las ventanas del aposento.

Con todo, su nueva actitud no duró mucho y sus ojos volvieron a posarse mecánicamente en el muro. Para su indescriptible horror y asombro, la cabeza del gigantesco corcel parecía haber cambiado, entretanto, de posición. El cuello del animal, antes arqueado como si la compasión lo hiciera inclinarse sobre el postrado cuerpo de su amo, tendíase ahora en dirección al barón. Los ojos, antes invisibles, mostraban una expresión enérgica y humana, brillando con un extraño resplandor rojizo como de fuego; y los abiertos belfos de aquel caballo, aparentemente enfurecido, dejaban a la vista sus sepulcrales y repugnantes dientes.

Estupefacto de terror, el joven aristócrata se encaminó, tambaleante, hacia la puerta. En el momento de abrirla, un destello de luz roja, inundando el aposento, proyectó claramente su sombra contra la temblorosa tapicería, y Frederick se estremeció al percibir que aquella sombra (mientras él permanecía titubeando en el umbral) asumía la exacta posición y llenaba completamente el contorno del triunfante matador del sarraceno Berlifitzing.

Para calmar la depresión de su espíritu, el barón corrió al aire libre. En la puerta principal del palacio encontró a tres escuderos. Con gran dificultad, y a riesgo de sus vidas, los hombres trataban de calmar los convulsivos saltos de un gigantesco caballo de color de fuego.

—¿De quién es este caballo? ¿Dónde lo encontraron? —demandó el joven, con voz tan sombría como colérica, al darse cuenta de que el misterioso corcel de la tapicería era la réplica exacta del furioso animal que estaba contemplando.

—Es suyo, señor —repuso uno de los escuderos—, o, por lo menos, no sabemos que nadie lo reclame. Lo atrapamos cuando huía, echando humo y espumante de rabia, de las caballerizas incendiadas del conde de Berlifitzing. Suponiendo que era uno de los caballos extranjeros del conde, fuimos a devolverlo a sus hombres. Pero éstos negaron haber visto nunca al animal, lo cual es raro, pues bien se ve que escapó por muy poco de perecer en las llamas.

—Las letras W.V.B. están claramente marcadas en su frente —interrumpió otro escudero—. Como es natural, pensamos que eran las iniciales de Wilhelm Von Berlifitzing, pero en el castillo insisten en negar que el caballo les pertenezca.

—¡Extraño, muy extraño! —dijo el joven barón con aire pensativo, y sin cuidarse, al parecer, del sentido de sus palabras—. En efecto, es un caballo notable, un caballo prodigioso… aunque, como observan justamente, tan peligroso como intratable… Pues bien, déjenmelo —agregó, luego de una pausa—. Quizá un jinete como Frederick de Metzengerstein sepa domar hasta el diablo de las caballerizas de Berlifitzing.

—Se engaña, señor; este caballo, como creo haberle dicho, no proviene de las caballadas del conde. Si tal hubiera sido el caso, conocemos demasiado bien nuestro deber para traerlo a presencia de alguien de su familia.

—¡Cierto! —observó secamente el barón.

En ese mismo instante, uno de los pajes de su antecámara vino corriendo desde el palacio, con el rostro empurpurado. Habló al oído de su amo para informarle de la repentina desaparición de una pequeña parte de las tapicerías en cierto aposento, y agregó numerosos detalles tan precisos como completos. Como hablaba en voz muy baja, la excitada curiosidad de los escuderos quedó insatisfecha.

Mientras duró el relato del paje, el joven Frederick pareció agitado por encontradas emociones. Pronto, sin embargo, recobró la compostura, y mientras se difundía en su rostro una expresión de resuelta malignidad, dio perentorias órdenes para que el aposento en cuestión fuera inmediatamente cerrado y se le entregara al punto la llave.

—¿Ha oído la noticia de la lamentable muerte del viejo cazador Berlifitzing? —dijo uno de sus vasallos al barón, quien después de la partida del paje seguía mirando los botes y las arremetidas del enorme caballo que acababa de adoptar como suyo, y que redoblaba su furia mientras lo llevaban por la larga avenida que unía el palacio con las caballerizas de los Metzengerstein.

—¡No! —exclamó el barón, volviéndose bruscamente hacia el que había hablado—. ¿Muerto, dices?

—Por cierto que sí, señor, y pienso que para el noble que ostenta su nombre no será una noticia desagradable.

Una rápida sonrisa pasó por el rostro del barón.

—¿Cómo murió?

—Entre las llamas, esforzándose por salvar una parte de sus caballos de caza favoritos.

—¡Re…al…mente! —exclamó el barón, pronunciando cada sílaba como si una apasionante idea se apoderara en ese momento de él.

—¡Realmente! —repitió el vasallo.

—¡Terrible! —dijo serenamente el joven, y se volvió en silencio al palacio.

Desde aquel día, una notable alteración se manifestó en la conducta exterior del disoluto barón Frederick de Metzengerstein. Su comportamiento decepcionó todas las expectativas, y se mostró en completo desacuerdo con las esperanzas de muchas damas, madres e hijas casaderas; al mismo tiempo, sus hábitos y manera de ser siguieron diferenciándose más que nunca de los de la aristocracia circundante. Jamás se le veía fuera de los límites de sus dominios, y en aquellas vastas extensiones parecía andar sin un solo amigo —a menos que aquel extraño, impetuoso corcel de ígneo color, que montaba continuamente, tuviera algún misterioso derecho a ser considerado como su amigo.

Durante largo tiempo, empero, llegaron a palacio las invitaciones de los nobles vinculados con su casa. "¿Honrará el barón nuestras fiestas con su presencia?" "¿Vendrá el barón a cazar con nosotros el jabalí?" Las altaneras y lacónicas respuestas eran siempre: "Metzengerstein no irá a la caza", o "Metzengerstein no concurrirá".

Aquellos repetidos insultos no podían ser tolerados por una aristocracia igualmente altiva. Las invitaciones se hicieron menos cordiales y frecuentes, hasta que cesaron por completo. Incluso se oyó a la viuda del infortunado conde Berlifitzing expresar la esperanza de que "el barón tuviera que quedarse en su casa cuando no deseara estar en ella, ya que desdeñaba la sociedad de sus pares, y que cabalgara cuando no quisiera cabalgar, puesto que prefería la compañía de un caballo". Aquellas palabras eran sólo el estallido de un rencor hereditario, y servían apenas para probar el poco sentido que tienen nuestras frases cuando queremos que sean especialmente enérgicas.

Los más caritativos, sin embargo, atribuían aquel cambio en la conducta del joven noble a la natural tristeza de un hijo por la prematura pérdida de sus padres; ni que decir que echaban al olvido su odiosa y desatada conducta en el breve periodo inmediato a aquellas muertes. No faltaban quienes presumían en el barón un concepto excesivamente altanero de la dignidad. Otros —entre los cuales cabe mencionar al médico de la familia— no vacilaban en hablar de una melancolía morbosa y mala salud hereditaria; mientras la multitud hacía correr oscuros rumores de naturaleza aún más equívoca.

Por cierto que el obstinado afecto del joven hacia aquel caballo de reciente adquisición —afecto que parecía acendrarse a cada nueva prueba que daba el animal de sus feroces y demoníacas tendencias— terminó por parecer tan odioso como anormal a ojos de todos los hombres de buen sentido. Bajo el resplandor del mediodía, en la oscuridad nocturna, enfermo o sano, con buen tiempo o en plena tempestad, el joven Metzengerstein parecía clavado en la montura del colosal caballo, cuya intratable fiereza se acordaba tan bien con su propia manera de ser.

Agregábanse además ciertas circunstancias que, unidas a los últimos sucesos, conferían un carácter extraterreno y portentoso a la manía del jinete y a las posibilidades del caballo. Habíanse medido cuidadosamente la longitud de alguno de sus saltos, que excedían de manera asombrosa las más descabelladas conjeturas. El barón no había dado ningún nombre a su caballo, a pesar de que todos los otros de su propiedad los tenían. Su caballeriza, además, fue instalada lejos de las otras, y sólo su amo osaba penetrar allí y acercarse al animal para darle de comer y ocuparse de su cuidado. Era asimismo de observar que, aunque los tres escuderos que se habían apoderado del caballo cuando escapaba del incendio en la casa de los Berlifitzing, lo habían contenido por medio de una cadena y un lazo, ninguno podía afirmar con certeza que en el curso de la peligrosa lucha, o en algún momento más tarde, hubiera apoyado la mano en el cuerpo de la bestia. Si bien los casos de inteligencia extraordinaria en la conducta de un caballo lleno de bríos no tienen por qué provocar una atención fuera de lo común, ciertas circunstancias se imponían por la fuerza aun a los más escépticos y flemáticos; se afirmó incluso que en ciertas ocasiones la boquiabierta multitud que contemplaba a aquel animal había retrocedido horrorizada ante el profundo e impresionante significado de la terrible apariencia del corcel; ciertas ocasiones en que aun el joven Metzengerstein palidecía y se echaba atrás, evitando la viva, la interrogante mirada de aquellos ojos que parecían humanos.

Empero, en el séquito del barón nadie ponía en duda el ardoroso y extraordinario efecto que las fogosas características de su caballo provocaban en el joven aristócrata; nadie, a menos que mencionemos a un insignificante pajecillo contrahecho, que interponía su fealdad en todas partes y cuyas opiniones carecían por completo de importancia. Este paje (si vale la pena mencionarlo) tenía el descaro de afirmar que su amo jamás se instalaba en la montura sin un estremecimiento tan imperceptible como inexplicable, y que al volver de sus largas y habituales cabalgatas, cada rasgo de su rostro aparecía deformado por una expresión de triunfante malignidad.

Una noche tempestuosa, al despertar de un pesado sueño, Metzengerstein bajó como un maniaco de su aposento y, montando a caballo con extraordinaria prisa, se lanzó a las profundidades de la floresta. Una conducta tan habitual en él no llamó especialmente la atención, pero sus domésticos esperaron con intensa ansiedad su retorno cuando, después de algunas horas de ausencia, las murallas del magnífico y suntuoso palacio de los Metzengerstein comenzaron a agrietarse y a temblar hasta sus cimientos, envueltas en la furia ingobernable de un incendio.

Aquellas lívidas y densas llamaradas fueron descubiertas demasiado tarde; tan terrible era su avance que, comprendiendo la imposibilidad de salvar la menor parte del edificio, la muchedumbre se concentró cerca del mismo, envuelta en silencioso y patético asombro. Pero pronto un nuevo y espantoso suceso reclamó el interés de la multitud, probando cuánto más intensa es la excitación que provoca la contemplación del sufrimiento humano, que los más espantosos espectáculos que pueda proporcionar la materia inanimada.

Por la larga avenida de antiguos robles que llegaba desde la floresta a la entrada principal del palacio se vio venir un caballo dando enormes saltos, semejante al verdadero Demonio de la Tempestad, y sobre el cual había un jinete sin sombrero y con las ropas revueltas.

Veíase claramente que aquella carrera no dependía de la voluntad del caballero. La agonía que se reflejaba en su rostro, la convulsiva lucha de todo su cuerpo, daban pruebas de sus esfuerzos sobrehumanos; pero ningún sonido, salvo un solo alarido, escapó de sus lacerados labios que se había mordido una y otra vez en la intensidad de su terror. Transcurrió un instante, y el resonar de los cascos se oyó clara y agudamente sobre el rugir de las llamas y el aullar de los vientos; pasó otro instante y, con un solo salto que le hizo franquear el portón y el foso, el corcel penetró en la escalinata del palacio llevando siempre a su jinete y desapareciendo en el torbellino de aquel caótico fuego.

La furia de la tempestad cesó de inmediato, siendo sucedida por una profunda y sorda calma. Blancas llamas envolvían aún el palacio como una mortaja, mientras en la serena atmósfera brillaba un resplandor sobrenatural que llegaba hasta muy lejos; entonces una nube de humo se posó pesadamente sobre las murallas, mostrando distintamente la colosal figura de… un caballo.

LA ISLA DEL HADA

Nullus enim locus sine genio est.
(SERVIUS)

La musique —dice Marmontel en esos Contes Moraux[32] que en nuestras traducciones hemos insistido en llamar Cuentos morales como en remedo de su ingenio—, la musique est le seul des talents qui jouisse de lui même; tous les autres veulent des témoins. Aquí confunde el placer que brindan los sonidos agradables con la capacidad de crearlos. Como en cualquier otro talento, no es posible un goce completo de la música si no hay una segunda persona que aprecia su ejecución. Y tiene en común con los otros talentos la posibilidad de producir efectos que pueden ser plenamente disfrutados en soledad. La idea que el raconteur no ha sido capaz de elaborar claramente, o que ha sacrificado en aras de ese amor nacional por el dicho agudo, es, sin duda, la muy sostenible de que la música más elevada es la que mejor se estima cuando estamos exclusivamente solos. En esta forma pueden admitir la proposición tanto aquellos que aman la lira por sí misma como los que la aman por sus usos espirituales. Pero hay un placer al alcance de la humanidad caída, y quizá sólo uno, que debe aún más que la música a la accesoria sensación de aislamiento.

Me refiero a la felicidad experimentada en la contemplación del paisaje natural. En verdad, el hombre que quiere contemplar plenamente la gloria de Dios en la tierra debe contemplarla en soledad. Para mí, al menos, la presencia, no sólo de vida humana, sino de cualquier otra clase que no sea la de los seres verdes que brotan del suelo y no tienen voz, es una mancha en el paisaje, está en pugna con su genio. Me gusta mirar los valles oscuros, las rocas grises, las aguas que sonríen silenciosas, los bosques que suspiran en sueños intranquilos, las orgullosas montañas vigilantes que lo contemplan todo desde arriba; me gusta mirarlos como si fueran los miembros colosales de un vasto todo animado y sensible, un todo cuya forma (la de la esfera) es la más perfecta y la más amplia de todas, que prosigue su camino en compañía de otros planetas; cuya mansa sierva es la luna, su mediato soberano el sol, su vida la eternidad, su pensamiento el de un dios, su goce el conocimiento; cuyos destinos

---

[32] Moraux deriva aquí de mœurs, y significa a la moda, o más estrictamente, «de costumbres».

se pierden en la inmensidad; que nos conoce de manera análoga a como nosotros conocemos los animálculos que infestan el cerebro, un ser al que, en consecuencia, consideramos como puramente inanimado y material, de manera muy semejante a la de esos animálculos con respecto a nosotros.

Nuestro telescopio y nuestras investigaciones matemáticas nos aseguran por doquiera —a pesar de la gazmoñería del más ignorante de los sacerdocios— que el espacio, y en consecuencia el volumen, es una consideración importante a los ojos del Todopoderoso. Los ciclos en los cuales se mueven las estrellas son los mejor adaptados para la evolución, sin choque, de la mayor cantidad posible de cuerpos. Las formas de esos cuerpos son las exactamente precisas para incluir, dentro de una superficie dada, la mayor cantidad posible de materia, al par que dichas superficies están dispuestas de manera de acomodar una población más densa de la que cabría en las mismas ordenadas de otra manera. Que el espacio sea infinito no es un argumento contra la idea de que el volumen es una finalidad de Dios, pues puede haber una infinidad de materia para llenarlo. Y puesto que vemos claramente que dotar a la materia de vitalidad es un principio —en realidad, en la medida del alcance de nuestros juicios, el principio conductor de las operaciones de la Deidad—, no es muy lógico imaginarla reducida a las regiones de lo pequeño, donde diariamente la descubrimos, y no extendida a las de lo augusto. Así como encontramos un círculo dentro de otro, infinitamente, pero girando todos en torno a un centro lejano que es la divinidad, ¿no podemos suponer analógicamente, de la misma manera, la vida dentro de la vida, lo menor dentro de lo mayor y el todo dentro del Espíritu Divino? En una palabra, erramos grandemente por fatuidad al creer que el hombre, ya en su destino temporal, ya futuro, es más importante en el universo que ese vasto «terrón del valle» que labra y menosprecia, y al cual niega un alma sin ninguna razón profunda, como no sea porque no le contempla en acción[33].

Estas fantasías y otras semejantes siempre conferían a mis meditaciones en las montañas y en los bosques, junto a los ríos y al océano, ese matiz que el común de las gentes llama fantástico. Mis vagabundeos por esos paisajes eran frecuentes, extraños, a menudo solitarios, y el interés con que me perdía por numerosos valles sombríos

---

[33] Hablando de las mareas, Pomponius Mela dice, en su tratado De Situ Orbis: «O el mundo es un gran animal, o...», etc.

y profundos, o contemplaba el cielo reflejado de muchos lagos brillantes, era un interés acrecentado por la convicción de que me había perdido en una contemplación solitaria. ¿Quién fue el francés charlatán[34] que dijo, aludiendo a la bien conocida obra de Zimmerman, que «la solitude est une belle chose; mais il faut quelqu'un pour vous dire que la solitude est une belle chose»? El epigrama es irrefutable; pero esa necesidad es una cosa que no existe.

Durante uno de mis viajes solitarios, en una lejanísima región de montañas encerradas entre montañas, y tristes ríos y melancólicos lagos sinuosos o dormidos, hallé cierto arroyuelo con una isla. Llegué de improviso, en junio, el mes de la fronda, y me tendí en el césped, bajo las ramas de un oloroso arbusto desconocido, de manera de adormecerme mientras contemplaba la escena. Sentía que sólo así podría verla, tal era el carácter fantasmal que presentaba.

En todas partes, salvo en occidente, donde el sol estaba por ponerse, se elevaban los verdes muros del bosque. El riacho, que formaba un brusco codo en su curso perdiéndose inmediatamente de vista, parecía no salir de su prisión, sino ser absorbido por el profundo follaje verde de los árboles hacia el este, mientras en el lado opuesto (así lo pensé, tendido en el suelo mirando hacia arriba) se derramaba en el valle, silenciosa y continua desde las crepusculares fuentes del cielo, una espléndida cascada oro y carmesí.

Más o menos en el centro de la breve perspectiva que abarcaba mi visión soñadora, una pequeña isla circular, profusamente verde, reposaba en el seno de la corriente.

Tan fundidas estaban la ribera y la sombra que todo parecía suspendido en el aire, tan semejante a un espejo era el agua transparente, que resultaba casi imposible decir en qué punto del inclinado césped esmeralda comenzaba su dominio de cristal.

Mi posición me permitía abarcar de una sola mirada las dos extremidades, este y oeste, del islote, y observé una diferencia singularmente marcada en su aspecto. El último era un radiante harén de bellezas jardineras. Ardía y se ruborizaba bajo la mirada del sol poniente, y reía bellamente con sus flores. El césped era corto, muelle, suavemente perfumado y sembrado de asfódelos. Los árboles eran flexibles, alegres, erguidos, brillantes, esbeltos y graciosos, de línea y follaje orientales, con una corteza suave, lustrosa, multicolor. En todo parecía haber un

---

[34] Balzac, en esencia; no recuerdo las palabras.

profundo sentido de vida y de alegría, y, aunque no soplaba el aire de los cielos, todo parecía animado por el delicado ir y venir de innumerables mariposas que podían tomarse por tulipanes con alas[35].

El otro lado, el lado este de la isla, estaba sumido en la más negra sombra. Una oscura y sin embargo hermosa y apacible melancolía penetraba allí todas las cosas. Los árboles eran de color sombrío, lúgubres de forma y de actitud, retorcidos en figuras tristes, solemnes, espectrales, que expresaban pena letal y muerte prematura. El césped tenía el matiz profundo del ciprés y se inclinaba lánguido, y aquí y allá veíanse numerosos montículos pequeños y feos, bajos y estrechos, no muy largos, que tenían el aspecto de tumbas, pero no lo eran, aunque alrededor y encima treparan la ruda y el romero. La sombra de los árboles caía densa sobre el agua y parecía sepultarse en ella, impregnando de oscuridad las profundidades del elemento. Imaginé que cada sombra, a medida que el sol descendía, se separaba tristemente del tronco donde había nacido y era absorbida por la corriente, mientras otras sombras brotaban por momentos de los árboles ocupando el lugar de sus predecesoras sepultas.

Una vez que esta idea se hubo adueñado de mi fantasía, la excitó mucho y me perdí de inmediato en ensueños. «Si hubo alguna isla encantada —me dije—, hela aquí. Ésta es la morada de las pocas hadas graciosas que sobreviven a la ruina de la raza. ¿Son suyas esas verdes tumbas? ¿O entregan sus dulces vidas como el hombre? Para morir, ¿consumen su vida melancólicamente, ceden a Dios poco a poco su existencia, como esos árboles entregan sombra tras sombra, agotando sus sustancias hasta la disolución? Lo que el árbol agotado es para el agua que embebe su sombra, ennegreciéndose a medida que la devora, ¿no será la vida del hada para la muerte que la anega?»

Mientras así meditaba, con los ojos entrecerrados, y el sol se hundía rápidamente en su lecho, y los remolinos corrían alrededor de la isla, arrastrando en su seno anchas, deslumbrantes, blancas cortezas de sicómoro, cortezas que, en sus múltiples posiciones sobre el agua, podían sugerir a una imaginación rápida lo que ésta gustara; mientras así meditaba, me pareció que la forma de una de esas mismas hadas en las cuales había estado pensando se encaminaba lentamente hacia la oscuridad desde la luz de la parte oriental de la isla. Allí estaba, erguida en una canoa singularmente frágil, impulsándola con el simple fantasma

---

[35] Florem putares mare per liquidum aethera (P. Commire).

de un remo. Mientras estuvo bajo la influencia del sol tardío, su actitud parecía indicar alegría, pero la pena la alteró al pasar al dominio de la sombra. Lentamente se deslizó por ella y, al fin, rodeando la isla, volvió a la región de la luz. «La revolución que acaba de cumplir el hada —continué soñador— es el ciclo de un breve año de su vida. Ha atravesado el invierno y el verano. Está un año más cerca de la muerte»; pues no dejé de ver que, al llegar a la tiniebla, su sombra se desprendía y era tragada por el agua oscura, tornando más negra su negrura.

Y de nuevo aparecieron el bote y el hada; pero en la actitud de ésta había más preocupación e incertidumbre, menos dinámica alegría. Navegó de nuevo desde la luz hacia la tiniebla (que se ahondaba por momentos), y de nuevo se desprendió su sombra y cayó en el agua de ébano, que la absorbió en su negrura. Y una y otra vez repitió el circuito de la isla (mientras el sol se precipitaba hacia su lecho), y cada vez que surgía en la luz había más pesar en su figura, cada vez más débil, más abatida, más indistinta; y a cada paso hacia la tiniebla desprendíase de ella una sombra más oscura, que se hundía en una sombra más negra. Pero, al fin, cuando el sol hubo desaparecido totalmente, el hada, ahora simple espectro de sí misma, se dirigió desconsolada con su bote a la región de la corriente de ébano y, si salió de allí, no puedo decirlo, pues la oscuridad cayó sobre todas las cosas y nunca más contemplé su mágica figura.

AUTOBIOGRAFÍA LITERARIA DE THINGUM BOB, ESQ. [36]

(Ex director del Goosetherumfoodle)

Dado que mis años van en aumento y, según tengo entendido, tanto Shakespeare como Mr. Emmons fallecieron alguna vez, no es imposible que hasta yo tenga que morir. He pensado, pues, que bien podía retirarme del campo de las letras y dormir en mis laureles. Pero ansío dejar señalada mi abdicación del cetro literario con algún importante legado a la posteridad, y quizá nada mejor para ello que narrar la historia de los primeros tiempos de mi carrera. Tanto y tan constantemente ha brillado mi nombre ante los ojos del público, que no sólo estoy dispuesto a admitir lo natural de ese interés universalmente provocado, sino a satisfacer la extrema curiosidad que inspiró siempre. Por lo demás, constituye un deber de aquel que ha llegado a la grandeza dejar en su ascenso los hitos necesarios para guiar a los otros que ascenderán a su vez. Me propongo, pues, detallar en este artículo (que estuve a punto de titular «Datos para servir a la historia literaria de Norteamérica») esos importantes, aunque débiles y vacilantes primeros pasos por los cuales llegué a la larga al pináculo del renombre humano.

Superfluo sería hablar demasiado de nuestros ascendientes muy remotos. Mi padre, Thomas Bob, Esq., mantúvose muchos años en la cumbre de su profesión, que era la de barbero en la ciudad de Smug. Su negocio constituía el centro de reunión de los principales del lugar, y especialmente de los pertenecientes al cuerpo periodístico —cuerpo que provoca en todas partes profunda veneración y respeto—. Por mi parte, contemplábalos yo como a dioses, y bebía ávidamente el opulento ingenio y la sabiduría que continuamente fluía de sus augustas bocas durante el desarrollo del proceso conocido por «jabonadura». Mi primer momento de verdadera inspiración data de aquella época memorable, cuando el brillante director del Gad—fly, en los intervalos del importante proceso mencionado, recitó en alta voz, ante un cónclave formado por nuestros aprendices, un inimitable poema en honor del «Único genuino Aceite de Bob» (así llamado por el nombre de su talentoso inventor, mi

---

[36] Thingum—bob se usa en inglés para reemplazar un nombre que no se recuerda en el momento. Estos juegos de palabras se multiplican a lo largo del relato. (N. del T.)

padre), y recibió por aquella efusión una generosa y real recompensa de la firma Thomas Bob & Compañía, comerciantes barberos.

El genio presente en las estrofas del «Aceite de Bob» me infundió por primera vez el divino afflatus. Inmediatamente resolví llegar a ser un gran hombre, comenzando para ello por ser un gran poeta. Aquella misma noche caí de hinojos a los pies de mi padre.

—¡Padre, perdóname —dije—, pero mi alma está por encima de la espuma de jabón! Tengo el firme propósito de marcharme del negocio. Quiero ser director... quiero ser poeta... quiero escribir estrofas al «Aceite de Bob». ¡Perdóname, y ayúdame a ser grande!

—Querido Thingum —repuso mi padre (el nombre Thingum me venía de un pariente rico así llamado)—, querido Thingum —agregó, levantándome por las orejas—, Thingum, muchacho, eres un real mozo, y gracias a tus padres has recibido un alma. Además, como tu cabeza es enorme, contiene sin duda un cerebro considerable. Hace tiempo que lo vengo notando, y por eso tenía pensado hacer de ti un abogado. Pero la profesión ha perdido su caballerosidad, y la de político no da para gastos. Creo que no estás desacertado; el negocio de director de periódico es lo mejor, y, si al mismo tiempo puedes ser un poeta (como lo son la mayoría de los directores, dicho sea de paso), pues bien, matarás dos pájaros de un tiro. Para estimularte en tus comienzos te asignaré la buhardilla; tendrás pluma, tinta y papel, un diccionario de la rima y un ejemplar del *Gad—Fly.* Supongo que no pretenderás nada más.

—¡Sería un ingrato y un villano si tal pretendiera! —repuse entusiasmado—. Tu generosidad es ilimitada. ¡Te la retribuiré convirtiéndote en el padre de un genio!

Terminó así mi confesión con el mejor de los hombres, e inmediatamente me consagré con todo celo a mis labores poéticas, ya que fundaba en ellas mis principales esperanzas para elevarme hasta la cátedra de la dirección periodística.

En mis primeras tentativas de composición descubrí que las estrofas del «Aceite de Bob» eran más un inconveniente que otra cosa. Su esplendor, en vez de iluminarme me mareaba. La contemplación de su excelencia tenía, como es natural, que descorazonarme si la comparaba con mis propios abortos; por lo cual trabajé largo tiempo en vano. Por fin nació en mi mente una de esas ideas exquisitamente originales que alguna que otra vez invaden el cerebro de un hombre de genio. Hela aquí —o, más bien, he aquí la forma en que la llevé a la práctica—. En una vetusta librería situada en los aledaños de la ciudad desenterré algunos volúmenes tan antiguos como desconocidos, que el librero me vendió por menos que nada. De uno de ellos, que pretendía ser la traducción de una obra llamada Inferno, de un tal Dante, copié con suma prolijidad un largo pasaje acerca de un individuo llamado Ugolino, que tenía varios chiquillos. De otro libro, que contenía numerosas obras de teatro del tiempo viejo, escritas por alguien cuyo nombre he olvidado, extraje del mismo modo y con idéntico cuidado muchos versos que hablaban de «ángeles», «sacerdotes bendiciendo la mesa» y «espíritus malignos», y muchos más. De un tercero, que era obra de un ciego, no sé si griego o indio Choctaw (no se puede pretender que me acuerde en detalle de cada insignificancia), extraje unos cincuenta versos que empezaban hablando de «la cólera de Aquiles», de «grasa» y otras cosas. De un cuarto, que, según recuerdo, era también obra de un ciego, elegí una o dos páginas llenas de «salves» y «santa luz»», y aunque me pregunto qué tiene un ciego que escribir acerca de la luz, de todos modos aquellos versos eran bastante buenos a su manera.

Luego que hube pasado en limpio los poemas, los firmé a todos «Oppodeldoc» (un hermoso, sonoro nombre) y, poniéndolos en sendos y bonitos sobres separados, los envié respectivamente a las cuatro principales revistas literarias, solicitando su rápida publicación y pronto pago. Pero el resultado de este bien concebido plan (cuyo éxito me hubiera evitado tantos disgustos en el futuro) sirvió para convencerme de que no es posible embaucar a ciertos directores, y dio el coup de grâce (como dicen en Francia) a mis nacientes esperanzas (como dicen en la ciudad de los trascendentales)[37].

La cuestión es que cada una de las revistas dio un terrible vapuleo a Mr. «Oppodeldoc» en sus «Respuestas Mensuales a los Colaboradores». El Hum—Drum lo hizo de la siguiente manera:

Oppodeldoc (sea quien sea) nos ha enviado una larga tirada referente a un loco a quien llama "Ugolino', padre de muchos hijos que merecían una buena azotaina y que los mandaran a la cama sin cenar. El poema en cuestión es lamentablemente flojo, por no decir chato. Oppodeldoc (sea quien sea) carece por completo de imaginación, y la imaginación, según pensamos humildemente, no sólo es el alma de la POESÍA, sino su corazón. Oppodeldoc (sea quien sea) ha tenido la audacia de exigirnos "rápida publicación y pronto pago" de su chachara. Jamás publicamos ni adquirimos colaboraciones de esa estofa. No cabe duda, sin embargo, que le será muy fácil encontrar comprador para todos los disparates que

---

[37] Alusión a la escuela filosófica cuya primera figura era Emerson. (N. del T.)

garrapatee, en las redacciones del Rowdy—Dow, del Lollipop o del Goosetherumfoodle.»

Preciso es reconocer que todo esto era sumamente severo para «Oppodeldoc», pero el rasgo más cruel consistía en la impresión de la palabra POESÍA con mayúsculas. ¡Qué mundo de amargura no está contenido en esas seis letras preeminentes!

Pero «Oppodeldoc» era castigado con igual severidad en el Rowdy—Dow, quien se expresaba así:

Hemos recibido una muy singular e insolente comunicación de una persona que (sea quien sea) se firma "Oppodeldoc", profanando así la grandeza del ilustre emperador romano de ese nombre. Acompañando la carta de "Oppodeldoc" (sea quien sea) encontramos abundantes versos tan campanudos como repelentes e ininteligibles, que hablan de "ángeles y ministros bendicientes", y que sólo insanos como un Nat Lee[38] o un "Oppodeldoc" son capaces de perpetrar. Y por esta hojarasca de hojarascas se pretende que "paguemos prontamente". ¡No, señor, no! No pagamos cosas semejantes. Diríjase usted al Hum—Drum, al Lollipop o al Goosetherumfoodle. Dichos periódicos aceptarán sin duda alguna cualquier desperdicio literario que se le ocurra enviarles, y también sin duda alguna prometerán pagarlo.»

Esto era muy amargo, por cierto, para el pobre «Oppodeldoc», pero en este caso el peso de la sátira caía sobre el Hum—Drum, el Lollipop y el Goosetherumfoodle, a quienes se calificaba ácidamente de «periódicos» (y en itálicas, para colmo), cosa que debió de herirlos en pleno corazón.

Apenas menos salvaje se mostró el Lollipop, que se expresó en esta forma:

Cierto individuo que se goza en hacerse llamar "Oppodeldoc" (¡a qué bajos usos se aplican a veces los nombres de los muertos ilustres!) nos ha hecho llegar cincuenta o sesenta versos que comienzan de esta manera:

La cólera de Aquiles, para Grecia calamitosa fuente de innumerables males, etc., etc.

Informamos respetuosamente a Oppodeldoc (sea quien sea) que no hay en nuestra casa un solo aprendiz que no componga cotidianamente mejores versos. Los de Oppodeldoc no se pueden escandir. Oppodeldoc

---

[38] Nathaniel Lee, dramaturgo inglés, 1653?—1692. Ni que decir que los versos son de «Nat»Lee. (N. del T.)

debería aprender a contar. Pero lo que va más allá de nuestra comprensión es cómo se le puede haber ocurrido la idea de que nosotros (¡nosotros, nada menos!) deshonraríamos nuestras páginas con sus inefables disparates. Semejantes garrapateos son apenas buenos para figurar en el Hum—Drum, el Rowdy—Dow y el Goosetherumfoodle, que no vacilan en publicar, como si fueran grandes novedades, los versos que todos sabíamos de niños. Y "Oppodeldoc" (sea quien sea) tiene el coraje de pretender que le paguemos sus ñoñerías. ¿No sabe acaso que ninguna paga sería suficiente para que publicáramos sus engendros?

Mientras leía todo esto me iba sintiendo cada vez más pequeño y, cuando llegué a la parte donde el director se burlaba del poema calificándolo de verso, apenas sobrepasaba del nivel del suelo. En cuanto a «Oppodeldoc», comencé a sentir compasión por el pobre diablo. Pero el Goosetherumfoodle mostró aún menos piedad que el Lollipop, si ello era posible, al decir:

«Un lamentable poetastro que firma "Oppodeldoc" ha sido lo bastante tonto para imaginar que le publicaríamos y pagaríamos una rapsodia tan bombástica como incoherente que nos ha remitido, y que comienza con el siguiente verso más o menos inteligible:

¡Salve, santa luz! ¡Progenie del Cielo, primogénito!

Decimos "más o menos inteligible"; pero Oppodeldoc (sea quien sea) tendrá la bondad de explicarnos cómo es posible que el granizo pueda ser una luz santa[39]. Siempre lo consideramos lluvia solidificada. ¿Nos informará, además, cómo la lluvia solidificada puede ser al mismo tiempo luz santa (sea lo que sea) y progenie? Pues, si algo sabemos de inglés, progenie sólo se usa apropiadamente al referirse a niños de unas seis semanas de edad. Pero sería ridículo seguir comentando esta absurdidad, pese a que "Oppodeldoc" (sea quien sea) tiene el cinismo incomparable de suponer que no solamente publicaremos sus ignorantes delirios, sino que además... ¡se los pagaremos!

Esto es verdaderamente admirable. Estaríamos tentados de castigar al joven escritorzuelo por su egotismo, publicando sus efusiones verbatim et literatim, tal como las ha escrito. Ningún castigo podría ser

---

[39] Hail: granizo, y también salve (sentido en que la usa Milton en este verso). (N. del T.)

más severo, y bien se lo infligiríamos, si no quisiéramos evitar el hastío consiguiente para nuestros lectores.

Que "Oppodeldoc" (sea quien sea) envíe sus futuras "composiciones" al Hum—Drum, al Lollipop o al Rowdy—Dow. Con toda seguridad se las publicarán. No hacen otra cosa en cada número que sacan. Sí, mejor es que se las envíe a ellos. NOSOTROS no nos dejamos insultar impunemente.»

Esto acabó conmigo, y en cuanto al Hum—Drum, el Rowdy—Dow y el Lollipop, jamás pude comprender cómo sobrevivieron. Mencionarlos con los caracteres más pequeños, con miñonas (y ahí estaba la ofensa, al insinuar su inferioridad, su bajeza), mientras NOSOTROS aparecía mirándolos desde lo alto de sus mayúsculas... ¡oh, era demasiado duro! ¡Era ajenjo, era hiel! Si yo hubiera pertenecido a uno de aquellos periódicos no hubiera escatimado esfuerzo para llevar a los tribunales al Goosetherumfoodle. Habría podido basarme para ello en la ley destinada a «prevenir la crueldad contra los animales». En cuanto a Oppodeldoc (fuere quien fuese) ya había perdido la paciencia con respecto a él, y no le guardaba ninguna simpatía. Era indudablemente un estúpido (fuere quien fuese), y merecía todos los puntapiés que acababa de recibir.

El resultado de mi experimento con los viejos libros me convenció, en primer lugar, de que «la honestidad es la mejor política», y, en segundo, que si yo era incapaz de escribir mejor que Mr. Dante, los dos ciegos y el resto de la vieja camarilla, por lo menos me resultaría difícil escribir peor que ellos. Recobré el ánimo, pues, decidiéndome a lograr por fin algo «completamente original», como dicen en las cubiertas de las revistas, a costa de cualquier esfuerzo y estudio. Una vez más coloqué ante mis ojos como modelo las brillantes estrofas del «Aceite de Bob», escritas por el director del Gad—fly, y resolví fabricar una oda sobre el mismo sublime tema, rivalizando con la escrita.

Mi primer verso no me costó trabajo. Decía así:

Exaltar en una oda el «Aceite de Bob»...

Luego de revisar mi diccionario en procura de todas las rimas adecuadas para «Bob», me resultó imposible seguir adelante. Acudí entonces a la ayuda paterna y, después de varías horas de madura reflexión, mi padre y yo finalizamos el siguiente poema:

Exaltar en una oda el «Aceite de Bob»
Vale por todas las angustias de Job.
(Firmado) Snob

No hay duda de que esta composición no era muy extensa, pero aún «me queda por aprender», como dicen en el Edinburgh Review, que la mera extensión de una obra literaria tiene algo que ver con su mérito. En cuanto a las alabanzas que hace la Quarterly del «esfuerzo sostenido», me resulta imposible encontrarle el menor sentido. Por eso, todo bien considerado, quedé satisfecho con el éxito de mi virginal intento, y lo único que faltaba era decidir su destino. Mi padre sugirió que lo mandase al Gad—fly, pero dos razones me lo impedían: los celos del director y la seguridad de que no pagaba las colaboraciones. Por eso, luego de larga deliberación, remití mi poema a las más dignas columnas del Lollipop y esperé los resultados con ansiedad, pero con resignación.

En el número siguiente tuve el orgullo de ver mi poema impreso a dos columnas, como si fuera el editorial, precedido por las siguientes significativas palabras, en itálicas y entre corchetes:

(Señalamos a la atención de nuestros lectores las admirables estrofas que siguen acerca del «Aceite de Bob». No diremos nada de lo sublime de las mismas, ni de su pathos: imposible leerlas sin verter lágrimas. Aquellos que han padecido las tristes consecuencias de que la pluma de ganso del director del Gad—Fly osara profanar el mismo augusto tema, harán bien en comparar las dos composiciones.

P. S.— Nos consume la ansiedad por develar el misterio que envuelve el seudónimo «Snob» ¿Podemos esperar una entrevista personal?)

Todo esto era estrictamente justo, pero confieso que excedía lo que había esperado; lo reconozco, téngase bien en cuenta, para eterno deshonor de mi país y de la humanidad. De todas maneras no perdí tiempo en presentarme al director del Lollipop, y tuve la buena suerte de que dicho caballero se hallara en casa. Saludóme con aire de profundo respeto, ligeramente teñido de paternal y protectora admiración, ocasionada sin duda por mi aire extremadamente joven e inexperto. Rogándome que tomara asiento, púsose a hablar inmediatamente sobre mi poema... pero la modestia me veda repetir los mil cumplidos que derramó sobre mí. Los elogios de Mr. Crab (pues tal era el nombre del director) no fueron sin embargo indiscriminados. Analizó mi composición con gran libertad y conocimiento, sin vacilar en señalarme algunos defectos insignificantes, circunstancia esta última que lo elevó grandemente en mi estima. Como es natural, el Gad—fly fue puesto sobre el tapete, y espero no verme jamás sometido a una crítica tan escudriñadora ni a reproches tan humillantes como los que Mr. Crab dejó caer sobre aquella desdichada publicación.

Habíame acostumbrado a considerar al director del Gad—fly como a un ser sobrehumano, pero Mr. Crab no tardó en quitarme esa idea. Tanto el aspecto literario como el personal de la Mosca[40] —así calificaba satíricamente a su rival— fueron expuestos a su verdadera luz. La Mosca no valía nada. Había escrito cosas infames. Era un escritorzuelo de a un centavo la línea. Era un malvado. Había compuesto una tragedia que hizo morir de risa a todo el país, y una farsa que sumió el mundo en lágrimas. Fuera de esto, había tenido la imprudencia de publicar un panfleto contra él (Mr. Crab) y la temeridad de calificarlo de «asno». Si en cualquier momento deseaba yo expresar mi opinión sobre Mr. Mosca, las páginas del Lollipop quedaban ilimitadamente a mi disposición. En el ínterin, era seguro que el Gad—fly me atacaría por haberme animado a componer un poema rival sobre el «Aceite de Bob»; pero Mr. Crab tomaba a su cargo lo concerniente a mis intereses privados y personales. Y si yo no salía de todo aquello convertido en un hombre cabal, no sería culpa suya.

Habiendo hecho Mr. Crab una pausa en su discurso (cuya última parte me resultó imposible de comprender), me atreví a insinuar algo sobre la remuneración que creía merecer por mi poema, puesto que en la cubierta del Lollipop figuraba habitualmente una noticia según la cual la revista «insistía en que se le permitiera pagar precios exorbitantes por todas las colaboraciones aceptadas, gastando con frecuencia más dinero en un solo y breve poema que el costo anual combinado del Hum—Drum, el Rowdy—Dow y el Goosetherumfoodle».

Apenas hube mencionado la palabra «remuneración», Mr. Crab abrió mucho los ojos, todavía más la boca, llegando a adquirir la apariencia de un pato viejo extremadamente agitado en el momento de graznar. Quedóse así, llevándose una que otra vez las manos a la frente, como si pasara por una crisis de terrible desconcierto y no cambió de actitud hasta que hube terminado lo que tenía que decir.

---

[40] Gad—fly, tábano; fly, mosca. (N. del T.)

Instantáneamente se hundió hasta lo más hondo de su asiento, como si le faltaran las fuerzas, mientras los brazos le colgaban inertes y su boca continuaba invariablemente abierta a la manera del pato. Mientras lo contemplaba mudo de estupefacción por una conducta tan alarmante, Mr. Crab saltó de pronto del asiento y corrió hacia la campanilla, pero cuando aferraba el cordón pareció cambiar de idea, pues se sumergió debajo de la mesa y volvió a aparecer con un garrote. Levantábalo ya (con finalidades que no podría explicar), cuando repentinamente se difundió en su rostro una benigna sonrisa, y volvió a sentarse plácidamente a mi lado.

—Señor Bob —dijo (pues yo había presentado mi tarjeta antes de aparecer en persona)— , supongo que es usted un hombre joven... muy joven.

Asentí, añadiendo que todavía no había completado mi tercer lustro.

—¡Ah, perfectamente! —exclamó—. Ya veo, ya veo... ¡no diga usted más! Con respecto a ese asunto de la remuneración, lo que ha dicho es muy justo... casi diría que demasiado. Pero... ejem... la primera colaboración... repito, la primera... ninguna revista tiene por costumbre pagarla, ¿comprende usted? Para decirle la verdad, en ese caso los recipientes somos nosotros. (Mr. Crab sonrió con blandura al enfatizar la palabra.) En la mayoría de los casos se nos paga para que publiquemos una primera composición... sobre todo si es en verso. En segundo lugar, señor Bob, la revista tiene por norma no desembolsar jamás lo que en Francia se denomina argent comptant... Supongo que me entiende usted. Tres o seis meses después de la publicación del artículo... o un año o dos más tarde... no tenemos inconvenientes en librar un pagaré a nueve meses; siempre, claro está, que podamos disponer nuestros negocios de manera de estar seguros de liquidarlo en seis. Espero sinceramente, señor Bob, que considerará usted satisfactoria esta explicación.

Mr. Crab guardó silencio con lágrimas en los ojos.

Herido en lo más hondo del alma por haber sido, aunque inocentemente, causante de un dolor a una persona tan sensible, me apresuré a pedirle disculpas, asegurándole que coincidía en todo con su punto de vista y que apreciaba perfectamente lo delicado de su situación. Y luego de manifestar todo esto en un discurso claro y conciso, me despedí de Mr. Crab.

Poco tiempo más tarde, una hermosa mañana «me desperté y supe que era famoso»[41]. La extensión de mi renombre podrá apreciarse mejor

---

[41] Lord Byron. (N. del T.)

a través de las opiniones de los editoriales del día. Como se verá, dichas opiniones hallábanse incluidas en las reseñas críticas del número de Lollipop, donde había aparecido mi poema, y eran tan satisfactorias y concluyentes como diáfanas, con la excepción quizá de las marcas jeroglíficas Sep. 15—1 t, agregadas a cada una de dichas reseñas.

El Owl, diario de profunda sagacidad, y bien conocido por lo grave y ponderado de sus decisiones literarias, hablaba como sigue:

¡El Lollipop! El número de octubre de esta deliciosa revista supera a los anteriores, desafiando toda competencia. En la belleza de su tipografía y su papel, en el número y excelencia de sus grabados al acero, así como en el mérito literario de sus colaboraciones, el Lollipop está tan por encima de sus lerdos rivales como Hiperión de un sátiro. Cierto es que el Hum—Drum, el Rowdy—Dow y el Goosetherumfoodle descuellan en fanfarronería; pero, para todo el resto, ¡que nos den el Lollipop! No llegamos a comprender, en verdad, cómo esta revista consigue subvenir a sus enormes gastos. Sabemos, eso sí, que tiene una circulación de 100.000 ejemplares, y que su lista de suscriptores ha aumentado en un cuarto a lo largo del mes pasado; pero, por otra parte, las sumas que desembolsa continuamente en pago de colaboraciones son inconcebibles. Se afirma que Mr. Slyass ha recibido no menos de treinta y siete centavos y medio por su inimitable artículo sobre "Cerdos". Con Mr. Crab en la dirección, y con colaboradores tales como Snob y Slyass, la palabra "fracaso" no existe para Lollipop. ¡Suscríbase usted! Sep. 15—1 t.

Debo confesar que me sentí muy contento con una reseña tan cordial proveniente de un periódico respetable como el Owl. Que mi nombre —es decir, mi nom de guerre— apareciera colocado antes que el del gran Slyass, me pareció un cumplido tan feliz como merecido.

De inmediato llamáronme la atención los siguientes párrafos del Toad, periódico altamente distinguido por su rectitud e independencia, y por prescindir de toda sicofancia y servilismo hacia los que ofrecen convites. Decía así:

El Lollipop de octubre se pone a la cabeza de todos sus colegas, sobrepasándolos infinitamente por el esplendor de su presentación y la riqueza de su contenido. El Hum—Drum, el Rowdy—Dow y el Goosetherumfoodle se destacan, cabe reconocerlo, en la fanfarronería, pero en todo el resto que nos den el Lollipop. No llegamos a comprender, cómo esta revista consigue subvenir a sus enormes gastos. Es cierto que tiene una circulación de 200.000 ejemplares y que su lista de suscriptores ha aumentado en un tercio durante la última quincena; pero, por otra parte, las sumas que desembolsa mensualmente para el pago de colaboraciones son enormemente abultadas. Hemos oído decir que el señor Mumblethumb recibió no menos de cincuenta centavos por su reciente "Monodia en un charco de barro".

Entre los colaboradores del presente número advertimos (aparte del eminente director Mr. Crab) a escritores como Snob, Slyass y Mumblethumb. Luego del editorial, lo más valioso nos parece una gema poética de Snob sobre el "Aceite de Bob"; pero nuestros lectores no deben suponer por el título de este incomparable bijou que tiene la menor similitud con ciertos garrapateos sobre el mismo tema, de los cuales es autor cierto despreciable individuo cuyo nombre no puede mencionarse ante personas delicadas. Este poema sobre el "Aceite de Bob" ha provocado general curiosidad sobre el verdadero nombre de aquel que se oculta bajo el seudónimo de "Snob". Afortunadamente, estamos en condiciones de satisfacer dicha ansiedad. "Snob" es el nom de plume del señor Thingum Bob, de esta ciudad, pariente del gran Mr. Thingum (de quien deriva su nombre), y vinculado con las más ilustres familias del Estado. Su padre, Thomas Bob, Esq., es un opulento comerciante de Smug. Sep. 15—1 t.

Esta generosa aprobación me tocó en lo más hondo, especialmente por emanar de una fuente tan reconocida, tan proverbialmente pura como el Toad. Consideré que la palabra «garrapateo» aplicada al «Aceite de Bob» del Gad—fly, era notablemente apropiada y punzante. Sin embargo, las palabras «gema» y bijou referidas a mi composición me parecieron un tanto débiles. Me daban la impresión de carecer de la fuerza suficiente. No estaban lo bastante prononcés (como decimos en Francia).

Apenas había terminado de leer el Toad, cuando un amigo me puso en la mano un ejemplar del Mole, diario que gozaba de gran reputación por la agudeza de su percepción de las cosas en general y el estilo abierto, honesto y elevado de sus editoriales. El Mole hablaba del Lollipop como sigue:

Acabamos de recibir el Lollipop de octubre y debemos decir que jamás la lectura de una revista nos proporcionó una felicidad tan suprema. Hablamos con conocimiento de causa. El Hum—Drum, el Rowdy—Dow y el Goosetherumfoodle deberían cuidar sus laureles. Estos periódicos, sin duda alguna, sobrepujan a cualquiera en la vocinglería de sus pretensiones, pero para todo el resto que nos den el Lollipop. No llegamos a comprender, en verdad, cómo esta revista consigue subvenir a sus enormes gastos. Es cierto que tiene una circulación de 300.000 ejemplares y que su lista de suscriptores ha aumentado al doble en la última semana; pero, por otra parte, las sumas que desembolsa mensualmente para el pago de colaboraciones son asombrosamente crecidas. De buena fuente sabemos que Mr. Fatquack recibió no menos de sesenta y dos centavos y medio por su última narración familiar "El paño de cocina".

Los colaboradores de este número son Mr. Crab (el eminente director), Snob, Mumblethumb, Fatquack y otros; pero, después de las inimitables composiciones del director, preferimos la efusión adamantina de la pluma de un poeta naciente que escribe con el seudónimo de "Snob", nom de guerre que, lo profetizamos, extinguirá algún día la radiación del de "Boz"[42]. Según hemos oído, "Snob" es el señor Thingum Bob, Esq., único heredero de un acaudalado comerciante de esta ciudad, Thomas Bob, Esq., y pariente cercano del distinguido Mr. Thingum. El título del admirable poema de Mr. Bob alude al "Aceite de Bob", y por cierto que se trata de un desdichado nombre, ya que un despreciable vagabundo relacionado con la prensa de un penique ha disgustado ya a la ciudad con sus garrapateos sobre el mismo tópico. No hay peligro, sin embargo, de que ambas composiciones puedan ser confundidas. Sep. 15—1 t.

La generosa aprobación de un diario tan clarividente como el Mole colmó mi alma de satisfacción. Lo único que se me ocurrió objetar fue que los términos «despreciable vagabundo» podrían haber sido sustituidos ventajosamente por «odioso y despreciable villano, miserable y vagabundo». Pienso que esto hubiera sonado de manera más graciosa. «Adamantino»; además, expresaba insuficientemente lo que sin duda alguna pensaba el Mole de la brillantez del «Aceite de Bob».

Aquella misma tarde en que leí las reseñas llegó a mis manos un ejemplar del Daddy— Long—Legs, periódico proverbial por la amplísima latitud de sus apreciaciones. En él encontré lo siguiente:

¡Lollipop! Esta rutilante revista acaba de publicar su número de octubre. Toda cuestión de preeminencia queda definitivamente descartada, y de ahora en adelante sería completamente ridículo que el Hum—Drum, el Rowdy—Dow o el Goosetherumfoodle hicieran cualquier otro espasmódico esfuerzo por competir con ella. Dichas revistas podrán sobrepasar al Lollipop en vociglería, pero en todo el resto que nos den el Lollipop. Cómo esta celebrada revista puede

---

[42] «Boz», seudónimo de Charles Dickens. (N. del T.)

sostener sus gastos, evidentemente asombrosos, va más allá de nuestra comprensión. Es cierto que tiene una circulación de medio millón de ejemplares y que su lista de suscriptores ha aumentado en un setenta y cinco por ciento en los dos últimos días, pero las sumas que desembolsa mensualmente en concepto de pago a los colaboradores son de no creer; estamos enterados de que Mademoiselle Cribalittle recibió no menos de ochenta y siete centavos y medio por su último y valioso cuento revolucionario titulado "El saltamontes de la ciudad de York y el saltacolinas de Bunker Hill".

Las contribuciones más valiosas al presente número son, claro está, las procedentes del director (el eminente Mr. Crab), pero hay además magníficas colaboraciones, tales como las de "Snob", Mademoiselle Cribalittle, Slyass, Mrs. Cribalittle, Mumblethumb, Mrs. Squibalittle y, finalmente, aunque no el último, Fatquack. Puede muy bien desafiarse al mundo entero a que produzca semejante galaxia de genios.

El poema firmado por "Snob" está logrando elogios universales, pero es nuestro deber afirmar que merece todavía mayores aplausos de los que ha recibido. Esta obra maestra de elocuencia y de arte se titula "El Aceite de Bob". Uno o dos de nuestros lectores recordarán quizá, aunque con profundo desagrado, un poema (?) de igual título, perpetrado por un miserable escritorzuelo matón y pordiosero a la vez, que, según tenemos entendido, trabaja como pinche en uno de los indecentes periodicuchos de los arrabales; a esos lectores les pedimos encarecidamente que no confundan ambas composiciones. El autor del "Aceite de Bob", según tenemos entendido, es Mr. Thingum Bob, Esq., caballero de vastos talentos y profundos conocimientos. "Snob" es tan sólo un nom de guerre. Sep. 15—1 t.

Apenas si pude contener mi indignación cuando llegué a la parte final de esta diatriba. Era claro como la luz que la manera entre dulce y amarga (por decir la gentileza) con que el Daddy—Long—Legs aludía a ese cerdo, el director del Gad—Fly, sólo podía nacer de su parcialidad hacia el mismo y de la clara intención de exaltar su reputación a expensas de la mía. Cualquiera podía darse cuenta con los ojos entornados de que si la verdadera intención del Daddy hubiese sido la que pretendía, hubiese podido expresarla perfectamente en términos más directos, más punzantes y muchísimo más apropiados. Las palabras «escritorzuelo», «pordiosero», «pinche» y «matón» eran epítetos tan intencionalmente inexpresivos y equívocos que resultaban peores que nada aplicados al autor de las estrofas más innobles escritas por un miembro de la raza humana. Todos sabemos muy bien lo que quiere decir «condenar con fingidos elogios»; pues bien, ¿quién podía dejar de advertir aquí el encubierto propósito del Daddy... vale decir glorificar mediante débiles insultos?

Pero lo que el Daddy había decidido decir a la Mosca no era asunto mío. En cambio sí lo era lo que decía de mí. Después de la nobilísima manera con que el Owl, el Toad y el Mole se habían expresado acerca de mis aptitudes, resultaba insoportable que un diarucho como el Daddy—Long—Legs se refiriera fríamente a mí calificándome tan sólo de «caballero de vastos talentos y profundos conocimientos». ¡Caballero! Instantáneamente me resolví a obtener excusas por escrito o llevar las cosas a otro terreno.

Imbuido de este propósito, busqué un amigo a quien pudiera confiar un mensaje para el director del Daddy, y como el director del Lollipop me había dado señaladas muestras de consideración, decidí solicitar su asistencia.

Jamás he llegado a explicarme de manera satisfactoria la muy extraña expresión y actitud con las cuales escuchó Mr. Crab la explicación de mis intenciones. Una vez más representó la escena del cordón de la campanilla y el garrote, sin omitir el pato. En un momento dado creí que iba realmente a graznar. Pero su acceso cedió como la vez anterior, y se puso a hablar y a obrar de manera racional. Rechazó, sin embargo, ser portador del desafío, y me disuadió de que lo enviara, aunque fue lo bastante sincero como para admitir que el Daddy—Long—Legs se había equivocado lamentablemente, sobre todo en lo referente a los epítetos «caballero» y de «profundos conocimientos».

Hacia el final de la entrevista, Mr. Crab, que parecía interesarse paternalmente por mí, sugirió que podría ganar honradamente algún dinero y al mismo tiempo aumentar mi reputación si de cuando en cuando hacía de Thomas Hawk para el Lollipop.

Supliqué a Mr. Crab que me dijera quién era Mr. Thomas Hawk y de qué manera tendría yo que hacer su papel.

Mr. Crab abrió mucho los ojos (como decimos en Alemania), pero luego, recobrándose de un profundo ataque de estupefacción, me aseguró que había empleado las palabras «Thomas Hawk» para evitar la baja forma familiar «Tommy», pero que la verdadera forma era Tommy Hawk, es decir, tomahawk, y que la expresión «hacer de tomahawk» significaba escalpar, intimidar y, en una palabra, moler a palos al rebaño de los autores del momento.

Aseguré a mi protector que si se trataba de eso estaba perfectamente decidido a hacer de Thomas Hawk. En vista de lo cual Mr. Crab me propuso liquidar inmediatamente al director del Gad—fly empleando el estilo más feroz que me fuera posible y dando la suma de mis posibilidades. Así lo hice sin perder un instante, escribiendo una reseña del «Aceite de Bob» (el original) que ocupaba treinta y seis páginas del Lollipop. Lo cierto es que hacer de Thomas Hawk me resultó una ocupación mucho menos pesada que la de poetizar, pues me confié completamente a un sistema, y la cosa resultó de una facilidad extraordinaria. He aquí cómo procedía. En un remate compré ejemplares baratos de los Discursos de Lord Brougham, las obras completas de Cobbett, el diccionario del nuevo slang, el Arte de desairar, El aprendiz de insultos (edición infolio) y La lengua, por Lewis G. Clarke. Procedí a cortar dichos volúmenes con una almohaza y luego, colocando las tiras en una sierra, separé cuidadosamente todo lo que podía considerarse como decente (apenas nada), reservando las frases duras, que arrojé a un gran pimentero de hojalata con agujeros longitudinales, por los cuales podía salir una frase entera sin que sufriera el menor daño. La mezcla quedaba entonces pronta para el uso. Cuando me tocaba hacer de Thomas Hawk untaba un pliego con clara de huevo de ganso; luego, desgarrando la obra que debía reseñar en la misma forma en que había desgarrado previamente los libros (sólo que con más cuidado, para que cada palabra quedase separada), arrojaba las tiras en la pimentera, donde se hallaban las otras, ajustaba la tapa, daba una sacudida al recipiente y dejaba caer la mezcla sobre el pliego engomado, donde no tardaba en pegarse. El efecto que lograba era bellísimo de contemplar. Era cautivante. Por cierto que las reseñas que obtuve mediante este simple expediente jamás han sido superadas y constituían el asombro del mundo. Al principio, a causa de mi timidez (fruto de la inexperiencia), me sentí algo desconcertado por cierta inconsistencia, cierto aire bizarre (como decimos en Francia) que presentaba la composición. No todas las frases coincidían (como decimos en anglosajón). Muchas eran sumamente sesgadas. Algunas estaban incluso patas arriba; y estas últimas sufrían siempre en su eficacia a causa de dicho accidente, con excepción de los párrafos de Mr. Lewis Clarke, los cuales eran tan vigorosos y robustos que no parecían perder nada por la posición en que quedaban, sino que producían el mismo efecto satisfactorio y feliz de cabeza o de pie.

Resulta un tanto difícil determinar lo que fue del director del Gad—Fly después de la publicación de mi crítica sobre el «Aceite de Bob». La conclusión más razonable es que lloró tanto que acabó por morirse. Sea como fuere, desapareció instantáneamente de la superficie terrestre y nadie ha vuelto a saber nada de él.

Cumplida satisfactoriamente esta tarea y aplacadas las furias, me convertí de golpe en el favorito de Mr. Crab. Me otorgó su confianza, me confirmó en mis funciones de Thomas Hawk del Lollipop, y como, por el momento, no podía pagarme sueldo, me permitió que usara a discreción de sus consejos.

—Querido Thingum —me dijo cierta noche después de cenar—. Respeto sus talentos y lo amo como a un hijo. Será usted mi heredero. Cuando muera, le dejaré el Lollipop. Entretanto, haré de usted un hombre... Lo prometo, siempre que siga mis consejos. La primera cosa que debe hacer es quitarse de encima al viejo cargoso.

—¿A quién? —pregunté.

—A su padre.

—¡Ah! Comprendo lo de cargoso, en efecto.

—Tiene usted que hacer fortuna, Thingum —continuó Mr. Crab—, y su padre es como una rueda de molino que lleva atada al cuello. Tenemos que cortarla inmediatamente. Yo saqué el cuchillo.

—Debemos cortarla —agregó Mr. Crab— de una vez por todas y para siempre. Ese viejo es una molestia. Bien pensado, debería usted darle de puntapiés o de bastonazos, o algo por el estilo.

—¿Qué diría usted —sugerí modestamente— de darle primero los puntapiés, luego los bastonazos y terminar retorciéndole la nariz?

Mr. Crab me miró pensativamente unos instantes y luego contestó:

—Pienso, señor Bob, que lo que usted propone es precisamente lo que se requiere, y que está muy bien hasta cierto punto; pero los barberos son gentes difíciles de pelar, y por eso me parece que, después de cumplir con Thomas Bob las operaciones sugeridas, sería aconsejable que procediera a ponerle los ojos negros a puñetazos, de manera tan cuidadosa como completa, a fin de que no pueda volver a verlo a usted en los paseos de moda. Luego de esto, no creo que sea necesario nada más. De todos modos... bien podría revolearlo una o dos veces en el arroyo y confiarlo luego al cuidado de la policía. A la mañana siguiente bastará con que se presente a la comisaría y denuncie que se trata de un asalto.

Me sentí sumamente emocionado por los amables sentimientos hacia mi persona que se traslucían en el excelente consejo de Mr. Crab, y no dejé de llevarlo inmediatamente a la práctica. Como resultado del mismo, me libré del viejo cargoso y comencé a sentirme un tanto independiente y con aires de caballero. Lo malo era que la falta de dinero me afectó mucho las primeras semanas, pero después de haber aprendido a usar mis ojos descubrí cómo tenía que manejar la cosa. Nótese que digo «la cosa», pues estoy informado de que la palabra latina correspondiente es rem. Dicho sea de paso, y ya que hablamos de latín, ¿podría decirme alguien el significado de quocumque y el de modo?

Mi plan era extremadamente sencillo. Compré por menos de nada una decimosexta participación en la revista The Snapping—Turtle. Y eso fue todo. La cosa quedaba terminada así, y el dinero entraba en mi bolsillo. Cierto que hubo algunas cosillas insignificantes por hacer con posterioridad, pero no formaban parte del plan, sino que eran su consecuencia. Por ejemplo, compré pluma, tinta y papel y los puse en furiosa actividad. Habiendo completado un artículo en esta forma, lo titulé: FOL LOL, por el autor de «Aceite de Bob», y la remití al Goosetherumfoodle. Pero, como esta revista lo declarara «disparate» en sus «Respuestas mensuales a los colaboradores», cambié el título del artículo por el de: MANTANTIRULIRULÁ, por THINGUM BOB, Esq., autor de la Oda sobre el «Aceite de Bob» y director de «The Snapping—Turtle». Así enmendado, volví a enviarlo al Goosetherumfoodle, y mientras esperaba la respuesta publiqué diariamente en The Snapping—Turtle seis columnas de lo que cabe calificar de investigación filosófica y analítica de los méritos literarios del Goosetherumfoodle, así como de la persona de su director. Al final de la semana, el Goosetherumfoodle descubrió que, para su equivocación, había confundido un estúpido artículo titulado «Mantantirulirulá», compuesto por algún ignorante anónimo, con una gema de resplandeciente brillo que respondía al mismo título y que era obra de Thingum Bob, Esq., el celebrado autor del «Aceite de Bob». El Goosetherumfoodle lamentaba sinceramente «este muy natural accidente», y prometía que el verdadero «Mantantirulirulá» sería publicado en el número siguiente de la revista.

La verdad es que pensé, realmente pensé, lo pensé en el momento, lo pensé entonces y no tengo razón para pensar de otro modo ahora, que el Goosetherumfoodle se había equivocado de veras. Con las mejores intenciones del mundo, jamás he conocido nada capaz de tantas equivocaciones como esa revista. A partir de ese día empecé a tomarle simpatía, y el resultado fue que no tardé en comprender la profundidad de sus méritos literarios, y no dejé de explayarme sobre ellos en The Snapping—Turtle, toda vez que se me presentaba oportunidad. Y cabe considerar como una coincidencia muy peculiar, como una de esas muy notables coincidencias que hacen pensar seriamente a un hombre, que esa total modificación de mis opiniones, que ese completo bouleversement (como decimos en francés), que ese absoluto trastocamiento (si se me permite emplear este término más bien enérgico de los choctaws) entre mis opiniones, por una parte, y las Goosetherumfoodle, por la otra, volviera a producirse, a breve intervalo y en condiciones similares, entre el Rowdy— Dow y yo y entre el Hum— Drum y yo.

Fue así como, por un golpe maestro de genio, consumé finalmente mis triunfos llenándome los bolsillos de dinero, y así también como principió, según cabe afirmarlo verdadera y noblemente, esa brillante y fecunda carrera que me hizo ilustre y que hoy me permite decir con Chateaubriand: «He hecho historia» (J'ai fait l'histoire).

Sí, he hecho historia. Desde aquella radiante época que acabo de consignar, mis acciones y mi trabajo son propiedad del género humano. El mundo entero los conoce. Inútil me parece, pues, detallar cómo, remontándome rápidamente, me convertí en heredero del Lollipop, cómo uní esta revista con el Hum—Drum y cómo adquirí luego el Rowdy— Dow, combinando las tres publicaciones; cómo, finalmente, hice una oferta al único rival remanente y reuní toda la literatura de la región en una sola y magnífica revista, conocidas en todas partes con el nombre de Rowdy—Dow, Lollipop, Hum—Drum y Goosetherumfoodle.

Sí. He hecho historia. Mi fama es universal. Se extiende hasta los más alejados confines de la tierra. No puede usted abrir un periódico sin encontrar en él alguna alusión al inmortal THINGUM BOB. Mr. Thingum Bob dijo esto, Mr. Thingum Bob escribió aquello y Mr. Thingum Bob hizo lo de más allá. Pero soy modesto y expiro con el corazón lleno de humildad. Después de todo, ¿qué es ese algo indescriptible que los hombres persisten en llamar «genio»? Coincido con Buffon y con Hogarth: no es más que asiduidad.

¡Contempladme! ¡Cuánto trabajé, cuánto bregué, cuánto escribí! ¡Oh dioses, lo que habré escrito! Siempre ignoré la palabra «facilidad». De día no me apartaba de mi mesa y de noche, pálido estudiante, veía consumirse la bujía. Deberíais haberme visto; sí, deberíais. Me inclinaba a la derecha. Me inclinaba a la izquierda. Me sentaba hacia adelante. Me sentaba hacia atrás. Me sentaba tête baissée (como dicen los kickapoos), acercando mi rostro a la página alabastrina. Y todo el tiempo escribía. A través de la alegría y del dolor, escribía. Con hambre y con sed, escribía. Fuera buena o mala mi reputación, escribía. Con luz del sol o luz de la luna, escribía. Inútil decir qué escribía. ¡El estilo... eso era todo! Lo tomé de Fatquack... ¡ejem, ejem!... y ahora mismo os estoy dando una muestra.

ELEONORA

Sub conservatione forma specífica salva anima.
(RAIMUNDO LULIO)

Vengo de una raza notable por la fuerza de la imaginación y el ardor de las pasiones. Los hombres me han llamado loco; pero todavía no se ha resuelto la cuestión de si la locura es o no la forma más elevada de la inteligencia, si mucho de lo glorioso, si todo lo profundo, no surgen de una enfermedad del pensamiento, de estados de ánimo exaltados a expensas del intelecto general. Aquellos que sueñan de día conocen muchas cosas que escapan a los que sueñan sólo de noche. En sus grises visiones obtienen atisbos de eternidad y se estremecen, al despertar, descubriendo que han estado al borde del gran secreto. De un modo fragmentario aprenden algo de la sabiduría propia y mucho más del mero conocimiento propio del mal. Penetran, aunque sin timón ni brújula, en el vasto océano de la «luz inefable», y otra vez, como los aventureros del geógrafo nubio, «agressi sunt mare tenebrarum quid in eo esset exploraturi».

Diremos, pues, que estoy loco. Concedo, por lo menos, que hay dos estados distintos en mi existencia mental: el estado de razón lúcida, que no puede discutirse y pertenece a la memoria de los sucesos de la primera época de mi vida, y un estado de sombra y duda, que pertenece al presente y a los recuerdos que constituyen la segunda era de mi existencia. Por eso, creed lo que contaré del primer período, y, a lo que pueda relatar del último, conceded tan sólo el crédito que merezca; o dudad resueltamente, y, si no podéis dudar, haced lo que Edipo ante el enigma.

La amada de mi juventud, de quien recibo ahora, con calma, claramente, estos recuerdos, era la única hija de la hermana de mi madre, que había muerto hacía largo tiempo. Mi prima se llamaba Eleonora. Siempre habíamos vivido juntos, bajo un sol tropical, en el Valle de la Hierba Irisada. Nadie llegó jamás sin guía a aquel valle, pues quedaba muy apartado entre una cadena de gigantescas colinas que lo rodeaban con sus promontorios, impidiendo que entrara la luz en sus más bellos escondrijos. No había sendero hollado en su vecindad, y para llegar a nuestra feliz morada era preciso apartar con fuerza el follaje de miles de árboles forestales y pisotear el esplendor de millones de flores fragantes. Así era como vivíamos solos, sin saber nada del mundo fuera del valle, yo, mi prima y su madre.

Desde las confusas regiones más allá de las montañas, en el extremo más alto de nuestro circundado dominio, se deslizaba un estrecho y profundo río, y no había nada más brillante, salvo los ojos de Eleonora; y serpeando furtivo en su sinuosa carrera, pasaba, al fin, a través de una sombría garganta, entre colinas aún más oscuras que aquellas de donde saliera. Lo llamábamos el «Río de Silencio», porque parecía haber una influencia enmudecedora en su corriente. No brotaba ningún murmullo de su lecho y se deslizaba tan suavemente que los aljofarados guijarros que nos encantaba contemplar en lo hondo de su seno no se movían, en quieto contentamiento, cada uno en su antigua posición, brillando gloriosamente para siempre.

Las márgenes del río y de los numerosos arroyos deslumbrantes que se deslizaban por caminos sinuosos hasta su cauce, así como los espacios que se extendían desde las márgenes descendiendo a las profundidades de las corrientes hasta tocar el lecho de guijarros en el fondo, esos lugares, no menos que la superficie entera del valle, desde el río hasta las montañas que lo circundaban, estaban todos alfombrados por una hierba suave y verde, espesa, corta, perfectamente uniforme y perfumada de vainilla, pero tan salpicada de amarillos ranúnculos, margaritas blancas, purpúreas violetas y asfódelos rojo rubí, que su excesiva belleza hablaba a nuestros corazones, con altas voces, del amor y la gloria de Dios.

Y aquí y allá, en bosquecillos entre la hierba, como selvas de sueño, brotaban fantásticos árboles cuyos altos y esbeltos troncos no eran rectos, mas se inclinaban graciosamente hacia la luz que asomaba a mediodía en el centro del valle. Las manchas de sus cortezas alternaban el vívido esplendor del ébano y la plata, y no había nada más suave, salvo las mejillas de Eleonora; de modo que, de no ser por el verde vivo de las enormes hojas que se derramaban desde sus cimas en largas líneas trémulas, retozando con los céfiros, podría habérselos creído gigantescas serpientes de Siria rindiendo homenaje a su soberano, el Sol.

Tomados de la mano, durante quince años, erramos Eleonora y yo por ese valle antes de que el amor entrara en nuestros corazones. Ocurrió una tarde, al terminar el tercer lustro de su vida y el cuarto de la mía, abrazados junto a los árboles serpentinos, mirando nuestras imágenes en las aguas del Río de Silencio. No dijimos una palabra durante el resto de aquel dulce día, y aun al siguiente nuestras palabras fueron temblorosas, escasas. Habíamos arrancado al dios Eros de aquellas ondas y ahora sentíamos que había encendido dentro de nosotros las ígneas almas de nuestros antepasados. Las pasiones que durante siglos habían distinguido a nuestra raza llegaron en tropel con las fantasías por las cuales también era famosa, y juntos respiramos una dicha delirante en el Valle de la Hierba Irisada. Un cambio sobrevino en todas las cosas. Extrañas, brillantes flores estrelladas brotaron en los árboles donde nunca se vieran flores. Los matices de la alfombra verde se ahondaron, y mientras una por una desaparecían las blancas margaritas, brotaban, en su lugar, de a diez, los asfódelos rojo rubí. Y la vida surgía en nuestros senderos, pues altos flamencos hasta entonces nunca vistos, y todos los pájaros gayos, resplandecientes, desplegaron su plumaje escarlata ante nosotros. Peces de oro y plata frecuentaron el río, de cuyo seno brotaba, poco a poco, un murmullo que culminó al fin en una arrulladora melodía más divina que la del arpa eólica, y no había nada más dulce, salvo la voz de Eleonora. Y una nube voluminosa que habíamos observado largo tiempo en las regiones del Héspero flotaba en su magnificencia de oro y carmesí y, difundiendo paz sobre nosotros, descendía cada vez más, día a día, hasta que sus bordes descansaron en las cimas de las montañas, convirtiendo toda su oscuridad en esplendor y encerrándonos como para siempre en una mágica casa—prisión de grandeza y de gloria.

La belleza de Eleonora era la de los serafines, pero era una doncella natural e inocente, como la breve vida que había llevado entre las flores. Ningún artificio disimulaba el fervoroso amor que animaba su corazón, y examinaba conmigo los escondrijos más recónditos mientras caminábamos juntos por el Valle de la Hierba Irisada y discurríamos sobre los grandes cambios que se habían producido en los últimos tiempos.

Por fin, habiendo hablado un día, entre lágrimas, del último y triste camino que debe sufrir el hombre, en adelante se demoró Eleonora en este único tema doloroso, vinculándolo con todas nuestras conversaciones, así como en los cantos del bardo de Schiraz las mismas imágenes se encuentran una y otra vez en cada grandiosa variación de la frase.

Vio el dedo de la muerte posado en su pecho, y supo que, como la efímera, había sido creada perfecta en su hermosura sólo para morir; pero, para ella, los terrenos de tumba se reducían a una consideración que me reveló una tarde, a la hora del crepúsculo, a orillas del Río de Silencio. Le dolía pensar que, una vez sepulta en el Valle de la Hierba Irisada, yo abandonaría para siempre aquellos felices lugares, transfiriendo el amor entonces tan apasionadamente suyo a otra doncella del mundo exterior y cotidiano. Y entonces, allí, me arrojé precipitadamente a los pies de Eleonora y juré, ante ella y ante el cielo, que nunca me uniría en matrimonio con ninguna hija de la Tierra, que en modo alguno me mostraría desleal a su querida memoria, o a la memoria del abnegado cariño cuya bendición había yo recibido. Y apelé al poderoso amo del Universo como testigo de la piadosa solemnidad de mi juramento. Y la maldición de Él o de ella, santa en el Elíseo, que invoqué si traicionaba aquella promesa, implicaba un castigo tan horrendo que no puedo mentarlo. Y los brillantes ojos de Eleonora brillaron aún más al oír mis palabras, y suspiró como si le hubieran quitado del pecho una carga mortal, y tembló y lloró amargamente, pero aceptó el juramento (pues, ¿qué era sino una niña?) y el juramento la alivió en su lecho de muerte. Y me dijo, pocos días después, en tranquila agonía, que, en pago de lo que yo había hecho para confortación de su alma, velaría por mí en espíritu después de su partida y, si le era permitido, volvería en forma visible durante la vigilia nocturna; pero, si ello estaba fuera del poder de las almas en el Paraíso, por lo menos me daría frecuentes indicios de su presencia, suspirando sobre mí en los vientos vesperales, o colmando el aire que yo respirara con el perfume de los incensarios angélicos. Y con estas palabras en sus labios sucumbió su inocente vida, poniendo fin a la primera época de la mía.

Hasta aquí he hablado con exactitud. Pero cuando cruzo la barrera que en la senda del Tiempo formó la muerte de mi amada y comienzo con la segunda era de mi existencia, siento que una sombra se espesa en mi cerebro y duda de la perfecta cordura de mi relato. Mas dejadme seguir. Los años se arrastraban lentos y yo continuaba viviendo en el Valle de la Hierba Irisada; pero un segundo cambio había sobrevenido en todas las cosas. Las flores estrelladas desaparecieron de los troncos de los árboles y no brotaron más. Los matices de la alfombra verde se desvanecieron, y uno por uno fueron marchitándose los asfódelos rojo rubí, y en lugar de ellos brotaron de a diez oscuras violetas como ojos, que se retorcían desasosegadas y estaban siempre llenas de rocío. Y la Vida se retiraba de nuestros senderos, pues el alto flamenco ya no desplegaba su plumaje escarlata ante nosotros, mas voló tristemente del valle a las colinas, con todos los gayos pájaros brillantes que habían llegado en su compañía. Y los peces de oro y plata nadaron a través de la garganta hasta el confín más hondo de su dominio y nunca más adornaron el dulce río. Y la arrulladora melodía, más suave que el arpa eólica y más divina que todo, salvo la voz de Eleonora, fue muriendo poco a poco, en murmullos cada vez más sordos, hasta que la corriente tornó, al fin, a toda la solemnidad de su silencio originario. Y por último, la voluminosa nube se levantó y, abandonando los picos de las montañas a la antigua oscuridad, retornó a las regiones del Héspero y se llevó sus múltiples resplandores dorados y magníficos del Valle de la Hierba Irisada.

Pero las promesas de Eleonora no cayeron en el olvido, pues escuché el balanceo de los incensarios angélicos, y las olas de un perfume sagrado flotaban siempre en el valle, y en las horas solitarias, cuando mi corazón latía pesadamente, los vientos que bañaban mi frente me llegaban cargados de suaves suspiros, y murmullos confusos llenaban a menudo el aire nocturno, y una vez —¡ah, pero sólo una vez!— me despertó de un sueño, como el sueño de la muerte, la presión de unos labios espirituales sobre los míos.

Pero, aun así, rehusaba llenarse el vacío de mi corazón. Ansiaba el amor que antes lo colmara hasta derramarse. Al fin el valle me dolía por los recuerdos de Eleonora, y lo abandoné para siempre en busca de las vanidades y los turbulentos triunfos del mundo. Me encontré en una extraña ciudad, donde todas las cosas podían haber servido para borrar del recuerdo los dulces sueños que tanto duraran en el Valle de la Hierba Irisada. El fasto y la pompa de una corte soberbia y el loco estrépito de las armas y la radiante belleza de la mujer extraviaron e intoxicaron mi mente. Pero, aun entonces, mi alma fue fiel a su juramento, y las indicaciones de la presencia de Eleonora todavía me llegaban en las silenciosas horas de la noche. De pronto, cesaron estas manifestaciones y el mundo se oscureció ante mis ojos y quedé aterrado ante los abrasadores pensamientos que me poseyeron, ante las terribles tentaciones que me acosaron, pues llegó de alguna lejana, lejanísima tierra desconocida, a la alegre corte del rey a quien yo servía, una doncella ante cuya belleza mi corazón desleal se doblegó en seguida, a cuyos pies me incliné sin una lucha, con la más ardiente, con la más abyecta adoración amorosa. ¿Qué era, en verdad, mi pasión por la jovencita del valle, en comparación con el ardor y el delirio y el arrebatado éxtasis de adoración con que vertía toda mi alma en lágrimas a los pies de la etérea Ermengarda? ¡Ah, brillante serafín, Ermengarda! Y sabiéndolo, no me quedaba lugar para ninguna otra. ¡Ah, divino ángel, Ermengarda! Y al mirar en las profundidades de sus ojos, donde moraba el recuerdo, sólo pensé en ellos, y en ella.

Me casé; no temí la maldición que había invocado, y su amargura no me visitó. Y una vez, pero sólo una vez en el silencio de la noche, llegaron a través de la celosía los suaves suspiros que me habían abandonado, y adoptaron la voz dulce, familiar, para decir:

«¡Duerme en paz! Pues el espíritu del Amor reina y gobierna y, abriendo tu apasionado corazón a Ermengarda, estás libre, por razones que conocerás en el Cielo, de tus juramentos a Eleonora.»

MIXTIFICACIÓN

¡Diantre! Si éstos son tus «pasos» y tus «montantes», no quiero
saber nada de ellos. (NED KNOWLES)

El barón Ritzner von Jung descendía de una noble familia húngara,
cuyos miembros, hasta donde permiten asegurarlo antiquísimas y
fidedignas crónicas, se habían destacado por esa especie de grotesquerie
imaginativa de la cual Tieck, descendiente también de la familia, ha dado
una ejemplificación tan vívida, aunque no la mejor.

Mi relación con Ritzner comenzó en el magnífico castillo de los
Jung, al cual una serie de extrañas aventuras que no deseo hacer públicas
me llevó en los meses de estío de 18... Fue allí donde gané su estima y,
lo que era más difícil, un primer atisbo de su conformación mental. En
tiempos posteriores estos atisbos se hicieron más profundos, y más
estrecha la intimidad entre los dos; por eso, al encontrarnos otra vez en
G...n, luego de tres años de separación, sabía todo lo que se necesitaba
saber del carácter del barón Ritzner von Jung.

Recuerdo el rumor de expectativa que su llegada provocó en el
recinto de la universidad la noche del 25 de junio. Recuerdo también
claramente que, si todos los presentes lo declararon a primera vista «el
hombre más notable del mundo», ninguno se esforzó por fundamentar su
opinión. Tan innegable parecía el hecho de que fuera único, que toda
pregunta sobre las razones de esa rareza hubieran resultado
impertinentes. Pero, dejando esto de lado por el momento, me limitaré a
observar que desde su llegada a la universidad el barón empezó a ejercer
sobre los hábitos, modales, personas, faltriqueras y propensiones de la
comunidad que lo rodeaba una influencia tan vasta como despótica, y al
mismo tiempo tan indefinida como inexplicable. Así, el breve período de
su residencia en la universidad constituyó una era en sus anales, y fue
desde entonces denominada por los que pertenecían a ella o a sus
descendientes como «aquella extraordinaria época de la denominación
del barón Ritzner Von Jung».

A su llegada a G...n, Von Jung fue a visitarme a mis habitaciones.
Carecía en aquel entonces de edad, con lo cual quiero decir que resultaba
imposible hacerse una idea de sus años basándose en su apariencia
personal. Lo mismo podía haber tenido quince que cincuenta, y en
realidad *tenía* veintiún años y siete meses. Nada de apuesto había en él,
más bien lo contrario. El contorno de su rostro era angular y áspero. Tenía
una frente tan alta como hermosa, nariz chata, ojos grandes, pesados,

vidriosos e inexpresivos. Pero en la boca había más terreno de observación. Los labios sobresalían ligeramente y estaban siempre apretados, al punto que sería imposible imaginar otra combinación de rasgos, por más compleja que fuera, capaz de producir de manera tan total y sencilla la impresión de gravedad, de solemnidad y reposo.

De lo que ya he adelantado se deducirá que el barón constituía una de esas anomalías humanas que se encuentran una que otra vez, y que hacen de la ciencia de las bromas el estudio y la ocupación de su vida. Una especial conformación de su mente lo capacitaba instintivamente para esta ciencia, mientras su aspecto físico le proporcionaba grandes facilidades para llevarla a la práctica. Estoy firmemente convencido de que en la época tan curiosamente llamada «de la dominación» del barón Ritzner von Jung, ninguno de los estudiantes de G...n sospechó jamás el misterio que envolvía su persona. Lo repito: estoy convencido de que nadie, fuera de mí, imaginó nunca que el barón era capaz de una broma fuera verbal o de hecho; antes hubieran acusado al viejo bulldog del jardín, al fantasma de Heráclito o a la peluca del emérito profesor de teología. Y esto mientras saltaba a los ojos que los más egregios e imperdonables artificios, extravagancias y bufonadas tenían por causa al barón, si no de manera directa, al menos por su intermedio o connivencia. La belleza, si así puedo llamarla, de su arte mystifique residía en la consumada habilidad — resultante de un conocimiento casi intuitivo de la naturaleza humana, y de un admirable dominio de sí mismo—, mediante la cual el barón lograba aparentar que las extravagancias que preparaba se producían a pesar de sus laudables esfuerzos para impedirlas y para mantener el buen orden y la dignidad de la casa de estudios. La profunda, la punzante, la sobrecogedora mortificación que el fracaso de sus meritorios esfuerzos dibujaba en cada rasgo de su semblante no dejaba la menor sombra de duda en el ánimo de sus compañeros más escépticos. Y no era menos digna de observación la habilidad que tenía para hacer derivar lo grotesco del creador a lo creado, de su propia persona a las absurdas consecuencias que de ella nacían. Jamás, antes de conocer al barón, había visto que un bromista escapara a las consecuencias inevitables de sus maniobras, es decir, que lo ridículo acabara por contaminar a su propia persona. Mi amigo, en vez, aunque envuelto continuamente en una atmósfera de capricho, daba la impresión de vivir tan sólo para las formas sociales más severas, y ni siquiera los miembros de su propia casa pensaron jamás en asociar a la memoria del barón Ritzner Von Jung otras nociones que las de rigidez y majestad.

Durante la época de su residencia en G...n, parecía como si el demonio del dolce far niente dominara como un incubo la universidad. Nada se hacía allí que no fuera comer, beber y divertirse. Las habitaciones de los estudiantes se habían convertido en sendas tabernas, y ninguna de ellas tenía tanta fama ni estaba tan concurrida como la del barón. Nuestras juergas eran numerosas, turbulentas y continuas, llenas siempre de incidentes.

Cierta vez habíamos prolongado la fiesta hasta el alba después de beber una insólita cantidad de vino. Fuera del barón y de mí, había siete u ocho asistentes. La mayoría eran jóvenes adinerados y de abolengo, orgullosos de su alcurnia y todos ellos imbuidos de un exagerado sentimiento del honor. Abundaban en las opiniones más ultragermánicas acerca del duelo. Estas opiniones quijotescas se habían visto vigorizadas por ciertas publicaciones aparecidas en París, así como por tres o cuatro duelos de resultado fatal que habían tenido lugar en G...n; por eso pasamos la mayor parte de la noche discutiendo entusiastamente aquel tema tan absorbente como apasionante.

El barón, que durante la primera parte de la fiesta se había mostrado extrañamente silencioso y abstraído, pareció por fin salir de su apatía, intervino en la conversación y disertó sobre los beneficios y, sobre todo, las bellezas del código de etiqueta imperante en materia de duelos caballerescos, haciéndolo con un ardor, una elocuencia y un apasionamiento tan grandes que provocó el entusiasmo de todos sus oyentes, y aún de mí mismo, que sabía perfectamente cómo el barón se burlaba en el fondo de aquellas mismas cosas que ahora defendía, y consideraba la fanfaronade de la etiqueta del duelo con el soberano desdén que ésta merece.

Mirando a mi alrededor en el curso de una de las pausas del discurso de mi amigo (del cual mis lectores podrán formarse una débil idea si digo que se parecía a la manera fervorosa, cantante, monótona y, sin embargo, musical del sentencioso Coleridge), advertí que uno de los presentes evidenciaba síntomas de un interés más que común. Este caballero, al que llamaré Hermann, era muy original en todo sentido —salvo, quizá, en el hecho muy general de ser un perfecto tonto—. Había llegado a gozar en cierto sector de la universidad de gran reputación como profundo pensador metafísico y, según creo, como discurridor lógico. Asimismo disfrutaba de gran renombre como duelista, aun en G...n; he olvidado el número exacto de víctimas que habían sucumbido a sus manos, pero eran varias. No cabe dudar de que era hombre valiente, pero su orgullo se fundaba principalmente en el minucioso conocimiento de la etiqueta del duelo y la exquisitez de su sentido del honor. Estas cosas constituían una manía que habría de acompañarlo hasta su muerte. Para Ritzner, siempre a la búsqueda de lo grotesco, aquellas peculiaridades le habían ofrecido ya amplio campo para sus bromas. Y aunque yo lo ignoraba, no tardé en darme cuenta esta vez de que mi amigo se traía entre manos alguna de las suyas, y que Hermann era el destinatario.

A medida que el barón adelantaba en su discurso —o más bien monólogo— advertí que la excitación de su auditor iba en aumento. Por fin intervino, objetando un punto sobre el cual Ritzner insistía entusiastamente, y dio detalladas razones para su oposición. A éstas contestó también en detalle el barón, sin alterar su tono de exagerado entusiasmo, terminando sus palabras con algo que me pareció de pésimo gusto, es decir, con un sarcasmo y una reflexión irónica.

La manía de Hermann se manifestó entonces en toda su fuerza. Fácil era advertirlo en la estudiada minuciosidad de su réplica. Me acuerdo perfectamente de sus últimas palabras:

—Permítame decir, barón Von Jung, que, si bien sus opiniones son en general correctas, en varios puntos me parecen ignominiosas para usted y para la universidad de la cual forma parte. Ciertos puntos no merecen siquiera que los refute seriamente. Y aun diría más, señor mío, si no temiera ofenderlo (y aquí sonrió amablemente); diría que sus opiniones no son las que cabe esperar de un caballero.

Cuando Hermann hubo pronunciado esta equívoca frase, todos los ojos se volvieron hacia el barón. Éste se puso pálido y luego muy rojo; dejando caer el pañuelo, se agachó para recogerlo, momento en el cual alcancé a atisbar en su rostro una expresión que no podía ser apreciada por ninguno de los asistentes. Aquel rostro estaba radiante y mostraba el aire zumbón que constituía su verdadero carácter, pero que jamás le había visto asumir, salvo cuando estábamos a solas y él se permitía una completa libertad.

Un instante después se puso en pie, enfrentando a Hermann; jamás he vuelto a ver tan instantáneo cambio de expresión. Hasta pensé por un momento que me había equivocado y que el barón procedía con la más absoluta seriedad. Parecía contenerse para no estallar, y su rostro estaba blanco como el de un cadáver. Guardó silencio breve tiempo, como si luchara por dominar sus emociones. Luego, pareciendo haberlo logrado en parte, alzó un vaso que había a su alcance y, mientras lo aferraba con fuerza, le oímos decir:

—El lenguaje que ha creído usted adecuado utilizar para dirigirse a mí, Mynheer Hermann, es tan objetable que no tengo tiempo ni paciencia para señalárselo en detalle. De todos modos, decir que mis opiniones no son las que cabe esperar de un caballero constituye una observación tan ofensiva que sólo me permite adoptar una línea de conducta. La cortesía, empero, no me permite olvidar que estos señores y usted mismo son mis huéspedes. Me perdonará, pues, que, teniendo en cuenta esta consideración, me aparte ligeramente de lo que se acostumbra entre caballeros en casos análogos de afrenta personal. Perdóneme por imponer un ligero trabajo a su imaginación, si le pido que considere por un instante que el reflejo de su persona en ese espejo es Mynheer Hermann en persona.

Aceptado esto, no habrá la menor dificultad. Arrojaré este vaso de vino contra su imagen en el espejo con lo cual cumpliré en espíritu, ya que no al pie de la letra, lo que me corresponde hacer frente a su insulto, evitando al mismo tiempo ejercer contra usted una violencia física.

Y con estas palabras lanzó el vaso colmado de vino contra el espejo colgado frente a Hermann, golpeando la parte que reflejaba su imagen y, como es natural, rompiendo el cristal en mil pedazos. Todos los presentes se pusieron de pie al unísono y abandonaron la estancia, con excepción de Ritzner y de mí. En momentos en que Hermann salía, el barón me susurró al oído que lo siguiera y le ofreciera mis servicios. Así lo hice, sin saber qué pensar a ciencia cierta de tan ridículo asunto.

El duelista aceptó mi asistencia con su aire estirado y ultra recherché y, luego de tomarme del brazo, me guió a sus habitaciones. Trabajo me costó no reírmele en la cara mientras procedía a discutir, con la más profunda gravedad, lo que denominaba el «carácter refinadamente peculiar» del insulto que había recibido. Luego de una aburridora arenga en su estilo habitual, extrajo de la biblioteca cantidad de polvorientos volúmenes que trataban del duelo, y me retuvo largo tiempo leyéndome fragmentos de los mismos y comentándolos profusamente. Tenía en sus manos la Ordenanza de Felipe el Hermoso sobre el combate singular, el Teatro del honor, de Favyn, y el tratado Sobre la autorización para los duelos, de Andiguier. Exhibió, además, pomposamente las Memorias de duelos, de Brantôme, publicado en Colonia, 1666, en caracteres elzevirianos, preciso y único volumen en papel vitela, con espaciosos márgenes y encuadernado por Derôme. Pero me llamó especialmente la atención, con aire de misteriosa sagacidad, sobre un espeso volumen en octavo, escrito en latín bárbaro por un tal Hedelin, un francés, que ostentaba el raro título de Duelli Lex Scripta, et non; aliterque. De este libro me leyó uno de los capítulos más raros del mundo, concerniente a las Injuriæ per applicationem, per constructionem, et per se, la mitad de lo cual, según me aseguró, se aplicaba estrictamente a su propio y «refinadamente peculiar» caso, aunque a mí me fue totalmente imposible comprender una sola sílaba de lo que me leyó.

Terminado el capítulo, Hermann cerró el libro y me preguntó qué consideraba oportuno en la circunstancia. Repuse que tenía la mayor confianza en la delicadeza y refinamiento de sus sentimientos, y que me atendría a lo que propusiera. Pareció lisonjeado con la respuesta y sentóse a escribir un mensaje al barón. Decía así:

Señor: Mi amigo Mr. P... le hará entrega de esta nota. Considero de mi incumbencia solicitarle que tenga a bien darme una explicación sobre lo ocurrido esta noche en sus aposentos. En caso de que declinara usted hacerlo, Mr. P... está conforme en arreglar, con la persona designada por usted, los detalles preliminares de un encuentro.

Con la expresión de mi profundo respeto, su muy humilde servidor.
Johann Hermann
Al barón Ritzner von Jung
18 de agosto de 18...

No sabiendo qué podía hacer mejor, llevé la epístola a Ritzner. Inclinóse al presentársela, y con grave expresión me rogó que me sentara. Luego de haber leído el cartel de desafío, escribió la siguiente respuesta, que llevé a Hermann:

Señor: Por intermedio de nuestro común amigo Mr. P... he recibido su carta de la fecha.

Luego de reflexionar, admito francamente la conveniencia de la explicación sugerida por usted. Admito esto, me veo en gran dificultad (debido a la naturaleza refinadamente peculiar de nuestro desacuerdo y de la afrenta personal de que soy responsable) para expresar lo que tengo que decir por vía de explicación, en forma tal que satisfaga las minuciosas exigencias y los variados matices del presente caso. Deposito toda mi confianza, sin embargo, en la delicadísima discriminación en cuestiones vinculadas con la etiqueta, que ha dado a usted un renombre tan eminente y duradero. En la plena certidumbre de ser comprendido, pues, me permito no expresar mis sentimientos personales sino remitir a usted a las opiniones del Sieur Hedelin, tales como figuran en el noveno párrafo del capítulo Injuriæ per applicationem, per constructionem, et per se de su Duelli Lex Scripta, et non; aliterque. La finura de su discernimiento en las materias allí tratadas será suficiente, estoy seguro, para convencerlo de que la mera circunstancia de que yo lo remita a ese admirable pasaje bastará para satisfacer su caballeresco pedido de una explicación.

Con la expresión de mi profundo respeto, su muy obediente servidor.
Von Jung
Al señor Johann Hermann
18 de agosto de 18...

Hermann comenzó la lectura de esta carta con el entrecejo fruncido, pero no tardó en sonreír de la manera más ridículamente vanidosa al llegar a la jerigonza sobre las Injuriœ per applicationem, per constructionem, et per se. Una vez que hubo terminado, me pidió con la más suave de las sonrisas que tomara asiento, mientras consultaba el tratado en cuestión. Buscando el pasaje especificado, lo leyó para sí con gran cuidado y luego, cerrando el libro, me solicitó en mi carácter de amigo personal que expresara al barón Von Jung su profundo reconocimiento ante tan caballeresco proceder, y que le asegurara que la explicación ofrecida era de naturaleza tan honorable como satisfactoria.

Un tanto sorprendido por esto, retorné a los aposentos del barón, quien pareció recibir el amistoso mensaje de Hermann como si fuera la cosa más natural del mundo. Luego de conversar conmigo unos instantes, pasó a otra habitación, de la cual regresó trayendo el inmortal tratado Duelli Lex Scripta, et non; aliterque. Alcanzándome el volumen, me pidió que leyera una parte del mismo. Traté de hacerlo sin resultado, pues no me era posible comprender una sola sílaba. Ritzner tomó entonces el libro y me leyó un capítulo en voz alta. Para mi gran sorpresa, lo que leía resultó ser el más absurdo de los relatos acerca del duelo entre dos mandriles...

No tardó mi amigo en explicarme el misterio, mostrándome que aquel volumen, contra lo que aparentaba prima facie, estaba escrito siguiendo el sistema de los versos disparatados de Du Bartas; es decir, que las palabras habían sido ingeniosamente dispuestas para producir una apariencia inteligible y hasta de profundidad conceptual, aunque en realidad aquello no tenía pies ni cabeza. La clave del libro consistía en leer una palabra de cada tres, con lo cual surgían una serie de ridiculas chanzas sobre un combate celebrado en nuestros tiempos.

El barón me informó más tarde que se las había arreglado para que Hermann conociera el tratado dos o tres semanas antes de la aventura, y que por el tono general de su conversación se había dado cuenta de que lo había estudiado atentamente y que estaba convencidísimo de que era una obra de raro mérito. Basándose en esto, puso en práctica su broma. Hermann se hubiera dejado matar diez mil veces antes de reconocer su incapacidad para comprender cualquiera de las cosas que en este mundo se llevan escritas sobre el duelo.

EL SISTEMA DEL DOCTOR TARR Y DEL PROFESOR FETHER

("The System of Doctor Tarr and Professor Fether", 1845)
Originalmente publicado en *Graham's Magazine* (noviembre 1845)

En el otoño de 18…, mientras viajaba por las provincias meridionales de Francia, mi camino me condujo a pocas millas de cierta *Maison de Santé*, o manicomio privado, del cual mucho había oído hablar a mis amigos médicos en París. Dado que jamás había visitado un establecimiento de esa clase, me pareció que no debía perder tan excelente oportunidad, y propuse a mi compañero de viaje (caballero con el cual me había relacionado casualmente pocos días antes) que nos desviáramos de la ruta por una o dos horas, a fin de visitar el hospicio. Mi amigo se opuso, arguyendo en primer término estar de prisa, y luego un comprensible horror a la vista de un lunático. Me rogó, empero, que la cortesía no impidiera la satisfacción de mi curiosidad, agregando que cabalgaría despacio a fin de darme ocasión de alcanzarlo ese mismo día o, a más tardar, al siguiente.

Cuando nos despedíamos se me ocurrió que podía surgir alguna dificultad para mi admisión en el establecimiento, y así se lo dije a mi amigo. Contestó que, a menos que yo conociera personalmente al director, Monsieur Maillard, o le presentara alguna credencial por escrito, sería difícil que me dejasen pasar, pues los reglamentos de dichos manicomios privados eran mucho más rígidos que los de los hospitales públicos. Pero como él había conocido años atrás a Maillard, tendría el placer de acompañarme hasta la puerta y presentarme, aunque sus sentimientos con respecto a la locura no le permitirían penetrar en la casa.

Le di las gracias y, luego de abandonar el camino real, tomamos un sendero cubierto de pasto que, media hora más tarde, nos llevó a una densa floresta situada al pie de una montaña. Cabalgamos casi dos millas por ese húmedo y lúgubre bosque, hasta divisar la *Maison de Santé*. Era un fantástico castillo, muy deteriorado, que, a juzgar por su edad y el descuido en que se hallaba, debía ser apenas habitable. Su apariencia me llenó de espanto y, conteniendo el caballo, estuve a punto de volverme. Pero pronto me avergoncé de mi debilidad y seguimos adelante.

Cuando nos acercábamos a la gran puerta noté que estaba entornada y que alguien espiaba por ella. Un instante después se asomó un hombre que se dirigió a mi compañero llamándolo por su nombre y estrechándole cordialmente la mano, mientras lo instaba a que desmontara. Se trataba de Monsieur Maillard en persona. Era un robusto y apuesto caballero de la vieja escuela, de modales muy finos y un cierto aire de gravedad, dignidad y autoridad que impresionaban sobremanera.

Luego de presentarme, mi amigo informó a Monsieur Maillard de mi deseo de visitar el establecimiento, y, al recibir de éste la seguridad de que yo sería bien atendido, se despidió y no tardó en perderse de vista.

El director me condujo entonces a una pequeña sala de recibo muy bien instalada, que entre otras señales de un gusto refinado contenía diversos libros, dibujos, vasos con flores e instrumentos de música. Ardía en el hogar un alegre fuego. Sentada al piano y cantando un aria de Bellini había una joven y hermosísima mujer que, al verme entrar, hizo una pausa en su canción y me recibió con graciosa cortesía. Hablaba en voz baja y todas sus actitudes eran apagadas. Me pareció advertir asimismo huellas de dolor en su rostro, de una palidez excesiva aunque no desagradable para mi gusto. Vestía de luto riguroso y provocó en mí un sentimiento donde se mezclaban el respeto, el interés y la admiración.

Había oído decir en París que la institución de Monsieur Maillard se regía por lo que se denominaba vulgarmente el «sistema de la dulzura»; que los castigos estaban abolidos, que se prescindía en casi todos los casos del confinamiento, y que los pacientes, aunque secretamente vigilados, gozaban de gran libertad aparente, permitiéndoseles que pasearan por la casa y los jardines con todos los derechos de las personas en su sano juicio.

Teniendo en cuenta estos informes, me cuidé de lo que decía en presencia de la joven, pues no estaba seguro de que fuese cuerda; había en sus ojos cierto brillo inquieto que me llevaba a sospechar que no lo era. Limité, pues, mis observaciones a tópicos generales, escogiendo aquellos menos indicados para desagradar o excitar a una loca. Contestó de la manera más sensata a todo lo que le dije, y hasta sus observaciones personales mostraban la señal del sentido común más evidente. Empero, una larga familiaridad con los fundamentos de la locura me habían enseñado a no fiarme de ninguna apariencia de cordura, y a lo largo de toda la conversación seguí obrando con las mismas precauciones iniciales.

Poco después presentose un apuesto doméstico de librea, trayendo una bandeja con frutas, vino y otros refrescos, que compartí con el director y la dama, quien al poco rato abandonó el salón. Tan pronto hubo salido miré a mi huésped con aire de interrogación.

—No, no —repuso—. Forma parte de mi familia. Es mi sobrina, y por cierto que una mujer muy notable.

—Le pido mil disculpas por mi sospecha —dije—, pero sé muy bien que sabrá usted excusarme. La excelente administración de esta casa es bien conocida en París, y pensé que, después de todo, bien podía suceder que...

—Sí, claro está. No diga usted más. Soy yo quien debo darle las gracias por la loable prudencia que ha demostrado. Pocas veces se advierte tanta previsión en los jóvenes, y más de una vez han sucedido tristes contratiempos por culpa del aturdimiento de nuestros visitantes. Cuando mi antiguo sistema se hallaba en vigencia y se permitía a mis pacientes que pasearan a gusto por todos lados, con frecuencia caían en crisis frenéticas a causa de los imprudentes que visitaban este lugar. Por eso me vi obligado a establecer un sistema rígido de exclusión, y no permito la entrada de nadie en cuya discreción no pueda confiar.

—¡Cuando su antiguo sistema estaba en vigencia! —exclamé, repitiendo sus palabras—. ¿Debo entender, pues, que el «sistema de la dulzura», de que tanto he oído hablar, no se aplica más?

—Hace ya varias semanas —me contestó— que hemos renunciado a él por completo.

—¿Realmente? ¡Me asombra usted!

—Mi querido señor —dijo suspirando—, nos convencimos de la absoluta necesidad de volver a los antiguos métodos. El *peligro* del sistema de la dulzura era realmente espantoso, mientras que sus ventajas han sido muy exageradas por la opinión. Entiendo que en esta casa el experimento se ha cumplido de la manera más leal. Hicimos todo lo que era humana y racionalmente posible. Lamento que no nos haya visitado usted en otro tiempo, pues entonces podría juzgar por sí mismo. Supongo, sin embargo, que se halla al tanto del sistema de la dulzura... con todos sus detalles.

—No, ciertamente. Sólo he oído noticias de tercera o cuarta mano.

—Puedo decirle entonces que, en términos generales, el sistema consiste en que el paciente es *ménagé*, en que se toleran sus caprichos. Jamás nos oponíamos a las fantasías que asaltaban la mente de los locos. Por el contrario, no sólo las permitíamos, sino que las estimulábamos, y muchas de nuestras curas definitivas se lograron en esa forma. Ningún argumento impresiona tanto la débil razón del insano como la *reductio ad absurdum*. Por ejemplo, había aquí enfermos que se creían pollos. En estos casos el tratamiento consistía en aceptar la cosa como un hecho, en acusar al enfermo de estupidez por no admitir suficientemente que se trataba de un hecho, y, en consecuencia, privarlo durante una semana de todo alimento que no consistiera en la comida propia de los pollos. En esta forma, bastaban unos puñados de grano y de cascajo para hacer maravillas.

—Pero, ¿se reducía el sistema a esta especie de aceptación?

—En modo alguno. Teníamos mucha fe en las diversiones sencillas, tales como la música, la danza, los ejercicios gimnásticos, juegos de cartas, cierto tipo de libros y cosas parecidas. Pretendíamos tratar a cada enfermo como si sólo sufriera de un trastorno físico ordinario, y la palabra «locura» no se empleaba jamás. Un detalle de gran importancia consistía en que cada loco tenía la misión de vigilar las acciones de todos los demás. Depositar confianza en la comprensión o la discreción de un insano equivale a ganárselo en cuerpo y alma. De esta manera evitábamos el gasto de un nutrido cuerpo de guardianes.

—¿Y no aplicaba usted castigos de ninguna especie?

—Ninguno.

—¿Jamás encerraba a sus pacientes?

—Muy rara vez. Una que otra, si la enfermedad de alguno de ellos degeneraba en una crisis o en un acceso de locura furiosa, lo encerrábamos en una celda secreta para que su estado no se transmitiera a los demás, y lo manteníamos allí hasta entregarlo a sus amigos, pues nada teníamos que ver con los locos furiosos. Por lo general los trasladaban a un hospicio público.

—¿Y ahora ha cambiado usted todo eso… y cree haber obrado bien?

—Ciertamente. El sistema tenía sus ventajas, y aun sus peligros. Afortunadamente ha fracasado en todas las *maisons de santé de* Francia.

—Me sorprende usted mucho —observé—, pues daba por descontado que actualmente no había en este país ningún otro tratamiento para la locura.

—Es usted joven, amigo mío —replicó mi huésped—, pero llegará un día en que aprenderá a juzgar por sí mismo lo que ocurre en el mundo, sin confiar en las charlas ajenas. No crea nada de lo que oye, y sólo la mitad de lo que ve. No cabe duda de que, con respecto a nuestras *maisons de santé*, algún ignorante lo ha engañado. Después de cenar, cuando se haya recobrado de la fatiga de su viaje, tendré el placer de llevarlo a recorrer la casa y hacerle conocer un sistema que, en mi opinión y en la de todos aquellos que han presenciado su aplicación, es incomparablemente más efectivo que los utilizados hasta ahora.

—¿Es suyo el sistema? —pregunté.

—Me enorgullezco de afirmar que lo es... por lo menos en cierta medida.

Seguí conversando con Monsieur Maillard durante una o dos horas, durante las cuales me mostró los jardines y los invernáculos del establecimiento.

—En este momento no puedo permitirle que vea a mis pacientes —dijo—. Para los espíritus sensibles significa siempre un choque más o menos violento, y no quisiera privarlo de su apetito. Ahora iremos a cenar. Puedo ofrecerle ternera à *la St. Menehoult*, con coliflor en salsa *veloutée*. *Y* luego de una copa de Clos—Vougeot, sus nervios estarán suficientemente preparados.

A las seis se anunció la cena y mi huésped me condujo a un gran comedor, donde se hallaba reunida una numerosa asistencia, veinticinco o treinta personas en total. Todas ellas parecían de alto rango e indudablemente de gran cultura aunque no pude menos de pensar que sus vestimentas eran extravagantemente suntuosas, al punto de recordar los ostentosos despliegues de las cortes de antaño. Reparé en que dos tercios de los huéspedes eran señoras y que algunas no estaban vestidas como una parisiense hubiera juzgado de buen gusto en la actualidad. Muchas de ellas, por ejemplo, cuya edad no debía bajar de los setenta, se cubrían con profusión de joyas tales como anillos, brazaletes y aros, dejando el seno y los brazos desvergonzadamente descubiertos. Noté que muy pocos vestidos estaban bien cortados o, por lo menos, que muy pocos sentaban bien a sus portadoras. Mirando en torno descubrí a la interesante joven que Monsieur Maillard me había presentado en el pequeño recibimiento; pero grande fue mi sorpresa al ver que se había puesto un vestido con miriñaque, zapatos de tacón alto y un sucio gorro de encaje de Bruselas, tan grande que su rostro parecía ridículamente pequeño. La primera vez que la había visto llevaba luto riguroso, de la manera más recatada. En resumen, toda aquella asamblea vestía de una manera tan rara, que llegué a pensar por un instante en el «sistema de la dulzura», y me pregunté si Monsieur Maillard no querría engañarme hasta después de la cena, a fin de evitarme toda sensación desagradable mientras comía, por el hecho de encontrarme entre locos. Pero recordé haber oído en París que los provincianos del Sur eran gentes excéntricas, llenas de nociones anticuadas, y me bastó conversar con varios de los asistentes para que mis aprensiones se disiparan instantáneamente y por completo.

El comedor, aunque de buenas dimensiones y suficientemente cómodo, no parecía tampoco muy elegante. El suelo, por ejemplo, no estaba alfombrado, aunque reconozco que en Francia suele prescindirse de las alfombras. Faltaban cortinas en las ventanas; las persianas, ya cerradas, aparecían aseguradas con barras de hierro colocadas diagonalmente, a la manera de los cierres de las tiendas. Noté que aquella estancia constituía una de las alas del *château*, por lo cual tenía ventanas en tres lados del paralelogramo, hallándose la puerta en el cuarto. Había por lo menos diez ventanas.

La mesa estaba espléndidamente servida. La vajilla era abundantísima y aparecía repleta de toda clase de exquisitos bocados. La profusión era absolutamente bárbara. Había allí golosinas suficientes para satisfacer a los Anakim. Jamás en mi vida había presenciado un derroche tan generoso, tan desorbitado de todas las buenas cosas de la vida. Muy poco gusto imperaba, sin embargo, en su presentación, y mis ojos, habituados a las luces discretas, se sintieron ofendidos por el prodigioso resplandor de multitud de bujías colocadas sobre la mesa en candelabros de plata, así como en todos los lugares del aposento donde era posible fijarlas. Varios domésticos se ocupaban de servir, y en una gran mesa situada en la parte más lejana del comedor habíanse instalado siete u ocho personas provistas de violines, pífanos, trombones y un tambor. Durante la comida, estos individuos me fastidiaron muchísimo con una infinita variedad de ruidos que parecían considerar como música y que, por lo visto, entretenían muchísimo a los presentes.

En conjunto, pues, no pude dejar de pensar que había mucho de raro en cada cosa que allí se me ofrecía… Pero el mundo está formado por toda clase de gentes con toda clase de costumbres convencionales. Demasiado había viajado para no ser un perfecto adepto del *nil admirari*; por lo cual me senté con toda compostura a la diestra de mi huésped y, como estaba dotado de un sólido apetito, hice los honores a las excelentes viandas que me presentaron.

La conversación, entretanto, era muy animada. Como de costumbre, las damas hablaban mucho. Pronto noté que casi todos los presentes eran personas muy bien educadas, y en cuanto a mi huésped, resultaba una fuente inagotable de anécdotas divertidas. Se mostraba muy inclinado a hablar de sus funciones de director de la *maison de santé y*, para mi gran sorpresa, advertí que el tema de la locura era el favorito de todos los presentes. Se contaban historias muy graciosas sobre los caprichos de los pacientes.

—Una vez tuvimos aquí a un individuo —dijo un hombrecillo sentado a mi derecha— que se creía una tetera. Dicho sea de paso, ¿no es singular que esta manía se repita con tanta frecuencia entre los locos?

Apenas hay un manicomio en Francia que no pueda proporcionar una tetera humana. *La nuestra* era una tetera de fabricación británica y cuidaba de pulirse a sí misma todas las mañanas con tiza y una piel de ante.

—Además —dijo un hombre de alta estatura, sentado frente a mí— no hace mucho tuvimos a un enfermo a quien se le había metido en la cabeza que era un asno, lo cual, hablando figurativamente, no dejaba de ser muy cierto. Era un paciente de lo más molesto y nos daba mucho trabajo mantenerlo dentro de ciertos límites. Largo tiempo se negó a comer nada que no fueran cardos, pero lo disuadimos de su idea al no dejarlo que comiera otra cosa. Se pasaba el tiempo soltando coces, así, vean ustedes… así… así…

—¡Señor de Kock, le ruego que se comporte debidamente! —lo interrumpió una anciana señora ubicada al lado del orador—. ¡Guárdese usted sus coces! ¡Ha estropeado mi vestido de brocado! ¿Acaso es necesario ilustrar de manera tan práctica una observación? Nuestro amigo aquí presente comprenderá lo mismo. Palabra, casi es usted tan asno como aquel pobre infeliz creía serlo. Sus coces eran de lo más naturales, puede creerme.

—*Mille pardons, mam'zelle*! —repuso Monsieur de Kock—. ¡Mil perdones! No tenía la menor intención ofensiva. Mam'zelle Laplace, Monsieur de Kock tendrá el honor de beber vino con usted.

Y aquí Monsieur de Kock inclinose, besó ceremoniosamente su propia mano y bebió en unión de Mam'zelle Laplace.

—Permítame usted, amigo mío —dijo Monsieur Maillard dirigiéndose a mí— ofrecerle un trozo de esta ternera *à la St. Menehoult*. Estoy seguro de que la encontrará especialmente sabrosa.

En este momento tres robustos camareros acababan de depositar con gran trabajo en la mesa un enorme plato, o mejor plato trinchero, conteniendo lo que supuse era el *monstrum, horrendum, informe, ingens, cui lumen ademptum*. Pero un escrutinio más cuidadoso me aseguró que se trataba tan sólo de un ternerillo asado entero, apoyado en las rodillas y sosteniendo una manzana en la boca, como se acostumbra en Inglaterra para servir una liebre.

—Muchas gracias —repuse—. Para decir verdad, no me gusta mucho la ternera *à la*… ¿cómo era?, pues siento que no me cae bien. Prefiero cambiar de plato y probar un bocado de conejo.

Había sobre la mesa algunas fuentes conteniendo lo que parecía ser conejo ordinario, plato muy exquisito y digno de ser recomendado.

—¡Pierre! —gritó el huésped—. Cambie el plato del señor y sírvale un trozo de conejo *au—chat*.

—¿Al qué? —dije yo.

—Au—chat.

—Pues bien, muchas gracias, pero... pensándolo mejor, prefiero servirme un poco de jamón.

Verdaderamente uno no sabe nunca lo que come en las mesas de estos provincianos —me dije—. No quiero saber nada de su conejo al gato, ni tampoco de su gato al conejo, si es que lo sirven.

—Y luego —dijo un personaje de aire cadavérico situado hacia el final de la mesa, recogiendo el hilo interrumpido de la conversación—, entre otras extravagancias tuvimos cierta vez a un paciente que sostenía con gran obstinación ser un queso de Córdoba, y andaba cuchillo en mano pidiendo a sus amigos que probaran una rebanada de su muslo.

—Era un perfecto loco, sin duda —dijo otro—, pero no se lo puede comparar con cierto individuo a quien todos conocemos, excepción hecha de ese extraño caballero. Aludo al hombre que se creía una botella de champaña y andaba siempre descorchándose con un ruido y un burbujeo... como esto.

Y el orador, muy groseramente según pensé, apoyó el pulgar derecho en la mejilla izquierda, retirándolo con un sonido semejante al de una botella que se descorcha, tras lo cual y mediante un hábil juego de la lengua entre los dientes, produjo un agudo silbido que duró largo tiempo y que imitaba el de la espuma del champaña. Noté claramente que esta conducta no era del agrado de Monsieur Maillard, pero no dijo nada y la conversación continuó a cargo de un hombrecito muy delgado que usaba una enorme peluca.

—Teníamos también a un ignorante —dijo— que se tomaba por una rana, a la cual por cierto no dejaba de parecerse bastante. Me hubiera gustado que le viese usted, señor —agregó, dirigiéndose a mí—, pues le habría encantado la naturalidad con que actuaba. Si aquel hombre no era una rana, sólo puedo agregar que lo lamento mucho. Su croar, en esta forma... O—o—o—ogh... O—o—o—o—ogh... era la nota más bella del mundo... ¡un si bemol! Y cuando ponía los codos en la mesa así... después de haber bebido un vaso o dos de vino... y abría la boca, así... y revolvía los ojos en esta forma... y los guiñaba con extraordinaria rapidez... pues bien, señor mío, puedo asegurarle que hubiera caído en el colmo de la admiración frente al genio de aquel hombre.

—No tengo la menor duda —dije.

—Y también teníamos a Petit Gaillard —dijo otro—, que se creía un polvo de rapé, y estaba afligidísimo porque no podía tomarse a sí mismo entre el pulgar y el índice.

—Y también a Jules Desoulières, que había sido un genio muy notable y, al enloquecer, creyó que era una calabaza. Perseguía de continuo al cocinero, pidiéndole que lo utilizara para hacer un pastel, a lo cual el cocinero se negaba indignado. Por mi parte no dejo de pensar que un pastel de calabaza *à la Desouliè* hubiera sido excelente.

—¡Me asombra usted! —exclamé, mirando con aire interrogativo a Monsieur Maillard.

—¡Ja, ja, ja! —rió este caballero—. ¡Ja, ja, ja; je, je, je; ji, ji, ji! ¡Excelente! No tiene por qué asombrarse, amigo mío. Nuestro compañero es todo un ingenio… un *drôle*… No hay que tomarlo al pie de la letra.

—También —dijo otro de los comensales— estaba Bouffon—Le Grand, un tipo extraordinario a su modo. El amor lo trastornó, y se creía dueño de dos cabezas. Sostenía que una de ellas era la de Cicerón, mientras la otra estaba compuesta; vale decir que era la de Demóstenes desde la frente a la boca, y la de Lord Brougham, de la boca al mentón. No es imposible que estuviera equivocado, pero lo hubiese convencido a usted de lo contrario, pues era hombre de grandísima elocuencia. Tenía verdadera pasión por la oratoria y no podía dejar de manifestarla. Por ejemplo, solía saltar sobre la mesa, en esta forma, y…

En este momento, alguien que se hallaba al lado del que hablaba le puso la mano en el hombro y le susurró unas palabras al oído; inmediatamente el otro guardó silencio y se dejó caer en su asiento.

—Y no olvidemos —dijo el que lo había interrumpido— a Boullard, la perinola. Le llamo la perinola porque le había entrado la manía muy singular, aunque no por completo irrazonable, de que se había convertido en perinola. Se hubiera usted muerto de risa viéndolo dar vueltas. Era capaz de pasarse horas girando sobre un talón, así… y…

Pero entonces, el amigo a quien el orador había interrumpido poco antes hizo lo mismo con él.

—¡Pues bien —gritó una anciana señora con todas sus fuerzas—, su Monsieur Boullard era un loco, y un loco muy tonto, por lo que veo! Permítame preguntarle: ¿quién ha oído hablar jamás de una perinola humana? ¡Qué absurdo! Madame Joyeuse era mucho más sensata, como todos saben. Tenía una manía, pero llena de buen sentido y que proporcionaba gran placer a todos los que se honraban en conocerla. Después de maduras reflexiones llegó a la conclusión de que a causa de algún accidente se había convertido en gallo. Pero en su calidad de tal se conducía muy correctamente. Batía las alas de una manera prodigiosa, así… así… así… y así… y en cuanto a su cacareo, era delicioso. ¡Co, corocó! ¡Co… corocó! ¡Co… corocóooo!

—¡Madame Joyeuse, le ruego que se reporte! —le interrumpió muy encolerizado nuestro anfitrión—. ¡O se conduce usted como una dama… o abandona inmediatamente la mesa! ¡Elija!

La dama (a la cual había oído con gran estupefacción llamar Madame Joyeuse, luego de la descripción que acababa de hacernos de alguien de ese mismo nombre), sonrojose hasta la raíz de los cabellos y pareció sumamente humillada por el reproche. Bajó la cabeza, sin responder una sola palabra. Mas en ese momento otra señora, mucho más joven, reanudó la conversación. Era mi hermosa jovencita del recibimiento.

—¡Oh, Madame Joyeuse *era* una loca! —exclamó—. En cambio en la conducta de Eugènie Salsafette había mucho de buen sentido. Era una joven muy modesta y hermosa, que se había convencido de que la manera ordinaria de vestirse era indecente, y trataba de vestirse al revés, vale decir quedándose *fuera* de sus ropas y no *dentro* de ellas. Después de todo es algo muy fácil de hacer. Basta con empezar así… y luego así… y así… así… y entonces…

—*Mon Dieu*! ¡mam'zelle Salsafette! —gritaron al unísono una docena de voces—. ¿Qué hace usted? ¡Deténgase… es suficiente! ¡Hemos visto perfectamente cómo se hace…! ¡Basta, basta!

Y numerosos comensales abandonaban ya sus sillas para impedir que mam'zelle Salsafette se pusiera a la par de la Venus de Médicis, cuando su intervención dejó de ser necesaria a causa de unos terribles gritos y alaridos que procedían de alguna parte del cuerpo central del *château*.

Mis nervios sufrieron un tardo choque al escuchar aquellos clamores, pero no pude dejar de sentir lástima por el resto de la asamblea. Jamás he visto a un grupo de personas razonables bajo un espanto semejante. Se pusieron pálidos como otros tantos cadáveres y, mientras se desplomaban en sus asientos, temblaban y se estremecían de terror, esperando la repetición de los gritos. Volvieron a oírse éstos con mayor fuerza y al parecer más cerca, se repitieron por tercera vez con gran intensidad y luego más apagados. Ante esta aparente cesación de los clamores, los comensales recobraron inmediatamente los ánimos y todo volvió a ser alegría y conversación como antes. Me atreví entonces a preguntar la causa de aquella interrupción.

—Una simple *bagatelle* —dijo Monsieur Maillard—. Estamos habituados a estas cosas y en realidad nos preocupamos muy poco de ellas. De vez en cuando los locos se ponen a gritar a coro, pues uno excita al otro, como suele ocurrir con los perros de noche. Pero al coro de alaridos sucede en ocasiones una tentativa simultánea para emprender la fuga, y en esos casos no deja de haber cierto peligro.

—¿Y cuántos tiene usted a su cargo en este momento?

—No más de diez.

—¿Mujeres en su mayoría, supongo?

—¡Oh, no! Todos ellos hombres, y puedo asegurarle que bien robustos.

—¿De veras? Había oído decir que la mayoría de los insanos pertenecían al sexo bello.

—Así es en general, pero no siempre. Hace algún tiempo había aquí unos veintisiete pacientes, y entre ellos no menos de dieciocho mujeres; pero las cosas han cambiado mucho, como puede ver.

—Sí… han cambiado mucho, como puede ver —interrumpió el caballero que había dado de coces a Mam'zelle Laplace.

—¡Sí… han cambiado mucho, como puede ver! —coreó la asamblea.

—¡A sujetar la lengua todo el mundo! —gritó mi anfitrión lleno de cólera, tras lo cual los presentes guardaron un silencio de muerte durante casi un minuto, mientras una de las damas obedecía al pie de la letra a Monsieur Maillard, vale decir, sacaba la lengua, que tenía notablemente larga, y la sujetaba resignadamente con ambas manos hasta el fin de la fiesta.

—Pero esta dama —dije al director, inclinándome hacia él para que los demás no me oyeran—, esa excelente señora que acaba de hablar y nos ha ofrecido el cocoricó… supongo que es inofensiva, ¿verdad? Completamente inofensiva.

—¡Inofensiva! —exclamó él, en el colmo de la sorpresa—. ¿Qué… qué quiere usted decir?

—¿O nada más que un poco tocada? —dije, acompañando mis palabras con el ademán de tocarme la sien—. Doy por descontado que su enfermedad no es particularmente… peligrosa, ¿verdad?

—*Mon Dieu*! ¿Qué esta usted imaginándose? Esta señora, mi antigua e íntima amiga, Madame Joyeuse, es tan cuerda como yo. Tiene sus pequeñas excentricidades, claro está… pero bien sabe usted que todas las mujeres… todas las mujeres *muy* ancianas las tienen en mayor o menor grado.

—Por supuesto —convine—. Por supuesto… pero entonces, el resto de las damas y caballeros…

—Son mis amigos y colaboradores —interrumpió Monsieur Maillard, irguiéndose altaneramente.— Mis excelentes amigos y ayudantes.

—¡Cómo! ¿Todos ellos? ¿Las damas también?

—Claro está; no podríamos arreglarnos sin ayuda de mujeres, que son las mejores enfermeras del mundo para atender a los locos. Tienen una modalidad propia, sabe usted; sus ojos brillantes producen efectos maravillosos… algo así como la fascinación de la serpiente.

—Por supuesto —repetí—, por supuesto… De todos modos, actúan de manera un tanto extraña, ¿no? Son ligeramente *raras*… ¿no le parece a usted?

—¡Extrañas! ¡Raras! ¿Por qué piensa así? Aquí, en el Sur, no somos nada mojigatos; hacemos lo que más nos gusta, gozamos de la vida y de todo el resto… ¿Comprende usted?

—Por supuesto —dije—. Por supuesto.

—Y, además, puede ser que este Clos Vougeot se suba un tanto a la cabeza, ¿sabe usted?… Un tanto *fuerte*… Usted comprende, ¿no?

—Por supuesto —dije—, por supuesto. Dicho sea de paso, señor, ¿no dijo usted, si he oído bien, que el sistema que había adoptado en reemplazo del famoso sistema de la dulzura es de una extremada severidad?

—De ninguna manera. La reclusión es obligadamente rigurosa; pero el tratamiento… quiero decir el tratamiento médico, es más bien agradable a los pacientes.

—¿Y es usted el inventor del nuevo sistema?

—No en su totalidad. Parte del mismo procede del profesor Tarr, de quien habrá usted oído hablar seguramente; y mi plan contiene, además, modificaciones que, me complazco en decirlo, provienen del celebrado Fether, con quien, si no me equivoco, está usted estrechamente vinculado.

—Me avergüenza muchísimo reconocer que no he oído jamás mencionar a dichos caballeros —repliqué.

—¡Grandes dioses! —exclamó mi huésped, echando bruscamente atrás su silla y alzando las manos—. ¡Sin duda he oído mal! ¿No pretenderá decirme que jamás ha oído hablar del sabio doctor Tarr o del famoso profesor Fether?

—Me veo precisado a reconocer mi ignorancia —repuse—, pero la verdad está por encima de todas las cosas. Mucho me humilla ignorar las obras de esos extraordinarios estudiosos. Las buscaré lo antes posible, para leerlas con la máxima atención. Monsieur Maillard, usted ha conseguido... se lo digo muy sinceramente... avergonzarme de mí mismo.

Y era muy cierto.

—No diga usted más, mi joven amigo —replicó amablemente el director, estrechándome la mano—, y acompáñeme con una copa de Sauternes.

Bebimos. La asamblea imitó sin vacilar nuestro ejemplo. Todos charlaban, bromeaban, reían, hacían las cosas más absurdas, mientras los violines chirriaban, el tambor tronaba, los trombones mugían como otros tantos toros de bronce de Falaris... y aquella escena, empeorando de minuto en minuto, a medida que los vinos hacían su efecto, se convertía finalmente en una especie de pandemonio *in petto*. A todo esto, con algunas botellas de Sauternes y Vougeot entre los dos, Monsieur Maillard y yo continuábamos nuestro diálogo a gritos. Cualquier palabra pronunciada con tono natural se hubiera oído mucho menos que la voz de un pez en las cataratas del Niágara.

—¿No mencionó usted antes de la cena —le grité al oído— que el antiguo sistema de la dulzura encerraba ciertos peligros? ¿Puede explicarme cuáles?

—Sí —repuso él—, en algunas ocasiones era sumamente peligroso. Los caprichos de los locos son inexplicables, y en mi opinión, así como en la del doctor Tarr y el profesor Fether, *nunca* se está seguro si se los deja andar solos y sin vigilancia. Un insano puede ser «calmado» por un tiempo, pero terminará siempre provocando algún alboroto. Su astucia, además, es tan proverbial como grande. Si proyecta alguna cosa, la ocultará con maravillosa sagacidad, y la destreza con que finge la cordura presenta para el filósofo uno de los problemas más singulares del estudio de la mente. Créame usted: cuando un loco parece *completamente* sano, ha llegado el momento de ponerle la camisa de fuerza.

—Pero el *peligro* del cual hablaba usted, mi querido señor... En el curso de su propia experiencia... mientras dirigía esta casa... ¿ha tenido razones para creer que la libertad era peligrosa en un caso de locura?

—¿Aquí? ¿En el curso de mi propia experiencia? Pues bien... sí. Por ejemplo: *no hace mucho,* sucedió en esta misma casa algo muy extraño. Como usted sabe regía el sistema de dulzura y todos los enfermos andaban en libertad. Se conducían muy bien...; tan bien, que cualquier persona sensata se hubiera dado cuenta de que se preparaba algún designio diabólico, tanta era la compostura con que se portaban. Y así ocurrió, en efecto: una mañana, los guardianes se despertaron atados de pies y manos y metidos en las celdas, donde fueron atendidos como si fueran los locos... por los locos mismos, que habían usurpado las funciones de guardianes.

—¡No me diga usted! ¡Jamás he oído cosa tan absurda!

—Le cuento la verdad. Todo sucedió por culpa de un imbécil... un loco que sostenía haber inventado el mejor sistema de gobierno jamás imaginado... gobierno de locos, se entiende. Supongo que quería experimentar su invención y persuadió al resto de los enfermos a que se le unieran en una conspiración destinada a derrocar los poderes reinantes.

—¿Y lo consiguió?

—Naturalmente. Los guardianes y los guardados cambiaron muy pronto de puesto, con la importante diferencia de que los locos habían estado sueltos con anterioridad, mientras que los guardianes fueron encerrados en las celdas y tratados, lamento decirlo, de una manera muy desdorosa.

—Pero supongo que no tardó en producirse una contrarrevolución. Imposible que semejante estado de cosas se prolongara mucho. Las personas de la vecindad... los visitantes que acudían al establecimiento... no hay duda de que debieron dar la alarma.

—Pues se equivoca usted. El jefe de los rebeldes era demasiado astuto para eso. No admitió a ningún visitante, excepción hecha, cierto día, de un joven de aire tan estúpido que no le inspiró el menor temor. Lo dejó entrar en el establecimiento... simplemente para variar un poco... para divertirse con él. Tan pronto se hubo burlado lo suficiente, lo dejó salir para que se volviera a sus negocios.

—¿Y cuánto tiempo duró el reinado de los locos?

—¡Oh, mucho tiempo! Por lo menos, un mes..., no podría decir exactamente cuánto. Pero, entretanto, lo pasaron admirablemente, eso puedo jurárselo. Tiraron sus viejas ropas ajadas y se apoderaron del guardarropa y las joyas de la familia. La bodega del establecimiento estaba bien provista de vino, y esos diablos de locos son precisamente los que mejor saben beberlo. Vivieron muy bien, se lo aseguro.

—Y el tratamiento... ¿En qué consistía ese tratamiento especial que puso en práctica el jefe de los rebeldes?

—Pues bien; como ya le he hecho notar, un loco no es necesariamente un tonto, y en mi honesta opinión, dicho tratamiento era muchísimo mejor que el anterior. Consistía en un sistema verdaderamente extraordinario… muy sencillo… pulcro… nada complicado… realmente delicioso… Era…

Las observaciones de mi huésped se vieron bruscamente interrumpidas por una nueva serie de alaridos semejantes a los que tanto nos habían desconcertado previamente. Pero esta vez parecían proceder de personas que se aproximaban rápidamente.

—¡Santo Dios! —grité—. ¡Los locos han debido escaparse…!

—Mucho me lo temo —replicó Monsieur Maillard poniéndose mortalmente pálido.

Apenas había terminado la frase cuando se oyeron gritos e imprecaciones bajo las ventanas, y no tardó en verse que algunas gentes del exterior estaban tratando de abrirse paso en el comedor. Golpeaban la puerta con algo que parecía ser un acotillo, mientras sacudían las persianas con violencia prodigiosa.

Siguió una escena de espantosa confusión. Para mi indescriptible asombro, Monsieur Maillard se metió debajo del aparador. Yo hubiera esperado una mayor resolución de su parte. Los miembros de la orquesta que en el último cuarto de hora habían dado la impresión de estar demasiado borrachos para cumplir con su obligación, se enderezaron bruscamente aferrando sus instrumentos y, trepándose a la mesa, atacaron de común acuerdo el *Yankee Doodle*, que ejecutaron, si no afinadamente, por lo menos con energías sobrehumanas durante todo el transcurso del tumulto.

Entretanto, el caballero a quien con tanta dificultad habían impedido que saltara sobre la mesa se apresuró a hacerlo y, tras de plantarse entre las botellas y vasos, comenzó una arenga que no dudo hubiera sido de primer orden de haber podido escucharla. En el mismo instante, el hombre cuyas predilecciones iban hacia las perinolas comenzó a girar por la estancia con inmensa energía, abiertos los brazos en ángulo recto con el cuerpo, con lo cual se parecía realmente a una peonza, y derribando a todo aquel que se le ponía en el camino. Entonces, al escuchar un increíble ruido de botella descorchada y de vino espumante saliendo de ella, terminé por descubrir que procedía de la persona que había imitado a una botella de champaña en el curso de la cena. Por su parte, el hombre—rana croaba como si la salvación de su alma dependiera de cada sonido que profería. Y en mitad de todo esto alzábase el continuo rebuznar de un asno. En cuanto a mi buena amiga Madame Joyeuse, me daba verdadera lástima contemplar el estado de perplejidad en que se encontraba. Todo lo que hacía era quedarse en un rincón, al lado de la chimenea, repitiendo continuamente y con todas sus fuerzas:

«¡Cocoricó—o—o—o—o!».

Y entonces se produjo la crisis, la catástrofe del drama. Como, aparte de los hurras, los alaridos y los cocoricós, quienes me rodeaban no ofrecían la menor resistencia a los de fuera, las diez ventanas no tardaron en ser forzadas casi simultáneamente. Y jamás olvidaré el asombro y el horror con que vi saltar por ellas y lanzarse entre nosotros, golpeando, pateando, arañando y aullando, un ejército que creí de chimpancés, orangutanes o enormes babuinos negros del cabo de Buena Esperanza.

Recibí una terrible paliza, tras de la cual rodé bajo un sofá y me quedé inmóvil. Luego de un cuarto de hora, tiempo en el cual escuché con todos mis sentidos lo que seguía ocurriendo en la habitación, llegué a una explicación satisfactoria del desenlace de aquella tragedia. Por lo visto, al hablarme del loco que había incitado a sus compañeros a la rebelión, Monsieur Maillard no había hecho otra cosa que relatarme sus propias hazañas. Este caballero había sido el director del establecimiento dos o tres años atrás, pero acabó por enloquecer a su turno y pasó a la categoría de paciente. El compañero de viaje que me había presentado ignoraba semejante cosa. En cuanto a los guardianes, dominados por los locos, habían sido primeramente untados de alquitrán, luego emplumados y finalmente metidos en las celdas subterráneas. Llevaban allí un mes, en el curso del cual Monsieur Maillard no solamente les había prodigado generosamente el alquitrán y las plumas (que constituían su «sistema»), sino que los había tenido a pan y agua. Esta última en forma de ducha diaria… Pero, al fin, tras de escapar por una cloaca, uno de los prisioneros logró poner en libertad a los demás.

El «sistema de la dulzura» —con importantes modificaciones— se ha reanudado en el *château*; sin embargo, no puedo dejar de reconocer con Monsieur Maillard que su propio «tratamiento» era verdaderamente radical. Como muy bien lo había expresado, era «muy sencillo… pulcro… nada complicado…».

Sólo me resta añadir que, aunque he revisado todas las bibliotecas de Europa en busca de las obras del doctor Tarr y del profesor Fether, he fracasado hasta ahora en mi empeño por procurarme un ejemplar de las mismas.

NUNCA APUESTES TU CABEZA AL DIABLO

"Con tal que las costumbres de un autor sean puras y castas —dice don Tomás de las Torres en el prefacio de sus Poemas amatorios— importa muy poco que no sean igualmente severas sus obras." Presumimos que don Tomás está ahora en el Purgatorio por dicha afirmación. Sería conveniente tenerlo allí, desde el punto de vista de la justicia poética, hasta que sus Poemas amatorios se agotaran o quedaran eternamente en los estantes por falta de lectores. Toda obra de ficción debería tener una moraleja, más aún, los críticos han descubierto que toda ficción la tiene. Tiempo atrás, Philip Melancthon escribió un comentario de la Batracomiomaquia, y demostró que el objetivo del poeta era estimular el desagrado por la sedición. Pierre La Seine fue un paso más allá, y mostró que la intención era recomendar a los jóvenes temperancia en la comida y la bebida.

Por su parte, Jacobus Hugo se convenció de que en Euenis, Homero insinuaba a Calvino, que Antonio era Martín Lutero, que los lotófagos eran los protestantes en general, y las arpías, los holandeses. Nuestros escoliastas, más modernos, son igualmente agudos. Estos individuos encuentran un sentido oculto en Los antediluvianos, de una parábola en Powhatan, de nueve ideas en Arrorró mi niño y del trascendentalismo en Pulgarcito. En resumidas cuentas, se ha demostrado que nadie puede sentarse a escribir sin contar con un profundo designio. Así, los autores se ahorran muchos problemas. Un novelista, por ejemplo, no tiene que preocuparse por la moraleja pues está allí —es decir, en alguna parte de su obra—, y tanto ella como los críticos pueden arreglárselas solos. Cuando llegue el momento adecuado, todo lo que el caballero quería decir, y todo lo que no quería, saldrá a la luz en el Dial o en el Down-Easter, juntamente con todo lo que debería haber querido decir y aquello que claramente intentó decir, de modo que al final todo saldrá muy bien.

Por lo tanto, no hay motivo para la acusación que ciertos ignorantes me han hecho: que jamás escribí un cuento moral, o más precisamente un cuento con moraleja. No son ellos los críticos predestinados a hacerme salir a la luz y a desarrollar mis moralejas, ése es el secreto. Tarde o temprano el North American Quarterly Humdrum los hará avergonzar de su estupidez. Entretanto, para aplazar el ajusticiamiento y mitigar las acusaciones contra mí, ofrezco el siguiente y penoso relato, una historia cuya moraleja no puede ser cuestionada en absoluto ya que uno puede leerla en las letras mayúsculas que forman el título del cuento. Debería reconocerme un mérito por usar este recurso, mucho más sensato que el de La Fontaine y otros, que reservan hasta último momento la impresión que desean transmitir y la incluyen al final de sus fábulas.

Defuncti injuria en officiantur, decía una ley de la doce tablas, y De mortuis nil nisi bonum es un excelente mandamiento, aun si los muertos en cuestión no valen nada. Por lo tanto, no es mi intención vituperar a mi difunto amigo Toby Dammit. Era un pobre peno, en verdad, y tuvo una muerte de perros, pero no hay que echarle en cara sus vicios. Estos se debían a un defecto personal de su madre. Esa mujer que se esforzó lo más posible en cuanto a proporcionarle azotes cuando Toby era pequeño pues, para su ordenada mente, los deberes eran siempre placeres, y los bebés, al igual que la carne dura o los olivos griegos, mejoran si uno los golpea. ¡Pero pobre mujer! Tenía la desgracia de ser zurda, y es preferible no azotar a un niño antes que azotarlo con la mano izquierda. El mundo gira de derecha a izquierda. No sirve azotar a un bebé de izquierda a derecha. Si cada golpe asestado en la dirección adecuada extirpa una propensión al mal, de ahí se desprende que cada golpe en sentido contrario profundiza aún más la maldad. Yo solía estar presente cuando castigaba a Toby, y hasta por la forma en que el niño pateaba me daba cuenta de que cada día que pasaba se estaba poniendo más malo. Por último vi, con lágrimas en los ojos, que ya no quedaban esperanzas para el sinvergüenza, y un día en que lo habían golpeado tanto hasta dejarle la cara tan negra que bien podía habérselo tomado por un niño africano, sin obtener otro efecto que el de hacerlo retroceder en un ataque de furia, ya no pude soportarlo más y, cayendo de rodillas, alcé mi voz y profeticé su ruina.

Lo cierto es que la precocidad de Toby para el vicio era terrible. A los cinco meses le daban unos ataques tan virulentos, que no podía articular palabra. A los seis meses lo pesqué mordisqueando un mazo de naipes. A los siete se había acostumbrado a abrazar y besar las bebidas. A los ocho se negó perentoriamente a firmar un documento en pro de la temperancia. Así, mes a mes fue creciendo en él la iniquidad hasta que, al cumplir su primer año de vida, no sólo usaba bigotes sino que había adquirido cierta propensión a lanzar juramentos y malas palabras, y a respaldar sus afirmaciones con apuestas.

Esta última y poco caballeresca práctica fue la que causó por fin la ruina que yo había vaticinado para Toby Dammit. El hábito "fue creciendo con él y fortaleciéndose con su fuerza" de modo que, cuando Toby ya fue un hombre, apenas si podía pronunciar una frase sin adornarla con una propuesta de juego. No apostaba en serio, no. Debo ser justo con mi amigo, y decir que antes hubiera preferido hacer cualquier otra cosa. Para él, el hábito era una simple fórmula, nada más. No daba ningún sentido especial a sus expresiones; éstas eran simples imprecaciones —aunque no del todo inocentes—, frases ocurrentes con las cuales redondeaba sus ideas. Cuando decía: "Le apuesto a aquello", a nadie se le cruzaba por la mente tomarle la palabra, pero yo no podía dejar de considerar que mi deber era reprenderlo. Ese hábito era inmoral, y así se lo decía. Era vulgar, y le imploraba que me creyera. Era desaprobado por la sociedad, cosa que no era más que la verdad. Estaba prohibido por una ley del Congreso, y al decir esto no me animaba ni la menor intención de mentir. Le hacía objeciones, pero en vano. Lo instaba, y él sonreía. Le suplicaba, y se reía. Si lo sermoneaba, me miraba con desdén. Si lo amenazaba, me lanzaba una palabrota. Si lo pateaba, llamaba a la policía. Si le daba un tirón de nariz, se la sonaba y apostaba su cabeza al diablo a que no me atrevería a repetir el experimento.

La pobreza era otro vicio que la peculiar deficiencia física de la madre de Dammit había legado al hijo. Era detestablemente pobre, y por una razón, sin duda, sus exclamaciones relacionadas con las apuestas rara vez tomaban un giro pecuniario. Nadie podrá decir que le oyó alguna vez usar formas de expresión tales como: "Le apuesto un dólar". Por lo general decía: "Le apuesto lo que usted quiera", "Le apuesto lo que usted se atreva", "Le apuesto cualquier cosa" o, más significativamente aún: "Le apuesto mi cabeza al diablo".

Esta última forma es la que parecía complacerlo más, tal vez porque implicaba el menor riesgo, pues Dammit se había vuelto parsimonioso en exceso. Si alguien le hubiera tomado la palabra, habría perdido poco puesto que tenía una cabeza pequeña. Pero éstas son reflexiones personales que me hago, y en modo alguno puedo atribuírselas a él. De todas formas, la frase en cuestión se volvía cada vez más habitual, pese a lo impropio de que un hombre apostara a su cerebro como si fuera billetes de Banco, pero la perversa naturaleza de mi amigo no le permitía entenderlo. Con el tiempo llegó a abandonar toda otra fórmula, y se entregó por entero a "Le apuesto mi cabeza al diablo" con una pertinencia y exclusividad que desagradaban y sorprendían. Siempre me desagradan las circunstancias que no logro explicarme. Los misterios obligan al hombre a pensar, y así se resiente su salud. A decir verdad, había algo en el aire con que el señor Dammit pronunciaba aquella ofensiva expresión, algo en su manera de enunciarla, que primero me interesó y luego me puso muy nervioso, algo que, a falta de término más preciso, debo calificar de extraño, pero que Coleridge habría denominado místico, Kant panteístico, Carlyle retorcido y Emerson hiperexcéntrico. Aquello empezó a desagradarme sobremanera. El alma del señor Dammit corría grave peligro. Decidí entonces usar toda mi elocuencia para salvarla. Juré consagrarme a él tal como dice la crónica irlandesa que San Patricio se consagró al sapo, es decir, "despertándolo para que tomara conciencia de su situación". De inmediato me aboqué a la tarea. Una vez más me propuse reconvenir a mi amigo. Una vez más junté todas mis energías para un intento final de recriminación. Cuando hube concluido con mi discurso, el señor Dammit se permitió una conducta sumamente equívoca. Durante unos instantes permaneció en silencio, limitándose a mirarme inquisidoramente a la cara, pero luego inclinó la cabeza hacia un lado y arqueó mucho las cejas. Acto seguido tendió las palmas de las manos y se encogió de hombros. Guiñó el ojo derecho y repitió la operación con el izquierdo. Después cerró fuertemente los dos, y al instante los abrió tanto, que me preocupé seriamente por las consecuencias. Aplicándose el pulgar a la nariz, juzgó oportuno realizar movimientos indescriptibles con el resto de los dedos.

Por último, poniendo los brazos en jarra, se avino a responder. Me vienen a la mente sólo los titulares de su discurso. Me estaría muy agradecido si me callara la boca. No quería que le dieran consejos. Despreciaba todas mis insinuaciones. Ya era bastante grande como para cuidarse solo. ¿Todavía lo consideraba un bebé? ¿Me atrevía a criticar su naturaleza? ¿Me proponía insultarlo? ¿Era tonto yo? En una palabra, ¿sabía mi madre que yo me había ausentado de mi casa? Esta última pregunta me la hacía considerándome un hombre veraz, y estaba dispuesto a creer en mi respuesta. Una vez más me preguntaba explicativamente si mi madre sabía que yo había salido. Mi confusión, según dijo, me traicionaba, y por ende estaba dispuesto a apostarle su cabeza al diablo a que no sabía nada.

El señor Dammit no se detuvo a la espera de mi respuesta. Giró sobre sus talones y me abandonó con indigna precipitación. Y de lo bien que hizo. Me había herido en mis sentimientos y hasta había provocado mi indignación. Por una vez en la vida habría querido aceptarle su insultante apuesta. Habría ganado para el Archienemigo la pequeña cabeza del señor Dammit, porque lo cierto es que mi madre estaba perfectamente enterada de mi ausencia temporal del hogar. Pero Coda shefa midéhed —el cielo brinda un alivio—, como dicen los musulmanes si uno les pisa los dedos de los pies. Había sido ofendido mientras cumplía con mi deber, y soporté el insulto como un hombre. Sin embargo, ahora me parecía que había hecho todo lo que se me podía pedir por aquel miserable individuo, y decidí no molestarlo más con mis consejos, dejándolo librado a su propia conciencia y a sí mismo. Sin embargo, aunque desistí de darle más consejos, no pude renunciar del todo a su compañía. Hasta llegué a soportar algunas de sus inclinaciones menos cuestionables, y en ciertas oportunidades hasta elogié sus desagradables chistes tal como elogian los epicúreos la mostaza: con lágrimas en los ojos; tan profundamente me hería oír su maligno lenguaje.

Un hermoso día en que habíamos salido a pasear juntos, tomados del brazo, el camino nos llevó en dirección a un río. Había un puente y decidimos cruzarlo. Era un puente techado que servía para proteger del mal tiempo, y como tenía pocas ventanas, adentro resultaba incómodamente oscuro. Cuando ingresamos, el contraste entre el resplandor externo y la penumbra interior me produjo un gran desánimo. No así al desdichado Dammit, quien enseguida apostó su cabeza al diablo a que yo me sentía deprimido. Él, por su parte, estaba de muy buen humor. Tal vez un poco animado por de más, lo cual me había sentir cierta suspicacia. No es imposible que lo haya afectado algún tipo de trascendentalismo. Pero no soy muy versado en el diagnóstico de esta enfermedad como para expedirme sobre nada, y lamentablemente no estaba presente ninguno de mis amigos del Dial. No obstante, sugiero la idea debido a cierto espíritu payasesco que parecía aquejar a mi pobre amigo haciéndolo comportarse como un tonto. Nada le agradaba más que deslizarse y saltar por debajo o por encima de cualquier cosa que se le pusiera por delante, y lo hacía gritando o susurrando todo tipo de palabras o palabrotas, aunque manteniendo siempre el rostro serio. Yo sinceramente no sabía si compadecerlo o patearlo. Por último, cuando ya habíamos cruzado casi todo el puente y nos acercábamos al final, un molinete de cierta altura nos impidió seguir. Calladamente lo sorteé como suele hacerse, es decir, haciéndolo girar. Pero esto no convenía al señor Dammit, quien insistió en saltarlo por arriba y afirmó que era capaz de realizar también una pirueta en el aire. Ahora bien, en conciencia no me parecía que pudiera hacerlo. El que mejor piruetas hacía era mi amigo Carlyle, y como yo sabía que él no podía hacerlo, tampoco creía que lo pudiera hacer Toby Dammit. Por consiguiente se lo dije con todas las letras, agregando que lo consideraba un fanfarrón que no podía cumplir con lo que decía. Esto que dije lo lamenté posteriormente, pues en el acto él apostó su cabeza al diablo a que lo hacía.

Estaba yo a punto de responderle, pese a mi anterior resolución, reprochándole su impiedad, cuando oí muy cerca una tos muy parecida a la exclamación "¡Ejem!". Me sobresalté y miré asombrado en derredor.

Mis ojos cayeron por fin en un nicho que había en la estructura del puente, y repararon en la figura de un diminuto y anciano caballero cojo, de venerable aspecto. Nada podía ser más excelso que su apariencia, pues no sólo iba vestido todo de negro, sino que llevaba una camisa muy limpia, con cuello que se doblaba prolijamente sobre una corbata blanca, y usaba el pelo con raya al medio como una muchacha. Tenía las manos entrelazadas en gesto pensativo sobre el vientre, y había puesto los ojos en blanco.

Observándolo más atentamente noté que, por encima, de su ropa, llevaba puesto un guardapolvo de seda negra, lo cual me resultó muy raro. Sin embargo, antes de que tuviera oportunidad de hacer un comentario sobre tan singular circunstancia, me interrumpió con un segundo "¡Ejem!".

No me sentí preparado para responder de inmediato tal observación. Lo cierto es que los comentarios tan lacónicos son prácticamente imposibles de responder. Conozco una revista trimestral que quedó desconectada ante la palabra "¡Tonterías!". Por lo tanto, no me avergüenza decir que me volví al señor Dammit en busca de ayuda.

—Dammit, ¿qué haces? —le pregunté—. ¿No oyes? Este caballero dice "¡Ejem!". Lo miré con aire serio mientras le hablaba, porque a decir verdad me sentía particularmente desconcertado, y cuando un hombre se siente particularmente desconcertado, debe fruncir las cejas y poner expresión salvaje, porque de lo contrario es seguro que parecerá un tonto.

—Dammit —continué, aunque la palabra pareció una maldición, cosa que estaba muy lejos de mi pensamiento—, Dammit, este caballero dice "¡Ejem!". No trataré de defender mis palabras afirmando que eran profundas pues a mí tampoco me lo parecieron, pero he notado que el efecto de nuestras palabras no siempre es proporcional a la importancia que tiene ante nuestros ojos. Y si hubiera arrojado una bomba al señor Dammit, o si lo hubiera golpeado en la cabeza con un ejemplar de Poetas y Poesías de Norteamérica, no lo habría visto tan molesto como cuando le dirigí aquellas simples palabras: —"Dammit, ¿qué haces? ¿Acaso no oyes? El caballero dice ¡Ejem!"

—¿Ah, sí? —musitó al fin, y por su rostro pasaron más colores que los que despliega, uno tras otro, un barco pirata cuando lo persigue una nave de guerra—. ¿Estás seguro de que eso dijo? Bueno, de todos modos ya estoy listo, y mejor que enfrente el tema con decisión. Aquí voy: ¡Ejem! Al oír esto el hombrecito pareció complacido, sólo Dios sabe por qué. Salió del nicho donde se hallaba, se adelantó rengueando con un aire gentil y estrechó cordialmente la mano de Dammit, mirándolo con la más pura expresión de bondad que pueda imaginar un ser humano.

—Estoy convencido de que usted ganará, Dammit —dijo, con una sonrisa franca—, pero por fuerza debemos tener una prueba, por una mera formalidad. —¡Ejem! —repuso mi amigo quitándose la chaqueta con un profundo suspiro, atándose un pañuelo de bolsillo a la cintura y modificando inexplicablemente sus facciones, para lo cual revolvió los ojos y bajó la comisura de sus labios—. ¡Ejem! ¡Ejem! —repitió tras una pausa, y a partir de allí no le oí decir otra cosa que el mismo "¡Ejem!".

"Ajá —me dije, aunque no lo expresé en voz alta—, éste es un silencio notable por parte de Toby Dammit, sin duda consecuencia de su anterior verbosidad. Un extremo induce al otro. Me pregunto si se ha olvidado de todas esas preguntas imposibles de responder que con tanta fluidez me formuló el día en que le di mi último sermón. De todos modos, parece curado de los trascendentalismos." —¡Ejem! —respondió Toby como si hubiera estado leyendo mis pensamientos, y con cara de carnero viejo en un sueño.

El anciano caballero lo tomó del brazo y lo llevó más hacia el interior del puente, hasta unos pasos antes del molinete.

—Estimado amigo —dijo—, en conciencia tengo que concederle todo este tramo para que pueda correr y tomar impulso. Espere aquí hasta que yo me ubique junto al molinete, así puedo ver si lo salta en forma elegante y trascendental, sin omitir ninguno de los movimientos de la pirueta. Pura formalidad, como usted sabe. Diré "Uno, dos, tres, ya". No arranque hasta oír el "¡Ya!". —Se ubicó junto al molinete, hizo una pausa como sumido en profunda reflexión, miró hacia arriba y me pareció que esbozaba una sonrisita; luego se ajustó las tiras del delantal, miró largamente a Dammit y pronunció las palabras convenidas:

Uno, dos, tres... ¡Ya!

Al oír el "¡Ya!", mi pobre amigo salió a la carrera. Su estilo no era tan notable como el del señor Lord, ni tan malo como el de los críticos del señor Lord, pero me dio la impresión de que lograría superar obstáculos. ¿Y si no pudiera? Ah, ésa era la cuestión. ¿Y si no pudiera? ¿Qué derecho tenía un anciano caballero —dije— de obligar a otro a saltar? ¿Y quién es este tipo? Si me pide a mí que salte, no lo haré, lisa y llanamente no lo haré, y no me importa quién diablos sea. Como he dicho, el puente estaba cubierto de una manera muy ridícula, y en todo momento había dentro de él un eco muy incómodo, eco que nunca había notado tan nítidamente como cuando pronuncié las tres últimas palabras. Pero lo que dije, lo que pensé o lo que oí ocupó apenas un instante.

Menos de cinco segundos después de haber tomado impulso, mi pobre Toby daba el salto.

Lo vi correr ágilmente, dar un grandioso salto y efectuar notables movimientos con las piernas al elevarse. Lo vi en lo alto, realizando una admirable pirueta sobre el molinete, y desde luego, me pareció insólito que no completara el movimiento del salto. Pero todo eso duró un momento, y antes que tuviera tiempo de hacer una reflexión profunda, vi que el señor Dammit caía de espaldas, del mismo lado del molinete de donde había partido. Y en ese mismo instante, vi también que el anciano caballero salía corriendo y rengueando a toda velocidad, luego de recoger y envolver en su delantal algo que caía pesadamente desde la penumbra del techo en arco, justo sobre el molinete.

Todo eso me dejó atónito, pero no tuve demasiado tiempo para pensar, pues el señor Dammit se hallaba particularmente quieto, por lo cual deduje que se sentía ofendido y necesitaba mi ayuda. Rápidamente me acerqué a él y comprobé que había recibido lo que podría denominarse una herida grave. A decir verdad, había sido privado de la cabeza, que no pude encontrar por ninguna parte. Decidí entonces llevarlo a casa y mandar a llamar a los homeópatas. Entretanto, se me ocurrió algo, y luego de abrir una ventana en el puente, descubrí la triste verdad. A una altura de un metro y medio del molinete, cruzando la arcada del techo a modo de soporte, se extendía una barra plana de hierro puesta con el filo horizontalmente, uno de varios soportes similares que contribuían a reforzar la estructura del puente. Al parecer, el cuello de mi infortunado amigo había entrado precisamente en contacto con dicho filo.

Mi amigo no sobrevivió a su terrible pérdida. Los homeópatas le suministraron bastante poco remedio, y el poco que le dieron él no lo pudo tomar. A la larga empeoró y murió, dando así una lección a todas las personas de vida licenciosa. Regué su tumba con mis lágrimas, agregué una barra siniestra al escudo de armas de su familia y, para cubrir los gastos generales de su entierro, envié una cuenta muy módica a los transcendentalistas. Como los sinvergüenzas se negaron a pagar, en el acto hice exhumar al señor Dammit y lo vendí como alimento para perros.

REVELACIÓN MESMÉRICA

Aunque la teoría del mesmerismo esté aún envuelta en dudas, sus sobrecogedoras realidades son ya casi universalmente admitidas. Los que dudan de éstas pertenecen a la casta inútil y despreciable de los que dudan por pura profesión. No hay mejor manera de perder el tiempo que proponerse probar en la actualidad que el hombre, por el simple ejercicio de su voluntad, puede impresionar a su semejante al punto de sumirlo en un estado anormal cuyas manifestaciones se parecen estrechamente a las de la muerte, o por lo menos en mayor grado que cualquier otro fenómeno conocido en condiciones normales; que, en ese estado, la persona así influida utiliza sólo con esfuerzo y en consecuencia débilmente los órganos exteriores de los sentidos y, sin embargo, percibe con agudeza y refinamiento, y por vías presuntamente desconocidas, cosas que están más allá del alcance de los órganos físicos; que, además, sus facultades intelectuales se hallan en un maravilloso estado de exaltación y fuerza; que las simpatías con la persona que así influye sobre ella son profundas, y, finalmente, que su susceptibilidad de impresión va en aumento gradual, al tiempo que, en la misma proporción, se extienden y acentúan cada vez más los peculiares fenómenos producidos.

Digo que sería superfluo demostrar las leyes del mesmerismo en sus rasgos generales; tampoco infligiré a mis lectores una demostración hoy tan innecesaria. Mi propósito es, en verdad, muy otro. Me siento impelido, aun enfrentándome de esta manera con un mundo de prejuicios, a detallar sin comentarios el notabilísimo diálogo que sostuve con un hipnotizado.

Hacía mucho tiempo que tenía la costumbre de hipnotizar a la persona en cuestión (Mr. Vankirk), en quien se habían manifestado la aguda susceptibilidad y la exaltación habituales en la percepción mesmérica. Desde varios meses atrás, Mr. Vankirk padecía una tisis declarada y mis pases habían aliviado sus efectos más penosos; la noche del miércoles 15 del mes actual fui llamado a su cabecera.

El enfermo sufría un dolor agudo en la región cordial y respiraba con gran dificultad, presentando todos los síntomas comunes del asma. En espasmos como aquél generalmente le proporcionaba alivio la aplicación de mostaza en los centros nerviosos, pero esa noche el recurso había resultado inútil.

Cuando entré en su habitación me recibió con una sonrisa jovial, y aunque evidentemente sus dolores físicos eran grandes, su ánimo parecía muy tranquilo.

—Lo mandé buscar esta noche —dijo— no tanto para que mitigara mi dolencia como para que me explicara ciertas impresiones psíquicas que últimamente me han causado gran ansiedad y sorpresa. No necesito decirle cuan escéptico he sido hasta hoy con respecto a la inmortalidad del alma. No puedo negar que siempre ha existido, quizá en esa misma alma que he negado, una especie de vago sentimiento de su propia existencia. Pero esta especie de sentimiento no llegó en ningún instante a la convicción. Era cosa que nada tenía que ver con la razón. Todas las tentativas de investigación lógica me dejaban, a decir verdad, más escéptico que antes. Me aconsejaron que estudiara a Cousin. Lo estudié en sus obras, así como en sus repercusiones europeas y americanas. El Charles Elwood de Mr. Brownson, por ejemplo, cayó en mis manos. Lo leí con profunda atención. Lo encontré lógico de una punta a la otra, pero las partes que no eran simplemente lógicas constituían, desgraciadamente, los argumentos iniciales del incrédulo héroe del libro. En sus conclusiones me pareció evidente que el razonador no había logrado siquiera convencerse a sí mismo. El final había olvidado por completo el principio, como el gobierno de Trínculo. En una palabra: no tardé en advertir que, si el hombre ha de persuadirse intelectualmente de su propia inmortalidad, nunca lo logrará por las meras abstracciones que durante tanto tiempo han constituido el método de los moralistas de Inglaterra, Francia y Alemania. Las abstracciones pueden ser una diversión y un ejercicio, pero no se posesionan de la mente. Aquí, en la tierra por lo menos, la filosofía, estoy convencido, siempre nos pedirá en vano que consideremos las cualidades como cosas. La voluntad puede asentir; el alma, el intelecto, nunca.

Repito, pues, que sólo había sentido a medias, pero nunca creí intelectualmente. Mas en los últimos tiempos el sentimiento se ha ahondado hasta parecerse tanto a la aquiescencia de la razón, que me resulta difícil distinguirlos. Creo también poder atribuir este efecto simplemente a la influencia mesmérica. No sé explicar mejor mi pensamiento que por la hipótesis de que la exaltación mesmérica me capacita para percibir una serie de razonamientos que en mi existencia normal son convincentes, pero que, en total acuerdo con los fenómenos mesméricos, no se extienden, salvo en su efecto, a mi estado normal. En el estado hipnótico, el razonamiento y la conclusión, la causa y el efecto están presentes a un tiempo. En mi estado natural, la causa se desvanece; únicamente el efecto, y quizá sólo en parte, permanece.

Estas consideraciones me han llevado a pensar que podrían obtenerse algunos buenos resultados dirigiéndome, mientras estoy mesmerizado, una serie de preguntas bien encaminadas. Usted ha observado a menudo el profundo conocimiento de sí mismo que demuestra el hipnotizado, el amplio saber que despliega sobre todo lo concerniente al estado mesmérico, y de este conocimiento de sí mismo pueden deducirse indicaciones para la adecuada confección de un cuestionario.

Accedí, claro está, a realizar este experimento. Unos pocos pases sumieron a Mr. Vankirk en el sueño mesmérico. Su respiración se hizo inmediatamente más fácil y parecía no padecer ninguna incomodidad física. Entonces se produjo la siguiente conversación (en el diálogo, V. representa al paciente y P. soy yo):

P.—¿Duerme usted?

V.—Sí…, no; preferiría dormir más profundamente.

P.—(Después de algunos pases). ¿Duerme ahora?

V.—Sí.

P.—¿Cómo cree que terminará su enfermedad?

V.—(Después de una larga vacilación y hablando como con esfuerzo). Moriré.

P.—¿Le aflige la idea de la muerte?

V.—(Muy rápido). ¡No…, no!

P.—¿Le desagrada esta perspectiva?

V.—Si estuviera despierto me gustaría morir, pero ahora no tiene importancia. El estado mesmérico se avecina lo bastante a la muerte como para satisfacerme.

P.—Me gustaría que se explicara, Mr. Vankirk.

V.—Quisiera hacerlo, pero requiere más esfuerzo del que me siento capaz. Usted no me interroga correctamente.

P.—Entonces, ¿qué debo preguntarle?

V.—Debe comenzar por el principio.

P.—¡El principio! Pero, ¿dónde está el principio?

V.—Usted sabe que el principio es Dios. (Esto fue dicho en tono bajo, vacilante, y con todas las señales de la más profunda veneración).

P.—Pero, ¿qué es Dios?

V.—(Vacilando durante varios minutos). No puedo decirlo.

P.—Dios, ¿no es espíritu?

V.—Mientras estaba despierto, yo sabía lo que usted quiere decir con «espíritu», pero ahora me parece sólo una palabra, tal como, por ejemplo, verdad, belleza; una cualidad, quiero decir.

P.—Dios, ¿no es inmaterial?

V. —No hay inmaterialidad; ésta es una simple palabra. Lo que no es materia no es nada, a menos que las cualidades sean cosas.

P.—Entonces, ¿Dios es material?

V.—No. (Esta respuesta me sobrecogió).

P.—¿Y qué es?

V. —(Después de una larga pausa, entre dientes). Lo veo… pero es una cosa difícil de decir. (Otra larga pausa). No es espíritu, pues existe. Tampoco es materia, como usted la entiende. Pero hay gradaciones de la materia de las que el hombre nada sabe, en que la más basta impulsa a la más sutil, la más sutil invade la más basta. La atmósfera, por ejemplo, impulsa el principio eléctrico, mientras el principio eléctrico penetra la atmósfera. Estas gradaciones de la materia crecen en tenuidad o sutileza hasta que llegamos a una materia indivisa —sin partículas—, indivisible —una—, y aquí la ley de la impulsión y de la penetración se modifica. La materia última o indivisa no sólo penetra todas las cosas, sino que las impulsa, y de esta manera es todas las cosas en sí misma. Esta materia es Dios. Lo que el hombre intenta formular con la palabra «pensamiento» es esta materia en movimiento.

P.—Los metafísicos sostienen que toda acción es reductible a movimiento y pensamiento, y que el último es el origen del primero.

V.—Sí, y ahora veo la confusión de la idea. El movimiento es la acción de la mente, no del pensamiento. La materia indivisa o Dios, en reposo, es (en la medida en que podemos concebirlo) lo que los hombres llaman mente. Y el poder de auto movimiento (equivalente en efecto a la volición humana) es, en la materia indivisa, el resultado de su unidad y de su omni—predominancia; cómo, no lo sé, y ahora veo claramente que nunca lo sabré. Pero la materia indivisa, puesta en movimiento por una ley o cualidad existente en sí misma, es el pensamiento.

P.—¿No puede darme una idea más precisa de lo que usted designa materia indivisa?

V. —Las materias que el hombre conoce escapan gradualmente a los sentidos. Tenemos, por ejemplo, un metal, un trozo de madera, una gota de agua, la atmósfera, el gas, el calor, la electricidad, el éter luminoso. Ahora bien, llamamos materia a todas esas cosas, y abarcamos toda la materia en una definición general; sin embargo, no puede haber dos ideas más esencialmente distintas que la que referimos a un metal y la que referimos al éter luminoso. Cuando llegamos al último, sentimos una inclinación casi irresistible a clasificarlo con el espíritu o con la nada. La única consideración que nos detiene es nuestra idea de su constitución atómica, y aun aquí debemos pedir ayuda a nuestra noción de átomo como algo infinitamente pequeño, sólido, palpable, pesado. Destruyamos la idea de la constitución atómica y ya no seremos capaces de considerar el éter como una entidad o, por lo menos, como materia. A falta de una palabra mejor podríamos designarlo espíritu. Demos ahora un paso más allá del éter luminoso, concibamos una materia mucho más sutil que el éter, así como el éter es más sutil que el metal, y llegamos en seguida (a pesar de todos los dogmas escolásticos) a una masa única, a una materia indivisa. Pues, aunque admitamos una infinita pequeñez en los átomos mismos, la infinita pequeñez de los espacios interatómicos es un absurdo. Habrá un punto, habrá un grado de sutileza en el cual, si los átomos son suficientemente numerosos, los interespacios desaparecerán y la masa será absolutamente una. Pero al dejar de lado ahora la idea de la constitución atómica, la naturaleza de la masa se deslizará inevitablemente a nuestra concepción del espíritu. Está claro, sin embargo, que es tan materia como antes. La verdad es que resulta imposible concebir el espíritu, puesto que es imposible imaginar lo que no es. Cuando nos jactamos de haber llegado a concebirlo, hemos engañado simplemente nuestro entendimiento con la consideración de una materia infinitamente rarificada.

P. —Me parece que hay una objeción insuperable a la idea de la absoluta unidad, y ella es la ligerísima resistencia experimentada por los cuerpos celestes en sus revoluciones a través del espacio, resistencia que ahora sabemos, es verdad, existe en cierto grado, pero que, sin embargo, es tan ligera que aun la sagacidad de Newton la pasó por alto. Sabemos que la resistencia de los cuerpos es principalmente proporcionada a su densidad. La unidad absoluta es la densidad absoluta. Donde no hay interespacios no puede haber paso. Un éter absolutamente denso detendría de una manera infinitamente más efectiva la marcha de una estrella que un éter de diamante o de acero.

V. —Su objeción se contesta con una facilidad que está casi en proporción con su aparente irrefutabilidad. Con respecto a la marcha de una estrella, no puede haber diferencia entre que la estrella pase a través del éter o el éter a través de ésta. No hay error astronómico más inexplicable que el que relaciona el conocido retardo de los cometas con la idea de su paso a través del éter, pues por sutil que se suponga ese éter detendría toda revolución sideral en un período mucho más breve que el admitido por esos astrónomos, quienes han intentado suprimir un punto que consideraban imposible de entender. El retardo experimentado es, por el contrario, aproximadamente el mismo que puede esperarse de la fricción del éter en el pasaje instantáneo a través del astro. En un caso, la fuerza de retardo es momentánea y completa en sí misma; en el otro, es infinitamente acumulativa.

P.—Pero en todo esto, en esta identificación de la simple materia con Dios, ¿no hay nada de irreverencia? (Me vi obligado a repetir esta pregunta antes de que el hipnotizado comprendiera cabalmente su sentido).

V.—¿Puede usted decir por qué la materia ha de ser menos reverenciada que la mente? Usted olvida que la materia de la cual hablo es, en todo sentido, la verdadera «mente» o «espíritu» de las escuelas, sobre todo en lo que concierne a sus elevadas propiedades, y es, al mismo tiempo, la «materia» para estas escuelas. Dios, con todos los poderes atribuidos al espíritu, es tan sólo la perfección de la materia.

P.—¿Afirma usted, entonces, que la materia indivisa, en movimiento, es pensamiento?

V.—En general, el movimiento es el pensamiento universal de la mente universal. Este pensamiento crea. Todas las cosas creadas no son sino los pensamientos de Dios.

P.—Usted dice «en general».

V.—Sí. La mente universal es Dios. Para las nuevas individualidades es necesaria la materia.

P.—Pero usted habla ahora de «mente» y de «materia» como lo hacen los metafísicos.

V. —Sí, para evitar la confusión. Cuando digo «mente» me refiero a la materia indivisa o última; cuando digo «materia» me refiero a todo lo demás.

P.—Usted decía que «para las nuevas individualidades es necesaria la materia.

V.—Sí, pues la mente, en su existencia incorpórea, es simplemente Dios. Para crear los seres individuales, pensantes, era necesario encarnar porciones de la mente divina. Así es individualizado el hombre. Despojado de su envoltura corporal sería Dios. El movimiento particular de las porciones encarnadas de la materia indivisa es el pensamiento del hombre, así como el movimiento del todo es el de Dios.

P.—¿Dice usted que despojado de su envoltura corporal el hombre sería Dios?

V. —(Después de mucho vacilar). No pude haber dicho eso, es un absurdo.

P. —(Recurriendo a mis notas). Usted dijo que «despojado de su envoltura corporal el hombre sería Dios».

V.—Y es verdad. El hombre así despojado sería Dios, sería des individualizado. Pero no puede despojarse jamás de esa manera —por lo menos nunca podrá—, a menos que imaginemos una acción de Dios que vuelve sobre sí misma, una acción inútil, sin finalidad. El hombre es una criatura. Las criaturas son pensamientos de Dios. Está en la naturaleza del pensamiento ser irrevocable.

P.—No comprendo. ¿Usted dice que el hombre nunca podrá desprenderse de su cuerpo?

V.—Digo que nunca será incorpóreo.

P. —Explíquese.

V.—Hay dos cuerpos: el rudimentario y el completo, que corresponden a las dos condiciones de la crisálida y la mariposa. Lo que llamamos «muerte» es tan sólo la penosa metamorfosis. Nuestra presente encarnación es progresiva, preparatoria, temporaria. Nuestro futuro es perfecto, definitivo, inmortal. La vida definitiva constituye la finalidad absoluta.

P.—Pero de la metamorfosis de la crisálida tenemos un conocimiento palpable.

V.—Nosotros sí, pero la crisálida no. La materia que compone nuestro cuerpo rudimentario está al alcance de los órganos de este cuerpo, o, más claramente, nuestros órganos rudimentarios se adaptan a la materia que forma el cuerpo rudimentario, pero no al que compone el cuerpo definitivo. Éste escapa así a nuestros sentidos rudimentarios, y sólo percibimos la envoltura que cae al morir, desprendiéndose de la forma interior, no esa misma forma interior; pero esta última, así como la envoltura, es apreciable para los que ya han adquirido la vida definitiva.

P. —Usted ha dicho a menudo que el estado mesmérico se asemeja estrechamente a la muerte. ¿Cómo es eso?

V. —Cuando digo que se parece a la muerte, aludo a que se asemeja a la vida definitiva, pues cuando estoy en trance los sentidos de mi vida rudimentaria quedan en suspenso y percibo las cosas exteriores directamente, sin órganos, a través de un intermediario que emplearé en la vida definitiva, inorganizada.

P.—¿Inorganizada?

V.—Sí; los órganos son mecanismos mediante los cuales el individuo se pone en relación sensible con clases y formas particulares de materia, con exclusión de otras clases y formas. Los órganos del hombre están adaptados a esta condición rudimentaria y sólo a ésta; siendo inorganizada su condición última, su comprensión es ilimitada en todos los órdenes, salvo en uno: la naturaleza de la voluntad de Dios, es decir, el movimiento de la materia indivisa. Usted tendrá una idea clara del cuerpo definitivo concibiéndolo como si fuera todo cerebro. No es eso; pero una concepción de esta naturaleza lo acercará a la comprensión de su ser. Un cuerpo luminoso imparte vibración al éter. Las vibraciones engendran otras similares dentro de la retina; éstas comunican otras al nervio óptico. El nervio envía otras al cerebro, y el cerebro otras a la materia indivisa que lo penetra. El movimiento de esta última es el pensamiento, cuya primera ondulación es la percepción. De esta manera la mente de la vida rudimentaria se comunica con el mundo exterior, y este mundo exterior está limitado para la vida rudimentaria, por la idiosincrasia de sus órganos. Pero en la vida definitiva, inorganizada, el mundo exterior llega al cuerpo entero (que es de una sustancia afín al cerebro, como he dicho), sin otra intervención que la de un éter infinitamente más sutil que el luminoso; y todo el cuerpo vibra al unísono con este éter, poniendo en movimiento la materia indivisa que lo penetra. A la ausencia de órganos especiales debemos atribuir, además, la casi ilimitada percepción propia de la vida definitiva. En los seres rudimentarios los órganos son las jaulas necesarias para encerrarlos hasta que tengan alas.

P.—Usted habla de «seres» rudimentarios. ¿Hay otros seres pensantes rudimentarios además del hombre?

V.—Las numerosas acumulaciones de materia sutil en nebulosas, planetas, soles y otros cuerpos que no son ni nebulosas, ni soles, ni planetas tienen la única finalidad de dar pábulo a los distintos órganos de infinidad de seres rudimentarios. De no ser por la necesidad de la vida rudimentaria, previa a la definitiva, no hubiera habido cuerpos como éstos. Cada uno de ellos es ocupado por una variedad distinta de criaturas orgánicas, rudimentarias, pensantes. En todos los órganos varían según los caracteres del lugar ocupado. A la muerte o metamorfosis, estas criaturas que gozan de la vida definitiva —la inmortalidad— y conocen todos los secretos, salvo uno, actúan y se mueven en todas partes por simple volición; habitan, no en las estrellas, que nosotros consideramos las únicas cosas palpables para cuya distribución ciegamente juzgamos creado el espacio, sino el espacio mismo, ese infinito cuya inmensidad verdaderamente sustancial se traga las estrellas al igual que sombras, borrándolas como no entidades de la percepción de los ángeles.

P.—Usted dice que, «de no ser por la necesidad de la vida rudimentaria», no hubiera habido estrellas. ¿Pero por qué esta necesidad?

V.—En la vida inorgánica, así como generalmente en la materia inorgánica, no hay nada que impida la acción de una única y simple ley, la Divina Volición. La vida orgánica y la materia (complejas, sustanciales y sometidas a leyes) fueron creadas con el propósito de producir un impedimento.

P.—Pero de nuevo, ¿qué necesidad había de producir ese impedimento?

V.—El resultado de la ley inviolada es perfección, justicia, felicidad negativa. El resultado de la ley violada es imperfección, injusticia, dolor positivo. Por medio de los impedimentos que brindan el número, la complejidad y la sustancialidad de las leyes de la vida orgánica y de la materia, la violación de la ley resulta, hasta cierto punto, practicable. Así el dolor, que es imposible en la vida inorgánica, es posible en la orgánica.

P.—¿Pero ¿cuál es el propósito benéfico que justifica la existencia del dolor?

V. —Todas las cosas son buenas o malas por comparación. Un análisis suficiente mostrará que el placer, en todos los casos, es tan sólo el reverso del dolor. El placer positivo es una simple idea. Para ser felices hasta cierto punto, debemos haber padecido hasta ese mismo punto. No sufrir nunca sería no haber sido nunca dichoso. Pero se ha demostrado que en la vida inorgánica no puede existir dolor; de ahí su necesidad en la orgánica. El dolor de la vida primitiva en la tierra es la única garantía de beatitud para la vida definitiva en el cielo.

P. —Todavía hay una de sus expresiones que me resulta imposible comprender: «la inmensidad verdaderamente sustancial» del infinito.

V. —Ello es quizá porque no tiene usted una noción suficientemente genérica del término «sustancia». No debemos considerarla una cualidad, sino un sentimiento: es la percepción, en los seres pensantes, de la adaptación de la materia a su organización. Hay muchas cosas en la tierra que nada serían para los habitantes de Venus, muchas cosas visibles y tangibles en Venus cuya existencia seríamos incapaces de apreciar. Pero, para los seres inorgánicos, para los ángeles, la totalidad de la materia indivisa es sustancia, es decir, la totalidad de lo que designamos «espacio» es para ellos la sustancialidad más verdadera; al mismo tiempo las estrellas, en lo que consideramos su materialidad, escapan al sentido angélico, de la misma manera que la materia indivisa, en lo que consideramos su inmaterialidad, se evade de lo orgánico.

Mientras el hipnotizado pronunciaba estas últimas palabras con voz débil, observé en su fisonomía una singular expresión que me alarmó un poco y me indujo a despertarlo en seguida. No bien lo hube hecho, con una brillante sonrisa que iluminó todas sus facciones cayó de espaldas sobre la almohada y expiró. Observé que, menos de un minuto después, su cuerpo tenía toda la severa rigidez de la piedra. Su frente estaba fría como el hielo. Parecía haber sufrido una larga presión de la mano de Azrael. El hipnotizado, durante la última parte de su discurso, ¿se había dirigido a mí desde la región de las sombras?

LA CONVERSACIÓN DE EIROS Y CHARMION

Eiros. — ¿Por qué me llamas Eiros?

Charmion. —Así te llamarás desde ahora y para siempre. A tu vez, debes olvidar mi nombre terreno y llamarme Charmion.

Eiros. —¡Esto no es un sueño!

Charmion. —Ya no hay sueños entre nosotros; pero dejemos para después estos misterios. Me alegro de verte dueño de tu razón, y tal como si estuvieras vivo. El velo de la sombra se ha apartado ya de tus ojos. Ten ánimo y nada temas. Los días de sopor que te estaban asignados se han cumplido, y mañana te introduciré yo mismo en las alegrías y las maravillas de tu nueva existencia.

Eiros. —Es verdad, el sopor ha pasado. El extraño vértigo y la terrible oscuridad me han abandonado, y ya no oigo ese sonido enloquecedor, turbulento, horrible, semejante a «la voz de muchas aguas». Y, sin embargo, Charmion, mis sentidos están perturbados por esta penetrante percepción de lo nuevo.

Charmion. —Eso cesará en pocos días, pero comprendo muy bien lo que sientes. Hace ya diez años terrestres que pasé por lo que pasas tú y, sin embargo, su recuerdo no me abandona. Empero ya has sufrido todo el dolor que sufrirás en Aidenn[43].

Eiros. —¿En Aidenn?

Charmion.—En Aidenn.

Eiros. —¡Oh, Dios! ¡Charmion, apiádate de mí! Me siento agobiado por la majestad de todas las cosas… de lo desconocido de pronto revelado… del Futuro, una conjetura fundida en el augusto y cierto Presente.

Charmion. —No te empeñes por ahora en pensar de esa manera. Mañana hablaremos de ello. Tu mente vacila, y encontrará alivio a su agitación en el ejercicio de los simples recuerdos. No mires alrededor, ni hacia adelante; mira hacia atrás. Ardo de ansiedad por conocer los detalles del prodigioso acontecer que te ha traído entre nosotros. Cuéntame. Hablemos de cosas familiares, en el viejo lenguaje familiar del mundo que tan espantosamente ha perecido.

Eiros. —¡Oh, sí, espantosamente! ¡Esto no es un sueño!

Charmion. —No hay más sueños. Eiros mío, ¿fui muy llorada?

---

[43] El Edén.

Eiros. —¿Llorada, Charmion? ¡Oh, cuan llorada! Hasta aquella última hora cernióse sobre tu casa una nube de profunda pena y devota tristeza.

Charmion. —Y esa última hora… háblame de ella. Recuerda que, fuera del hecho en sí de la catástrofe, nada sé. Cuando abandoné la humanidad, entrando en la Noche a través de la Tumba, en ese período, si recuerdo bien, la calamidad que os abrumó era por completo insospechada. Cierto es que poco conocía yo la filosofía especulativa de entonces.

Eiros. —Como has dicho, aquella calamidad era enteramente insospechada, pero desgracias análogas habían dado a los astrónomos motivo de discusión. Apenas necesito decirte, amiga mía, que ya cuando nos dejaste los hombres coincidían en interpretar los pasajes de las muy santas escrituras que hablan de la destrucción final de todas las cosas por el fuego, como referidos solamente al globo terráqueo. Las especulaciones, empero, sobre la causa inmediata del fin, no llegaban a ninguna conclusión desde la época en que la ciencia astronómica había despojado a los cometas del terrible carácter incendiario que antes se les atribuía. Bien establecida se hallaba la escasa densidad de aquellos cuerpos celestes. Se los había observado pasar entre los satélites de Júpiter, sin que produjeran ninguna alteración sensible en las masas o las órbitas de aquellos planetas secundarios. Hacía mucho que considerábamos a esos errabundos como creaciones vaporosas de inconcebible tenuidad, incapaces de dañar nuestro macizo globo aun en el caso de un choque directo. No sentíamos temor alguno de un contacto, pues los elementos de todos los cometas eran perfectamente conocidos. Hacía muchos años que se consideraba inadmisible buscar entre ellos al agente de la destrucción por el fuego. Pero en aquellos días finales las conjeturas y las extravagantes fantasías abundaban singularmente entre los hombres, y aunque el temor sólo asaltaba a unos pocos ignorantes, el anuncio de un nuevo cometa formulado por los astrónomos fue recibido con no sé qué agitación y desconfianza generales.

Los elementos del extraño astro fueron inmediatamente calculados, y todos los observadores coincidieron en que su paso, en el perihelio, lo aproximaría mucho a la tierra. Dos o tres astrónomos de renombre secundario sostuvieron resueltamente que el choque era inevitable. Imposible expresar el efecto de esta noticia en las gentes. Durante unos pocos días no quisieron creer en una afirmación que su inteligencia, tanto tiempo aplicado a consideraciones mundanas, no podía aprehender de ninguna manera. Pero la verdad de un hecho de importancia vital se abre paso en el entendimiento del más estólido. Los hombres comprendieron finalmente que los astrónomos no mentían, y esperaron el cometa. Al principio su acercamiento no parecía muy rápido, y nada de insólito había en su aspecto. Era de un rojo oscuro, con una cola apenas perceptible. Durante siete u ocho días no advertimos ningún aumento en su diámetro aparente, y su color cambió muy poco. Entretanto los negocios ordinarios de la humanidad habían sido suspendidos y todos los intereses se concentraban en las discusiones científicas referentes a la naturaleza del cometa. Aun los más ignorantes forzaban sus indolentes inteligencias para entenderlas. Y los sabios consagraron entonces su intelecto, su alma, no ya a aliviar los temores o a sostener sus amadas teorías, sino a buscar la verdad, a buscarla desesperadamente. Gemían en procura del conocimiento perfecto. La verdad se alzó en toda la pureza de su fuerza y de su excelsa majestad, y los sensatos se inclinaron y adoraron.

La opinión según la cual nuestro globo o sus habitantes sufrirían daños materiales de resultas del temible contacto, perdía diariamente fuerza entre los sabios, y a éstos les era dado ahora gobernar la razón y la fantasía de la multitud. Se demostró que la densidad del núcleo del cometa era mucho menor que la de nuestro gas más raro; el inofensivo pasaje de un visitante similar entre los satélites de Júpiter era argüido como un ejemplo convincente, capaz de calmar los temores. Los teólogos, con un celo inflamado por el miedo, insistían en la profecía bíblica, explicándola al pueblo con una precisión y una simplicidad que jamás se había visto antes. La destrucción final de la tierra se operaría por intervención del fuego; así lo enseñaban con un brío que imponía convicción por doquier; y el que los cometas no fueran de naturaleza ígnea (como todos sabían ahora) constituía una verdad que liberaba en gran medida de las aprensiones sobre la gran calamidad predicha. Es de hacer notar que los prejuicios populares y los errores del vulgo concernientes a las pestes y a las guerras —errores que antes prevalecían a cada aparición de un cometa— eran ahora completamente desconocidos.

Como naciendo de un súbito movimiento convulsivo, la razón había destronado de golpe a la superstición. La más débil de las inteligencias extraía vigor del exceso de interés.

Los daños menores que pudieran resultar del contacto con el cometa eran tema de minuciosas discusiones. Los entendidos hablaban de ligeras perturbaciones geológicas, de probables alteraciones del clima y, por consiguiente, de la vegetación, aludiendo también a posibles influencias magnéticas y eléctricas. Muchos sostenían que los efectos no serían visibles ni apreciables. Y mientras las discusiones proseguían, su objeto se aproximaba gradualmente, aumentaba su diámetro y más brillante se volvía su color. La humanidad palidecía al verlo acercarse. Todas las actividades humanas estaban suspendidas.

La evolución de los sentimientos generales llegó a su culminación cuando el cometa hubo alcanzado por fin un tamaño que sobrepasaba toda aparición anterior. Desechando las últimas esperanzas de que los astrónomos se hubieran equivocado, los hombres sintieron la certidumbre del mal. Todo lo quimérico de sus terrores había desaparecido. El corazón de los más valientes de nuestra raza latía precipitadamente en su pecho. Y sin embargo bastaron pocos días para que aun esos sentimientos se fundieran en otros todavía más insoportables. Ya no podíamos aplicar a aquel extraño astro ninguna idea ordinaria. Sus atributos históricos habían desaparecido. Nos oprimía con una emoción espantosamente nueva. No lo veíamos como un fenómeno astronómico de los cielos, sino como un íncubo sobre nuestros corazones y una sombra sobre nuestros cerebros. Con inconcebible rapidez había tomado la apariencia de un gigantesco manto de llamas muy tenues extendido de un horizonte al otro.

Pasó otro día, y los hombres respiraron con mayor libertad. No cabía duda de que nos hallábamos bajo la influencia del cometa, y sin embargo vivíamos. Hasta sentimos una insólita agilidad corporal y mental. La extraordinaria tenuidad del objeto de nuestro terror era ya aparente, pues todos los cuerpos celestes se percibían a través de él. Entretanto nuestra vegetación se había alterado sensiblemente y, como ello nos había sido pronosticado, cobramos aún más fe en la previsión de los sabios. Un follaje lujurioso, completamente desconocido hasta entonces, se desató en todos los vegetales.

Pasó otro día más… y la calamidad no nos había dominado todavía. Era evidente que el núcleo del cometa chocaría con la tierra. Un espantoso cambio se había operado en los hombres, y la primera sensación de dolor fue la terrible señal para las lamentaciones y el espanto. Aquella primera sensación de dolor consistía en una rigurosa constricción del pecho y los pulmones, y una insoportable sequedad de la piel. Imposible negar que nuestra atmósfera estaba radicalmente afectada; su composición y las posibles modificaciones a que podía verse sujeta constituían ahora el tema de discusión. El resultado del examen produjo un estremecimiento eléctrico de terror en el corazón universal del hombre.

Se sabía desde hacía mucho que el aire que nos circundaba era un compuesto de oxígeno y nitrógeno, en proporción respectiva de veintiuno y setenta y nueve por ciento. El oxígeno, principio de la combustión y vehículo del calor, era absolutamente necesario para la vida animal, y constituía el agente más poderoso y enérgico en la naturaleza. El nitrógeno, por el contrario, era incapaz de mantener la vida animal y la combustión. Un exceso anómalo de oxígeno produciría, según estaba probado, una exaltación de los espíritus animales, tal como la habíamos sentido en esos días. Lo que provocaba el espanto era la extensión de esta idea hasta su límite. ¿Cuál sería el resultado de una extracción total del nitrógeno? Una combustión irresistible, devoradora, todopoderosa, inmediata: el cumplimiento total, en sus minuciosos y terribles detalles, de las llameantes y aterradoras anunciaciones de las profecías del Santo Libro.

¿Necesito pintarte, Charmion, el desencadenado frenesí de la humanidad? Aquella tenuidad del cometa que nos había inspirado previamente una esperanza era ahora la fuente de la más amarga desesperación. En su impalpable, gaseosa naturaleza percibíamos claramente la consumación del Destino. Y entretanto pasó otro día, llevándose con él la última sombra de la Esperanza. Jadeábamos en aquel aire rápidamente modificado. La sangre arterial batía tumultuosamente en sus estrechos canales. Un delirio furioso se había posesionado de todos los hombres y, con los brazos rígidamente tendidos hacia los cielos amenazantes, temblaban y clamaban. Pero el núcleo del destructor llegaba ya a nosotros; aun aquí, en el Aidenn, me estremezco al hablar. Déjame ser breve… breve como la destrucción que nos asoló. Durante un momento vimos una terrible, cárdena luz que penetraba en todas las cosas. Entonces… ¡inclinémonos Charmion, ante la sublime majestad de Dios el grande!, entonces se alzó un clamoroso y penetrante sonido, tal como si brotara de Su boca, y toda la masa de éter, dentro de la cual existíamos, reventó instantáneamente en algo como una intensa llama roja, cuya insuperable brillantez y abrasante calor no tienen nombre, ni siquiera entre los ángeles del alto cielo del conocimiento puro. Así acabó todo.

EL COLOQUIO DE MONOS Y UNA

Una.— ¿Resucitado?

Monos.— Sí, hermosa y muy amada Una, «resucitado». Ésta era la palabra sobre cuyo místico sentido medité tanto tiempo, rechazando la explicación sacerdotal, hasta que la muerte misma me develó el secreto.

Una.— ¡La muerte!

Monos.— ¡De qué extraña manera, dulce Una, repites mis palabras! Observo que tu paso vacila y que hay una jubilosa inquietud en tus ojos. Te sientes confundida, oprimida por la majestuosa novedad de la Vida Eterna. Sí, nombré a la muerte. Y aquí... ¡cuán singularmente suena esa palabra que antes llevaba el terror a todos los corazones, que manchaba todos los placeres!

Una.— ¡Ah, muerte, espectro presente en todas las fiestas! ¡Cuántas veces, Monos, nos perdimos en especulaciones sobre su naturaleza! ¡Cuan misteriosa se erguía como un límite a la beatitud humana... diciéndole: «Hasta aquí, y no más»! Aquel profundo amor recíproco, Monos, que ardía en nuestro pecho... ¡cuán vanamente nos jactamos, en la felicidad de sus primeras palpitaciones, de que nuestra felicidad se fortalecería en la suya! ¡Ay, a medida que crecía aumentaba también en nuestros corazones el temor de aquella hora aciaga que acudía precipitada a separarnos! Y así, con el tiempo, el amor se nos hizo penoso. Y el odio hubiera sido una misericordia.

Monos.— No hables aquí de aquellas penas, querida Una... ¡ahora para siempre, para siempre mía!

Una.— Pero el recuerdo del dolor pasado, ¿no es alegría presente? Mucho tengo que decir aún de las cosas que fueron. Ardo sobre todo por conocer los incidentes de tu pasaje a través del oscuro Valle y de la Sombra.

Monos.— ¿Y cuándo la radiante Una pidió en vano alguna cosa a su Monos? Todo te lo narraré en detalle... Pero, ¿dónde habrá de empezar el sobrecogedor relato?

Una.— ¿Dónde?

Monos.— Sí.

Una.— Te comprendo. En la muerte hemos aprendido ambos la propensión del hombre a definir lo indefinible. No te diré, pues, que comiences por el momento en que cesó tu vida, sino en aquel triste, triste instante cuando, habiéndote abandonado la fiebre, te hundiste en un sopor sin aliento ni movimiento y yo te cerré los pálidos párpados con los apasionados dedos del amor.

Monos.— Permíteme decir algo, Una, acerca de la condición general de los hombres en aquella época. Recordarás que uno o dos sabios entre nuestros antecesores —sabios de verdad, aunque no gozaran de la estimación del mundo— se habían atrevido a poner en duda la propiedad de la palabra «progreso» aplicada al avance de nuestra civilización. En cada uno de los cinco o seis siglos que precedieron nuestra disolución, hubo momentos en los cuales surgió algún intelecto vigoroso que contendía audazmente por aquellos principios cuya verdad parece ahora tan evidente a nuestra razón despojada de sus franquicias; principios que deberían haber enseñado a nuestra raza a someterse a la guía de las leyes naturales, en vez de pretender dirigirlas. Muy de tiempo en tiempo aparecían mentes geniales que consideraban cada avance de la ciencia práctica como un retroceso con respecto a la verdadera utilidad. En ocasiones, la inteligencia poética —esa inteligencia que, ahora lo sabemos, era la más excelsa de todas, pues aquellas verdades de imperecedera importancia para nosotros sólo podían ser alcanzadas por la analogía, que habla irrebatiblemente a la sola imaginación y que no pesa en la razón aislada—, esa inteligencia poética se adelantó en ocasiones a la evolución de la vaga concepción filosófica y halló en la mística parábola que habla del árbol de la ciencia y de su fruto prohibido y letal, un claro indicio de que el conocimiento no era bueno para el hombre en esa etapa aún infantil de su alma. Y aquellos poetas, que vivieron y murieron despreciados por los «utilitaristas» —zafios pedantes que se arrogaban un título que sólo merecían los despreciados por ellos—, aquellos poetas evocaron dolorosa, pero sabiamente, los días de antaño, cuando nuestras necesidades eran tan simples como penetrantes nuestros gozos, días en que el regocijo era una palabra desconocida, tan profundamente solemne era la felicidad; santos, augustos y beatos días en que los ríos azules corrían sin diques entre colinas intactas, penetrando en las soledades de las florestas primitivas, fragantes e inexploradas.

Y, sin embargo, aquellas nobles excepciones a la falsa regla general sólo servían para reforzarla por contraste. ¡Ay, habíamos llegado a los más aciagos de nuestros aciagos días! El gran «movimiento» —tal era la jerigonza que se empleaba— seguía adelante; era una perturbación mórbida, tanto moral como física. El arte —en sus diversas formas— erguíase supremo, y, una vez entronizado, encadenaba al intelecto que lo había elevado al poder. Como el hombre no podía dejar de reconocer la majestad de la Naturaleza, incurría en pueriles entusiasmos por su creciente dominio sobre los elementos de aquélla. Mientras se pavoneaba como un dios en su propia fantasía, lo dominaba una imbecilidad infantil. Tal como era de suponer por el origen de su trastorno, sufrió la infección de los sistemas y de la abstracción. Se envolvió en generalidades. Entre otras ideas extrañas, la de la igualdad universal ganó terreno, y aun frente a la analogía y a Dios, a pesar de las claras advertencias de las leyes de gradación que tan visiblemente dominan todas las cosas en la tierra y en el cielo, se empeñó obstinado en lograr una democracia que imperara por doquier. Y, sin embargo, este mal surgía necesariamente del mal principal, el Conocimiento. El hombre no podía al mismo tiempo conocer y someterse. Entretanto, se alzaron enormes e innumerables ciudades humeantes. Las verdes hojas se arrugaban ante el ardiente aliento de los hornos. El bello rostro de la Naturaleza se deformó como si lo arrasara alguna horrorosa enfermedad. Y pienso, dulce Una, que nuestro sentido de lo que es forzado y artificial, aun a medias dormido, podría habernos detenido en ese punto. Pero habíamos preparado el camino de la destrucción al pervertir nuestro gusto o más bien al descuidar ciegamente su cultivo en las escuelas. Pues en verdad, frente a aquella crisis, tan sólo el gusto —esa facultad que, ocupando una situación intermedia entre el intelecto puro y el sentido moral, jamás podía ser descuidada sin peligro— habría podido devolvernos dulcemente a la Belleza, a la Naturaleza y a la Vida, ¡ay del espíritu puramente contemplativo y la magna intuición de Platón! ¡Ay de la μουσική, que aquel sabio consideraba con justicia educación suficiente para el alma! ¡Ay de él y de ella! ¡Cuando más desesperadamente se los necesitaba, más olvidados o despreciados estaban!

Pascal, un filósofo que tú y yo amamos, ¡cuan verdaderamente ha dicho que tout notre misonnement se réduit à ceder au sentiment! Y no es imposible que el sentimiento de lo natural, de haberlo permitido el tiempo, hubiese recobrado su antiguo ascendiente sobre la dura razón matemática de las escuelas. Pero ello no pudo ser. Prematuramente descarriada por la intemperancia del conocimiento, la vejez del mundo se acentuó. La masa de la humanidad no lo advertía, o bien, viviendo depravadamente, aunque sin felicidad, pretendía no advertirlo. En cuanto a mí, los documentos de la Tierra me habían enseñado que las ruinas más grandes son el precio de las más altas civilizaciones. Había adquirido una presciencia de nuestro Destino por comparación con China, la simple y duradera; con Asiria, la arquitecta; con Egipto, el astrólogo; con Nubia, más sutil que ninguna, madre turbulenta de todas las Artes. En la historia de aquellas regiones atisbé un rayo del Futuro. Las artificialidades individuales de las tres últimas nombradas eran enfermedades locales de la Tierra, y en sus caídas individuales habíamos visto la aplicación de remedios locales; pero en la infección general del mundo yo no podía anticipar regeneración alguna, salvo en la muerte. Para que el hombre no se extinguiera como raza, comprendí que era necesario que resucitara.

Y entonces, muy hermosa y muy amada, diariamente envolvimos en sueños nuestros espíritus. Y entonces, al atardecer, discurrimos sobre los días que vendrían, cuando la superficie de la Tierra, llena de cicatrices del Arte, después de sufrir la única purificación que borraría sus obscenidades rectangulares, volviera a vestirse con el verdor, las colinas y las sonrientes aguas del Paraíso, y se convirtiera, por fin, en la morada conveniente para el hombre; para el hombre purgado por la Muerte, para el hombre en cuyo sublimado intelecto el conocimiento dejaría de ser un veneno... para el hombre redimido, regenerado, venturoso y ahora inmortal, aunque material siempre.

Una.— Bien recuerdo aquellas conversaciones, querido Monos; pero la época de la ígnea destrucción no estaba tan cercana como creíamos, como la corrupción de que has hablado nos permitía con tanta seguridad creer. Los hombres vivían y luego morían individualmente. También tú enfermaste y descendiste a la tumba, y allí te siguió pronto tu fiel Una. Y aunque el siglo transcurrido desde entonces, y cuya conclusión nos ha reunido nuevamente, no torturó nuestros adormilados sentidos con la impaciencia del tiempo, de todas maneras, Monos mío, fue un siglo.

Monos.— Di más bien que fue un punto en el vago infinito. Mi muerte se produjo, es verdad, durante la decrepitud de la Tierra. Cansado mi corazón por las angustias que nacían de aquel tumulto y corrupción generales, sucumbí víctima de una terrible fiebre. Tras algunos días de dolor y muchos de un delirio soñoliento colmado de éxtasis, cuyas manifestaciones tomaste por sufrimientos sin que yo pudiera comunicarte la verdad... después de unos días, como has dicho, me invadió un sopor que me privó del aliento y del movimiento, y aquellos que me rodeaban lo llamaron Muerte.

Las palabras son cosas vagas. Mi estado no me privaba de sensibilidad. Parecíame semejante a la quietud de aquel que, después de dormir larga y profundamente, inmóvil y postrado en un día estival, empieza a recobrar lentamente la conciencia, por agotamiento natural de su sueño, y sin que ninguna perturbación exterior lo despierte.

No respiraba. El pulso estaba detenido. El corazón había cesado de latir. La voluntad permanecía, pero era impotente. Mis sentidos se mostraban insólitamente activos, aunque caprichosos, usurpándose al azar sus funciones. El gusto y el olfato estaban inextricablemente confundidos, constituyendo un solo sentido anormal e intenso. El agua de rosas con la cual tu ternura había humedecido mis labios hasta el fin provocaba en mí bellísimas fantasías florales; flores fantásticas, mucho más hermosas que las de la vieja Tierra, pero cuyos prototipos vemos florecer ahora en torno de nosotros. Los párpados, transparentes y exangües, no se oponían completamente a la visión. Como la voluntad se hallaba suspendida, las pupilas no podían girar en las órbitas, pero veía con mayor o menor claridad todos los objetos al alcance del hemisferio visual; los rayos que caían sobre la parte externa de la retina o en el ángulo del ojo producían un efecto más vívido que aquellos que incidían en la superficie frontal o anterior. Empero, en el primer caso, este efecto era tan anómalo que sólo lo aprehendía como sonido —dulce o discordante, según que los objetos presentes a mi lado fueran claros u oscuros, curvos o angulosos—. El oído, aunque mucho más sensible, no tenía nada de irregular en su acción y apreciaba los sonidos reales con una precisión y una sensibilidad exageradísimas. El tacto había sufrido una alteración más extraña. Recibía con retardo las impresiones, pero las retenía pertinazmente, produciéndose siempre el más grande de los placeres físicos. Así, la presión de tus dulces dedos sobre mis párpados, sólo reconocidos al principio por la visión, llenaron más tarde todo mi ser de una inconmensurable delicia sensual. Sí, de una delicia sensual. Todas mis percepciones eran puramente sensuales. Los elementos proporcionados por los sentidos al pasivo cerebro no eran elaborados en absoluto por aquella inteligencia muerta. Poco dolor sentía y mucho placer; pero ningún dolor o placer morales. Así, tus desgarradores sollozos flotaban en mi oído con todas sus dolorosas cadencias y eran apreciados por aquél en cada una de sus tristes variaciones; pero eran tan sólo suaves sonidos musicales; no provocaban en la extinta razón la sospecha de las angustias de donde nacían, y así también las copiosas y continuas lágrimas que caían sobre mi rostro, y que para todos los asistentes eran testimonio de un corazón destrozado, estremecían de éxtasis cada fibra de mi ser. Y ésa era la Muerte, de la cual los presentes hablaban reverentemente, susurrando, y tú, dulce Una, entre sollozos y gritos.

Me prepararon para el ataúd —tres o cuatro figuras sombrías que iban continuamente de un lado a otro—. Cuando atravesaban la línea directa de mi visión, las sentía como formas, pero al colocarse a mi lado sus imágenes me impresionaban con la idea de alaridos, gemidos y otras atroces expresiones del horror y la desesperación. Sólo tú, vestida de blanco, pasabas musicalmente para mí en todas direcciones.

Transcurrió el día y, a medida que la luz se degradaba, me sentí poseído por un vago malestar, una ansiedad como la que experimenta el durmiente cuando llegan a su oído constantes y tristes sones, lejanas y profundas campanadas solemnes, a intervalos prolongados, pero iguales, y entremezclándose con sueños melancólicos. Anocheció y con la sombra vino una pesada aflicción. Oprimía mi cuerpo como si pesara sobre él, y era palpable. Oíase asimismo una lamentación, semejante al lejano fragor de la resaca, pero más continuo, y que, nacido con el crepúsculo, había ganado en fuerza a medida que crecía la oscuridad. De pronto, la habitación se llenó de luces y aquel fragor se cambió en frecuentes estallidos desiguales del mismo sonido, pero menos lóbrego y menos distinto. La penosa opresión que me agobiaba disminuyó mucho y, emanando de la llama de cada lámpara —pues había varias—, fluyó hasta mis oídos un canto continuo de melodiosa monotonía. Y cuando tú, querida Una, acercándote al lecho donde yacía yo tendido, te sentaste gentilmente a mi lado, perfumándome con tus dulces labios, y los posaste en mi frente, surgió entonces en mi pecho, trémulo, mezclándose con las sensaciones meramente físicas que las circunstancias engendraban, algo que se parecía al sentimiento, un sentir que en parte aprehendí, y en parte respondía a tu profundo amor y a tu tristeza; pero aquel sentir no tenía sus raíces en el inmóvil corazón, y más parecía una sombra que una realidad; pronto se desvaneció, primero en un profundo reposo, y luego en un placer puramente sensual como antes.

Y entonces, del naufragio y el caos de los sentidos usuales pareció nacer en mí un sexto sentido, absolutamente perfecto. Hallé en su ejercicio una extraña delicia, que seguía siendo una delicia física en cuanto el entendimiento no participaba de ella. En el ser animal todo movimiento había cesado. No se estremecía ningún músculo, no vibraba ningún nervio, no latía ninguna arteria. Pero en mi cerebro parecía haber surgido eso para lo cual no hay palabras que puedan dar una concepción aun borrosa a la inteligencia meramente humana. Permíteme denominarlo una pulsación pendular mental. Era la encarnación moral de la idea humana abstracta del Tiempo. La absoluta coordinación de este movimiento o de alguno equivalente había regulado los cielos de los globos celestes. Por él medía ahora las irregularidades del reloj colocado sobre la chimenea y de los relojes de los presentes. Sus latidos llegaban sonoros a mis oídos. La más ligera desviación de la medida exacta (y esas desviaciones prevalecían en todos ellos) me afectaban del mismo modo que las violaciones de la verdad abstracta afectan en la tierra el sentido moral. Aunque ninguno de los relojes en la habitación coincidía con otro en marcar exactamente los segundos, no me costaba, sin embargo, retener el tono y los errores momentáneos de cada uno. Y este penetrante, perfecto sentimiento de duración existente por sí mismo, este sentimiento existente (como el hombre no podría haber imaginado que existiera) con independencia de toda sucesión de eventos, esta idea, este sexto sentido, brotando de las cenizas de todo el resto, fue el primer evidente y seguro paso del alma intemporal en los umbrales de la Eternidad temporal.

Era ya media noche y tú seguías a mi lado. Los demás habíanse marchado de la cámara Mortuoria. Descansaba yo en el ataúd. Las lámparas ardían intermitentemente, pues así me lo indicaba lo trémulo de las monótonas melodías. Súbitamente aquellos cantos perdieron claridad y volumen, hasta cesar del todo. El perfume dejó de impresionar mi olfato. Las formas no afectaban ya mi visión. El peso de la Tiniebla se alzó por sí mismo de mi pecho. Un choque apagado, como una descarga eléctrica, recorrió mi cuerpo y fue seguido por una pérdida total de la idea de contacto. Todo aquello que el hombre llama sentidos se sumió en la sola conciencia de entidad y en el sentimiento de duración único que perduraba. El cuerpo mortal había sido al fin golpeado por la mano de la letal Corrupción.

Y, sin embargo, no toda sensibilidad se había apagado, pues la conciencia y el sentimiento remanente cumplían algunas de sus funciones a través de una letárgica intuición. Apreciaba el espantoso cambio que se estaba operando en mi carne, y tal como el soñador advierte a voces la presencia corporal de aquel que se inclina sobre su lecho, así, dulce Una, sentía yo que aún seguías a mi lado. Y cuando llegó el segundo mediodía, tampoco dejé de tener conciencia de los movimientos que te alejaron de mi lado, me encerraron en el ataúd, llevándome a la carroza fúnebre, me transportaron hasta la tumba, bajándome a ella, amontonándo pesadamente la tierra sobre mí, dejándome en la tiniebla y en la corrupción, entregado a mi triste y solemne sueño en compañía de los gusanos.

Y aquí, en la prisión que pocos secretos tiene para revelar, pasaron los días, y las semanas, y los meses, y el alma observaba atentamente el vuelo de cada segundo, registrándolo sin esfuerzo; sin esfuerzo y sin objeto.

Pasó un año. La conciencia de ser se había vuelto de hora en hora más indistinta, y la de mera situación había usurpado en gran medida su puesto. La idea de entidad estaba confundiéndose con la de lugar. El angosto espacio que rodeaba lo que había sido el cuerpo iba a ser ahora el cuerpo mismo. Por fin, como ocurre con frecuencia al durmiente (sólo el sueño y su mundo permiten figurar la Muerte), tal como a veces ocurría en la tierra al que estaba sumido en profundo sueño, cuando algún resplandor lo despertaba a medias, dejándolo empero envuelto en ensoñaciones, así, a mí, ceñido en el abrazo de la Sombra, me llegó aquella única luz capaz de sobresaltarme... la luz del Amor duradero. Los hombres acudieron a cavar en la tumba donde yacía oscuramente. Levantaron la húmeda tierra. Sobre el polvo de mis huesos bajó el ataúd de Una.

Y otra vez todo fue vacío. La nebulosa se había extinguido. El débil estremecimiento habíase apagado en reposo. Muchos lustros transcurrieron. El polvo tornó al polvo. No había ya alimento para el gusano. El sentimiento de ser había desaparecido por completo y en su lugar, en lugar de todas las cosas, dominantes y perpetuos, reinaban autocráticamente el Lugar y el Tiempo. Para eso que no era, para eso que no tenía forma, para eso que no tenía pensamiento, para eso que no tenía sensibilidad, para eso que no tenía alma, para eso que no tenía materia, para toda esa nada y, sin embargo, para toda esa inmortalidad, la tumba era todavía una morada, y las corrosivas horas, compañeras.

EL CUENTO MIL Y DOS DE SCHEHERAZADE

En el curso de ciertas investigaciones sobre el Oriente tuve hace poco oportunidad de consultar el Tellmenow Isits ö ornot, obra que, a semejanza del Zohar, de Simeón Jochaides, es muy poco conocida aún en Europa, y que, según tengo entendido, no ha sido citada jamás por un norteamericano (si exceptuamos, quizá, al autor de las Curiosidades de la literatura norteamericana); como decía, tuve oportunidad de leer algunas páginas de tan notable obra y quedé no poco estupefacto al descubrir que el mundo literario había vivido hasta ahora en un extraño error acerca del destino de Scheherazade, la hija del visir, según se lo describe en Las mil y una noches. En efecto, si bien el dénouement de dicho destino, como se lo consigna allí, no es por completo inexacto, se anticipa en mucho a la realidad.

Para toda información sobre tan interesante tópico remito al lector inquisitivo al Isitsöornot; pero, entretanto, se me perdonará que ofrezca un resumen de lo que descubrí en este libro.

Se recordará que, en la versión usual de los cuentos árabes, un califa a quien no faltan buenas razones para sentirse celoso de su real esposa, no sólo la condena a muerte, sino que hace solemne promesa —por su barba y el profeta— de desposar cada noche a la más hermosa doncella de sus dominios y de entregarla a la mañana siguiente al verdugo.

Luego de cumplir al pie de la letra su promesa durante varios años, con una puntualidad y un método que le valen gran renombre como persona de mucha devoción y buen sentido, cierta tarde se ve interrumpido (en sus plegarias, sin duda) por la visita de su gran visir, a cuya hija se le ha ocurrido una idea.

La joven en cuestión se llama Scheherazade, y la idea consiste en que redimirá el país del asolador impuesto a la belleza que pesa sobre él o que perecerá en la empresa como corresponde a toda heroína.

De acuerdo con su plan, y aunque no estamos en año bisiesto (lo cual hace más meritorio su sacrificio), Scheherazade envía a su padre, el gran visir, para que ofrezca su mano al califa. Éste la acepta rápidamente (pues estaba dispuesto a tomarla de todos modos, y sólo aplazaba la cosa por el miedo que tenía al visir), pero al hacerlo da a entender claramente a los interesados que, gran visir o no, mantendrá en todos sus puntos y comas la promesa hecha y sus privilegios reales. Por eso, cuando la hermosa Scheherazade insiste en casarse, y así lo hace a pesar del excelente consejo de su padre en el sentido de que no cometa semejante locura, es evidente que tiene sus hermosos ojos negros bien abiertos y que no se le escapa nada de la situación.

Parece ser, empero, que esta política damisela (que, sin duda, debió leer a Maquiavelo) tenía preparado un pequeño cuanto ingenioso plan. Con un pretexto especioso que ya he olvidado, se las arregló para que en la noche de bodas su hermana se acostara en un lecho lo bastante cercano al de la pareja real como para poder conversar del uno al otro. Poco antes de que cantaran los gallos tuvo buen cuidado de despertar al excelente monarca, su esposo (que la estimaba muchísimo, pese a que la haría retorcer el cuello por la mañana), interrumpiendo el profundo sueño que le daban su conciencia limpia y su excelente digestión, a fin de que escuchara la interesantísima historia (creo que sobre una rata y un gato negro) que estaba contando en voz muy baja a su hermana. Cuando salió el sol, sucedió que la historia no había terminado todavía y que Scheherazade no podría terminarla por la sencilla razón de que ya era tiempo de que se levantara y ofreciera su cuello al estrangulador —cosa muy poco preferible a la de ser ahorcada, aunque ligeramente más gentil.

Lamento decir que la curiosidad del califa prevaleció sobre sus sólidos principios religiosos, induciéndolo a posponer el cumplimiento de su promesa hasta la mañana siguiente, con intención y esperanza de enterarse por la noche qué había ocurrido al final con el gato negro (pues creo que era negro) y la rata.

Llegada la noche, no sólo Scheherazade dio la pincelada final al gato negro y a la rata (que era azul), sino que, antes de darse cuenta de lo que hacía, se vio arrastrada por el intrincado desarrollo de un relato concerniente, (si no me engaño), a un caballo color rosa (con alas verdes) que se movía violentamente gracias a un mecanismo de relojería, al cual se daba cuerda con una llave color índigo. Este relato interesó al califa mucho más que el primero, y como amaneció sin que hubiera terminado (pese a los esfuerzos de la sultana por concluirlo a tiempo para acudir al estrangulamiento), no quedó otro remedio que aplazar otra vez la ceremonia veinticuatro horas. A la noche siguiente ocurrió algo parecido, con resultados similares; y también a la siguiente, y a la otra... Hasta que, al fin, el buen monarca, después de haberse visto inevitablemente privado de cumplir su promesa durante nada menos que mil y una noches, olvidóla completamente al vencerse el término, se hizo relevar de ella en la forma habitual, o —lo que es más probable— se limitó a quebrarla, al mismo tiempo que la cabeza de su padre confesor. Sea como fuere, Scheherazade, que, como descendiente directa de Eva, había heredado quizá las siete cestas de charla que esta última dama, como es sabido, cosechó al pie de los árboles en el jardín del Edén, acabó triunfando sobre el califa y el impuesto a la belleza fue abolido.

Ahora bien, esta conclusión (que figura en la obra tal como la conocemos) es indudablemente muy justa y agradable, pero, ¡ay!, como tantas cosas, es mucho más agradable que verdadera. Debo al Isitsöornot la rectificación de este error. Le mieux —dice un proverbio francés— est l'ennemi du bien, y al mencionar que Scheherazade había heredado las siete cestas de la charla, hubiera debido agregar que las puso a interés compuesto hasta que llegaron a ser setenta y siete.

—Querida hermana —dijo en la noche mil y dos (transcribo literalmente los términos del Isitsöornot—, ahora que este pequeño inconveniente de la estrangulación ha desaparecido, juntó con el odioso impuesto, me siento culpable de una gran indiscreción por haberos ocultado a ti y al califa (quien, lamento decirlo, está roncando, lo cual no es propio de un caballero) la verdadera conclusión de la historia de Simbad el marino. Este personaje pasó por muchas otras e interesantes aventuras aparte de las que os he contado, pero, a decir verdad, aquella noche me sentía un tanto soñolienta y preferí abreviar mi relato. ¡Oh infame proceder, del cual espero que Alá me perdone! Pero aún no es demasiado tarde para remediar mi negligencia y, tan pronto haya pellizcado un par de veces al califa y éste se despierte lo bastante como para cesar sus horribles ruidos, procederé a narrarte (y también a él, si así lo desea) la continuación de esta notable historia.

La hermana de Scheherazade, según noticias del Isitsöornot, no se manifestó demasiado entusiasmada ante esta perspectiva; pero el califa, luego de recibir suficientes pellizcos, terminó por interrumpir sus ronquidos y finalmente dijo «¡Hunt!», y luego «¡Ejem!», con lo cual la reina comprendió (por cuanto se trataba indudablemente de palabras árabes) que el monarca era todo atención y que trataría de no seguir roncando; la reina, repito, reanudó sin perder más tiempo la historia de Simbad el marino.

—Por fin, cuando ya era viejo —contó Scheherazade, y Simbad hablaba por su voz—, después de gozar de muchos años de tranquilidad en mi hogar, me sentí poseído una vez más por el deseo de visitar países lejanos; y un día, sin advertir a mi familia de mis intenciones, preparé algunos fardos de mercancías que aliaban la riqueza al poco bulto y, enganchando a un mozo de cuerda para que las llevara, bajé con ellas a la costa para esperar algún navío que quisiera sacarme del reino, rumbo a alguna región que no hubiera explorado todavía.

Luego de dejar los fardos en la arena, nos sentamos bajo los árboles y miramos el océano, esperando percibir algún navío, pero durante varias horas no vimos ninguno. Me pareció por fin que oía un extraño sonido, entre zumbido y murmullo, y el mozo de cuerda afirmó que también él lo oía. No tardó en hacerse más intenso, y crecía en forma tal que no podíamos dudar del rápido acercamiento del objeto que lo provocaba. Por fin, en la línea del horizonte distinguimos una mota negra que aumentaba rápidamente de tamaño hasta convertirse en un enorme monstruo, nadando con gran parte del cuerpo fuera del agua. Avanzó hacia nosotros a una velocidad inconcebible, levantando enormes masas de espuma con el pecho e iluminando la parte del océano por el cual avanzaba con una larga línea de fuego que se extendía hasta perderse en la distancia.

Cuando aquello se nos acercó, pudimos verlo con toda claridad. Su largo era comparable al de tres árboles entre los más altos, y su ancho semejante a la gran sala de audiencias de vuestro palacio, ¡oh el más sublime y magnífico de los califas! Su cuerpo no se parecía en nada al de los peces ordinarios; sólido como de roca, era de un negro azabache en toda la extensión que sobresalía del agua, a excepción de una angosta faja rojo sangre que lo circundaba por completo. El vientre, oculto por el agua, pero que veíamos por momentos cuando el monstruo subía y bajaba entre las olas, hallábase totalmente cubierto de escamas metálicas, cuyo color semejaba el de la luna con tiempo neblinoso. Su lomo era chato y casi blanco, y de él surgían hacia lo alto seis espinas de una altura casi igual a la mitad de su largo.

Aquella horrible criatura no tenía boca visible, pero para compensar este defecto se hallaba provisto de veinte ojos por lo menos, que sobresalían de las órbitas como los de la libélula verde y se distribuían alrededor del cuerpo en dos hileras, una sobre otra, paralelamente a la franja rojo sangre que parecía una especie de ceja. Dos o tres de aquellos espantosos ojos eran mucho mayores que los demás y daban la impresión de ser de oro macizo.

Aunque, como he dicho, la bestia se nos acercaba con enorme rapidez, parecía movida por artes de nigromancia, pues no tenía aletas como las de un pez, ni patas membranosas como un pato, ni alas como la concha marina a quien el viento impulsa como si fuera un barco. Tampoco se contorsionaba para avanzar, como la anguila. La cabeza y la cola se parecían muchísimo, salvo que a poca distancia de esta última había dos agujeros que servían de narices y por las cuales el monstruo exhalaba un espeso aliento con violencia prodigiosa, produciendo un agudo y desagradable sonido.

Grandísimo fue nuestro espanto al contemplar cosa tan horrible, pero pronto se vio superado por el asombro que nos produjo ver sobre el lomo de aquella criatura una gran cantidad de animales de la misma forma y tamaño que los hombres y sumamente parecidos a éstos, salvo que no estaban vestidos (como lo está un hombre), sino que la naturaleza parecía haberles proporcionado unas feas e incómodas envolturas que daban la impresión de una tela, pero tan pegada a la piel como para que los pobres infelices tuvieran el aire más ridículo y pasaran por las peores molestias imaginables. En lo alto de la cabeza llevaban una especie de cajas cuadradas que a primera vista hubieran podido pasar por turbantes, pero que, como pronto advertí, eran muy pesadas y sólidas. Supuse entonces que se trataba de dispositivos calculados para mantener, gracias a su gran peso, las cabezas pegadas a los hombros. Noté que todas esas criaturas llevaban unos collares negros (símbolo de servidumbre, sin duda) como los que ponemos a nuestros perros, sólo que mucho más anchos y duros, al punto que las desdichadas víctimas no podían mover la cabeza en cualquier dirección sin mover al mismo tiempo el cuerpo; veíanse así condenados a contemplarse incesantemente la nariz, espectáculo tan romo y tan chato como imaginarse pueda, por no calificarlo de espantoso.

Una vez que el monstruo hubo llegado junto a la costa donde nos hallábamos, proyectó repentinamente uno de sus ojos hasta muy afuera, emitiendo por él un terrible resplandor de fuego seguido de una densa nube de humo y un estruendo que no puedo comparar con nada por debajo del trueno. Cuando se despejó el humo, vimos a uno de aquellos extraños animales—hombres parado cerca de la cabeza de la bestia, con una trompeta en la mano; (llevándosela a la boca), no tardó en dirigirse a nosotros con acentos tan broncos, ásperos y desagradables, que hubiéramos confundido acaso con un lenguaje si no hubieran sido proferidos por la nariz.

Como no cabía duda de que se dirigía a nosotros, me sentí perplejo y sin saber qué contestar, pues no había entendido una sola sílaba. En esta coyuntura me volví al mozo de cordel, que estaba a punto de desmayarse de terror, y le pregunté qué pensaba de aquel monstruo y si tenía idea de sus intenciones, así como de la naturaleza de los seres que llenaban su lomo. Venciendo lo mejor posible el temblor que lo dominaba, me contestó que había oído hablar de aquella bestia marina; que era un cruel demonio, con entrañas de azufre y sangre de fuego, creado por genios malignos para infligir desgracias a la humanidad; que aquellas cosas que había en su lomo eran sabandijas como las que a veces infestan a gatos y perros, sólo que más grandes y más salvajes, y que tenían su razón de ser, por más mala que fuera, ya que a causa de las torturas que infligían al monstruo mediante sus mordiscos y aguijonazos lo llevaban al grado de enfurecimiento necesario para que rugiera y cometiera maldades, cumpliendo así los vengativos y perversos propósitos de los genios malignos.

Esta explicación me indujo a salir corriendo a toda velocidad y, sin mirar una sola vez hacia atrás, me interné como una flecha en las colinas, mientras el mozo de cordel corría con no menor celeridad, pero en dirección opuesta, al punto que logró finalmente escapar con mis fardos que no dudo habrá cuidado debidamente, aunque no puedo ratificar este punto pues no me parece que haya vuelto a verlo jamás.

En cuanto a mí, fui perseguido por un enjambre de los hombres—sabandijas (que habían desembarcado en botes), hasta que no tardé en ser alcanzado, atado de pies y manos y conducido a bordo de la bestia, la cual echó a nadar de inmediato mar afuera.

Me arrepentí entonces amargamente de haber abandonado un hogar confortable para arriesgar la vida en semejantes aventuras; pero como aquellas lamentaciones no servían de nada, traté de mejorar en lo posible mi situación, buscando asegurarme la buena voluntad del animal—hombre que esgrimía la trompeta, y que parecía ejercer autoridad sobre los otros. Tan bien lo logré que, pocos días más tarde, aquella criatura me dio varios testimonios de su favor, y llegó por fin a molestarse en enseñarme los rudimentos de lo que sería vano denominar un lenguaje; pero gracias a ello me fue posible hacerme entender de aquella criatura y expresarle mis ardientes deseos de ver el mundo.

—Patapún catabón tirilín Simbad, mantantirulirulá rataplán chin pún —me dijo cierto día, después de cenar—. Pero me apresuro a pedir mil perdones, pues olvidaba que Vuestra Majestad ignora el dialecto de los "cockneys" (como se denominaban los animales—hombres, quizá porque su lenguaje constituía el eslabón entre el caballo y el gallo). Con vuestro permiso lo traduciré: "Patapún catabón", etc., significa: "Me alegra descubrir, querido Simbad, que eres un excelente individuo; por nuestra parte, estamos cumpliendo ahora algo que se llama circunnavegación del globo, y ya que tienes tantos deseos de ver mundo, cerraré los ojos y te daré un pasaje gratis en el lomo de la bestia".

El Isitsöornot declara que, cuando la dama Scheherazade hubo llegado a este punto, el califa se volvió sobre el lado derecho y dijo:

—Ciertamente, querida reina, es muy sorprendente que hayas omitido hasta ahora estas últimas aventuras de Simbad. ¿Sabes que las encuentro tan entretenidas como extrañas?

Habiéndose expresado así el califa, según nos cuentan, la hermosa Scheherazade continuó su relato con las siguientes palabras:

—"Agradecí su gentileza al animal—hombre —dijo Simbad— y pronto me hallé muy a mi gusto sobre la bestia, que nadaba a velocidad prodigiosa a través del océano, a pesar de que éste, en la parte del mundo donde nos hallábamos, no era plano, sino redondo como una granada, por lo cual puede decirse que todo el tiempo subíamos y bajábamos por él."

—Esto me parece sumamente raro —interrumpió el califa.

—Empero, es muy cierto —replicó Scheherazade.

—Lo dudo —dijo el monarca—, pero ruégote que tengas la bondad de seguir con tu relato.

—Así lo haré —continuó la reina—. «La bestia —continuó Simbad— nadaba hacia arriba y abajo, hasta que llegamos a una isla de muchos cientos de millas de circunferencia que, a pesar de su tamaño, había sido levantada en mitad del océano por una colonia de pequeños seres semejantes a las orugas».

—¡Hum! —dijo el califa.

—"Al abandonarla isla —continuó Simbad (pues Scheherazade no hizo caso de aquella intempestiva interjección de su esposo)— llegamos a otra donde había bosques de piedra tan duros que rompían el filo de las hachas más templadas, con las cuales tratamos de cortar sus árboles".

—¡Hum! —dijo nuevamente el califa; pero Scheherazade no le prestó atención y siguió hablando con las palabras de Simbad:

—"Más allá de esta isla llegamos a un país donde había una caverna que entraba treinta o cuarenta millas en las entrañas de la tierra y que contenía mayores, más grandes y magníficos palacios que los existentes en Damasco y Bagdad juntas. Del techo de estos palacios colgaban miríadas de gemas, semejantes a diamantes, pero más grandes que un hombre; entre las calles llenas de torres, pirámides y templos, corrían inmensos ríos negros como el ébano, pululantes de peces sin ojos".

—¡Hum! —dijo el califa.

—"Nadamos luego a una región del mar donde hallamos una elevadísima montaña, de cuyas laderas caían torrentes de metal fundido, algunos de ellos de doce millas de ancho y sesenta de largo; de un abismo en lo alto surgían cantidades tales de cenizas, que el sol había quedado completamente oculto en el cielo, y estaba más oscuro que en la más tenebrosa medianoche; aun a ciento cincuenta millas de aquella montaña era imposible ver el más blanco de los objetos, aunque lo pusiéramos contra los ojos".

—¡Hum! —dijo el califa.

—"Luego de alejarnos de esta costa, la bestia continuó su viaje hasta llegar a una tierra donde la naturaleza de las cosas parecía haberse invertido, pues vimos un gran lago en cuyo fondo, a más de cien pies bajo la superficie, florecía con toda su vegetación un bosque de altos y exuberantes árboles".

—¡Hola! —dijo el califa.

—"Cientos de millas más allá encontramos un clima donde la atmósfera era tan densa que sostenía el hierro o el acero, tal como el nuestro sostiene una pluma".

—¡Azúcar! —dijo el califa.

—"Siguiendo siempre la misma dirección, llegamos a la región más admirable y magnífica de la tierra. Corría por ella un río de varios miles de millas de longitud. Era de insondable profundidad y de mayor transparencia que el ámbar. Su ancho variaba de tres a seis millas y sus márgenes se alzaban perpendicularmente hasta mil doscientos pies de altura, coronados por árboles de follaje perenne y flores del más dulce perfume, que convertían aquel territorio en un maravilloso jardín. Pero tan exuberante región se llamaba el Reino del Horror, y penetrar en él representaba inevitablemente la muerte".

—¡Toma! —dijo el califa.

—Nos alejamos a prisa de aquel reino y, tras algunos días, llegamos a otro donde nos asombró descubrir miradas de monstruosos animales que tenían en la cabeza cuernos semejantes a guadañas. Aquellas horrorosas bestias cavan vastas cavernas en forma de túnel, disponiendo su entrada en forma tal que los animales que pisan las piedras que la forman se precipitan al interior de la guarida de los monstruos, quienes les chupan inmediatamente la sangre, transportando luego desdeñosamente sus restos a mucha distancia de las "cavernas de la muerte".

—¡Bah! —dijo el califa.

—Continuando nuestro viaje, avistamos una zona donde hay vegetales que no crecen en el suelo, sino en el aire. Algunos surgían de la sustancia de otros vegetales; otros derivaban su alimento del cuerpo de animales vivos, y había algunos que ardían como si fueran un fuego intenso; otros que andaban de un lado a otro según su voluntad, y, lo que era aún más extraordinario, descubrimos flores que vivían, respiraban y movían sus partes a voluntad, y que compartían la detestable pasión humana por la esclavitud, sumiendo a otros seres en horribles y solitarias prisiones hasta que cumplían determinadas tareas.

—¡Cómo! —dijo el califa.

—Al salir de esta tierra no tardamos en llegar a otra donde las abejas y los pájaros son matemáticos de tanto genio y erudición que diariamente enseñan geometría a los entendidos del imperio. Cierta vez que el rey ofreció una recompensa por la solución de dos dificilísimos problemas, ambos quedaron instantáneamente aclarados, el uno por las abejas y el otro por los pájaros. Como el rey guardó la solución en secreto, sólo después de complicadísimas investigaciones y trabajos y de escribir infinidad de voluminosos libros en infinidad de años llegaron los matemáticos del reino a las mismas soluciones que las abejas y los pájaros habían dado en el acto.

—¡Demonio! —dijo el califa.

—Apenas había perdido de vista este imperio, cuando llegamos a otro, desde cuyas playas vimos volar una bandada de pájaros de una milla de ancho y doscientas cuarenta millas de largo; es decir, que, aun volando a razón de una milla por minuto, se requirieron cuatro horas para que pasara sobre nosotros la entera bandada, en la cual había varios millones de pájaros.

—¡Camelo! —dijo el califa.

—Tan pronto habíamos quedado libres de estos pájaros, que mucho nos molestaron, vimos surgir un ave de otra especie, infinitamente más grande que los rocs que había encontrado en mis anteriores viajes; era más grande que la mayor de las cúpulas de vuestro serrallo, ¡oh el más magnífico de los califas! Este terrible pájaro no tenía cabeza visible, sino que parecía formado enteramente por un vientre de prodigioso grosor y redondez, constituido por una sustancia muy suave, lisa, brillante y de franjas coloreadas. El monstruo llevaba en sus garras (a su guarida, en las nubes, sin duda) una casa cuyo techo había probablemente arrancado, y en cuyo interior vimos claramente a varios seres humanos que parecían tan empavorecidos como desesperados por el espantoso destino que les aguardaba. Gritamos con todas nuestras fuerzas, esperando que el pájaro se asustara y soltara la presa; pero se limitó a exhalar una especie de resoplido, como de cólera, y luego dejó caer sobre nuestras cabezas un pesado saco que resultó estar lleno de arena.

—¡Cuentos chinos! —dijo el califa.

—«Muy poco después de esta aventura encontramos un continente de vastísima extensión y prodigiosa solidez, el cual descansaba enteramente sobre el lomo de una vaca color celeste que tenía no menos de cuatrocientos cuernos».

—Esto sí lo creo —dijo el califa—, pues he leído algo por el estilo en algún libro.

—«Pasamos por debajo de este continente, nadando entre las piernas de la vaca, y horas después nos encontramos en una región maravillosa que, según me informó el animal—hombre, era su propio país, habitado por seres de su misma especie. Esto aumentó muchísimo el concepto que de él tenía y empecé a avergonzarme del desprecio y la familiaridad con que lo había tratado hasta ahora. En efecto, descubrí que los animales—hombres constituían una nación de grandes magos que vivían con la cabeza llena de gusanos, los cuales sin duda servían para estimularlos con sus dificultosos retorcimientos y coletazos, a fin de que alcanzaran los más asombrosos grados de imaginación.»

—¡Disparates! —dijo el califa.

—«Entre los magos había diversos animales domésticos de lo más singulares. Por ejemplo, vimos un enorme caballo cuyos huesos eran de hierro y tenía agua hirviendo por sangre. En lugar de maíz lo alimentaban con piedras negras; a pesar de esa dura dieta era tan fuerte y veloz como para arrastrar una carga más pesada que el más grande de los templos de esta ciudad, a una velocidad que superaba la de la mayoría de los pájaros».

—¡Paparruchas! —dijo el califa.

—«Entre esas gentes vi una gallina sin plumas más grande que un camello; en vez de carne y huesos era de hierro y ladrillos; su sangre, como la del caballo (al que mucho se parecía) era agua hirviendo, y, como él, sólo comía madera y piedras negras. Esta gallina producía con frecuencia un centenar de pollos en un solo día; después de nacidos se instalaban durante varias semanas en el estómago de su madre».

—¡Dislates! —dijo el califa.

—«Un miembro de esta nación de brujos creó un hombre de bronce, madera y cuero, dándole tanta inteligencia que hubiera vencido al ajedrez a toda la humanidad, con excepción del gran califa Harun Al Raschid. Otro de estos magos construyó con materiales parecidos una criatura capaz de avergonzar el genio de su propio creador: tan grandes eran sus poderes razonantes que, en un segundo, efectuaba cálculos que hubieran requerido el trabajo de cincuenta mil hombres de carne y hueso durante un año. Pero otro mago todavía más asombroso fabricó una fortísima criatura que no era ni hombre ni bestia, pero que tenía cerebro de plomo mezclado con una sustancia negra como la pez y dedos que actuaban con tan increíble velocidad y destreza que no hubiera tenido dificultad en escribir veinte mil copias del Corán en una hora; todo esto con una precisión tan exquisita que no se hubiera podido encontrar un solo ejemplar que se diferenciara de los otros en el ancho de un cabello. Esta criatura era de una fuerza prodigiosa, al punto que creaba y destruía de un soplo los imperios más poderosos; pero sus aptitudes se aplicaban indistintamente al bien y al mal.»

—¡Ridículo! —dijo el califa.

—«En esta nación de nigromantes había uno que llevaba en las venas la sangre de la salamandra, pues no tenía escrúpulos en sentarse a fumar su chibuquí en un horno ardiente, hasta que su cena se cocinaba completamente en el suelo. Otro tenía la facultad de convertir los metales comunes en oro, sin siquiera mirarlos durante el proceso. Otro tenía un tacto tan delicado que llegó a fabricar un alambre invisible. Otro percibía las cosas con tanta rapidez, que contaba los movimientos de un cuerpo elástico mientras éste se movía hacia delante y hacia atrás a la velocidad de novecientos millones de veces por segundo».

—¡Absurdo! —dijo el califa.

—«Otro de estos magos, ayudado por un fluido que nadie vio hasta ahora, podía hacer que los cadáveres de sus amigos movieran los brazos, patearan, lucharan e incluso se levantaran y danzaran. Otro cultivó a tal punto su voz, que podía hacerse oír desde un extremo al otro del mundo. Otro tenía un brazo tan largo que podía estar sentado en Damasco y escribir una carta en Bagdad o en cualquier otro sitio. Otro tenía tal dominio sobre el relámpago que podía hacerlo descender a su antojo; le servía luego de juguete. Otro tomó dos sonidos muy fuertes e hizo con ellos un silencio. Otro creó una profunda oscuridad con dos luces brillantes. Otro fabricó hielo en un horno ardiente. Otro obligó al sol a que pintara su retrato y el sol le obedeció. Otro tomó el astro rey, junto con la luna y los planetas, y luego de pesarlos cuidadosamente, sondeó sus profundidades y descubrió la solidez de las sustancias que los componen. Pero toda aquella nación posee una habilidad nigromántica tan sorprendente, que hasta sus niños y aun sus perros y sus gatos son capaces de ver fácilmente objetos que no existen, o que veinte millones de años antes del nacimiento de dicha nación habían sido borrados de la faz del universo».

—¡Ridículo! —dijo el califa.

—«Las esposas e hijas de aquellos grandes e incomparables magos —continuó Scheherazade, sin preocuparse en absoluto de las repetidas y poco caballerescas interrupciones de su esposo— son de lo más refinadas y perfectas, y constituirían el ápice de lo interesante y de lo hermoso de no mediar una desdichada fatalidad que las agobia, y que ni siquiera los milagrosos poderes de sus esposos y padres han logrado remediar hasta el presente. Algunas de esas fatalidades adoptan cierta forma, mientras otras se presentan de diferente manera; pero me refiero, sobre todo, a la que asume la forma de una excentricidad.»

—¿Una qué? —preguntó el califa.

—Una excentricidad —dijo Scheherazade—. «Uno de los genios malignos que continuamente tratan de hacer daño indujo a tan perfectas señoras a creer que aquello que denominamos belleza natural consiste en la protuberancia de la región donde la espalda cambia de nombre. Les hicieron creer que la perfección de la hermosura se halla en razón directa con el volumen de dicha parte. Dominadas por la idea, y aprovechando que los almohadones son muy baratos en ese país, se ha llegado a un punto en que ya resulta difícil distinguir a una mujer de un dromedario...»

—¡Detente! —exclamó el califa—. ¡No puedo ni quiero soportar semejante cosa! ¡Me has dado ya una terrible jaqueca con tus mentiras! Noto, además, que está amaneciendo. ¿Cuánto tiempo llevamos casados? Mi conciencia empieza a atormentarme. Y, además, ese asunto de los dromedarios... ¿Me tomas por imbécil? Lo mejor que puedes hacer es ir a que te estrangulen.

Según me entero por el Isitsöornot, estas palabras ofendieron y asombraron a Scheherazade, pero, como sabía que el califa era hombre de escrupulosa integridad y poco sospechoso de faltar a su palabra, se sometió resignadamente a su destino. Mucho se consoló (mientras le apretaban el cordón en el cuello) pensando que gran parte de su historia quedaba todavía por decir, y que la petulancia de aquel animal de su marido le estaba bien aplicada, pues por su culpa se quedaría sin conocer muchas otras inimaginables aventuras.

POR QUÉ EL PEQUEÑO FRANCÉS LLEVA LA MANO EN CABESTRILLO

Claro que sí! Está en mi tarjeta de visita (y en papel satinado color rosa); cualquiera que desee puede leer en ellas las interesantes palabras: «Sir Patrick O'Grandison, Baronet, 39, Southampton Row, Rusell Square, Parroquia de Bloomsbury». Y si quisiera usted descubrir quién es el rey de la buena educación y el que da el último grito del buen tono en la ciudad de Londres... pues aquí lo tiene. No vaya a asombrarse (y mejor será que deje de pellizcarse la nariz), pues por cada pulgada de las seis vigilias afirmo que soy un caballero, y desde que salí de los pantanos irlandeses para convertirme en baronet, vuestro Patrick ha estado viviendo como un emperador, educándose y refinándose. ¡Caracoles, para sus ojos sería una bendición si se posaran un momento sobre Sir Patrick O'Grandison, Baronet, cuando se viste para ir a la ópera o va a subir a su coche para dar una vuelta por Hyde Park! A causa de mi elegante figura, todas las damas se enamoran de mí. ¿Va a negarme alguien que mido seis pies y tres pulgadas, con los calcetines puestos, y que soy perfectamente bien proporcionado? En cambio, el extranjero, el pequeño francés que vive frente a mi casa, mide apenas tres pies y un poquitín más. ¡Sí, el mismo que se pasa el día comiéndose con los ojos (¡para su mala suerte!) a la preciosa viuda Mistress Tracle, vecina mía (¡Dios la bendiga!) y excelente amiga y conocida! Habrá usted observado que el pequeño gusano anda un tanto alicaído y que lleva la mano izquierda en cabestrillo; bueno, precisamente me disponía a contarle por qué.

La verdad es muy sencilla, sí, señor; el mismísimo día en que llegué a Connaught y salí a ventilar mi apuesta figura a la calle, apenas me vio la viuda, que estaba asomada a la ventana, ¡zas, su corazón quedó instantáneamente prendado! Me di cuenta en seguida, como se imaginará, y juro ante Dios que es la santa verdad. Primero de todo vi que abría la ventana en un santiamén y que sacaba por ella unos ojazos abiertos de par en par, y después asomó un catalejo que la lindísima viuda se aplicó a un ojo, y que el diablo me cocine si ese ojo no habló tan claro como puede hacerlo un ojo de mujer, y me dijo: «¡Buenos días tenga usted, Sir Patrick O'Grandison, Baronet, encanto! ¡Vaya apuesto caballero! Sepa usted que mis garridos cuarenta años están desde ahora a sus órdenes, hermoso mío, siempre que le parezca bien.» Pero no era a mí a quien iban a ganar en gentileza y buenos modales, de manera que le hice una reverencia que le hubiera partido a usted el corazón de contemplarla, me quité el sombrero con un gran saludo y le guiñé dos veces los ojos, como para decirle: «Bien ha dicho usted, hermosa criatura, Mrs. Tracle, encanto mío, y que me ahogue ahora mismo en un pantano si Sir Patrick O'Grandison, Baronet, no descarga una tonelada de amor a los pies de su alteza en menos tiempo del que toma cantar una tonada de Londonderry».

A la mañana siguiente, cuando estaba pensando si no sería de buena educación mandar una cartita amorosa a la viuda, apareció mi criado con una elegante tarjeta y me dijo que el nombre escrito en ella (porque yo nunca he podido leer nada impreso a causa de ser zurdo) era el de un Mosiú, el conde Augusto Luquesi, maître de danse (si es que todo esto quiere decir algo), y que el dueño de esa endiablada jerigonza era el pequeño francés que vive enfrente de casa.

En seguida apareció el pequeño demonio en persona, me hizo un complicado saludo, diciendo que se había tomado la libertad de honrarme con su visita, y siguió charlando y charlando largo rato, y maldito si le comprendía una sola palabra, salvo cuando repetía, y me soltaba una carretada de mentiras, entre las cuales (¡mala suerte para él!) que estaba loco de amor por mi viuda Mrs. Tracle y que mi viuda Mrs. Tracle estaba enamoradísima de él.

Cuando escuché esto, ya puede suponerse usted que me puse más rabioso que un leopardo, pero me acordé que era Sir Patrick O'Grandison, Baronet, y que no estaba bien que la cólera pudiera más que la buena educación, de manera que disimulé la rabia y me conduje con mucha gentileza, y al cabo de un rato, ¿qué piensa usted que el pequeño demonio me propone? Pues me propone visitar juntos a la viuda, agregando que tendría el placer de presentarme.

«¿Conque ésas tenemos?», me dije. «Patrick, hijo mío, eres el hombre más afortunado de la tierra. Muy pronto veremos si Mistress Tracle está enamorada de este Mosiú Metré Dedans o de mi apuesta persona.»

Así fue como llegamos en un santiamén a casa de la viuda, y bien puede creerme si le digo que era una casa muy elegante. Había una alfombra en el piso, y en un rincón un piano y un arpa, y el diablo sabe cuántas cosas más, y en otro rincón había un sofá que era la cosa más bonita de toda la naturaleza, y sentada en el sofá estaba nada menos que ese preciosísimo ángel, Mistress Tracle.

—¡Buenos días tenga usted, Mrs. Tracle! —le dije, a tiempo le hacía una reverencia tan elegante que usted se hubiera quedado con la lengua afuera.

—Woully woo, parley woo —dijo el pequeño forastero francés—. Mrs. Tracle — agregó—, este caballero es su reverencia Sir Patrick O'Grandison, Baronet, el mejor y más íntimo amigo que tengo en el mundo.

Entonces la viuda se levantó del sofá, nos hizo el saludo más bonito que se ha visto nunca y volvió a sentarse. ¿Querrá usted creerlo? En ese mismo momento el condenado Mosiú Metré Dedans se instaló tranquilamente en el sofá, a la derecha de la viuda. ¡Que el diablo se lo lleve! Por un momento creí que los ojos se me iban a salir de la cara, tan furibundo estaba. Pero pensé: «¿Conque ésas tenemos? ¿Conque así nos portamos, Mosiú Metré Dedans?» Y al mismo tiempo me instalé a la izquierda de su alteza, a fin de estar a la par con el miserable. ¡Condenación! Usted se hubiera sentido feliz de presenciar la doble guiñada que le hice a la viuda en plena cara, con un ojo después del otro.

El pequeño francés no sospechaba nada, y con todo atrevimiento se puso a cortejar a su alteza.

—Woully wou —le decía—. Parley wou —agregaba.

«Todo esto no te servirá de nada, Mosiú Rana, bonito mío», pensaba yo, y entonces me puse a hablar en voz muy alta y continuamente, hasta atraer la atención de su alteza gracias a la elegante conversación que mantenía con ella sobre mis queridos pantanos de Connaught. Y una que otra vez me dedicaba su preciosísima sonrisa, abriendo la boca de oreja a oreja, con lo cual yo me sentía más osado que un cerdo, y por fin le atrapé la punta del dedo meñique de la manera más delicada que se pueda imaginar en toda la naturaleza, al mismo tiempo que la miraba con los ojos en blanco.

No tardé en percatarme de lo inteligente que era aquel hermoso ángel, pues apenas observó que quería estrecharle la mano la retiró en un santiamén y se la puso a la espalda, como si me dijera: «Ahí tienes, Sir Patrick O'Grandison, te ofrezco una oportunidad mejor, bonito mío, pues no es muy gentil que me tomes la mano y me la aprietes en presencia de este pequeño forastero francés, Mosiú Metré Dedans». Entonces le guiñé a fondo el ojo, como para decirle: «No hay como Sir Patrick para esta clase de triquiñuelas», me puse en seguida a la tarea, y usted se hubiera muerto de risa de haber visto la forma tan astuta con que deslicé el brazo derecho entre el respaldo del sofá y la espalda de su alteza, hasta encontrar, como es natural, su preciosa manecita, que parecía esperarme y decirme: «Buenos días tenga usted, Sir Patrick O'Grandison, Baronet». Y yo no hubiera sido quien soy si no le hubiera dado un apretón muy suave, el más gentil del mundo, para no hacer daño a su alteza, ¿verdad? Pero entonces, ¡condenación!, ¿qué diría usted al saber que a cambio de mi apretón recibí otro, el más delicado y gentil de todos los apretones? «Sangre y truenos, Sir Patrick, querido mío —pensé para mis adentros—, ¡cómo se ve que eres el hijo de tu madre, y nadie más que él, y que nunca se vio hombre más elegante y afortunado desde que dejaste los pantanos y saliste de Connaught!»

Y sin perder tiempo apreté con más fuerza la manita, y por mi alma que el apretón que me dio a su vez su alteza era también mucho más fuerte. Pero en ese momento a usted se le hubieran roto una a una las costillas de reírse si hubiese visto cómo se comportaba Mosiú Metré Dedans. Nunca se vio semejante parloteo, sonrisas estúpidas, *parley wou* y todo lo que dedicaba a su alteza. ¡Nunca se vio algo así en la tierra! Y que el diablo me queme si no lo vi con mis propios ojos cuando el condenado se permitía guiñarle uno de los suyos a mi ángel... ¡Condenación! ¡Si no me puse más furioso que un gato de Kilkenny, quisiera que me lo dijesen!

—Permítame informarle, Mosiú Metré Dedans —le dije con la mayor educación—, que no es nada gentil, aparte de que a usted no le queda nada bien estar mirando a su alteza de manera tan descarada.

Y al mismo tiempo apreté la mano de la viuda como para decirle: «¿No es verdad que Sir Patrick la protegerá a usted ahora, joya mía, encanto?»

Y como respuesta recibí otro buen apretón de ella, con el cual quería decirme muy claramente: «Verdad es, Sir Patrick, encanto mío; es usted el más cumplido de los caballeros de este mundo». Y al mismo tiempo la vi abrir sus preciosísimos ojos de manera tal que creí que se le saldrían instantáneamente y por completo de la cara, mientras miraba furiosa como un gato a Mosiú Rana y después me miraba a mí sonriéndose como un ángel.

—¿Cómo? —dijo entonces el miserable—. ¡Cómo! Woully wou, parley wou.

Y al mismo tiempo se encogió tanto de hombros que pensé que iba a quedarle el faldón de la camisa al aire haciendo simultáneamente una mueca despectiva con su condenada boca. Y ésa fue la única explicación que conseguí de él.

Créame usted, el que se puso furibundo en aquel momento fue Sir Patrick, y mucho más al darme cuenta de que el francés insistía con sus guiñadas a la viuda, mientras la viuda seguía apretándome muy fuerte la mano, como si me dijera: «¡No se deje intimidar, Sir Patrick O'Grandison, bonito mío!». Por lo cual solté un terrible juramento, mientras decía:

—¡Maldita rana insignificante, condenado gusano impertinente!

¿Creerá usted lo que hizo entonces su alteza? Dio un salto en el sofá como si acabaran de morderla y corrió a la puerta, mientras yo la miraba muy asombrado y estupefacto y la seguía en su carrera con mis dos ojos. Se dará usted cuenta de que yo tenía mis razones para saber que mi ángel no podía salir del salón aunque quisiera, puesto que tenía su mano en la mía, y que el diablo me queme si pensaba soltarla. Por eso le dije:

—¿No está usted olvidando un poquitín que le pertenece, su alteza? ¡Vuelva usted, encanto mío, que pueda yo devolverle su manita!

Pero ella salió corriendo escaleras abajo sin escucharme, y entonces miré al pequeño forastero francés. ¡Condenación, que me cuelguen si su maldita mano, pequeña como era, no estaba perfectamente instalada dentro de la mía!

Y que vuelvan a colgarme si en ese momento no estuve a punto de morirme de risa al ver la cara del pobre diablo cuando se dio cuenta de que lo que había tenido todo el tiempo en la mano no era la de la viuda, sino la de Sir Patrick O'Grandison. ¡Ni el mismo demonio contempló nunca una cara tan larga como aquélla! En cuanto a Sir Patrick O'Grandison, Baronet, no es hombre de preocuparse por una equivocación tan insignificante. Baste con decir que antes de soltar la mano del condenado Mosiú (y esto sólo ocurrió después que el lacayo de la viuda nos hubo echado a puntapiés escaleras abajo) le di un apretón tan grande que se la dejé convertida en jalea de frambuesa.

—Woully wou —dijo él—. Parley wou —agregó—. ¡Maldición! Y por eso es que ahora anda con la mano izquierda en cabestrillo.

EL PODER DE LAS PALABRAS

Oinos.— Perdona, Agathos, la flaqueza de un espíritu al que acaban de brotarle las alas de la inmortalidad.

Agathos.— Nada has dicho, Oinos mío, que requiera ser perdonado. Ni siquiera aquí el conocimiento es cosa de intuición. En cuanto a la sabiduría, pide sin reserva a los ángeles que te sea concedida.

Oinos.— Pero yo imaginé que en esta existencia todo me sería dado a conocer al mismo tiempo, y que alcanzaría así la felicidad por conocerlo todo.

Agathos.— ¡*Ah,* la felicidad no está en el conocimiento, sino en su adquisición! La beatitud eterna consiste en saber más y más; pero saberlo todo sería la maldición de un demonio.

Oinos.— *El* Altísimo, ¿no lo sabe todo?

Agathos.— *Eso* (puesto que es el Muy Bienaventurado) debe ser aún la *única* cosa desconocida hasta para Él.

Oinos. — Sin embargo, puesto que nuestro saber aumenta de hora en hora, ¿no llegarán *por fin* a ser conocidas todas las cosas?

Agathos.— ¡Contempla las distancias abismales! Trata de hacer llegar tu mirada a la múltiple perspectiva de las estrellas, mientras erramos lentamente entre ellas... ¡Más allá, siempre más allá! Aun la visión espiritual, ¿no se ve detenida por las continuas paredes de oro del universo, las paredes constituidas por las miríadas de esos resplandecientes cuerpos que el mero número parece amalgamar en una unidad?

O*inos.*— Claramente percibo que la infinitud de la materia no es un sueño.

Agathos.— *No* hay sueños en el Aidenn, pero se susurra aquí que la única finalidad de esta infinitud de materia es la de proporcionar infinitas fuentes donde el alma pueda calmar la sed de *saber* que jamás se agotará en ella, ya que agotarla sería extinguir el alma misma. Interrógame, pues, Oinos mío, libremente y sin temor. ¡Ven!, dejaremos a nuestra izquierda la intensa armonía de las Pléyades, lanzándonos más allá del trono a las estrelladas praderas allende Orión, donde, en lugar de violetas, pensamientos y trinitarias, hallaremos macizos de soles triples y tricolores.

Oinos.— Y ahora, Agathos, mientras avanzamos, instrúyeme. ¡Háblame con los acentos familiares de la tierra! No he comprendido lo que acabas de insinuar sobre los modos o los procedimientos de aquello que, mientras éramos mortales, estábamos habituados a llamar Creación. ¿Quieres decir que el Creador no es Dios?

Agathos.— Quiero decir que la Deidad no crea.

Oinos.— ¡Explícate!

Agathos.— Solamente creó en el comienzo. Las aparentes criaturas que en el universo surgen ahora perpetuamente a la existencia sólo pueden ser consideradas como el resultado mediato o indirecto, no como el resultado directo o inmediato del poder creador Divino.

Oinos.— Entre los hombres, Agathos mío, esta idea sería considerada altamente herética.

Agathos.— Entre los ángeles, Oinos mío, se sabe que es sencillamente la verdad.

Oinos.— Alcanzo a comprenderte hasta este punto: que ciertas operaciones de lo que denominamos Naturaleza o leyes naturales darán lugar, bajo ciertas condiciones, a aquello que tiene todas las *apariencias* de creación. Muy poco antes de la destrucción final de la tierra recuerdo que se habían efectuado afortunados experimentos, que algunos filósofos denominaron torpemente creación de animálculos.

Agathos.— Los casos de que hablas fueron ejemplos de creación secundaria, de la única especie de creación que hubo jamás desde que la primera palabra dio existencia a la primera ley.

Oinos.— *Los* mundos estrellados que surgen hora a hora en los cielos, procedentes de los abismos del no ser, ¿no son, Agathos, la obra inmediata de la mano del Rey?

Agathos. —Permíteme, Oinos, que trate de llevarte paso a paso a la concepción a que aludo. Bien sabes que, así como ningún pensamiento perece, todo acto determina infinitos resultados. Movíamos las manos, por ejemplo, cuando éramos moradores de la tierra, y al hacerlo hacíamos vibrar la atmósfera que las rodeaba. La vibración se extendía indefinidamente hasta impulsar cada partícula del aire de la tierra, que desde entonces y para siempre era animado por aquel único movimiento de la mano. Los matemáticos de nuestro globo conocían bien este hecho. Sometieron a cálculos exactos los efectos producidos por el fluido por impulsos especiales, hasta que les fue fácil determinar en qué preciso período un impulso de determinada extensión rodearía el globo, influyendo (para siempre) en cada átomo de la atmósfera circundante. Retrogradando, no tuvieron dificultad en determinar el valor del impulso original partiendo de un efecto dado bajo condiciones determinadas. Ahora bien, los matemáticos que vieron que los resultados de cualquier impulso dado eran interminables, y que una parte de dichos resultados podía medirse gracias al análisis algebraico, así como que la retrogradación no ofrecía dificultad, vieron al mismo tiempo que este análisis poseía en sí mismo la capacidad de un avance indefinido; que no existían límites concebibles a su avance y aplicabilidad, salvo en el intelecto de aquel que lo hacía avanzar o lo aplicaba. Pero en este punto nuestros matemáticos se detuvieron.

Oinos.— ¿Y por qué, Agathos, hubieran debido continuar?

Agathos.— Porque había, más allá, consideraciones del más profundo interés. De lo que sabían era posible deducir que un ser de una inteligencia infinita, para quien la perfección del análisis algebraico no guardara secretos, podría seguir sin dificultad cada impulso dado al aire, y al éter a través del aire, hasta sus remotas consecuencias en las épocas más infinitamente remotas. Puede, ciertamente, demostrarse que cada uno de estos impulsos dados al aire, deben, al final, influir sobre cada cosa individual existente en el universo, y ese ser de infinita inteligencia que hemos imaginado, podría seguir las remotas ondulaciones del impulso, seguirlo hacia arriba y adelante en sus influencias sobre todas las partículas de toda la materia, hacia arriba y adelante, para siempre en sus modificaciones de las formas antiguas; o, en otras palabras, en sus nuevas creaciones... hasta que lo encontrara, regresando como un reflejo, después de haber chocado —pero esta vez sin influir— en el trono de la Divinidad. Y no sólo podría hacer eso un ser semejante, sino que en cualquier época, dado un cierto resultado, supongamos que se ofreciera a su análisis uno de esos innumerables cometas, no tendría dificultad en determinar, por retrogradación analítica, a qué impulso original se debía. Este poder de retrogradación en su plenitud y perfección absolutas, esta facultad de relacionar en cualquier época, cualquier efecto a cualquier causa, es por supuesto prerrogativa única de la Divinidad; pero en sus restantes y múltiples grados, inferiores a la perfección absoluta, ese mismo poder es ejercido por todas las huestes de las Inteligencias Angélicas.

Oinos.— Pero tú hablas tan sólo de impulsos en el aire.

Agathos.— Al hablar del aire me refería meramente a la tierra, pero mi afirmación general se refiere a los impulsos en el éter, que, al penetrar, y ser el único que penetra todo el espacio, es así el gran medio de la creación.

Oinos.— Entonces, ¿todo movimiento, de cualquier naturaleza, crea?

Agathos. — Así debe ser; pero una filosofía verdadera ha enseñado hace mucho que la fuente de todo movimiento es el pensamiento, y que la fuente de todo pensamiento es... *Oinos.*— Dios.

Agathos.— Te he hablado, Oinos, como a una criatura de la hermosa Tierra que pereció hace poco, de impulsos sobre la atmósfera de esa Tierra.

Oinos.— Sí.

Agathos.— Y mientras así hablaba, ¿no cruzó por tu mente algún pensamiento sobre el *poder físico de las palabras?* Cada palabra, ¿no es un impulso en el aire?

Oinos. — ¿Pero por qué lloras, Agathos... y por qué, por qué tus alas se pliegan mientras nos cernimos sobre esa hermosa estrella, la más verde y, sin embargo, la más terrible que hemos encontrado en nuestro vuelo? Sus brillantes flores parecen un sueño de hadas... pero sus fieros volcanes semejan las pasiones de un turbulento corazón.

Agathos.— ¡Y así *es*... así *es!* Esta estrella tan extraña... hace tres siglos que, juntas las manos y arrasados los ojos, a los pies de mi amada, la hice nacer con mis frases apasionadas. ¡Sus brillantes flores *son* mis más queridos sueños no realizados, y sus furiosos volcanes *son* las pasiones del más turbulento e impío corazón!

EL POZO Y EL PÉNDULO

Cuarteto compuesto para las puertas de un mercado que debió erigirse en el solar del Club de los Jacobinos, en París.

Estaba agotado, agotado hasta no poder más, por aquella larga agonía. Cuando, por último, me desataron y pude sentarme, noté que perdía el conocimiento. La sentencia, la espantosa sentencia de muerte, fue la última frase claramente acentuada que llegó a mis oídos. Luego, el sonido de las voces de los inquisidores me pareció que se apagaba en el indefinido zumbido de un sueño. El ruido aquel provocaba en mi espíritu una idea de rotación, quizá a causa de que lo asociaba en mis pensamientos con una rueda de molino. Pero aquello duró poco tiempo, porque, de pronto, no oí nada más. No obstante, durante algún rato pude ver, pero ¡con qué terrible exageración! Veía los labios de los jueces vestidos de negro: eran blancos, más blancos que la hoja de papel sobre la que estoy escribiendo estas palabras; y delgados hasta lo grotesco, adelgazados por la intensidad de su dura expresión, de su resolución inexorable, del riguroso desprecio al dolor humano. Veía que los decretos de lo que para mí representaba el Destino salían aún de aquellos labios. Los vi retorcerse en una frase mortal, les vi pronunciar las sílabas de mi nombre, y me estremecí al ver que el sonido no seguía al movimiento. Durante varios momentos de espanto frenético vi también la blanda y casi imperceptible ondulación de las negras colgaduras que cubrían las paredes de la sala, y mi vista cayó entonces sobre los siete grandes hachones que se habían colocado sobre la mesa. Tomaron para mí, al principio, el aspecto de la caridad, y los imaginé ángeles blancos y esbeltos que debían salvarme. Pero entonces, y de pronto, una náusea mortal invadió mi alma, y sentí que cada fibra de mi ser se estremecía como si hubiera estado en contacto con el hilo de una batería galvánica. Y las formas angélicas convertíanse en insignificantes espectros con cabeza de llama, y claramente comprendí que no debía esperar de ellos auxilio alguno. Entonces, como una magnífica nota musical, se insinuó en mi imaginación la idea del inefable reposo que nos espera en la tumba.

Llegó suave, furtivamente; creo que necesité un gran rato para apreciarla por completo. Pero en el preciso instante en que mi espíritu comenzaba a sentir claramente esa idea, y a acariciarla, las figuras de los jueces se desvanecieron como por arte de magia; los grandes hachones se redujeron a la nada; sus llamas se apagaron por completo, y sobrevino la negrura de las tinieblas; todas las sensaciones parecieron desaparecer como en una zambullida loca y precipitada del alma en el Hades. Y el universo fue sólo noche, silencio, inmovilidad.

Estaba desvanecido. Pero, no obstante, no puedo decir que hubiese perdido la conciencia del todo. La que me quedaba, no intentaré definirla, ni describirla siquiera. Pero, en fin, todo no estaba perdido. En medio del más profundo sueño..., ¡no! En medio del delirio..., ¡no! En medio del desvanecimiento..., ¡no! En medio de la muerte..., ¡no! Si fuera de otro modo, no habría salvación para el hombre. Cuando nos despertamos del más profundo sueño, rompemos la telaraña de algún sueño. Y, no obstante, un segundo más tarde es tan delicado este tejido, que no recordamos haber soñado. Dos grados hay, al volver del desmayo a la vida: el sentimiento de la existencia moral o espiritual y el de la existencia física. Parece probable que si, al llegar al segundo grado, hubiéramos de evocar las impresiones del primero, volveríamos a encontrar todos los recuerdos elocuentes del abismo trasmundano. ¿Y cuál es ese abismo? ¿Cómo, al menos, podremos distinguir sus sombras de las de la tumba? Pero si las impresiones de lo que he llamado primer grado no acuden de nuevo al llamamiento de la voluntad, no obstante, después de un largo intervalo, ¿no aparecen sin ser solicitadas, mientras, maravillados, nos preguntamos de dónde proceden? Quien no se haya desmayado nunca no descubrirá extraños palacios y casas singularmente familiares entre las ardientes llamas; no será el que contemple, flotantes en el aire, las visiones melancólicas que el vulgo no puede vislumbrar, no será el que medite sobre el perfume de alguna flor desconocida, ni el que se perderá en el misterio de alguna melodía que nunca hubiese llamado su atención hasta entonces.

En medio de mis repetidos e insensatos esfuerzos, en medio de mi enérgica tenacidad en recoger algún vestigio de ese estado de vacío aparente en el que mi alma había caído, hubo instantes en que soñé triunfar. Tuve momentos breves, brevísimos en que he llegado a condensar recuerdos que en épocas posteriores mi razón lúcida me ha afirmado no poder referirse sino a ese estado en que parece aniquilada la conciencia. Muy confusamente me presentan esas sombras de recuerdos grandes figuras que me levantaban, transportándome silenciosamente hacia abajo, aún más hacia abajo, cada vez más abajo, hasta que me invadió un vértigo espantoso a la simple idea del infinito en descenso. También me recuerdan no sé qué vago espanto que experimentaba el corazón, precisamente a causa de la calma sobrenatural de ese corazón. Luego el sentimiento de una repentina inmovilidad en todo lo que me rodeaba, como si quienes me llevaban, un cortejo de espectros, hubieran pasado, al descender, los límites de lo ilimitado, y se hubiesen detenido, vencidos por el hastío infinito de su tarea. Recuerda mi alma más tarde una sensación de insipidez y de humedad; después, todo no es más que locura, la locura de una memoria que se agita en lo abominable.

De pronto vuelven a mi alma un movimiento y un sonido: el movimiento tumultuoso del corazón y el rumor de sus latidos. Luego, un intervalo en el que todo desaparece. Luego, el sonido de nuevo, el movimiento y el tacto, como una sensación vibrante penetradora de mi ser. Después la simple conciencia de mi existencia sin pensamiento, sensación que duró mucho. Luego, bruscamente, el pensamiento de nuevo, un temor que me producía escalofríos y un esfuerzo ardiente por comprender mi verdadero estado. Después, un vivo afán de caer en la insensibilidad. Luego, un brusco renacer del alma y una afortunada tentativa de movimiento. Entonces, el recuerdo completo del proceso, de los negros tapices, de la sentencia, de mi debilidad, de mi desmayo. Y el olvido más completo en torno a lo que ocurrió más tarde. Únicamente después, y gracias a la constancia más enérgica, he logrado recordarlo vagamente.

No había abierto los ojos hasta ese momento. Pero sentía que estaba tendido de espaldas y sin ataduras. Extendí la mano y pesadamente cayó sobre algo húmedo y duro. Durante algunos minutos la dejé descansar así, haciendo esfuerzos por adivinar dónde podía encontrarme y lo que había sido de mí. Sentía una gran impaciencia por hacer uso de mis ojos, pero no me atreví. Tenía miedo de la primera mirada sobre las cosas que me rodeaban. No es que me aterrorizara contemplar cosas horribles, sino que me aterraba la idea de no ver nada.

A la larga, con una loca angustia en el corazón, abrí rápidamente los ojos. Mi espantoso pensamiento hallábase, pues, confirmado. Me rodeaba la negrura de la noche eterna. Me parecía que la intensidad de las tinieblas me oprimía y me sofocaba. La atmósfera era intolerablemente pesada. Continué acostado tranquilamente e hice un esfuerzo por emplear mi razón. Recordé los procedimientos inquisitoriales, y, partiendo de esto, procuré deducir mi posición verdadera. Había sido pronunciada la sentencia y me parecía que desde entonces había transcurrido un largo intervalo de tiempo. No obstante, ni un solo momento imaginé que estuviera realmente muerto. A pesar de todas las ficciones literarias, semejante idea es absolutamente incompatible con la existencia real. Pero ¿dónde me encontraba y cuál era mi estado? Sabía que los condenados a muerte morían con frecuencia en los autos de fe. La misma tarde del día de mi juicio habíase celebrado una solemnidad de esta especie. ¿Me habían llevado, acaso, de nuevo a mi calabozo para aguardar en él el próximo sacrificio que había de celebrarse meses más tarde? Desde el principio comprendí que esto no podía ser. Inmediatamente había sido puesto en requerimiento el contingente de víctimas. Por otra parte, mi primer calabozo, como todas las celdas de los condenados, en Toledo, estaba empedrado y había en él alguna luz.

Repentinamente, una horrible idea aceleró mi sangre en torrentes hacia mi corazón, y durante unos instantes caí de nuevo en mi insensibilidad. Al volver en mí, de un solo movimiento me levanté sobre mis pies, temblando convulsivamente en cada fibra. Desatinadamente, extendí mis brazos por encima de mi cabeza y a mi alrededor, en todas direcciones. No sentí nada. No obstante, temblaba a la idea de dar un paso, pero me daba miedo tropezar contra los muros de mi tumba. Brotaba el sudor por todos mis poros, y en gruesas gotas frías se detenía sobre mi frente. A la larga, se me hizo intolerable la agonía de la incertidumbre y avancé con precaución, extendiendo los brazos y con los ojos fuera de sus órbitas, con la esperanza de hallar un débil rayo de luz. Di algunos pasos, pero todo estaba vacío y negro. Respiré con mayor libertad. Por fin, me pareció evidente que el destino que me habían reservado no era el más espantoso de todos.

Y entonces, mientras precavidamente continuaba avanzando, se confundían en masa en mi memoria mil vagos rumores que sobre los horrores de Toledo corrían. Sobre estos calabozos contábanse cosas extrañas. Yo siempre había creído que eran fábulas; pero, sin embargo, eran tan extraños, que sólo podían repetirse en voz baja. ¿Debía morir yo de hambre, en aquel subterráneo mundo de tinieblas, o qué muerte más terrible me esperaba? Puesto que conocía demasiado bien el carácter de mis jueces, no podía dudar de que el resultado era la muerte, y una muerte de una amargura escogida. Lo que sería, y la hora de su ejecución, era lo único que me preocupaba y me aturdía.

Mis extendidas manos encontraron, por último un sólido obstáculo. Era una pared que parecía construida de piedra, muy lisa, húmeda y fría. La fui siguiendo de cerca, caminando con la precavida desconfianza que me habían inspirado ciertas narraciones antiguas. Sin embargo, esta operación no me proporcionaba medio alguno para examinar la dimensión de mi calabozo, pues podía dar la vuelta y volver al punto de donde había partido sin darme cuenta de lo perfectamente igual que parecía la pared. En vista de ello busqué el cuchillo que guardaba en uno de mis bolsillos cuando fui conducido al tribunal. Pero había desaparecido, porque mis ropas habían sido cambiadas por un traje de grosera estameña. Con objeto de comprobar perfectamente mi punto de partida, había pensado clavar la hoja en alguna pequeña grieta de la pared. Sin embargo, la dificultad era bien fácil de ser solucionada, y, no obstante, al principio, debido al desorden de mi pensamiento, me pareció insuperable. Rasgué una tira de la orla de mi vestido y la coloqué en el suelo en toda su longitud, formando un ángulo recto con el muro. Recorriendo a tientas mi camino en torno a mi calabozo, al terminar el circuito tendría que encontrar el trozo de tela. Por lo menos, esto era lo que yo creía, pero no había tenido en cuenta ni las dimensiones de la celda ni mi debilidad. El terreno era húmedo y resbaladizo. Tambaleándome, anduve durante algún rato. Después tropecé y caí. Mi gran cansancio me decidió a continuar tumbado, y no tardó el sueño en apoderarse de mí en aquella posición.

Al despertarme y alargar el brazo hallé a mi lado un pan y un cántaro con agua. Estaba demasiado agotado para reflexionar en tales circunstancias, y bebí y comí ávidamente. Tiempo más tarde reemprendí mi viaje en torno a mi calabozo, y trabajosamente logré llegar al trozo de estameña. En el momento de caer había contado ya cincuenta y dos pasos, y desde que reanudé el camino hasta encontrar la tela, cuarenta y ocho. De modo que medía un total de cien pasos, y suponiendo que dos de ellos constituyeran una yarda, calculé en unas cincuenta yardas la circunferencia de mi calabozo. Sin embargo, había tropezado con numerosos ángulos en la pared, y esto impedía el conjeturar la forma de la cueva, pues no había duda alguna de que aquello era una cueva.

No ponía gran interés en aquellas investigaciones, y con toda seguridad estaba desalentado. Pero una vaga curiosidad me impulsó a continuarlas. Dejando la pared, decidí atravesar la superficie de mi prisión. Al principio procedí con extrema precaución, pues el suelo, aunque parecía ser de una materia dura, era traidor por el limo que en él había. No obstante, al cabo de un rato logré animarme y comencé a andar con seguridad, procurando cruzarlo en línea recta. De esta forma avancé diez o doce pasos, cuando el trozo rasgado que quedaba de orla se me enredó entre las piernas, haciéndome caer de bruces violentamente.

En la confusión de mi caída no noté al principio una circunstancia no muy sorprendente y que, no obstante, segundos después, hallándome todavía en el suelo, llamó mi atención. Mi barbilla apoyábase sobre el suelo del calabozo, pero mis labios y la parte superior de la cabeza, aunque parecían colocados a menos altura que la barbilla, no descansaban en ninguna parte. Me pareció, al mismo tiempo, que mi frente se empapaba en un vapor viscoso y que un extraño olor a setas podridas llegaba hasta mi nariz. Alargué el brazo y me estremecí, descubriendo que había caído al borde mismo de un pozo circular cuya extensión no podía medir en aquel momento. Tocando las paredes precisamente debajo del brocal, logré arrancar un trozo de piedra y la dejé caer en el abismo. Durante algunos segundos presté atención a sus rebotes. Chocaba en su caída contra las paredes del pozo. Lúgubremente, se hundió por último en el agua, despertando ecos estridentes. En el mismo instante dejóse oír un ruido sobre mi cabeza, como de una puerta abierta y cerrada casi al mismo tiempo, mientras un débil rayo de luz atravesaba repentinamente la oscuridad y se apagaba enseguida.

Con toda claridad vi la suerte que se me preparaba, y me felicité por el oportuno accidente que me había salvado. Un paso más, y el mundo no me hubiera vuelto a ver. Aquella muerte, evitada a tiempo, tenía ese mismo carácter que había yo considerado como fabuloso y absurdo en las historias que sobre la Inquisición había oído contar. Las víctimas de su tiranía no tenían otra alternativa que la muerte, con sus crueles agonías físicas o con sus abominables torturas morales. Esta última fue la que me había sido reservada. Mis nervios estaban abatidos por un largo sufrimiento, hasta el punto que me hacía temblar el sonido de mi propia voz, y me consideraba por todos motivos una víctima excelente para la clase de tortura que me aguardaba.

Temblando, retrocedí a tientas hasta la pared, decidido a dejarme morir antes que afrontar el horror de los pozos que en las tinieblas de la celda multiplicaba mi imaginación. En otra situación de ánimo hubiese tenido el suficiente valor para concluir con mis miserias de una sola vez, lanzándome a uno de aquellos abismos, pero en aquellos momentos era yo el más perfecto de los cobardes. Por otra parte, me era imposible olvidar lo que había leído con respecto a aquellos pozos, de los que se decía que la extinción repentina de la vida era una esperanza cuidadosamente excluida por el genio infernal de quien los había concebido.

Durante algunas horas me tuvo despierto la agitación de mi ánimo. Pero, por último, me adormecí de nuevo. Al despertarme, como la primera vez, hallé a mi lado un pan y un cántaro de agua. Me consumía una sed abrasadora, y de un trago vacié el cántaro. Algo debía de tener aquella agua, pues apenas bebí sentí unos irresistibles deseos de dormir. Caí en un sueño profundo parecido al de la muerte. No he podido saber nunca cuánto tiempo duró; pero, al abrir los ojos, pude distinguir los objetos que me rodeaban. Gracias a una extraña claridad sulfúrea, cuyo origen no pude descubrir al principio, podía ver la magnitud y aspecto de mi cárcel.

Me había equivocado mucho con respecto a sus dimensiones. Las paredes no podían tener más de veinticinco yardas de circunferencia. Durante unos minutos, ese descubrimiento me turbó grandemente, turbación en verdad pueril, ya que, dadas las terribles circunstancias que me rodeaban, ¿qué cosa menos importante podía encontrar que las dimensiones de mi calabozo? Pero mi alma ponía un interés extraño en las cosas nimias, y tenazmente me dediqué a darme cuenta del error que había cometido al tomar las medidas a aquel recinto. Por último se me apareció como un relámpago la luz de la verdad. En mi primera exploración había contado cincuenta y dos pasos hasta el momento de caer. En ese instante debía encontrarme a uno o dos pasos del trozo de tela. Realmente, había efectuado casi el circuito de la cueva. Entonces me dormí, y al despertarme, necesariamente debí de volver sobre mis pasos, creando así un circuito casi doble del real. La confusión de mi cerebro me impidió darme cuenta de que había empezado la vuelta con la pared a mi izquierda y que la terminaba teniéndola a la derecha.

También me había equivocado por lo que respecta a la forma del recinto. Tanteando el camino, había encontrado varios ángulos, deduciendo de ello la idea de una gran irregularidad; tan poderoso es el efecto de la oscuridad absoluta sobre el que sale de un letargo o de un sueño. Los ángulos eran, sencillamente, producto de leves depresiones o huecos que se encontraban a intervalos desiguales. La forma general del recinto era cuadrada. Lo que creí mampostería parecía ser ahora hierro u otro metal dispuesto en enormes planchas, cuyas suturas y junturas producían las depresiones. La superficie de aquella construcción metálica estaba embadurnada groseramente con toda clase de emblemas horrorosos y repulsivos, nacidos de la superstición sepulcral de los frailes. Figuras de demonios con amenazadores gestos, con formas de esqueleto y otras imágenes del horror más realista llenaban en toda su extensión las paredes. Me di cuenta de que los contornos de aquellas monstruosidades estaban suficientemente claros, pero que los colores parecían manchados y estropeados por efecto de la humedad del ambiente. Vi entonces que el suelo era de piedra. En su centro había un pozo circular, de cuya boca había yo escapado, pero no vi que hubiese alguno más en el calabozo.

Todo esto lo vi confusamente y no sin esfuerzo, pues mi situación física había cambiado mucho durante mi sueño. Ahora, de espaldas, estaba acostado cuan largo era sobre una especie de armadura de madera muy baja. Estaba atado con una larga tira que parecía de cuero. Enrollábase en distintas vueltas en torno a mis miembros y a mi cuerpo, dejando únicamente libres mi cabeza y mi brazo izquierdo. Sin embargo, tenía que hacer un violento esfuerzo para alcanzar el alimento que contenía un plato de barro que habían dejado a mi lado sobre el suelo. Con verdadero terror me di cuenta de que el cántaro había desaparecido, y digo con terror porque me devoraba una sed intolerable. Creí entonces que el plan de mis verdugos consistía en exasperar esta sed, puesto que el alimento que contenía el plato era una carne cruelmente salada.

Levanté los ojos y examiné el techo de mi prisión. Hallábase a una altura de treinta o cuarenta pies y parecíase mucho, por su construcción, a las paredes laterales. En una de sus caras llamó mi atención una figura de las más singulares. Era una representación pintada del Tiempo, tal como se acostumbra representarle, pero en lugar de la guadaña tenía un objeto que a primera vista creí se trataba de un enorme péndulo como los de los relojes antiguos. No obstante, algo había en el aspecto de aquella máquina que me hizo mirarla con más detención. Mientras la observaba directamente, mirando hacia arriba, (pues hallábase colocada exactamente sobre mi cabeza), me pareció ver que se movía. Un momento después se confirmaba mi idea. Su balanceo era corto y, por tanto, muy lento. No sin cierta desconfianza, y, sobre todo, con extrañeza la observé durante unos minutos. Cansado, al cabo de vigilar su fastidioso movimiento, volví mis ojos a los demás objetos de la celda.

Un ruido leve atrajo mi atención. Miré al suelo y vi algunas enormes ratas que lo cruzaban. Habían salido del pozo que yo podía distinguir a mi derecha. En ese instante, mientras las miraba, subieron en tropel, a toda prisa, con voraces ojos y atraídas por el olor de la carne. Me costó gran esfuerzo y atención apartarlas.

Transcurrió media hora, tal vez una hora (pues apenas imperfectamente podía medir el tiempo) cuando, de nuevo, levanté los ojos sobre mí. Lo que entonces vi me dejó atónito y sorprendido. El camino del péndulo había aumentado casi una yarda, y, como consecuencia natural, su velocidad era también mucho mayor. Pero, principalmente, lo que más me impresionó fue la idea de que había descendido visiblemente. Puede imaginarse con qué espanto observé entonces que su extremo inferior estaba formado por media luna de brillante acero, que, aproximadamente, tendría un pie de largo de un cuerno a otro. Los cuernos estaban dirigidos hacia arriba, y el filo inferior, evidentemente afilado como una navaja barbera. También parecía una navaja barbera, pesado y macizo, y ensanchábase desde el filo en una forma ancha y sólida. Se ajustaba a una gruesa varilla de cobre, y todo ello silbaba moviéndose en el espacio.

Ya no había duda alguna con respecto a la suerte que me había preparado la horrible ingeniosidad monacal. Los agentes de la Inquisición habían previsto mi descubrimiento del pozo; del pozo, cuyos horrores habían sido reservados para un hereje tan temerario como yo; del pozo, imagen del infierno, considerado por la opinión como la Última Tule de todos los castigos. El más fortuito de los accidentes me había salvado de caer en él, y yo sabía que el arte de convertir el suplicio en un lazo y una sorpresa constituía una rama importante de aquel sistema fantástico de ejecuciones misteriosas. Por lo visto, habiendo fracasado mi caída en el pozo, no figuraba en el demoníaco plan arrojarme a él. Por tanto, estaba destinado, (y en este caso sin ninguna alternativa), a una muerte distinta y más dulce ¡Mas dulce! En mi agonía, pensando en el uso singular que yo hacía de esta palabra, casi sonreí.

¿Para qué contar las largas, las interminables horas de horror, más que mortales, durante las que conté las vibrantes oscilaciones del acero? Pulgada a pulgada, línea a línea, descendía gradualmente, efectuando un descenso sólo apreciable a intervalos, que eran para mí más largos que siglos. Y cada vez más, cada vez más, seguía bajando, bajando. Pasaron días, tal vez muchos días, antes que llegase a balancearse lo suficientemente cerca de mí para abanicarme con su aire acre. Hería mi olfato el olor de acero afilado. Rogué al cielo, cansándolo con mis súplicas, que hiciera descender más rápidamente el acero. Enloquecí, me volví frenético, hice esfuerzos para incorporarme e ir al encuentro de aquella espantosa y movible cimitarra. Y luego, de pronto, se apoderó de mí una gran calma y permanecí tendido sonriendo a aquella muerte brillante, como podría sonreír un niño a un juguete precioso.

Transcurrió luego un instante de perfecta insensibilidad. Fue un intervalo muy corto. Al volver a la vida no me pareció que el péndulo hubiera descendido una altura apreciable. No obstante, es posible que aquel tiempo hubiese sido larguísimo. Yo sabía que existían seres infernales que tomaban nota de mi desvanecimiento y que a su capricho podían detener la vibración. Al volver en mí, sentí un malestar y una debilidad indecibles, como resultado de una enorme inanición. Aun entre aquellas angustias, la naturaleza humana suplicaba el sustento. Con un esfuerzo penoso, extendí mi brazo izquierdo tan lejos como mis ligaduras me lo permitían, y me apoderé de un pequeño sobrante que las ratas se habían dignado dejarme. Al llevarme un pedazo a los labios, un informe pensamiento de extraña alegría, de esperanza, se alojo en mi espíritu. No obstante, ¿qué había de común entre la esperanza y *yo*? Repito que se trataba de un pensamiento informe. Con frecuencia tiene el hombre pensamientos así, que nunca se completan. Me di cuenta de que se trataba de un pensamiento de alegría, de esperanza, pero comprendí también que había muerto al nacer. Me esforcé inútilmente en completarlo, en recobrarlo. Mis largos sufrimientos habían aniquilado casi por completo las ordinarias facultades de mi espíritu. Yo era un imbécil, un idiota.

La oscilación del péndulo se efectuaba en un plano que formaba ángulo recto con mi cuerpo. Vi que la cuchilla había sido dispuesta de modo que atravesara la región del corazón. Rasgaría la tela de mi traje, volvería luego y repetiría la operación una y otra vez. A pesar de la gran dimensión de la curva recorrida (unos treinta pies, más o menos) y la silbante energía de su descenso, que incluso hubiera podido cortar aquellas murallas de hierro, todo cuanto podía hacer, en resumen, y durante algunos minutos, era rasgar mi traje. Y en este pensamiento me detuve. No me atrevía a ir más allá de él. Insistí sobre él con una sostenida atención, como si con esta insistencia hubiera podido parar allí el descenso de la cuchilla. Empecé a pensar en el sonido que produciría ésta al pasar sobre mi traje, y en la extraña y penetrante sensación que produce el roce de la tela sobre los nervios. Pensé en todas esas cosas, hasta que los dientes me rechinaron.

Más bajo, más bajo aún. Deslizábase cada vez más bajo. Yo hallaba un placer frenético en comparar su velocidad de arriba abajo con su velocidad lateral. Ahora, hacia la derecha; ahora, hacia la izquierda. Después se iba lejos, lejos, y volvía luego, con el chillido de un alma condenada, hasta mi corazón con el andar furtivo del tigre. Yo aullaba y reía alternativamente, según me dominase una u otra idea.

Más bajo, invariablemente, inexorablemente más bajo. Movíase a tres pulgadas de mi pecho. Furiosamente, intenté libertar con violencia mi brazo izquierdo. Estaba libre solamente desde el codo hasta la mano. Únicamente podía mover la mano desde el plato que habían colocado a mi lado hasta mi boca; sólo esto, y con un gran esfuerzo. Si hubiera podido romper las ligaduras por encima del codo, hubiese cogido el péndulo e intentado detenerlo, lo que hubiera sido como intentar detener una avalancha.

Siempre más bajo, incesantemente, inevitablemente más bajo. Respiraba con verdadera angustia, y me agitaba a cada vibración. Mis ojos seguían el vuelo ascendente de la cuchilla y su caída, con el ardor de la desesperación más enloquecida; espasmódicamente, cerrábanse en el momento del descenso sobre mí. Aun cuando la muerte hubiera sido un alivio, ¡oh, qué alivio más indecible! Y, sin embargo, temblaba con todos mis nervios al pensar que bastaría que la máquina descendiera un grado para que se precipitara sobre mi pecho el hacha afilada y reluciente. Y mis nervios temblaban, y hacían encoger todo mi ser a causa de la esperanza. Era la esperanza, la esperanza triunfante aún sobre el potro, que dejábase oír al oído de los condenados a muerte, incluso en los calabozos de la Inquisición.

Comprobé que diez o doce vibraciones, aproximadamente, pondrían el acero en inmediato contacto con mi traje, Y con esta observación entróse en mi ánimo la calma condensada y aguda de la desesperación. Desde hacía muchas horas, desde hacía muchos días, tal vez, *pensé* por primera vez. Se me ocurrió que la tira o correa que me ataba era de un solo trozo. Estaba atado con una ligadura continuada. La primera mordedura de la cuchilla de la media luna, efectuada en cualquier lugar de la correa, tenía que desatarla lo suficiente para permitir que mi mano la desenrollara de mi cuerpo. ¡Pero qué terrible era, en este caso, su proximidad! El resultado de la más ligera sacudida había de ser mortal. Por otra parte ¿habrían previsto o impedido esta posibilidad los secuaces del verdugo? ¿Era probable que en el recorrido del péndulo atravesasen mi pecho las ligaduras? Temblando al imaginar frustrada mi débil esperanza, la última, realmente, levanté mi cabeza lo bastante para ver bien mi pecho. La correa cruzaba mis miembros estrechamente, juntamente con todo mi cuerpo, en todos sentidos, menos en la trayectoria de la cuchilla homicida.

Aún no había dejado caer de nuevo mi cabeza en su primera posición, cuando sentí brillar en mi espíritu algo que sólo sabría definir, aproximadamente, diciendo que era la mitad no formada de la idea de libertad que ya he expuesto, y de la que vagamente había flotado en mi espíritu una sola mitad cuando llevé a mis labios ardientes el alimento. Ahora, la idea entera estaba allí presente, débil, apenas viable, casi indefinida, pero, en fin, completa. Inmediatamente, con la energía de la desesperación, intenté llevarla a la práctica.

Hacía varias horas que cerca del caballete sobre el que me hallaba acostado se encontraba un número incalculable de ratas. Eran tumultuosas, atrevidas, voraces. Fijaban en mí sus ojos, como si no esperasen más que mi inmovilidad para hacer presa. "¿A qué clase de alimento -pensé- se habrá acostumbrado en este pozo?"

Menos una pequeña parte, y a pesar de todos mis esfuerzos para impedirlo, había devorado el contenido del plato; pero a la larga, la uniformidad maquinal de ese movimiento le había restado eficacia.

Aquella plaga, en su voracidad, dejaba señales de sus agudos dientes en mis dedos. Con los restos de la carne aceitosa y picante que aún quedaba, froté vigorosamente mis ataduras hasta donde me fue posible hacerlo, y hecho esto retiré mi mano del suelo y me quedé inmóvil y sin respirar.

Al principio, lo repentino del camino y el cese del movimiento hicieron que los voraces animales se asustaran. Se apartaron alarmados y algunos volvieron al pozo. Pero esta actitud no duró más que un instante. No había yo contado en vano con su glotonería. Viéndome sin movimiento, una o dos o más atrevidas se encaramaron por el caballete y oliscaron la correa. Todo esto me pareció el preludio de una invasión general. Un nuevo tropel surgió del pozo. Agarrándose a la madera, la escalaron y a centenares saltaron sobre mi cuerpo. Nada las asustaba el movimiento regular del péndulo. Lo esquivaban y trabajaban activamente sobre la engrasada tira. Se apretaban moviéndose y se amontonaban incesantemente sobre mí. Sentía que se retorcían sobre mi garganta, que sus fríos hocicos buscaban mis labios. Me encontraba medio sofocado por aquel peso que se multiplicaba constantemente. Un asco espantoso, que ningún hombre ha sentido en el mundo, henchía mi pecho y helaba mi corazón como un pesado vómito. Un minuto más, y me daba cuenta de que en más de un sitio habían de estar cortadas. Con una resolución sobrehumana, continué inmóvil.

No me había equivocado en mis cálculos. Mis sufrimientos no habían sido vanos. Sentí luego que estaba libre. En pedazos, colgaba la correa en torno de mi cuerpo. Pero el movimiento del péndulo efectuábase ya sobre mi pecho. La estameña de mi traje había sido atravesada y cortada la camisa. Efectuó dos oscilaciones más, y un agudo dolor atravesó mis nervios. Pero había llegado el instante de salvación. A un ademán de mis manos, huyeron tumultuosamente mis libertadoras. Con un movimiento tranquilo y decidido, prudente y oblicuo, lento y aplastándome contra el banquillo, me deslicé fuera del abrazo y de la tira y del alcance de la cimitarra. Cuando menos, por el momento estaba libre.

¡Libre! ¡Y en las garras de la Inquisición! Apenas había escapado de mi lecho de horror, apenas hube dado unos pasos por el suelo de mi calabozo, cesó el movimiento de la máquina infernal y la oí subir atraída hacia el techo por una fuerza invisible. Aquélla fue una lección que llenó de desesperación mi alma. Indudablemente, todos mis movimientos eran espiados. ¡Libre! Había escapado de la muerte bajo una determinada agonía, sólo para ser entregado a algo peor que la muerte misma, y bajo otra nueva forma. Pensando en ello, fijé convulsivamente mis ojos en las paredes de hierro que me rodeaban. Algo extraño, un cambio que en principio no pude apreciar claramente, se había producido con toda evidencia en la habitación. Durante varios minutos en los que estuve distraído, lleno de ensueños y escalofríos, me perdí en conjeturas vanas e incoherentes.

Por primera vez me di cuenta del origen de la luz sulfurosa que iluminaba la celda. Provenía de una grieta de media pulgada de anchura, que extendíase en torno del calabozo en la base de las paredes, que, de ese modo, parecían, y en efecto lo estaban, completamente separadas del suelo. Intenté mirar por aquella abertura, aunque, como puede imaginarse, inútilmente. Al levantarme desanimado, se descubrió a mi inteligencia, de pronto, el misterio de la alteración que la celda había sufrido. Había tenido ocasión de comprobar que, aun cuando los contornos de las figuras pintadas en las paredes fuesen suficientemente claros, los colores parecían alterados y borrosos. Ahora acababan de tomar, y tomaban a cada momento, un sorprendente e intensísimo brillo, que daba a aquellas imágenes fantásticas y diabólicas un aspecto que hubiera hecho temblar a nervios más firmes que los míos. Pupilas demoníacas, de una viveza siniestra y feroz, se clavaban sobre mí desde mil sitios distintos, donde yo anteriormente no había sospechado que se encontrara ninguna, y brillaban cual fulgor lúgubre de un fuego que, aunque vanamente, quería considerar completamente imaginario.

¡Imaginario! Me bastaba respirar para traer hasta mi nariz un vapor de hierro enrojecido. Extendíase por el calabozo un olor sofocante. A cada momento reflejábase un ardor más profundo en los ojos clavados en mi agonía. Un rojo más oscuro se extendía sobre aquellas horribles pinturas sangrientas. Estaba jadeante; respiraba con grandes esfuerzos. No había duda sobre el deseo de mis verdugos, los más despiadados y demoníacos de todos los hombres. Me aparté lejos del metal ardiente, dirigiéndome al centro del calabozo. Frente a aquella destrucción por el fuego, la idea de la frescura del pozo llegó a mi alma como un bálsamo. Me lancé hacia sus mortales bordes. Dirigí mis miradas hacia el fondo. El resplandor de la inflamada bóveda iluminaba sus cavidades más ocultas. No obstante, durante un minuto de desvarío, mi espíritu negóse a comprender la significación de lo que veía. Al fin, aquello penetró en mi alma, a la fuerza, triunfalmente. Se grabó a fuego en mi razón estremecida. ¡Una voz, una voz para hablar! ¡Oh horror! ¡Todos los horrores, menos ése! Con un grito, me aparté del brocal, y, escondiendo mi rostro entre las manos, lloré con amargura.

El calor aumentaba rápidamente, y levanté una vez más los ojos, temblando en un acceso febril. En la celda habíase operado un segundo cambio, y este efectuábase, evidentemente, en la *forma*. Como la primera vez, intenté inútilmente apreciar o comprender lo que sucedía. Pero no me dejaron mucho tiempo en la duda. La venganza de la Inquisición era rápida, y dos veces la había frustrado. No podía luchar por más tiempo con el Rey del Espanto. La celda había sido cuadrada. Ahora notaba que dos de sus ángulos de hierro eran agudos, y, por tanto obtusos los otros dos. Con un gruñido, con un sordo gemido, aumentaba rápidamente el terrible contraste. En un momento, la estancia había convertido su forma en la de un rombo. Pero la transformación no se detuvo aquí. No deseaba ni esperaba que se parase. Hubiera llegado a los muros al rojo para aplicarlos contra mi pecho, como si fueran una vestidura de eterna paz. "¡La muerte! -me dije-. ¡Cualquier muerte, menos la del pozo!" ¡Insensato! ¿Cómo no pude comprender que *el pozo* era necesario, que aquel pozo único era la razón del hierro candente que me sitiaba? ¿Resistiría yo su calor? Y aun suponiendo que pudiera resistirlo, ¿podría sostenerme contra su presión? Y el rombo se aplastaba, se aplastaba, con una rapidez que no me dejaba tiempo para pensar. Su centro, colocado sobre la línea de mayor anchura, coincidía precisamente con el abismo abierto. Intenté retroceder, pero los muros, al unirse, me empujaban con una fuerza irresistible. Llegó, por último, un momento en que mi cuerpo, quemado y retorcido, apenas halló sitio para él, apenas hubo lugar para mis pies en el suelo de la prisión. No luché más, pero la agonía de mi alma se exteriorizó en un fuerte y prolongado grito de desesperación. Me di cuenta de que vacilaba sobre el brocal, y volví los ojos...

Pero he aquí un ruido de voces humanas. Una explosión, un huracán de trompetas, un poderoso rugido semejante al de mil truenos. Los muros de fuego echáronse hacia atrás precipitadamente. Un brazo alargado me cogió del mío, cuando, ya desfalleciente, me precipitaba en el abismo. Era el brazo del General Lasalle. Las tropas francesas habían entrado en Toledo. La Inquisición hallábase en poder de sus enemigos.

SOMBRA

Vosotros los que leéis aún estáis entre los vivos; pero yo, el que escribe, habré entrado hace mucho en la región de las sombras. Pues en verdad ocurrirán muchas cosas, y se sabrán cosas secretas, y pasarán muchos siglos antes de que los hombres vean este escrito. Y, cuando lo hayan visto, habrá quienes no crean en él, y otros dudarán, mas unos pocos habrá que encuentren razones para meditar frente a los caracteres aquí grabados con un estilo de hierro.

El año había sido un año de terror y de sentimientos más intensos que el terror, para los cuales no hay nombre sobre la tierra. Pues habían ocurrido muchos prodigios y señales, y a lo lejos y en todas partes, sobre el mar y la tierra, se cernían las negras alas de la Peste. Para aquellos versados en la ciencia de las estrellas, los cielos revelaban una faz siniestra; y para mí, el griego Oinos, entre otros, era evidente que ya había llegado la alternación de aquel año 794, en el cual, a la entrada de Aries, el planeta Júpiter queda en conjunción con el anillo rojo del terrible Saturno. Si mucho no me equivoco, el especial espíritu del cielo no sólo se manifestaba en el globo físico de la tierra, sino en las almas, en la imaginación y en las meditaciones de la humanidad.

En una sombría ciudad llamada Ptolemáis, en un noble palacio, nos hallábamos una noche siete de nosotros frente a los frascos del rojo vino de Chíos. Y no había otra entrada a nuestra cámara que una alta puerta de bronce; y aquella puerta había sido fundida por el artesano Corinnos, y, por ser de raro mérito, se la aseguraba desde dentro. En el sombrío aposento, negras colgaduras alejaban de nuestra vista la luna, las cárdenas estrellas y las desiertas calles; pero el presagio y el recuerdo del Mal no podían ser excluidos. Estábamos rodeados por cosas que no logro explicar distintamente; cosas materiales y espirituales, la pesadez de la atmósfera, un sentimiento de sofocación, de ansiedad; y por, sobre todo, ese terrible estado de la existencia que alcanzan los seres nerviosos cuando los sentidos están agudamente vivos y despiertos, mientras las facultades yacen amodorradas. Un peso muerto nos agobiaba. Caía sobre los cuerpos, los muebles, los vasos en que bebíamos; todo lo que nos rodeaba cedía a la depresión y se hundía; todo menos las llamas de las siete lámparas de hierro que iluminaban nuestra orgía. Alzándose en altas y esbeltas líneas de luz, continuaban ardiendo, pálidas e inmóviles; y en el espejo que su brillo engendraba en la redonda mesa de ébano a la cual nos sentábamos, cada uno veía la palidez de su propio rostro y el inquieto resplandor en las abatidas miradas de sus compañeros. Y, sin embargo, reíamos y nos alegrábamos a nuestro modo -lleno de histeria-, y cantábamos las canciones de Anacreonte -llenas de locura-, y bebíamos copiosamente, aunque el purpúreo vino nos recordaba la sangre. Porque en aquella cámara había otro de nosotros en la persona del joven Zoilo. Muerto y amortajado yacía tendido cuan largo era, genio y demonio de la escena. ¡Ay, no participaba de nuestro regocijo! Pero su rostro, convulsionado por la plaga, y sus ojos, donde la muerte sólo había apagado a medias el fuego de la pestilencia, parecían interesarse en nuestra alegría, como quizá los muertos se interesan en la alegría de los que van a morir. Mas aunque yo, Oinos, sentía que los ojos del muerto estaban fijos en mí, me obligaba a no percibir la amargura de su expresión, y mientras contemplaba fijamente las profundidades del espejo de ébano, cantaba en voz alta y sonora las canciones del hijo de Teos. Poco a poco, sin embargo, mis canciones fueron callando y sus ecos, perdiéndose entre las tenebrosas colgaduras de la cámara, se debilitaron hasta volverse inaudibles y se apagaron del todo. Y he aquí que de aquellas tenebrosas colgaduras, donde se perdían los sonidos de la canción, se desprendió una profunda e indefinida sombra, una sombra como la que la luna, cuando está baja, podría extraer del cuerpo de un hombre; pero ésta no era la sombra de un hombre o de un Dios, ni de ninguna cosa familiar. Y, después de temblar un instante, entre las colgaduras del aposento, quedó, por fin, a plena vista sobre la superficie de la puerta de bronce. Mas la sombra era vaga e informe, indefinida, y no era la sombra de un hombre o de un Dios, ni un Dios de Grecia, ni un Dios de Caldea, ni un Dios egipcio.

Y la sombra se detuvo en la entrada de bronce, bajo el arco del entablamento de la puerta, y sin moverse, sin decir una palabra, permaneció inmóvil. Y la puerta donde estaba la sombra, si recuerdo bien, se alzaba frente a los pies del joven Zoilo amortajado. Mas nosotros, los siete allí congregados, al ver cómo la sombra avanzaba desde las colgaduras, no nos atrevimos a contemplarla de lleno, sino que bajamos los ojos y miramos fijamente las profundidades del espejo de ébano. Y al final yo, Oinos, hablando en voz muy baja, pregunté a la sombra cuál era su morada y su nombre. Y la sombra contestó: «Yo soy SOMBRA, y mi morada está al lado de las Catacumbas de Ptolemáis, y cerca de las oscuras planicies de Clíseo, que bordean el impuro canal de Caronte.» Y entonces los siete nos levantamos llenos de horror y permanecimos de pie temblando, estremecidos, pálidos; porque el tono de la voz de la sombra no era el tono de un solo ser, sino el de una multitud de seres, y, variando en sus cadencias de una sílaba a otra, penetraba oscuramente en nuestros oídos con los acentos familiares y harto recordados de mil y mil amigos muertos.

EL ESCARABAJO DE ORO

¡Hola, hola! ¡Este hombre baila como un loco!
Lo ha picado la tarántula.
(Todo al revés)

Hace muchos años trabé íntima amistad con un caballero llamado William Legrand. Descendía de una antigua familia protestante y en un tiempo había disfrutado de gran fortuna, hasta que una serie de desgracias lo redujeron a la pobreza. Para evitar el bochorno que sigue a tales desastres, abandonó Nueva Orleans, la ciudad de sus abuelos, y se instaló en la isla de Sullivan, cerca de Charleston, en la Carolina del Sur.

Esta isla es muy curiosa. La forma casi por completo la arena del mar y tiene unas tres millas de largo. Su ancho no excede en ningún punto de un cuarto de milla. Se encuentra separada de tierra firme por un arroyo apenas perceptible, que se insinúa en una desolada zona de juncos y limo, residencia favorita de las fojas. Como cabe suponer, la vegetación es escasa o alcanza muy poca altura. No se ven árboles grandes o pequeños. Hacia el extremo occidental, donde se halla el fuerte Moultrie y se alzan algunas miserables construcciones habitadas en verano por los que huyen del polvo y la fiebre de Charleston, puede advertirse la presencia del erizado palmito; pero, a excepción de la punta oeste y una franja de playa blanca y dura en la costa, la isla entera se halla cubierta por una densa maleza de arrayán, planta que tanto aprecian los horticultores de Gran Bretaña. Este arbusto alcanza con frecuencia quince o veinte pies de altura y forma un soto casi impenetrable, a la vez que impregna el aire con su fragancia.

En las más hondas profundidades de este soto, no lejos de la extremidad oriental y más alejada de la isla, Legrand había construido una pequeña choza, en la cual vivía, y fue allí donde, por mera coincidencia, trabé relación con él. Pronto llegamos a intimar, pues la manera de ser de aquel exiliado inspiraba interés y estima. Descubrí que poseía una excelente educación y una inteligencia fuera de lo común, pero que lo dominaba la misantropía y estaba sujeto a lamentables alternativas de entusiasmo y melancolía. Era dueño de muchos libros, aunque raras veces los leía. Sus principales diversiones consistían en la caza y la pesca, o en errar por la playa y los sotos de arrayán buscando conchas o ejemplares entomológicos; su colección de estos últimos hubiera suscitado la envidia de un Swammerdamm.

Por lo regular lo acompañaba en sus excursiones un viejo negro llamado Júpiter, quien había sido manumitido por la familia Legrand antes de que empezaran sus reveses, pero que se negó, a pesar de amenazas y promesas, a abandonar lo que consideraba su deber, es decir, cuidar celosamente de su joven massa Will. Y no es difícil que los parientes de Legrand, considerando a éste un tanto desequilibrado, hubieran hecho lo necesario para fomentar esa obstinación en Júpiter, a fin de asegurar la vigilancia y el cuidado de aquel errabundo.

En la latitud de la isla de Sullivan los inviernos son rara vez crudos, y se considera que encender fuego en otoño es todo un acontecimiento. Hacia mediados de octubre de 18...hubo, sin embargo, un día notablemente fresco. Poco antes de ponerse el sol me abrí paso por los sotos hasta llegar a la choza de mi amigo, a quien no había visitado desde hacía varias semanas; en aquel entonces vivía yo en Charleston, situado a nueve millas de la isla, y las facilidades de transporte eran mucho menores que las actuales. Al llegar a la cabaña golpeé a la puerta según mi costumbre y, como no obtuviera respuesta, busqué la llave donde sabía que estaba escondida, abrí la puerta y entré. Un magnífico fuego ardía en el hogar. Era aquélla una novedad y no desagradable por cierto. Me quité el abrigo, me instalé en un sillón cerca de los chispeantes troncos y esperé pacientemente el regreso de mis huéspedes.

Poco después de anochecido llegaron a la choza y me saludaron con gran cordialidad. Sonriendo de oreja a oreja, Júpiter se afanó en preparar algunas fojas para la cena. Legrand se hallaba en uno de sus accesos —¿qué otro nombre podía darles?— de entusiasmo. Había encontrado un bivalvo desconocido, que constituía un nuevo género, y, lo que es más, había perseguido y cazado con ayuda de Júpiter un *scarabæus* que, en su opinión, no era todavía conocido, y sobre el cual deseaba conocer mi punto de vista a la mañana siguiente.

—¿Y por qué no esta noche misma? —pregunté, frotándome las manos ante las llamas, mientras mentalmente enviaba al demonio la entera tribu de los scarabei.

—¡Ah, si hubiera sabido que usted estaba aquí! —dijo Legrand—. Pero hemos pasado un tiempo sin vernos... ¿Cómo podía adivinar que vendría a visitarme justamente esta noche? Mientras volvía a casa me encontré con el teniente G..., del fuerte, y cometí la tontería de prestarle el escarabajo; de manera que hasta mañana por la mañana no podrá usted verlo. Quédese a pasar la noche; Jup irá a buscarlo al amanecer. ¡Es la cosa más encantadora de la creación!

—¿Qué? ¿El amanecer?

—¡No, hombre, no! ¡El escarabajo! Su color es de oro brillante, y tiene el tamaño de una gran nuez de nogal, con dos manchas de negro azabache en un extremo del dorso, y otras dos, algo más grandes, en el otro. Las antennae son...

—¡No tiene nada de estaño, massa Will! —interrumpió Júpiter—. Ya le dije mil veces que el bicho es de oro, todo de oro, cada pedazo de oro, afuera y adentro, menos las alas... Nunca vi un bicho más pesado en mi vida.

—Pongamos que así sea, Jup —replicó Legrand con mayor vivacidad de lo que a mi entender merecía la cosa—. ¿Es ésa una razón para que dejes quemarse las aves? El color —agregó, volviéndose a mí— sería suficiente para que la opinión de Júpiter no pareciera descabellada. Nunca se ha visto un brillo metálico semejante al que emiten los élitros... pero ya juzgará por usted mismo mañana. Por el momento, trataré de darle una idea de su forma.

Mientras decía esto fue a sentarse a una mesita, donde había pluma y tinta, pero no papel. Buscó en un cajón, sin encontrarlo.

—No importa —dijo al fin—. Esto servirá.

Y extrajo del bolsillo del chaleco un pedazo de lo que me pareció un pergamino sumamente sucio, sobre el cual procedió a trazar un tosco croquis a pluma. Mientras tanto yo seguía en mi asiento junto al fuego, porque aún me duraba el frío de afuera. Terminado el dibujo, Legrand me lo alcanzó sin levantarse. En momentos en que lo recibía oyóse un sonoro ladrido, mientras unas patas arañaban la puerta. Abrióla Júpiter y un gran terranova, propiedad de Legrand, entró a la carrera, me saltó a los hombros y me cubrió de caricias, retribuyendo lo mucho que yo lo había mimado en mis anteriores visitas. Cuando hubieron terminado sus cabriolas, miré el papel y, a decir verdad, me quedé no poco asombrado de lo que mi amigo acababa de diseñar.

—¡Vaya! —dije, luego de examinarlo unos minutos—. Debo reconocer que el escarabajo *es* realmente extraño. Jamás vi nada parecido a este animal... como no sea una calavera, a la cual se asemeja más que a cualquier otra cosa.

—¡Una calavera! —repitió Legrand—. ¡Oh, sí...! En fin, no hay duda de que el dibujo puede tener algún parecido con ella. Las dos manchas negras superiores dan la impresión de ojos, ¿no es verdad?, y las más grandes de la parte inferior forman como una boca..., sin contar que la forma general es ovalada.

—Puede ser —dije—, pero temo que usted no sea muy artista, Legrand. Tendré que esperar a ver personalmente el escarabajo, para darme una idea de su aspecto.

—Tal vez —replicó él, un tanto picado—. Dibujo pasablemente... o por lo menos debía ser así, ya que tuve buenos maestros, y me jacto de no ser un estúpido.

—Pues en ese caso, querido amigo, está usted bromeando —declaré—. Esto representa bastante bien un cráneo, y hasta me atrevería a decir que es un excelente cráneo, conforme a las nociones vulgares sobre esa región anatómica, y si su escarabajo se le parece, ha de ser el escarabajo más raro del mundo. Incluso podríamos dar origen a una pequeña superstición llena de atractivo, aprovechando el parecido. Me imagino que usted denominará a su insecto scarabaeus caput hominis, o algo parecido... No faltan nombres semejantes en la historia natural. ¿Pero dónde están las antenas de que hablaba usted?

—¡Las antenas! —exclamó Legrand, que parecía inexplicablemente acalorado—. ¡No puede ser que no distinga las antenas! Las dibujé con tanta claridad como puede vérselas en el insecto mismo, y supongo que con eso basta.

—Muy bien, muy bien —repuse—. Admitamos que así lo haya hecho, pero, de todos modos, no las veo.

Y le tendí el papel sin más comentarios, para no excitarlo. Me sentía sorprendido por el giro que había tomado nuestro diálogo, y el malhumor de Legrand me dejaba perplejo; en cuanto al croquis del insecto, estaba bien seguro de que no tenía antenas y que el conjunto mostraba marcadísima semejanza con la forma general de una calavera.

Legrand tomó el papel con aire sumamente malhumorado y se disponía a estrujarlo, sin duda con intención de arrojarlo al fuego, cuando una ojeada casual al dibujo pareció reclamar intensamente su atención. Su rostro se puso muy rojo, para pasar un momento más tarde a una extrema palidez. Sin moverse de donde estaba sentado siguió escrutando atentamente el dibujo durante algunos segundos. Levantóse por fin y, tomando una bujía de la mesa, fue a sentarse en un cofre situado en el rincón más alejado del cuarto. Allí volvió a examinar ansiosamente el papel, dándole vueltas en todas direcciones. No dijo nada, empero, y su conducta me dejó estupefacto, aunque juzgué prudente no acrecentar su malhumor con algún comentario. Poco después extrajo su cartera del bolsillo de la chaqueta, guardó cuidadosamente el papel y metió todo en un pupitre que cerró con llave. Su actitud se había serenado, pero sin que le quedara nada de su primitivo entusiasmo. Parecía, con todo, más absorto que enfurruñado. A medida que transcurría la velada se fue perdiendo más y más en su ensoñación, sin que nada de lo que dije lo arrancara de ella. Era mi intención pasar la noche en la cabaña, mas, al ver el estado de ánimo de mi huésped, juzgué preferible marcharme. Legrand no trató de retenerme, pero, al despedirse de mí, me estrechó la mano con una cordialidad aún más viva que de costumbre.

Había transcurrido un mes, sin que en ese intervalo volviera a ver a Legrand, cuando su sirviente Júpiter se presentó en Charleston para hablar conmigo. Jamás había visto al viejo y excelente negro tan desanimado, y temí que mi amigo hubiese sido víctima de alguna desgracia.

—Pues bien, Jup —le dije—, ¿qué ocurre? ¿Cómo está tu amo?

—A decir verdad, massa, no está tan bien como debería estar.

—¿De veras? ¡Cuánto lo siento! ¿Y de qué se queja?

—¡Ah! ¡Esa es la cosa! No se queja de nada... pero está muy enfermo.

—¿Muy enfermo, Júpiter? ¿Por qué no me lo dijiste en seguida? ¿Está en cama?

—¡No, no está! ¡No está en ninguna parte! ¡Eso es lo que me da mala espina, massa! ¡Estoy muy, muy inquieto por el pobre massa Will!

—Júpiter, quisiera entender lo que me estás contando. Dices que tu amo está enfermo. ¿No te ha confiado lo que tiene?

—¡Oh, massa, es inútil romperse la cabeza! Massa Will no dice lo que le pasa... pero entonces, ¿por qué anda así, de un lado a otro, con la cabeza baja y los hombros levantados y blanco como las plumas de un ganso? ¿Y por qué está siempre haciendo números y más números, y...?

—¿Qué dices que hace, Júpiter?

—Números, massa, y figuras... en una pizarra. Las figuras más raras que he visto. Estoy empezando a asustarme. No le puedo sacar los ojos de encima ni un minuto, pero lo mismo el otro día se me escapó antes de la salida del sol y se pasó afuera el día entero... Ya había cortado un buen garrote para darle una paliza a la vuelta, pero no tuve coraje de hacerlo cuando lo vi volver... ¡Tenía un aire tan triste!

—¿Eh? ¿Cómo? ¡Ah, sí! Mira, Júpiter, creo que no debes mostrarte demasiado severo con el pobre muchacho. No lo azotes, porque no podría soportarlo. Pero dime, ¿no tienes idea de lo que le ha producido esta enfermedad, o más bien este cambio de conducta? ¿Ocurrió algo desagradable después de mi visita?

—No, massa, no pasó nada desagradable desde entonces..; Me temo que eso pasó antes... el mismo día que usted estuvo allá.

—¿Cómo? ¿Qué quieres decir?

—Massa... me refiero al bicho... nada más que eso.

—¿El bicho?

—Sí, massa. Estoy seguro de que el bicho de oro ha debido picar a massa Will en la cabeza.

—¿Y qué razones encuentras, Júpiter, para semejante suposición?

—Tiene bastantes pinzas para eso, massa... y también boca. Nunca en mi vida vi un bicho más endiablado... Pateaba y mordía todo lo que encontraba cerca. Massa Will lo atrapó el primero, pero tuvo que soltarlo en seguida... Seguramente fue en ese momento cuando lo picó. Tampoco a mí me gustaba la boca de ese bicho, y por nada quería agarrarlo con los dedos... Por eso lo envolví con un papel que encontré, y además le puse un pedacito de papel en la boca... Así hice.

—¿Y piensas realmente que tu amo fue mordido por el escarabajo, y que eso lo tiene enfermo?

—Yo no pienso nada, massa... Yo sé. ¿Por qué sueña tanto con oro, si no es por la picadura del bicho de oro? Yo he oído hablar de esos bichos antes de ahora.

—Pero, ¿cómo sabes que sueña con oro?

—¿Que cómo sé, massa? Pues porque habla en sueños... por eso sé.

—En fin, Jup, puede que tengas razón, pero... ¿a qué afortunada circunstancia debo el honor de tu visita?

—¿Cómo, massa?

—¿Me traes algún mensaje del señor Legrand?

—No, massa. Traigo esta carta —dijo Júpiter, alcanzándome una nota que decía:

Querido....:

¿Por qué hace tanto tiempo que no lo veo? Supongo que no habrá cometido la tontería de ofenderse por alguna pequeña brusquerie de mi parte. Pero no, es demasiado improbable.

Desde la última vez que nos vimos he tenido sobrados motivos de inquietud. Hay algo que quiero decirle, pero no sé cómo, y ni siquiera estoy seguro de si debo decírselo.

En los últimos días no me he sentido bien, y el bueno de Jup me fastidia hasta más no poder con sus bien intencionadas atenciones.

¿Querrá usted creerlo? El otro día preparó un garrote para castigarme por habérmele escapado y pasado el día solo en las colinas de tierra firme. Estoy convencido de que solamente mi rostro demacrado me salvó de una paliza.

No he agregado nada nuevo a mi colección desde nuestro último encuentro.

Si no le ocasiona demasiados inconvenientes, le ruego que venga con Júpiter. Por favor, venga. Quiero verlo esta noche, por un asunto importante. Le aseguro que es de la más alta importancia.

Con todo afecto,
WILLIAM LEGRAND

Había algo en el tono de la carta que me llenó de inquietud. Su estilo difería por completo del de Legrand. ¿En qué estaría soñando? ¿Qué nueva excentricidad se había posesionado de su excitable cerebro? ¿Qué asunto «de la más alta importancia» podía tener entre manos? Las noticias que de él me daba Júpiter no auguraban nada bueno. Temí que el continuo peso del infortunio hubiera terminado por desequilibrar del todo la razón de mi amigo. Por eso, sin un segundo de vacilación, me preparé para acompañar al negro.

Llegados al muelle vi que en el fondo del bote donde embarcaríamos había una guadaña y tres palas, todas ellas nuevas.

—¿Qué significa esto, Jup? —pregunté.

—Eso, massa, es una guadaña y tres palas.

—Evidentemente. Pero, ¿qué hacen aquí?

—Son la guadaña y las palas que massa Will me hizo comprar en la ciudad, y maldito si no han costado una cantidad de dinero.

—Pero, dime, en nombre de todos los misterios: ¿qué es lo que va a hacer tu massa Will con guadañas y palas?

—No me pregunte lo que no sé, massa, pero que el diablo me lleve si massa Will sabe más que yo. Todo esto es por culpa del bicho. Comprendiendo que no lograría ninguna explicación de Júpiter, cuyo pensamiento parecía absorbido por «el bicho», salté al bote e icé la vela. Aprovechando una brisa favorable, pronto llegamos a la pequeña caleta situada al norte del fuerte Moultrie, y una caminata de dos millas nos dejó en la cabaña. Serían las tres de la tarde cuando llegamos.

Legrand nos había estado esperando con ansiosa expectativa. Estrechó mi mano con un expressement nervioso que me alarmó y me hizo temer todavía más lo que venía sospechando. Mi amigo estaba pálido, hasta parecer un espectro, y sus profundos ojos brillaban con un resplandor anormal. Después de indagar acerca de su salud, y sin saber qué decir, le pregunté si el teniente G... le había devuelto el escarabajo.

—¡Oh, si! —me respondió, ruborizándose violentamente—. Lo recuperé a la mañana siguiente. Nada podría separarme de ese escarabajo. ¿Sabe usted que Júpiter tenía razón acerca de él?

—¿En qué sentido? —pregunté, con un penoso presentimiento.

—Al suponer que era un escarabajo de oro verdadero. Dijo estas palabras con profunda seriedad, cosa que me apenó indeciblemente.

—Este insecto está destinado a hacer mi fortuna —continuó mi amigo con una sonrisa triunfante—, y devolverme las posesiones de mi familia. ¿Le extraña, entonces, que lo considere tan valioso? Puesto que la Fortuna ha decidido concedérmelo, no me queda más que usarlo adecuadamente, y así llegaré hasta el oro del cual él es índice. ¡Júpiter, tráeme el escarabajo!

—¿Qué? ¿El bicho, massa? Prefiero no tener nada que ver con ese bicho... Mejor que vaya a buscarlo usted mismo.

Legrand se levantó con aire grave y me trajo el insecto, que se hallaba depositado en una caja de cristal. Era un hermoso scarabaeus, desconocido para los naturalistas de aquella época y sumamente precioso desde un punto de vista científico. En una extremidad del dorso tenía dos manchas negras y redondas, y una mancha larga en el otro extremo. Poseía élitros extremadamente duros y relucientes, con toda la apariencia del oro bruñido. El peso del insecto era realmente notable, por lo cual, todo bien considerado, no podía reprochar a Júpiter su opinión al respecto; pero que Legrand compartiera ese parecer era más de lo que alcanzaba a explicarme.

—Lo he mandado llamar —me dijo con tono grandilocuente y apenas hube terminado de examinar el insecto— para gozar de su consejo y su ayuda en el cumplimiento de las decisiones del Destino y del escarabajo...

—Mi querido Legrand —exclamé, interrumpiéndolo—, evidentemente usted no está bien, y sería mejor que tomara algunas precauciones. Le ruego que se acueste, mientras yo me quedo acompañándolo unos días, hasta su completa mejoría. Está afiebrado y...

—Tómeme el pulso —me dijo.

Así lo hice y, a decir verdad, no advertí la menor indicación de fiebre.

—Es posible estar enfermo y no tener fiebre —insistí—. Permítame, por esta vez, ser su médico. Ante todo, vaya a acostarse. Y luego...

—Se equivoca usted —dijo Legrand—. Me siento tan bien como es posible estarlo con la excitación que me domina. Si realmente desea mi bien, ayúdeme a terminar con ella.

—¿Y cómo es posible?

—Muy sencillamente. Júpiter y yo partimos a una expedición a las colinas, en tierra firme, y nos hace falta la ayuda de una persona en quien podamos confiar. Usted es esa persona. Triunfemos o no, la excitación que ahora me domina cesará igualmente.

—Tengo el mayor deseo de serle útil —repuse—, pero... ¿quiere usted dar a entender que este infernal escarabajo se relaciona con nuestra expedición a las colinas?

—Por supuesto.

—Entonces, Legrand, no tomaré parte en tan absurda empresa.

—Lo siento... lo siento muchísimo... porque tendremos que arreglárnoslas solos.

—¡Solos! ¡Ah, seguramente este hombre se ha vuelto loco! ¡Espere! ¿Cuánto tiempo durará su ausencia?

—Probablemente toda la noche. Saldremos en seguida y, pase lo que pase, estaremos de vuelta a la salida del sol.

—¿Me promete usted, por su honor que una vez acabado este capricho suyo, y liquidado el asunto del insecto (¡santo Dios!), volverá a casa y seguirá al pie de la letra mis prescripciones y las de su médico?

—Sí, lo prometo. Y ahora vámonos, porque no hay tiempo que perder.

Profundamente deprimido, acompañé a mi amigo. A eso de las cuatro, Legrand, Júpiter y yo nos pusimos en marcha, llevando también al perro. Júpiter se encargó de la guadaña y las palas e insistió en acarrear con todo, creo que más por miedo de que alguno de esos implementos quedara en manos de su amo que por exceso de complacencia. Estaba muy malhumorado, y «maldito bicho» fueron las únicas palabras que brotaron de sus labios durante todo el viaje. Por mi parte, me habían confiado un par de linternas sordas, mientras Legrand se contentaba con el escarabajo, que había atado al extremo de un hilo y hacía girar a su alrededor mientras andaba, con aire de prestidigitador. Cuando reparé en esta última y clara prueba de la demencia de mi amigo, apenas pude contener las lágrimas. Me pareció, sin embargo, preferible seguirle la corriente, al menos por el momento, hasta que pudiese adoptar medidas más enérgicas con garantías de buen resultado. Inútilmente traté de sondearlo sobre los propósitos de la expedición. Una vez que hubo logrado convencerme de que lo acompañara, no parecía dispuesto a mantener conversación sobre ningún tema menudo, y a todas mis preguntas respondía invariablemente: «¡Ya veremos!»

Por medio de un esquife cruzamos el arroyo en la punta de la isla y, remontando las onduladas colinas de la orilla opuesta, nos encaminamos hacia el noroeste, atravesando una región tan salvaje como desolada, donde era imposible descubrir la menor huella de pie humano. Legrand rompía la marcha con gran decisión, deteniéndose aquí y allá para consultar ciertas indicaciones en el terreno, que supuse había hecho él mismo en una ocasión anterior.

De esta manera avanzamos durante unas dos horas, y el sol se ponía cuando entramos en una zona muchísimo más desolada de lo que habíamos visto hasta entonces. Era una especie de meseta, cerca de la cima de un monte casi inaccesible, cuyas laderas aparecían densamente arboladas y sembradas de enormes peñascos que daban la impresión de estar sueltos en el suelo, y a los que sólo el soporte de los troncos impedía rodar a los valles inferiores. Profundos precipicios en distintas direcciones daban a aquel escenario un aire todavía más grande de solemnidad.

La plataforma natural a la que habíamos trepado estaba cubierta de espesas zarzas, a través de las cuales hubiera sido imposible pasar de no tener con nosotros la guadaña. Bajo las órdenes de su amo, Júpiter empezó a abrir un camino en dirección a un gigantesco tulípero, que se alzaba allí en unión de unos ocho o diez robles, sobrepasándolos a todos (como hubiera sobrepasado a cualquier otro árbol) por la belleza de su follaje, su forma, la enorme extensión de las ramas y su majestuosa apariencia.

Una vez llegados al pie del tulípero, Legrand se volvió a Júpiter y le preguntó si se animaba a trepar a la copa. El buen viejo se quedó un tanto aturdido y no contestó al principio. Acercóse por fin al enorme árbol, dio lentamente la vuelta, examinándolo minuciosamente. Terminado el escrutinio, se limitó a decir:

—Sí, massa. Júpiter puede treparse a cualquier árbol del mundo.

—Pues arriba entonces, y lo antes posible, porque está oscureciendo y pronto no veremos nada.

—¿Cuánto tengo que subir, massa? —inquirió Júpiter.

—Empieza por el tronco, y ya te diré qué camino tienes que tomar... ¡Espera un momento! Llévate el escarabajo contigo.

—¿El bicho, massa Will? ¿El bicho de oro? —gritó el negro—. ¿Que trepe con él? ¡Maldito si lo hago...!

—Si tienes miedo, Jup, un negro tan grande y fuerte como tú, de llevar en la mano un pequeño escarabajo muerto e inofensivo... ¡Mira, si puedes tenerlo de la punta del hilo! De todas maneras, si no subes con él en una forma u otra me veré en la necesidad de romperte la cabeza con esta pala.

—¿Por qué se pone así, massa? —se quejó Jup, evidentemente avergonzado y dispuesto a someterse—. ¡Siempre anda buscando camorra a su pobre negro! Si solamente bromeaba... ¿Yo tener miedo del bicho? ¿Qué me importa a mí el bicho?

Y tomando con todo cuidado el extremo del hilo, para mantener al insecto lo más alejado posible de su persona, se dispuso a trepar al árbol.

El tulípero —Liliodendron Tulipiferum—, el más magnífico de los árboles americanos, tiene cuando es joven un tronco particularmente liso, que con frecuencia se alza a gran altura sin ninguna rama lateral; pero al envejecer la corteza se vuelve irregular y nudosa, a la vez que surgen en el tronco diversas ramas cortas. Por eso, en el presente caso, la dificultad de trepar era más aparente que real. Abrazando como mejor podía, con brazos y rodillas, el enorme cilindro, buscando con las manos algunas saliencias y apoyando en otras sus pies descalzos, Júpiter logró encaramarse, por fin, hasta la primera bifurcación, después de estar a punto de caerse una o dos veces, y pareció considerar que su tarea terminaba allí. En realidad, el peligro mayor de la empresa había pasado, aunque el peligro se hallaba a unos sesenta o setenta pies de altura.

—¿Para dónde tengo que ir ahora, massa Will? —preguntó.

—Sigue la rama más gruesa... la de este lado —indicó Legrand. El negro le obedeció prontamente y, al parecer, con poco trabajo; trepó cada vez más alto, hasta que dejamos de ver su figura rampante entre el denso follaje que la envolvía. Pero su voz no tardó en llegarnos desde lo alto:

—¿Cuánto más tengo que subir?

—¿A qué altura estás? —preguntó Legrand.

—Tan alto, tan alto, que puedo ver el cielo entre las hojas del árbol.

—No te ocupes del cielo, pero escucha bien lo que te digo. Mira hacia abajo y cuenta las ramas que hay debajo de ti, de este lado. ¿Cuántas ramas pasaste?

—Una, dos, tres, cuatro, cinco... Pasé cinco grandes ramas, massa, de este lado.

—Entonces sube una más.

Pocos minutos más tarde oímos otra vez la voz de Júpiter, anunciando que había llegado a la séptima rama.

—¡Ahora escucha, Jup! —gritó Legrand, evidentemente muy excitado—. Quiero que avances lo más que puedas por esa rama. Si ves algo raro, avísame. A esta altura, las pocas dudas que aún podía tener sobre la demencia de mi pobre amigo se habían disipado. No quedaba otro remedio que declararlo insano, y empecé a preocuparme seriamente sobre la forma de llevarlo a casa. Mientras reflexionaba se oyó nuevamente la voz de Júpiter:

—Tengo mucho miedo de seguir por esta rama... Es una rama muerta, massa.

—¿Dijiste que es una rama *muerta,* Júpiter? —gritó Legrand con voz temblorosa.

—Sí, massa, muerta y bien muerta... Terminada para siempre, la pobre...

—En nombre del cielo, ¿qué voy a hacer? —exclamó Legrand, sumido en la más grande desesperación.

—¿Qué va a hacer? —dije, aprovechando la posibilidad de intercalar una frase—. ¡Pues... volver a casa y acostarse! ¡Vamos, ahora mismo! Se está haciendo tarde y, además, no se olvide de su promesa.

—¡Júpiter! —gritó él, sin prestarme la menor atención—. ¿Me oyes?

—Sí, massa Will, lo oigo muy bien.

—Prueba la madera con tu cuchillo y fíjate si está muy podrida.

—Está podrida, massa, eso es seguro —repuso el negro después de un momento—. Pero no tan podrida que no pueda aventurarme un poquitín más por la rama, si voy solo.

—¡Si vas solo! ¿Qué quieres decir?

—Quiero decir el bicho de oro. Es un bicho muy pesado. Pongamos que lo dejo caer, y entonces la rama aguantará muy bien el paso de un negro sólo.

—¡Maldito bribón! —gritó Legrand, que parecía muy aliviado—. ¿Qué clase de disparates estás diciendo? ¡Si llegas a soltar ese escarabajo te retuerzo el pescuezo! ¡Júpiter! ¿Me oyes?

—Sí, massa, no hay que hablar de ese modo a un pobre negro.

—¡Bueno, escucha! Si te aventuras lo más que puedas por la rama y no dejas caer el insecto, tan pronto hayas bajado te regalaré un dólar de plata.

—¡Ya estoy andando, massa Will! —replicó el negro con gran prontitud—. ¡Ya llegué casi a la punta!

—¡Casi a la punta! —aulló Legrand—. ¿Quieres decir que estás en la punta de esa rama?

—Pronto voy a llegar, massa... ¡Ooooh...! ¡Dios me proteja...! ¿Qué es esto que hay en el árbol?

—¡Y bien! —gritó Legrand, en el colmo del júbilo— ¿Qué es lo que hay?

—¡Es... es una calavera! Alguien dejó su cabeza en el árbol y los cuervos se comieron toda la carne.

—¿Una calavera, dices? ¡Perfecto! ¿Cómo está sujeta a la rama?

—Voy a ver, massa... Pues es muy curioso, sí, señor; muy curioso... Hay un gran clavo en la calavera, que la tiene sujeta al árbol.

—Bueno, Júpiter, ahora haz exactamente lo que voy a decirte. ¿Me oyes?

—Sí, massa.

—Presta atención entonces. Primero busca el ojo izquierdo del cráneo.

—¡Hum...! ¡Vaya...! ¡Esto sí que es curioso! ¡No tiene ojo izquierdo!

—¡Maldita sea tu estupidez! ¡El agujero donde estaba el ojo! ¡Oye! ¿Sabes distinguir tu mano derecha de la izquierda?

—¡Oh, sí, massa! Lo sé muy bien. La mano izquierda es la que uso para hachar la leña.

—Perfecto: ya sé que eres zurdo. Pues tu ojo izquierdo está del mismo lado que tu mano izquierda. Supongo que ahora sabrás encontrar el ojo izquierdo del cráneo o el sitio donde estuvo el ojo. ¿Ya lo tienes?

Siguió una larga pausa, tras de la cual dijo, por fin, el negro:

—¿El ojo izquierdo de la calavera está del mismo lado que la mano izquierda de la calavera? Pero la calavera no tiene mano izquierda... ¡Bueno, no importa! Ya tengo el ojo izquierdo... ¡Aquí está! ¿Qué hago ahora?

—Pasa el escarabajo por él y déjalo caer hasta donde alcance el hilo... pero ten cuidado de no soltar el extremo.

—¡Ya está, massa Will! Es muy fácil pasar el bicho por el agujero. ¡Mírelo cómo baja! Durante este diálogo no podía verse porción alguna de Júpiter; pero ahora, al descender, el escarabajo apareció en el extremo del hilo y brilló como un globo de oro puro bajo los últimos rayos del sol poniente, que aún alcanzaban a iluminar la eminencia donde estábamos. El escarabajo colgaba por debajo del nivel de las ramas y, si Júpiter lo hubiese soltado, habría caído a nuestros pies. Legrand se apoderó al punto de la guadaña y despejó un espacio circular de unas tres o cuatro yardas de diámetro, exactamente debajo del insecto, hecho esto, ordenó a Júpiter que soltara el hilo y que bajara del árbol.

Clavando con todo cuidado una estaca en el suelo, exactamente en el lugar donde había caído el escarabajo, mi amigo extrajo del bolsillo una cinta métrica. Fijó un extremo de la parte del tronco del árbol más cercana a la estaca y la desenrolló hasta alcanzar el punto donde estaba ésta; siguió luego desenrollando la cinta, siguiendo la dirección ya establecida por los dos puntos, hasta una distancia de cincuenta pies, mientras Júpiter limpiaba de zarzas el lugar con ayuda de la guadaña. En el sitio así alcanzado, Legrand fijó otra clavija y, tomándola por centro, trazó un tosco círculo de unos cuatro pies de diámetro. Empuñando una pala y dándonos las otras se puso a cavar con toda la rapidez posible.

A decir verdad, jamás he tenido mucha inclinación hacia semejante tarea, y en este caso habría renunciado con gusto a ella, porque la noche se acercaba y la caminata me había fatigado mucho. Pero no había escapatoria y temí turbar con mi negativa la serenidad de mi amigo. Si hubiera podido contar con la ayuda de Júpiter no habría vacilado en arrastrar por la fuerza al lunático y devolverlo a su casa; pero conocía demasiado bien la manera de ser del viejo negro para esperar que se pusiera a mi lado, bajo cualesquiera circunstancias, en una lucha personal contra su amo. No cabía duda de que éste se había dejado atrapar por una de las innumerables supersticiones sureñas acerca de tesoros enterrados, y que su fantasía se había exacerbado con el hallazgo del escarabajo, o quizá por la obstinación de Júpiter al sostener que se trataba de «un bicho de oro verdadero». Una mente con tendencia a la insania está pronta a dejarse arrastrar por semejantes sugestiones — especialmente si coinciden con ideas preconcebidas—. Me acordé también de la frase del pobre hombre acerca de que el insecto sería «el índice de su fortuna». Me sentía profundamente afectado y perplejo, pero decidí finalmente tomar las cosas lo mejor posible, cavar con mi mejor voluntad y convencer lo antes posible al visionario, por comprobación ocular, de la falacia de sus ensueños.

Una vez encendidas las linternas, nos pusimos a trabajar con un tesón digno de motivo más racional; y a medida que la luz caía sobre uno u otro, no podía dejar de pensar en el pintoresco grupo que formábamos y cuan extrañas y sospechosas habrían parecido nuestras actividades a cualquier intruso que pasara por casualidad cerca de allí.

Durante dos horas cavamos de firme. No hablábamos gran cosa y nuestra mayor preocupación eran los ladridos del perro, que se mostraba sumamente interesado por nuestro trabajo. A la larga se volvió tan fastidioso, que temimos diese la alarma a quienes vagaran por las inmediaciones; aunque, en realidad, era Legrand quien se inquietaba más, pues yo me hubiera sentido bien contento de cualquier interrupción que me ayudase a hacer volver a mi amigo a su casa. Júpiter se encargó finalmente de acallar el estrépito; saliendo del pozo con aire de gran resolución, convirtió en bozal sus tirantes, y, luego de cerrar así la boca del animal, volvió con una grave sonrisa a su trabajo.

Terminadas las dos horas, estábamos ya a una profundidad de cinco pies, sin que apareciera la menor señal de tesoro. Siguió un momento de descanso y comencé a esperar

que la farsa terminaría allí. Legrand, sin embargo, aunque evidentemente desconcertado, se secó la frente con aire pensativo y reanudó el trabajo. Habíamos excavado por completo el círculo de cuatro pies de diámetro; ampliamos un poco más el límite y ahondamos otros dos pies. Nada apareció. El buscador de oro, que me inspiraba la más sincera lástima, saltó, por fin, del pozo con la más amarga decepción impresa en cada uno de sus rasgos y comenzó lentamente a ponerse la chaqueta que se había quitado al iniciar su labor. Yo no hice la menor observación. A una señal de su amo, Júpiter recogió los utensilios. Hecho esto, y luego de quitar el bozal al perro, iniciamos en profundo silencio el regreso a casa.

Habríamos caminado apenas unos doce pasos, cuando Legrand soltó un juramento, corrió hacia Júpiter y lo sujetó por el cuello. El estupefacto negro abrió enormemente los ojos y la boca, soltó las palas y se puso de rodillas.

—¡Tunante! —gritó Legrand, haciendo silbar la palabra entre sus dientes—. ¡Negro infernal, maldito pícaro! ¡Habla, te digo! ¡Contéstame ahora mismo y, sobre todo, no vayas a soltar un embuste! ¿Cuál... cuál es tu ojo izquierdo?

—¡Oh, Dios mío, massa Will...! ¿No es éste mi ojo izquierdo? —clamó el aterrado Júpiter, tapándose con la mano el ojo *derecho y* manteniéndola allí con desesperada obstinación, como si temiera que su amo fuese a arrancárselo.

—¡Me lo imaginé! ¡Pero, claro! ¡Hurra! —vociferó Legrand, soltando al negro y ejecutando una serie de cabriolas y saltos, con no poco asombro de su criado, quien, ya de pie, nos miraba una y otra vez alternativamente.

—¡Vamos! ¡Volvamos allá! —dijo Legrand—. ¡La caza no ha terminado!

Y se encaminó resueltamente en dirección al tulípero.

—Júpiter, ven aquí—ordenó cuando llegamos al pie del árbol—. Dime, ¿estaba el cráneo clavado a la rama con la cara para afuera o con la cara contra la rama?

—Con la cara para afuera, massa, para que los cuervos pudieran llegarle a los ojos sin ningún trabajo.

—Muy bien. ¿Y fue por este ojo o por este otro que dejaste pasar el escarabajo? — insistió Legrand, tocando alternativamente los ojos de Júpiter.

—Por éste, massa... por el izquierdo... como usted me mandó —y de nuevo el negro se tocaba el ojo derecho.

—Bueno, basta con eso. Hay que recomenzar. Y mi amigo, en cuya locura yo veía ahora o me imaginaba que veía ciertos indicios de método, retiró la estaca que señalaba el lugar donde había caído el escarabajo y la fijó unas tres pulgadas hacia el oeste de su anterior posición. Colocando la cinta métrica como antes, a partir del punto más próximo del tronco del árbol hasta la estaca, continuó la línea hasta una distancia de cincuenta pies, señalando allí un lugar que quedaba a varias yardas de distancia del sitio donde habíamos estado cavando.

Legrand trazó un círculo en torno a este nuevo punto, haciéndolo algo mayor que el anterior, y otra vez nos pusimos a trabajar con las palas. Yo estaba terriblemente cansado; pero, sin darme cuenta de lo que había alterado el curso de mis pensamientos, dejé de sentir aversión por la labor que me imponían. Inexplicablemente me sentía lleno de interés... de excitación. Quizá hubiera algo en la extravagante conducta de Legrand, algo de premonición o de seguridad, que me impresionaba. Cavé tesoneramente y más de una vez me sorprendí pensando —con algo que tenía mucho de esperanza— en el tesoro imaginario cuya visión había enloquecido a mi infortunado compañero. En el momento en que esas fantasías me dominaban con mayor violencia, y cuando llevábamos más de una hora trabajando, los violentos ladridos del perro volvieron a interrumpirnos. La primera vez su conducta había nacido de un caprichoso deseo de jugar, pero ahora advertimos en sus ladridos un tono de profunda inquietud. Cuando Júpiter trató de embozalarlo nuevamente opuso una furiosa resistencia y, saltando al agujero, cavó frenéticamente la tierra con sus patas. Segundos más tarde ponía en descubierto una masa de huesos humanos que formaban dos esqueletos completos, entre los cuales se advertían varios botones metálicos y aparentes restos de lana podrida. Uno o dos golpes de pala sacaron a la superficie un ancho cuchillo español; seguimos cavando y descubrimos tres o cuatro monedas de oro y de plata.

A la vista de estas últimas, la alegría de Júpiter pudo apenas contenerse, pero el rostro de su amo expresó la más profunda decepción. Nos pidió, sin embargo, que siguiéramos cavando y, apenas había pronunciado las palabras, cuando tropecé y caí hacia adelante, enganchada la punta de mi bota en un gran anillo de hierro que yacía semienterrado en la tierra removida.

Reanudamos el trabajo con renovado ardor y jamás viví diez minutos de mayor excitación. Nos bastó ese tiempo para desenterrar a medias un cofre oblongo de madera que, a juzgar por su perfecto estado de conservación y dureza de su material, debía de haber sufrido algún proceso de mineralización —probablemente con ayuda del bicloruro de mercurio—. La caja tenía tres pies y medio de largo, tres de ancho y dos y medio de profundidad. Estaba firmemente asegurada por bandas remachadas de hierro forjado, que hacían una especie de enrejado sobre todo el cofre. A cada lado, cerca de la parte superior, se veían tres anillos de hierro, seis en total, mediante los cuales el cofre podía ser cómodamente transportado por otros tantos hombres. Nuestros esfuerzos combinados sólo sirvieron para mover ligeramente el cofre en su lecho de tierra. Inmediatamente comprendimos la imposibilidad de mover semejante peso. Por fortuna, la tapa no estaba sujeta más que por dos pasadores. Los corrimos temblando, jadeando de ansiedad. Un instante más tarde brillaba ante nosotros un tesoro de incalculable valor. Los rayos de la linterna cayeron sobre él, haciendo brotar de un confuso montón de oro y plata fulgores y reflejos que literalmente nos cegaron.

No pretenderé describir los sentimientos que me dominaron al contemplar aquello. La estupefacción, claro está, predominaba. Legrand parecía agotado por la excitación y sólo habló unas pocas palabras. Durante algunos minutos, el rostro de Júpiter se puso todo lo pálido que la naturaleza permite a la cara de un negro. Parecía atónito, fulminado. Pero pronto cayó de rodillas en el pozo y, hundiendo los desnudos brazos hasta los codos en el oro, los dejó así como si estuviera gozando de las delicias de un baño. Por fin, con un suspiro, exclamó como si hablara consigo mismo:

—¡Y todo esto viene del bicho de oro! ¡Del precioso bicho de oro, del pobre bicho de oro, que yo traté con tanta brutalidad! ¿No estás avergonzado de ti mismo, negro? ¡Contesta! Fue necesario, finalmente, que hiciera notar a amo y criado la necesidad de transportar el tesoro. Ya era tarde y no poco trabajo tendríamos hasta haber depositado todo en la cabaña antes del amanecer. Resultaba difícil decidir el mejor procedimiento, y pasamos largo rato deliberando; tan confusas eran nuestras ideas. Por fin, retiramos dos tercios del contenido del cofre y con gran trabajo pudimos levantarlo a la superficie. Los objetos que habíamos retirado fueron depositados entre las zarzas y dejamos al perro que los cuidara, con órdenes estrictas de Júpiter de que no se moviera para nada del lugar ni abriera la boca hasta nuestro regreso. Llevando el cofre, emprendimos apresuradamente el retorno a casa, adonde llegamos sanos y salvos, aunque agotados, a la una de la mañana. Exhaustos como estábamos, era humanamente imposible proseguir. Descansamos, pues, hasta las dos y cenamos, para volver inmediatamente a las colinas provistos de tres sólidos sacos que por fortuna había en la cabaña. Llegamos al pozo poco antes de las cuatro, dividimos el remanente del botín entre los tres y, sin tapar el pozo, retornamos a casa, adonde arribamos con nuestras áureas cargas en momentos en que las primeras luces del alba comenzaban a asomar en el este sobre las cimas de los árboles.

Estábamos completamente agotados, pero la intensa excitación que nos dominaba no nos permitía descansar. Luego de un sueño intranquilo de tres o cuatro horas nos levantamos como de común acuerdo para examinar nuestro tesoro.

El cofre había estado lleno hasta los bordes, y pasamos todo el día y gran parte de la noche siguiente haciendo el inventario de su contenido. No había en él la menor señal de orden. Las cosas estaban mezcladas y revueltas. Luego de separarlas con cuidado, descubrimos que éramos dueños de una fortuna aún mayor de lo que habíamos supuesto. Nada más que en monedas su valor excedía de cuatrocientos cincuenta mil dólares — calculando lo mejor posible el valor de las monedas con arreglo a las tablas de la época—. No había una sola partícula de plata. Todo era oro, de antigua data y gran variedad, dinero francés, español y alemán, junto con unas pocas guineas inglesas y algunas fichas, de las cuales nunca habíamos visto ningún ejemplar. Descubrimos varias monedas tan grandes como pesadas, pero las inscripciones eran indescifrables por el uso. No encontramos monedas americanas.

Más difícil era calcular el valor de las joyas. Los diamantes (algunos de ellos extraordinariamente grandes y hermosos) sumaban en total ciento diez, sin que hubiera uno solo pequeño; dieciocho rubíes de notable transparencia; trescientas diez esmeraldas, todas muy hermosas; veintiún zafiros y un ópalo. Las piedras habían sido arrancadas de su montura y arrojadas en montón al cofre. Encontramos también las monturas mezcladas con el resto del oro; parecían haber sido aplastadas a martillazos, a fin de impedir que se las identificara. Aparte de esto había cantidad de joyas y objetos de oro macizo: casi doscientos anillos y aros, ricas cadenas —unas treinta, si recuerdo bien—, ochenta y tres grandes y pesados crucifijos, y cinco incensarios de gran valor; una prodigiosa copa para punch, ornamentada con pámpanos ricamente cincelados, y figuras báquicas; dos puños de espada exquisitamente trabajados, y multitud de objetos más pequeños que no recuerdo. El peso total de estas joyas pasaba de trescientas cincuenta libras, y en este cálculo no he contado ciento noventa y siete magníficos relojes de oro, de los cuales tres valían quinientos dólares cada uno. Muchos eran antiquísimos y sin valor como relojes, ya que la máquina había sufrido por la corrosión, pero todos estaban ricamente ornados de pedrerías y tenían estuches de grandísimo valor. Aquella noche calculamos que el contenido total del cofre valía un millón y medio de dólares; pero, cuando más tarde procedimos a liquidar los dijes y las joyas (guardando unas pocas para nuestro uso personal), descubrimos que las habíamos estimado muy por debajo de la realidad.

Cuando acabó, por fin, nuestro inventario y la intensa exaltación del momento disminuyó un tanto, Legrand advirtió que yo me moría de impaciencia por la solución de tan extraordinario enigma y procedió a proporcionarme todos los detalles vinculados con el mismo.

—Recordará usted —empezó— la noche en que le alcancé el tosco dibujo que acababa de hacer del scarabaeus. También recordará que me chocó muchísimo su insistencia en que mi diseño hacía pensar en una calavera. La primera vez que me lo dijo creí que se estaba burlando, pero luego recordé las curiosas manchas en el dorso del insecto y reconocí que su observación tenía algún fundamento. No obstante, sus referencias irónicas a mis aptitudes gráficas me irritaron, ya que se me consideraba un buen artista; por eso, cuando me devolvió el trozo de pergamino, me dispuse a arrugarlo y tirarlo al fuego.

—Se refiere usted al trozo de papel —dije.

—No. Se parecía bastante al papel y por un momento creí que lo era, pero cuando me puse a dibujar descubrí que se trataba de un trozo de pergamino sumamente delgado. Recordará usted que estaba muy sucio. Pues bien, iba a estrujarlo, cuando mis ojos cayeron sobre el croquis que usted había estado mirando, y puede imaginarse mi estupefacción al advertir que, verdaderamente, en el lugar donde yo había trazado el diseño del escarabajo había una calavera. Por un momento me quedé tan sorprendido que no pude pensar distintamente. Sabía muy bien que mi dibujo difería por completo de aquél en sus detalles, aunque, en líneas generales, hubiera cierta semejanza. Tomando una bujía me fui al otro extremo del salón para estudiar de cerca el pergamino. Al volverlo vi en él mi croquis, tal como lo había hecho. Mi primera idea fue pensar en lo curioso de aquella similaridad de diseño, en la extraña coincidencia de que, sin saber, del otro lado del pergamino hubiese un cráneo exactamente debajo de mi croquis del escarabajo, y que dicho cráneo se le parecía tanto en la figura como en el tamaño. Admito que la singularidad de esta coincidencia me dejó completamente estupefacto por un momento. Tal es el efecto usual de las coincidencias. La inteligencia lucha por establecer una conexión, un enlace de causa y efecto, y, al no conseguirlo, queda momentáneamente como paralizada. Pero, al recobrarme del estupor, gradualmente empezó a surgir en mí una noción que me sorprendió todavía más que la coincidencia. Comencé a recordar positiva y claramente que en el pergamino no había ningún dibujo cuando trazara el del escarabajo. Estaba completamente seguro, porque me acordaba de haberlo vuelto en uno y otro sentido, buscando la parte más limpia. Si el cráneo hubiese estado allí, no podía habérseme escapado. Indudablemente estaba en presencia de un misterio que me resultaba imposible explicar; pero, incluso en aquel momento, me pareció que en lo más hondo y secreto de mi inteligencia se iluminaba algo así como una luciérnaga mental, una noción de esa verdad que nuestra aventura de anoche demostró tan magníficamente. Me levanté en seguida y, guardando el pergamino en lugar seguro, dejé todas las reflexiones para el momento en que me quedara solo.

Una vez que usted se hubo marchado y Júpiter dormía profundamente, me puse a investigar el asunto con mayor método. En primer término consideré la forma en que el pergamino había llegado a mis manos. El lugar donde encontramos el escarabajo queda en la costa del continente, aproximadamente una milla al este de la isla y a poca distancia del nivel de la marea alta. Cuando lo atrapé, me mordió con fuerza, obligándome a soltarlo. Júpiter, procediendo con su prudencia acostumbrada, miró alrededor en busca de una hoja o de algo que le permitiera apoderarse con seguridad del insecto, que había volado en su dirección. Fue entonces cuando sus ojos y los míos cayeron sobre el trozo de pergamino, que en el momento me pareció papel. Aparecía enterrado a medias en la arena y sólo una punta sobresalía. Cerca del lugar donde lo encontramos reparé en los restos de la quilla de una embarcación que debió ser la chalupa de un barco. Aquellos restos daban la impresión de hallarse allí desde hacía mucho, porque apenas podía reconocerse la forma primitiva de las maderas.

Júpiter recogió el pergamino, envolvió en él el escarabajo y me lo dio. Poco más tarde desandamos el camino y me encontré con el teniente G... Al mostrarle el insecto me pidió que se lo prestara para llevarlo al fuerte. Acepté, y se lo puso en el bolsillo del chaleco, sin el pergamino en que había estado envuelto y que yo conservaba en la mano durante la inspección. Quizá el teniente temió que yo cambiara de opinión y pensó que era preferible asegurarse en seguida... Ya sabe usted cuán entusiasta es en todo lo que se refiere a la historia natural. Al mismo tiempo, y sin tener idea de lo que hacía, yo debí de guardarme el pergamino en el bolsillo.

Recordará usted que, cuando me senté a la mesa con intención de dibujarle el escarabajo, no encontré papel donde suele estar. Miré en el cajón sin verlo. Revisé mis bolsillos en busca de alguna vieja carta, cuando mis dedos tocaron el pergamino. Si le doy todos estos detalles sobre la forma en que ese papel llegó a mi posesión se debe a que lo ocurrido me impresionó profundamente.

No dudo que usted me tachará de fantasioso, pero había establecido ya una especie de conexión. Dos eslabones de una gran cadena se juntaban. Había un bote en una playa, y no lejos del bote había un pergamino —no un papel— con una calavera pintada. Usted me preguntará cuál puede ser la conexión. Le contesto que la calavera es el bien conocido emblema de los piratas. En todos los combates se iza la bandera con el cráneo de muerto.

Dije que aquel trozo era de pergamino y no de papel. El pergamino es durable, casi indestructible. Las cuestiones de poca importancia se consignan rara vez en pergamino, ya que no se presta como el papel para las finalidades ordinarias de la escritura o el dibujo. Esta reflexión sugería que aquel cráneo tenía un sentido... y un sentido importante. Tampoco dejé de observar, de paso, la forma del pergamino. Aunque algún accidente había destruido una de sus puntas, podía verse que la forma original era oblonga. Justamente el tipo y la forma adecuados para consignar un documento importante, algo que debía ser cuidadosamente preservado y largamente recordado.

—Un momento —interrumpí—. Dijo usted que al dibujar el escarabajo el cráneo no estaba en el pergamino. ¿Cómo puede establecer, entonces, una conexión entre el bote y el cráneo, puesto que este último debió de ser dibujado (¡Dios sabe cómo y por quién!) después que usted hubo trazado el diseño del escarabajo?

—¡Ah, todo el misterio está ahí! Y eso que, por comparación, no me costó mucho resolverlo. Mis pasos eran seguros y no podían llevarme más que a una solución. He aquí, por ejemplo, cómo razoné. Al dibujar el escarabajo no había ningún cráneo en el pergamino. Al completar mi croquis se lo pasé a usted, y no dejé de observarlo de cerca hasta que me lo devolvió. Usted por tanto, no podía haber dibujado la calavera, y no había nadie más capaz de hacerlo. Vale decir que aquel dibujo no nacía de una intervención humana. Y sin embargo... estaba ahí.

A esta altura de mis reflexiones traté de recordar, y recordé con toda claridad, los incidentes acaecidos durante el período en cuestión. El tiempo era frío (¡oh raro y feliz accidente!) y ardía un fuego en el hogar. Como mi caminata me había hecho entrar en calor, me senté cerca de la mesa. Pero usted acercó su silla a la chimenea. Justamente cuando le alcanzaba el pergamino y usted se disponía a inspeccionarlo, apareció Lobo, mi terranova, y le saltó a los hombros. Usted lo acarició y lo mantuvo a distancia con la mano izquierda, mientras la derecha, que sostenía el pergamino, colgaba entre sus rodillas muy cerca del fuego. En un momento dado pensé que las llamas iban a alcanzarlo, y me disponía a prevenírselo, pero antes de que pudiera hablar retiró usted el pergamino y se absorbió en su examen. Considerando todos estos detalles, no dudé un instante de que *el* calor era el agente que había hecho surgir en la superficie del pergamino el cráneo que encontré dibujado en él. Bien sabe usted que siempre han existido preparaciones químicas mediante las cuales se puede escribir sobre papel o pergamino, de modo que los caracteres resultan invisibles mientras no se los someta a la acción del fuego. Suele emplearse el zafre disuelto en aqua regia y diluido en cuatro veces su peso en agua; resulta de ello una coloración verde. El régulo de cobalto disuelto en esencia de salitre produce un color rojo. Estos colores desaparecen en un tiempo más o menos largo después de la escritura pero vuelven a ser visibles cuando se los expone al calor.

Me puse, pues, a examinar con cuidado el cráneo. Sus contornos exteriores, es decir, las líneas más próximas al borde del pergamino eran mucho más precisos que los otros. No cabía duda de que la acción del calor había sido desigual e imperfecta. Encendí inmediatamente un fuego y sometí cada porción del pergamino al máximo de calor. Al principio, lo único que noté fue que las líneas más pálidas del dibujo se reforzaban; pero, continuando el experimento, vi aparecer en un rincón, opuesto diagonalmente a aquel donde se encontraba el cráneo, el dibujo de algo que al principio me pareció una cabra. Examinándolo con más detalle terminé por reconocer que se trataba de un cabrito.

—¡Vamos, vamos! —exclamé—. Bien sé que no tengo derecho a reírme de usted, ya que un millón y medio de dólares es demasiado dinero para ninguna broma... Pero no irá usted a agregar un tercer eslabón a su cadena; no irá a buscar una relación especial entre sus piratas y una cabra. Bien se sabe que los piratas no tienen nada que ver con las cabras. Solamente los granjeros se interesan por ellas.

—Ya le he dicho que el dibujo no representaba una cabra.

—Un cabrito, entonces... pero es casi la misma cosa.

—Casi..., aunque no enteramente —dijo Legrand—. Quizá haya oído hablar de un tal capitán Kidd. Por mi parte, consideré inmediatamente que el dibujo equivalía a una especie de firma jeroglífica o simbólica9. Si digo firma es porque su posición en el pergamino sugería esta idea. Del mismo modo, el cráneo colocado en el ángulo diagonalmente opuesto producía el efecto de un sello, de un símbolo estampado. Pero lo que me desconcertó profundamente fue la ausencia de toda otra cosa: faltaba el cuerpo de mi imaginado documento... el texto mismo.

—Supongo que esperaba usted descubrir una carta entre el sello y la firma.

—Algo así, en efecto. Debo confesar que me sentía invadido por un presentimiento de buena fortuna inminente. Apenas si puedo decir por qué... Supongo que era un deseo más que una verdadera seguridad, pero... ¿creerá usted que las tontas palabras de Júpiter sobre el escarabajo, cuando afirmó que era de oro verdadero, tuvieron un gran efecto sobre mi fantasía? Y luego, la serie de accidentes y coincidencias... tan extraordinarias. ¿Se da usted cuenta de lo accidental que resulta que todos esos acontecimientos tuvieran lugar el único día del año en que el frío fue lo bastante intenso para requerir fuego, y que sin aquel fuego, o sin la intervención del perro en el preciso momento en que se produjo, yo no habría llegado jamás a ver el cráneo y no estaría en posesión del tesoro?

—Prosiga usted... ardo de impaciencia.

—Pues bien, no creo que ignore las muchas historias que se cuentan y los mil vagos rumores sobre tesoros enterrados por Kidd y sus compañeros en las costas atlánticas. Sin duda tales rumores deben de tener algún fundamento. Y el hecho de que hayan continuado tanto tiempo y en forma ininterrumpida me llevó a pensar que el tesoro seguía enterrado. Si Kidd hubiese escondido por un tiempo el fruto de sus pillajes, para recobrarlo más tarde, es difícil que los rumores hubieran llegado a nosotros sin mayores variantes. Observará usted que las historias que se cuentan aluden siempre a buscadores de tesoros y no a los que los encuentran. Si el pirata hubiera recobrado su dinero, la cuestión estaría terminada. Se me ocurrió que algún accidente —digamos la pérdida del documento indicador del sitio exacto— le había impedido recobrar su tesoro, y que dicho accidente llegó a conocimiento de sus compañeros, que de otra manera no hubieran oído hablar jamás de tesoro alguno; en su afán por descubrirlo a su turno, sin resultado, aquéllos habrían dado origen a los rumores que con el tiempo llegaron a ser generales y corrientes. ¿Oyó usted hablar alguna vez de que en esta costa se encontrara algún tesoro importante?

—Jamás.

—Y sin embargo es bien sabido que Kidd llegó a acumular inmensas riquezas. Consideré, pues, como cosa segura que la tierra guardaba aún su tesoro, y no le sorprenderá si le digo que tuve la esperanza, por no hablar de certeza, de que aquel pergamino hallado de manera tan rara contenía las informaciones concernientes al lugar donde se encontraba el botín.

—Pero, ¿cómo procedió usted?

—Volví a acercar el pergamino al fuego, luego de avivar el calor, pero nada apareció. Pensé entonces que la capa de suciedad que lo cubría era responsable del fracaso, por lo cual limpié cuidadosamente el pergamino con agua caliente. Hecho esto, lo coloqué en el fondo de una olla de estaño, con el cráneo hacia abajo, y puse la olla sobre brasas de carbón. Pocos minutos después, cuando el fondo se hubo recalentado, retiré el pergamino y, para mi inexpresable júbilo, lo encontré manchado en varias partes, por lo que parecían ser números trazados en hilera. Volví a colocarlo en el fondo de la olla, dejándolo así un minuto más. Cuando lo saqué presentaba el aspecto que va usted a ver.

Y luego de recalentar el pergamino, Legrand lo sometió a mi inspección. Toscamente trazados en rojo, entre la calavera y el cabrito, aparecían los siguientes signos:

```
53‡‡+305))6*;4826)4‡.)4‡);806*;48+8 ¬ 60))85;1‡(;:‡*8+83
(88)5*+;46(;88*96*?;8)*‡(;485);5*+2:*‡(;4956*2(5*–4)8 ¬ 8*;
4069285);)6+8)4‡‡;1(‡9;48081;8:8‡1;48+85;4)485+528806*81
(‡9;48;(88;4(‡?34;48)4‡;161;:188;‡?;
```

—Pues bien —declaré, devolviéndole el pergamino—, por mi parte me quedo tan a oscuras como antes. Si todas las joyas de Golconda dependieran de la solución de este enigma, estoy seguro de que no llegaría a conseguirlas.

—Sin embargo —repuso Legrand— la solución no es tan difícil como parece desprenderse de una primera mirada a los caracteres. Bien ve usted que los mismos constituyen una cifra, es decir, que encierran un sentido; pero, teniendo en cuenta lo que se sabe de Kidd, no podía imaginarlo capaz de emplear los criptogramas más difíciles. Decidí inmediatamente que se trataba de una cifra de la especie más sencilla, pero que para la torpe inteligencia del marino resultaba absolutamente indescifrable sin la clave.

—¿Y la descifró usted?

—Muy fácilmente. He resuelto otras que eran mil veces más difíciles. Las circunstancias y cierta tendencia personal me han llevado a interesarme siempre por estos enigmas, y considero muy dudoso que una inteligencia humana sea capaz de crear un enigma de este tipo, que otra inteligencia humana no llegue a resolver si se aplica adecuadamente. Es decir, que apenas hube fijado en forma ordenada y legible aquellos caracteres, poco me preocupó la dificultad de descifrarlos.

En este caso —y en todos los casos de escritura secreta— la primera cuestión se refiere al idioma de la cifra, ya que los principios para lograr la solución —sobre todo en el caso de las cifras más sencillas— dependen de las características de cada idioma. En general, no queda otro recurso que ensayar, basándose en las probabilidades, todos los idiomas conocidos por el investigador, hasta coincidir con el que corresponde. Pero en nuestro caso las dificultades se veían suprimidas por la firma. El juego de palabras acerca de «Kidd» sólo tiene valor en inglés. De no mediar esta consideración, hubiera empezado mis búsquedas en español y en francés, considerando que un secreto de tal naturaleza no podía haber sido escrito en otros idiomas, tratándose de un pirata de los mares españoles. Pero, en vista de lo anterior, estimé que el criptograma estaba trazado en inglés.

Notará usted que entre las palabras no hay espacios. De no ser así, el trabajo hubiera resultado comparativamente sencillo. Me hubiese bastado empezar por un cotejo y un análisis de las palabras más breves; apenas hallada una palabra de una sola letra, como ser *a* o *I* (uno, yo), habría considerado obtenida la solución. Pero como no había división, mi primer tarea consistió en establecer las letras predominantes, así como las más raras. Luego de contarlas, preparé la siguiente tabla

El	signo	8	aparece	33	veces
»	»	;	»	29	»
»	»	4	»	19	»
»	»	$^+_+$y)	»	16	»
»	»	*	»	13	»
»	»	5	»	12	»
»	»	6	»	11	»
»	»	(	»	10	»
»	»	+ y 1	»	8	»
»	»	0	»	6	»
»	»	9 y 2	»	5	»
»	»	: y 3	»	4	»
»	»	?	»	3	»
»	»	¶	»	2	»
»	»	- y	»	1	»

Ahora bien, la letra que aparece con mayor frecuencia en inglés es *e*. Las restantes letras se suceden en el siguiente orden: a o i d h n r s t u y c f g l m w b k p q x z. La e predomina de tal manera, que es raro encontrar una frase de cualquier extensión donde no figure como letra dominante.

Tenemos, pues, algo más que una mera suposición como base para comenzar. El uso general que puede darse a esta tabla resulta evidente, pero en esta cifra sólo la usaremos en parte. Puesto que el signo predominante es 8, empezaremos por suponer que se trata de la *e* del alfabeto natural. Para verificar esta suposición repararemos en que el 8 aparece con frecuencia en parejas, ya que la e se dobla muchas veces en inglés: vayan como ejemplo las palabras meet, fleet, speed, seen, been, agree, etc. En nuestra cifra vemos que no aparece doblada menos de cinco veces, a pesar de que se trata de un criptograma breve.

Consideremos, pues, que el 8 es la e. Ahora bien, de todas las palabras inglesas, «the» es la más usual; fijémonos entonces si no existen repeticiones de tres signos colocados en el mismo orden, el último de los cuales sea 8. Si descubrimos repeticiones de este tipo, lo más probable es que representen la palabra «the». Basta mirar el pergamino para reparar en que hay no menos de siete de estas series: los signos son ;48. Cabe, pues suponer que ; representa la t, 4 la h y 8 la e, confirmándose así el valor de este último signo. De tal manera, hemos dado un gran paso adelante.

Sólo hemos determinado una palabra, pero esto nos permite fijar algo muy importante, es decir, el comienzo y las terminaciones de varias otras palabras. Tomemos por ejemplo la combinación ;48 en su penúltima aparición, casi al final de la cifra. Sabemos que el signo ;, que aparece de inmediato, representa el comienzo de una palabra, y además conocemos cinco de los signos que aparecen después de «the». Escribamos, pues, las equivalencias que conocemos, dejando un espacio para lo que ignoramos:

t eeth.

Por lo pronto podemos afirmar que la porción th no constituye una parte de la palabra que empieza con la primera t, ya que luego de probar todo el alfabeto a fin de adaptar una letra al espacio libre, convenimos en que es imposible formar una palabra de la cual dicho th sea una parte. Nos quedamos, pues, con

t ee,

y, ensayando otra vez el alfabeto, llegamos a la palabra tree (árbol) como única posibilidad. Ganamos así otra letra, la *r,* representada por (, y dos palabras yuxtapuestas, «the tree».

Si miramos algo después de estas palabras, volvemos a encontrar la combinación ;48, que empleamos como terminación de lo que precede inmediatamente. Tenemos así:

the tree ;4 34 the,

o, sustituyendo los signos por las letras correspondientes que conocemos:

the tree thr ++ ?3h the.

Si ahora, en el lugar de los signos desconocidos, dejamos espacios o puntos suspensivos, leeremos:

the tree thr... the,

y la palabra through (por, a través), se pone de manifiesto por sí misma. Pero este descubrimiento nos proporciona tres nuevas letras, *o, u y g,* representadas por ++, ? y 3.

Examinando con cuidado el manuscrito para buscar combinaciones de caracteres ya conocidos, encontramos no lejos del comienzo la siguiente serie:

83(88, o sea *egree*

que, evidentemente, es la conclusión de la palabra *degree* (grado), y que nos da otra letra, *d,* representada por +.

Cuatro letras después de la palabra «degree» vemos la combinación

;46(;88*.

Traduciendo los caracteres conocidos, y representando por puntos los desconocidos, tenemos:

th rtee,

combinación que sugiere inmediatamente la palabra «thirteen» (trece), y que nos da dos nuevos caracteres: i y n, representados por 6 y *.

Observando ahora el comienzo del criptograma, vemos la combinación

53 ++++ +.

Traducida nos da

5good,

lo cual nos asegura de que la primera letra es A, y que las dos primeras palabras deben leerse :«A good». (un buen, una buena).

Ya es tiempo de que pongamos nuestra clave en forma de tabla para evitar confusión. Hasta donde la conocemos, es la siguiente:

5	significa	a
+	»	d
8	»	e
3	»	g
4	»	h
6	»	i
*	»	n
†	»	o
(	»	r
;	»	t

Tenemos, pues, las equivalencias de diez de las letras más importantes, y resulta innecesario dar a usted más detalles de la solución. Creo haberle dicho lo bastante para convencerlo de que las cifras de esta clase son fácilmente descifrables y mostrarle algo del análisis racional que conduce a ese desciframiento. Tenga en cuenta, sin embargo, que el ejemplo ante nosotros pertenece a una de las formas más sencillas de la criptografía. Sólo me resta proporcionarle la traducción completa de los signos del pergamino. Hela aquí:

Un buen vidrio en el hotel del obispo en la silla del diablo cuarenta y un grados trece minutos y nornordeste tronco principal séptima rama lado este tirad del ojo izquierdo de la cabeza del muerto una línea de abeja del árbol a través del tiro cincuenta pies afuera.

—Por lo que veo —exclamé—, el enigma no parece aclarado en absoluto. ¿Qué sentido puede extraerse de toda esa jerga sobre «silla del diablo», «cabeza del muerto», y «hotel del obispo»?

—Admito —repuso Legrand— que el asunto se presenta sumamente difícil a primera vista. Mis esfuerzos iniciales consistieron en dividir la frase conforme a la división natural que debió tener en cuenta el criptógrafo.

—¿Puntuarla, quiere usted decir?

—Algo así, en efecto.

—Pero, ¿cómo es posible?

—Pensé que el autor de la cifra había decidido escribir deliberadamente las palabras sin separación, a fin de que resultara más difícil descifrarlas. Ahora bien, al hacer esto, un hombre de inteligencia rústica tenderá con toda seguridad a exagerar; es decir, que cuando en el curso de su redacción llegue a un lugar que requiera una separación o un punto, se apresurará a amontonar los signos, poniéndolos más juntos que en otras partes. Si examina usted el manuscrito, podrá advertir cinco lugares donde ese amontonamiento es fácilmente visible. Partiendo de esta noción, dividí el texto en la siguiente forma:

Un buen vidrio en el hotel del obispo en la silla del diablo — cuarenta y un grados trece minutos — nornordeste — tronco principal séptima rama lado este — tirad del ojo izquierdo de la cabeza del muerto — una línea de abeja del árbol a través del tiro cincuenta pies afuera.

—Incluso esta división me deja a oscuras —confesé.

—También a mí durante algunos días —dijo Legrand— mientras indagaba activamente en las vecindades de la isla de Sullivan, en busca de algún edificio conocido por el «hotel del obispo». Como no obtuviera informaciones al respecto, me disponía a extender mi esfera de acción y a proceder de manera más sistemática cuando una mañana me acordé repentinamente de que este «hotel del obispo» podía referirse a una antigua familia llamada Bessop que, desde tiempos inmemoriales, posee una casa solariega a unas cuatro millas de las plantaciones. Reanudando mis averiguaciones en el norte de la isla, me encaminé hacia allá para hablar con los negros más viejos de las plantaciones. Por fin, una mujer de mucha edad me dijo haber oído hablar de un sitio denominado Bessop's Castle (castillo de Bessop), y que creía poder guiarme hasta allá, pero que no se trataba de ningún castillo ni posada, sino de una elevada roca.

Ofrecí pagarle bien por su trabajo y, después de dudar un poco, consintió en acompañarme. No le costó mucho encontrar el sitio, que me puse a examinar luego de despedir a mi guía. El «castillo» consistía en un amontonamiento irregular de acantilados y rocas, una de las cuales se destacaba notablemente, tanto por su tamaño como por su aspecto artificial y aislado. Trepé a su cima y, una vez allí, me sentí profundamente desconcertado y sin saber qué hacer.

Mientras reflexionaba mis ojos se posaron en una estrecha saliente en la cara oriental de la roca, a una yarda más o menos por debajo de la eminencia en que me hallaba. Esta saliente tendría unas dieciocho pulgadas de largo y apenas un pie de ancho; un hueco del acantilado, exactamente encima de ella, le daba un tosco parecido con una de las sillas de respaldo cóncavo usadas por nuestros antepasados. No me cupo duda de que allí estaba «la silla del diablo» mencionada en el manuscrito, y me pareció que acababa de penetrar en el secreto del enigma.

Sabía bien que el «buen vidrio» sólo podía referirse a un catalejo, ya que los marinos de habla inglesa sólo usan la palabra «glass», vidrio, para referirse a dicho instrumento. Comprendí que se trataba de aplicar un catalejo desde un lugar definido y que no admitía variación. Tampoco dudé de que las expresiones «cuarenta y un grados trece minutos» y «nornordeste» constituían las indicaciones para la orientación del catalejo. Grandemente excitado por estos descubrimientos, volví en seguida a casa, me proporcioné un catalejo y retorné a la roca.

Deslizándome sobre la cornisa vi que sólo en una posición era posible mantenerme sentado. Este hecho confirmaba mis suposiciones. Me dispuse entonces a servirme del catalejo. Por supuesto, los «cuarenta y un grados trece minutos» sólo podían referirse a la elevación sobre el horizonte visible, ya que la dirección horizontal quedaba claramente indicada por la palabra «nornordeste». Establecí este rumbo mediante una brújula de bolsillo, y luego, apuntando el catalejo en un ángulo de elevación lo más próximo posible a cuarenta y un grados, lo moví con todo cuidado hacia arriba y abajo, hasta que me llamó la atención un orificio o apertura en el follaje de un gran árbol que sobrepujaba a todos los otros a la distancia. Noté que en el centro de dicho agujero se veía una mancha blanca, pero al principio no logré distinguir lo que era. Por fin, ajustando mejor el catalejo, volví a mirar y comprobé que se trataba de un cráneo humano.

Este descubrimiento me llenó de tal entusiasmo que consideré resuelto el enigma, ya que la frase «tronco principal, séptima rama, lado este», sólo podía referirse a la posición del cráneo en el árbol, mientras «tirad del ojo izquierdo de la cabeza del muerto» no admitía a su turno más que una interpretación, vinculada a la búsqueda de un tesoro escondido. Comprendí que se trataba de dejar caer una bala o un peso cualquiera desde el ojo izquierdo del cráneo, y que una «línea de abeja» o, en otras palabras, una línea recta, debía ser tendida desde el punto más cercano del tronco a través «del tiro», o sea el lugar donde cayera la bala, y extendida desde allí a una distancia de cincuenta pies, donde indicaría un punto preciso; debajo de dicho punto era por lo menos *posible* encontrar algún depósito valioso.»

—Todo esto es sumamente claro —dije—y muy sencillo y explícito, a pesar del ingenio que encierra. ¿Qué hizo usted al abandonar el hotel del obispo?

—Pues bien, una vez que me hube asegurado exactamente de la ubicación del árbol, me volví a casa. Apenas hube abandonado la «silla del diablo», el agujero circular se desvaneció; desde cualquier sitio que mirara me fue imposible volver a descubrirlo. Esto es lo que me parece una obra maestra de ingenio (y conste que lo he verificado tras muchos experimentos): el orificio circular sólo es visible desde un punto de mira, el que ofrece la angosta saliente en el flanco de la roca.

En esta expedición al «hotel del obispo» fui acompañado por Júpiter, quien sin duda venía observando desde hacía algunas semanas la distracción que me dominaba, y tenía buen cuidado de no dejarme solo. Pero al siguiente día me levanté muy temprano y me las arreglé para escaparme solo, marchándome a las colinas en busca del árbol. Después de mucho trabajo di con él; pero, cuando regresé por la noche a casa, mi criado tenía toda la intención de darme una paliza. En cuanto al resto de la aventura, la conoce usted tanto como yo.»

—Supongo —dije— que la primera tentativa falló a causa de la tontería de Júpiter, que dejó caer el escarabajo desde el ojo derecho y no el izquierdo del cráneo.

—Precisamente. Este error produjo una diferencia de unas dos pulgadas y media en el «tiro», vale decir en la posición de la estaca más cercana al árbol; si el tesoro hubiese estado *debajo* del «tiro», la cosa no hubiera tenido consecuencias; pero el «tiro», conjuntamente con el lugar más cercano del tronco del árbol, sólo constituían dos puntos para fijar una línea de dirección. El error, insignificante en sí, fue aumentando a medida que trazábamos la línea, y al llegar a los cincuenta pies nos habíamos alejado por completo del buen lugar. De no haber estado tan absolutamente convencido de que realmente había allí un tesoro escondido, todos nuestros esfuerzos habrían terminado en la nada.

—Pero su grandilocuencia, Legrand, y esa manera de balancear el escarabajo... ¡cuan extraño era todo eso! Llegué a convencerme de que se había vuelto loco. ¿Y por qué insistió en hacer descender el escarabajo, y no una bala u otro peso?

—Para serle franco, me sentía un tanto picado por sus sospechas concernientes a mi salud mental y decidí castigarlo a mi manera, con un poquitín de mistificación en frío. Por eso balanceaba el escarabajo, y también por eso lo hice bajar desde el cráneo. Una observación suya sobre lo mucho que pesaba el insecto me decidió a adoptar este último procedimiento.

—¡Ah, ya entiendo! Y ahora sólo queda un punto por aclarar. ¿Qué deduciremos de los esqueletos que encontramos en el agujero?

—He aquí una cuestión que ni usted ni yo podríamos contestar. Sólo se me ocurre una explicación plausible... y, sin embargo, cuesta creer una atrocidad como la que mi sugestión implica. Me parece evidente que

Kidd (si fue él mismo quien escondió el tesoro, cosa que por mi parte no dudo) necesitó ayuda en su trabajo. Pero, una vez terminado éste, debió considerar la conveniencia de eliminar a todos los que participaban de su secreto. Quizá le bastó un par de azadonazos mientras sus ayudantes estaban ocupados en el pozo; tal vez hizo falta una docena... ¿Quién podría decirlo?